카라마조프가의 형제들 3

이 도서의 국립중앙도서관 출판예정도서목록(CIP)은 서지정보유통지원시스템 홈페이지(http://seoji.nl.go.kr)와
국가자료공동목록시스템(http://www.nl.go.kr/kolisnet)에서 이용하실 수 있습니다.
(CIP제어번호: CIP2018011155)

세계문학전집
159

Фёдор Достоевский : Братья Карамазовы

카라마조프가의 형제들 3

표도르 도스토옙스키 장편소설

김희숙 옮김

문학동네

일러두기

1. 번역 대본으로는 1972~1990년 소련과학아카데미의 레닌그라드 나우카 출판사에서 발간한 도스토옙스키 전집 30권 중 1976년에 발간된 14, 15권을 사용했다. Братья Карамазовы, Фёдор Михайлович Достоевский, Полное собрание сочинений в тридцати томах, Издательство Наука(Ленинградское отделение), 1976.
2. '작가의 주'를 제외한 나머지 주석은 모두 옮긴이주이다.
3. 원서의 프랑스어 또는 기타 언어 부분은 이탤릭체로 처리했고, 강조 부분은 고딕체로 처리했다.
4. 외래어 표기는 국립국어원 외래어 표기법을 참고하되 일부는 원지음과 관용에 따랐다.
5. 줄표 및 문장부호의 쓰임은 원서의 형식을 따랐다.
6. 성서 인용은 대한성서공회 개역개정에 따랐다.

제4부

제10편 소년들

제11편 이반 표도로비치 형제

에필로그

등장인물

표도르 파블로비치 카라마조프 … 가장
드미트리(미챠, 미첸카, 미치카) … 첫째 아들
이반(바냐, 바네치카, 반카) … 둘째 아들
알렉세이(알료샤, 알료쉬카, 알렉세이치크, 료셰치카, 알료셴카, 알료셰치카) … 셋째 아들

아젤라이다 이바노브나 미우소바 … 표도르의 첫번째 부인, 드미트리의 모친
소피야 이바노브나 … 두번째 부인, 이반과 알렉세이의 모친

스메르쟈코프(파벨 표도로비치) … 표도르의 하인이자 요리사
리자베타 스메르쟈샤야 … 백치 여인, 스메르쟈코프의 모친
그리고리 바실리예비치 쿠투조프 … 표도르의 하인
마르파 이그나치예브나 … 그리고리의 아내

카체리나 이바노브나 베르호프체바(카첸카, 카챠, 카치카) … 드미트리의 약혼녀
아그라페나 알렉산드로브나 스베틀로바(그루셴카, 그루쉬카, 그루샤) … 카라마조프 부자를 연적으로 만든 여인, 사업가
미하일 라키친(미샤, 라키트카, 라키투쉬카) … 그루셴카의 사촌, 신학생
카체리나 오시포브나 호흘라코바 … 젊고 부유한 미망인
리자베타(리즈, 리자) … 호흘라코바 부인의 딸

조시마 … 수도원의 장로
니콜라이 일리치 스네기료프 … 퇴역한 이등 대위
일류샤(일류셰치카, 일리야, 일류쉬카) … 스네기료프의 아들
니콜라이 크라소트킨(콜랴) … 일류샤의 친구
입폴리트 키릴로비치 … 검사
니콜라이 파르표노비치 넬류도프 … 젊은 예심판사
페츄코비치 … 변호사

제4부

제10편

소년들

I

콜랴 크라소트킨

11월 초순이다. 영하 11도의 강추위가 우리 도시에 몰아닥치면서 곳곳이 빙판으로 변했다. 얼어붙은 땅 위로 밤에는 메마른 눈이 조금 뿌렸고, '살을 에는 건조한' 칼바람이 눈가루를 불어올리면서 우리 소도시의 따분한 거리들, 특히 장터 광장을 휩쓴다. 아침이 되어서도 날은 우중충하지만, 그래도 눈은 그쳤다. 광장에서 멀지 않은 플로트니코프 가게 근처에 안팎이 모두 깔끔하고 아담한 집 한 채가 서 있는데, 관리였던 남편과 사별한 크라소트키나의 집이다. 현청 서기관이었던 크라소트킨은 벌써 오래전, 그러니까 거의 십사 년 전에 세상을 떠났으나, 그를 보내고 혼자된 아내는 살아 있으며, 지금까지도 여전히 뛰어난 미모를 간직하고 있는 서른 살의 이 부인은 깔끔하고 아담한 자기 집에서 '자기 재산으로' 생활하고 있다. 그녀는 성실하고 조신하게 살고 있으며, 성격은 상냥하면서도 꽤나 명랑한 편이다. 남편과는 열여덟쯤에 사별했는데, 고작 한 해 정도 함께 살고 아들 하나를 낳은 바로 뒤였다. 그때부터, 그러니까 남편이 죽은 직후부터 그녀는 자신의 보물단지인 이 아들 녀석 콜랴*를 키우는 데 모든 것을 바쳤고 지난 십사 년 내내 그저 정신없이 사랑해왔지만, 그래도 물론 기쁨보다는 괴로움을 비할 바 없이 많이 겪었는데, 행여 아들 녀석이 아프지나 않을까, 감기라도 걸리지 않을까, 심한 장난을 치지는 않을까, 의자 위에 기어올라갔다가 굴러떨어지지나 않을까 등등의 걱정에 거의 날마다 부들부들 떨며 겁이 나서 죽을 지경이었던 것이다. 그러다가 콜랴가 초등학교에, 그다음엔 우리 도시의 예비 김나지움**에 다니게 되자, 어머니는 아들의 학습을 돕고 복습을 시키기 위해 아들과 함께 모든 학과목을 배우기 시작했고, 교사들이나 그 부인들과도 가까이 사귀었을 뿐만 아니라, 심지어 콜랴의 급우들, 학교 친구들이 행여 자기 아들을 집적거리거나 놀리거나 때리지 않도록 그들의 환심까지 사려 들었다. 드디어 소년들은 이 극성스러운 어머니 때문에 오히려 그를 놀려대고, 엄마의 응석받이라며 약을 올리기 시작했다. 하지만 소년은 자신을 방어할 줄 알았다. 그는 용감한 소년이었고, '엄청 센 놈'이라는 소문이 학급에 퍼져 곧 그렇게 굳어졌으며, 민첩하고 고집이 센 성격에 담대하고 진취적인 기상을 지니고 있었다. 학교 공부도 잘해서, 산수와 세계사에서는 담당 교

---

* 니콜라이의 애칭.

** 김나지움 저학년 학생들을 위한 보통교육과정을 담당하거나, 김나지움이 없는 지방도시에서 중등교육의 공백을 메우던 4년제 또는 6년제 교육기관으로, 졸업생은 별도의 시험 없이 김나지움의 다음 학년에 진학할 수 있었다.

사인 다르다넬로프마저 쓰러뜨릴 정도라는 소문까지 돌았다. 하지만 소년은 콧대를 높이 쳐들고 모든 동급생을 눈 아래로 내려다보기는 할망정 그래도 좋은 친구였고 거들먹거리지도 않았다. 그는 급우들의 존경을 당연한 것으로 받아들이면서도 우정으로 그들을 대했다. 무엇보다 그는 분수를 알고 있어서 경우에 따라 자신을 억제할 줄 알았고, 교사들과의 관계에서도 어떤 금지된 마지막 선은 절대로 넘는 법이 없었는데, 그 선을 넘어선 행동은 이미 무질서와 반란, 불법이 되어 결코 용인될 수 없기 때문이었다. 그러면서도 기회가 생길 때마다 절대 장난질을 마다하지 않고 제일 개구진 악동처럼 고약한 장난을 치기도 했지만, 그건 장난이라기보다 뭔가 기발한 것을 생각해내고 기이한 행동을 하고 뭔가 '아주 톡 쏘는 것', 멋진 일을 궁리해내어 우쭐거려보는 것이었다. 특히 그는 자존심이 몹시 강했다. 엄마에게까지 거의 폭군처럼 굴면서 자기에게 무조건 복종하게 만들었다. 어머니도 기꺼이 복종했고, 오, 이미 오래전부터 그렇게 복종해오고 있었지만, 그래도 아들이 자기를 '별로 사랑하지 않는다'는 한 가지 생각만큼은 도저히 견딜 수가 없었다. 콜랴가 자기한테 '무정하다'는 생각이 끊임없이 들었고, 히스테리 같은 눈물을 쏟으면서 아들의 냉담함을 탓하기 시작하는 일도 더러 있었다. 소년은 그것이 싫어서, 애틋한 정을 보여달라고 요구하면 할수록, 마치 일부러 그러는 듯 더 뻣뻣하게 굴었다. 하지만 일부러 그러는 게 아니라 저도 모르게 그렇게 되는 거였는데—원래가 그런 성격이었다. 어머니가 오해를 한 셈이다. 소년은 엄마를 무척 사랑했지만, 그저 그가 어린 학생다운 말로 표현했다시피 '송아지 같은 다정함'이 싫었을 따름이다. 아버지의 유품 중에 책장이 하나 있었는데, 거기엔 약간의 책이 보관되어 있었다. 콜랴는 책 읽기를 좋아해 그중 몇 권은 이미 혼자서 독파했다. 어머니는 이에 대해 그리 불안해하지 않았고, 저 어린 꼬마 녀석이 나가서 노는 대신 몇 시간씩 책장 옆에 붙어 서서 무슨 책에 빠져 있는 것을 이따금 의아하게 여겼을 뿐이다. 이리하여 콜랴는 또래 아이들에게 아직 절대로 읽히지 않을 어떤 것까지도 읽게 되었다. 그런데 소년은 원래 장난을 칠 때 어떤 선을 넘어서는 것을 좋아하지 않았지만, 최근에 와서 그야말로 어머니의 가슴을 덜컥 내려앉게 한 장난을 시작했는데—사실 무슨 부도덕한 짓은 아니었지만 대신 결사적이고 대담무쌍한 장난이었다. 마침 올 7월, 여름방학 때 모자가 일주일 예정으로 70베르스타 떨어진 다른 현에 사는 어느 먼 친척 여자의 집을 찾아간 적이 있는데, 그 친척의 남편은 철도역(우리 도시에서 가장 가까운 역으로 이반 표도로비치도 한 달 뒤에 바로 이 역에서 모스크바로 떠났다)에서 근무하고 있었다. 거기서 콜랴는 철로부터 자세하게 살펴보며 여러 설비를 연구하기 시작했고, 집에 돌아가면 자기네 예비 김나지움 학생들에게 자신의 새로운 지식을 뽐낼 생각이었다. 그런데 마침 그때 그곳에 다른 소년들도 몇 명 있어서 콜랴는 그들과 어울리게 되었다. 그중 어떤 아이들은 역관에, 다른 아이들은 그 이웃에 살고 있었으며—다들 열두 살에서 열다섯 살 사이의 소년들로 예닐곱 명이 함께 어울렸고, 그들 중에는 우리 소도시에서 온 아이도 두 명 끼여 있었다. 소년들은 함께 장난을 치며 놀았는데, 역관에 머문 지 너댓새쯤 되는 날에 이 철없는 소년들 사이에 2루블을 건, 도저히 있을 수도 없는 내기가 벌어졌다. 다름아니라, 이들 중 거의 제일 어려 큰놈들한테 멸시를 좀 받던 콜랴가 자존심 때문이었는지 아니면 거리낌없는 대담한 성격 때문이었는지, 밤 열한시 기차가 달려올 때 선로 사이에 납작 엎드려 기차가 전속력으로 몸 위를 지나갈 때까지 꼼짝 않고 누워 있겠노라고 제안하고 나선 것이다. 사실 미리 연구해둔 바가 있어서, 선로 사이에 몸을 쭉 뻗고 납작 엎드려 있으면 기차가 지나가더라도 누워 있는 사람을 물론 치지 않으리라는 것을 알고 있긴 했지만, 그렇다고 어떻게 누워 있겠단 말인가! 콜랴는 누워 있겠다고 우겼다. 처음에는 다들 그를 비웃으며 거짓말쟁이니 떠버리니 하고 놀렸지만, 그럴수록 그를 더 부추긴 꼴이 되고 말았다. 무엇보다도, 이 열다섯 살배기들이 그 앞에서 너무도 콧대를 세우는데다 심지어 처음엔 그를 '꼬맹이' 취급하며 아예 자기들 축에 끼워주려고도 하지 않은 게 이미 참을 수 없이 모욕적이었던 것이다. 그래서 결국, 저녁녘에 역에서 1베르스타 떨어진 곳으로 나가기로 결정을 보았는데, 역을 출발한 기차가 거기쯤에선 이미 전속력을 내며 달리기 시작하기 때문이었다. 소년들이 모였다. 달도 없이 찾아온 밤은 어둡다기보다 거의 칠흑같이 캄캄했다. 정해진 시간이 되자 콜랴는 철로 사이에 누웠다. 내기를 건 나머지 다섯 아이들은 가슴을 졸이다가 결국엔 공포와 후회에 휩싸인 채 철길 옆 둑길 아래 있는 관목 덤불 속에서 기다렸다. 드디어 역을 출발한 기차가 멀리서 굉음을 울렸다. 암흑 속에서 두 개의 빨간 불빛이 번쩍이더니, 괴물은 점점 더 가까이 다가오면서 포효하기 시작했다. "달아나, 선로에서 어서 달아나!" 겁에 질려 죽을 지경이 된 소년들이 덤불에서 콜랴를 향해 소리쳤으나, 이미 때는 늦었다. 기차가 맹렬하게 돌진해와서 순식간에 지나가버렸다. 소년들은 일제히 콜랴에게 달려갔다. 그는 꼼짝 않고 누워 있었다. 그들은 그를 잡아당기고 일으켜세우기 시작했다. 그는 갑자기 몸을 일으키더니 말없이 철둑에서 내려갔다. 아래로 내려가자 그는 그들을 놀래주려고 일부러 정신을 잃은 척 누워 있었노라고 선언했지만, 실은 훗날 이미 오랜 시간이 지난 뒤 엄마한테 제 입으로 고백한 대로 정말로 기절한 것이었다. 이렇게 해서 '감당 못할 놈'이라는 명성은 영원히 굳어져 그를 따라다녔다. 그는 백지장처럼 새하얗게 질려 역관으로 돌아왔다. 이튿날 가벼운 신경성 발열이 있긴 했으나, 기분은 날듯이 유쾌하고 기쁘고 만족스러웠다. 사건이 알려진 건 당장이 아니라 이미 우리 도시로 돌아온 뒤였는데, 소문은 예비 김나지움에 퍼졌고 교사들의 귀에까지 들어갔다. 하지만 콜랴의 엄마가 자기 아들을 구하려고 교사들을 붙잡고 애걸복걸했고, 그리하여 영향력 있고 존경받는 다르다넬로프 선생이 콜랴를 두둔하면서 그를 위해 탄원하고 나선 바람에 이 일은 아주 없었던 일로 눈감아주기로 했다. 이 다르다넬로프로 말하면 아직 그리 늙지 않은 독신남으로, 이미 여러 해 전부터 크라소트키나 부인을 열렬히 사랑해왔고 일 년쯤 전에는 두렵고 조심스러운 마음에 심장이 멎는 것을 느끼면서도 아주 정중하게 청혼하는 모험까지 감행한 적이 있었다. 그래도 다르다넬로프로서는 몇 가지 은밀한 징후로 보아, 이 매력적이면서도 너무나 정숙하고 상냥한 미망인이 자기를 아주 싫어하는 것은 아니라고 꿈꾸어볼 만한 어떤 권리 정도는 아마 가졌던 모양이지만, 그녀는 청혼을 받아들이면 자기 아들을 배신하는 것이라 여겨 딱 잘라 거절해버렸다. 그러다 콜랴의 그 정신 나간 장난이 얼음을 깨뜨려준 듯, 다르다넬로프는 그를 열심히 옹호해준 덕분에 희망적인 암시를 받게 되었고, 사실 에두른 암시에 불과했으나 다르다넬로프는 보기 드물게 순수하고 섬세한 사람이어서 당분간은 이것만으로도 완전한 행복을 느끼기에 충분했다. 그는 소년을 사랑했지만, 내놓고 호감을 사려 드는 것은 굴욕적인 짓이라 여겨 수업 시간에는 엄하고 까다롭게 대했다. 하지만 콜랴 쪽에서도 그에게 거리를 두고 예의를 지켰으며, 학과 준비도 잘해서 반에서 2등이었지만 다르다넬로프에게는 딱딱한 태도로 대했는데, 반 아이들은 콜랴가 세계사라면 워낙 강하기 때문에 다르다넬로프까지 '쓰러뜨릴' 정도라고 모두 굳게 믿고 있었다. 실제로 콜랴는 그에게 "누가 트로이를 세웠습니까?" 하고 물은 적이 있었는데—이에 대해 다르다넬로프는 이 민족들에 대해, 그들의 이동과 이주에 대해, 그게 얼마나 까마득한 시대의 일이었는가에 대해, 신화에 대해 그저 일반적인 대답을 해주었을 뿐, 정작 누가, 즉 어떤 인물들이 트로이를 세웠는가에 대해서는 대답을 할 수도 없었고, 심지어 이 질문 자체를 부질없고 근거 없는 무엇으로 여기기까지 했다. 하지만 소년들은 누가 트로이를 세웠는지 다르다넬로프가 모른다는 확신을 여전히 버리지 않았다. 콜랴는 아버지의 유품인 책장에 보존된 스마라그도프의 책*을 읽고 트로이의 창건자들에 대해 이미 알고 있었다. 결국엔 모든 소년이 대체 누가 트로이를 세웠을까 하고 관심을 갖게 되었지만, 콜랴는 자신의 비밀을 밝히지 않았고, 박식가로서의 그의 명성은 확고부동한 것으로 남았다.

철로 사건 이후 콜랴가 어머니를 대하는 태도가 좀 달라졌다. 안나 표도로브나(홀어머니 크라소트키나)는 귀한 아들의 무용담을 알게 되자 기겁한 나머지 거의 정신이 나갈 지경이었다. 너무도 무서운 히스

* 스마라그도프의 『중등학생을 위한 고대사 지식 안내서』를 가리키는 듯하다.

테리 발작이 일어나 며칠씩이나 간헐적으로 계속되는 바람에, 콜랴도 이번에는 정말로 겁을 먹고 앞으로 다시는 그런 장난을 하지 않겠다고 고결한 마음으로 어머니에게 맹세했다. 크라소트키나 부인이 요구하는 대로 성상 앞에 무릎을 꿇고 맹세했고, 돌아가신 아버지의 이름을 걸고 맹세하면서, '사내대장부' 콜랴도 '감정'이 북받쳐 여섯 살배기 꼬마처럼 엉엉 울었고, 모자는 그날 하루종일 몇 번씩이나 서로 부둥켜안고 몸을 떨며 울고 또 울었다. 이튿날 깨어난 콜랴는 전처럼 '무정'했으나, 그래도 전보다 말수도 적어지고 겸손해지고 단정해지고 생각도 더 깊어졌다. 하긴, 한 달 반가량 지나자 또다시 한 가지 장난을 쳐서 그의 이름이 우리 도시의 치안판사에게까지 알려졌지만, 이 장난은 이미 성질이 완전히 다른, 우스꽝스럽고 멍청하기까지 한 것인데다, 밝혀진 바에 따르면, 그는 주동자도 아니고 어쩌다 잘못 말려든 것에 지나지 않았다. 하지만 이 얘기는 여하튼 나중으로 미루자. 어머니는 여전히 불안에 떨며 괴로워했으나, 그녀가 불안해하면 할수록 다르다넬로프는 더욱더 희망을 품게 되었다. 여기서 말해두겠는데, 콜랴는 이런 측면에서 다르다넬로프의 심중을 알아채고 꿰뚫어보면서, 말할 것도 없이 그의 이런 '감정'을 깊이 경멸하고 있었다. 전에는 어머니 앞에서 무례하게 자신의 이러한 경멸을 드러내며 다르다넬로프의 속셈이 뭔지 자기도 안다고 넌지시 내비치기도 했다. 그러나 철로 사건 이후에는 이에 대해서도 태도를 바꾸었다. 더는 아주 에둘러서조차 이런 암시를 던지려 들지 않았고, 어머니가 있는 자리에서 다르다넬로프 이야기가 나오면 더욱 공손하게 말했기 때문에, 눈치 빠른 안나 표도로브나는 이내 그것을 알아채고 마음속으로 한없이 고마움을 느꼈지만, 대신 콜랴가 있는 데서 별 상관도 없는 어떤 손님이 아주 무심코 다르다넬로프 얘기를 조금이라도 꺼낼라치면 갑자기 부끄러워서 얼굴을 장미처럼 붉히곤 했다. 이런 순간이면 콜랴는 낯을 찡그리고 창밖을 쳐다보거나 자기 구두에 구멍이 나지 않았는지 꼼꼼하게 살펴보거나, 그도 아니면 꽤나 큰 덩치에 온몸이 옴투성이인 털북숭이 개 페레즈본*을 사납게 소리쳐 부르기도 했는데, 그는 이 개를 한 달쯤 전에 어디서 갑자기 얻어 집으로 끌고 와서는 무엇 때문인지 어떤 친구에게도 절대 보여주지 않고 남몰래 방안에서 기르고 있었다. 그는 이 개에게 무척이나 폭군처럼 굴며 온갖 재주며 묘기를 다 가르쳐주어, 마침내 이 불쌍한 개는 그가 학교에 가고 없을 때는 킁킁거리고 울다가 그가 오면 기뻐 어쩔 줄 모르고 낑낑 짖어대며 미친 듯이 껑충껑충 뛰어오르기도 하고, 시중을 들기도 하고, 바닥에 뒹굴거나 축 늘어져 죽은 척하기도 하는 등, 한마디로 그동안 배운 온갖 재주를 보여주였는데, 누가 시켜서가 아니라, 오로지 자신의 뜨거운 기쁨과 열렬한 감사의 마음을 주체할 수 없어서 그러는 것이었다.

참, 한 가지 깜박 잊고 말하지 않은 게 있다. 독자 여러분이 이미 알고 있는 소년, 그러니까 퇴역 이등 대위 스네기료프의 아들 일류샤가 학교 친구들이 자기 아버지를 '수세미'라고 놀려대자 아버지를 위해 나서서 어떤 소년의 넓적다리를 펜 깎는 칼로 찌른 일이 있는데, 그 어떤 소년이 바로 콜랴 크라소트킨이었다.

* 이 단어 자체는 여러 종 또는 모든 종이 차례로 울리는 소리를 뜻한다.

II
꼬맹이들

그리하여 얼음이 얼고 북방의 추운 눈바람이 몰아치는 11월의 어느 아침, 콜랴 크라소트킨은 집에 앉아 있었다. 일요일이어서 학교 수업은 없었다. 하지만 시계가 벌써 열한시를 쳤으므로, 그는 '대단히 중요한 어떤 일' 때문에 반드시 밖에 나가야만 했으나, 이 집에 살고 있는 어른들이 어떤 비상하고도 기묘한 사정 때문에 다들 집을 비우는 바람에 혼자 남아 수호자로서 결연히 집을 지키는 중이었다. 미망인 크라소트키나의 집에는 그녀 자신이 살고 있는 본채 말고도 현관 너머로 이 집의 유일한 곁채가 딸렸고, 작은 방 두 칸이 있는 이 곁채에는 의사 부인이 어린애 둘을 데리고 세 들어 있었다. 이 의사 부인은 안나 표도로브나와 동갑내기로 아주 좋은 친구 사이였는데, 남편인 의사가 이미 일 년쯤 전에 처음엔 오렌부르크 어딘가로, 그다음엔 타슈켄트로 떠난 뒤 벌써 거의 반년이 다 되도록 아무런 소식도 없어, 만약 크라소트키나 부인과의 우정이 이 버림받은 의사 부인의 슬픔을 웬만큼 달래주지 않았다면 그녀는 상심한 나머지 오로지 눈물로 세월을 보냈을 것이다. 이런 차에 설상가상으로 바로 간밤에, 그러니까 토요일에서 일요일로 넘어가는 밤에, 의사 부인의 단 하나뿐인 하녀 카체리나가 아무래도 아침녘에 아이를 낳게 될 것 같다고 갑자기 알려왔으니, 그녀의 주인마님으로서는 그야말로 느닷없는 일이었다. 어떻게 아무도 미리 그것을 눈치조차 못 챘는지, 모두에게 거의 기적과도 같은 일이었다. 대경실색한 의사 부인은 그래도 아직 시간이 좀 있으니 카체리나를 어떤 산파가 우리 소도시에서 운영하는, 이런 경우에 적합한 시설로 데려가야겠다고 판단했다. 의사 부인은 이 하녀를 몹시 아꼈기 때문에 자신의 생각을 즉시 실행에 옮겨 그녀를 그곳으로 데려갔을 뿐만 아니라 자신도 그녀 곁에 머물렀다. 그러고서도 벌써 아침부터 무엇 때문인지 크라소트키나 부인까지 친구로서 발 벗고 나서서 도와주어야 했는데, 부인이라면 이런 경우 누구에게 무슨 도움을 청할 수도 있고 어떻게 뒤를 봐줄 수도 있는 사람이었다. 이렇게 해서 두 부인이 모두 집을 비웠고, 크라소트키나 부인의 하녀인 아가피야 아줌마마저 장을 보러 나간 탓에, 콜랴가 잠시 그 '포동이들', 다시 말해 저희끼리만 남겨진 의사 부인의 어린 아들딸을 돌볼 수호자 겸 파수꾼이 된 것이다. 집 지키는 일이라면 콜랴는 무섭지 않았고, 게다가 페레즈본도 함께 있었다. 페레즈본은 문간방의 긴 걸상 밑에 '꼼짝 말고' 엎드려 있으라는 명령을 받았지만, 콜랴가 이 방 저 방 돌아다니다가 문간방으로 들어오기만 하면 대번에 머리를 부르르 흔들고 아양 떨듯 꼬리로 마룻바닥을 세차게 두 번 툭툭 치곤 했는데, 안타깝게도 자기를 부르는 휘파람소리는 울리지 않았다. 콜랴가 위협하듯 노려보면 이 불쌍한 개는 또다시 죽은 듯 얌전하게 꼼짝도 하지 않았다. 그런데 콜랴에게 난처한 게 있다면, 그것은 오로지 '포동이들'이었다. 그는 카체리나에게 일어난 뜻밖의 사건에 대해서는 물론 더없이 깊은 경멸의 눈초리를 던지고 있었지만, 홀로 남겨진 포동이들만큼은 무척 예뻐해서 벌써 무슨 어린이 책까지 한 권 가져다주었다. 누나인 나스챠는 이미 여덟 살이어서 글을 읽을 줄 알았고, 남동생 포동이인 일곱 살짜리 꼬마 코스챠는 나스챠가 책 읽어주는 걸 듣기 좋아했다. 물론 크라소트킨은 그들을 더 재미있게 해줄 수도 있었다. 두 아이를 나란히 세워놓고 병정놀이를 한다든가 온 집안을 돌아다니며 숨바꼭질을 할 수도 있었던 것이다. 전에도 그런 놀이를 여러 번 했을뿐더러 그것을 꺼리지도 않았기 때문에, 한번은 크라소트킨이 집에서 자기네 셋방 꼬마들하고 말타기놀이를 하면서 말처럼 펄쩍펄쩍 뛰기도 하고 고개를 구부린다는 소문이 학급에 퍼진 일까지 있었다. 하지만 크라소트킨은 이런 비난을 당당하게 되받아치면서, '우리 세기에' 열세 살짜리 동갑내기들하고 말타기놀이를 한다면 그야 물론 치욕스러운 일일 테지만, 자신은 '포동이들'을 사랑해서 그들을 위해 이러는 것이니, 자신의 감정에 대해서는 어느 누구도 감히 왈가왈부할 수 없다는 점을 분명히 했다. 대신에 두 '포동이들'은 그를 몹시 숭배했다. 하지만 이번에는 그런 놀이를 하고 있을 때가 아니었다. 그에게는 대단히 중요한 자신의 일이, 언뜻 보기엔 거의 비밀스럽기까지 한 어떤 일이 눈앞에 다가와 있고 시간은 사정없이 지나가건만, 아이들을 맡기려 했던 아가피야는 여태껏 장에서 돌아올 생각조차 않고 있었다. 그는 벌써 몇 번이나 현관을 지나 의사 부인 집의 문을 열고 걱정스레 '포동이들'을 살펴보았는데, 아이들은 그가 시킨 대로 책을 읽고 앉아 있었지만 문을 열 때마다 그를 향해 말없이 활짝 웃으면서 그가 이제 들어와서 뭔가 멋지고 재미난 것을 해주리라 기대하고 있었다. 하지만 콜랴는 낭패스러운 마음이어서 안으로 들어가지 않았다. 드디어 시계가 열한시를 치자, 십 분 뒤에도 그 '망할' 아가피야가 돌아오지 않는다면 더이상 기다리지 않고 나가버리겠다고 마지막으로 단단히 결심했는데, 물론 그전에 '포동이들'한테서 자기가 없어도 무서워하지 않고 장난도 치지 않고 겁나서 울지도 않겠다는 다짐을 받아둬야만 했다. 이런 생각을 하며 그는 무슨 고양이 털가죽 깃이 달린 겨울 솜외투를 입고 가방을 한 쪽 어깨에 둘러멘 다음, '이런 추운 날' 외출할 때는 반드시 덧신을 신으라고 어머니가 전에 몇 번이나 신신당부했지만 문간방을 지나면서 그저 가소롭다는 듯 덧신을 힐끗 쳐다보고는 장화 하나만 신고 밖으로 나왔다. 페레즈본은 그가 옷 입은 것을 보고는 온몸을 신경질적으로 부르르 떨며 꼬리로 마룻바닥을 힘껏 치기 시작하고 애처롭게 낑낑 신음 소리까지 냈으나, 콜랴는 자신의 개가 그렇게 열정적으로 날뛰려는 것을 보자, 이것은 규율을 해치는 행위라 결론짓고 잠깐만이라도 걸상 밑에 그대로 더 있게 한 다음, 이미 현관문을 열고 나서야 녀석을 향해 갑자기 휘파람을 획 불었다. 개는 미친 듯이 튀어 일어나 기뻐 어쩔 줄 몰라 하며 앞장서서 달려나갔다. 현관을 지나 콜랴는 '포동이들'의 방문을 열었다. 두 아이는 아까처럼 탁자 앞에 앉아 있었으나, 이미 책은 읽지 않고 뭔가 열띤 논쟁을 벌이고 있었다. 이 꼬마들은 여러 흥미로운 일상사에 대해 종종 논쟁을 벌이곤 했는데, 손위인 나스챠가 으레 이기게 마련이었다. 코스챠는 누나의 생각에 동의할 수 없을 때면 거의 언제나 콜랴 크라소트킨에게 쪼르르 달려와 호소했는데, 그가 판결을 내려주면 그건 양쪽 모두에게 절대적인 선고나 다름없었다. '포동이들'의 이번 논쟁은 크라소트킨에게도 약간 흥미를 불러일으켜, 그는 좀 들어보려고 문간에서 걸음을 멈추었다. 꼬마들은 그가 듣고 있는 것을 보자 더욱 열을 내며 논쟁을 이어갔다.

"절대, 절대 못 믿어." 나스챠가 열을 올리며 쫑알거렸다. "어린애를 산파 할머니가 텃밭 배추 이랑 사이에서 주워온다니 말도 안 돼. 지금은 벌써 겨울이라서 이랑 같은 건 있지도 않아, 그러니까 할머니가 카체리나에게 딸을 갖다줄 수도 없다고."

"휘유!" 콜랴는 속으로 휘파람을 날렸다.

"아니면 이런지도 몰라. 할머니들이 어디서 가져오긴 하는데, 시집가는 여자들한테만 주는 거야."

코스챠는 나스챠를 뚫어지게 응시한 채, 곰곰 생각에 잠겨 들으면서 무언가 헤아려보고 있었다.

"나스챠, 누나는 되게 바보야." 마침내 그가 열을 올리지도 않고 확고한 어조로 말했다. "카체리나한테 어떻게 아기가 생길 수 있어, 시집도 안 갔는데?"

나스챠는 무섭게 발끈했다.

"넌 아무것도 몰라." 누나가 짜증을 내며 말을 가로막았다. "어쩌면 카체리나한테 남편이 있었는데 그냥 감옥에 들어가 있는지도 몰라, 그러니까 아이를 낳은 거야."

"카체리나 남편이 정말 감옥에 있다고?" 따지고 들기 좋아하는 코스챠가 무게를 잡고 물었다.

"아니면 또 이런지도 몰라." 나스챠는 자신의 첫번째 가설을 완전히 까먹은 듯 내팽개치고 황급히 말을 가로막았다. "카체리나한테는 남편이 없어, 그건 네 말이 맞아, 하지만 시집가고 싶어서 시집갈 생각만 하게 됐거든, 맨날 그 생각만 하고 하고 또 하다보니 결국 남편이 아니라 아기가 생긴 거야."

"으응, 정말 그렇겠구나." 완전히 패배한 코스챠가 마침내 동의했다. "전에는 누나가 그 얘길 안 해줬으니, 내가 알 리가 없지."

"아니, 이 꼬맹이들." 콜랴가 그들의 방안에 발을 들여놓으며 말했다.

"이제 보니 너희, 위험한 녀석들이구나!"

"페레즈본도 데려왔어요?" 코스챠가 이를 드러내 보이며 웃더니 손가락을 탁탁 튕기며 페레즈본을 부르기 시작했다.

"포동이들아, 내가 아주 곤란해." 크라소트킨이 근엄하게 말을 시작했다. "그러니 너희가 날 좀 도와줘야겠다. 아가피야가 지금까지 안 나타나는 걸 보니 다리라도 하나 부러진 게 분명해, 이건 확실하고 틀림없어, 그런데 나는 꼭 밖에 나가봐야 할 일이 있거든. 너네들이 날 좀 놓아줄래, 어쩔래?"

아이들은 걱정스레 서로 눈짓을 주고받았고, 활짝 웃고 있던 얼굴에 불안이 감돌기 시작했다. 하지만 자신들에게 요구하는 게 뭔지 아직 완전히 알아채지 못하고 있었다.

"내가 없어도 장난 안 칠 거지? 장롱 위에 기어올라갔다가 다리를 부러뜨리지도 않겠지? 너네뿐이라고 무서워서 울지도 않을 거지?"

아이들의 얼굴에 무섭게 고민하는 빛이 떠올랐다.

"대신 너희한테 뭘 하나 보여줄 수 있어, 구리로 만든 대포야, 진짜 화약을 넣어 쏠 수도 있지."

아이들의 얼굴이 금세 환해졌다.

"그 대포 보여줘요!" 코스챠가 환하게 빛나는 얼굴로 말했다.

크라소트킨은 한 손을 가방에 쑤셔넣더니 조그만 청동 대포를 꺼내 탁자 위에 올려놓았다.

"그래, 그래, 보여달라 이거지! 잘 봐, 바퀴가 달렸잖아." 그는 탁자 위에서 장난감을 굴렸다. "쏠 수도 있어. 산탄을 장전하고 쏠 수도 있어."

"그럼 죽일 수도 있어요?"

"죄다 죽일 수 있지, 조준만 잘하면 말이야." 그러면서 크라소트킨은 어디다 화약을 넣고 어디다 산탄을 재는지 설명해주고는 화문火門처럼 생긴 구멍을 보여주며 발사 직후에 반동이 일어난다는 것도 얘기해주었다. 아이들은 무섭게 호기심을 보이며 귀를 기울였다. 특히 반동이 있다는 말은 그들의 상상력에 큰 충격을 주었다.

"화약도 가지고 있어요?" 나스챠가 물었다.

"그럼."

"화약도 보여줘요." 나스챠는 제발 부탁이라는 미소를 지으며 말끝을 길게 늘였다.

크라소트킨은 다시 가방 안에 손을 넣어 조그만 유리병을 꺼냈는데, 정말로 그 안에는 진짜 화약이 약간 들어 있었고, 돌돌 만 작은 종이에서는 산탄도 몇 알 나왔다. 그는 병마개를 뽑고 화약을 손바닥에 조금 뿌리기까지 했다.

"자, 봐라, 그런데 어디 불은 없겠지, 안 그러면 쾅 폭발해서 우리는 죄다 몰살이야." 효과를 높이기 위해 크라소트킨이 경고했다.

아이들은 경건한 공포를 느끼면서 화약을 살펴보았는데, 덕분에 쾌감이 더 강렬했다. 하지만 코스챠는 산탄에 더 마음이 끌렸다.

"산탄은 불이 붙지 않죠?" 사내애가 물었다.

"그래, 안 붙지."

"나한테 산탄 조금만 줘요." 사내애가 애원하는 목소리로 말했다.

"조금 줄게, 자, 가져, 하지만 내가 돌아올 때까지 엄마한테 보이면 절대 안 돼, 너희 엄마는 이게 화약인 줄 알고 무서워 죽을 테니, 그리고 너희는 엄청 두들겨 맞을 거야."

"엄마는 우리한테 절대로 매질 안 해요." 나스챠가 대번에 한마디 했다.

"알아, 그냥 말을 그럴듯하게 하자면 그렇다는 거야. 그리고 엄마를 속이면 절대 안 돼, 하지만 이번만은—내가 올 때까지만. 그럼 포동이들아, 난 이제 가도 되겠지, 응? 내가 없어도 무섭다고 울지 않을 거지?"

"울-거-예요." 코스챠는 벌써 울 채비를 하며 말끝을 끌었다.

"울 거예요, 틀림없이 울 거예요!" 나스챠도 겁에 질려 빠른 말투로 맞장구를 쳤다.

"아, 아이들, 아이들, 너네는 정말 위험한 나이라니까. 어쩔 수 없지, 요 병아리들, 얼마나 걸릴지, 같이 앉아 있을 수밖에. 하지만 시간이, 시간이, 어휴!"

"그럼 페레즈본한테 죽은 척해보라고 해요." 코스챠가 부탁했다.

"그래, 할 수 없다, 페레즈본한테라도 매달려야지. 휘잇, 페레즈본!" 그러면서 콜랴는 개에게 명령을 내리기 시작했고, 개는 자기가 알고 있는 모든 것을 선보였다. 털북숭이 개였는데, 크기는 보통 마당 개만하고 털은 연한 보라색이 도는 회색이었다. 오른쪽 눈은 애꾸인데다 왼쪽 귀는 왜 그런지 찢겨 있었다. 개는 낑낑 짖기도 하고, 껑충껑충 뛰기도 하고, 뒷다리로 서서 인사를 하기도 하고, 뒷발로 걷기도 하고, 네 발을 모두 위로 들어올리고 벌렁 뒤로 자빠지기도 하고, 죽은 듯이 꼼짝 않고 누워 있기도 했다. 이 마지막 재주를 보여주고 있을 때 문이 열리더니 크라소트키나 부인의 하녀인 마흔 살가량 된 뚱뚱한 곰보 아줌마 아가피야가 문지방에 나타났는데, 구입한 식료품이 잔뜩 담긴 자루를 왼손에 들고 장에서 돌아온 참이었다. 그녀는 왼손에 든 자루를 축 늘어뜨린 채 서서 개를 구경하기 시작했다. 콜랴는 아가피야를 눈이 빠져라 기다리고 있었으면서도 이 공연을 중단시키지 않고 페레즈본에게 얼마 동안 죽은 시늉을 시킨 다음에야 마침내 개를 향해 휘파람을 불었다. 개는 튀어 일어나더니 자신의 소임을 다한 기쁨에 껑충껑충 뛰기 시작했다.

"원, 조놈의 개 좀 보게!" 아가피야가 나무라듯 말했다.

"이봐, 여성, 왜 늦었어?" 크라소트킨이 위협하듯 물었다.

"여성이라니, 이 포동이가!"

"포동이?"

"그럼 포동이지. 내가 늦건 말건 네가 무슨 상관이야, 그럴 만한 이유가 있어서 늦은 거지." 아가피야는 난로 주위에서 부산을 떨기 시작하며 이렇게 투덜거렸지만, 목소리는 전혀 뚱하거나 화가 나 있지 않고 오히려 이 유쾌한 도련님한테 농지거리를 건넬 기회가 생겨 반가운지, 무척이나 만족스러워하는 눈치였다.

"들어봐, 주책바가지 할멈." 크라소트킨이 소파에서 일어나며 말문을 열었다. "이 세상의 성스러운 것과 그 밖에도 뭐든지 걸고, 내가 없는 동안 한눈팔지 않고 이 포동이들을 잘 돌봐주겠다고 나한테 맹세할 수 있어? 난 좀 나가봐야 돼."

"내가 왜 너한테 맹세를 해?" 아가피야가 웃음을 터뜨렸다. "그냥 잘 봐주마."

"안 돼, 할멈 영혼의 영원한 구원을 걸고 맹세해야 된단 말이야. 안 그럼 난 안 갈 거야."

"그럼 가지 마. 나랑 무슨 상관이야, 바깥은 지독하게 춥단다, 그냥 집에 앉아 있지."

"포동이들," 콜랴가 꼬마들에게 말했다. "내가 오거나 아니면 너희 엄마가 돌아올 때까지, 하긴 너희 엄마도 벌써 돌아올 때가 됐으니까, 그때까지 이 여자가 너희하고 같이 있어줄 거다. 게다가 아침밥도 차려줄 거야. 아가피야, 얘들한테 뭘 좀 줄 거지?"

"그건 할 수 있지."

"그럼 잘 있어, 병아리들, 안심하고 가마. 그런데 이봐, 할멈." 그는 아가피야 곁을 지나면서 목소리를 낮추고 점잔을 부리며 말했다. "카체리나를 두고 할멈 같은 여편네들이 늘 나불거리는 멍청한 소리는 쟤들한테 늘어놓지 말아줘, 애들 나이를 생각해줘야지. 휘잇, 페레즈본!"

"어서 꺼져." 아가피야가 이제는 정말로 화가 나서 으르렁거렸다. "웃기는 녀석 다 보네! 네놈부터 매타작을 당해야 돼, 그딴 소리를 지껄이다니!"

III
학생

그러나 콜랴는 이미 듣고 있지 않았다. 드디어 그는 밖으로 나갈 수 있었다. 대문을 나서자 그는 주위를 둘러보고 어깨를 움츠리며 "어이, 추워!" 하고 말하고는 큰길을 따라 똑바로 걸어가다 오른쪽 골목으로 접어들어 장터 광장 쪽으로 향했다. 광장 못미처 어느 집 앞에 다다르자 그는 대문 옆에서 걸음을 멈추고 호주머니에서 호루라기를 꺼내 무슨 약속된 신호라도 보내듯 힘껏 불었다. 일 분까지 기다릴 것도 없이 쪽문에서 얼굴빛이 발그레한, 열한 살쯤 된 소년 하나가 그에게로 갑자기 튀어나왔는데, 역시 따뜻하고 깔끔하고 사치스럽기까지 한 외투를 입고 있었다. 이 소년은 예비반*에 다니는 스무로프로(그러니까 콜랴 크라소트킨은 이미 두 학년이나 위였다**) 어느 부유한 관리의 아들이었는데, 지독한 장난꾸러기로 소문이 자자한 크라소트킨과 어울리는 것을 부모가 허락하지 않는 듯, 스무로프는 지금 몰래 빠져나온 것이 분명했다. 이 스무로프는, 아마 독자 여러분도 잊지 않았겠지만, 두 달 전 개천 너머로 일류샤에게 돌팔매질을 했던 소년들 중 하나로, 그때 알료샤 카라마조프에게 일류샤 얘기를 해준 바로 그 아이였다.

"벌써 한 시간이나 기다렸어요, 크라소트킨."*** 스무로프가 단호한 표정으로 이렇게 말했고, 두 소년은 광장 쪽으로 걸음을 떼어놓았다.

"좀 늦었어." 크라소트킨이 대답했다. "그럴 사정이 있어. 너, 나하고 같이 다닌다고 매맞는 거 아냐?"

"그런 소린 관둬요, 왜 날 때려요? 페레즈본도 같이 왔나요?"

"응, 페레즈본도!"

"거기로 데려가는 거죠?"

"그래, 거기로."

---

* 당시 김나지움은 3년간의 보통교육과정과 4년간의 전문교육과정으로 구성되어 있었으며, 예비 김나지움도 이에 준해 운영되었다. '예비반'은 보통교육과정을 가리킨다.

** 나이 그리고 (뒤에서 얘기되듯) 라틴어가 포함된 교과목으로 미루어볼 때, 콜랴는 이미 전문교육과정에 다니고 있다.

*** 스무로프는 크라소트킨에게 이 대화의 첫머리에서만 말을 높인다.

"아아, 쥬치카*가 있었더라면!"

"쥬치카는 데려갈 수 없어. 쥬치카는 없잖아. 쥬치카는 미지의 어둠 속으로 사라져버린 거야."

"아, 이렇게 하면 안 될까." 스무로프가 갑자기 걸음을 멈추었다. "일류샤가 그러는데, 쥬치카도 페레즈본처럼 털이 북실북실하고 연한 회색 연기 같은 빛깔이었대요—이 개가 바로 쥬치카라고 말하면 안 될까, 믿을지도 모르잖아요?"

"학생, 거짓말을 삼가야지, 이게 첫째야. 좋은 일을 위해서도 거짓말은 하지 마라, 이게 둘째. 무엇보다, 내가 간다는 말은 거기다 안 했겠지."

"당치도 않아, 나도 그 정도는 안다고요. 하지만 페레즈본으로는 그 애 마음을 달랠 수 없을걸." 스무로프가 한숨을 폭 내쉬었다. "알겠지, 그 아버지, 대위 말이야, 그 수세미가 우리한테 그랬어, 오늘 그애한테 코끝이 새까만 진짜 마스티프종 강아지를 갖다줄 거래. 그 사람은 그걸로 일류샤를 달랠 생각이지만, 과연 그렇게 될까?"

"그애는 어때, 일류샤는?"

"아, 나빠, 나빠! 폐병인 것 같아. 정신은 말짱한데 숨쉬는 게, 숨쉬는 게 영, 숨쉬는 게 안 좋아. 요전에는 좀 걷게 해달라고 해서 신을 신겼는데, 좀 걸으려다가 그대로 고꾸라지고 말았어. 그러면서도 '아, 내가 그랬잖아, 아빠, 이건 전에 신던 형편없는 신이라고, 전에도 이 신을 신으면 제대로 못 걸었단 말이야'라고 말하는 거야. 그애는 신 때문에 고

---

* 보통 집에서 키우는 개를 부르는 이름.

꾸라진 걸로 생각했지만, 실은 그냥 기운이 없어서야. 일주일도 못 살 걸. 게르첸슈투베가 왕진을 다녀. 이제 그 집은 다시 부자가 됐거든, 돈이 많아."

"사기꾼들이야."

"누가 사기꾼인데?"

"의사들과 의술을 편다는 패거리들 전부, 이건 일반적으로 하는 말이지만 개별적으로도 물론 매한가지야. 나는 의학을 인정하지 않아. 쓸모없는 제도니까. 아무튼 나는 이 모든 걸 조사해볼 생각이야. 그나저나 너희는 거기서 무슨 그런 감상적인 일을 시작한 거야? 너희 반 애들이 죄다 거기 다니는 모양인데?"

"죄다는 아니고 우리 반 애들 열 명 정도가 늘 다니고 있어, 매일. 괜찮잖아."

"이 모든 일에서 내가 놀라는 건 알렉세이 카라마조프의 역할이야. 자기 형이 그런 범행 때문에 내일이나 모레 재판을 받는데, 꼬마들하고 어울려 감상적인 짓이나 할 만큼 시간이 많나보지!"

"이건 절대 감상적인 짓이 아냐. 그러는 너도 지금 일류샤하고 화해하러 가잖아."

"화해? 웃기는 말이군. 어쨌든 난 말이야, 누가 내 행동을 분석하는 걸 용납하지 않아."

"하지만 일류샤가 널 보고 얼마나 기뻐할까! 네가 올 줄은 꿈에도 모르는데. 넌 왜, 왜 그렇게 오랫동안 가볼 생각을 안 한 거야?" 스무로프가 갑자기 열을 올리며 외쳤다.

"친애하는 소년, 이건 내 일이지, 네 일이 아니야. 나는 내 뜻에 따라 스스로 가는 거야, 내 의지가 그러니까, 하지만 너희는 모두 알렉세이 카라마조프한테 끌려간 거지, 그게 차이라고. 그리고 네가 어떻게 알아, 내가 화해하러 가는 게 전혀 아닌지도 모르잖아? 별 바보 같은 소리를!"

"절대 카라마조프 때문이 아냐, 절대로 그 사람 때문이 아니라니까. 그냥 우리 스스로 가게 된 거야, 물론 처음엔 카라마조프하고 같이 갔지만. 게다가 그런 일은 없었어, 바보 같은 짓은 없었단 말이야. 처음에 한 애가 가고, 다음엔 다른 애가 가고, 그렇게 된 거야. 걔 아버진 우리가 가면 굉장히 좋아했어. 알잖아, 일류샤가 죽으면 걔 아버진 그냥 미쳐버릴 거야. 일류샤가 죽을 거라는 걸 걔 아버지도 알아. 우리가 일류샤랑 화해했을 때, 얼마나 기뻐했는지 몰라. 일류샤는 네 얘길 묻더니 더는 아무 말도 하지 않았어. 물어보고는 입을 다무는 거야. 걔 아버진 미쳐버리거나 목을 매달 거야. 전에도 미친 사람처럼 군 적이 있잖아. 말이야, 걔 아버지는 점잖은 사람이야, 그때는 뭐가 잘못됐던 거지. 이 모든 게 자기 아버지를 죽인 그 사람 잘못이야, 그 사람이 그때 걔 아버지를 마구 때렸잖아."

"어쨌든 카라마조프는 나한테 수수께끼야. 전부터 그 사람하고 사귈 수도 있었지만, 나도 어떤 땐 오만하게 구는 걸 좋아하거든. 게다가 내 나름대로 그 사람에 대한 견해를 갖고 있는데, 좀더 검토하고 명백하게 할 필요가 있어."

콜랴는 위엄 있게 입을 다물었다. 스무로프도 그랬다. 물론 스무로프는 콜랴 크라소트킨을 숭배하고 있어 그와 견준다는 건 감히 생각도 하지 못했다. 하지만 지금 콜랴가 '자신의 뜻에 따라 스스로' 가는 거라고 선언하자 무섭게 호기심이 동했는데, 콜랴가 지금, 바로 오늘 가보기로 갑자기 생각한 데는 무슨 수수께끼가 숨어 있는 게 분명했다. 그들은 장터 광장을 걷고 있었다. 오늘따라 거기에는 타지에서 온 짐수레가 많이 서 있고, 몰아다놓은 가금류들도 많았다. 도시의 아낙네들은 차양을 쳐놓고 꽈배기 빵이며 실 따위를 팔았다. 일요일에 이렇게들 몰려드는 것을 우리 소도시에서는 순박하게 정기시定期市라고 부르는데, 이런 정기시는 한 해에도 여러 번 선다. 페레즈본은 아주 신이 나서 달려가며 좌우로 연방 고개를 기울이고 어디서나 무엇이나 냄새를 맡아댔다. 다른 강아지들과 만날 때면 그들 나름의 관습에 따라 유난스레 열심히 킁킁거리며 서로의 냄새를 맡았다.

"나는 리얼리즘을 관찰하는 게 좋아, 스무로프." 콜랴가 불쑥 입을 열었다. "개들이 만나면 서로 냄새를 맡는 거, 봤지? 여기엔 그들의 어떤 공통된 자연법칙이 있는 거야."

"그래, 뭐 좀 우스운 법칙이지."

"다시 말해, 우스운 게 아냐, 그건 네가 틀렸어. 편견을 가진 인간에겐 어떻게 보일지 몰라도, 자연 속에 우스운 건 없어. 만약 개들이 판단할 수 있고 비판할 수 있다면, 그들의 명령자인 인간들 간의 사회적 관계에서 자신들이 보기에 우스운 점들을 똑같이 많이 발견할 거야, 훨씬 더 많이가 아니라면—훨씬 더 많이가 아니라면 말이지. 내가 이 말을 되풀이하는 건, 우리 인간들 쪽에 멍청한 점이 훨씬 더 많다고 확신하기 때문이야. 이건 라키친의 생각인데, 정말 주목할 만한 생각이지. 나는 사회주의자야, 스무로프."

"사회주의자가 뭔데?" 스무로프가 물었다.

"그건 말이야, 모든 사람이 평등하고 모든 사람이 재산을 공동으로 가지고 혼인이란 게 없고 종교와 모든 법은 누구나 각자 원하는 대로이고, 뭐 나머지 모든 것도 그렇다는 거야. 이런 걸 알기엔 넌 아직 덜 컸어, 너한텐 일러. 근데 춥구나."

"응, 영하 12도래. 아까 아버지가 온도계를 봤거든."

"그런데 너 못 느꼈니, 스무로프? 한겨울엔 영하 15도나 심지어 18도까지 떨어져도, 예를 들어 초겨울인 지금처럼 춥게 여겨지진 않거든, 지금과 같은 초겨울엔 영하 12도의 추위가 뜻밖에 불쑥 몰아닥치니까 그래, 아직 눈도 별로 오지 않았는데 말이야. 이건 사람들이 아직 적응이 안 돼서 그런 거야. 인간 만사는 습관이거든, 모든 게 그래, 심지어 국가적인 면, 정치적인 면에서도 그렇지. 습관이—원동력인 거야. 그런데 저 농부, 되게 웃긴다."

콜랴는 사람 좋아 보이는 얼굴에 털가죽 외투를 걸친 키 큰 농부를 가리켰는데, 그는 자신의 짐수레 옆에서 너무 추운 나머지 벙어리장갑을 낀 손바닥을 탁탁 마주치고 있었다. 기다란 아맛빛 턱수염은 꽁꽁 얼어 허연 성에로 뒤덮여 있었다.

"이 농부는 턱수염이 얼어붙었군!" 콜랴가 그의 옆을 지나가며 시비를 걸듯 큰 소리로 외쳤다.

"많은 사람이 그렇단다." 농부가 차분하게 타이르듯이 대답했다.

"아저씨한테 시비 걸지 마." 스무로프가 한마디했다.

"괜찮아, 화내지 않을 거야, 마음씨가 좋거든, 잘 있어요, 마트베이."

"잘 가거라."

"아니, 정말 마트베이예요?"

"마트베이지. 그럼 몰랐단 말이냐?"

"몰랐어요, 그냥 되는대로 부른 거죠."

"거참, 학교에 다니겠지?"

"학교에 다녀요."

"그래, 매 좀 맞겠구먼?"

"딱히 그렇달 순 없지만, 그냥 좀."

"아프지?"

"안 아프진 않죠!"

"아이고, 사는 게 그저!" 농부는 진심으로 한숨을 내쉬었다.

"잘 있어요, 마트베이."

"잘 가거라. 참 귀여운 녀석이로구나, 정말."

소년들은 계속 걷기 시작했다.

"좋은 농부야." 콜랴가 스무로프에게 말했다. "나는 민중하고 말하는 걸 좋아해, 또 언제나 그들의 정당함을 기꺼이 인정해주지."

"왜 우리가 매맞는다고 거짓말했어?" 스무로프가 물었다.

"그 사람을 위로해줘야 했잖아."

"무슨 말이야?"

"이봐, 스무로프, 첫마디에 못 알아듣고 되묻는 거, 난 좋아하지 않아. 설명할 수 없는 것도 있으니까. 그 농부 생각으론, 학생은 매를 맞고 있고, 또 맞아야 한다는 거야. 매를 안 맞는다면 그게 무슨 학생이냐? 이런 거지. 우리 학교에선 때리지 않는다고 갑자기 말하면, 그 사람은 정말 슬퍼할걸. 하지만 넌 이런 걸 이해 못해. 민중을 상대할 땐 그들과 말하는 법을 알아야 되는 거야."

"그래도 시비는 걸지 마, 제발, 그때 그 거위 사건 같은 일이 또 터질 테니까."

"겁나?"

"비웃지 마, 콜랴, 난 정말 겁나. 아버지가 노발대발하실 거야. 너하고 절대로 같이 다니지 말라고 하셨단 말이야."

"겁내지 마, 이번엔 아무 일도 일어나지 않을 테니. 안녕, 나타샤." 차양 아래 있는 한 장사꾼 여자에게 그가 소리쳤다.

"내가 왜 나타샤냐, 나는 마리야야." 아직 꽤 젊은 편인 장사꾼 여자가 새된 소리로 대답했다.

"마리야라, 거 좋구먼, 잘 있어요."

"이런 개망나니, 젖비린내도 안 가신 애송이가, 얻다 대고!"

"난 바빠요, 당신하고 이럴 시간 없으니, 다음 일요일에 얘기하죠." 콜랴는 마치 자기가 아니라 그녀 쪽에서 집적거린 것처럼 두 손을 내저었다.

"내가 너하고 일요일에 무슨 얘길 해? 네놈이 수작을 걸었지 내가 걸었냐, 이 몹쓸 놈아." 마리야가 소리를 질러댔다. "너 같은 건 두들겨 패야 돼, 명심해, 이 유명한 망종아, 명심하라고!" 마리야 옆자리에 각자 목판을 펴놓고 물건을 팔던 다른 장사꾼 여자들 사이에서 웃음소리가 터지자마자, 시내 상점들이 늘어선 아케이드에서 성이 잔뜩 난, 점원 같아 보이는 사람 하나가 느닷없이 튀어나왔는데, 우리 도시의 상인이 아니라 외지에서 온 아직 젊은 사내로, 푸른색의 긴 농군 외투를 걸친 데다 챙이 달린 모자를 쓰고 짙은 아맛빛 곱슬머리에 기름하고 창백한 얼굴은 얽어 있었다. 그는 무슨 일인지 바보같이 흥분해서는 대뜸 주먹으로 콜랴를 위협하기 시작했다.

"난 네놈을 알아." 그가 분개해서 소리쳤다. "난 네놈을 알아!"

콜랴는 그를 뚫어지게 쳐다보았다. 언제 이 사람하고 맞붙어 무슨 격투라도 벌인 적이 있는지 도무지 기억이 나지 않았다. 하기야, 길바닥에서 싸움을 벌인 게 어디 한두 번인가, 일일이 다 기억할 수도 없는 노릇이었다.

"안다고요?" 그가 비꼬아 물었다.

"난 네놈을 알아! 난 네놈을 알아!" 상인은 바보처럼 같은 소리만 되풀이했다.

"그럼 아저씬 좋겠네요. 하지만 난 시간이 없어서, 이만 실례!"

"무슨 버르장머리 없는 짓이야?" 상인이 소리쳤다. "또 버르장머리 없는 짓을 할 테냐? 난 네놈을 알아! 또 버르장머리 없는 짓을 할 거냐고?"

"이봐요, 형씨, 내가 버르장머리 없이 굴건 말건, 그건 형씨 일이 아니지." 콜랴는 걸음을 멈추고 계속 그를 뜯어보며 말했다.

"내 일이 아니라니?"

"그렇죠, 형씨 일이 아니지."

"그럼 누구 일이야? 누구? 그래, 대체 누구 일이냐고?"

"이건, 형씨, 그러니까 트리폰 니키치치의 일이지, 형씨 일이 아니야."

"트리폰 니키치치라니, 그게 누군데?" 청년은 여전히 화를 펄펄 내면서도 바보처럼 깜짝 놀라며 꼼짝 않고 콜랴를 쳐다보았다. 콜랴는 근엄하게 그를 훑어보았다.

"예수 승천제*에는 가봤나요?" 그가 갑자기 엄격하면서도 완강한 어조로 물었다.

"예수 승천제라니? 거긴 왜? 아니, 가본 적 없어." 청년은 적잖이 어리둥절해했다.

"그럼 사바네예프를 아나요?" 콜랴는 더욱더 완강하고 더욱더 엄격하게 계속 물었다.

"사바네예프는 또 누구야? 아니, 몰라."

"뭐, 그렇다면 악마하고나 상대하쇼!" 콜랴는 갑자기 말을 툭 잘라버리고는 오른쪽으로 몸을 획 돌려 재빠르게 자기 길을 성큼성큼 걸어가기 시작했는데, 사바네예프를 모르는 멍텅구리하고는 함께 이야기하는 것조차 경멸스럽다는 식이었다.

"이놈아, 거기 서, 어이! 사바네예프가 대체 누구야?" 정신을 차린 청년은 또다시 미친 듯이 흥분했다. "저 녀석, 도대체 누굴 얘기한 거야?" 그는 갑자기 장사꾼 여자들에게로 몸을 돌리고 멍청하게 그들을 쳐다보았다.

아낙네들은 웃음을 깔깔 터뜨렸다.

"희한한 녀석이야." 한 아낙네가 말했다.

"저놈이 말한 사바네예프가 누구냐니까, 누구?" 청년은 오른팔을 휘두르며 여전히 미친 듯 화가 나서 되풀이했다.

"그건 아마 쿠지미체프 집에서 일하던 그 사바네예프일 거야, 맞아, 틀림없어." 한 아낙네가 갑자기 이렇게 추측했다.

청년은 영문을 알 수 없다는 듯 그녀를 응시했다.

---

* 부활제 후 40일째 되는 날에 행한다.

"쿠지-미-체프 집이라고?" 다른 아낙네가 말을 되받았다. "아니, 그 사람이 무슨 트리폰이야? 그 사람은 트리폰이 아니라 쿠지마야, 아까 그 녀석이 트리폰 니키치치라고 했으니까 그 사람은 아니지."

"그 사람은, 이봐, 트리폰도 사바네예프도 아니야, 그 사람은 치조프야." 여태까지 정색을 하고 말없이 듣고만 있던 세번째 아낙네가 갑자기 거들고 나섰다. "그 사람 이름은 알렉세이 이바느이치*야, 치조프, 알렉세이 이바노비치."

"그래, 맞아, 치조프야." 네번째 아낙네가 자신 있게 맞장구를 쳤다.

어리벙벙해진 청년은 아낙네들 얼굴을 번갈아 쳐다보았다.

"그런데 그놈이 그걸 왜 물어봤냐고요, 왜 물었대요, 착한 아줌씨들?" 그는 이제 거의 절망적으로 부르짖었다. "'사바네예프를 아나요?' 하고 물었잖아요. 빌어먹을, 알 수가 있어야지, 그놈의 사바네예프가 누군지!"

"자네도 참 미련한 사람일세, 그건—사바네예프가 아니라 치조프, 알렉세이 이바노비치 치조프라니까, 그렇대두!" 한 장사꾼 여자가 단단히 이르듯 그에게 소리쳤다.

"치조프라니? 아니, 그건 또 누군데요? 알거든 말 좀 해주소."

"왜 그 키다리 코훌쩍이 말이야, 여름에 장터에 앉아 있었잖아."

"하지만 그 치조프가 나하고 무슨 상관인데요, 착한 아줌마들, 예?"

"난들 어찌 알겠수, 치조프가 자네랑 무슨 상관인지."

"누가 안담, 그 사람이 자네랑 무슨 상관인지." 다른 아낙이 말을 받

* 일상어에서 부칭 이바노비치 대신에 자주 사용된다.

왔다. “그렇게 떠들어대니, 자네 자신이 알아야 할 거 아냐, 자네한테 그 사람이 무슨 상관인지는. 그 녀석이 자네한테 말했지, 우리한테 말한 게 아니야, 이 멍청한 양반아. 아니면 정말 모르는 게야?”

“누구를요?”

“치조프 말일세.”

“귀신이 물어가라지, 치조프인지 뭔지, 아줌마도 함께! 그놈을 작살내버릴 테다, 암! 그놈이 날 가지고 놀았어!”

“치조프를 작살낸다고? 당하지나 말게! 자넨 바보야, 아무렴!”

“치조프 말고, 치조프가 아니래도, 이 짓궂고 못돼먹은 여편네야, 그 꼬마 녀석을 작살내겠다는 거지, 똑똑히 들어! 그놈을 끌고 와, 이리 끌고 오라니까, 그놈이 나를 갖고 놀았어!”

아낙네들은 깔깔 웃어댔다. 하지만 콜랴는 벌써 멀리서 의기양양한 표정으로 걸음을 옮기고 있었다. 스무로프는 멀찌막이 뒤에서 소리쳐대는 무리를 돌아보며 그와 나란히 걸었다. 콜랴와 함께 소동에 말려들지 않을까 여전히 겁났지만 그도 역시 무척 신났다.

“아까 물어본 그 사바네예프가 어떤 사람이야?” 그는 대답을 이미 짐작하면서도 콜랴에게 물었다.

“알 게 뭐야, 어떤 사람인지. 이제 저치들은 저녁때까지 저렇게 떠들어댈걸. 나는 모든 사회계층의 바보들을 뒤흔들어놓길 좋아해. 저기 멍텅구리가 또하나 서 있군, 저기 저 농부 말이야. 명심해둬, ‘멍청한 프랑스인보다 더 멍청한 건 없다’고 하지만 러시아인의 골상도 본성을 그대로 드러내거든. 봐, 저 사람 얼굴에도 바보라고 그대로 쓰여 있잖아, 바로 저 농부 말이야, 응?”

"가만 놔둬, 콜랴, 그냥 지나가자."

"가만 놔둘 수야 절대로 없지, 난 이미 착수했어. 어이! 안녕하슈, 농부 양반!"

체구가 건장한 농부가 천천히 옆을 지나가다가 고개를 들어 소년을 바라보았는데, 둥글둥글 순박한 얼굴에 구레나룻이 희끗희끗하고 이미 한잔 걸친 듯했다.

"그래, 너도 안녕하냐, 나한테 농을 거는 게 아니라면 말이다." 그가 느긋하게 대답했다.

"농이라면요?" 콜랴가 웃었다.

"농이라면 농을 하려무나, 마음대로 실컷 해. 상관없어, 괜찮아. 농이야 늘 할 수 있지, 뭐."

"잘못했어요, 아저씨, 진짜 농이었는데."

"뭐, 하느님도 그 정도는 용서해주셔."

"아저씨도 용서해주는 거죠?"

"용서하다마다. 어서 가봐라."

"와아, 아니 아저씨는, 아저씨는 정말 현명한 농부인 것 같은데요."

"너보다야 현명하지." 여전히 위엄 있게 농부는 뜻밖에도 이렇게 대답했다.

"설마." 콜랴는 좀 어리둥절해졌다.

"내 말이 맞아."

"뭐, 그렇다고 해두죠."

"그렇다니까, 얘야."

"잘 가요, 농부 아저씨."

"잘 가거라."

"농부들도 각양각색이야." 얼마 동안 입을 다물고 있다가 콜랴가 스무로프에게 한마디했다. "저렇게 똑똑한 사람을 만날 줄 어찌 알았겠어. 나는 언제나 민중의 지혜를 기꺼이 인정하지."

멀리서 성당의 시계가 열한시 반을 쳤다. 소년들은 걸음을 재촉하면서, 이등 대위 스네기료프의 집까지 아직도 꽤 먼 길을 이젠 거의 얘기도 나누지 않고 빠르게 걸어갔다. 집까지 스무 걸음쯤 남아 있는 곳에서 콜랴는 발걸음을 멈추더니 스무로프에게 먼저 가서 카라마조프를 여기로 불러내라고 명령했다.

"미리 냄새를 맡아볼 필요가 있어." 그가 스무로프에게 말했다.

"왜 불러내라는 건데?" 스무로프가 반박하려 들었다. "그냥 들어가, 널 보면 다들 엄청 좋아할 거야. 이 추운 바깥에서 인사할 게 뭐 있어?"

"왜 그 사람을 이 추운 바깥으로 불러내야 하는지, 그건 내가 이미 알고 있어." 콜랴는 고압적으로 잘라 말했고(이런 '조무래기들'을 상대할 때 그가 끔찍이도 즐기는 수법이었다), 스무로프는 명령을 이행하려고 달려갔다.

IV
쥬치카

콜랴는 위엄 있는 표정을 하고 담장에 기대서서 알료샤가 나타나기를 기다렸다. 그렇다, 그는 벌써 오래전부터 알료샤를 만나고 싶었다.

아이들한테서 알료샤 얘기를 귀가 따갑도록 들어왔으나, 여태까지 아이들이 자기에게 그에 대한 얘기를 할 때면 겉으로 늘 경멸하며 무관심한 태도를 보여왔을 뿐만 아니라, 그 얘기를 다 듣고 나서는 알료샤를 '비판'하기까지 했다. 하지만 속으로는 무척, 무척 사귀고 싶었다. 그가 알료샤에 대해서 들은 모든 이야기 속에는 뭔가 호감이 가고 마음을 끄는 점이 있었던 것이다. 그런 까닭에 지금 이 순간이 중요했다. 첫째, 자신의 얼굴에 흙칠을 하지 말고 독립성을 보여주어야만 했다. '안 그러면 나를 열세 살 꼬마로 생각해 재네들 같은 조무래기로 여길 거야. 그런데 그 사람한테 저 조무래기들은 대체 뭘까? 사귀면 물어봐야지. 어쨌거나 내 키가 이렇게 작은 게 영 기분 잡치는데. 투지코프는 나보다 어리지만 머리 절반쯤은 더 크잖아. 하지만 난 얼굴이 똑똑해 보여. 잘생긴 건 아니지, 추한 얼굴이라는 건 나도 알아, 그래도 똑똑하게는 생겼단 말씀이야. 또 마음을 있는 대로 열고 마구 지껄여서도 안 돼, 그랬다간 당장에 나를 껴안으면서 무슨 생각을 할지 뻔하니까…… 칫, 젠장, 그쪽에서 그렇게 생각한다면, 이게 무슨 창피냔 말이야……!'

이렇듯 콜랴는 잔뜩 흥분해서 가장 독립적인 태도를 취하느라 안간힘을 쓰고 있었다. 무엇보다 그를 괴롭힌 것은 작은 키였는데, '추한' 얼굴은 키보다는 덜 괴로웠다. 그는 벌써 지난해부터 자기 집의 한쪽 벽 모퉁이에 연필로 선을 그어 자신의 키를 표시해두고는, 그때부터 두 달마다 한 번씩 가슴을 두근거리며 그동안 얼마나 자랐나 다시 재어보러 다가가곤 했다. 하지만 아아, 안타까워라! 키는 아주 눈곱만큼밖에 자라지 않았고, 그래서 때로는 마냥 절망에 빠지기도 했다. 그렇지만 얼굴로 말하자면, 결코 '추하지' 않았고, 오히려 약간 창백하고 하얀

데다 주근깨가 있는 꽤나 귀여운 얼굴이었다. 크지는 않지만 생기 있는 회색 눈은 대담한 빛을 띠었고, 풍부한 감정으로 불타오를 때도 드물지 않았다. 광대뼈는 좀 넓은 편에 입술은 조그맣고 그리 두껍지 않았으나 아주 선명한 붉은빛이었다. 자그마한 코는 완전히 들려 있었다. '완전 들창코야, 완전 들창코!' 거울을 볼 때마다 콜랴는 혼자서 이렇게 중얼거리며 늘 화가 잔뜩 나서 거울 앞을 떠나곤 했다. '정말이지 얼굴도 똑똑한 것 같지 않잖아?' 때로는 그것마저 의심이 들어 이렇게 생각하기도 했다. 하지만 얼굴이나 키 걱정이 그의 영혼을 송두리째 삼켜버렸다고 생각해선 안 된다. 거울 앞에 서 있는 순간이 아무리 지독하게 쓰라릴지라도, 그는 금방 그것을, 심지어 아주 오랫동안 잊어버리고, 스스로 자신의 활동을 정의했듯이, '사상과 현실 생활에 전념'하곤 했다.

알료샤는 곧 나타나 빠른 걸음으로 콜랴에게 다가왔다. 아직 몇 걸음 사이에 두고서 이미 콜랴는 알료샤가 왠지 아주 반가운 얼굴을 하고 있다는 걸 눈치챘다. '내가 온 게 정말 저렇게 반가울까?' 콜랴는 흐뭇해하며 생각했다. 말이 나온 김에 여기서 알려두자. 알료샤는 우리가 그를 떠난 뒤로 무척 달라졌다. 수도복은 벗어버리고, 지금은 멋진 프록코트를 지어 입고 챙 없는 둥글고 부드러운 모자에 짧게 깎은 머리를 하고 있었다. 이 모든 것이 그를 매우 돋보이게 만들어 아주 미남으로 보였다. 귀염성 있는 얼굴은 늘 명랑한 표정이었지만, 이 명랑함은 어딘지 조용하고 평온한 것이었다. 콜랴는 알료샤가 방안에 앉아 있던 차림새 그대로, 외투도 걸치지 않고 그를 만나러 나온 것에 깜짝 놀랐는데, 서둘러 나온 게 분명했다. 그는 곧바로 콜랴에게 한 손을 내밀었다.

"마침내 당신도 와주었군요, 우리 모두 얼마나 기다렸던지."

"이유가 있었습니다, 이제 곧 아시겠지만. 아무튼 만나뵙게 돼서 반갑군요. 오래전부터 이런 기회가 오길 기다리고 있었고 말씀도 많이 들었습니다." 콜랴가 숨을 약간 헐떡이며 중얼거렸다.

"그러잖아도 벌써 서로 알고 지내야 했는데, 나도 얘기 많이 들었어요, 그런데 여기엔, 이곳엔 좀 늦게 왔군요."

"그래, 여기는 어떻죠?"

"일류샤는 상태가 아주 나빠요, 아무래도 죽을 것 같군요."

"뭐라고요! 의학이란 야비한 거예요, 안 그렇습니까, 카라마조프 씨?" 콜랴가 열을 올리면서 소리쳤다.

"일류샤는 자주, 아주 자주 당신 얘길 했어요, 심지어 잠을 자면서도, 헛소리를 하면서도 당신 얘길 했으니까요, 아시겠죠. 당신이 그애에게 매우, 매우 소중한 사람이었던 겁니다…… 그 일이…… 그 칼 사건이 있기 전까지는. 여기엔 또다른 이유도 있지만…… 그래, 이건 당신의 개인가요?"

"내 개예요. 페레즈본이죠."

"쥬치카가 아니고요?" 알료샤가 안타깝다는 듯 콜랴의 눈을 쳐다보았다. "그럼 그 개는 아주 사라져버린 건가요?"

"모두들 쥬치카를 원하고 있다는 걸 알아요, 다 들었거든요." 콜랴는 수수께끼 같은 미소를 지었다. "들어보시죠, 카라마조프 씨, 모두 설명해드릴 테니까요, 이렇게 당신을 만나러 온 것도 무엇보다 그 때문이고, 그래서 당신을 불러낸 겁니다, 안으로 들어가기 전에 그 돌발 사건의 자초지종을 설명드리려고 말이지요." 그는 활기를 띠며 이야기를 시작했다. "있잖습니까, 카라마조프 씨, 봄에 일류샤가 예비반에 들어왔습니다. 뭐, 우리 예비반이라면 알 만하죠, 그 조무래기들, 꼬맹이들 말입니다. 아이들은 곧바로 일류샤를 놀려대기 시작했지요. 나는 두 학년 위여서, 물론 멀찍이 한쪽 옆에서 지켜보기만 했습니다. 보니까, 일류샤는 몸집도 작고 허약한 아이인데도 굴복하기는커녕 그애들과 맞붙어 싸우기까지 하는데, 자존심이 강하고 눈이 활활 타오르더군요. 나는 그런 애들을 좋아합니다. 하지만 애들은 그 때문에 그애를 더 괴롭혔죠. 무엇보다 그때 그애는 너절한 외투를 입고, 발목 위로 껑충 올라오는 바지에다, 구두에는 구멍이 숭숭 나 있었어요. 아이들은 그걸 가지고도 그애를 놀렸습니다. 업신여긴 거죠. 아니, 나는 그러는 게 정말 싫어서 즉시 그애 편이 되어 혼쭐을 내주었습니다. 사실 나는 그애들을 패주기까지 하는데, 그애들은 그래도 나를 숭배하죠, 아시겠습니까, 카라마조프 씨?" 콜랴는 신나서 떠벌렸다. "게다가 나는 대체로 꼬맹이들을 좋아합니다. 지금도 우리집에는 햇병아리 두 마리가 내 목에 매달려 있죠, 오늘은 걔네들 때문에 늦기까지 한걸요. 그래서 애들은 일류샤를 때리지 않게 됐고, 나는 그애를 내 보호 아래 두었죠. 보니까, 자존심이 강한 소년이에요, 분명히 말씀드리지만 자존심이 센 녀석이라고요. 하지만 결국 나한테 노예처럼 헌신하게 됐고, 내 명령이라면 아무리 하찮은 거라도 시키는 대로 하고, 내 말을 하느님의 말처럼 따르고, 나를 흉내내려고 애썼어요. 수업 사이 쉬는 시간이면 어느새 나한테 쪼르르 달려왔고, 우리는 둘이서 같이 돌아다녔습니다. 일요일도 마찬가지였어요. 우리 김나지움에서는 상급생이 어린 하급생하고 그렇게 친하게 어울리면 다들 웃지만, 그건 편견이에요. 내가 그러고 싶다면 그걸로 된 거죠, 안 그런가요? 나는 그애를 가르치고 발전시키는 중입니다—말씀해보시죠, 그애가 내 마음에 든다면 발전시켜줘서 안 될 이유가 없잖아요? 카라마조프 씨, 당신이 저 어린 병아리떼하고 어울린 것도, 실은 어린 세대에게 영향을 주고 그들을 발전시키고 그들에게 유용한 존재가 되고 싶어서 아닙니까? 솔직히 고백하지만, 당신 얘기를 들었을 때, 무엇보다 당신 성격의 이런 점에 마음이 끌렸습니다. 그건 그렇고, 본론으로 넘어가죠. 이 소년의 내부에 어떤 다감성, 감상성이 자라고 있는 것이 보이는 겁니다, 그런데 나는 말이죠, 송아지 같은 다정함이라면 딱 질색이에요, 태어난 순간부터 그랬습니다. 게다가 어떤 모순도 보이더군요. 자존심이 세면서도 나한테 노예처럼 헌신했고—노예처럼 헌신하다가도 갑자기 눈을 번득이면서 심지어 내 의견에 동의하려고도 들지 않고 논쟁을 하면서 막무가내로 덤벼들거든요. 내가 이따금 이런저런 사상을 설명해주면, 그애는 꼭 그 사상에 동의하지 않는다기보다 나에 대해 개인적으로 반항하는 게 눈에 빤히 보이는 거예요, 내가 그애의 다정함에 냉담하게 답하기 때문이죠. 그애를 단련시키기 위해서 나는 그애가 다정하게 굴수록 더 냉담하게 대합니다, 일부러 그렇게 행동하죠, 그게 나의 신념이니까요. 나의 목적은 성격을 엄격하게 훈련시키고 도야시켜 인간을 만들어내고…… 음, 그리고 또…… 물론 내가 다 말하지 않아도 당신은 금방 이해하시겠죠. 그런데 갑자기 그애가 하루, 이틀, 사흘, 계속해서 어찌할 바를 몰라 하고 슬퍼하는 걸 눈치챘는데, 이번엔 다정함 때문이 아니라 어떤 다른 것, 아주 강하고 아주 고차원적인 것 때문이었습니다. 대체 무슨 비극일까? 하고 생각했죠. 그애를 족쳐서 사정을 알아냈습니다. 그애는 돌아가신 당신 아버지(그땐 아직 살아 계셨죠)의 하인인 스메르쟈코프하고 어쩌다 알게 됐는데,

이 하인이 바보 같은 그애에게 멍청한 장난을, 다시 말해 짐승 같은 장난, 비열한 장난을 가르쳐준 겁니다—말랑말랑한 빵조각을 가져와 거기다 바늘을 찔러넣은 다음 굶주린 뉘집 마당 개한테 던져주면 씹지도 않고 꿀꺽 삼킬 테니, 그뒤 어떤 일이 일어날지 한번 보자는 거였죠. 그래서 그들은 그런 빵조각을 만들어 바로 지금 문제가 되고 있는 그 털북숭이 쥬치카에게 던져주었는데, 아무도 먹을 것을 주지 않아 하루종일 허공에 대고 컹컹 짖고 있던 마당 개였습니다(그 멍청이같이 짖는 소리를 좋아하십니까, 카라마조프 씨? 나는 참을 수가 없어요). 그러자 개는 부리나케 달려와서 덥석 삼키더니 비명을 내지르고 몸을 뒤틀며 뱅글뱅글 돌다가 무턱대고 달아나기 시작했는데, 달아나면서도 계속 깽깽대며 비명을 지르고, 그렇게 결국 사라져버렸습니다—이건 일류샤가 나한테 직접 해준 얘기예요. 이 얘기를 털어놓으면서 그애는 울고 또 울면서 나를 끌어안고 부들부들 떨었어요. '달아나면서도 깽깽 울었어, 달아나면서도 깽깽 울었어.' 이 말만 되풀이했는데, 이 광경이 큰 충격을 주었던 거죠. 뭐, 내가 보기엔 양심의 가책 같았습니다. 나는 그 일을 심각하게 받아들였어요. 무엇보다 그전의 일도 있고 해서, 그애를 단단히 훈련시켜야겠다 싶었죠, 그래서 고백하지만, 잔머리를 좀 굴려 전에 없이 분노에 사로잡힌 척하며 이렇게 말했습니다. '넌 비열한 짓을 저질렀어, 넌 비열한 놈이야, 물론 이 얘기를 퍼뜨리진 않겠지만, 당분간 너하고 절교야. 이 일을 깊이 생각해보고 스무로프를 통해 알려주마(지금 나하고 같이 온 바로 그애인데 언제나 나한테 복종하죠), 앞으로 너하고 계속 관계를 유지할지 아니면 너를 비열한 놈으로 못박아 영원히 버릴지.' 이 말에 그애는 무서운 충격을 받은 거죠. 솔직히 나도 그때 너무 엄격하게 대한 것 아닐까 하고 느꼈지만, 어쩌겠습니까, 그게 그때의 내 계획이었으니까요. 하루 뒤에 나는 스무로프를 그애한테 보내, 더이상 그애와는 '말도 하지 않겠다'고 전했는데, 이건 두 친구가 절교할 때 우리가 쓰는 말입니다. 사실 나의 비밀 계획은, 그저 며칠 동안만 그애를 추방형에 처했다가 뉘우치는 빛을 보이면 다시 손을 내민다는 거였지요. 그게 나의 확고한 의도였습니다. 하지만 어떻게 됐는지 아세요, 스무로프한테서 그 말을 전해듣자 그애는 갑자기 눈을 번득이며 소리쳤어요. '크라소트킨에게 가서 내 말을 전해, 이제 개라는 개한테 모조리 바늘 꽂은 빵조각을 던져줄 테다, 모든 개, 모든 개한테!' 그래서 나는 생각했죠. '고집이 준동했군, 그 고집을 쫓아내주지.' 그래서 그애를 완전히 멸시하기 시작했고, 마주칠 때마다 얼굴을 돌리거나 비꼬듯이 웃어주었습니다. 그러던 중에 갑자기 그애 아버지한테 그 사건이 일어난 겁니다, 당신도 기억하시죠, 그 수세미? 아시겠지요, 그러니까 그애는 그전에 이미 신경이 무섭게 곤두서 있었던 겁니다. 아이들은 내가 그애를 버린 걸 알고 그애한테 달려들어 '수세미, 수세미' 하고 놀려댔습니다. 바로 그때 아이들 사이에 싸움질이 시작됐고, 이건 나도 지독히 유감스러워요, 그때 한번은 아이들이 그애를 아주 호되게 때렸던 모양이니까요. 그래서 하루는 학교가 파한 뒤 나오다가 운동장에서 그애가 다른 아이들 전체를 상대로 덤벼들었는데, 마침 나는 열 걸음쯤 떨어진 데 서서 그애를 보고 있었어요. 맹세코 그때 내가 비웃었던 기억은 없어요, 오히려 그때 그애가 너무너무 안됐다는 생각이 들어 한순간만 더 있었어도 달려가서 그애를 보호해줬을 겁니다. 그런데 그애의 눈이 갑자기 내 시선과 마주쳤어요. 내 시선이 그애에게 어떻게 보였는지 모르겠지만, 그애는 펜 깎는 칼을 뽑아 들고 나한테 덤벼들어 내 허벅지를 찔렀어요. 바로 여기, 이 오른쪽 다리요. 나는 꿈쩍도 하지 않았죠, 사실 나는 어떤 땐 꽤 용감하거든요, 카라마조프 씨, 나는 그저 경멸하는 눈으로 그애를 바라보았죠, '그래, 나의 모든 우정에 대해 더 보답할 생각은 없냐, 마음껏 해봐, 가만히 있어줄 테니' 하고 말하는 듯한 시선으로 말이죠. 하지만 그애는 두 번 다시 찌르지 못했어요, 그애는 견디지 못했어요, 오히려 자기 쪽에서 놀라서 칼을 내던지고 엉엉 울음을 터뜨리며 달아나기 시작하더군요. 나는 물론 고자질 따윈 하지 않았죠, 다른 아이들한테도 선생님들 귀에 들어가지 않도록 죄다 입막음을 해두었고, 어머니한테도 상처가 다 아문 뒤에야 얘기했어요, 사실 상처라고 해봤자 별거 아니고 그저 생채기 정도였거든요. 나중에 들으니, 바로 그날 그애가 돌팔매질을 하며 당신 손가락을 깨물었다던데—하지만 아시겠죠, 그애가 어떤 상태였는지! 뭐, 어쩌겠어요, 내가 바보짓을 한 거죠. 그애가 병이 났을 때 그애를 용서해주러, 그러니까 화해하러 가지 않은 게 지금은 후회돼요. 하지만 거기엔 내 나름의 특별한 목적이 있었던 거예요. 자, 이게 이야기의 전부예요…… 다만 내가 정말 바보짓을 한 것 같아요."

"아, 정말 유감이군요." 알료샤가 흥분해서 외쳤다. "당신과 그애의 관계를 좀더 일찍 알지 못했다니, 진작에 알았더라면 벌써 오래전에 당신을 직접 찾아가서 그애에게 같이 가자고 부탁했을 텐데. 당신이 믿을지 모르지만, 그애는 병상에 누워 열이 들끓고 헛소리를 하면서도 당신 얘기를 했어요. 당신이 그애에게 얼마나 소중한 사람인지 나는 미처 몰랐군요! 그런데 그 쥬치카는 정말, 정말 찾아내지 못했나요? 그애 아버지와 아이들이 모두 나서서 온 도시를 샅샅이 뒤졌답니다. 정말이지 그애는 그렇게 병이 들어서는 '내가 아픈 건, 아빠, 내가 그때 쥬치카를 죽였기 때문이야, 하느님이 나한테 벌을 내리신 거야' 하고 내가 있는 데서 눈물을 흘리며 아버지에게 세 번이나 되풀이하더군요. 아무래도 그 생각을 떨쳐버릴 수 없는 거지요! 지금이라도 이 쥬치카를 데려와서 녀석이 죽지 않고 살아 있다는 걸 보여주기만 하면, 그애는 너무 기뻐서 다시 살아날지도 몰라요. 우리는 모두 당신한테 희망을 걸고 있었답니다."

"그런데 어째서 내가 쥬치카를 찾아낼 거라고 기대하셨나요, 왜 꼭 내가 찾아낼 거라고 말이죠?" 콜랴가 몹시 궁금해하며 물었다. "왜 꼭 저한테 기대를 거셨죠, 다른 사람은 제쳐두고?"

"당신이 쥬치카를 찾아다니고 있고 찾아내는 대로 데려올 거라는 소문이 있었거든요. 스무로프도 그런 비슷한 말을 했고요. 우리는 무엇보다 쥬치카가 살아 있고 어디서 본 사람들도 있는 것처럼 그애에게 믿게 하려고 줄곧 애쓰고 있어요. 아이들이 어디서 살아 있는 토끼를 구해다 주었는데, 그애는 그저 한 번 눈길을 주고 보일 듯 말 듯 미소를 짓더니 토끼를 들판에 풀어주라고 부탁하더군요. 우리는 그렇게 했어요. 지금도 아버지가 돌아오는 길에 어디서 마스티프종 강아지를 얻어가지고 와서, 그걸로 아이를 위로하려고 했지만 오히려 상황이 더 나빠진 것만 같아서……"

"한 가지만 더 말씀해주세요, 카라마조프 씨, 그 아버지란 어떤 사람이죠? 나는 그 사람을 알지만, 당신이 보시기엔 어떤가요, 익살꾼, 어릿광대 아닙니까?"

"아, 천만에요, 감수성이 무척 예민하지만 어쩌다보니 늘 억눌려 살아온 사람들이 있습니다. 그들의 어릿광대짓은 다른 사람들에 대한, 일종의 분노에 찬 비아냥 같은 거예요, 그 사람들 앞에서 오랫동안 굴욕적일 정도로 소심하게 살아온 탓에 맞대놓고는 감히 사실대로 말할 수 없기 때문이지요. 그러니까 크라소트킨, 그런 어릿광대짓은 때로는 굉장히 비극적인 것입니다. 그 아버지에겐 지금 일류샤가 모든 것, 지상의 모든 것이기 때문에, 일류샤가 죽으면 슬픔에 빠져 미치광이가 되든지 자살을 하든지 할 겁니다. 지금 그 사람을 보고 있으면 거의 그런 확신이 들어요!"

"무슨 말씀인지 잘 알겠어요, 카라마조프 씨, 당신은 인간에 대해 잘 알고 계신 것 같아요." 콜랴가 감동받은 듯 덧붙였다.

"나는 당신이 개와 함께 온 걸 보고 바로 그 쥬치카를 데려온 줄 알았습니다."

"조금만 기다리세요, 카라마조프 씨, 어쩌면 그 녀석을 찾을 수 있을지도 몰라요, 하지만 이 개는—이건 페레즈본이에요. 지금 이 녀석을 방에 들여보낼 건데 아마 마스티프종 강아지보다는 요놈이 일류샤를 더 즐겁게 해줄걸요. 잠깐만 기다려보세요, 카라마조프 씨, 이제 곧 뭔가 아시게 될 테니. 아, 맙소사, 내가 당신을 이렇게 붙들고 있다니!" 콜랴가 갑자기 맹렬하게 소리쳤다. "이런 추위에 프록코트 한 장만 입고 계신데 이렇게 붙잡고 있다니, 보시죠, 보시죠, 내가 얼마나 이기주의자인지! 오, 우리는 모두 이기주의자예요, 카라마조프 씨!"

"걱정 말아요, 사실 춥긴 하지만 나는 감기 체질이 아니거든요. 어쨌든 이제 들어가죠. 참, 이름이 어떻게 되시더라, 콜랴라는 건 압니다만,

그다음은?"

"니콜라이, 니콜라이 이바노프* 크라소트킨, 또는 관청식으로 말해 아들 크라소트킨입니다." 크라소트킨은 무엇 때문인지 웃기 시작하더니 갑자기 덧붙였다. "나는 물론 니콜라이라는 내 이름이 정말 싫어요."

"그건 왜요?"

"진부하고, 관청 냄새가 나서요……"

"지금, 세는나이로 열세 살인가요?" 알료샤가 물었다.

"그러니까 세는나이로는 열네 살이죠, 두 주일만 지나면 만 열네 살이 돼요, 이제 금방요. 내 약점 하나를 당신 앞에서 미리 고백하는데, 카라마조프 씨, 당신한테 처음 인사하는 마당이니 나의 천성을 단번에 모두 아시게끔 말이죠. 나는 누가 내 나이를 묻는 게 싫어요, 아니, 그냥 싫은 정도가 아니에요…… 그리고 마지막으로…… 나를 헐뜯는 소문이 나돌고 있는데, 예를 들면 지난주에 예비반 애들하고 도적놀이를 했다는 거예요. 그런 놀이를 한 건 사실이지만, 나 자신을 위해, 나 혼자 재미있자고 그 놀이를 했다는 건 완전 중상모략이에요, 당신 귀에도 이 얘기가 분명히 들어갔을 거라고 생각하지만, 나 자신을 위해서가 아니라 꼬맹이들을 위해서 함께 놀아준 거였어요, 나 없이 걔네들끼리는 아무것도 생각해낼 수 없었으니까요. 우리 도시에서는 허구한 날 유치한 헛소문을 퍼뜨려대죠. 이건 완전 뜬소문의 도시예요, 정말이라니까요."

"당신 자신이 재미있자고 했다 한들, 그게 뭐 어때서요?"

---

* 19세기에는 부칭 이바노비치와 함께 자주 사용되었다.

"아니, 나 자신을 위해서라고요…… 하지만 당신이 말타기놀이를 하진 않겠죠?"

"그럼 이렇게 생각해봐요." 알료샤가 싱긋 웃었다. "어른들은 이를테면 극장에 다니는데, 극장에서도 온갖 주인공들의 모험을 보여주고, 때로는 도적들도 나오고 전쟁 장면도 나오거든요—그렇다면 이것 역시 같은 종류의 것으로 봐야 하지 않을까요? 쉬는 시간에 젊은애들이 하는 전쟁놀이나, 그러니까, 도적놀이는—이것 역시 젊은 영혼 속에서 싹트는 예술이고 예술을 향한 욕구죠, 그리고 그런 놀이가 때로는 극장 공연보다 더 잘 짜인 것일 수도 있어요, 다만 차이라면 극장에는 배우를 보러 가는 반면, 여기서는 젊은애들 자신이 배우라는 것뿐이죠. 하지만 이건 어디까지나 자연스럽습니다."

"그렇게 생각하세요? 그게 당신의 신념인가요?" 콜랴는 그를 뚫어지게 바라보았다. "아세요, 당신은 굉장히 흥미진진한 생각을 말씀해주셨어요. 이제 집에 가면 이 문제에 대해 머리를 굴려봐야겠군요. 솔직히 말해 나는 당신한테서 뭔가 배울 수 있으리라고 기대했어요. 내가 온 건 당신한테서 배우기 위해서예요, 카라마조프 씨." 콜랴는 감동에 젖은 격정적인 목소리로 말을 맺었다.

"나는 당신한테서 배우려고요." 알료샤가 미소를 지으며 그의 손을 꽉 쥐었다.

콜랴는 알료샤에게 무척 만족했다. 그를 특히 감동시킨 것은, 알료샤가 자기를 아주 대등한 존재로 여기고 '완전한 어른'처럼 대하며 얘기한다는 점이었다.

"지금 당신에게 곡예를 한 가지 보여드릴게요, 카라마조프 씨, 이것 역시 하나의 극장 공연이죠." 그가 초조하게 웃었다. "그러려고 온 거예요."

"우선 왼쪽, 집주인들한테 먼저 들릅시다, 당신 친구들은 다들 거기다 외투를 벗어두었어요, 방이 좁고 후텁지근해서."

"오, 나는 잠깐 들른 거니까 외투를 입은 채 들어가서 조금만 앉아 있겠어요. 페레즈본은 여기 현관에 남아서 죽을 겁니다. '휘잇, 페레즈본, 엎드려, 죽어!'—보세요, 죽었잖아요. 나는 우선 안으로 들어가서 상황을 살펴보고 나중에 필요하다 싶을 때 휘파람을 불 거예요. '휘잇, 페레즈본!' 하고요. 그러면 요 녀석이 곧바로 미친 듯이 달려들어오는 걸 보실 겁니다. 스무로프가 그 순간에 문을 열어주는 걸 잊지만 않으면 되죠. 하여간 내가 다 알아서 할 테니, 당신은 재주를 구경하시면 돼요……"

V
일류샤의 침대 곁에서

우리도 아는 그 퇴역 이등 대위 스네기료프가 가족과 함께 기거하고 있는 방은 독자들에게도 이미 친숙하겠지만, 이 순간 많은 사람이 몰려와 있어 숨이 막힐 듯 답답하고 비좁았다. 이번에는 몇 명의 소년이 일류샤 곁에 앉아 있었는데, 그들 모두 스무로프처럼 알료샤한테 이끌려 일류샤와 화해하게 된 것은 절대 아니라고 부인하려 들었을 테지만, 그럼에도 그건 사실이었다. 이 일에서 알료샤는 특별한 솜씨를 발휘해, 아이들을 한 명씩 차례로 데려와 일류샤와 화해시키면서, '송아지 같은 다정함'은 조금도 비치지 않고, 전혀 의도한 게 아니라 아주 우연히 그렇게 된 것처럼 꾸몄다. 이것은 일류샤의 괴로움을 크게 덜어주었다. 전에는 자신의 적이었던 이 아이들이 모두 자기에게 애정에 가까운 우정과 관심을 쏟는 것을 보고 무척 감동했던 것이다. 다만 한 명, 크라소트킨만은 오지 않아, 이것이 그의 마음을 무섭도록 짓눌렀다. 일류셰치카의 쓰라린 추억 가운데서도 가장 쓰라린 무엇이 있다면, 그것은 자신의 유일한 친구이고 수호자였던 크라소트킨에게 그때 칼을 들고 덤벼든 바로 그 사건이었다. 영리한 소년인 스무로프(일류샤와 화해하러 제일 먼저 찾아간 소년이었다)도 그렇게 생각했다. 하지만 정작 크라소트킨은 스무로프한테서 알료샤가 '어떤 일로' 그를 찾아오고 싶어한다는 얘기를 에둘러 전해듣자, 곧바로 상대방의 말을 끊어버리고 더이상 다가오는 것을 차단하면서, 자기가 어떻게 행동할지는 자기 자신이 잘 알고 있으니 누구의 조언도 바라지 않으며, 만약 아픈 아이를 찾아간다면 자기에게도 나름의 '계산'이 있으니까 언제 갈 것인지는 자신이 알고 있다고 하더라는 말을 즉시 '카라마조프'에게 전하도록 스무로프에게 지시했다. 그것이 이번 일요일로부터 벌써 두 주쯤 전의 일이었다. 그리하여 알료샤는 자신의 계획과 달리 자기 쪽에서 그를 직접 찾아가지 못했다. 하지만 기다리는 중에도 그는 한 번 더, 그리고 또 한 번 더 스무로프를 크라소트킨에게 보냈다. 그러나 두 번 다 크라소트킨은 도저히 참을 수 없다는 듯 아주 매몰차게 거절하면서, 만약 알료샤가 직접 자기를 데리러 온다면 자기는 절대로 일류샤에게 가지 않을 테니, 더이상 귀찮게 굴지 말라고 알료샤에게 전했다. 심지어 바로 마지막 날까지도 콜랴가 이날 아침 일류샤한테 가기로 결심한 것을 스무로프조차 까맣게 몰랐으며, 전날 저녁 스무로프와 헤어질 때에야 불쑥, 콜랴는 내일 아침에 함께 스네기료프 집에 갈 테니까 집에서 자기를 기다리고 있으라고, 하지만 아무도 예상치 못하게 가고 싶으니 누구한테도 자기가 간다는 것을 알릴 생각은 감히 하지도 말라고, 단호하게 선언했다. 스무로프는 그대로 따랐다. 스무로프는 언젠가 크라소트킨이 지나가는 말로 "만약 그 개가 살아 있는데도 찾아내지 못한다면 다들 당나귀야"라고 내뱉었던 것 때문에, 그가 사라진 쥬치카를 데려올 거라고 꿈꾸고 있었다. 하지만 스무로프가 때를 엿보다가 개에 관한 자신의 추측을 크라소트킨에게 조심스레 내비치자, 그는 갑자기 불같이 화를 냈다. "내가 무슨 당나귀인 줄 알아, 나한테는 나의 페레즈본이 있는데 온 도시를 뒤지며 남의 개나 찾게? 그리고 바늘을 집어삼킨 개가 어떻게 아직 살아 있길 꿈꿀 수 있느냐고? 송아지 같은 다정함일 뿐, 그 이상은 아무것도 아니야!"

한편, 일류샤는 벌써 두 주일가량이나 방 한구석 성상 옆에 놓인 자신의 조그만 침대를 벗어난 적이 거의 없었다. 알료샤를 만나 그의 손가락을 깨문 바로 그 사건 이후 학교에도 가지 못했다. 바로 그날로 앓기 시작한 것인데, 그래도 처음 한 달가량은 가끔 침대에서 일어나 방 안과 현관을 어떻게든 간간이 거닐 수는 있었다. 하지만 결국엔 완전히 쇠약해져서 아버지의 도움 없이는 움직일 수도 없게 되었다. 아버지는 아이 걱정에 덜덜 떨었고, 심지어 술마저 끊고 아들이 죽을까 겁나서 거의 넋이 나간 지경이었는데, 특히 아이의 팔을 부축하고 방안을 조금 걷게 하다가 다시 침대에 뉜 다음에는—갑자기 현관의 컴컴한 구석으로 달려나가 벽에 이마를 갖다댄 채, 꺼이꺼이 터져나오는 울음이 일류셰치카에게 들리지 않도록 소리를 죽여가면서 온몸을 마구 떨며 흐느껴 울기 시작하는 일이 잦았다.

그러다가 방으로 돌아오면 으레 어떻게 해서든 자신의 귀한 아들을 즐겁게 해주고 위로해주려고 옛날이야기나 우스운 일화를 얘기하기도 하고, 자기가 만나본 여러 웃기는 사람들 흉내를 내기도 하고, 심지어 우스꽝스럽게 울부짖거나 소리지르는 동물 흉내를 내기도 했다. 하지만 일류샤는 아버지가 얼굴을 찡그리고 몸을 비틀고 어릿광대짓을 해 보이는 게 아주 싫었다. 소년은 싫은 내색을 하지 않으려고 애썼지만, 아버지가 사회에서 멸시받는 것을 가슴 아프도록 의식하고 있었고, 늘 '수세미'와 그 '무서운 날'을 끊임없이 떠올리지 않을 수 없었다. 일류셰치카의 조용하고 온순한 누나인, 다리를 못 쓰는 니노치카도 아버지가 얼굴을 찡그리고 몸을 비트는 것을 좋아하지 않았으나(바르바라 니콜라예브나는 대학 강의를 듣기 위해 벌써 오래전에 페테르부르크로 떠났다), 대신 반쯤 정신이 나간 엄마는 자기 남편이 무슨 흉내를 내거나 무슨 우스꽝스러운 몸짓을 할라치면 무척 재미있어하면서 마음껏 웃어댔다. 그것만이 그녀에게 위안이 될 수 있었고, 나머지 시간에는 이제 모두 자기를 잊어버렸다느니, 아무도 자기를 존경하지 않는다느니, 자기에게 모욕을 준다느니 하면서, 끊임없이 투덜거리고 눈물을 짰다. 하지만 요즘 들어서는 그녀마저 갑자기 완전히 변해버린 듯했다. 그녀는 자주 구석자리의 일류샤를 바라보기 시작했고, 뭔가 깊은 생각에 잠기곤 했다. 말수도 훨씬 적어졌고, 조용해졌고, 울기 시작할 때도 사람들에게 들리지 않도록 조용히 울었다. 그녀의 이러한 변화를 알아채자 이등 대위는 고통스러운 의혹에 빠져들었다. 그녀는 소년들이 찾아오는 것을 처음에는 못마땅해하고 그저 화만 냈으나, 나중에는 아이들이 즐겁게 외치는 소리와 이야기에 그녀도 시름을 잊고 마침내 진심으로 좋아하게 되어, 만약 이 아이들이 발길을 끊어버린다면 몹시 상심할 정도까지 되었다. 아이들이 무슨 이야기를 하거나 놀이를 시작하면 그녀는 웃으면서 손뼉을 치곤 했다. 어떤 아이들은 곁으로 불러 입을 맞추기도 했다. 그녀는 특히 스무로프 소년을 좋아했다. 이등 대위로 말하자면, 아이들이 일류샤를 기쁘게 해주려고 자기 집에 나타나자 맨 처음부터 그의 영혼은 감격적인 기쁨으로 충만했고, 심지어 일류샤가 이제 더이상 쓸쓸해하지 않을 것이고 아마도 이 때문에 병도 더 빨리 나으리라는 희망마저 품었다. 일류샤의 상태 때문에 몹시 두려워하면서도, 그는 자기 아들의 병이 한순간에 씻은 듯 나으리라는 것을 최후의 시간까지 단 일 분도 의심하지 않았다. 그는 꼬마 손님들을 경건하게 맞아들여 그들 주위를 오가며 부지런히 시중을 들었을 뿐만 아니라, 기꺼이 아이들을 등에 태워줄 마음이었고, 한번은 실제로 등에 태우려고 나서기까지 했으나, 일류샤가 이 놀이를 좋아하지 않아 그만두고 말았다. 아이들을 위해 사탕이며 생강이 든 당밀과자며 호두를 사오기 시작했고 차를 준비하고 부테르브로드*를 만들기도 했다. 여기서 말해둘 것은, 이 기간 내내 그에겐 돈이 궁하지 않았다는 점이다. 그때 카체리나 이바노브나가 준 2백 루블은 알료샤가 예언한 그대로 받았다. 그후 카체리나 이바노브나는 그들의 사정과 일류샤의 병에 대해 좀

---

* 두툼하게 썰거나 절반으로 납작하게 썬 빵 위에 버터를 바르고 햄, 치즈, 어육, 연어 알 등을 얹은 것.

더 소상히 알게 되자, 몸소 그들의 집을 방문해 식구들 전부와 인사를 나누었고, 특히 반쯤 정신이 나간 이등 대위 부인을 완전히 매혹시키기까지 했다. 그때 이후 그녀로부터 온정의 손길이 끊이지 않았고, 이등 대위도 아들이 죽을지 모른다는 생각 때문에 두려움에 사로잡혀 예전의 자존심을 잊고 그녀의 희사금을 순순히 받았다. 이 기간 내내 의사 게르첸슈투베가 카체리나 이바노브나의 부름을 받고 이틀에 한 번씩 꼬박꼬박 환자를 보러 왔으나, 그의 왕진은 별 효과도 없었고, 그는 환자에게 그저 약만 무지막지하게 먹였다. 그러나 대신 이날, 그러니까 이 일요일 아침, 이등 대위 집에서는 모스크바에서 온 새로운 의사 한 명을 기다리고 있었는데, 모스크바에서도 이름을 날리는 의사였다. 카체리나 이바노브나가 큰돈을 들여 모스크바에서 일부러 초빙한 의사로—일류셰치카를 위해서가 아니라 나중에 적당한 대목에서 이야기하게 될 어떤 다른 목적이 있어 불러온 것이었지만, 아무튼 기왕 이렇게 왔으니 일류셰치카도 한번 보아달라고 그녀가 부탁했고, 이에 대해서는 이등 대위도 미리 통지를 받아 알고 있었다. 하지만 콜랴 크라소트킨의 방문으로 말하자면, 자기 아들 일류셰치카가 그 때문에 그토록 괴로워하는 이 소년이 마침내 와주기를 이미 오래전부터 간절히 고대하고는 있었지만 정작 이렇게 찾아와주리라곤 꿈에도 생각지 못하고 있었다. 크라소트킨이 문을 열고 방안에 나타난 바로 그 순간, 이등 대위와 소년들은 모두 환자의 침대 주위에 모여들어 방금 데려온 아주 조그만 마스티프종 강아지를 살펴보고 있었는데, 어제 막 태어난 하룻강아지였지만, 어디론가 사라져버려 지금쯤 이미 죽었을 게 틀림없는 쥬치카 때문에 내내 상심해 있는 일류셰치카를 즐겁게 해주고 위로

해주려고 벌써 일주일 전에 이등 대위가 주문해둔 강아지였다. 하지만 조그만 강아지, 그것도 그냥 강아지가 아니라 순종 마스티프 강아지를 (물론 이것은 굉장히 중요한 점이었다) 선물 받으리라는 것을 이미 사흘 전에 들어서 알고 있던 일류샤는, 비록 섬세하고 다감한 마음에 겉으로는 이 선물을 기뻐하는 척했지만, 아버지나 소년들이나 모두 이 새 강아지가 아마도 일류샤의 어린 마음속에 자신이 괴롭힌 불쌍한 쥬치카에 대한 기억만 더욱 강렬하게 불러일으켰으리라는 것을 분명히 알 수 있었다. 강아지는 그의 곁에 누워 꼼지락거렸고, 그는 병색이 짙은 미소를 띤 채 가냘프고 파리하고 앙상한 손으로 강아지를 쓰다듬었다. 강아지가 마음에 든 건 분명했으나, 하지만…… 쥬치카는 역시 없었고, 이것 역시 쥬치카가 아니었다. 만약 쥬치카와 강아지가 함께 있었더라면, 그야말로 완전한 행복이었을 텐데!

"크라소트킨이다!" 콜랴가 들어온 것을 맨 처음 본 한 소년이 갑자기 외쳤다. 눈에 띄게 동요가 일었고, 소년들이 양쪽으로 갈라지며 침대 양옆으로 비켜섰기 때문에 갑자기 일류셰치카를 훤히 볼 수 있었다. 이등 대위는 콜랴를 맞으러 황급하게 달려갔다.

"어서 오시구려, 어서…… 귀한 손님이 오셨구먼!" 그가 콜랴에게 더듬더듬 겨우 말했다. "일류셰치카, 크라소트킨 군이 너를 보러 왔구나……"

하지만 크라소트킨은 재빨리 그에게 악수를 청한 뒤, 사교상의 예의범절에 대한 자신의 놀라운 지식을 순식간에 보여주었다. 맨 먼저 그는 안락의자에 앉아 있는 이등 대위 부인을 향해(그녀는 마침 이때, 아이들이 일류샤의 침대를 가리는 바람에 새로 온 강아지를 볼 수 없다고 몹시 못마땅해하며 투덜대고 있었다) 곧장 두 발꿈치를 가볍게 부딪치며 대단히 정중하게 인사를 했고, 다음엔 니노치카 쪽으로 몸을 돌려 그녀에게도 귀부인을 대하듯 똑같은 인사를 했다. 이 정중한 행동은 병든 부인에게 유난히 기분좋은 인상을 주었다.

"정말, 교육을 잘 받은 젊은이라는 걸 금방 알겠어." 그녀가 두 팔을 벌리며 큰 소리로 말했다. "다른 손님들은 안 그래. 한 애가 다른 애를 타고 온다니까."

"아니, 엄마, 한 애가 다른 애를 타고 온다니, 그게 무슨 말이야?" 이등 대위가 혀짤배기소리로 상냥하게 말했으나, '엄마' 때문에 좀 걱정스러운 눈치였다.

"그럭허구들 들어오잖아. 현관에서 한 녀석이 다른 녀석 목말을 타고 말이야, 점잖은 집에 목말을 타고 들어오다니. 이런 손님이 대체 어디 있담?"

"아니 엄마, 누가, 대체 누가 그러고 들어왔대, 대체 누가?"

"오늘 여기 이 꼬마가 저 꼬마를 타고 들어왔잖아, 저기 저 꼬마는 저 꼬마를 탔고……"

그러나 콜랴는 이미 일류샤의 침대 곁에 서 있었다. 환자의 얼굴이 눈에 띄게 창백해졌다. 그는 침대에서 몸을 조금 일으키고 콜랴를 뚫어져라, 뚫어져라 바라보았다. 콜랴는 벌써 두 달가량이나 자신의 어린 옛 친구를 보지 못한 터라, 갑자기 너무나 큰 충격을 받고 그의 앞에 우뚝 멈춰 섰다. 이토록 여위고 누레진 얼굴, 열에 들떠 이토록 활활 타고 있는, 무섭도록 퀭해진 듯한 눈, 이토록 앙상한 손을 보게 될 줄은 상상도 못했던 것이다. 너무도 자주 가쁜 숨을 몰아쉬고 입술이 이토록 바싹 말라버린 일류샤를 지켜보려니 그저 비통하고 놀랍기만 했다. 그는 일류샤에게 한 걸음 다가가 손을 내밀고는 넋이 거의 나간 사람처럼 말했다.

"그래, 어때, 영감…… 어떻게 지내?"

하지만 목소리가 툭 끊어져 좀처럼 자연스레 말을 할 수 없었고, 얼굴도 왠지 갑자기 일그러지며 입가가 파르르 떨려왔다. 일류샤는 고통스럽게 그를 향해 웃어 보였으나, 여전히 아무 말도 할 수가 없었다. 콜랴는 갑자기 한 손을 들어올려 무슨 생각에서인지 손바닥으로 일류샤의 머리를 쓰다듬었다.

"괜-찮-아!" 그가 일류샤에게 나지막이 속삭였는데, 일류샤를 격려하려던 것 같기도 하고, 왜 이 말을 했는지 자신도 모르는 것 같기도 했다. 잠깐 동안 그들은 또다시 말이 없었다.

"뭐야, 이건, 새 강아지야?" 갑자기 콜랴가 아주 무관심한 목소리로 물었다.

"으-으-응!" 일류샤가 숨을 헐떡이며 길게 속삭이듯 말했다.

"코가 새까만 걸 보니 아주 사납겠군, 쇠줄로 매어두는 개야." 마치 모든 문제가 바로 이 강아지와 그 새까만 코에 있기라도 하다는 듯, 콜랴가 근엄하고 확고하게 말했다. 하지만 문제는, '어린애'처럼 울음을 터뜨릴 것만 같아서 마음속에서 북받쳐오르는 감정을 억제하느라 계속 안간힘을 쓰고 있는데도 그게 도무지 잘 안 된다는 거였다. "좀 크면 쇠줄을 채워야 돼, 내가 잘 알아."

"엄청 큰 개가 될 거야." 무리 중의 한 소년이 외쳤다.

"당연하지, 마스티프종인걸, 엄청 크게 자랄 거야, 이따만하게, 송아지만큼." 갑자기 여러 목소리가 한꺼번에 울려퍼졌다.

"송아지만큼, 진짜 송아지만큼요." 이등 대위가 옆으로 달려왔다. "내가 일부러 이런 놈을, 제일, 제일 사나운 놈을 찾아냈지, 이 녀석의 어미 아비도 덩치가 무지 크고 아주 사나워, 키가 이 마룻바닥에서 이만큼이나 돼…… 그보다도, 어서 앉으십쇼, 자, 여기 일류샤 옆, 침대 위에, 아니면 여기 이 걸상에라도. 어서 앉아요, 얼마나 귀한 손님이고 학수고대한 손님인데…… 알렉세이 표도로비치하고 함께 왔습니까요?"

크라소트킨은 침대 위, 일류샤의 발치에 앉았다. 그는 아마, 자연스럽게 얘기를 시작하려고 오는 도중에 미리 준비해둔 게 있었겠지만, 지금은 실마리를 완전히 잃어버리고 말았다.

"아니요…… 페레즈본하고 함께 왔어요…… 나한테 지금 그런 개가 있어요, 페레즈본이라고. 슬라브식 이름이죠. 저기서 기다리고 있어요…… 휘파람을 불면 쏜살같이 달려들어올 거예요. 나도 개랑 같이 왔어." 그가 갑자기 일류샤 쪽으로 몸을 돌렸다. "기억나지, 영감, 쥬치카 말이야?" 그가 불쑥 이렇게 묻는 바람에 일류샤는 크게 한 방 맞은 듯했다.

일류셰치카의 조그만 얼굴이 일그러졌다. 그는 고통스럽게 콜랴를 쳐다보았다. 문간에 서 있던 알료샤는 얼굴을 찡그리고, 쥬치카 얘기는 꺼내지 말라고 콜랴에게 몰래 고갯짓을 했으나, 그는 알아채지 못했거나 아니면 알아채려고도 하지 않았다.

"대체 어디 있어…… 쥬치카는?" 일류샤가 찢긴 목소리로 조그맣게 물었다.

"이봐, 형씨, 자네 쥬치카는—휘익 사라졌지! 네 쥬치카는 죽었잖아!"

일류샤는 입을 다물고 있었으나, 콜랴를 다시 한번 뚫어져라, 뚫어져라 쳐다보았다. 알료샤는 콜랴의 시선을 붙잡을 때마다 또다시 힘껏 고갯짓을 했으나, 그는 다시 눈을 돌리고 이번에도 알아채지 못한 척했다.

"어디론가 달아나서 죽어버렸어. 그런 걸 먹고 안 죽을 리가 없지." 콜랴는 모질게 잘라 말했지만, 무엇 때문인지 그도 숨이 가빠오는 듯했다. "대신 나한테 페레즈본이 있어…… 슬라브식 이름이지…… 너한테 데려왔어."

"필요 없-어!" 갑자기 일류셰치카가 내뱉었다.

"아냐, 아냐, 필요해, 꼭 봐야 돼…… 너도 기뻐할걸. 내가 일부러 데려왔어…… 털이 북슬북슬해, 꼭 그놈처럼…… 부인, 저의 개를 여기로 불러도 괜찮겠지요?" 그는 갑자기 스네기료바 부인을 향해 이렇게 물었는데, 왠지 이해할 수 없을 정도로 이미 몹시 흥분해 있었다.

"필요 없어, 필요 없다고!" 일류샤가 찢어지는 듯 비통한 목소리로 외쳤다. 그의 두 눈에 질책의 불꽃이 활활 타올랐다.

"저어기 말입지요……" 이등 대위가 벽 옆의 궤짝에 막 앉았다가 갑자기 튀어 일어났다. "저어기요…… 그건 요다음에 합지요……" 그가 중얼거렸으나, 콜랴는 막무가내로 고집을 부리고 서두르며 갑자기 스무로프에게 소리쳤다. "스무로프, 문 열어!" 스무로프가 문을 열자마자 그는 호루라기를 휙 불었다. 페레즈본이 번개같이 방안으로 달려들어왔다.

"뛰어올라, 페레즈본, 경례를 해야지! 경례!" 콜랴가 자리에서 벌떡 일어서며 외치자, 개는 일류샤의 침대 앞에서 몸을 꼿꼿이 펴고 뒷발로 곧추섰다. 그런데 아무도 예상치 못한 일이 일어났다. 일류샤가 부르르 떨더니 갑자기 온몸을 앞으로 힘껏 내밀어 페레즈본 쪽으로 구부리고 숨을 죽여가며 개를 쳐다보았다.

"이건…… 쥬치카다!" 갑자기 그가 이렇게 외쳤는데, 그의 목소리는 고통과 행복으로 떨리고 있었다.

"그럼 넌 어떤 개라고 생각했는데?" 크라소트킨은 낭랑하게 울리는 행복한 목소리로 힘껏 외치고는, 몸을 구부려 개를 안아 일류샤에게 번쩍 들어올렸다.

"잘 봐, 영감, 보이지, 애꾸눈에 왼쪽 귀가 찢어졌잖아, 네가 말해준 특징 그대로야. 이 특징을 보고 요놈을 찾아냈지! 그때 바로 찾아냈어, 금방. 주인도 없는 개였어, 주인도 없었다고!" 그는 이렇게 설명하면서 이등 대위와 그의 부인, 알료샤, 그다음엔 다시 일류샤에게로 재빨리 몸을 돌렸다. "녀석은 페도토프네 집 뒷마당에 있었는데, 거기서 살려고 했지만 아무도 먹을 것을 주지 않았어, 시골에서 도망친 떠돌이 개였지…… 그런데 내가 찾아냈어…… 이봐, 영감, 녀석은 그러니까 그때 네가 던져준 빵조각을 삼키지 않았어. 삼켰다면 물론 죽었겠지, 그야 당연한 얘기 아냐! 지금 이렇게 살아 있으니, 그때 용케 뱉어낸 거야. 그런데 넌 녀석이 뱉어낸 걸 알아채지 못했어. 뱉어내긴 했지만 혓바닥을 찔린 탓에 그때 그렇게 비명을 질러댄 거지. 녀석이 달아나면서 비명을 지르는 걸 보고, 넌 그걸 완전히 삼킨 걸로 생각한 거였어. 녀석은 아주 죽는 소릴 낼 수밖에 없었겠지, 개는 입안의 살갗이 굉장히 연하거든…… 사람보다 연해, 훨씬 연하지!" 콜랴가 미친 듯 신이 나서 소리쳤는데, 그의 얼굴은 환희에 넘쳐 불타오르듯 환하게 빛났다.

일류샤는 말을 할 수조차 없었다. 그는 입을 쩍 벌리고 백지장처럼 얼굴이 하얘진 채, 금방이라도 튀어나올 듯한 큰 눈으로 콜랴를 바라보았다. 이런 순간이 병든 소년의 건강에 얼마나 고통스럽고 치명적인 영향을 미칠 수 있는지, 그때 전혀 짐작도 못했던 크라소트킨이 이걸 알기만 했어도, 지금과 같은 이런 심한 장난을 칠 결심은 절대로 하지 않았을 것이다. 하지만 방안에 있던 사람들 중에 이 사실을 아는 사람은 아마도 알료샤 혼자인 듯했다. 이등 대위로 말하자면, 완전히 어린애가 된 듯했다.

"쥬치카! 그럼 요 녀석이 쥬치카야?" 그가 행복에 겨운 목소리로 외쳤다. "일류셰치카, 바로 요 녀석이 쥬치카였구나, 네 쥬치카! 엄마, 요 녀석이 쥬치카래!" 그는 거의 울고 있었다.

"나도 미처 몰랐지 뭐야!" 스무로프가 안타까워하며 소리쳤다. "야아, 역시 크라소트킨이야, 그러게 내가 그랬지, 쟤가 쥬치카를 찾아낼 거라고, 거봐, 정말 찾아냈잖아!"

"정말 찾아냈어!" 또 누군가가 기쁨에 넘쳐 되받았다.

"최고야, 크라소트킨!" 세번째 목소리가 울려퍼졌다.

"최고야, 최고!" 모든 소년이 이렇게 외치면서 박수갈채를 보내기 시작했다.

"아니, 가만있어, 가만!" 크라소트킨이 아이들의 함성을 누르려고 힘껏 소리쳤다. "어떻게 된 일인지 얘기해줄게, 문제는 다른 게 아니라 어떻게 된 일이냐 하는 거니까! 나는 이 녀석을 찾아내자 집으로 끌고 와서 곧장 숨겨두고는, 집에 자물쇠를 잠그고 맨 마지막 날까지 아무한테도 보여주지 않은 거야. 스무로프만 두 주일 전에 알게 됐지만, 이놈이 페레즈본이라고 믿게 했더니 아무것도 눈치채지 못했어. 그사이 나는 쥬치카에게 온갖 묘기를 가르쳤지, 너희도 한번 봐, 한번 보라고, 이 녀석이 어떤 재주를 부리는지! 영감, 나는 잘 훈련되고 잘 길들인 녀석을 너한테 데려오려고 이렇게 가르쳤던 거야. 자, 봐, 영감, 네 쥬치카가 이제 어떤 모습인지! 하고 말해주려고 말이야! 그런데 여기 혹시 무슨 쇠고기 조각 같은 거 없나요, 지금 너무 우스워서 배를 그러안고 나뒹굴 재주를 하나 보여드릴 텐데—쇠고기, 작은 조각요, 정말 없어요?"

이등 대위는 쏜살같이 현관을 지나 주인집 오두막으로 달려갔는데, 자기네 식구들의 밥도 그곳에서 짓고 있었다. 하지만 콜랴는 소중한 시간을 허비하지 않으려고 그동안에도 맹렬하게 서두르며 페레즈본에게 "죽어!" 하고 소리쳤다. 그러자 녀석은 갑자기 몸을 빙그르 돌리더니 벌렁 나자빠져서 네 발을 모두 위로 쳐들고 죽은 듯 꼼짝도 하지 않았다. 소년들은 왁자지껄 웃어댔고, 일류샤는 아까처럼 고통스러운 미소를 지으며 보고 있었으나, 페레즈본이 죽은 걸 제일 재미있어한 사람은 '엄마'였다. 그녀는 개를 보고 깔깔 웃어댔고 손가락을 탁탁 튕기면서 녀석을 부르기 시작했다.

"페레즈본, 페레즈본!"

"절대로 일어나지 않을 겁니다, 절대로!" 콜랴는 당연히 자랑스러워하며 의기양양하게 소리쳤다. "온 세상이 다 소리쳐도 꼼짝 않지만, 내가 한마디만 하면 대번에 벌떡 일어나죠! 휘잇, 페레즈본!"

개는 벌떡 튀어 일어나더니, 좋아서 어쩔 줄 모르고 낑낑대며 껑충껑충 뛰기 시작했다. 이등 대위가 쇠고기 찐 것을 한 조각 들고 달려들어왔다.

"뜨겁진 않습니까?" 콜랴는 쇠고기를 받아들며 사무적인 어조로 급히 물었다. "아니, 뜨겁진 않군요, 개들은 뜨거운 걸 좋아하지 않거든요. 그럼 다들 보십시오, 일류셰치카, 너도 봐, 잘 보라니까, 잘 보라고, 영감, 왜 안 보는 거야? 기껏 데려왔더니, 얘는 쳐다보지도 않는군요!"

새로운 재주란, 가만히 서서 코를 쑥 내밀고 있는 개의 코 위에 군침이 도는 쇠고기 조각을 얹어두는 것이었다. 불쌍한 개는 꼼짝달싹 않고 코 위에 쇠고기를 얹은 채 주인이 명령하는 대로 반시간이라도 그대로 가만히 서서 움직이지 않고 꼼짝하지 말아야 했다. 하지만 페레즈본은 아주 잠깐만 그러고 있으면 되었다.

"잡아라!" 콜랴가 소리치자마자 고깃조각은 한순간에 페레즈본의 코에서 입안으로 날아 들어갔다. 관중은 물론 열광하며 경탄해 마지않았다.

"그럼, 정말, 정말로 그저 이것 때문에, 그저 개를 훈련시키느라 지금껏 오지 않았던 겁니까?" 알료샤는 저도 모르게 힐난하는 투로 외쳤다.

"그럼요, 바로 그 때문이죠." 콜랴가 너무도 순진하게 소리쳤다. "나는 눈부시게 변한 이 녀석을 보여주고 싶었거든요."

"페레즈본! 페레즈본!" 갑자기 일류샤가 그 앙상한 손가락을 튕기며 개를 불렀다.

"그럴 거 없어! 녀석이 알아서 네 침대로 뛰어오를 거야. 휘잇, 페레즈본!" 콜랴가 손바닥으로 침대를 탁 치자, 페레즈본은 화살같이 일류샤에게로 날아올랐다. 일류샤는 두 팔로 개의 머리를 와락 끌어안았고, 페레즈본은 그 보답으로 얼른 그의 뺨을 핥았다. 일류셰치카는 개에게 몸을 꼭 붙이고 침대에 몸을 뻗고 눕더니 아무도 못 보게끔 녀석의 북슬북슬한 털 속에 얼굴을 묻어버렸다.

"오, 하느님, 하느님!" 이등 대위가 외쳤다.

콜랴는 다시 일류샤의 침대에 앉았다.

"일류샤, 멋진 걸 하나 더 보여줄 수 있어. 너한테 조그만 대포를 하나 가져왔거든. 기억하지, 그때 내가 이 대포 얘길 했더니, 네가 '아, 나도 한 번 봤으면!' 그랬잖아. 자, 봐, 지금 갖고 왔어."

그러면서 콜랴는 급히 자기 가방에서 조그만 청동 대포를 꺼냈다. 그가 그렇게 서두르는 것은 자신이 매우 행복하기 때문이었다. 여느 때 같으면 페레즈본이 불러일으킨 효과가 가시기를 기다렸을 테지만, 지금은 자제심 따위 다 팽개치고 서둘러댔다. '벌써 이렇게들 행복하다면, 이제 더 행복하게 해주지!' 이미 그 자신도 아주 황홀경에 빠져 있었다.

"벌써 오래전부터 관리 모로조프 집에서 이 물건을 눈여겨봐뒀지—너를 위해서 말이야, 영감, 너를 위해서. 이건 그 사람 집에 그냥 일없이 놓여 있었어, 자기 형한테서 얻은 거였대, 그래서 우리 아버지 책장에 꽂혀 있던 『마호메트의 친척, 혹은 몸에 좋은 우행愚行』*이라는 조그만 책하고 바꿨지. 모스크바에서 백 년 전에 나온 건데, 아직 검열 제도가 없던 때라 아주 지저분한 책이야, 그런데 모로조프는 이런 것들을 아주 좋아하거든. 고마워하기까지 하더라……"

콜랴가 대포를 손에 들고 모든 사람 앞에 내밀고 있어 다들 보고 즐

* 프랑스인 주인공이 콘스탄티노플에서 벌이는 다양한 애정행각을 묘사한 책. 1785년 러시아어로 번역, 출간되었다.

길 수 있었다. 일류샤도 몸을 일으키고 여전히 오른팔로 페레즈본을 껴안은 채 황홀하게 장난감을 살펴보았다. 콜랴가 자기한테 화약도 있으니까 "만약 부인들께서 불안해하시지만 않는다면" 당장이라도 쏘는 걸 보여주겠다고 선언하자, 효과는 절정에 달했다. '엄마'는 곧바로 자기도 장난감을 더 가까이서 볼 수 있게 해달라고 부탁했고, 즉시 그렇게 하도록 해주었다. 바퀴 달린 청동 대포가 하도 마음에 들어 그녀는 무릎 위에 그것을 올려놓고 굴리기 시작했다. 대포를 쏘아도 되겠느냐고 묻자, 자기에게 무엇을 묻는 건지도 모르면서 얼마든지 그러라고 대답했다. 콜랴는 화약과 산탄을 보여주었다. 전에 군인이었던 이등 대위는 장전하는 일을 직접 맡아 화약가루를 아주 조금만 뿌려넣고서, 산탄은 다음번으로 미루자고 부탁했다. 대포는 포구를 사람이 없는 쪽으로 돌려 바닥에다 놓은 다음, 화약 알갱이 세 개를 화문에다 밀어넣고 성냥으로 불을 붙였다. 발사는 더없이 휘황찬란했다. 엄마는 흠칫 몸을 떨었으나 곧 기뻐서 소리 내어 웃기 시작했다. 소년들은 말없이 엄숙하게 보고 있었으나, 이등 대위는 무엇보다도 일류샤를 지켜보며 행복해했다. 콜랴는 대포를 들어올려 산탄이며 화약과 함께 즉석에서 일류샤에게 선물했다.

"이건 너를 위해, 너를 위해 가져왔어! 오래전에 준비해둔 거야." 그는 행복에 겨워 같은 말을 또 한번 되풀이했다.

"아이, 나한테 선물해줘요! 안 돼요, 그 대포는 차라리 나한테 선물해줘요!" 갑자기 엄마가 마치 어린애처럼 조르기 시작했다. 자기한테 선물하지 않으면 어쩌나 하는 고통스러운 불안이 그녀의 얼굴에 어려 있었다. 콜랴는 당황스러웠다. 이등 대위는 불안한 마음에 허둥대기 시작했다.

"엄마, 엄마!" 그는 그녀 곁으로 뛰어갔다. "대포는 당신 거야, 당신 거, 하지만 일류샤에게 두자고, 그애한테 선물한 거니까, 하지만 당신 거나 마찬가지지, 일류셰치카는 언제든 당신 맘대로 갖고 놀게 할 거야, 두 사람이 함께 갖는 거야, 함께……"

"안 돼, 함께 갖는 건 싫어, 안 돼, 일류샤는 관두고 나 혼자만 가져야 돼." 엄마는 금방 울음이라도 터뜨릴 듯이 말을 이었다.

"엄마, 가져, 자, 이거 가져요!" 갑자기 일류샤가 외쳤다. "크라소트킨, 엄마한테 줘도 되지?" 갑자기 그가 애원하는 얼굴로 크라소트킨을 쳐다보며 물었는데, 자기에게 가져온 선물을 다른 사람에게 준다고 화를 내지 않을지 두려운 듯했다.

"되고말고!" 크라소트킨은 즉시 동의하고 일류샤의 손에서 대포를 받아 아주 정중하게 절까지 하면서 엄마에게 직접 건네주었다. 엄마는 감동한 나머지 울음을 터뜨리기까지 했다.

"일류셰치카, 귀여운 애야, 어느 누가 제 엄마를 이렇게 사랑해주겠니!" 그녀는 감동에 겨워 외치고는 곧장 자기 무릎 위에서 대포를 다시 굴리기 시작했다.

"엄마, 당신 손에 입맞추게 해줘." 남편은 그녀에게 달려가서 곧바로 그렇게 했다.

"그리고 또 한 사람 아주 귀여운 젊은애가 누구냐 하면, 바로 이 착한 아이야!" 부인은 감사에 넘쳐 크라소트킨을 가리키며 말했다.

"화약은, 일류샤, 이제 네가 원하는 대로 얼마든지 갖다줄게. 이제 우리 손으로 화약을 직접 만들거든. 보로비코프가 성분을 알아냈어. 초석

24에 유황 10, 자작나무 숯 6의 비율로 분량을 맞춰 함께 빻아서 물을 붓고 섞어 부드럽게 이긴 다음 북 가죽으로 걸러내면—바로 화약이 되는 거야."

"스무로프가 너희 화약 얘기를 벌써 해줬는데, 다만 아빠 말이, 그건 진짜 화약이 아니래." 일류샤가 대꾸했다.

"진짜가 아니라고?" 콜랴는 새빨개졌다. "우리 것도 불이 붙는데? 하긴 나는 잘 몰라……"

"아닙니다요, 내 말은 그게 아니고요." 이등 대위가 미안한 얼굴로 황급히 끼어들었다. "진짜 화약은 그렇게 만들지 않는다고 말하긴 했지만, 상관없구먼요, 그렇게 만들 수도 있을 겁니다요."

"나야 잘 모르죠, 아저씨가 더 잘 아시겠죠. 돌로 된 포마드 통에다 넣고 불을 붙였더니 아주 근사하게 타던데요, 죄다 타고 검댕만 아주 조금 남았어요. 하지만 그건 그냥 반죽이었으니까, 만약 가죽으로 거른다면…… 어쨌든 아저씨가 더 잘 아실 테죠, 난 잘 몰라요…… 그런데 불킨은 우리 화약 때문에 아버지한테 호되게 맞았대, 너도 들었어?" 그가 갑자기 일류샤를 돌아보며 물었다.

"들었어." 일류샤가 대답했다. 그는 한없는 흥미와 즐거움을 느끼며 콜랴의 말을 듣고 있었다.

"우리는 화약을 한 병 가득 만들었는데 그걸 그 녀석이 침대 밑에 뒀어. 그런데 그만 아버지가 본 거지. 폭발할 수도 있다고 그러시더래. 그러고는 그 자리에서 매질을 했다는 거야. 학교에다 나를 일러바치려고까지 하셨지. 이젠 나하고 놀지도 못하게 하셔, 이젠 아무도 나하고 어울리지 못하게 한다니까. 스무로프도 나하고 다니면 안 돼, 나는 모든 사람한테 유명해졌거든. 내가 '감당 못할 놈'이라나." 콜랴는 경멸하듯 히죽 웃었다. "이게 다 철로 사건에서 비롯됐지."

"아, 그 모험담도 들었답니다!" 이둥 대위가 외쳤다. "어떻게 거기 그렇게 엎드려 있었나요? 기차가 몸 위로 지나가는데 정말 그렇게 겁도 하나 안 내다뇨. 무섭지 않았습니까요?"

이둥 대위는 끔찍이도 콜랴의 비위를 맞춰댔다.

"아-아뇨, 별로!" 콜랴가 별거 아니라는 투로 대꾸했다. "이곳에서 무엇보다 내 평판을 망쳐놓은 건 그 망할 놈의 거위야." 그는 다시 일류샤 쪽으로 몸을 돌렸다. 그는 이야기를 하면서 태연한 척하고 있었지만, 아무래도 자제하지 못하고 자꾸만 어조가 뜻하지 않게 틀어지는 것 같았다.

"아, 그 거위 얘기도 들었어!" 일류샤는 얼굴이 아주 환해지며 웃기 시작했다. "애들이 얘기해줬는데, 그래도 잘 알 수가 없었어, 너 정말 판사 앞에서 재판을 받은 거야?"

"아주 시시하고 아무것도 아닌 일인데, 그걸 가지고 우리 도시 사람들이, 아니나 다를까, 코끼리 한 마리를 통째로 만들어낸 거지." 콜랴는 거리낌없이 얘기를 늘어놓기 시작했다. "그러니까 한번은 내가 저기 광장을 지나가는데, 마침 사람들이 거위떼를 몰고 왔더라고, 나는 걸음을 멈추고 거위를 보고 있었지. 갑자기 비쉬냐코프라고 하는 이곳의 젊은 녀석 하나가, 지금 플로트니코프 가게에서 배달원 노릇을 하고 있지, 그 녀석이 날 보면서 '왜 거위를 그렇게 보는 거야?'라고 하잖아. 나도 녀석을 쳐다봤지. 멍청하게 생긴 둥글둥글한 낯짝에 스무 살쯤 된 젊은 녀석인데, 다들 알겠지만, 나는 절대로 민중을 배척하지 않아. 오히려 민중과 어울리길 좋아하지…… 우리는 민중과 격리돼 있거든—이건 명백한 공리야—당신은 웃으시는 것 같은데요, 카라마조프 씨?"

"아뇨, 천만에요, 당신 얘기를 아주 경청하고 있습니다." 알료샤가 더없이 소박한 표정으로 이렇게 대답하자, 미심쩍어하던 콜랴도 한순간에 기운을 얻었다.

"나의 이론은, 카라마조프 씨, 분명하고 단순합니다." 그는 금세 기쁨에 넘쳐 다시금 서두르기 시작했다. "나는 민중을 믿고 있고, 언제나 기꺼이 민중의 정당함을 인정합니다만, 결코 민중을 버릇없이 내버려두지는 않습니다, 이것이 시네콰*거든요…… 아, 그래, 거위 얘기를 하던 참이었지. 그래서 그 바보를 보고 대답해줬어. '거위가 무슨 생각을 할까 하고 생각하는 중이야'라고 말이야. 녀석이 나를 완전히 멍청하게 쳐다보며 이러더라고. '그래, 거위가 무슨 생각을 하는데?' 그래서 말해줬지. '저기 봐, 귀리를 실은 수레가 서 있지. 자루에서 귀리가 새어나오고, 거위가 바퀴 밑으로 목을 쑥 들이밀고 낟알을 쪼아먹고 있잖아—보여?' 그러자 '아주 잘 보여'라더군. 그래서 내가 그랬지. '그럼 바로 저 수레를 아주 조금만 앞으로 밀면—거위의 목이 바퀴에 잘릴까, 안 잘릴까?' 녀석은 '그야 틀림없이 잘리지'라며 아주 입을 헤벌리고 웃으면서 좋아죽는 거야. '자, 그럼 가서 한번 해보자, 젊은 친구'라고 했더니 그쪽에서도 '해보자'고 응했어. 그다지 오래 수고할 것도 없었어. 그는 그래서 눈에 띄지 않게 고삐 옆에 섰고, 나는 거위를 바퀴 밑으로 몰려고 비스듬히 옆으로 섰지. 하지만 그때 마침 농부가 한눈을 팔며 누

* sine qua. '필수조건'을 뜻하는 'sine qua non'을 말하려고 했던 것이다.

군가와 얘기를 하고 있어서, 내가 거위를 몰아넣고 어쩌고 할 것도 없었어. 곧바로 거위가 귀리를 먹으려고 알아서 수레 밑, 바로 바퀴 밑으로 목을 길게 빼고 들이밀었거든. 내가 그 젊은 녀석에게 눈을 찡긋하자, 녀석은 고삐를 잡아당겼고, 그러자—빠지직, 거위의 목이 두 동강 나고 만 거야! 그런데 하필 그 순간 모든 농부가 우리를 본 게 분명해, 일제히 떠들어대기 시작했으니까. '네놈이 일부러 그랬지!' '아녜요, 일부러 그런 게 아니에요.' '아니긴 뭐가 아냐! 일부러 한 짓이지!' 뭐, 그러면서 고함을 쳐대는 거야. '치안판사한테 가자!' 나도 붙잡히고 말았지. '네놈도 거기 있었어, 너도 한패야, 네놈이야 온 시장 바닥이 다 알지!'라더군. 사실 왜 그런지 시장에서 날 모르는 사람이 없긴 해." 콜랴가 우쭐대며 덧붙였다. "우리는 다 같이 치안판사에게 끌려갔지, 거위도 들고 갔어. 보니까 그 젊은 친구는 겁을 집어먹고 울부짖기 시작하는데, 정말이지 여자처럼 대성통곡을 하더군. 거위 장수는 고함을 질러댔어. '이놈들 행실을 그대로 놔뒀다간, 거위를 수도 없이 으깨 죽일 거야!' 뭐, 물론 증인들도 있었지. 치안판사는 순식간에 끝내버렸어. 거위 값으로 거위 장수에게 1루블을 지불하고 거위는 그 젊은 친구가 가지라는 거야. 물론 앞으로 다시는 그런 장난을 하지 말라더군. 젊은 친구는 계속 여자처럼 울부짖었어. '이건 제가 한 짓이 아니라, 저 녀석이 시킨 거예요'라며 나를 가리키잖아. 나는 어디까지나 냉정을 지키면서, 이건 절대로 내가 시킨 일이 아니다, 나는 그저 기본적인 생각을 표했고 그것도 하나의 구상으로 말했을 뿐이다, 라고 대답했지. 치안판사 네페도프는 히죽 웃더니, 자기가 웃은 것에 대해 곧바로 자신에게 화를 내는 거야. 그러면서 '앞으로 그런 구상은 집어치우고 착실히 앉아

책을 읽고 열심히 학과 공부를 하도록, 지금 당장 학교 당국에 자네 일을 통지하겠네'라고 말하더군. 하지만 내 일을 학교 당국에 통지하지는 않았어, 농담이었던 거지, 하지만 소문이 퍼져서 이 일은 정말로 선생님들 귀에 들어가고 말았어. 우리 선생님들 귀는 엄청 길잖아! 특히 고전어 선생님 콜바스니코프가 들고일어났지만, 이번에도 다르다넬로프가 막아줬지. 그런데 지금 콜바스니코프는 새파란 당나귀처럼 우리 모두에게 심통을 부리고 있어. 일류샤, 그 선생님이 장가갔다는 얘기, 너 들었니, 미하일로프 집안에서 지참금 천 루블이 딸린 색시를 얻었는데, 최하등급 추물 중에서도 첫손에 꼽히는 박색이래. 3학년 애들이 즉시 이런 경구를 지었지.

3학년 학생들 놀라 까무러칠 소식,
양아치 콜바스니코프가 장가들다니.

뭐, 계속 이런 식인데 무지무지 웃겨, 요담에 가져와서 보여줄게. 다르다넬로프에 대해서는 아무 말도 않겠어. 식견이 있는 사람이야, 확실한 식견을 지녔지. 그런 사람을 나는 존경해, 나를 두둔해줬다고 그러는 게 절대 아니야……"

"하지만 넌 누가 트로이를 세웠는가 하는 문제로 그를 쓰러뜨렸잖아!" 이 순간 크라소트킨이 너무도 자랑스러운 나머지 스무로프가 불쑥 끼어들었다. 특히 거위 얘기는 그의 마음에 아주 쏙 들었다.

"정말로 그렇게 쓰러뜨렸습니까요?" 이등 대위가 비위를 맞추며 말을 받았다. "누가 트로이를 세웠는가 하는 그걸로였습죠? 선생님을 쓰러뜨렸다는 얘기는 우리도 벌써 들었답니다요. 일류셰치카가 그때 나한테 얘기해주었습죠……"

"얘는, 아빠, 뭐든 다 알아, 우리 학교 학생들 중에서 제일 잘 알아." 일류셰치카도 맞장구를 쳤다. "겉으로 그냥 그렇고 그런 애인 척하는 것뿐이지, 우리 학교에서 무슨 과목이든 제일 잘하는 학생이야……"

일류샤는 무한한 행복을 느끼며 콜랴를 바라보았다.

"뭐, 그 트로이 얘기는 그냥 해본 거야, 괜한 소리지, 나는 그 질문이 괜한 거라고 생각해." 콜랴가 겸손을 떨면서도 오만하게 대꾸했다. 그는 이미 자신이 원하는 어조로 완전히 들어서 있었으나, 그래도 아직 다소 불안했다. 그는 자신이 너무 흥분해서 이를테면 거위 얘기를 할 때 너무 열을 내며 떠벌렸다는 느낌이 들었고, 이야기하는 동안 알료샤가 줄곧 입을 다문 채 진지한 표정이었기 때문에 그러잖아도 자존심이 센 이 소년은 이미 조금씩 안절부절못하는 상태에 이르기 시작했다. '저 사람이 아무 말 없는 건 내가 자기한테 칭찬을 듣고 싶어한다고 생각해서 나를 경멸하기 때문 아닐까? 만약 저 사람이 감히 그렇게 생각한다면, 나는……'

"나는 그 질문이 정말 괜한 거라고 생각해." 그가 다시 한번 오만하게 잘라 말했다.

"나는 누가 트로이를 세웠는지 알아." 지금껏 거의 아무 말도 없던 한 소년이 전혀 뜻밖에도 불쑥 입을 열었는데, 말이 없고 분명 수줍음을 잘 타는 듯싶은, 아주 예쁘장하게 생긴 열한 살쯤 된 아이로, 성은 카르타쇼프였다. 그는 바로 문 옆에 앉아 있었다. 콜랴는 적잖이 놀랐지만 그래도 위엄 있는 태도로 그를 쳐다보았다. 문제는, '누가 트로이를 세웠는가?' 하는 물음이 모든 학급에서 그야말로 비밀이 돼버렸고, 그 비밀을 캐내려면 스마라그도프를 읽어야 했다는 점이다. 하지만 스마라그도프는 콜랴 말고 누구한테도 없었다. 그런데 한번은 카르타쇼프라는 이 소년이 콜랴가 몸을 돌리고 있는 틈을 타 그의 책들 사이에 끼여 있는 스마라그도프를 재빨리 슬쩍 들춰보았는데, 마침 그 부분이 트로이의 창건자들 얘기가 나오는 바로 그 대목이었던 것이다. 이것은 이미 꽤 오래된 일이었지만, 그는 늘 왠지 부끄러움이 많은데다 누가 트로이를 세웠는지 자기도 알고 있다고 공개적으로 밝히면 행여 무슨 일이 일어나지 않을까, 이 일로 콜랴가 자기한테 어떻게 창피라도 주지 않을까 겁나서 감히 그럴 결심을 하지 못했다. 그런데 갑자기 지금 무엇 때문인지 더이상 참지 못하고 불쑥 말해버린 것이다. 사실 오래전부터 그러고 싶기도 했다.

"그래, 누가 세웠는데?" 콜랴가 마치 깔보듯 오만하게 그를 향해 몸을 돌렸는데, 상대방의 얼굴빛으로 보아 정말 알고 있다는 것을 눈치채고는 당연히, 모든 결과에 즉각 대비했다. 좌중의 분위기에는 이른바 불협화음이라 할 만한 것이 생겨났다.

"트로이를 세운 건 테우크로스, 다르다노스, 일로스, 그리고 트로스야." 소년은 단숨에 주워섬기고는 한순간에 얼굴이 온통 새빨개졌는데, 어찌나 새빨개졌는지 보기 딱할 지경이었다. 하지만 소년들은 모두 꼬박 일 분이나 그를 뚫어지게 응시했고, 그렇게 뚫어져라 응시하던 모든 시선이 이번에는 갑자기 콜랴에게로 일시에 향했다. 그는 여전히 경멸어린 냉담한 눈으로 이 건방진 소년을 아래위로 계속 훑어보았다.

"그러니까 그들이 어떻게 세웠다는 거지?" 마침내 그가 아량이라도 베풀듯 입을 열었다. "그리고 도시나 국가를 세운다는 게 일반적으로 무슨 의미인데? 그들이 대체 뭘 했다는 거야, 와서 벽돌이라도 한 장씩 쌓아올렸다, 이거야?"

웃음소리가 터져나왔다. 죄를 지은 소년의 얼굴은 장밋빛에서 진홍색으로 변했다. 그는 아무 말도 못하고, 금방이라도 울음을 터뜨릴 것만 같았다. 콜랴는 일 분 정도 더 그를 그렇게 내버려두었다.

"민족의 기초가 되는 그런 역사적 사건을 논하기 위해서는 무엇보다 그것이 무엇을 의미하는지부터 이해해야 돼." 콜랴가 엄격한 훈계조로 잘라 말했다. "그렇지만 나는 여자들이 좋아하는 이런 옛날얘기 따윈 하등 중요하게 여기지 않아, 게다가 대체로 세계사 자체를 그다지 존중하지 않지." 그가 별거 아니라는 투로 이제는 모든 사람을 향해 불쑥 덧붙였다.

"아니, 세계사를 말입니까요?" 이등 대위가 갑자기 깜짝 놀란 듯이 물었다.

"예, 세계사를요. 인류의 연속적인 바보짓을 연구하는 거죠, 그게 다예요. 내가 존중하는 건 수학과 자연과학뿐이에요." 콜랴는 거드름을 피우고는 알료샤를 힐끗 쳐다보았다. 이 자리에서는 오로지 알료샤의 의견만이 두려웠던 것이다. 하지만 알료샤는 줄곧 아무 말 없이 아까처럼 내내 진지하기만 했다. 지금 알료샤가 무슨 말이라도 한다면, 그것으로 일은 끝나련만, 알료샤가 계속 침묵을 지키니, '그의 침묵이 경멸을 뜻할 수도 있다'는 생각에 콜랴는 이제 완전히 초조해졌다.

"또 우리가 지금 배우고 있는 이 고전어들도 그래요, 미친 짓일 뿐이죠, 그 이상은 아녜요⋯⋯ 이번에도 내 생각에 동의하지 않는 것 같은

데요, 카라마조프 씨?"

"동의하지 못하겠군요." 알료샤가 조심스레 미소를 지었다.

"고전어란 말이죠, 만약 이에 대한 내 의견을 모두 듣고 싶으시다면—그건 치안 수단이고, 오로지 그 때문에 도입된 거예요." 갑자기 콜랴는 또다시 숨을 점점 헐떡이기 시작했다. "지루하기 때문에, 재능을 무디게 만들기 때문에 도입된 거라고요. 전에도 지루했지만 더 지루하게 하려면 어떻게 해야 할까? 전에도 우둔했지만 더 우둔하게 하려면 어떻게 해야 할까? 그래서 고전어를 생각해낸 겁니다. 바로 이것이 고전어에 대한 내 의견의 전부이고, 앞으로도 절대 이 의견이 바뀌지 않기를 기대하는 바입니다." 콜랴는 자르듯이 말을 맺었다. 그의 두 볼에는 붉은 반점 같은 홍조가 나타났다.

"그건 맞는 말이에요." 열심히 듣고 있던 스무로프가 갑자기 낭랑하고 확신에 찬 목소리로 동의하고 나섰다.

"하지만 얘는 라틴어도 일등이에요!" 소년들 중 하나가 갑자기 소리쳤다.

"맞아요, 아빠, 얘는 말은 저렇게 해도 반에서 라틴어를 제일 잘해요." 일류샤도 말을 받았다.

"그게 뭐가 어때서?" 콜랴는 칭찬이 무척 기분좋긴 했지만 그래도 변명해둘 필요를 느꼈다. "내가 라틴어를 달달 외우는 건 그래야만 하기 때문이야, 과정을 마치겠다고 어머니한테 약속했으니까, 그리고 뭐든 일단 시작한 일은 잘해야 한다는 게 내 생각이야, 하지만 마음속으로는 고전어 존중주의니 뭐니 하는 이런 모든 비열한 짓을 깊이 경멸하고 있어…… 동의하지 않으시겠죠, 카라마조프 씨?"

"그런데 왜 '비열한 짓'이죠?" 알료샤가 다시 미소를 지었다.

"아니, 왜라뇨, 고전이란 고전은 모든 언어로 전부 번역됐잖아요, 따라서 고전 작가들을 연구하기 위해서는 라틴어가 전혀 필요 없게 된 거죠, 오로지 치안 수단을 위해, 재능을 둔하게 만들기 위해 필요할 뿐이에요. 이런데도 비열한 짓이 아닌가요?"

"정말 누가 당신에게 이런 걸 모두 가르쳐주었습니까?" 알료샤가 마침내 깜짝 놀라서 외쳤다.

"첫째, 나는 누가 가르쳐주지 않아도 혼자서 이해할 수 있고, 둘째로는 말이죠, 방금 내가 고전 작품들이 전부 번역되었다고 한 말은 바로 콜바스니코프 선생님이 3학년 학생 전체에게 큰 소리로 직접 했던 말인데……"

"의사 선생님이 오셨어요!" 지금껏 잠자코 있던 니노치카가 갑자기 외쳤다.

정말로 대문 앞에 호흘라코바 부인 소유의 사륜마차가 도착해 있었다. 아침 내내 의사를 기다렸던 이등 대위는 그를 맞으러 허겁지겁 대문간으로 달려나갔다. 엄마는 옷매무새를 가다듬고 점잔을 뺐다. 알료샤는 일류샤에게 다가가 베개를 바로 놓아주었다. 니노치카는 그가 침대를 반듯하게 정돈하는 모습을 안락의자에서 불안하게 지켜보았다. 소년들은 서둘러 작별인사를 하기 시작했고, 그중 몇 명은 저녁에 다시 들르겠다고 약속했다. 콜랴가 페레즈본을 부르자, 개는 침대에서 풀쩍 뛰어내렸다.

"나는 안 가, 안 갈 거야!" 콜랴가 황급히 일류샤에게 말했다. "현관에서 기다리다가 의사가 돌아가면 다시 올게, 페레즈본하고 같이."

하지만 의사가 벌써 들어오고 있었다—곰털 외투를 입고, 검은 볼수염을 길게 기르고, 턱은 반질반질 윤이 나게 면도를 한 중후한 모습이었다. 문지방을 넘어선 의사는 어리둥절한 듯 갑자기 그 자리에 멈춰 섰다. 분명 잘못 찾아왔다고 여기는 모양이었다. '어떻게 된 거야? 여기가 어디지?' 그는 어깨에서 외투도 벗지 않고 물개 가죽 차양이 달린 물개 가죽 모자도 그대로 쓴 채 중얼거렸다. 북적대는 사람들, 방안에 가득 밴 가난, 한구석의 빨랫줄에 주렁주렁 걸려 있는 속옷가지들에 낭패감이 든 것이다. 이등 대위는 코가 땅에 닿도록 그의 앞에 허리를 숙였다.

"여깁니다요, 여깁니다요." 그는 연방 굽실거리며 중얼거렸다. "여깁니다요, 저희 집이 맞습니다요, 저희 집에 제대로 오셨습니다요……"

"스네-기-료프?" 의사가 큰 소리로 근엄하게 물었다. "스네기료프 씨가—당신이오?"

"바로 접니다요!"

"아!"

의사는 다시 한번 꺼림칙하게 방안을 둘러보더니 외투를 벗어 던졌다. 목에 걸린 위엄 있는 훈장이 모든 사람의 눈앞에서 번쩍 빛났다. 이등 대위는 날아오는 외투를 공중에서 덥석 받아들었고, 의사는 모자를 벗었다.

"환자는 어디 있소?" 그가 커다란 소리로 재촉하듯 물었다.

VI
조숙

"의사가 뭐라고 할 것 같아요?" 콜랴가 빠른 소리로 물었다. "하지만 정말 구역질나는 낯짝이에요, 안 그래요? 의학은 도저히 참을 수가 없다니까요!"

"일류샤는 죽을 겁니다. 아무래도 그런 생각이 드는군요." 알료샤가 침통하게 말했다.

"사기꾼들! 의학은 사기라고요! 하지만 아무튼 당신을 알게 돼서 기뻐요, 카라마조프 씨. 오래전부터 당신을 알고 싶었거든요. 다만 이런 슬픈 일로 만나게 되어 유감이지만요……"

콜랴는 뭔가 좀더 열렬하고 좀더 격정적인 말을 무척 하고 싶었으나, 왠지 움츠러드는 기분이었다. 알료샤가 이를 알아채고 미소를 지으면서 그의 손을 꼭 쥐었다.

"나는 오래전부터 당신을 보기 드문 분이라 여기며 존경해왔어요." 콜랴는 또다시 당황하여 뒤죽박죽 조리도 없이 중얼거렸다. "당신이 신비주의자이고 수도원에 계셨다는 얘기는 들었어요. 당신이 신비주의자라는 걸 알지만, 그렇다고…… 그게 내 마음을 저지시키진 못했죠. 현실과의 접촉이 당신을 치유해줄 거예요…… 당신과 같은 천성을 지닌 사람은 그렇게 될 수밖에 없거든요."

"뭘 두고서 신비주의자라 부르는 거죠? 무엇을 치유해준다는 겁니까?" 알료샤는 다소 놀랐다.

"뭐, 저어기, 신이나 뭐 그런 거요."

"아니, 그럼 당신은 정말 신을 믿지 않습니까?"

"천만에요, 오히려 나는 신을 전혀 반대하지 않아요. 물론 신은 하나의 가설에 불과하지만요…… 그러나…… 신이 필요하다는 건 인정해요, 질서를 위해서…… 세계의 질서 같은 것을 위해서요…… 만약 신이 존재하지 않는다면 그걸 발명해내기라도 해야겠죠." 콜랴는 이렇게 덧붙이며 얼굴을 붉히기 시작했다. 알료샤가 이제는 자기가 지식을 과시하고 얼마나 '어른'인지 보여주고 싶어한다고 여길지도 모른다는 느낌이 문득 들었던 것이다. '하지만 이 사람 앞에서 내 지식을 과시할 생각은 눈곱만큼도 없단 말이야.' 콜랴는 분개하면서 이렇게 생각했다. 그러자 갑자기 무섭게 짜증이 치밀었다.

"솔직히 말해 이따위 쓸데없는 논쟁이라면 딱 질색입니다." 그가 잘라 말했다. "신을 믿지 않고서도 인류를 사랑할 수 있잖습니까, 어떻게 생각하십니까? 볼테르는 신을 믿지 않았지만 인류를 사랑했잖아요?"*('또, 또!' 하고 그는 속으로 생각했다.)

"볼테르는 신을 믿긴 했어도 조금만 믿었던 것 같고, 그래서 인류도 조금만 사랑한 게 아닐까요." 알료샤는 마치 동년배나 심지어 손윗사람과 이야기를 나누듯이 조용하고 신중하게, 그리고 아주 자연스럽게 말했다. 콜랴가 깜짝 놀란 것은 다름아니라, 알료샤가 마치 볼테르에 대한 자신의 견해에 확신이 없는 것처럼, 바로 자기에게서, 어린 콜랴에

---

* 이하 콜랴의 주장은 러시아 문예사상가이자 비평가인 벨린스키가 쓴 『고골에게 보내는 편지』를 참고한 것이다. 벨린스키의 사상적 경향은 독일관념론에서부터 출발해 유물론과 생시몽의 공상적 사회주의를 거쳐 이른바 혁명적 민주주의로 이어졌다. 도스토옙스키를 등단시키기도 했으나 견해차로 결별했다.

게서 이 질문에 대한 해답을 구하는 듯했기 때문이다.

"그런데 볼테르를 읽었나요?" 알료샤가 말을 맺었다.

"아뇨, 읽었다는 건 아니지만…… 그래도 『캉디드』는 읽었죠, 러시아어 번역으로…… 낡고 괴상한 번역이었어요, 우스꽝스러운……"(또, 또!)

"그래, 이해가 됐습니까?"

"오, 그럼요, 전부…… 다시 말해…… 아니, 어째서 내가 이해하지 못했을 거라고 생각하시죠? 거기엔 물론 지저분한 비곗덩어리도 많지만요…… 이 책이 철학 소설이고 사상을 펼치기 위해서 쓴 거라는 정도는 나도 충분히 이해할 수 있어요……" 이미 콜랴는 완전히 허우적거리고 있었다. "나는 사회주의자예요, 카라마조프 씨, 교정 불능의 사회주의자*입니다." 그는 갑자기 밑도 끝도 없는 소리를 내뱉고는 입을 다물어버렸다.

"사회주의자라고요?" 알료샤가 웃었다. "정말, 언제 그렇게 될 시간이 있었습니까? 아직 열세 살밖에 안 됐다고 한 것 같은데요?"

콜랴는 기가 꺾였다.

"첫째, 열세 살이 아니라 열네 살입니다, 두 주만 지나면 열네 살이라고요." 그는 갑자기 발끈했다. "둘째, 도무지 이해가 안 되는군요, 여기서 내 나이가 무슨 상관이죠? 문제는 내 신념이 어떤 것이냐이지, 내가 몇 살이냐가 아니지요, 안 그런가요?"

"좀더 나이가 들면, 당신은 나이가 신념에 어떤 의미를 갖는지 스스

---

* 사회주의의 선구자이자 농노제를 맹렬히 반대한 진보적 사상가, 작가인 게르첸이 황제 알렉산드르 2세에게 보낸 편지에 나오는 말.

로 알게 되겠지요. 또하나, 내가 느낀 바로는, 당신은 당신 자신의 말을 하고 있지 않은 것 같군요." 알료샤는 겸손하고 침착하게 대답했지만, 콜랴는 열을 내며 그의 말을 끊어버렸다.

"무슨 그런 말씀을, 당신은 복종과 신비주의를 원하고 있어요. 동의하실 테죠, 예를 들어 그리스도교 신앙은 하층계급을 계속 노예 상태에 두기 위해 오로지 부자와 권세 있는 자들만 섬겨왔어요, 안 그런가요?"

"아, 당신이 어디서 그런 걸 읽었는지 알겠군요, 틀림없이 누군가가 당신에게 가르쳐준 겁니다!" 알료샤가 외쳤다.

"무슨 말씀인가요, 왜 꼭 뭘 읽었다는 거죠? 그리고 정말 아무도 가르쳐주지 않았어요. 나 혼자서도 알 수 있는걸요…… 좋아요, 나는 그리스도에 반대하지 않아요. 그는 지극히 인도주의적인 인물이었으니까요, 만약 그가 우리 시대에 살았다면 곧바로 혁명가들에게 합류해 아마도 눈부신 역할을 했겠죠…… 아니, 틀림없이 그랬을걸요."

"대체 어디서, 도대체 어디서 그런 소리를 주워들었나요! 어떤 바보하고 어울린 겁니까?" 알료샤가 외쳤다.

"그만두시죠, 진실을 숨길 수는 없는 법이니까요. 물론 어떤 우연한 기회로 라키친 씨하고 종종 이야기를 나누고는 있지만, 하지만…… 벨린스키 영감도 그런 말을 했다던데요."

"벨린스키가요? 기억이 안 나는데. 그런 얘기는 어디에도 쓰지 않았습니다."

"글로 쓰지 않았다면 말로 했겠죠, 그렇다고들 하니까요. 나는 그 얘길 어떤 사람한테서 들었는데…… 뭐, 어쨌거나 젠장……"

"그럼 벨린스키를 읽었습니까?"

"그게요…… 아뇨…… 다 읽진 못했어요, 하지만…… 타치야나에 관한 대목, 그러니까 그녀가 왜 오네긴과 함께 가지 않았는가 하는 부분* 은 읽었어요."

"왜 오네긴과 같이 가지 않은 거죠? 그래, 그걸 벌써…… 이해합니까?"

"정말 무슨 말씀이세요, 내가 스무로프 같은 조무래기인 줄 아시나 보군요." 콜랴가 짜증스럽게 이를 드러내며 웃어 보였다.

"그렇다고 제발 나를 뭐 그런 혁명분자로 여기진 마십시오. 나는 라키친 씨 의견에 동의하지 않을 때가 아주 많으니까요. 타치야나에 관해서라면, 나는 여성해방에 절대 찬성하지 않습니다. 여성은 종속적인 존재이기 때문에 당연히 순종해야 한다는 것을 나는 인정해요. 나폴레옹이 말했듯이 *여자들은 뜨개질이나 할 일이다죠.*" 콜랴는 무엇 때문인지 히죽 웃었다. "최소한 이 점에서만큼은, 나는 이 사이비 위인과 전적으로 같은 신념입니다. 나는 또한, 예를 들어 조국을 떠나 아메리카로 달아나는 것은—비열한 짓, 아니 비열한 짓보다 더 고약한—어리석은 짓이라고 생각해요. 우리 나라에서도 인류를 위해 많은 이로운 일을 할 수 있는데, 아메리카는 왜 가죠? 더구나 지금 같은 때. 해야 할 유익한 활동이 태산 같은데요. 나는 이렇게 대답했어요."

"대답을 하다뇨? 누구한테요? 벌써 누가 당신한테 아메리카로 가자고 그랬습니까?"

"솔직히 말해 나를 부추겼지만 거절했죠. 이건 물론 우리끼리 하는

---

* 푸쉬킨의 작품에 대한 벨린스키의 아홉번째 논문을 말한다.

얘기예요, 카라마조프 씨, 아시겠죠, 누구한테든 한 마디도 하면 안 돼요. 당신한테만 하는 말이니까. 제3국*의 마수에 걸려들어 체프노이 다리 옆**에서 교화 수업을 받긴 정말 싫거든요.

그대, 체프노이 다리 옆
저 건물을 기억하게 되리니!***

생각나세요? 정말 멋지죠! 아니, 왜 웃나요? 설마 내가 내내 허풍을 떨었다고 생각하는 건 아닐 테죠?"('아, 아버지 책장에 〈종鐘〉****이 기껏 이것 한 호밖에 없고 이 호에서도 내가 더이상 읽은 게 없다는 걸 이 사람이 알게 되면 어떡하지?' 하는 생각이 언뜻 들어, 콜랴는 몸서리를 쳤다.)

"오, 천만에요, 나는 웃지도 않고, 당신이 허튼소리를 했다고도 절대 생각하지 않습니다. 정말로 그런 생각은 하지 않아요, 안타깝게도 이 모든 것은 그야말로 진실이니까요! 그럼 말해봐요, 당신은 그러니까 푸쉬킨은, 『오네긴』은 읽은 거죠…… 그래서 방금 타치야나 얘기를 한 거죠?"

---

* 1826년에 니콜라이 1세가 만든 국가보안정치 비밀경찰로 1880년에 폐지되었다.

** 제3국은 1838년부터 페테르부르크의 체프노이 다리 옆에 있었다.

*** 작가 미상의 서한시 「페테르부르크로부터 모스크바로」 제1부에 들어 있는 구절로, 『북극성』(1861년, 제6권)에 실렸으며, 〈종〉(1866년 6월, 제221호)에 실린 것은 이 시의 제2부이다.

**** 게르첸과 오가료프가 1857년 런던에서 창간해 1876년까지 발행한 혁명적 성향의 신문으로, 러시아에 불법적으로 유포되면서 진보적 지식인들의 교육에 큰 역할을 했다.

"아뇨, 아직 읽지 않았지만, 읽고 싶어요. 나는 편견이 없으니까요, 카라마조프 씨. 이쪽저쪽 얘기를 다 듣고 싶다고요. 그런데 그건 왜 묻죠?"

"그저 좀."

"말해보세요, 카라마조프 씨, 당신은 나를 굉장히 경멸하고 있죠?" 콜랴는 갑자기 날카롭게 내뱉더니 마치 응전 태세라도 취하듯 알료샤 앞에 몸을 쭉 뻗고 섰다. "제발 부탁이니, 탁 까놓고 말해주시죠."

"당신을 경멸한다고요?" 알료샤가 놀란 얼굴로 그를 쳐다보았다. "아니, 무엇 때문에요? 나는 그저 당신과 같은 아름다운 천성이 삶이라는 것을 미처 시작하기도 전에 그런 조잡한 허튼소리들 때문에 이미 비뚤어진 게 슬플 따름입니다."

"내 천성에 대해서는 걱정 거두시죠." 콜랴는 이렇게 말을 가로막았지만 자기만족감도 없지 않았다. "내가 의심이 많은 건 맞아요. 어리석을 정도로 의심이 많죠, 조잡할 정도로 의심이 많다고요. 당신이 지금 웃는 걸 보니, 아무래도 당신은 분명……"

"아, 내가 웃은 건 전혀 다른 일 때문입니다. 왜 웃었느냐 하면 말이죠, 얼마 전에 나는 러시아에 살던 어느 독일인이 현재 우리 나라의 젊은 학생들에 대해 쓴 촌평 하나를 읽었거든요. '러시아 학생에게 그가 지금껏 전혀 모르고 있던 천체도를 보여주면, 그는 내일 당장 이 천체도를 수정해 당신에게 돌려줄 것이다'라는 겁니다. 무지와 터무니없는 자신감—이게 그 독일인이 러시아 학생에 대해 말하고 싶었던 것이지요."

"아, 정말 완전히 맞는 얘기예요!" 갑자기 콜랴가 큰 소리로 웃음을 터뜨렸다. "정말 맞잖아요, 아주 꼭 맞췄어! 브라보, 독일 놈! 하지만 그 놈은 좋은 면은 못 봤군요, 어떻게 생각하세요? 자신감—그건 괜찮잖아요, 젊음에서 오는 것이고, 고칠 필요가 있다면 고쳐질 테니까요, 대신에 아주 어릴 적부터 키워온 독립적인 정신이 있고, 사상과 신념의 대담함이 있어요, 권위 앞에 맹종하는 저 소시지 족속들의 노예근성과는 다르죠…… 하지만 어쨌든 그 독일 놈이 입바른 말을 했군요! 브라보, 독일 놈! 그래도 어쨌거나 독일 놈들은 목을 졸라버려야 돼요. 그 놈들이 뭐 과학 분야에선 강하다 해도 어쨌거나 목을 졸라버려야 돼요……"

"왜 목을 졸라버려야 된다는 거죠?" 알료샤가 싱긋 웃었다.

"뭐, 내가 허튼소릴 지껄였는지도 몰라요, 인정해요. 나는 어떤 땐 정말 지독히도 어린애라니까요. 뭔가 기쁠 때는 전혀 자제를 못하고 그저 허튼소리를 지껄이고 싶어 입이 근질근질하거든요. 그런데 우리는 여기서 이런 쓸데없는 수다를 떨고 있지만, 저 의사는 저기서 웬일인지 꽤 오래 들어박혀 있군요. 하긴, 어쩌면 거기서 '엄마'도 진찰하고, 다리를 못 쓰는 그 니노치카도 진찰해주는지 모르죠. 그런데 말이죠, 나는 그 니노치카가 마음에 들었어요. 내가 나올 때 갑자기 내게 '왜 진작 오지 않았어요?' 하고 속삭이더군요. 책망하는 듯한 목소리로요! 더없이 착하고 가여운 여자 같아요."

"그래요, 정말 그래요! 앞으로 이 집에 자주 오면, 그녀가 어떤 존재인지 알게 될 겁니다. 그런 존재들을 알게 되면 당신에게 매우 유익할 거예요, 이런 존재들과 사귐으로써 알게 되는 많은 다른 것에 대해서도 가치를 인정할 줄 알게 될 테니까요." 알료샤가 열띤 어조로 지적했다.

"당신을 더 훌륭하게 만드는 데 이보다 좋은 건 없습니다."

"오, 왜 진작 오지 않았는지, 너무 안타깝고 후회막심이에요!" 콜랴가 비통해하며 외쳤다.

"그래요, 정말 유감이에요. 당신이 그 가여운 어린애를 얼마나 기쁘게 했는지 직접 보지 않았습니까! 그애가 당신을 얼마나 애타게 기다렸는데요!"

"더이상 말하지 마세요! 내 아픈 데를 찌르는 거예요. 하지만 자업자득이죠. 자존심 때문에, 이기적인 자존심 때문에, 비열한 지배욕 때문에 오지 않았던 거니까요, 내 아무리 한평생 애써도 한평생 이것들을 떨쳐버리진 못할 거예요. 나는 이제 그걸 알아요, 나는 여러모로 비열한 놈이에요, 카라마조프 씨!"

"천만에요, 당신은 참으로 아름다운 천성을 지녔어요, 좀 비뚤어지긴 했지만 말이죠, 어째서 당신이 그 고결하고 병적으로 예민한 아이에게 그토록 큰 영향을 미칠 수 있었는지 나는 충분히 알겠어요!" 알료샤가 열띤 어조로 말했다.

"당신이 그렇게 말해주시다니!" 콜랴가 외쳤다. "그런데도 나는 어떻게 생각했는지 아세요—나는 벌써 몇 번씩이나, 지금 여기서도, 당신이 나를 경멸하고 있다고 생각했어요! 내가 당신의 견해를 얼마나 소중히 여기는지, 그걸 알아만 주신다면!"

"아니, 당신은 정말 그렇게까지 의심이 많습니까? 그 나이에! 하긴 말이죠, 당신이 저 방에서 이야기하는 걸 보면서 분명 의심이 무척 많을 거라는 생각은 했습니다."

"정말 그렇게 생각하셨어요? 아무튼 당신 눈은 대단하군요, 거봐요,

거봐요! 내기라도 하겠지만, 그건 분명 내가 거위 얘기를 할 때였을걸요. 나도 그때, 내가 잘난 체하고 싶어 안달나 있다고 당신이 나를 깊이 경멸할 거라는 생각이 들었죠, 그래서 갑자기 당신이 증오스러워져서 허튼소리를 내뱉기 시작한 거였어요. 그뒤(이건 이미 지금 이리로 나온 뒤의 일이지만), 내가 '만약 신이 존재하지 않는다면 신을 발명해내야 된다'고 말한 대목에서도 내가 유식함을 과시하려고 너무 성급하게 나서는구나 싶었죠, 더구나 그 대목은 어느 책에서 읽은 거였거든요. 하지만 맹세코, 그렇게 성급하게 과시하려 든 건 절대 허영심 때문이 아니었어요, 무엇 때문인지는 잘 모르지만, 아마 기뻐서, 정말이지 기뻐서 그랬을 거예요…… 하긴 기쁘다고 아무한테나 들러붙어 목에 매달리는 건 심히 수치스러운 짓이지만요. 나도 그건 알아요. 하지만 이제 그 대신 나는, 당신이 나를 경멸하지 않는다는 걸, 이 모든 게 나 혼자만의 상상이었다는 걸 확신하게 됐어요. 오, 카라마조프 씨, 나는 심히 불행해요. 때로는 뭔지 몰라도 모든 사람이, 온 세상이 나를 비웃고 있다는 생각이 들어요, 그럴 때면 그냥 사물의 모든 질서를 깨부숴버리고 싶어져요."

"그리고 주위 사람들을 괴롭히겠죠." 알료샤가 싱긋 웃었다.

"예, 주위 사람들을 괴롭히는 거죠, 특히 어머니를요. 카라마조프 씨, 그런데 내가 지금 우습나요?"

"정말 그런 건 생각하지 말아요, 그런 건 아예 생각도 말아요!" 알료샤가 소리쳤다. "그리고 우습다는 게 대체 뭡니까? 사람이 우습거나 우습게 보이는 게 어디 그리 드문 일인가요? 더구나 요즘은 재능 있는 사람들이 거의 하나같이 자신이 우습게 보일까봐 끔찍이도 전전긍긍하는데, 바로 그 때문에 불행한 겁니다. 다만 내가 놀라는 건, 당신이 그처럼 일찍 그렇게 느끼기 시작했다는 거예요, 하긴 이미 오래전부터 나는 이런 현상을 보아오고 있는데, 비단 당신만 그런 게 아닙니다. 요즘은 거의 아이들조차 이런 것 때문에 괴로워하기 시작했으니까요. 이건 거의 광기예요. 악마가 이런 자존심으로 화해 세대 전체 속으로 기어들어간 거죠, 그럼요, 이건 악마입니다." 알료샤는 이렇게 덧붙였는데, 그를 뚫어져라 쳐다보던 콜랴가 예상했던 것과 달리 조금도 웃지 않았다. "당신도 다른 모든 사람과 마찬가지입니다" 하고 알료샤가 결론적으로 말했다. "다시 말해 아주 많은 사람과 같다는 뜻이에요, 다만 다른 모든 사람처럼 그렇게 되어서는 안 된다는 거죠, 바로 그겁니다."

"모든 사람이 그렇더라도 말인가요?"

"모든 사람이 그렇더라도, 당신만큼은 그렇게 되지 말아야죠. 당신은 정말로 모든 사람과 같은 그런 사람이 아니에요. 당신은 지금 당신의 나쁜 점, 심지어 우스운 점을 털어놓는 것까지도 부끄러워하지 않았습니다. 요즘 누가 그런 걸 스스로 인정하겠습니까? 아무도 없을 겁니다, 심지어 자신을 비판할 필요성마저 느끼지 못하게 돼버렸는데요. 다른 모든 사람처럼 되지는 말아요. 비록 당신 혼자만 그렇지 않은 사람으로 남더라도, 여하튼 그렇게 되지는 말아요."

"정말 훌륭합니다! 내가 당신을 잘못 보진 않았군요. 당신은 사람을 위로할 줄 아세요. 오, 얼마나 당신한테 달려가고 싶었는데요, 카라마조프 씨, 얼마나 오래전부터 당신을 만나고 싶었던지! 당신도 정말 내 생각을 하셨나요? 당신도 내 생각을 했노라고 조금 전에 그러셨잖아요?"

"그럼요, 나도 당신 얘기를 듣고 당신 생각을 했어요…… 당신이 지금 그걸 묻는 게 어느 정도는 자존심 때문이라 해도 상관없어요."

"그런데 말이에요, 카라마조프 씨, 우리가 이렇게 말하는 게 마치 사랑 고백과도 비슷하군요." 콜랴가 왠지 나긋나긋해진 수줍은 목소리로 말했다. "이건 우스운 게 아닐까요, 우습지 않을까요?"

"전혀 우습지 않습니다, 또 우습다 해도 상관없어요, 좋은 일이니까요." 알료샤가 환하게 미소 지었다.

"있잖아요, 카라마조프 씨, 당신도 지금 나하고 있는 게 좀 부끄럽죠, 그죠…… 당신 눈을 보면 알아요." 콜랴는 어딘지 좀 의뭉스럽게, 그러나 그 어떤 행복감에 젖은 듯 웃어 보였다.

"왜 이게 부끄럽죠?"

"그럼 왜 빨개졌나요?"

"그야 당신이 그러니까 빨개진 거죠!" 알료샤가 소리 내어 웃더니 정말로 얼굴이 아주 새빨개졌다. "하긴, 좀 부끄럽긴 한데, 왠지는 모르겠군요, 정말 모르겠군요……" 그가 당황한 것처럼 중얼거렸다.

"오, 내가 이 순간 당신을 얼마나 사랑하고 높이 평가하고 있는지, 그건 바로 당신도 나와 함께 있는 걸 왠지 부끄러워하기 때문이에요! 왜냐하면 당신도 나와 똑같으니까요!" 콜랴는 완전히 환희에 휩싸여 외쳤다. 그의 뺨이 타오르고 눈이 빛났다.

"잘 들어요, 콜랴 군, 그렇긴 해도 당신은 앞으로 살아가면서 매우 불행한 사람이 될 겁니다." 무엇 때문인지 알료샤가 갑자기 이렇게 말했다.

"알아요, 알고 있어요. 정말 당신은 이 모든 것을 미리 알고 계시군요!" 콜랴가 곧바로 시인했다.

"하지만 그래도 전체적으로는 삶을 축복으로 느낄 겁니다."

"바로 그거예요! 만세! 당신은 예언자세요! 오, 우리는 정말로 마음이 잘 맞을 거예요, 카라마조프 씨. 아세요, 나는 무엇보다 당신이 나를 완전히 대등한 존재로 대해주어 너무너무 기뻐요. 물론 우리는 대등하지 않죠, 그럼요, 대등할 수가 없지요, 당신이 높아요! 하지만 우리는 마음이 잘 맞을 거예요. 아세요, 나는 지난 한 달 내내 나 자신에게 이렇게 말했어요. '나와 그 사람은 대번에 마음이 맞아 영원한 친구가 되거나, 아니면 처음 만날 때부터 갈라서서 무덤에 들어가는 날까지 철천지원수가 될 것이다!'라고요."

"그렇게 말하면서, 물론, 나를 벌써 좋아했던 거죠!" 알료샤가 유쾌하게 웃었다.

"좋아했죠, 무지 좋아했죠, 너무 좋아해서 당신 꿈까지 꾼걸요! 그런데 어떻게 이 모든 걸 미리 알고 계시죠? 와아, 저기 의사가 나와요. 오, 하느님, 저 사람이 대체 무슨 말을 할까, 좀 보세요, 어떤 얼굴을 하고 있는지!"

VII
일류샤

의사는 처음 들어올 때처럼 이미 털외투를 휘감고 머리에 모자를 쓴 모습으로 오두막에서 나왔다. 얼굴은 거의 성이 나 있고, 행여 무엇에라도 닿아 더러운 것이 묻을까봐 여전히 겁나는 듯 몹시 꺼림칙한 표정이었다. 그는 현관에 힐끗 눈길을 던지다가 알료샤와 콜랴를 엄한 눈초리로 쳐다보았다. 알료샤가 문에서 마부에게 손짓을 하자 의사를 태우고 온 사륜마차가 출구의 문 쪽으로 다가왔다. 이둥 대위가 부리나케 의사를 따라 달려나와, 그 앞에서 허리를 굽히고 아첨하다시피 하며 최후의 한마디를 들으려고 그를 멈춰 세웠다. 불쌍한 남자는 얼굴이 사색이 된데다, 시선은 겁에 질려 있었다.

"나리, 나리…… 그럼 정말로?" 그는 입을 열었으나 말을 끝맺지도 못하고 그저 절망에 빠져 두 손을 탁 마주치며 모아쥐었지만, 그래도 의사의 지금 말 한마디에 가엾은 아들에게 내려진 선고가 정말 바뀔 수도 있는 것처럼 마지막 애원을 담은 눈으로 여전히 의사를 쳐다보고 있었다.

"어쩌겠소! 나는 신이 아니오." 의사는 습관이 되었는지 성의라곤 없이 타이르는 목소리로 대답했다.

"의사 선생님…… 나리…… 그럼 정말 곧, 곧?"

"준-비를 단-단-히 하시오." 의사는 한 음절 한 음절에 힘을 주며 또박또박 말하고는, 시선을 내리깔고 문지방을 넘어 마차 쪽으로 걸음을 떼어놓으려 했다.

"나리, 제발요!" 이둥 대위가 겁에 질려 다시 한번 그를 멈춰 세웠다. "나리……! 그럼 정말 무슨 수로도, 정말 무슨 수로도, 이제 완전히 무슨 수로도 살릴 수 없단 말씀입니까?"

"이제 내 힘으론 어-쩔-수 없소." 그가 성마르게 말했다. "하지만, 흐음." 그가 갑자기 멈추어 섰다. "만약 당신이 예컨대…… 당신의 환자를…… 지금 당장 일각도 지체 않고('지금 당장 일각도 지체 않고'라는 말을 의사는 엄하다기보다 거의 노기등등해서 말했기 때문에 이등 대위는 흠칫 몸을 떨기까지 했다) 시-라-쿠-사로 보낼 수…… 있다면, 그때는…… 새롭고 좋-은 기-후-조-건 때문에…… 어쩌면 효-과가 있을지도……"

"시라쿠사라고요!" 이등 대위는 아직 무슨 말인지 알아듣지 못하겠다는 듯이 소리쳤다.

"시라쿠사—그건 시칠리아에 있어요." 콜랴가 설명해주느라 커다란 목소리로 불쑥 끼어들었다. 의사가 그를 쳐다보았다.

"시칠리아로요! 나리, 의사 선생님 나리." 이등 대위는 어찌할 바를 몰랐다. "아니, 직접 보시지 않았습니까!" 그는 두 팔을 사방으로 휘두르며 자신의 살림살이를 가리켰다. "또 저 엄마는요, 가족은요?"

"아-아니오, 가족은 시칠리아로 가는 게 아니오, 당신 가족은 캅카스로 가야 하오, 이른 봄에…… 당신 딸은 캅카스로 보내고, 부인은…… 류머티즘 치료를 위해 역시 캅-카-스에서 일정 기간 온천요양을 시킨 뒤…… 즉시 파리에 있는 정-신-과 전문의 레-펠-레티예의 병원으로 보-내-도-록 하시고, 그럴 경우 내가 그 의사 앞으로 소개장을 써줄 수도 있소, 그러면…… 아마 효과가 있을지도……"

"의사 선생님, 의사 선생님! 직접 보시잖습니까!" 절망한 이등 대위는 갑자기 또다시 두 팔을 번쩍 들어올려 아무 장식도 없는 벌거숭이 통나무 현관 벽을 가리켰다.

"아, 그건 내가 알 바 아니오." 의사가 웃어 보였다. "나는 다만 최후의 방법을 묻는 당신의 질문에 과-학이 말해줄 수 있는 것을 말했을 뿐이고, 나머지는…… 유감스럽게도……"

"걱정 마요, 의원 나리, 내 개는 당신을 물지 않을 테니까." 콜랴는 의사가 문지방에 서 있는 페레즈본을 조금 불안한 시선으로 힐끔거리는 것을 눈치채고 큰 소리로 잘라 말했다. 콜랴의 목소리 사이로 분노가 울려나왔다. 그는 의사 대신 일부러 '의원'이라고 말했는데, 나중에 스스로 밝혔듯 '모욕을 주기 위해 그렇게 말한 것'이었다.

"뭐-어-어-라고?" 의사가 고개를 번쩍 치켜들고 놀란 얼굴로 콜랴를 노려보았다. "이건 웬-놈이야?" 그는 알료샤에게 해명을 요구하듯 갑자기 그쪽으로 얼굴을 홱 돌렸다.

"이건 페레즈본의 주인입니다, 의원 나리, 내 신분에 대해서는 걱정 마시죠." 콜랴가 다시 따박따박 말대꾸를 했다.

"즈본?" 의사는 페레즈본이 무엇인지 알아채지 못하고 되물었다.

"페레즈본이 어디에 있는지도 모르는군. 안녕히 가시죠, 의원 나리, 시라쿠사에서 봅시다."

"이-이건 누구야? 누구야, 누구?" 의사는 갑자기 펄펄 끓기 시작했다.

"이곳의 학생입니다, 의사 선생님, 워낙 장난꾸러기가 돼놔서요, 신경쓰지 마십시오." 알료샤가 얼굴을 찡그리고 빠르게 말했다. "콜랴 군, 잠자코 있어요!" 그가 크라소트킨에게 소리쳤다. "신경쓰실 것 없습니다, 의사 선생님." 그가 다시 한번, 이번엔 좀더 초조한 어조로 되풀이했다.

"채-찍 맛을 봐야 돼, 채-찍, 채-찍 맛을!" 무엇 때문인지 이미 미칠 듯이 분이 치민 의사는 두 발을 굴렀다.

"하지만 아시죠, 의원 나리, 나의 이 페레즈본이 정말 물어뜯을지도 몰라요!" 콜랴가 얼굴이 새파래져서 눈을 희번덕거리며 떨리는 목소리로 내뱉었다. "휘잇, 페레즈본!"

"콜랴 군, 한마디만 더하면 당신하고 영원히 절교입니다!" 알료샤가 위압적으로 외쳤다.

"의원 나리, 세상천지에서 니콜라이 크라소트킨에게 명령을 내릴 수 있는 단 한 사람이 있다면, 그건 바로 이분입니다." 콜랴는 알료샤를 가리켰다. "사과는 이분께 드리겠어요, 안녕히 가시죠!"

콜랴는 튀어나가듯 그 자리를 떠나 문을 열고는 얼른 방안으로 들어가버렸다. 페레즈본이 그의 뒤를 쫓아 달려갔다. 의사는 오 초가량 나무토막처럼 멍하니 서서 알료샤를 바라보다가, 갑자기 침을 퉤 뱉고는 "이게, 이게, 이게, 대체 이게 뭐야, 나 원!" 하고 큰 소리로 뇌까리며 급히 마차 쪽으로 걸어갔다. 이등 대위는 그가 마차에 오르는 것을 거들려고 달려나갔다. 알료샤는 콜랴를 따라 방으로 들어갔다. 콜랴는 이미 일류샤의 침대 곁에 서 있었다. 일류샤는 그의 손을 꼭 쥐고 아빠를 불렀다. 잠시 뒤 이등 대위도 돌아왔다.

"아빠, 아빠, 이리 와…… 우리는……" 일류샤는 몹시 흥분해서 중얼거리기 시작했으나 더이상 계속할 기운도 없는지 갑자기 그 앙상한 두 팔을 앞으로 내밀어, 있는 힘껏 그들 두 사람, 콜랴와 아빠를 한꺼번에 꽉 끌어안아 두 사람이 하나가 되게 한 다음, 자신의 몸을 그들에게 꼭 붙였다. 이등 대위는 갑자기 그대로 몸을 떨며 말없이 흐느끼기 시작했고, 콜랴도 입술과 아래턱이 파르르 떨려왔다.

"아빠, 아빠! 난 아빠가 너무 불쌍해, 아빠!" 일류샤가 쓰라리게 신음하듯 말했다.

"일류셰치카…… 내 이쁜 비둘기…… 의사 선생님이 그랬어…… 곧 나을 거래…… 우리는 행복해질 거야…… 의사 선생님이……" 이등 대위가 더듬더듬 말을 시작했다.

"아아, 아빠! 새로 온 의사 선생님이 아빠한테 뭐라고 하셨는지, 나도 알아…… 나도 다 본걸!" 일류샤는 이렇게 외치고는 아빠의 어깨에 얼굴을 묻고 또다시 두 사람을 힘껏 끌어당겨 꼭 껴안았다.

"아빠, 울지 마…… 내가 죽으면 다른 좋은 아이를 가지면 되잖아…… 그애들 중에서 좋은 아이를 아빠가 직접 골라 일류샤라고 부르고 나 대신 사랑해줘……"

"아무 소리 마, 영감, 곧 낫는다니까!" 크라소트킨이 화라도 난 듯이 갑자기 소리쳤다.

"그래도 아빠, 날, 절대로 날 잊으면 안 돼." 일류샤가 말을 이었다. "내 무덤으로 찾아와줘…… 참, 그래, 아빠, 아빠랑 둘이서 산책 다니던 우리의 그 커다란 바윗돌 옆에 날 묻어줘, 그리고 크라소트킨이랑 거기로 날 찾아와줘, 저녁에…… 페레즈본도 같이…… 기다리고 있을게…… 아빠, 아빠!"

그의 목소리가 갑자기 끊어졌고, 세 사람은 서로 껴안은 채 더이상 아무 말도 못했다. 니노치카도 안락의자에서 조용히 울고 있었고, 모두 울고 있는 것을 보자 갑자기 엄마도 눈물을 쏟으며 엉엉 울기 시작했다.

"일류셰치카! 일류셰치카!" 그녀가 소리쳤다.

크라소트킨이 갑자기 일류샤의 포옹에서 몸을 빼냈다.

"잘 있어, 영감, 점심때가 돼서 어머니가 기다리실 거야." 그가 빠른 소리로 말했다. "미리 말씀드리고 왔으면 좋았을걸! 몹시 걱정하고 계실 거야…… 하지만 점심 먹고 곧장 너한테 올게, 온종일, 저녁 내내 함께 있을 거야, 얘기도 많이 해줄게, 아주 많이 해줄게! 페레즈본도 데려올 거야, 하지만 지금은 일단 데려간다, 내가 없으면 짖기 시작해서 널 성가시게 할 테니까. 또 보자!"

그러면서 그는 현관으로 달려나갔다. 울음을 터뜨리고 싶지 않았지만, 현관에 나오자 그만 울음이 터지고 말았다. 그러고 있는 것을 알료샤가 발견했다.

"콜랴 군, 약속한 대로 꼭 와야 해요, 안 그러면 저애가 몹시 슬퍼할 겁니다." 알료샤가 간곡하게 말했다.

"꼭 올게요! 아아, 왜 진작 오지 않았을까, 나 자신이 저주스러워요." 이제는 우는 걸 부끄러워하지도 않고 콜랴가 울면서 중얼거렸다. 그 순간 갑자기 이등 대위가 튀어나오듯 방에서 나오더니, 곧장 등뒤로 문을 닫았다. 미친 사람 같은 얼굴을 하고 입술을 바들바들 떨고 있었다. 그는 두 젊은이 앞에 서서 두 팔을 번쩍 쳐들었다.

"좋은 애도 싫습니다! 다른 아이는 싫다고요!" 악다문 이 사이로 거친 목소리를 내뱉으며 그가 속삭였다. "예루살렘아, 내가 너를 잊을진대 내 혀가 내 입천장에 붙을지로다……"*

그는 목이 멘 듯 말을 채 맺지도 못하고 나무걸상 앞에 힘없이 무릎을 꿇고 주저앉았다. 두 주먹으로 머리를 꽉 누르고 괴상한 쇳소리 같

* 「시편」 137:5~6, 러시아어 성경에서는 136:5~6의 부분적 인용.

은 걸 내며 흐느끼기 시작했지만, 그래도 자신의 울음소리가 오두막 안에 들리지 않도록 안간힘을 썼다. 콜랴는 거리로 뛰쳐나갔다.

"안녕히 계세요, 카라마조프 씨! 당신도 오실 거죠?" 그가 화가 난 듯한 날카로운 목소리로 알료샤에게 외쳤다.

"저녁에 꼭 오겠습니다."

"그 사람이 예루살렘 어쩌고 한 건 뭐죠…… 그건 또 뭐예요?"

"성경 구절입니다. '예루살렘아, 내가 너를 잊을진대', 다시 말해 내가 나의 가장 소중한 것을 모두 잊거나 다른 무엇과 바꾼다면 천벌이 내리리니……"

"알겠어요, 됐어요! 그럼 당신도 꼭 오세요! 휘잇, 페레즈본!" 그는 개에게 아주 사납게 소리를 지르고는 빠른 걸음으로 성큼성큼 집을 향해 걸어갔다.

제11편
이반 표도로비치 형제

I
그루셴카의 집에서

알료샤는 그루셴카를 만나려고 상인의 미망인 모로조바의 집을 향해 소보르나야 광장 쪽으로 걷기 시작했다. 그녀는 이른 아침부터 페냐를 그에게 보내 자기 집에 꼭 들러달라고 신신당부했다. 알료샤는 페냐에게 이것저것 물어본 결과 아씨가 벌써 어제부터 왠지 유난히도 안절부절못하고 있다는 것을 알게 되었다. 미챠가 체포된 후 이 두 달 내내 알료샤는 자발적으로, 또는 미챠의 부탁을 받고서, 모로조바의 집에 자주 들르고 있었다. 미챠가 체포된 지 한 사흘 만에 그루셴카는 병에 심하게 걸려 거의 다섯 주 동안이나 앓았다. 이 다섯 주 중 한 주는 의식을 잃은 채 누워 있었다. 이제 바깥출입을 할 수 있게 된 지 벌써 두 주 가까이 되지만, 그동안 얼굴이 심하게 변해 여위고 누르스름해졌다. 그러나 알료샤의 눈에는 그녀의 얼굴이 어쩐지 더 매력적으로 된 것 같왔고, 그녀의 방에 들어설 때면 그녀의 시선과 마주치는 게 좋았다. 그녀의 시선 속에는 뭔가 확고하고 사려 깊은 것이 굳게 자리한 듯했다. 어떤 커다란 정신적 변화가 나타나 있었고, 결코 변하지 않을, 겸손하면서도 선량하고 다시는 돌이킬 수 없는 어떤 결의가 떠올라 있었다. 이마의 양미간에는 크지 않은 한줄기 잔주름이 수직으로 패어 그녀의 사랑스러운 얼굴에 자신의 내면에 침잠해 있는 듯한 사색의 빛을 더해 주었고, 그 때문에 첫눈에는 거의 준엄해 보이기까지 했다. 예컨대 예전의 경박함 같은 것은 흔적도 찾아볼 수 없었다. 알료샤에게 또하나 이상하게 여겨진 것은, 약혼을 한 거의 그 순간 약혼자가 무서운 범죄 혐의로 체포되면서 그 모든 불행이 그녀에게 들이닥쳤고 뒤이어 그토록 병마에 시달렸을 뿐만 아니라 거의 피할 수 없는 무서운 판결이 눈앞에서 위협하고 있음에도, 이 가엾은 여인 그루셴카가 여전히 옛날과 같은 그 젊은 명랑함을 잃지 않고 있다는 점이었다. 예전에는 오만했던 그녀의 두 눈에 지금은 어떤 조용함이 빛나고 있었는데, 그래도…… 그래도, 이 눈이 간혹 어떤 불길한 불꽃으로 또다시 타오를 때가 있었으니, 그것은 예전의 근심거리 하나가 그녀의 마음속에서 잠잠해지기는커녕 더욱더 커져 그녀를 엄습할 때였다. 이 근심의 대상은 예나 다름없이 카체리나 이바노브나였다. 그루셴카는 병으로 누워 있는 동안에도 그녀를 떠올리며 헛소리까지 했다. 카체리나 이바노브나는 수감 중인 미챠를 언제든 찾아가 볼 수 있었지만 지금껏 한 번도 면회를 간 적이 없었는데, 그런데도 그루셴카가 미챠 때문에, 수인이 된 미챠 때문에 그녀를 무섭게 질투하고 있다는 걸 알료샤는 잘 알고 있었다. 이 모든 것이 알료샤에겐 어떤 어려운 숙제가 되고 말았다. 그루셴카는 오직 그에게만 마음을 털어놓고 끊임없이 조언을 구했지만, 그로서도 때로는 그녀에게 아무 말도 해줄 수 없었기 때문이다.

그는 근심에 잠겨 그녀의 집으로 들어섰다. 그녀는 벌써 집에 와 있었다. 미챠를 면회하고 반시간쯤 전에 돌아온 것인데, 그를 맞으려고 탁자 앞의 안락의자에서 재빨리 튀어 일어나는 동작만 보아도 그녀가 그를 몹시 초조하게 기다렸다는 것을 알 수 있었다. 탁자 위에는 카드가 놓여 있고, '바보놀이'* 패들이 흩어져 있었다. 탁자 맞은편 가죽소파에는 잠자리가 펼쳐져 있고, 거기에 막시모프가 실내복을 입고 무명 모자를 쓴 채 반쯤 누운 모습이었는데, 달콤한 미소를 짓고 있긴 해도 보아하니 병이 들고 쇠약해진 게 분명했다. 집 없는 이 노인은 벌써 두 달 전인 그때 그루셴카와 함께 모크로예에서 돌아온 뒤 그대로 그녀의 집에 눌러앉아 그때부터 그녀 곁에서 떨어지지 않았다. 그때 그녀와 함께 비와 진창 속을 달려 이 집에 도착한 그는 뼛속까지 젖고 겁에 질린 채 소파에 앉아 조심스레 애원하는 미소를 띠고 말없이 그녀를 응시했다. 그루셴카는 무서운 괴로움에 빠져 있던데다 이미 열병의 조짐마저 나타나고 또 이래저래 신경쓸 일이 많았던 까닭에, 집에 도착하고 나서 처음 반시간 동안은 그를 거의 잊고 있다가—갑자기 그를 왠지 뚫어지게 바라보았다. 그는 애처롭고 막막한 얼굴로 그녀의 눈을 보며 히히거리고 웃었다. 그녀는 페냐를 불러 그에게 먹을 것을 가져다주라고 일렀다. 그날 하루종일 그는 거의 꼼짝도 않고 그 자리에 앉아 있었다. 날이 어두워져서 덧창까지 잠갔을 때, 페냐가 아씨에게 물었다.

* 도박성이 거의 없는 카드놀이의 일종.

"그럼, 아씨, 저분도 여기서 묵으시나요?"

"그래, 소파에다 잠자리를 마련해드려." 그루셴카가 대답했다.

그를 붙잡고 좀더 자세히 물어본 결과, 그루셴카는 그가 지금 그야말로 오갈 데 없는 신세이고, '자신의 은인인 칼가노프 씨도 이제 더이상 받아주지 않겠다고 탁 터놓고 선언하면서 5루블을 선물했다'는 것을 알게 되었다. "그럼, 원한다면 그냥 여기 있어요." 그루셴카는 애처로워서 그에게 연민 어린 미소를 지어 보이며 이렇게 결정했다. 그 미소를 보자 노인은 얼굴이 일그러지더니, 고마운 마음에 울먹이며 입술을 떨었다. 그리하여 이 떠돌이 식객은 그때부터 그녀의 집에 머무르게 되었다. 심지어 그녀가 병중이었을 때도 그는 이 집을 떠나지 않았다. 페냐와, 그루셴카의 집에서 부엌일을 하는 그녀의 어머니*는 그를 쫓아내지 않고 계속 먹을 것을 주고 소파에 잠자리를 봐주었다. 나중에는 그루셴카마저 그에게 익숙해져서, 미챠한테 다녀올 때면(그녀는 가까스로 몸을 추스르자 건강이 완전히 회복되기도 전에 곧바로 면회를 다니기 시작했다) 울적한 마음을 떨쳐버리려고 '막시무쉬카'와 함께 앉아 온갖 하찮은 얘기를 나누기 시작했는데, 오로지 자신의 괴로움을 생각하지 않기 위해서였다. 알고 보니 이 노인은 때때로 뭔가 꽤나 재미있게 이야기를 풀어놓는 재주가 있어서, 마침내 그녀에게 없어서는 안 될 존재가 되었다. 그녀는 알료샤 말고는 거의 아무도 집에 들이지 않았지만, 알료샤는 매일 들르지도 않았고 오더라도 늘 잠시만 머물렀다. 그녀의 상인 영감은 이때 이미 병세가 위중해서 세간의 소문으로는 벌

* 앞에서는 페냐의 할머니로 나왔다.

써 '저승길로 떠나는 중'이었고, 정말로 미챠 사건의 공판이 있은 지 일주일 만에 죽고 말았다. 죽기 삼 주 전에 그는 마지막 순간이 다가왔다는 것을 느끼고는 마침내 자기 아들들과 그 처자식들을 위층으로 불러올려 이제는 한시도 자기 곁을 떠나지 말라고 명령했다. 하인들한테는 이 순간부터 절대로 그루셴카를 집에 들이지 말라고 엄명을 내리면서, 만약 그녀가 찾아오면 '부디 오래오래 즐겁게 사시고 그분은 완전히 잊으시라고 하셨습니다'라고 전하도록 했다. 하지만 그루셴카는 거의 매일같이 사람을 보내 문병을 했다.

"드디어 왔구나!" 그녀는 이렇게 외치면서 카드를 내던지고 알료샤와 반갑게 인사를 나누었다. "이제 다시는 오지 않을지 모른다고 막시무쉬카가 겁을 주잖아. 아, 당신이 얼마나 필요한지 몰라! 어서 탁자 앞에 앉아. 자, 뭐 마실래, 커피?"

"좋죠." 알료샤가 탁자 앞에 앉으며 말했다. "배가 엄청 고프군요."

"거봐, 페냐, 페냐, 여기 커피!" 그루셴카가 소리쳤다. "벌써 아까부터 끓고 있는데 당신을 기다렸어, 피로그도 내와, 뜨겁게 해서. 아니, 잠깐만, 알료샤, 오늘 이 피로그 때문에 한바탕 소동을 벌였어. 그이 주려고 피로그를 감옥으로 가져갔는데, 그이는 글쎄 그걸 나한테 도로 던지면서 한사코 안 먹는 거야. 피로그 한 개를 아예 땅바닥에 팽개치더니 발로 짓이겨버리는 거 있지. 그래서 내가 그랬어. '간수한테 맡겨놓을게. 저녁때까지도 먹지 않으면 당신이란 사람은 표독스러운 심술만 먹고 사는 인간인 거야!' 그러고는 그냥 와버렸어. 결국 또 싸운 거지, 믿어져? 면회만 가면 꼭 싸우게 된다니까."

그루셴카는 흥분해서 이 모든 말을 따발총처럼 쏟아놓았다. 막시모프는 금세 불안해져서 열없는 미소를 짓고는 눈을 내리깔았다.

"그래, 이번엔 왜 다퉜어요?" 알료샤가 물었다.

"정말 이건 생각도 못했어! 글쎄, '옛 남자' 때문에 마구 질투를 하잖아. '뭣 땜에 당신은 그 자식을 먹여 살리는 거야. 당신은 그러니까 그 놈을 먹여 살리기 시작한 거지?'라면서. 언제나 질투야, 나 때문에 그저 질투라니까! 자면서도 먹으면서도—그냥 질투야. 지난주에는 쿠지마한테까지 질투를 했어."

"하지만 형도 그 '옛 남자'에 대해서는 알잖아요?"

"그러게 말이야. 맨 처음부터 오늘 이날에 이르기까지 모든 걸 알면서, 오늘 갑자기 들고일어나서 욕을 퍼붓기 시작했어. 그이가 뭐라고 했는지, 차마 입에 담기조차 부끄러워. 멍청이! 내가 나올 때 라키트카가 그이한테 왔어. 그 라키트카가 그이를 부추기는 것 아닐까, 응? 당신 생각엔 어때?" 마음이 어수선한 듯 그녀가 덧붙였다.

"형은 당신을 사랑해요, 그래요, 몹시 사랑해요. 그런데 방금은 마침 신경이 곤두서 있었던 거죠."

"곤두서지 않을 리가 없지, 내일이 공판인데. 그이한테 갔던 것도 실은 내일 일에 대해 할 말이 있어서였어, 알료샤, 내일 어떻게 될지, 난 정말 생각하기조차 무서워! 당신은 그이가 신경이 곤두서 있다지만, 나도 정말 얼마나 곤두서 있는데. 이런 판에 그 폴란드 남자 얘긴 왜 꺼내! 바보 천치! 설마 여기 이 막시무쉬카한테는 질투하지 않겠지."

"우리 집사람도 나 때문에 질투가 굉장했습죠." 막시모프가 한마디 하며 끼어들었다.

"아니, 당신 때문에요?" 그루셴카가 저도 모르게 웃음을 터뜨렸다.

"당신 때문에 누구를 질투했기에?"

"하녀 계집애들입죠."

"에이, 관둬요, 막시무쉬카, 난 지금 웃을 기분이 아냐, 화나 죽겠는데. 그 피로그에도 눈독들이지 마요, 안 줄 거니까, 당신한텐 해로워, 발삼주balsam酒도 안 줄 거예요. 이봐, 난 이 양반한테 이렇게 매여 있어. 우리집은 영락없는 양로원이야, 정말." 그녀가 웃음을 터뜨렸다.

"나는 당신의 자선을 받을 자격도 없는 몸입지요, 난 쓸데없는 놈입니다요." 막시모프가 울먹이는 목소리로 말했다. "나보다 쓸모 있는 사람들한테 자선을 베푸시는 게 더 낫습지요."

"아이참, 누구나 쓸모 있는 존재예요, 막시무쉬카, 누가 누구보다 더 쓸모가 있는지, 그걸 어떻게 알아요. 그 폴란드 남자라도 없다면 좋을 텐데, 알료샤, 그 사람까지 오늘 앓아 드러눕겠다는 거야. 그 사람한테도 들렀어. 그러니 지금 일부러라도 그 사람한테 피로그를 보낼 생각이야, 나는 보낸 적도 없는데 미챠는 내가 보낸다고 덮어씌우니, 지금 일부러라도 보내겠어, 일부러라도! 아, 여기 페냐가 편지를 갖고 오네! 뭐, 그럼 그렇지, 또 폴란드 남자들이 보낸 거야, 또 돈을 달라는 거지!"

정말로 판 무샬로비치는 매번 그렇듯 온갖 수식어를 늘어놓은 기나긴 편지를 보내왔는데, 3루블을 빌려달라는 내용이었다. 편지에는 석 달 안에 갚겠다고 약속한 차용증서가 첨부되어 있고, 차용증서 맨 밑에는 판 브루블렙스키의 서명도 들어 있었다. 하나같이 이런 차용증서가 동봉된 편지를 그루셴카는 자신의 '옛 남자'한테서 벌써 수도 없이 받아왔다. 이런 일이 시작된 것은 그녀가 병에서 막 회복될 무렵, 그러니까 두 주쯤 전이었다. 하지만 그녀는 두 폴란드 신사가 자기가 앓아 누운 동안에도 여러 차례 문병 온 사실을 알고 있었다. 그루셴카가 처음 받은 편지는 커다란 편지지에다 장문의 글을 지리하게 쓰고는 자기네 집안의 큼지막한 문장을 찍은 것으로, 도무지 알쏭달쏭한데다 수식어투성이여서, 그루셴카는 무슨 소린지 전혀 알아먹지도 못한 채 절반만 읽고는 내던져버렸다. 더구나 그때는 그런 편지 따위에 신경쓸 형편도 아니었다. 이 첫번째 편지에 이어 이튿날 판 무샬로비치한테서 두번째 편지가 왔는데, 아주 단시일 내에 갚을 테니 2천 루블을 빌려달라는 부탁이었다. 그루셴카는 이 두번째 편지에도 답장을 보내지 않았다. 그 후에도 편지가 줄줄이 하루에 한 통씩 왔는데, 하나같이 거드름을 피우고 과장된 수식어투성이였지만, 빌려달라는 액수는 점점 줄어들어 백 루블, 25루블, 10루블까지 떨어졌고, 마지막에 그루셴카에게 갑자기 날아든 편지에서 두 폴란드 신사는 그저 1루블만 빌려달라고 부탁하면서 두 사람이 함께 서명한 차용증서까지 동봉해왔다. 그러자 그루셴카는 갑자기 딱한 생각이 들어, 날이 어둑어둑해졌을 때 폴란드 신사의 숙소로 직접 달려가보았다. 두 폴란드 남자는 지지리도 가난하다못해 거의 거지꼴이었고, 먹을 것도 땔감도 담배도 없이, 집주인 여자에게 빚까지 지고 있었다. 모크로예에서 미챠한테 딴 2백 루블은 순식간에 어디로 사라지고 없었다. 그런데도 두 신사가 거만하게 위엄을 부리고 거드름을 피우며 그녀를 맞아서는, 최고로 고상한 척 예절을 차리면서 허풍을 떠는 데는, 그루셴카도 그만 놀라고 말았다. 그루셴카는 그저 웃어넘기고 자신의 '옛 남자'에게 10루블을 주었다. 그때 그녀는 미챠에게 이 일을 웃으면서 얘기했고, 미챠도 전혀 질투하지 않았다. 그러나 그때부터 두 폴란드 신사는 그루셴카에게 달라붙어 매일같이 돈 달라는 편지 공세를 퍼부었고, 그때마다 그녀는 조금씩 보내주었다. 그런데 오늘은 갑자기 무슨 생각에서인지 미챠가 맹렬하게 질투를 한 것이다.

"내가 바보야, 미챠 면회 가는 길에 아주 잠깐이지만 그 사람한테도 들렀거든, 그 사람, 내 그 옛날 판도 병이 나서 말이야." 그루셴카가 다시 부산스럽게 서두르며 말을 시작했다. "나는 그걸 웃으면서 미챠에게 얘기했어. 글쎄, 내 그 폴란드 남자가 무슨 생각이 들었는지 기타를 치면서 옛날 그 노래들을 다시 불러주잖아, 내가 감동해서 자기한테 시집이라도 갈 줄 아나보지, 하고 미챠에게 말했지. 그랬더니 미챠가 펄쩍 펄쩍 뛰다시피 하며 욕을 퍼붓는 거야…… 그러니 이건 아냐, 이렇게 된 이상 그 판들한테 피로그를 보내겠어! 페냐, 그쪽에서 그 계집애를 보내왔니? 그럼 그애한테 3루블을 주고 피로그 여남은 조각도 종이에 싸서 갖다주라고 해. 그리고 알료샤, 내가 그 사람들한테 피로그를 보냈다는 얘길 미챠에게 꼭 해줘."

"절대로 말하지 않겠어요." 알료샤가 빙긋이 웃으면서 말했다.

"아이참, 당신은 그이가 괴로워하는 줄 알지만, 그이는 일부러 질투한 거야, 사실 그이한테는 아무려나 다 상관없어." 그루셴카가 씁쓸하게 말했다.

"일부러라뇨?" 알료샤가 물었다.

"당신도 참 둔하긴, 알료샤, 정말, 그렇게 현명해도 이런 건 하나도 모르나보네, 정말. 내가 화나는 건, 그이가 나 같은 여자를 두고 질투했대서가 아냐, 전혀 질투를 안 한다면 오히려 화가 나겠지. 나는 그런 여자야. 질투를 한대서 화를 내지는 않아, 나 자신도 성미가 사나워서 질투를 잘 하니까. 다만 내가 화나는 건, 그이가 나를 전혀 사랑하지도 않으면서 지금 일부러 질투하는 척했다는 거야, 바로 그거야. 내가 뭐 장님이래, 그걸 못 알아보게? 그이가 지금 와서 갑자기 나한테 그 여자 얘기를, 카챠 얘기를 하잖아. 그 여자가 이렇고 이런 여자라느니, 자기의 재판을 위해, 자기를 구하기 위해 모스크바에서 의사를 초빙했다느니, 학식이 가장 뛰어난 최고의 변호사도 불렀다느니 하면서 늘어놓는 거야. 빤히 내 눈앞에서 칭찬하기 시작한 걸 보면, 분명히 그 여자를 사랑하는 거야, 그렇게 뻔뻔스러운 눈을 하고서! 자기야말로 나한테 죄를 지어놓고 오히려 나한테 트집을 잡아서 나부터 먼저 나쁜 년으로 만들고 나한테 다 덮어씌우겠다는 거지. '네가 먼저 폴란드 놈하고 놀아났으니까, 나도 카챠하고 뭘 하든 괜찮은 거 아냐'라는 식이라고. 바로 그렇다니까! 나한테만 모든 죄를 뒤집어씌우려는 거야. 일부러 트집을 잡았어, 일부러, 당신한테 말하지만, 나는 그저……"

그루셴카는 자기가 앞으로 어떻게 하겠다는 건지 말을 채 끝맺지도 못하고 손수건으로 눈을 가리고서 격렬하게 흐느끼기 시작했다.

"형은 카체리나 이바노브나를 사랑하지 않아요." 알료샤가 자신 있게 단언했다.

"뭐, 사랑하는지 안 하는지는 내가 곧 알아내고 말 거야." 그루셴카가 눈에서 손수건을 떼며 서슬이 퍼런 어조로 말했다. 그녀의 얼굴이 일그러져 있었다. 알료샤는 온순하고 조용하고 명랑하던 그녀의 얼굴이 침울하고 표독스럽게 변한 것을 보자 마음이 괴로웠다.

"이런 바보 같은 얘긴 그만 됐어!" 그녀가 갑자기 잘라 말했다. "그것 때문에 당신을 부른 것도 아니니까. 알료샤, 이봐요, 내일, 내일 어떻게 될까? 그게 난 괴로워 죽겠어! 나 혼자만 그걸로 괴로워하는 거야! 다들 보면 누구 하나 이 일을 생각하지 않고, 누구 하나 관심도 없어. 그래도 당신은 생각하고 있겠지? 내일이 공판이잖아! 제발 말 좀 해줘, 어떤 판결이 내려질까? 분명히 이건 그 하인 놈 짓이야, 그 하인이 죽였어, 하인이! 오, 하느님! 그 하인 놈 대신 그이에게 판결을 내릴 텐데, 그이를 변호해줄 사람이 아무도 없다는 거야? 그 하인 놈은 취조조차 하지 않았다며, 응?"

"그 사람도 엄중한 심문을 받았어요." 알료샤가 생각에 잠겨 말했다. "하지만 다들 그가 아니라는 결론을 내린 거죠. 그는 지금 몹시 아파서 드러누워 있어요. 그때부터, 그 뇌전증 발작 이후 아픈 거예요. 정말로 아파요." 알료샤가 덧붙였다.

"아, 어쩌지, 당신이 그 변호사를 직접 찾아가서 마주보며 사실대로 얘기해주면 어떨까. 3천 루블을 들여 페테르부르크에서 모셔왔다던데."

"그건 나, 이반 형, 카체리나 이바노브나, 이렇게 우리 셋이서 3천을 마련해준 거고, 2천 루블을 들여 모스크바에서 의사를 불러온 건 그녀 혼자 한 일이에요. 페츄코비치 변호사는 더 많이 달라고 했겠지만, 이 사건이 온 러시아에 알려져 신문, 잡지마다 그 얘길 하고 있으니까, 페츄코비치도 돈보다는 명성을 위해 오기로 동의한 거죠, 워낙 유명한 사건이 돼버렸거든요. 나는 어제 그 변호사를 봤어요."

"그래서 어떡했어? 그 사람한테 얘기했어?" 그루셴카가 조급하게 물었다.

"그분은 그저 듣기만 할 뿐 아무 말이 없었어요. 자기로서도 이미 어떤 확정된 견해를 가지고 있다더군요. 하지만 내 말도 참작하겠다고 약속했어요!"

"뭐, 참작해! 아아, 그 사람들은 사기꾼이야! 그자들이 그이를 파멸시킬 거야! 그럼, 그 의사는, 그 여자가 그 의사는 왜 불렀대?"

"정신감정을 위해 부른 거예요. 형이 미치광이이고, 정신착란 상태에서 아무런 의식도 없이 살인을 한 거라는 결론을 끌어내겠다는 거죠." 알료샤가 조용히 미소를 지었다. "다만 형은 그것에 동의하지 않아요."

"아, 만약 정말로 그이가 죽였다면 그 말이 옳겠지!" 그루센카가 소리쳤다. "그이는 그때 정말 미쳐 있었어, 완전히 미쳤었어, 그건 나 때문이야, 나 때문, 이 비열한 년 때문이야! 다만, 그이는 죽이지 않았어, 절대 안 죽였어! 그런데도 그이가 죽였다고 온 도시가 그이를 지목하고 있잖아. 심지어 페냐, 그애까지도 그이가 죽인 것밖에 안 되는 증언을 했으니까. 그 가게 사람들도, 그 관리도 그러고 있고, 그전에 술집에서도 다들 들었다는 거야! 다들, 다들 그이에게 불리한 말만 하며 떠들고 있어."

"맞아요, 불리한 증언들이 무섭게 많아졌어요." 알료샤가 침울하게 말했다.

"게다가 그 그리고리, 그 그리고리 바실리치*도 문이 열려 있었다고 주장하잖아, 자기 눈으로 봤다고 우겨대면서 아주 요지부동이야, 내가 달려가서 그 영감하고 직접 얘기해봤어. 욕까지 퍼부어댄다니까!"

"그래요, 그게 형한테 제일 불리한 증언일 거예요." 알료샤가 말했다.

"미챠가 미쳤다는 얘기 말이야, 지금은 정말 그런 것 같기도 해." 그

---

* 일상어에서 부칭 바실리예비치 대신에 자주 사용된다.

루셴카가 웬지 유난히 걱정스럽고 은밀한 표정으로 갑자기 입을 열었다. "실은, 알료샤, 오래전부터 당신한테 이 얘길 하고 싶었어. 매일 그이한테 가는데 정말 이상한 생각이 들어. 말 좀 해줘, 당신 생각은 어떤지. 그이가 요즘 자꾸 무슨 말을 하기 시작했는지 알아? 무슨 말인지 하고 또 하는데—나는 아무것도 알아들을 수가 없어, 저이가 무슨 유식한 얘기를 하는데 내가 바보라서 못 알아듣나보다, 하고 생각은 해. 다만 그이가 난데없이 애기 얘기를, 그러니까 무슨 아기 얘기를 꺼내면서 '왜 애기는 그렇게 가난할까?' '이 애기를 위해 나는 지금 시베리아로 가겠어, 나는 죽이지 않았어, 하지만 나는 시베리아로 가야 해!'라고 말하잖아. 이게 무슨 얘기일까, 이 애기라는 건 또 뭘까—난 도무지 알아들을 수가 없었어. 하지만 그이가 이 얘길 어찌나 아름답고 훌륭하게 하던지, 그이가 이야기할 때 나는 그저 하염없이 울기만 했어, 그이도 울고 나도 울기 시작했는데, 그이가 갑자기 나에게 입을 맞추더니 한 손을 들어 성호를 그어주잖아. 이게 뭘까, 알료샤, 말 좀 해줘, 이 '애기'가 대체 뭘까?"

"웬일인지 라키친이 형한테 자주 찾아간다 했죠." 알료샤가 웃어 보였다. "하지만…… 이건 라키친 때문이 아닌 것 같은데. 어제는 내가 형한테 못 갔으니, 오늘은 가볼 거예요."

"아니, 이건 라키트카가 아냐. 이건 그이의 동생 이반 표도로비치가 그이 마음을 혼란스럽게 해서 그래, 그 사람이 그이한테 다니는 바람에, 정말 그래……" 그루셴카는 이렇게 말하다가 갑자기 입을 다물어 버렸다. 알료샤는 깜짝 놀란 듯 그녀를 응시했다.

"다닌다고요? 아니, 작은형이 큰형한테 다녀요? 미챠 형의 말로는,

이반 형이 한 번도 오지 않았다던데."

"그게…… 그게…… 참, 내가 이렇다니까! 그만 지껄여버렸네!" 그루셴카가 갑자기 얼굴을 확 붉히며 당황해서 소리쳤다. "잠깐, 알료샤, 가만있어, 기왕에 지껄여버렸으니 할 수 없지, 사실대로 다 말할게, 그 사람은 그이를 두 번 찾아갔어, 한번은 그 사람이 여기 도착하자마자—모스크바에서 막 도착하자마자 달려갔으니, 내가 아직 몸져눕기 전이었고, 두번째로 찾아간 건 일주일 전이었어. 미챠한테는 이 얘길 당신에게 하지 말라고, 절대 말하지 말라고, 몰래 오는 거니까 아예 아무한테도 말하지 말라고 그랬대."

알료샤는 깊은 생각에 잠긴 채 앉아서 뭔가 헤아려보고 있었다. 이 소식에 충격을 받은 게 분명했다.

"이반 형은 미챠 형의 일에 대해서 나하고 얘기하지 않아요." 그가 천천히 입을 열었다. "그게 아니라도 이 두 달 내내 나하고 별로 얘기한 적이 없고, 내가 찾아가면 늘 못마땅해해서 벌써 삼 주째 작은형한테 가지 않았어요. 흠…… 만약 작은형이 일주일 전에 거길 갔다면, 그럼…… 이 일주일 동안 미챠 형한테 정말 무슨 변화가 일어났다는 건데……"

"변했어, 변한 게 맞아!" 그루셴카가 얼른 말을 받았다. "두 사람 사이에 비밀이 있어, 비밀이 있었던 거야! 비밀이 있다고 미챠도 자기 입으로 나한테 그랬어, 그러니까 바로 그 비밀 때문에 미챠가 그렇게 마음이 뒤숭숭한 거야. 전에는 정말 명랑한 사람이었잖아, 하긴 지금도 명랑하지, 다만, 말이야, 그이가 머리를 이렇게 흔들면서 방안을 뚜벅뚜벅 걸어다니고 이 오른쪽 손가락으로 관자놀이께의 머리털을 잡아당기기 시작하면 난 알 수 있어, 그이 마음이 뭔가 불안한 거야…… 난 정말 알 수 있어……! 안 그러면 참 명랑한 사람이었는데, 하긴 오늘도 명랑했지!"

"신경이 곤두서 있었다고 그랬잖아요?"

"신경이 곤두서 있었지만, 그래도 명랑했어. 걸핏하면 신경을 곤두세우지만 그저 잠깐 동안이고 이내 명랑해져, 그러다 갑자기 또다시 신경을 곤두세워. 그런데 알료샤, 나는 늘 그이한테 놀라. 그토록 무서운 일이 눈앞에 기다리고 있는데도 어떤 땐 정말로 하찮은 것들을 가지고 껄껄대고 웃거든, 꼭 어린애 같다니까."

"그런데 형이 정말 이반 형 얘기를 나한테 하지 말라고 했어요? 말하지 말라고 했어요?"

"정말 그렇게 말했어, 말하지 말라고. 그이는 당신을 제일 두려워해, 그 미챠가. 그러니까 여기엔 무슨 비밀이 있는 게 분명해, 자기 입으로도 비밀이 있다고 했으니까…… 알료샤, 부탁이야, 제발 가서, 그 두 사람의 비밀이 뭔지 알아가지고 와서 나한테 좀 말해줘." 그루셴카가 갑자기 애원조로 달려들었다. "내가, 이 불쌍한 년이 내 저주스러운 운명을 알 수 있도록 당신이 좀 도와줘! 당신을 부른 것도 이 일 때문이야."

"그게 당신과 관련된 거라고 생각해요? 만약 그렇다면 형은 비밀이 있다는 얘길 당신 앞에서 꺼내지도 않았겠죠."

"모르겠어. 어쩌면 나한테 말하고 싶은데 용기가 안 나는지도 몰라. 넌지시 경고만 해두는 거지. 비밀이 있다고만 말하고, 어떤 비밀인지는—말하지 않았으니까."

"당신 생각엔 어떤데요?"

"내 생각? 나는 이제 끝이구나, 이게 바로 내 생각이야. 그 사람들 셋이서 나의 최후를 마련해둔 거야, 왜냐하면 여기엔 카치카도 끼여 있거든. 이건 다 카치카의 짓이야, 그 여자가 꾸민 거라고. '그 여자가 이렇고 이런 여자'라는 건 나는 그런 여자가 못 된다는 소리야. 그걸 미리 말해주어 나한테 미리 경고해두는 거지. 그이는 나를 버릴 생각이야, 이게 바로 그 비밀의 전부야! 셋이서 함께 이걸 생각해낸 거라고—미치카, 카치카, 이반 표도로비치 셋이서. 알료샤, 당신한테 오래전부터 묻고 싶었던 게 있어. 일주일 전에 그이가 나한테 불쑥 이런 소릴 하는 거야, 이반이 카치카한테 자주 가는 걸 보니 반한 모양이라고. 그 말이 사실이야, 아니야? 양심을 걸고 말해줘, 나를 찔러 죽일 말이어도 좋아."

"당신한테 거짓말은 하지 않을래요. 이반 형이 카체리나 이바노브나에게 반한 건 아니에요, 내 생각엔 그래요."

"뭐, 나도 그때 벌써 그런 줄 알았어! 나한테 거짓말을 하다니, 뻔뻔한 인간이야, 정말! 그이가 나한테 지금 질투한 것도 나중에 나한테 덮어씌우려는 수작이야. 정말 바보 같긴, 꼬리를 숨길 줄도 모르잖아, 하긴 워낙 속마음을 감출 줄 모르는 사람이니…… 하지만 두고 봐, 내가 그이한테, 그이한테! '당신은 내가 죽였다고 믿고 있지'—이따위 소리를 그이가 나한테 하는 거야, 바로 나한테, 그러면서 나를 몰아세웠어! 맘대로 해보라지! 어디 조금만 기다려봐, 그 카치카 년, 법정에서 나한테 톡톡히 당할 테니! 거기서 딱 한 마디만 해주겠어…… 아니 죄다 말해버릴 거야!"

그러면서 그녀는 또다시 서럽게 울기 시작했다.

"당신한테 분명히 말할 수 있는 건, 그루셴카," 알료샤가 자리에서 일어나면서 말했다. "첫째, 형은 당신을 사랑하고, 세상 누구보다 당신을 제일 사랑하고, 당신만을 사랑한다는 거예요, 제발 내 말을 믿어요. 난 알아요. 정말 알아요. 둘째로 당신에게 말할 것은, 나는 형에게서 비밀을 캐내지 않을 겁니다, 하지만 형이 자진해서 오늘 내게 말해준다면, 당신에게 그 얘길 해주기로 약속했다고 형에게 솔직히 말하겠어요. 그리되면 오늘 중으로 당신에게 와서 말해주죠. 다만…… 내가 보기엔…… 카체리나 이바노브나는 이 일에 아무 관계도 없고, 비밀은 뭔가 다른 걸 거예요. 분명히 그래요. 카체리나 이바노브나에 관한 거라니, 당치도 않죠, 내 생각에는 그래요. 그럼 일단 가볼게요!"

알료샤는 그녀의 손을 잡았다. 그루셴카는 아직도 울고 있었다. 알료샤가 보기에, 그녀는 자기가 해준 위로의 말을 그다지 믿는 것 같지 않았지만, 괴로움을 쏟아내고 속마음을 털어놓은 것만으로도 그녀는 좋았던 듯했다. 그녀를 그런 상태에 두고 가기가 안타까웠지만, 그는 서둘렀다. 그에게는 아직 많은 일이 남아 있었다.

II
아픈 발

그 가운데 첫번째 일은 호흘라코바 부인 집에 가봐야 하는 것이어서, 그는 되도록 빨리 그곳의 일을 끝내고 미챠 형한테 늦지 않아야겠다는 생각에 걸음을 재촉했다. 호흘라코바 부인은 벌써 삼 주째 앓고 있었다. 어째선지 갑자기 한쪽 발이 부어오른 것인데, 아주 자리보전하고 눕지는 않았지만, 매혹적이면서도 품위 있는 실내복을 입고 낮에도 자신의 사실私室에서 긴 안락의자에 반쯤 드러누워 있었다. 어쩌다 한 번은 알료샤도 마음속으로 거기에 생각이 미쳐 악의 없는 웃음을 지은 적이 있지만, 호흘라코바 부인은 몸이 아픈데도 오히려 모양을 내려 드는 것 같았다. 핀으로 고정시킨 무슨 머리장식을 쓰기도 하고, 나비 모양의 리본을 매기도 하고, 앞이 트이고 품이 넉넉한 깃저고리를 입기도 했는데, 알료샤는 그녀가 왜 그러는지 짐작이 갔지만, 부질없는 생각이다 싶어 내쫓고 있었다. 그러니까 지난 두 달간 호흘라코바 부인을 방문하기 시작한 이런저런 사람들 중에 페르호친이라는 청년이 끼여 있었던 것이다. 알료샤는 벌써 나흘 남짓 이 집에 들르지 않은데다 리자에게 볼일이 있었던지라 집안에 들어서자 곧바로 리자에게 서둘러 가려고 했는데, 이미 어제 리자가 그에게 하녀를 보내 '대단히 중요한 사정'이 있으니 지체 없이 자기에게 와주었으면 한다고 간곡히 부탁했을 뿐만 아니라, 그것이 어떤 이유로 알료샤의 관심을 끌었기 때문이다. 그러나 하녀가 리자에게 그의 도착을 알리러 간 사이, 호흘라코바 부인은 벌써 누구한테 들었는지 그가 왔다는 것을 알고 즉시 사람을 보내 '단 일 분만' 자기한테 들러달라고 부탁했다. 알료샤는 우선 어머니의 부탁부터 들어주는 게 낫겠다고 판단했는데, 그렇지 않으면 그가 리자의 방에 앉아 있는 동안 일 분이 멀다 하고 사람을 보내올 게 뻔했다. 호흘라코바 부인은 어째선지 유난히 화려하게 차려입고 긴 안락의자에 누워 있었으며, 보아하니 신경이 극도로 흥분된 상태였다. 그녀는 환호성을 내지르며 알료샤를 맞았다.

"수백 년, 수백 년, 아주 수백 년 동안이나 당신을 못 봤네요! 일주일은 족히 됐어, 아니, 이런, 겨우 나흘 전이군요, 수요일에 왔더랬으니까.

리즈를 보러 왔겠죠, 다 알아요, 내가 들을까봐 까치발을 하고 곧장 그애 방으로 가려던 거잖아요. 사랑스러운, 사랑스러운 알렉세이 표도로비치, 그애 때문에 얼마나 걱정되는지, 당신은 모를 거예요! 하지만 그 얘긴 이따가 해요. 제일 중요한 얘기이긴 하지만, 그래도 이따가 해요. 사랑스러운 알렉세이 표도로비치, 나는 당신에게 우리 리자를 전적으로 맡겨요. 조시마 장로가 돌아가신 뒤—주님, 그분의 영혼에 안식을 주시옵소서!(그녀는 성호를 그었다)—나는 당신이 그분 뒤를 이을 스히마 수도사라고 보고 있어요, 새 양복이 당신한테 아주 멋지게 어울리긴 하지만요. 여기 어디서 그런 재봉사를 구했죠? 하지만 아뇨, 아뇨, 이게 중요한 문제가 아네요, 이 얘기도 이따가 해요. 그보다 내가 당신을 이따금 알료샤라 부르는 걸 용서해줘요, 나도 이젠 할망구니까 어떻게 한들 흉이야 되겠어요." 그녀가 애교스럽게 웃었다. "하지만 이 얘기도 이따가 하죠. 중요한 건, 내가 중요한 것을 잊지 않는 거예요. 내가 쓸데없는 말을 늘어놓을라치면 제발 당신이 나한테 상기시켜줘요, '중요한 건 뭐죠?' 하고 말해주세요. 아, 지금 뭐가 제일 중요한 건지, 내가 어떻게 안담! 리즈가 당신한테 했던 자신의 약속을—어린애 같은 약속이죠, 알렉세이 표도로비치—당신하고 혼인하겠다는 그 약속을 취소했을 때부터, 당신은 물론 그게 모두 병든 소녀의 어린애 장난 같은 공상에 지나지 않았다는 걸 이해하셨겠죠, 그애는 오랫동안 의자에만 앉아 있었으니까요—하느님 덕분에 이제는 걸을 수 있지만요. 카챠가 당신의 그 불행한 형님을 위해 모스크바에서 초빙한 이 새 의사, 그러니까 내일 당신 형님을…… 아니, 내일 얘기는 왜 꺼낸담! 내일 일은 생각만 해도 죽을 것 같아요! 무엇보다 호기심 때문에요…… 한마디로, 이 의사가 어제 우리집에 와서 리즈를 봐주었어요…… 왕진료로 50루블을 드렸죠. 하지만 이것도 중요한 게 아녜요, 이번에도 역시 아녜요…… 거봐요, 내가 지금 완전히 횡설수설하잖아요. 내가 허둥대나봐요. 왜 이렇게 허둥대죠? 나도 모르겠어요. 이젠 뭐가 뭔지 하나도 모르겠다니까요. 모든 게 무슨 실뭉치처럼 엉켜버린 거 있죠. 당신이랑 이제 막 만났는데, 곧바로 지겹다고 당신이 이 방에서 뛰쳐나가버리진 않을까 겁나요. 어머나, 이를 어째! 왜 이러고 앉아 있을까, 우선—커피를, 율리야, 글라피라, 여기 커피 좀!"

알료샤는 급히 감사를 표하고, 방금 커피를 마셨다고 말했다.

"누구한테서요?"

"아그라페나 알렉산드로브나 집에서요."

"그러니까…… 그러니까 그 여자 집에서요! 아아, 이건 그 여자가 모두를 파멸시킨 거예요, 하긴, 나는 잘 모르지만, 그 여자가 늦게나마 성녀가 됐다고들 하더군요. 그래야 했을 때 진작 그러지, 이제 와서 그런들 무슨 소용 있죠? 가만있어요, 가만, 알렉세이 표도로비치, 나는 할말이 너무 많으니까요, 너무 많아서 아무 말도 못할 것 같아요. 이 끔찍한 재판…… 나는 꼭 갈 거예요, 지금 준비하는 중이에요, 의자에 앉은 채 데리고 들어가게 할 거예요, 게다가 옆에 사람들이 있을 테니, 나도 앉아 있을 수 있어요. 당신도 알잖아요, 나도 증인이거든요. 내가 어떻게 말하게 될지, 정말 어떻게 말하게 될지! 나는 무슨 말을 해야 할지도 모르겠어요. 선서를 해야 하는 거죠, 그런 거죠, 그렇죠?"

"그렇습니다만, 부인이 출석하실 수 있으리라고는 생각되지 않는데요."

"앉아 있을 수는 있다니까요, 아아, 당신이 나를 갈팡질팡하게 하잖아요! 이 재판, 이 야만적인 행동, 그다음엔 다들 시베리아로 가고, 다른 사람들은 혼인을 하겠죠, 이 모든 것이 한순간에, 한순간에 흘러가고, 모든 게 변하고, 결국엔 아무 일도 없었던 것처럼 다들 늙은이가 되어 관이나 들여다보고 있겠죠. 뭐 그러라죠, 나는 지쳤어요. 이 카챠—*이 매혹적인 사람*이 내 희망을 산산이 부숴버렸어요. 이제 그녀는 당신의 한 형을 따라 시베리아로 갈 테고, 당신의 다른 형은 그녀 뒤를 쫓아가 이웃 도시에 살면서, 다들 서로서로 괴롭히겠죠. 이것도 나를 미치게 하지만, 무엇보다 문제는, 온 세상 사람들 입에 오르내리고 있다는 거예요. 페테르부르크와 모스크바의 모든 신문에 백만 번은 실렸다고요. 아아, 정말, 한번 생각해봐요, 내 이야기도 썼다니까요, 내가 뭐 당신 형의 '사랑스러운 벗'이었다나, 너무 추잡스러운 말이어서 입에 담기도 싫어요, 한번 생각해봐요, 생각!"

"그럴 리가요! 대체 어디서 뭐라고 썼기에요?"

"지금 보여드리죠. 어제 받아서—어제 읽었어요. 자, 여기 페테르부르크 신문 〈풍문〉요. 올해부터 나오기 시작했는데, 나는 〈풍문〉이라면 끔찍이도 좋아해서 구독신청을 했다가, 이렇게 내가 걸려들었지 뭐예요. 이걸 봐요, 그게 어떤 풍문인지. 바로 여기, 여기 이 부분요, 읽어봐요."

그러면서 그녀는 베개 밑에 쑤셔둔 신문을 알료샤에게 내밀었다.

그녀는 혼란스럽다기보다 왠지 완전히 부서진 듯한 상태였는데, 어쩌면 정말로 그녀의 머릿속에서 모든 것이 실뭉치처럼 엉켜버린 것도 같았다. 신문의 보도는 인물의 특징을 너무나 잘 잡아내서 당연히 그녀를 몹시 낯뜨겁게 했을 게 틀림없지만, 다행히 그녀는 이 순간 어떤 한 가지 일에 집중할 수 없어 일 분 뒤에는 그 신문조차 까맣게 잊고 완전히 다른 화제로 훌쩍 넘어갈 수 있었다. 끔찍한 재판에 대한 소문이 이미 온 러시아 땅 방방곡곡에 퍼졌다는 것은 알료샤도 오래전부터 알고 있었고, 이 두 달 동안 자신의 형과 카라마조프 집안 전체, 심지어 자기 자신에 대해 여타의 올바른 보도와 함께, 맙소사, 얼마나 해괴한 보도와 통신문을 읽었는지 모른다. 심지어 어떤 신문에는 그가 형의 범행 후 너무 겁이 나서 스히마 수도사가 되어 수도원에 틀어박혔다는 얘기가 실렸다. 다른 신문에서는 이 보도를 반박하면서 오히려 그가 조시마 장로와 함께 수도원의 금고를 털어 '수도원에서 도망쳤다'고 썼다. 〈풍문〉의 이번 보도는 '스코토프리고니옙스크*(슬프게도 이것이 우리 소도시의 이름인데, 오랫동안 나는 이 이름을 숨겨왔다)에서, 카라마조프 재판에 관하여'라는 표제를 달고 있었다. 기사는 짤막했고 호흘라코바 부인이 직접 언급된 곳은 한 군데도 없는데다, 모든 사람의 이름이 대체로 익명으로 되어 있었다. 보도된 내용은 그저 이토록 떠들썩한 소동을 일으키며 재판을 받게 된 범인이 퇴역한 육군 대위이며 파렴치한에다 건달이고 농노제 지지자로서 늘 여색을 즐겼고, 특히 '고독 속에서 권태로워하는 어떤 부인들'에게 인기를 누렸다는 것이었다. '권태로워하는 과부들' 중 한 명으로, 이미 다 큰 딸이 있는데도 항상 젊은 여자처럼 구는 어느 부인은 그에게 어찌나 깊이 빠졌던지, 범행이 있기 불과 두 시간 전에, 자기와 함께 금광으로 곧바로 달아나는

* '가축떼를 몰아넣는 곳'이라는 뜻으로, 가상의 도시이다.

조건으로 3천 루블을 주겠다고 제안했다고 했다. 그러나 악한은 권태로워하는 부인의 마흔 살이나 먹은 매력을 질질 끌고 시베리아로 힘겹게 가느니, 아버지를 죽이고 바로 그 돈 3천을 훔치는 게 낫겠다고, 법망을 피해 그 일을 해낼 수 있으리라는 속셈에서 그쪽을 택했다는 것이다. 이 희롱조의 통신문은, 이런 기사들이 으레 그렇듯, 친부 살해의 부도덕성과 과거 농노제에 대한 고결한 분노로 끝맺었다. 알료샤는 호기심을 가지고 읽고 나서, 신문을 말아 호흘라코바 부인에게 도로 건네주었다.

"그래, 이게 내 얘기 아네요?" 그녀가 다시 지껄이기 시작했다. "내 얘기라고요, 나는 한 시간쯤 전에 형님에게 금광을 제안했는데, 느닷없이 '마흔 살이나 먹은 매력'이라뇨! 설마하니 내가 그런 뜻으로 말했겠어요? 고의적으로 이렇게 쓴 거라고요. 영원한 판관이시여, 마흔 살이나 먹은 매력 운운한 자를 용서해주소서, 저도 그자를 용서하나이다, 하지만 대체 이걸…… 대체 이걸 누가 썼는지 아세요? 당신 친구 라키친의 짓이에요."

"그럴 수도 있겠죠." 알료샤가 말했다. "저는 아무 말도 못 들었습니다만."

"그 사람이에요, 그 사람, '그럴 수도 있겠다'가 아니고요! 내가 그 사람을 쫓아냈거든요…… 이 얘긴 전부 알고 계시겠죠?"

"앞으로 다시는 댁에 오지 말라고 하셨다는 건 알지만, 정확히 무엇 때문인지는—저도…… 적어도 부인한테서는 들은 바가 없어서요."

"그럼 그 사람한테서는 들었군요! 그래, 뭐라던가요, 내 욕을 하겠죠, 마구 욕하죠?"

"예, 욕을 하지만, 워낙 아무한테나 욕을 하는 사람이니까요. 하지만 부인께서 왜 그의 방문을 거절하셨는지는—그에게서도 듣지 못했습니다. 게다가 원래 그와 만나는 일이 아주 드물어요. 친구 사이가 아니어서요."

"그럼 당신한테 이 얘길 다 털어놓죠, 어쩔 수 없군요, 뉘우치는 심정으로 고백하겠어요, 여기엔 내가, 어쩌면 나 자신이 잘못한 점도 하나 있으니까요. 다만 그건 사소한, 정말 사소한, 아주 사소한 것이어서, 어쩌면 전혀 없다고도 할 수 있어요. 그러니까 말이죠, 이봐요." 호홀라코바 부인은 갑자기 왠지 장난스러운 표정을 지었고, 입가에는 수수께끼 같기도 한 귀여운 미소가 언뜻 떠올랐다. "그러니까 내 생각엔…… 용서해줘요, 알료샤, 나는 당신한테 어머니 같으니까…… 오, 아녜요, 아녜요, 정반대예요, 나는 지금 당신을 내 아버지처럼 여기고 말하는 거예요…… 어머니라는 건 여기에 전혀 어울리지 않으니까…… 그래요, 조시마 장로 앞에서 고해하는 심정 그대로예요, 이게 가장 올바른 표현이군요, 아주 잘 어울려요. 좀전에도 당신을 스히마 수도사라고 불렀잖아요—그런데 이 가여운 젊은이, 당신 친구 라키친 말이에요(오, 하느님, 나는 그 사람한테 마냥 화를 낼 수도 없어요! 화가 나고 역정도 치솟지만 그리 심하진 않아요), 한마디로, 이 경솔한 젊은이가 갑자기, 글쎄 말이죠, 나를 연모하기로 작정한 것 같은 거예요. 나는 이걸 나중에, 나중에 가서야 갑자기 알아챘지만, 처음엔, 그러니까 한 달쯤 전에 그가 우리집에 더욱 자주, 거의 매일 찾아오기 시작했어요, 그야 전에도 아는 사이이긴 했죠. 나는 아무것도 모르고 있다가…… 갑자기 눈이 번쩍 뜨인 것처럼 눈치채고서 깜짝 놀랐어요. 당신도 알지만, 벌써 두 달 전부터 우리집에는 그 겸손하고 사랑스럽고 품위 있는 청년, 이곳 관청에서 근무하는 표트르 일리치 페르호친이 손님으로 오고 있거든요. 당신도 그 사람을 몇 번이나 직접 보셨죠. 정말 품위 있고 진지한 사람이잖아요. 그 사람은 매일 오지도 않고(매일 온대도 괜찮지만요) 사흘에 한 번꼴로 오지만, 늘 그렇게 멋진 옷차림을 하고 있죠, 대체로 나는 젊은이들을 좋아해요, 알료샤, 꼭 당신처럼 재능 있고 겸손한 젊은이를요, 그런데 그 사람은 나랏일도 맡아볼 만한 지성을 지닌데다 말도 얼마나 매력적으로 하는지, 나는 그 사람을 위해 반드시, 반드시 청원을 할 생각이에요. 장차 외교관이 될 인재거든요. 그 사람이 그 무서운 날, 한밤중에 나를 찾아와서 나를 거의 죽음에서 구해준 거 있죠. 아니, 그런데 당신 친구 라키친은 언제나 그따위 장화를 신고 와서는 양탄자 위를 질질 끌고 다니잖아요…… 한마디로 말해, 그는 나한테 심지어 무슨 암시를 주기 시작하더니 갑자기 한번은 우리집에서 나가다 내 손을 무섭게 꽉 쥐지 뭐예요. 그가 내 손을 쥐자마자 느닷없이 내 한쪽 발이 아파오기 시작했어요. 그는 전에도 우리집에서 표트르 일리치하고 마주치곤 했는데, 글쎄, 늘 이 사람을 비꼬고 또 비꼬다가, 나중엔 무엇 때문인지 맞대놓고 으르렁거리기까지 한다니까요. 나는 그저 두 사람이 어떻게 맞붙을까 바라보며 속으로 웃죠. 그런데 갑자기 한번은 내가 앉아 있자니, 아니, 그게 아니지, 그때 나는 이미 누워 있었으니까, 갑자기 한번은 혼자 누워 있자니, 미하일 이바노비치*가 오는데, 글쎄, 자기가 지은 짧은 시를, 내 아픈 발에 바치는 아주 짤막한 시를 갖고 온

* 라키친을 칭하는데, 제3부 「양파 한 뿌리」에서는 '미하일 오시포비치'라 했다.

거예요, 말하자면 내 아픈 발을 운문으로 노래한 거였죠. 가만요, 그게 어땠더라.

이 귀여운 발, 이 귀여운 발이
살짝 병이 들었구나……

아니면 그 비슷한 건데—아무리 해도 시를 외울 수가 없군요—여기 내 방에 있으니—나중에 보여드리죠, 아무튼 매력적인 시예요, 정말 매력적이에요, 그게 말이죠, 그냥 발만 노래한 게 아니라, 매력적인 사상을 담은 교훈적인 시예요, 그만 내가 잊어버렸지만, 한마디로, 당장 서화첩에 적어넣어도 될 멋진 시라니까요. 뭐, 그래서 나는 물론 감사하다는 말을 했고, 그는 눈에 띄게 우쭐해하더군요. 그런데 내가 감사의 말을 미처 끝내기도 전에 갑자기 표트르 일리치가 들어왔고, 미하일 이바노비치의 얼굴이 갑자기 깜깜한 밤처럼 어두워지더군요. 난 벌써 알아봤죠, 아하, 표트르 일리치가 그에게 무슨 방해가 된 거로구나 하고요, 왜냐하면 미하일 이바노비치는 시를 보여준 다음 이제 틀림없이 무슨 말을 하려던 참이었거든요, 난 벌써 눈치채고 있었죠, 그러던 차에 표트르 일리치가 들어왔지 뭐예요. 나는 표트르 일리치에게 불쑥 시를 보여주었지만 누가 지은 건지는 말하지 않았어요. 하지만 난 그가 대번에 알아챘을 거라고 믿어요, 굳게 믿어요, 그 사람은 지금까지도 그걸 인정하지 않고 그때는 전혀 짐작도 못했노라고 말하지만요. 일부러 그러는 거라고요. 표트르 일리치는 곧바로 웃음을 터뜨리며 비판을 가하기 시작했어요. 쓰레기 같은 시로군, 어느 신학생 나부랭이가 쓴 거겠지 하면서 말이죠—게다가, 글쎄, 어찌나, 어찌나 열을 올리는지! 그러자 당신 친구는 그냥 웃고 넘어가면 될걸, 갑자기 완전히 미친 듯 화를 내는 거예요…… 맙소사, 나는 생각했죠, 한바탕 주먹다짐이 벌어지겠구나. '그건 내가 쓴 거요,' 하고 그가 말하더군요. '내가 장난으로 쓴 거요, 왜냐하면 나는 시 쓰는 걸 저열하다고 보니까…… 다만, 내 시는 훌륭해요. 당신의 푸쉬킨이 여자의 발을 노래했다 해서 그에게 기념비를 세워주고 싶어들 하는데,* 내 시는 경향성을 지닌 반면, 당신은 농노제 지지자잖소. 당신은 인도주의 정신이라곤 눈곱만큼도 없고, 오늘의 계몽된 감정을 조금도 느끼지 못하고, 발전과는 담을 쌓은 인간이지, 당신은 그저 관리로 뇌물이나 챙기고 있단 말이오!' 하고 나오잖아요. 그래서 나는 정말 소리를 지르면서 두 사람한테 애원하기 시작했어요. 그런데 표트르 일리치는, 당신도 알다시피 절대 소심한 사람이 아니죠, 갑자기 아주 점잖은 태도를 취하더군요. 비웃듯 바라보며 듣고 있다가 사과를 하는 거 있죠. '몰랐소이다. 알았더라면 그렇게 말하지 않았을 거요, 오히려 칭찬을 해주었을 테죠…… 시인들이란 다들 그렇게 예민하니까요……' 한마디로, 더없이 점잖은 어조로 말하면서 실은 심한 조롱을 퍼부은 거죠. 모두 조롱이었다고 나중에 그 사람이 나한테 직접 설명해주었지만, 나는 그때 그 사람이 정말로 사과하는 줄 알았다니까요. 다만, 그때 나는 지금 당신 앞에서처럼 이렇게 누워 있었는데 문득 그런 생각이 드는 거예요. 내 집에서 내 손님한테 무례하게

* 푸쉬킨 기념비 건립은 1862년 제창해 1871년에 정식으로 결정되어 1880년 6월, 성대한 제막식과 축전 행사를 벌였다. 도스토옙스키는 이 축전에서 푸쉬킨에 대한 유명한 연설을 했다.

소리를 질렀다는 이유로 갑자기 미하일 이바노비치를 내쫓는다면, 점잖은 일일까, 아닐까? 하고요. 정말 믿으실지 모르지만, 누워서 눈을 감고, 점잖은 일일까, 아닐까, 아무리 생각해봐도, 결정을 내릴 수가 없어서 괴롭고 또 괴롭고, 심장이 벌떡벌떡 뛰는 거예요. 호통을 쳐야 하나, 말아야 하나? 한 목소리는 호통을 치라 하고, 다른 목소리는 '안 돼, 호통치지 마!'라는 거예요. 이 두번째 목소리가 말하기 무섭게, 나는 갑자기 소리를 버럭 지르기 시작했고, 그러다 갑자기 기절해버렸어요. 뭐, 물론 한바탕 소동이 벌어졌죠. 나는 갑자기 벌떡 일어나서 미하일 이바노비치에게 그랬어요. 이런 말을 하긴 괴롭지만, 앞으로 더이상 우리집에 들이고 싶지 않다고요. 그렇게 내쫓은 거예요. 아, 알렉세이 표도로비치! 내가 고약하게 행동했다는 건 잘 알아요, 그냥 다 허튼소리를 한 거였으니까요. 나는 그 사람한테 조금도 화난 게 아니었는데, 갑자기, 그야말로 갑자기 그런 생각이 불쑥 들겠죠, 그러는 게 좋을 거야, 그래야 이 장면이…… 하고요. 다만 말이죠, 이 장면은 아무튼 자연스러웠어요, 왜냐하면 나는 그때 심지어 울음까지 터뜨렸고 그후에도 며칠 동안 계속 울었으니까요, 하지만 그뒤 점심을 먹고 갑자기 모든 걸 말끔히 잊고 말았죠. 이렇게 그 사람이 발길을 끊은 지 벌써 두 주가 되다보니, '정말 아예 오지 않으려는 걸까?' 하는 생각도 들었어요. 어제만 해도 아직 그랬는데, 저녁녘에 갑자기 이 〈풍문〉이 도착한 거예요. 나는 읽고 나서 아하 하고 탄식을 내질렀죠, 대체 누가 썼겠어요, 이건 그 사람이 쓴 거예요, 그때 집으로 돌아가자마자 자리에 앉아서—쓴 거겠죠. 신문사로 보냈고—거기서 찍어준 거라고요. 다만, 알료샤, 내가 무슨 소릴 지껄이고 있는지 끔찍하군요, 정작 해야 할 얘긴 왜 전혀 하지도 않죠? 아아, 저절로 이렇게 지껄여져요!"

"저는 오늘 무슨 일이 있어도 제때 형한테 꼭 가봐야 합니다." 알료샤가 중얼거렸다.

"그거, 바로 그거예요! 당신 말을 들으니 죄다 생각나는군요! 이봐요, 정신착란이라는 게 뭔지 아세요?"

"정신착란이라뇨?" 알료샤가 의아해했다.

"법정에서 쓰이는 정신착란 말이에요. 뭐든 용서받을 수 있다는 그 정신착란요. 무슨 짓을 했든—곧바로 용서해준다는데요."

"무슨 말씀이신지?"

"무슨 말이냐 하면요, 이 카챠가…… 아아, 정말 너무너무 사랑스러운 아가씨죠, 다만 그녀가 누구를 사랑하는지 난 도무지 모르겠다니까요. 얼마 전에 우리집에 왔었는데 나는 아무것도 알아낼 수 없었어요. 더구나 그 아가씬 요즘 나한테 아주 피상적인 얘기만, 그러니까 한마디로, 내 건강에 대해서만 말할 뿐, 더이상의 얘기는 통 하려 들지 않거든요, 말투까지도 그런 거 있죠, 나는 속으로, 그래 좋아, 맘대로 해봐 하고 말했죠…… 아, 참, 그 정신착란 얘기요, 그 의사가 왔어요. 의사가 온 건 아시죠? 어찌 모르시겠어요, 미친 사람들을 알아본다는 그 의사를 초빙한 게 당신이잖아요, 다시 말해 당신이 아니라 카챠죠. 카챠가 다 했죠! 그러니까 그게 말이죠, 전혀 미치지 않은 멀쩡한 사람이 앉아 있다가 정말 느닷없이 정신착란을 일으킨다는 거예요. 의식도 멀쩡하고 자기가 무엇을 하고 있는지도 알지만, 그래도 정신착란 상태라는 거죠. 분명히 드미트리 표도로비치도 바로 그렇게 정신착란을 일으켰을 거예요. 새로운 사법제도가 도입되면서 사람들이 곧 이 정신착란에 대해 알게 됐다는군요. 새로운 사법제도가 베풀어준 은혜죠.* 이 의사가 우리집에 와서 나한테 그날 저녁 일, 그러니까 그 금광 얘기를 캐물었어요. 그가 그때 어땠느냐는 거죠. 그게 어떻게 정신착란이 아니겠어요—오자마자, 돈, 돈, 3천, 3천을 주시오, 하고 고래고래 소리를 지르고는 휙 나가더니 갑자기 사람을 죽였는데요. 죽이고 싶진 않다, 그러고 싶진 않다고 말하면서도 갑자기 죽여버렸잖아요. 자신에게 맞서 저항했지만 죽이고 말았다는 점, 바로 이 점이 참작돼서 형님도 용서받게 될 거예요."

"하지만 형님은 죽이지 않았습니다." 알료샤가 다소 날카롭게 상대방의 말을 끊었다. 불안과 초조가 점점 더 강하게 그를 사로잡았다.

"알아요, 그 그리고리 영감이 죽인 거죠……"

"그리고리가요?" 알료샤가 소리쳤다.

"그 영감이에요, 그 영감, 그리고리라니까요. 드미트리 표도로비치한테 얻어맞고 쓰러져 있다가 나중에 일어나서 문이 열린 걸 보고는 바로 가서 표도르 파블로비치를 죽인 거예요."

"아니, 왜, 왜요?"

"정신착란을 일으킨 거죠. 드미트리 표도로비치한테 머리를 얻어맞았다가 다시 깨어나는 순간 정신착란을 일으켜 곧바로 가서 죽였다니까요. 자기가 죽이지 않았다고 제 입으로 말하는 건 아마 그걸 기억하지 못해서겠죠. 다만 말이죠, 드미트리 표도로비치가 죽였다면, 그편이

* 1864년 이후 시행된 사법개혁에 따라 재판에 회부된 사건은 배심원과 변호인이 배석한 가운데 반드시 공개 법정에서 심리하도록 되었으며, 개정된 형법에 따라 변호사들이 피고의 정신착란을 증명해 형량을 낮추려는 시도가 많았다.

더 나을 거예요, 훨씬 낫죠. 또 사실 그랬잖아요, 나는 그게 그리고리 짓이라고 말하긴 하지만, 분명 드미트리 표도로비치예요, 그리고 그게 훨씬, 훨씬 더 낫다고요! 아아, 아들이 아버지를 죽여서 낫다는 게 아녜요, 그걸 칭찬하는 소리가 아니에요, 자식들이야 오히려 부모를 공경해야죠, 다만 그래도 그게 형님이라면 더 낫다는 거예요, 그렇다 해서 당신이 울 이유는 전혀 없거든요, 왜냐하면 형님은 의식이 없는 상태에서, 아니, 더 정확히 말하면 의식은 멀쩡하지만 어떻게 자기에게 이 일이 일어났는지도 전혀 모르는 상태에서 죽인 거니까요. 정말이에요, 형님은 용서받을 거예요. 이건 너무나 인도적이거든요, 그러니 새로운 사법제도의 은혜를 사람들이 눈으로 볼 수 있도록 하는 거예요. 나는 미처 알지도 못했는데, 벌써 오래전부터 그렇게 됐다고들 하더군요. 어제 그걸 알게 되자 얼마나 큰 감동을 받았던지, 당장 사람을 보내 당신을 부르고 싶었어요. 나중에 형님이 용서받게 되면 법정에서 곧장 우리 집으로 불러 만찬을 베풀 생각이에요, 친지들도 함께 불러 새로운 사법제도를 위해 건배하겠어요. 나는 형님이 위험인물이라고는 생각하지 않아요, 게다가 손님들을 아주 많이 부를 테니까 만약 형님이 무슨 일을 저지르려 하면 언제든 밖으로 데리고 나갈 수 있을 거고요. 나중에는 어디 다른 도시에서 치안판사나 그런 무엇이 될 수 있겠죠, 스스로 불행을 겪은 사람이 어느 누구보다 재판을 잘하거든요. 무엇보다, 요즘 세상에 정신착란이 아닌 사람이 누가 있겠어요, 당신도, 나도—모두가 정신착란이고, 그런 예는 얼마든지 있어요. 어떤 사람은 앉아서 로망스를 부르다 갑자기 뭐가 못마땅했는지 권총을 빼들고선 닥치는 대로 아무나 쏴 죽였는데, 나중에 전원합의로 무죄판결을 받았대요. 이에 대해 나는 최근에 읽었는데, 모든 의사가 증명해줬대요. 요즘 의사들은 누구나 그걸 증명해줘요, 언제나 증명해주고 있어요. 그런데 어쩌죠, 우리 리즈도 정신착란이에요, 이애 때문에 어제도 울었고 그제도 울었는데, 오늘에야 나는 얘가 그저 정신착란이라는 걸 깨달았답니다. 오, 리즈 때문에 내가 얼마나 속이 타는지! 얘가 완전히 돌아버린 것 같다니까요. 얘가 왜 당신을 부른 걸까요? 얘가 당신을 부른 건가요, 아니면 당신 쪽에서 얘를 보러 왔나요?"

"리즈가 불렀어요, 이제 리즈에게 가봐야겠습니다." 알료샤가 결연히 자리에서 일어섰다.

"아아, 친애하는, 친애하는 알렉세이 표도로비치, 바로 그게 제일 중요한 문제인 것 같아요." 호흘라코바 부인이 갑자기 울음을 터뜨리며 외쳤다. "내가 진심으로 당신에게 리즈를 맡긴다는 건 하느님께서도 보고 계시고, 얘가 어미 몰래 당신을 부른 것도 아무렇지 않아요. 하지만 당신 형 이반 표도로비치에게는, 용서해줘요, 내 딸을 그리 쉽게 맡길 수가 없어요, 그 사람을 여전히 더없이 기사다운 청년으로 생각하고 있지만요. 글쎄 생각해보세요, 그 사람이 갑자기 리즈한테 찾아왔었다지 뭐예요, 난 그걸 전혀 알지도 못했답니다."

"어떻게요? 뭐라고요? 언제요?" 알료샤는 소스라치게 놀랐다. 그는 앉을 생각도 못하고 선 채로 듣고 있었다.

"말씀드리죠, 어쩌면 바로 이 때문에 당신을 부른 건지도 모르니까, 정말이지 왜 당신을 불렀는지도 이젠 모르겠어요. 그러니까 이래요. 이반 표도로비치가 모스크바에서 돌아온 후 우리집에 온 건 모두 두 번이었어요, 한 번은 지인으로서 방문한 거였고, 또 한 번은 바로 며칠 전

일인데, 카챠가 우리집에 와 있다는 걸 알고서 들른 거였죠. 나는 물론 자주 찾아와주길 기대하지도 않았어요, 그 사람에게 지금 그러잖아도 무척 걱정스러운 일이 많다는 걸 아니까—*당신도 아시죠, 그 일과 당신 아버님의 무서운 죽음 말이에요*—다만, 그 사람이 우리집에 또 왔다는 걸 갑자기 알게 됐는데, 단지 나한테가 아니라 리즈한테 온 거였죠, 벌써 엿새가량 전 일인데, 와서 오 분 동안 앉아 있다가 갔다더군요. 나는 그걸 사흘이나 지난 뒤 글라피라한테서 듣고서야 알게 됐으니, 갑자기 아연실색할 수밖에요. 즉시 리즈를 불렀더니 얘는 웃더군요. 그분은 엄마가 주무시는 줄 알고 엄마 건강을 물으려고 자기한테 들렀다나요. 물론 그러기도 했겠죠. 다만 리즈가, 리즈가, 오 하느님, 얘가 얼마나 내 속을 태우는지! 생각해보세요, 어느 날 밤엔 갑자기—나흘 전에 당신이 마지막으로 왔다 간 직후였는데—얘가 한밤중에 갑자기 발작을 일으켜가지고 고함에다 비명에다 히스테리까지! 왜 나는 한 번도 히스테리를 일으키지 않는 거죠? 그러고 나서 그다음날도 발작을 일으키고, 또 그다음날도 그러더니, 어제는, 바로 어제는 이 정신착란이 일어난 거예요. 나한테 갑자기 '나는 이반 표도로비치를 증오해요, 그 사람을 다시는 집에 들이지 말아요, 우리집에 못 오게 거절해버려요!'라고 소리치지 않겠어요. 하도 뜻밖의 일이라 얼떨떨해서, 무슨 이유로 내가 그렇게 훌륭한 청년을 못 오게 거절할 수 있겠니, 게다가 학식도 그렇게 높고, 더구나 그런 불행을 당한 사람을, 하고 대꾸했죠, 어쨌거나 이 모든 사건이—이건 불행이지 행복은 아니잖아요, 안 그래요? 얘가 내 말에 갑자기 깔깔 웃어대는데, 그게 글쎄 어찌나 모욕적이던지요. 뭐, 그래도 내가 얘를 웃겨줬구나, 이제 발작도 끝나겠지 생각하니 기뻤고, 더구나 내 동의도 없이 이상한 방문을 한 데 대해 이반 표도로비치에게 내 쪽에서 해명을 요구하고 앞으로는 우리집에 못 오게 할 작정이었으니까 더더욱 그랬죠. 다만 오늘 아침에 리자는 눈을 뜨자마자 율리야한테 갑자기 화를 내면서, 아니, 세상에나, 한 손으로 그애의 빰을 치잖아요. 아니, 이런 괴물 같은 짓이 어딨겠어요, 나도 우리집 하녀들한테 하대하지 않는데. 그러더니 한 시간 뒤 갑자기 율리야의 발을 끌어안고 입을 맞추는 거예요. 나한테는 사람을 보내 앞으로는 절대로 나에게 오지 않을 테고 오고 싶은 생각조차 없다고 전해놓고는, 내가 이런 몸을 이끌고 방으로 직접 찾아가자 나한테 달려들어 입을 맞춰대며 울음을 터뜨리더니 계속 입을 맞추면서 한마디 말도 없이 나를 밖으로 밀어내버리잖아요, 그래서 아무것도 알아내지 못하고 말았죠. 친애하는 알렉세이 표도로비치, 이제 나는 당신한테 내 모든 희망을 걸고 있고, 물론 내 인생 전체의 운명도 당신의 손에 달렸어요. 제발 리즈에게 가서 그애한테서 모든 걸 알아내줘요, 이 일은 당신만이 해낼 수 있으니까요, 그런 다음에 나한테—나한테, 이 어미한테 와서 말해줘요, 아시겠지만, 이 모든 것이 계속된다면 나는 죽어버릴 거예요, 그냥 죽어버리든가, 아니면 집을 뛰쳐나가든가 할 거예요. 더이상은 나도 안 되겠어요, 나도 참을성이 웬만하지만, 더이상은 못 참을 수도 있어요, 그렇게 되면…… 그렇게 되면 끔찍한 일이 일어날 거예요. 아, 맙소사, 드디어 오셨군요, 표트르 일리치!" 호흘라코바 부인은 표트르 일리치 페르호친이 안으로 들어오는 것을 보자 갑자기 얼굴이 환하게 빛나면서 외쳤다. "늦으셨네요, 늦으셨어요! 자, 어서 앉아서 말씀해주세요, 운명을 결정해주세요, 그래, 그 변호사가 뭐라던가요? 아니, 어디로 가는 거죠, 알렉세이 표도로비치?"

"리즈한테요."

"아, 참! 그럼 부디 잊지 마세요, 내가 부탁한 것 잊지 않을 거죠? 거기에 운명이, 내 운명이 달렸으니까요!"

"물론 잊지 않겠습니다, 가능한 한…… 하지만 너무 늦어서요." 알료샤가 황급히 물러나며 중얼거렸다.

"안 돼요, 꼭, 꼭 들러주세요, '가능한 한'이 아니라니까요, 안 그러면 난 죽을 거예요!" 알료샤의 등뒤에 대고 호흘라코바 부인이 소리쳤으나, 그는 이미 방을 나온 뒤였다.

III
어린 악마

그가 리자의 방으로 들어가보니, 그녀는 전에 아직 걸어다닐 수 없을 때 타던 자신의 안락의자에 반쯤 누워 있었다. 그녀는 몸을 움직여 그를 맞을 기미조차 보이지 않았으나, 주의깊고 날카로운 눈초리는 꿰뚫을 듯이 그의 얼굴을 파고들었다. 그녀의 눈초리는 다소 타는 듯했고, 얼굴은 핏기가 없어 노르스름했다. 알료샤는 그녀의 모습이 사흘 동안 몰라보게 변한데다 여위기까지 해 몹시 놀랐다. 그녀는 그에게 손을 내밀지도 않았다. 그는 그녀의 옷 위에 꼼짝도 않고 놓여 있는 가늘고 긴 손가락을 살짝 건드리듯 잡아주고는 말없이 그녀의 맞은편에 앉았다.

"감옥에 서둘러 가봐야 하신다는 것 잘 알아요." 그녀가 날선 목소리로 말했다. "그런데도 엄마는 당신을 두 시간이나 붙들어뒀죠, 방금은 나와 율리야 얘기까지 늘어놨고요."

"어떻게 아셨죠?" 알료샤가 물었다.

"엿들었어요. 왜 그런 눈으로 보시죠? 엿듣고 싶어서 엿듣는 건데, 그게 뭐가 나빠서요. 용서는 빌지 않겠어요."

"무슨 심란한 일이 있나요?"

"천만에요, 아주 기쁘기만 해요. 방금 지금도, 벌써 서른번째나 다시 생각해봤지만, 내가 당신을 거절해서 당신 아내가 되지 않게 된 게 얼마나 다행인지 모르겠어요. 당신은 남편으로는 맞지 않아요. 내가 당신하고 혼인한 뒤 누군가를 사랑하게 되어 갑자기 당신에게 쪽지를 주면서 그 사람에게 가져다주라고 하면, 당신은 그걸 받아들고선 틀림없이 전해줄 거고, 게다가 답장까지 받아가지고 오겠죠. 당신은 마흔 살이 되어도 나의 그런 쪽지 심부름을 할 사람인걸요."

그녀는 갑자기 웃기 시작했다.

"당신에겐 어딘가 심술궂으면서도 한편으론 솔직한 데가 있어요." 알료샤가 그녀에게 미소를 지었다.

"이렇게 솔직한 건, 내가 당신한테 부끄러워하지 않기 때문이에요. 부끄러워하지도 않거니와, 부끄러워하고 싶지도 않아요, 특히 당신 앞에서는, 특히 당신한테는. 알료샤, 나는 왜 당신을 존경하지 않는 걸까요? 나는 당신을 무척 사랑하지만 존경하진 않아요. 만약 존경한다면, 부끄러워하지도 않고 이렇게 말하진 않겠죠, 그렇잖아요?"

"그렇겠죠."

"그럼 내가 당신한테 부끄러워하지 않는다고 믿으세요?"

"아뇨, 그렇게 믿지 않아요."

리자는 다시 신경질적으로 웃기 시작했다. 그러고는 빠른 어조로 급히 말했다.

"감옥에 계신 당신 형님 드미트리 표도로비치에게 캔디를 보내드렸어요. 알료샤, 있잖아요, 당신은 참 좋은 사람이에요. 내가 당신을 사랑하지 않아도 좋다고 그처럼 빨리 허락해주셨으니, 그 때문에 난 당신을 지독히 사랑하게 될 거예요."

"오늘 무슨 일로 날 불렀나요, 리즈?"

"당신에게 내 소원 하나를 알려드리고 싶어서요. 나는 누가 나를 갈기갈기 찢어놓았으면 좋겠어요, 나와 혼인하고서도 나를 죽도록 괴롭히고 속이다가 내 곁을 떠나버리면, 멀리멀리 떠나버리면 좋겠어요. 나는 행복하고 싶지 않아요!"

"혼란이 좋아졌군요?"

"아, 그래요, 혼란을 원해요. 어느 때든 집에다 불을 질러버리고 싶다고요. 살금살금 다가가서 몰래 불지르는 상상을 하곤 하죠—반드시 몰래 해야 돼요. 그들은 불을 끄려 들겠지만, 집은 계속 불타올라요. 나는 다 알면서도 잠자코 있죠. 아, 바보 같은 짓거리들! 지겹기만 해요!"

그녀는 혐오스러워하며 손을 내저었다.

"부유한 생활 때문입니다." 알료샤가 나직이 말했다.

"가난한 편이 더 좋다는 건가요?"

"더 좋지요."

"그건 당신의 돌아가신 수도사가 당신에게 귀 따갑도록 얘기한 거겠죠. 그건 진실이 아녜요. 나는 부자이고 다른 사람들은 모두 가난뱅이라 할지라도 좋아요, 나는 혼자서 캔디를 먹고 생크림을 마시면서 그들에겐 아무것도 주지 않을 거예요. 아, 잠자코 계세요, 아무 말도 하지 마세요." 알료샤가 입을 열 생각도 하지 않는데 그녀는 지레 손사래를 쳤다. "당신은 전에도 늘 그런 얘길 해서, 난 죄다 외고 있다고요. 지겨워요. 만약 내가 가난해진다면, 난 누구든 죽일 거예요—또 내가 부자라 해도, 역시 죽일지 모르죠—뭣하러 가만히 앉아 있겠어요! 그런데 말이죠, 나는 가을걷이를 하고 싶어요, 호밀을 베어 거두어들이고 싶다고요. 내가 당신한테 시집갈 테니 당신은 농부가, 진짜 농부가 되세요, 그리고 우리는 망아지를 한 마리 키우는 거예요, 그러실래요? 칼가노프를 아시죠?"

"압니다."

"그 사람은 걸어다니는 중에도 늘 몽상만 하고 있어요. 뭣하러 실제 삶을 사느냐, 몽상에 잠기는 게 훨씬 낫다는 거예요. 몽상 속에서는 더없이 즐거운 것을 마음껏 누릴 수 있지만, 실제 삶을 사는 것은 지루하다는 거죠. 하지만 그 사람도 곧 혼인할 거예요, 나한테도 벌써 사랑을 고백했거든요. 팽이 칠 줄 아세요?"

"알아요."

"그 사람은 꼭 팽이 같아요. 회전을 시켜 휙 던진 뒤 팽이채로 찰싹찰싹 계속 갈겨줘야 되거든요. 그 사람한테 시집가면 한평생 팽이를 치게 되는 셈이죠. 나하고 같이 앉아 있는 게 부끄럽지 않으세요?"

"천만에요."

"당신은 내가 성스러운 걸 얘기하지 않아서 지독하게 화가 날 거예요. 나는 성스러운 여자가 되고 싶지 않아요. 가장 무서운 죄를 저지르면 저세상에서 어떻게 될까요? 분명 당신은 정확히 알고 계실 테죠."

"하느님께서 벌을 내리실 겁니다." 알료샤는 그녀의 얼굴을 뚫어지게 들여다보았다.

"바로 그게 내가 원하는 거예요. 내가 그곳에 가면, 다들 나한테 벌을 내리겠죠, 그러면 나는 그들 모두의 얼굴에 대고 느닷없이 한바탕 웃어주겠어요. 나는 집에다 불질러버리고 싶어 죽겠어요, 알료샤, 우리집에다 말이에요, 내 말이 아직도 곧이들리지 않죠?"

"아니, 왜요? 뭔가에 몹시 불을 지르고 싶어하고 실제로 불을 지르는 열두어 살짜리 아이들도 있는걸요. 그건 일종의 병이에요."

"그게 아니라니까, 그게 아녜요, 그런 아이들이 있는지는 모르지만, 나는 그 얘기가 아녜요."

"당신은 악을 선으로 여기고 있어요. 이건 순간적인 위기이고, 어쩌면 전에 앓았던 병 때문일 수도 있어요."

"나를 경멸하는 거로군요! 나는 그냥 선을 행하기가 싫을 뿐이에요, 나는 악한 짓을 하고 싶다고요, 여기엔 병도 뭣도 없어요."

"왜 악한 짓을 하겠다는 거죠?"

"이 세상 어디든 아무것도 남아 있지 않게 하려고요. 아아, 아무것도 남지 않으면 얼마나 좋을까! 나는 말이에요, 알료샤, 이따금 끔찍하게 많은 악한 짓과 온갖 더러운 짓을 닥치는 대로 저지르는 생각을 하곤 해요, 오랫동안 몰래 그런 짓을 하는 거죠, 그러다가 갑자기 다들 알게 되는 거예요. 다들 나를 에워싸고 손가락질을 해대면, 나는 태연히 그들 모두를 바라봐주는 거죠. 정말 기분좋아요. 이게 왜 이렇게 기분좋을까요, 알료샤?"

"글쎄요, 뭔가 좋은 것을 짓이겨버리고 싶거나, 아니면 당신이 말한 대로 불질러버리고 싶은 욕구겠지요. 그런 일도 더러 있어요."

"그저 빈말이 아니라, 실제로 그렇게 할 거예요."

"그러리라고 믿습니다."

"어머나, 믿는다고 말씀하시다니, 난 정말 당신을 사랑해요. 당신은 거짓말이라곤 절대로, 절대로 하지 않는 사람이잖아요. 하지만 어쩌면, 내가 당신을 놀리려고 일부러 이런 말을 한다고 생각하시겠죠?"

"아니, 그렇게 생각하진 않아요…… 하긴 그런 욕구도 조금 있을 수 있겠지만."

"조금 있어요. 당신 앞에서는 절대로 거짓말을 하지 않겠어요." 이렇게 말하는 그녀의 눈에 어떤 불꽃 같은 것이 번쩍였다.

알료샤는 무엇보다도 그녀의 진지한 태도에 크게 놀랐다. 전에는 아무리 '진지한' 순간이라도 명랑함과 장난기가 가시지 않았는데, 지금 그녀의 얼굴에서는, 익살스러움이나 장난기 같은 것을 그림자조차 찾아볼 수 없었다.

"사람들이 범죄를 좋아하는 어떤 순간들이 있죠." 알료샤가 생각에 잠긴 듯한 어조로 말했다.

"그래요, 그래요! 당신은 내 생각을 그대로 말해줬어요, 좋아하죠, 다들 좋아하고 언제나 좋아하죠, '어떤 순간들'만이 아녜요. 그러니까 말이죠, 사람들은 이에 대해 거짓말을 하기로 어느 땐가 다들 서로 약속이라도 한 듯, 그때 이후 다들 거짓말을 하고 있는 거예요. 다들 나쁜 짓을 증오한다고 말하면서도, 속으로는 좋아해요."

"나쁜 책들을 여전히 읽고 있나요?"

"읽고 있어요. 엄마가 읽다가 베개 밑에 감춰두면, 그걸 훔쳐서 읽죠."

"자신을 망치는 짓이 양심에 부끄럽지 않나요?"

"나는 자신을 망치고 싶은걸요. 이곳의 어떤 소년 하나는 기차가 자기 몸 위로 지나갈 때 철로 사이에 엎드려 있었다잖아요. 운이 좋은 애였죠! 들어보세요, 당신 형님이 아버지를 죽였다는 혐의로 지금 재판을 받을 참이지만, 다들 그가 아버지를 죽인 걸 좋아한다고요."

"아버지를 죽인 걸 좋아한다고요?"

"좋아하죠, 다들 좋아하죠! 다들 끔찍한 짓이라고 말하면서도 속으로는 끔찍하게 좋아한다고요. 나부터 제일 먼저 좋아하는걸요."

"다들 그렇다는 당신의 말은 어느 정도 사실입니다." 알료샤가 조용히 말했다.

"어머나, 당신이 그런 생각을 하다니!" 리자가 미칠 듯 기뻐하며 새된 소리를 내질렀다. "더구나 수도사가 말이에요! 알료샤, 당신이 절대로 거짓말을 하지 않기 때문에 내가 당신을 얼마나 존경하는지, 당신은 믿지 못하실 거예요. 아, 참, 우스운 꿈 하나를 얘기해드리죠. 나는 이따금 꿈에서 악마를 보곤 해요. 밤중이었나봐요, 촛불을 켜고 내 방에 있는데, 갑자기 악마들이 이 구석 저 구석, 탁자 밑이고 어디고 할 것 없이 사방 곳곳에 득실거리는 거예요, 그러다가 그놈들이 문을 여는데 거기 문 뒤에도 놈들의 무리가 우글거리고 있다가 안으로 들어와서 나를 붙잡고 싶어하겠죠. 그러다가 정말로 슬금슬금 다가오더니 막 붙잡는 거예요. 하지만 내가 갑자기 성호를 긋자 놈들은 죄다 뒤로 물러나면서 두려움에 떨어요, 다만 완전히 사라지진 않고 문 옆이나 구석진 곳에

서서 기다리고 있어요. 그런데 갑자기 나는 큰 소리로 하느님을 욕하고 싶어 미칠 것 같은 거 있죠, 그래서 정말로 마구 욕하기 시작해요, 그러자 놈들이 갑자기 나한테 다시 우르르 달려들어 기뻐서 어쩔 줄 몰라 하며 나를 또다시 막 붙잡는 순간, 내가 갑자기 다시 성호를 긋자— 놈들은 죄다 뒤로 물러서요. 어찌나 재미있던지, 숨이 막힐 지경이었어요."

"나도 똑같은 꿈을 더러 꾸었어요." 알료샤가 갑자기 말했다.

"정말요?" 리자가 깜짝 놀라 소리쳤다. "잘 들으세요, 알료샤, 농담하시지 말고요, 이건 대단히 중요한 문제니까. 서로 다른 두 사람이 똑같은 꿈을 꾸었다는 게 과연 있을 법한 일인가요?"

"그럼요, 있을 수 있죠."

"알료샤, 당신한테 말씀드리지만, 이건 대단히 중요한 문제예요." 무엇 때문인지 이제는 정말로 몹시 놀라면서 리자가 말을 이었다. "이 꿈이 중요하다는 게 아니라, 당신이 나하고 똑같은 꿈을 꿀 수 있었다는 게 중요하다는 거예요. 당신은 나한테 절대로 거짓말을 하지 않으니까, 지금도 거짓말은 하지 말아주세요, 그게 정말인가요? 농담 아니죠?"

"정말입니다."

리자는 무엇엔가 몹시 감동한 듯 잠시 말이 없었다.

"알료샤, 나한테 자주 와주세요, 좀더 자주 와주세요." 그녀가 갑자기 애원하는 목소리로 말했다.

"평생토록 늘 당신을 찾아올 겁니다." 알료샤가 확고하게 대답했다.

"나는 당신 한 사람한테만 말해요." 리자가 다시 말문을 열었다. "오직 나 자신, 그리고 당신에게만 말해요. 이 세상 전체에서 오직 당신 한 사람에게만요. 그리고 나 자신에게보다 당신에게 말하는 게 나는 더 좋아요. 당신한테는 전혀 부끄럽지 않아요. 알료샤, 왜 난 당신한테는 전혀 부끄럽지 않을까요, 전혀? 알료샤, 유대인들이 부활절에 아이들을 훔쳐다가 베어 죽인다는 게 정말이에요?"

"모르겠는데요."

"나한테 책이 한 권 있는데, 어딘가에서 있었다는 무슨 재판에 대해서 읽었거든요, 유대인이 네 살배기 어린 사내애를 처음엔 양손의 손가락을 모조리 잘라내고 그런 다음 담벽에 아이를 붙여 세운 뒤 두 팔을 뻗게 하고 손발에 못질을 해서 매달아 죽였는데, 나중에 법정에서 말하길 아이는 금방, 그러니까 네 시간 뒤에 죽었대요. 정말 금방이기도 하죠! 아이가 신음하고 또 신음하는 것을 자기는 가만히 서서 즐겁게 감상했다는 거예요. 좋죠!"

"좋다고요?"

"좋아요. 이따금 그렇게 못을 박아 매단 자가 나 자신이라고 생각해봐요. 아이는 매달린 채 신음하는데, 나는 그 앞에 마주보고 앉아 파인애플 절임을 먹는 거예요. 나는 파인애플 절임을 무척 좋아하거든요. 당신도 좋아하세요?"

알료샤는 말없이 그녀를 바라보았다. 핏기 없이 노르스름한 그녀의 얼굴이 갑자기 일그러지고 두 눈이 불타올랐다.

"아세요, 나는 그 유대인 얘기를 읽고 밤새도록 온몸을 떨며 흐느껴 울었어요. 어린애가 비명을 지르고 신음하는 모습이(네 살배기 사내애들도 알 건 아니까요) 머릿속에서 펼쳐지는데, 그런데도 마음 한구석에서는 그 파인애플 절임 생각이 떠나지 않는 거예요. 아침이 되자 나는 어떤 사람에게 편지를 보내 나한테 꼭 와달라고 했어요. 그 사람이 오자, 나는 그에게 갑자기 그 어린 사내아이와 파인애플 절임에 대해 얘기했어요, 전부 다 얘기했어요, 전부 다. 그러고 나서 '좋죠'라고 말했죠. 그는 갑자기 소리 내어 웃더니, 정말 좋군요, 하고 말하더군요. 그러고는 일어나서 가버렸어요. 기껏 오 분 동안 앉아 있었어요. 그는 나를 경멸했던 거예요, 경멸했던 거죠? 말해줘요, 말해주세요, 알료샤, 그가 날 경멸한 건가요, 아닌가요?" 그녀는 눈을 번득이며 긴 안락의자에서 허리를 똑바로 세우고 앉았다.

"그러니까," 알료샤가 흥분해서 말했다. "당신 쪽에서 그를, 그 사람을 부른 건가요?"

"내 쪽에서요."

"그에게 편지를 보냈나요?"

"네."

"오로지 그것, 그 아이에 대해 물어보려고요?"

"아뇨, 전혀 그것 때문은 아녜요, 절대 아녜요. 하지만 그가 들어오자마자 곧바로 그걸 물었어요. 그는 대답하고는 웃더니 곧장 일어나서 가버렸어요."

"그 사람이 당신한테 점잖게 대한 겁니다." 알료샤가 나직이 말했다.

"나를 경멸했겠죠? 비웃었겠죠?"

"아뇨, 아마 그 사람 자신도 파인애플 절임을 신봉할 테니까요. 그도 지금 심한 병에 걸려 있어요, 리즈."

"그래요, 그는 신봉해요!" 리자가 눈을 번득였다.

"그는 아무도 경멸하지 않아요." 알료샤가 말을 이었다. "그는 다만 아무도 믿지 않을 뿐이지요. 하긴 믿지 않는다면, 당연히 경멸하기도 하겠죠."

"그럼 나도요? 나도?"

"당신도요."

"그거 좋군요." 리자가 이를 갈듯이 말했다. "그가 그렇게 웃고 나갔을 때, 나는 경멸을 받아도 좋다는 느낌이 들었어요. 손가락이 잘린 아이도 좋고, 경멸당하는 것도 좋고……"

그러면서 그녀는 왠지 독기가 서린, 뜨겁게 타는 듯한 목소리로 알료샤의 눈에 대고 웃어댔다.

"있잖아요, 알료샤, 있잖아요, 나는…… 알료샤, 날 구해줘요!" 그녀는 갑자기 긴 안락의자에서 튀어 일어나 그에게 몸을 던지며 두 팔로 그를 꽉 껴안았다. "날 구해줘요." 그녀는 거의 신음을 했다. "내가 당신에게 한 말을 과연 이 세상 어느 누구에게 하겠어요? 나는 진실을 말한 거예요, 진실을, 진실을요! 난 죽어버리겠어요, 모든 게 구역질이 나요! 난 살고 싶지 않아요, 모든 게 구역질난다고요! 모든 게 구역질나요, 모든 게 구역질나! 알료샤, 왜 당신은 날 전혀, 전혀 사랑하지 않는 거죠!" 그녀는 미친 듯이 흥분해서 말을 끝냈다.

"아닙니다, 사랑해요!" 알료샤가 열띤 목소리로 대답했다.

"그럼 나를 위해 울어주실 건가요, 그러실 거예요?"

"그럼요."

"내가 당신의 아내가 되고 싶어하지 않았던 것 때문이 아니라, 그냥 나를 위해 울어주실 건가요, 그냥?"

"그럼요."

"고마워요! 나는 오직 당신의 눈물만 있으면 돼요. 나머지 모든 사람이 단 한 명도 빠짐없이 모두, 모두 나를 벌하고 발로 짓밟아도 상관없어요! 나는 아무도 사랑하지 않으니까요. 들으시죠, 아-무-도! 오히려 증오해요! 어서 가보세요, 알료샤, 형님한테 가볼 시간이에요!" 그녀는 갑자기 그에게서 몸을 떼어냈다.

"어떻게 당신을 이렇게 두고 가요?" 알료샤가 경악하다시피 하며 말했다.

"형님한테 어서 가보세요, 감옥 문이 곧 닫힐 테니, 어서 가보세요, 여기 당신 모자! 미차에게 키스해줘요, 어서 가보세요, 어서!"

그러면서 그녀는 거의 강제로 알료샤를 문밖으로 밀어냈다. 그가 괴롭고 당황스러운 마음으로 그녀를 바라보는데, 순간 갑자기 자신의 오른손에 편지가, 꼭꼭 접어서 봉인한 조그만 편지가 쥐여 있는 게 느껴졌다. 힐끗 보니, '이반 표도로비치 카라마조프 님께'라고 적은 수신인의 이름이 순간적으로 눈에 들어왔다. 그는 얼른 리자를 쳐다보았다. 그녀의 얼굴은 거의 위협적으로 변해 있었다.

"전하세요, 꼭 전하세요!" 미친 듯이 온몸을 후들후들 떨며 그녀가 명령했다. "오늘 즉시! 안 그러면 약을 먹고 죽어버릴 테니까! 당신을 부른 것도 이것 때문이에요!"

그러고는 재빨리 문을 쾅 닫아버렸다. 걸쇠가 딸가닥 하고 걸렸다. 알료샤는 편지를 호주머니에 넣고 호흘라코바 부인에게는 들르지도 않고 그녀를 아예 까맣게 잊은 채 곧장 계단 쪽으로 갔다. 리자는 알료샤가 멀어지자마자 곧바로 걸쇠를 벗기고 문을 빠끔히 열더니 자신의 손가락을 문틈에다 디밀고는 문을 쾅 닫아, 손가락을 힘껏 찧었다. 십

초쯤 지나 손을 빼낸 뒤, 그녀는 조용히 자신의 안락의자로 천천히 가서 허리를 꼿꼿이 펴고 앉아, 시커멓게 멍이 든 손가락과 손톱 밑에서 배어나온 피를 뚫어지게 바라보기 시작했다. 입술이 파들파들 떨리는가 싶더니, 그녀는 빠르게, 빠르게 혼잣말을 중얼거렸다.

"야비한 년, 야비한 년, 야비한 년, 야비한 년!"

IV
송가와 비밀

알료샤가 감옥 정문에서 초인종을 누른 시각은 이미 아주 늦은 때였다(더구나 11월의 해가 어디 길던가). 심지어 땅거미까지 깔리기 시작했다. 그러나 알료샤는 아무 지장 없이 미챠에게 들여보내주리라는 것을 알고 있었다. 이런 모든 것은 우리 고장, 우리 소도시에서도 여느 곳과 다를 바 없다. 물론 예심이 모두 종결된 직후 처음엔 친척이나 몇몇 다른 사람들이 미챠를 면회하려면 몇 가지 불가피한 소정의 형식적인 절차를 밟아야만 허락이 떨어졌지만, 나중에는 절차가 완화되었다고는 할 수 없어도 최소한 미챠를 찾아오던 몇 사람들에게는 자연스레 어떤 예외 같은 것이 굳어졌다. 심지어 어떤 때는 수감자와의 면회가, 지정된 방에서 거의 네 개의 눈만 있는 가운데 이루어지는 경우마저 있을 정도였다. 하지만 이런 대우를 받는 사람은 극히 소수여서, 고작해야 그루셴카, 알료샤, 라키친 정도였다. 그런데 그루셴카에 대해서는 경찰서장 미하일 마카로비치 자신이 대단한 호의를 가지고 있었다.

모크로예에서 그녀에게 고래고래 소리를 질렀던 일이 이 노인의 마음에 걸렸던 것이다. 나중에 전후 사정을 모두 알게 된 그는 그녀에 대한 자신의 생각을 완전히 바꾸었다. 그리고 이상한 일이 또 있었다. 이 노인은 미챠가 범인이라는 것을 굳게 믿고 있으면서도, 그가 일단 수감된 뒤로는 어쩐 일인지 그를 점점 더 부드러운 눈으로 바라보게 되어, '선량한 마음을 지닌 사람이었던 것 같은데, 술과 방탕에 빠져 스웨덴 놈처럼 신세를 망치고 만 게야!'라고 생각하게 되었다. 예전의 공포는 노인네의 마음속에서 어떤 연민으로 바뀌었다. 알료샤로 말하자면, 경찰서장이 무척 좋아할 뿐 아니라 이미 오래전부터 잘 아는 사이였고, 나중에 수감자를 보러 무척 자주 오게 된 라키친은 그가 늘 그렇게 부르던 '서장 댁 아씨들'의 가장 가까운 지인 중 한 사람으로, 허구한 날 뻔질나게 서장 댁을 드나들었다. 그는 직무를 수행할 때는 고지식해도 마음씨 착한 노인인 감옥 간수장의 집에서도 과외선생 노릇을 하고 있었다. 알료샤 역시 간수장과 아주 오래전부터 특별히 잘 알고 지내온 사이로 간수장은 대체로 '예지'에 대해 그와 이야기하기를 즐겼다. 예를 들어, 이반 표도로비치에 대해서는 존경을 넘어 두려움마저 품었고, 그 자신도 물론 '자기 머리 하나로 경지에 이른' 대단한 철학자이긴 해도, 무엇보다 이반 표도로비치의 판단을 두려워하기까지 했다. 하지만 알료샤에 대해서는 억누를 수 없는 어떤 호감을 느끼고 있었다. 지난 한 해 동안 이 노인은 마침 외경外經에 몰두하고 있었기 때문에 자신이 느낀 바를 이 젊은 벗에게 한시가 멀다하고 전하곤 했다. 예전에는 심지어 수도원까지 그를 찾아가서, 그와 수도사제들과 더불어 몇 시간씩 담론을 하기도 했다. 요컨대, 알료샤가 감옥에 좀 늦게 도착하더라도 간수장한테만 찾아가면 일이 늘 잘 처리되었다. 게다가 감옥 경비원들은 말단에 이르기까지 모두 알료샤와 친숙한 사이였다. 물론 감시병도 상관이 묵인해주기만 하면 까다롭게 굴지 않았다. 미챠는 호출을 받으면 늘 자신의 감방에서 아래층의 지정된 면회 장소로 내려왔다. 알료샤는 면회실로 들어서다가 때마침 미챠를 이미 만나고 나가려던 라키친과 부딪쳤다. 두 사람은 큰 소리로 말을 하고 있었다. 미챠는 그를 배웅하며 무엇 때문인지 한바탕 웃어댔으나, 라키친은 투덜거리고 있는 성싶었다. 라키친은 특히 요즘 들어 알료샤와 만나는 걸 좋아하지 않았고, 말을 나누는 일도 거의 없을뿐더러 인사를 나눌 때조차 뻣뻣하게 굴었다. 지금도 알료샤가 안으로 들어오는 것을 보자, 유난히 미간을 잔뜩 찌푸리고 외면하면서, 모피 깃이 달린 크고 따뜻한 외투의 단추를 채우느라 아주 정신이 팔린 시늉을 했다. 그러고는 이내 자신의 우산을 찾기 시작했다.

"제 물건은 잊지 말아야지." 그는 그저 무슨 말이든 해야 했기에 이렇게 중얼거렸다.

"자네는 남의 물건이나 잊지 말게!" 미챠가 익살스럽게 대꾸해주고는 곧바로 자신의 익살에 푸하하! 웃음을 터뜨렸다. 라키친은 대번에 화를 벌컥 냈다.

"그따위 충고는 당신네 카라마조프들한테나, 농노제 옹호자의 망종인 당신네들한테나 하시지, 이 라키친이 아니라!" 그는 분노로 몸을 후들후들 떨면서 갑자기 버럭 소리를 내질렀다.

"왜 그러나, 자네? 나는 농담한 건데!" 미챠가 소리쳤다. "쳇, 젠장맞을! 저것들은 다 저렇다니까." 황급히 나가는 라키친을 고갯짓으로 가리키며 그가 알료샤에게 말했다. "여태껏 앉아서 웃고 신나하더니 이제 와서 갑자기 펄펄 끓지 뭐냐! 너한테는 고개도 까딱하지 않던데, 아주 절교라도 한 거냐? 그런데 왜 이리 늦은 거야? 널 기다리느라 아침 내내 아주 애가 탔는데. 뭐, 괜찮아! 이제 벌충하면 되니까."

"저 친구가 왜 저렇게 형한테 자주 오죠? 서로 친해지기라도 했나요?" 알료샤 역시 라키친이 사라진 문 쪽으로 고갯짓을 하면서 물었다.

"저 미하일하고 친해졌느냐고? 아니, 그런 건 아냐. 그럴 리가 있나, 저런 돼지 같은 놈하고! 저 녀석은 나를…… 비열한 놈으로 알아. 농담도 이해 못해—바로 이게 저놈들의 가장 중요한 특징이지. 앞으로도 절대로 농담을 이해하지 못할 거다. 게다가 놈들은 영혼이 메말랐어, 판판하고 메말랐다고, 꼭 내가 그때 이 감옥에 도착해 감옥 담장을 봤을 때처럼 말이다. 하지만 영리한 놈이야, 영리하지. 그나저나 알렉세이, 내 머리통도 이제 끝장이다!"

그는 긴 나무의자에 앉더니 알료샤도 옆에 나란히 앉혔다.

"예, 내일이 공판이에요, 어때요, 그럼 완전히 희망이 없다는 건가요, 형?" 알료샤가 조심스러운 마음으로 말을 꺼냈다.

"너 무슨 소릴 하는 거냐?" 어쩐지 어리벙벙한 얼굴로 미챠가 그를 쳐다보았다. "아하, 공판 얘기구나! 에이, 젠장! 나와 너는 여태껏 쓰잘데없는 얘기만, 언제나 이 공판 얘기만 해왔지만, 제일 중요한 얘기는 너한테 하지 않고 있었어. 그래, 내일이 공판이지, 하지만 내 머리통도 이제 끝장이라는 건 공판을 두고 한 얘기가 아니야. 머리통이 끝장났다는 게 아니라, 머리통 속에 들어 있던 것, 그게 끝장났다는 말이지. 아니, 왜 그런 비판적인 표정으로 날 보는 거냐?"

"그건 무슨 말이죠, 미챠 형?"

"사상, 사상, 바로 그것 말이다! 에티카.* 에티카가 대체 뭐냐?"

"에티카요?" 알료샤가 의아해했다.

"그래, 학문이겠지, 하지만 어떤 학문이지?"

"예, 그런 학문이 있어요…… 다만…… 나도, 솔직히 말해, 어떤 학문인지는 형에게 설명해줄 수가 없어요."

"라키친은 알더구나, 라키친은 많은 걸 알아, 악마가 잡아갈 놈! 그놈은 수도사가 되지 않을 거야. 페테르부르크로 갈 궁리를 하고 있지. 거기서 비평 분야, 그것도 고상한 경향을 띤 비평 분야로 나서겠다는 거야. 뭐, 유익한 일을 해서 출셋길을 닦을 수도 있겠지. 우라질, 그치들이야 출세의 명수니까! 망할 놈의 에티카! 나는 끝장났어, 알료샤, 나는 끝장이고, 너는 하느님의 사람이야! 너는 내가 누구보다 사랑하는 사람이야. 널 생각하면 난 가슴이 마구 뛴단 말이다, 정말이야. 그런데 카를 베르나르가 누구냐?"

"카를 베르나르요?" 알료샤는 또다시 놀랐다.

"아니, 카를이 아니라, 잠깐, 말이 헛나왔군, 클로드 베르나르**야. 이건 뭐지? 화학이냐?"

"분명히 무슨 학자일 거예요." 알료샤가 대답했다. "다만 솔직히, 그 사람에 대해서도 별로 얘기할 게 없어요. 학자라는 말만 들었지, 어떤 학자인지는 나도 모르거든요."

---

* 윤리학, 윤리.

** 19세기 프랑스의 자연과학자, 생리학자, 병리학자로 동식물의 생명을 주관하는 보편적인 원칙을 발견하고자 했다.

“뭐, 까짓 놈 꺼져버리라지, 나도 몰라.” 미챠가 욕지거리를 해댔다. “어떤 비열한 놈일 테지, 분명해, 어차피 그놈들은 죄다 비열하니까. 하지만 라키친은 어떡하든 비집고 들어갈 거야, 실낱같은 틈새로 비집고 들어갈 놈이지, 녀석도 베르나르거든. 우라질 놈의 베르나르들! 그놈의 종자들이 많이도 퍼졌어!”

“형, 대체 왜 그러죠?” 알료샤가 집요하게 물었다.

“그 녀석이 나에 대해, 내 사건에 대해 논문을 써가지고 그걸로 문필가로 등단하겠다는 거야, 그래서 나한테 찾아오는 거라고 제 입으로 밝히더군. 뭔가 경향적인 것을 쓰겠다는 거지. ‘그는 살인을 저지르지 않을 수 없었다, 그는 환경에 잠식당한 것이다’ 운운하며 쓸 거라고 나한테 설명했어. 사회주의 색채를 띨 거라더구나. 망할 놈, 꺼져버리라지, 그런 색채를 띠건 말건, 나하고 무슨 상관이야. 놈은 이반을 좋아하지 않아, 증오하지, 너도 별로 좋게 생각하지는 않더라. 뭐, 그래도 난 그놈을 쫓아버리지는 않아, 똑똑한 녀석이니까. 하지만 너무 콧대를 세우고 나댄단 말이야. 그래서 방금 녀석한테 말해줬지. ‘카라마조프들은 비열한 놈이 아니라 철학자야, 왜냐하면 진정한 러시아인은 모두 철학자니까, 하지만 너는 공부는 좀 했다만 철학자는 못 돼, 너는 구역질나는 농노에 불과해’라고. 그랬더니 아주 독기를 품고 웃더군. 나는 녀석한테 ‘데 므이슬리부스 논 에스트 디스푸탄둠’*이라고 해줬는데, 기지가 훌

* де мыслибус non est disputandum. ‘사상에 대해서는 논쟁하지 않는다’, 즉 ‘사상의 차이는 논쟁의 대상이 아니다’라는 뜻이다. ‘취향과 기호는 논쟁의 대상이 아니다’를 뜻하는 라틴어 격언 ‘De gustibus non est disputandum’을 변형한 것으로, ‘사상’을 뜻하는 ‘므이슬리(мысль)’를 라틴어식으로 바꿔 ‘데 므이슬리부스’라고 썼다.

륭하잖냐? 최소한 나도 고전주의에 입문한 셈이지." 미챠는 갑자기 껄껄 웃어대기 시작했다.

"왜 형이 끝장났다는 거죠? 방금 그렇게 말했잖아요?" 알료샤가 말을 가로챘다.

"왜 끝장났느냐고? 흠! 요는…… 한마디로 말해—하느님이 가엾어졌다, 바로 그게 이유야!"

"하느님이 가엾어졌다뇨?"

"생각해봐라, 여기 신경 속에, 머릿속에, 그러니까 여기 뇌 속에 이런 신경들이 있어(이런 젠장맞을 것들!)…… 요렇고 요런 조그만 꼬리들이 있다고, 이 신경들한테 조그만 꼬리가 달린 거야, 뭐, 그래서 거기 그 꼬리들이 바르르 떨리기 시작하자마자…… 다시 말해 내가 무엇을 눈으로 보게 되면, 그것들이, 그 꼬리들이 바르르 떨리기 시작한다는 거야, 알겠냐…… 그래서 그것들이 떨리기 시작하면 어떤 형상이 나타나는데, 즉시 나타나는 게 아니라 그사이 어떤 한 순간이, 그러니까 일 초쯤 지나면, 어떤 그런 찰나가, 다시 말해 찰나가 아니라—찰나라니, 이런 빌어먹을—하나의 형상이, 다시 말해 어떤 대상이나 어떤 사건이 나타나게 돼, 빌어먹을—바로 이 때문에 나는 관조하고 그다음에는 생각도 하게 되는 거야…… 그러니까 그건 그 꼬리들 때문이지, 나한테 영혼이 있어서가 절대 아닐뿐더러, 내가 저기 무슨 형상이나 무슨 모상模像*이어서도 절대 아니고, 그런 건 모조리 바보 같은 소리라는 거야. 이건, 아우야, 바로 어제 미하일이 나한테 설명해준 건데, 나는 마치 불

* 「창세기」 1:26~27. 인간을 하느님의 형상대로 창조했다는 구절을 염두에 둔 것이다.

에 데기라도 한 기분이었어. 굉장하잖냐, 알료샤, 이 과학이란 건! 새로운 인간이 출현할 거야, 그건 나도 이해해…… 하지만 그래도 하느님이 가여워!"

"뭐, 그것도 좋은 일이에요." 알료샤가 말했다.

"하느님이 가엾다는 거 말이냐? 화학이야, 아우야, 화학! 어쩔 도리가 없는 거야, 거룩하신 수도사님, 살짝 비켜주세요, 화학 나리께서 납십니다! 라키친은 하느님을 좋아하지 않아, 오오, 절대 좋아하지 않지! 이게 그놈들 모두의 가장 아픈 곳이야. 하지만 그걸 감추고 있지. 거짓말을 하는 거야. 연기를 하는 거지. '그래, 어때, 앞으로 비평 분야에서 그런 식으로 해나갈 건가?' 하고 내가 물어봤지. '뭐, 그렇게 노골적으로 쓰도록 내버려두진 않을걸.' 이러면서 웃더군. '다만 그렇다면 인간은 대체 어떻게 되나? 하느님도 없고 내세의 삶도 없다면? 그렇다면 이제 모든 것이 허용되고 무슨 짓이든 해도 좋다는 말이 되잖나?'라고 물었지. '그럼 그걸 몰랐단 말이야?'라더군. 그러면서 웃었어. '영리한 사람은 뭐든지 할 수 있지. 영리한 사람은 요령껏 자기 잇속을 챙길 줄 알지만, 당신이야 살인을 저지르고 대번에 걸려들어 감옥에서 썩고 있지!'라고 말했어. 그런 소리를 나한테 대놓고 하더구나. 정말이지 돼지새끼야! 예전 같으면 이런 놈들을 냅다 던져버렸겠지만, 뭐 지금은 들어주고 있지. 제법 쓸모 있는 얘기도 많이 하거든. 글도 유식하게 써. 한 일주일 전부터는 무슨 논문 한 편을 읽어주기 시작했는데, 그때 거기서 일부러 세 줄을 뽑아 써놓은 게 있어. 잠깐 있어봐, 여기 있군."

미챠는 서둘러 조끼 주머니에서 종이쪽지를 꺼내 읽었다.

"'이 문제를 해결하기 위해서는 무엇보다 먼저 자신의 인격을 자신의 현실과 대치시켜야만 한다.' 무슨 말인지 알겠어?"

"아뇨. 모르겠는데요." 알료샤가 말했다.

알료샤는 호기심을 가지고 미챠를 지켜보며 그의 말에 귀를 기울였다.

"나도 모르겠어. 막연하고 모호한데, 대신 유식하거든. '지금은 다들 이렇게 쓰고 있어, 환경이 이미 그러니까'라더구나…… 그치들은 환경을 겁내는 거야. 시도 쓴다니까, 그 비열한 놈이, 호흘라코바의 발을 찬미한 거지, 하-하-하!"

"그 얘긴 나도 들었어요." 알료샤가 말했다.

"들었다고? 그럼 그 같잖은 시도 들었냐?"

"아뇨."

"나한테 있으니까, 읽어주마. 내가 얘길 안 해줬으니, 너는 모를 거다만, 여기엔 완전한 이야기 한 편이 숨어 있지. 대단한 악당이야! 그 녀석이 삼 주 전에 나를 약올리려고 이런 소릴 지껄이더군. '당신은 고작 3천 때문에 바보같이 걸려들었지만, 나는 15만을 가로챌 테니 두고 보시지, 어떤 과부와 혼인해서 페테르부르크에 석조 집을 살 작정이니까.' 그러면서 말하기를, 자기가 그 암탉 호흘라코바를 녹이는 중인데, 이 여자는 젊어서도 똑똑한 구석이라곤 없었지만 나이 마흔이 되어선 아주 바보 천치가 됐다는구나. '게다가 감수성이 아주 예민한 여자니까, 바로 이 점을 이용해 나는 그 여자를 손아귀에 넣겠어. 혼인해서 그 여자를 페테르부르크로 데려가 거기서 신문을 하나 발행할 생각이야.' 이 말을 하면서 추잡하고 음탕한 침을 입가에 개어 바르는데—호흘라코바가 탐나서가 아니라 그 15만이 탐나서였지. 그러면서 나한테 큰소리를 탕탕 치고 호언장담했어. 날마다 나한테 와서는, 이제 슬슬 넘어오고 있다면서 말이야. 기뻐서 얼굴이 반짝반짝 빛나더군. 그러던 차에 갑자기 녀석이 쫓겨난 거야. 페르호친 표트르 일리치가 이긴 거지, 장한지고! 다시 말해, 라키친 녀석을 쫓아낸 데 대해 나는 그 바보 천치 여자한테 키스라도 퍼붓고 싶어. 그 시 나부랭이를 지은 것도 녀석이 나한테 자주 드나들던 바로 그때였지. 녀석이 그러더군. '난생처음 시라는 걸 써서 내 손을 더럽히고 있어, 하지만 여자를 호리기 위해서, 다시 말해 유익한 일을 위해서 하는 거야. 그 멍청한 여자한테서 자본을 우려내 나중에 시민 공익을 위해 쓸 수 있으니까.' 녀석들은 어떤 추악한 짓이든 시민 공익이라는 걸로 정당화하거든! 이 녀석이 하는 말이, '하지만 어쨌든 당신의 푸쉬킨보다는 잘 썼어, 나는 이 익살스러운 작은 시에다 시민적인 비애를 비벼넣는 재주를 발휘했으니까'라는 거야. 왜 푸쉬킨 운운했는지는—나도 알아. 하지만 정말로 재능 있는 사람이라면 단지 여자의 발에 대해서만 썼다 해도, 그게 뭐 어때서! 게다가 녀석이 그 시시한 시를 가지고 으스대는 꼴이란! 녀석들의 자만심, 그 자만심! '내 임의 아픈 발의 쾌유를 빌며'—이게 녀석이 생각해낸 제목이야—발랄한 녀석이긴 해!

사랑스러워라, 이 귀여운 발,
살짝 부어오른 귀여운 발!
의사들이 와서 치료를 하네,
붕대나 둘둘 감아 병신 만드네.

나는 이 발을 슬퍼하지 않나니—
발이야 푸쉬킨이 찬미할 일,
내가 슬퍼하는 건 그 머리,
사상을 깨닫지 못하는 머리.

이제 살짝 깨닫는가 했건만,
아이고, 이 발이 방해하였네!
어서 나아라, 귀여운 발아,
저 작은 머리가 깨달을 수 있도록.

돼지 녀석, 영락없는 돼지 녀석이야, 그런데 이 더러운 놈이 제법 재미나게 썼거든! 사실 '시민적인' 그걸 비벼넣기도 했지. 그러고서 쫓겨났으니 얼마나 분했을까. 이를 부드득 갈았을걸!"

"그 친구는 벌써 복수를 했어요." 알료샤가 말했다. "호흘라코바에 대한 통신문을 썼거든요."

그러면서 알료샤는 〈풍문〉에 실린 통신문 얘기를 간추려서 전해주었다.

"그건 그 녀석 짓이야, 그 녀석!" 미챠는 얼굴을 찌푸리며 맞장구를 쳤다. "그 녀석이 맞아! 그 통신문들은…… 나도 알아…… 그러니까 별별 저질스러운 것들을 다 썼더군, 예를 들어 그루샤에 대해서도……! 그리고 또 그 여자, 카챠에 대해서도…… 흠!"

그는 수심에 잠겨 방안을 거닐기 시작했다.

"형, 나는 여기 오래 머무를 수가 없어요." 잠시 말이 없던 알료샤가 다시 입을 열었다. "내일은 형한테 무섭고도 위대한 날이에요, 하느님의 심판이 형에게 내려질 텐데…… 난 정말 놀랄 따름이에요, 형은 그 중요한 얘긴 관두고 왔다갔다 거닐면서 쓸데없는 말이나 하고 있으니……"

"아니, 놀랄 것 없다." 미차가 열띤 목소리로 말을 가로막았다. "그럼 그 구린내 나는 개자식 얘기라도 하라는 거냐, 그래? 그 살인자 얘길? 그 얘기라면 너하고 이미 충분히 했어. 그 구린내 나는 놈, 스메르쟈샤야의 아들 얘기는 더이상 하기 싫다! 하느님이 그놈을 죽일 거다, 이제 두고 봐라, 그러니 잠자코 있어!"

그는 흥분해서 알료샤에게 다가가더니 갑자기 입을 맞추었다. 그의 두 눈이 이글이글 타올랐다.

"라키친은 이걸 이해하지 못해." 그는 어떤 환희에 온통 휩싸이기라도 한 듯 말을 시작했다. "하지만 너는, 너는 모든 것을 이해할 거다. 그래서 너를 애타게 기다린 거야. 이봐, 오래전부터 여기 이 벌거숭이 벽 속에서 너에게 하고 싶은 얘기가 많았지만, 제일 중요한 얘기는 한 마디도 하지 않고 있었어. 아직 그럴 때가 오지 않은 것 같아서 말이다. 이제 드디어 너한테 내 영혼을 모두 토로할 마지막 순간이 왔구나. 아우야, 나는 지난 이 두 달 동안 내 안에서 새로운 인간을 느꼈어, 내 안에서 새로운 인간이 부활한 거야! 그 인간은 내 안에 갇힌 채, 만약 이 벼락이 내게 떨어지지 않았다면 끝끝내 나타나지 않았을지도 모르지. 무서운 일이야! 탄광에서 이십 년 동안 망치로 광석을 캐내게 된다 한들 그게 뭐 어떠냐, 그런 건 하나도 무섭지 않아. 지금 내게 무서운 건 다른 거야. 그건, 새로 부활한 인간이 내게서 떠나지 않을까 하는 것이지! 거기 탄광에서도, 땅 밑에서도, 내 곁에 있는 나와 같은 유형수와 살인자 들에게서 인간다운 마음을 발견하고 그들의 마음에 가까이 다가갈 수 있을 거야, 거기서도 살고 사랑하고 또 괴로워할 수 있을 테니까! 그 유형수의 얼어붙은 마음을 다시 일깨워 부활시킬 수 있고, 몇 년이든 사랑으로 보살펴 마침내는 숭고한 영혼과 고난의 의식을 지하 탄광의 암흑으로부터 광명한 세상으로 끌어낼 수도, 천사를 새로이 소생시킬 수도, 영웅을 부활시킬 수도 있을 거야! 그런 사람들은 아주 많을 거야, 수백 명은 되겠지, 우리는 모두 그들에게 죄인이야! 왜 나는 그때 그런 순간에 '애기' 꿈을 꾸었을까? '어째서 애기는 가난한 거지?' 그건 그 순간 나에게 주어진 예언이었어! 나는 '애기'를 위해 가겠어. 모든 사람은 모든 사람에 대해 죄인이니까. 모든 '애기'에 대해 죄인이니까, 왜냐하면 작은 아이들도 있고 큰 아이들도 있기 때문이야. 결국 모든 사람이—'애기'인 거야. 나는 모든 사람을 위해서 가겠어, 누군가는 모든 사람을 위해서도 가야 하지 않겠니. 나는 아버지를 죽이지 않았지만, 그래도 가야 돼. 받아들이겠어! 이 모든 생각을 여기서 하게 된 거야…… 여기 이 벌거숭이 벽 속에서. 거기엔 그런 사람들이 많아, 수백 명은 되겠지, 땅 밑에서 손에 망치를 들고 사는 사람들이. 오, 그래, 우리는 쇠사슬에 묶이고 자유를 잃게 되겠지, 하지만 그때 우리의 위대한 고난 속에서 우리는 새로이 기쁨으로 부활할 거야, 기쁨이 없다면 인간은 살 수 없고, 하느님도 존재할 수 없어, 왜냐하면 하느님은 기쁨을 주는 존재니까, 그건 하느님의 특권이야, 위대한 특권…… 주여, 기도 속에 인간이 녹아 스러질지어다! 거기 땅 밑에서 하느님 없이 내가 어찌 살겠어? 라키친은 거짓말을 하는 거야. 땅 위에서 하느님을 쫓아낸다면 우리는 땅 밑에서 하느님을 만나겠어! 유형수는 하느님 없인 살 수 없어, 유형수가 아닌 사람들보다 더욱더 그래! 그때 우리 지하의 사람들은 땅속 깊은 곳에서 하느님께, 기쁨이 있는 하느님께 비장한 송가를 부를 거야! 하느님과 하느님의 기쁨에 영원한 영광 있으라! 나는 하느님을 사랑해!"

미챠는 이 격앙된 말들을 쏟아내며 거의 숨을 헐떡였다. 얼굴이 창백해지고 입술은 떨리고 눈에서는 눈물이 흘러내렸다.

"그래, 삶은 충만해, 땅 밑에도 삶은 있어!" 그가 다시 시작했다. "너는 믿지 못할 거다, 알료샤, 내가 지금 얼마나 살고 싶어하는지, 존재하고 싶고 의식하고 싶은 갈망이 얼마나 강렬한지, 바로 이 벌거숭이 벽 속에서 그 갈망이 내 안에서 깨어났어! 라키친은 이걸 이해하지 못해, 녀석이야 그저 집을 지어 세입자를 들이면 되겠지만, 나는 너를 기다렸어. 그래, 고통이란 게 대체 뭐기에? 고통이 수없이 닥친다 해도 난 두렵지 않아. 전에는 두려웠지만 이젠 두렵지 않아. 말이다, 난 어쩌면 법정에서 일절 답변을 하지 않을지도 몰라…… 지금 내 안에서 이 힘이 얼마나 강하게 용솟음치는지, 모든 것을, 모든 고통을 이겨낼 수 있을 것 같아, 그리하여 오로지 '나는 존재한다!'라고 매 순간 나 자신에게 말하고 외칠 수 있으면 되는 거야. 수천 가지의 고통 속에서도—나는 존재한다, 고문을 당해 몸이 오그라질지라도—나는 존재한다! 요새 감옥에 앉아 있을지라도 나는 존재하고 태양을 보는 거야, 태양을 보지 못할지라도 태양이 있다는 걸 나는 알아. 태양이 있다는 걸 안다면—그것만으로도 이미 완전한 삶이야. 알료샤, 나의 게루빔아, 갖가지 철학이 나를 죽도록 괴롭히지만, 그따위 철학은 죄다 마귀 밥이나 되라지! 동생 이반이……"

"이반 형이 왜요?" 알료샤가 말을 가로채려 했지만, 미챠는 듣지 못했다.

"말이다, 전에는 이런 의심을 전혀 가져본 적이 없다만, 내 안에 이 모든 것이 숨어 있었던 거야. 그러니까, 나도 모르는 관념들이 내 안에서 사납게 날뛰고 있었기 때문에 나는 술을 퍼마시고 주먹질을 하고 난동을 피웠는지도 몰라. 내 안에 있는 그것들을 잠재우기 위해, 그것들을 가라앉히고 억누르기 위해, 주먹질을 일삼았던 거지. 동생 이반은 라키친이 아니야, 그는 관념을 숨겨. 동생 이반은 스핑크스야, 침묵하지, 언제나 침묵해. 하지만 나를 괴롭히는 건 하느님이야. 오직 하느님만이 나를 괴롭혀. 아니, 하느님이 없다니, 그럼 어떻게 되지? 그건 그저 인류가 만들어낸 인공적인 관념에 불과하다는 라키친의 말이 옳다면, 그럼 어떻게 되는 거야? 하느님이 없다면, 그땐 인간이 지상의 우두머리, 우주의 우두머리가 되겠지. 대단하군! 다만, 하느님 없이 인간이 어떻게 선량하게 될 것인가? 그게 문제야! 나는 줄곧 이 생각을 하고 있어. 그렇게 되면 그는 대체 누구를 사랑할 것인가, 그러니까 이 인간이 말이다? 누구에게 감사하고, 누구에게 송가를 불러야 하지? 라키친은 웃고 있어. 하느님 없어도 인류를 사랑할 수 있다고 라키친이 말하더군. 그건 그따위 코흘리개 얼뜨기나 주장할 수 있는 거고, 나는 도저히 납득이 안 가. 라키친한테야 산다는 게 아주 쉬운 일이지. 오늘 나한테 그러더구나. '당신은 인간의 시민적 권리 확장이나 쇠고기 값이 뛰지 않게 신경쓰는 편이 나을걸. 인류에게 사랑을 베푸는 데는 철학보다 그게 더 간단하고 가까운 길이니까.' 그래서 녀석한테 대꾸해줬지, '네놈한테는 하느님이 없으니, 이익만 네 손에 떨어진다면 네놈이 직접 나서서 쇠고기 값을 마구 올릴걸, 1코페이카로 1루블을 벌 테지.' 그랬더니 화를 내더구나. 도대체 선이라는 게 뭘까?—네가 대답 좀 해다오, 알렉세이. 나한테는 하나의 선이 있고, 중국 사람한테는 또다른 선이 있어—그러니까 상대적인 것이란 소리지. 그게 아니냐? 그럼 상대적인 것이 아닌 거냐? 아주 까다로운 문제로군! 이것 때문에 이틀 밤을 못 잤다고 얘기해도 넌 웃지 않겠지. 나는 지금, 사람들이 저기 살면서 이 문제는 생각조차 하지 않는 게 그저 놀라울 따름이야. 부질없이 바쁜 거지! 이반에게는 하느님이 없어. 녀석에겐 관념이 있지. 나하고는 차원이 달라. 하지만 녀석은 말을 안 해. 내 생각엔 프리메이슨이지 싶어. 여러 번 물어봐도—묵묵부답이야. 녀석의 샘에서 물을 좀 얻어 마실까 했는데—영 말이 없어. 딱 한 번, 한마디한 적은 있지."

"뭐라고 했는데요?" 알료샤가 얼른 말을 받았다.

"내가 녀석한테 말했지, 만약 그렇다면 모든 것이 허용된다는 얘기 아니냐? 녀석은 얼굴을 찌푸리면서, '우리 아버지 표도르 파블로비치는 돼지새끼 같은 인간이었지만, 생각은 옳았죠'라더구나. 이게 녀석이 나한테 해준 대답이야. 이 말밖에 하지 않았어. 이것만 해도 라키친보다야 고수지."

"그래요." 알료샤가 씁쓸하게 동의했다. "작은형이 언제 왔다 갔죠?"

"그건 나중에 말하고, 지금은 다른 얘길 하자. 나는 지금까지 너한테 이반 얘기를 거의 하지 않았어. 마지막까지 미뤄왔으니까. 내 사건이 여기서 끝나고 선고가 내려지면 그때는 네게 뭔가 얘기해주마, 모두 말해줄게. 여기 무서운 일이 하나 있는데…… 네가 이 일에서 나의 판관이 되겠지. 하지만 지금은 그 얘기는 꺼내지 말자, 지금은 아무 말 마

라. 그래, 넌 내일 있을 공판 얘길 한다만, 믿을지 몰라도, 나는 아무것도 모른다."

"그 변호사하고는 얘기해봤어요?"

"변호사는 무슨! 나는 그 인간한테 전부 얘기했어. 수도에서 굴러먹은 야들야들한 사기꾼이야. 베르나르라니까! 그저 내 말은 털끝만큼도 믿으려 들지 않아. 내가 죽였다고 확신하고 있으니, 나, 원—나도 그쯤은 훤히 들여다보고 있어. '그럼 뭣하러 나를 변호하러 왔소?' 하고 내가 물었지. 이런 놈들한텐 침이나 뱉어주면 돼. 의사까지 불러와서 나를 미친놈으로 만들 작정들이라고. 어림없지! 카체리나 이바노브나는 '자신의 의무'를 끝까지 이행하고 싶어해. 억지를 부리는 거야!" 미챠는 쓴웃음을 지었다. "암고양이! 잔인한 마음의 소유자지! 내가 그때 모크로예에서 그녀를 두고 '거대한 분노'를 품은 여자라고 말했다는 걸 그 여자는 알고 있어! 누가 말을 옮긴 거야. 그래, 불리한 진술이 바닷가의 모래알처럼 불어났어! 그리고리는 자기 주장을 고수하고 있지. 그리고리는 정직하지만 바보야. 바보라서 정직한 사람들이 많아. 이건—라키친의 사상이지만 말이다. 그리고리는 나한테 적이야. 하긴 어떤 사람은 친구가 되느니 차라리 적으로 있는 게 더 유리하지. 이건 카체리나 이바노브나를 두고 하는 말이야. 두렵구나, 오, 정말 두려워, 그 여자가 4천5백 루블을 받고 땅바닥에 코가 닿도록 절을 한 얘기를 법정에서 하지나 않을지! 끝까지 되갚고 말 여자야, 마지막 한 닢까지. 나는 그 여자의 희생 같은 건 원치 않아! 그들은 법정에서 나한테 창피를 줄 거다! 어떻게 그걸 견디냐 말이다. 그녀한테 가서, 알료샤, 제발 법정에서 그 얘기를 하지 말라고 부탁 좀 해다오. 안 될까? 에잇, 제기랄, 상관없어,

견뎌내야지! 하지만 그 여자가 가엾진 않아. 자기가 원해서 그러는 거니까. 자업자득이지. 알료샤, 나는 내가 할말을 할 거다." 그는 다시 쓴 웃음을 지었다. "다만…… 다만…… 그루샤, 그루샤가, 오 하느님! 그 여자는 지금 무엇 때문에 이런 고통을 짊어지려는 걸까!" 그가 갑자기 눈물을 글썽이며 외쳤다. "그루샤 때문에 죽을 것만 같아, 그녀 생각을 하면 죽을 것만 같아, 정말이지 죽을 것만 같구나! 좀전에도 왔다 갔는데……"

"그 얘긴 그녀한테서 들었어요. 형 때문에 오늘 무척 상심해 있더군요."

"나도 알아. 이 빌어먹을 놈의 성격. 한바탕 질투를 했어. 돌려보낼 때는 후회가 돼서 입을 맞춰줬지. 하지만 용서는 빌지 않았어."

"왜 안 빌었죠?" 알료샤가 소리쳤다.

미챠는 갑자기 유쾌한 듯이 껄껄 웃어댔다.

"하느님께서 이 귀여운 녀석을 지켜주시길, 얘야, 사랑하는 여자한테 자기 잘못을 용서해달라고 빌어서는 절대 안 된다! 네가 아무리 잘못을 저질렀대도, 네가 특별히, 특별히 사랑하는 여자한테는 말이다! 왜냐하면 여자란—그게, 아우야, 도대체 어떤 존재인지 누가 알겠냐마는, 나는 적어도 조금은 알고 있거든! 어디, 여자 앞에서 자기 잘못을 시인하고, '잘못했어, 용서해줘, 미안해'라고 해봐, 당장 그 자리에서 질책이 우박처럼 쏟아질 테니! 어떤 일이 있어도 곧바로 간단히 용서해주지는 않아, 네가 걸레쪽이 될 때까지 헐뜯고, 있지도 않은 일까지 들고나오고, 온갖 일을 끄집어내고, 무엇 하나 잊기는커녕 신세타령까지 덧붙이고, 그러고 나서야 비로소 용서해줄 거다. 그것도 그중 가장 낫다는, 제일 낫다는 여자들이 그래! 마지막 찌꺼기까지 박박 긁어 내 네 머리 꼭대기에 뒤집어씌울걸—너한테 귀띔해주는 말이지만, 산 사람의 생가죽이라도 벗겨내는 잔인한 성향이 여자들 마음속에 도사리고 있어, 어느 여자건 하나도 빠짐없이 그래, 우리는 여자 없이 못 살지만, 바로 이 천사들이 그렇단 말이다! 이봐, 얘야, 솔직하고 단순하게 말해주마, 제대로 된 반듯한 인간이라면 상대가 어떤 여자든 간에 여자 궁둥이 밑에 깔려 살아야만 해. 그게 내 소신이야. 소신이 아니라 소감이야. 남자는 관대해야 하고, 그게 남자 얼굴에 흙칠을 하는 건 아니야. 영웅의 얼굴에도, 카이사르의 얼굴에도 흙칠을 하진 않아! 그래, 하지만 그래도 용서는 빌지 마라, 무슨 일이 있어도 절대로! 이 법칙을 명심해라, 여자 때문에 신세 망친 네 형 미챠가 전수해주는 거니까. 아니, 나는 용서를 비느니 차라리 어떻게든 다른 식으로 그루샤에게 보답하겠어. 나는 그녀를 숭배해, 알렉세이, 숭배해! 다만 그녀는 이걸 보지 못해, 아니, 내 사랑이 여전히 부족하다는 거야. 그러면서 나를 괴롭혀, 사랑으로 괴롭히는 거야. 전에는 어쨌는지 알아! 전에는 그저 그 악마적인 곡선이 나를 괴롭혔지만, 이제 나는 그녀의 영혼 전부를 내 영혼속에 받아들였고, 그녀를 통해 나도 인간이 됐어! 우리가 혼인하게 해줄까? 안 그러면 난 질투 때문에 죽고 말 거야. 날마다 그런 꿈을 꾸곤 해…… 그녀가 나에 대해 뭐라고 하던?"

알료샤는 그루셴카가 아까 한 말을 전부 그대로 되풀이했다. 미챠는 자세히 듣고 나서 많은 것을 되묻고는 드디어 만족했다.

"그러니까 내가 질투를 한다 해서 화를 내는 건 아니군." 그가 소리쳤다. "진짜 여자야! '나도 성미가 사나운 여자라고.' 우후, 나는 그런 여자가, 사나운 여자가 좋아, 나를 두고 질투하면 참을 수 없지만, 그건 정말 못 참아! 우리는 싸움질을 할 거야. 하지만 사랑할 거야—그녀를 한없이 사랑할 거야. 우리를 혼인하게 해줄까? 유형수들에게도 혼인을 허용할까? 그게 문제야. 하지만 나는 그녀 없인 못 살아……"

미챠는 얼굴을 찌푸리고 방안을 거닐기 시작했다. 방안은 거의 어두워지고 있었다. 그는 갑자기 몹시 걱정이 되었다.

"그러니까 비밀이라고 그러더냐, 비밀이라고? 나한테서 셋이 작당해 자기를 해치려는 음모를 꾸미고 있고, '카치카'도 거기 끼여 있다고? 아니야, 이봐 그루셴카, 그게 아냐. 당신이 잘못 생각한 거야, 여자 특유의 어리석은 착각에 지나지 않아! 알료샤, 얘야, 에잇, 할 수 없군! 너한테 우리의 비밀을 털어놓으마."

그는 사방을 둘러보더니 자기 앞에 서 있는 알료샤에게 재빨리 바싹 다가가서 은밀한 표정으로 속삭이기 시작했는데, 실상 그들의 말을 들을 수 있는 사람은 아무도 없었다. 늙은 간수는 구석의 나무의자에서 꾸벅꾸벅 졸고 있었고, 보초병들은 한 마디도 귀에 들어갈 수 없는 거리에 있었다.

"너한테 우리 비밀을 죄다 털어놓지!" 미챠가 다급히 속삭이기 시작했다. "나중에 털어놓으려 했던 거야, 너를 빼놓고 내가 무슨 결정을 내릴 수 있겠냐? 너는 나에게 전부야. 비록 말로는 내가 이반이 우리보다 높다고 한다만, 너는 나의 게루빔이 아니냐. 너의 판단만이 결정을 내릴 수 있어. 어쩌면 이반이 아니라 바로 네가 가장 높은 데 있는 사람인지도 몰라. 말이다, 지금 내가 말하려는 건 양심의 문제, 가장 높은 양심의 문제야—나 혼자서는 해결할 수 없는 너무도 중대한 비밀이어서,

네가 결정해줄 때까지 줄곧 미뤄왔지. 하지만 지금도 결정을 내리기엔 아직 일러, 판결을 기다려야 하니까. 판결이 내려지면 그땐 네가 내 운명을 결정해다오. 지금은 결정하지 마. 이제 너한테 얘기할 테니 잘 듣기만 하고 결정을 내리지는 마라. 가만히 서서, 잠자코 있어다오. 너한테 모두 털어놓진 않겠다. 자세한 건 빼고 골자만 말할 테니, 너는 잠자코 있어야 돼. 물어보지도 말고 움직이지도 말고, 알았지? 하지만, 맙소사, 내가 네 눈을 어디다 감춘단 말이냐? 두렵구나, 네가 입을 닫고 있어도 네 눈이 결정을 말해줄 테니. 우후, 두렵다! 알료샤, 그럼 잘 들어, 동생 이반은 나한테 탈출을 제안하고 있어. 자세한 건 말하지 않으마. 모든 준비가 돼 있고, 모든 게 계획대로 잘될 거야. 잠자코 있어, 아직 결정은 내리지 마. 그루샤와 함께 아메리카로 가라는 거야. 나는 그루샤 없이 살 수 없으니까! 그래, 거기서 그녀를 나에게 보내주지 않으면 어쩌지? 유형수들도 혼인하게 해줄까? 동생 이반은 아니라고 하더라. 그렇지만 그루샤 없이 내가 거기 땅 밑에서 망치를 휘두르며 살아갈 수 있을까! 그 망치로 내 머리통이나 박살 내고 말겠지! 하지만 다른 한편으로, 양심은 어떡하지? 고난으로부터 도망친다는 거 아니냐! 계시가 있었는데—그 계시를 거부한 것이고, 정화의 길이 열렸는데도—빙 돌아 왼쪽으로 가버린 것 아니냐. 이반은 아메리카에서도 '선한 성향'만 지니고 있으면 땅 밑에서보다 유익한 일을 더 많이 할 수 있다고 그러더라. 그래, 하지만 지하에서 부를 우리의 송가는 이제 어디서 이루어지는 거지? 아메리카가 뭐냐, 아메리카 역시 부질없이 바쁜 세상 아니냐! 게다가 내 생각으론, 아메리카에서도 사기가 판을 칠 거다. 그러니 십자가를 피해 도망친 꼴밖에 더 되냐! 그래서 너한테 말하는 거다, 알렉세이, 너 혼자만 이걸 이해할 수 있을 테니까, 너 말고는 아무도 없어, 다른 사람들한테야 이 모든 게 바보 같은 소리이고 잠꼬대로 들리겠지, 송가에 대해 네게 말한 모든 얘기가 말이다. 다들 나더러 정신이 나갔거나 바보라고 하겠지. 하지만 나는 정신이 나가지도 않았고 바보도 아니야. 이반도 송가에 대해 이해는 해, 암, 이해는 하지, 다만 그것에 대해 아무 대답도 않고 입을 꾹 다물고 있을 뿐이야. 녀석은 송가를 믿지 않거든. 말하지 마, 말하지 마, 네 눈이 뭐라고 말하는지 나는 보고 있으니까. 넌 벌써 결정을 내렸구나! 결정을 내리지 말고 나에게 자비를 베풀어다오, 나는 그루샤 없이 살 수 없어, 재판이 끝날 때까지만 기다려다오!"

미챠는 미친 사람처럼 흥분한 채 말을 끝냈다. 그는 두 손으로 알료샤의 어깨를 꽉 움켜잡고 이글이글 타오르는 간절한 눈빛으로 꿰뚫을 듯 동생의 눈을 들여다보았다.

"유형수들도 혼인하게 해줄까?" 그는 애원하는 목소리로 세번째 되풀이했다.

알료샤는 몹시 놀라서 듣고 있었는데, 깊은 충격을 받은 상태였다.

"한 가지만 말해줘요." 그가 입을 열었다. "이반 형이 강하게 밀어붙이는 건가요, 누가 맨 먼저 이걸 생각해냈죠?"

"그 녀석이, 그 녀석이 생각해냈지, 녀석이 그렇게 밀어붙이는 거야! 나한테 내내 오지도 않다가 일주일 전에 불쑥 찾아와서는 대뜸 그 얘기부터 꺼내더구나. 무섭게 밀어붙이고 있어. 이건 권유가 아니라 아예 명령이야. 녀석은 내가 자기 말을 따를 거라는 걸 의심하지도 않아, 너에게 한 것처럼 녀석한테도 내 마음을 모두 털어놓고 송가 얘기까지

했는데 말이다. 일을 어떻게 추진할지에 대해서도 얘기해주더라, 녀석은 필요한 정보도 다 수집해놓았어, 하지만 이 얘긴 나중에 하자. 녀석은 히스테리라도 일으킬 정도로 열심이야. 무엇보다 중요한 건 돈이지. 탈주 비용으로 1만 루블, 아메리카에 가는 비용으로 2만 루블을 마련해주겠다고 하더라, 아무튼 1만 루블로 탈주를 멋지게 성사시킬 거라고 했어."

"그리고 나한테는 절대 말하지 말라고 했나요?" 알료샤가 다시 되물었다.

"절대 아무한테도, 특히 너한테는, 너한테는 무슨 일이 있어도 말하지 말란다! 네가 내 앞에 양심으로 버티고 설까봐 분명 두려운 게지. 내가 너한테 말했다는 얘긴 녀석한테 절대로 하지 마라. 아이고, 말했다간 큰일난다!"

"형 생각이 옳아요." 알료샤가 결론을 지었다. "재판에서 판결을 내리기 전엔 결정할 수 없어요. 재판이 끝나고 나서 형이 직접 결정하면 돼요. 그때는 형 스스로 자신 속에서 새로운 사람을 발견하게 될 테니, 결정도 그 사람이 내릴 거예요."

"새로운 사람, 아니면 베르나르일 테지, 그자도 베르나르식으로 결정하겠지! 왜냐하면 왠지 나 자신도 그 같잖은 베르나르인 것만 같거든." 미챠가 씁쓸하게 벌쭉 웃었다.

"하지만 정말로, 정말로, 형, 형은 이제 정말 무죄 석방을 더이상 기대하지 않는 거예요?"

미챠는 경련이라도 일어난 것처럼 어깨를 흠칫하고는, 가망 없다는 듯 고개를 가로저었다.

"알료샤, 얘야, 너도 이제 가볼 때다!" 갑자기 그가 서둘러댔다. "간수장이 바깥에서 소리치는 걸 보니 곧 이리로 올 모양이다. 우리가 늦었어, 규칙 위반이야. 어서 나를 껴안고 입맞춰주고, 성호도 그어다오, 얘야, 내일의 십자가를 위해 성호를 그어다오……"

그들은 껴안고 입을 맞추었다.

"그런데 이반은," 미챠가 불쑥 말했다. "달아나라고 권하면서도 정작 자신은 내가 죽였다고 믿고 있어!"

서글픈 미소가 그의 입가로 밀려나왔다.

"작은형한테 직접 물어봤나요, 그렇게 믿는지 안 믿는지?" 알료샤가 물었다.

"아니, 물어보진 않았다. 묻고 싶었지만 그럴 수가 없었어, 용기가 안 나더구나. 어쨌든 마찬가지야, 눈만 봐도 다 아니까. 그럼, 잘 가거라!"

두 사람이 다시 한번 황급히 입을 맞춘 다음, 알료샤가 막 나가려는데 갑자기 미챠가 또다시 큰 소리로 그를 불렀다.

"내 앞에 좀 서봐, 그래, 그렇게!"

그러더니 그는 다시 한번 두 손으로 알료샤의 어깨를 꽉 잡았다. 이미 거의 어두컴컴해진 속에서도 아주 또렷이 알아볼 수 있을 만큼, 그의 얼굴이 갑자기 백지장처럼 창백해졌다. 입술이 일그러지고, 시선은 알료샤에게 못박혀 있었다.

"알료샤, 주 하느님 앞에서처럼 나에게 곧이곧대로 말해다오. 넌 내가 죽였다고 믿는 거냐, 아닌 거냐? 너는, 너 자신은, 그렇게 믿는 거냐, 아닌 거냐? 정말 솔직히 말해다오, 거짓말 말고!" 그가 미친 듯 알료샤에게 소리쳤다.

알료샤는 온몸이 휘청하는 느낌이었고, 무언가 예리한 것이 가슴을 푹 찌르는 듯한 소리가 그의 귀에 들렸다.

"그만둬요, 형은 무슨 말을 그렇게……" 그가 넋 나간 사람처럼 중얼거렸다.

"솔직히 말하라니까, 솔직히, 거짓말 말고!" 미차가 거듭 소리쳤다.

"형이 살인자라고는 단 일 분도 믿은 적이 없어요." 알료샤의 가슴속에서 갑자기 떨리는 목소리로 이런 말이 터져나왔고, 자신의 말에 대한 증인으로 하느님을 부르기라도 하듯 그는 오른손을 높이 쳐들었다. 순간, 더없는 행복감에 미차의 얼굴이 온통 환하게 빛났다.

"고맙다!" 마치 기절했다가 깨어나 첫 숨을 몰아쉬는 사람처럼 말끝을 길게 끌며 그가 말했다. "너는 지금 나를 되살려낸 거야…… 실은, 지금껏 너한테 묻기가 두려웠어, 이걸 너한테 묻기가, 너한테! 자, 어서 가봐라, 가봐! 네가 나한테 내일을 위한 힘을 주었구나, 하느님께서 너를 축복해주시길! 그럼, 어서 가봐, 이반을 사랑해라!" 미차에게서 불쑥 이 마지막 말이 터져나왔다.

알료샤는 눈물에 잠겨 밖으로 나왔다. 미차가 그토록 의심을 품고 있다니, 알료샤 자기마저 그토록 불신하고 있다니—이 모든 것은 불행한 형의 영혼 속에 자리하고 있는 헤어날 수 없는 슬픔과 절망의 심연을, 전에는 짐작조차 못한 막막한 심연을 알료샤 앞에 갑자기 열어 보인 셈이었다. 깊고도 무한한 연민이 갑자기 그를 사로잡아 순식간에 고통스럽게 했다. 칼에 찔린 듯 가슴이 무섭게 아파왔다. '이반을 사랑해라!' 방금 미차가 했던 말이 갑자기 떠올랐다. 그러잖아도 지금 이반에게 가는 길이었다. 아침부터 그는 무슨 일이 있어도 이반을 봐야만 했던 것이다. 미챠의 일 못지않게 이반도 그를 괴롭히고 있었는데, 지금 큰형을 만나고 나자 그 어느 때보다 더욱 그랬다.

V
형이 아녜요, 형이 아녜요!

이반에게로 가려면 카체리나 이바노브나가 사는 집 앞을 지나야 했다. 창문에 불빛이 보였다. 그는 갑자기 걸음을 멈추고, 잠깐 들어가보기로 마음먹었다. 카체리나 이바노브나와는 벌써 일주일 넘도록 만난 적이 없었다. 그런데 이때 그의 머릿속에, 어쩌면 지금 이반이 그녀에게 와 있을지도 모른다, 더구나 그런 중대한 날을 하루 앞둔 저녁이니까, 하는 생각이 문득 떠올랐던 것이다. 초인종을 울리고, 중국식 초롱불 빛이 으슴푸레 비치는 계단으로 들어서자, 위에서 어떤 사람이 내려오는 게 보였는데, 옆으로 지나치려 할 때 보니 다름아닌 형이었다. 형은 그러니까 이미 카체리나 이바노브나의 집을 나가는 중이었다.

"아, 그냥 너로구나." 이반 표도로비치가 냉랭하게 말했다. "그럼 또 보자. 그녀에게 가는 거냐?"

"예."

"안 가는 게 좋을걸, 그 여자는 '흥분 상태'라서, 너를 보면 더 심란해할 거다."

"아녜요, 아녜요!" 위층에서 대번에 문이 열리면서 갑자기 이렇게 외치는 목소리가 들려왔다. "알렉세이 표도로비치, 그이한테서 오는 길인가요?"

"예, 거기 다녀오는 길입니다."

"나한테 무슨 전하는 말은 없었나요? 들어와요, 알료샤, 그리고 당신도, 이반 표도로비치, 다시 들어와요, 꼭, 꼭요. 듣-고-있-겠-죠!"

카챠의 목소리가 너무나 명령조여서 이반 표도로비치는 한순간 머뭇거리긴 했으나 결국 알료샤와 함께 다시 올라가기로 결심했다.

"엿듣고 있었군!" 그가 짜증스레 혼잣말로 중얼거렸으나, 알료샤의 귀에도 또렷이 들렸다.

"죄송하지만 그냥 외투 차림으로 있겠습니다." 이반 표도로비치가 홀 안으로 들어서면서 말했다. "앉지도 않겠습니다. 일 분 이상 머물지 않을 테니까."

"앉으세요, 알렉세이 표도로비치." 카체리나 이바노브나는 이렇게 말했으나, 정작 자신은 그대로 서 있었다. 그동안 그녀는 별로 변하지 않았지만, 짙은 색의 눈이 불길한 불꽃을 내뿜으며 번쩍였다. 나중에 알료샤는 그녀가 이 순간 놀랍도록 아름다워 보였던 것을 기억했다.

"그이가 무슨 말을 전하라고 하던가요?"

"한 가지뿐입니다." 그녀의 얼굴을 똑바로 쳐다보며 알료샤가 말했다. "모쪼록 당신 스스로를 아끼셔서, 그 일에 대해 법정에서 제발 아무 말씀도 마시라고……" 그는 약간 우물거렸다. "두 분 사이에 있었던 일…… 두 분이 맨 처음 알게 됐던 때…… 그 도시에서……"

"아하, 그 돈 때문에 코가 땅에 닿도록 절을 한 일 말이군요!" 그녀가 쓴웃음을 터뜨리며 말을 받았다. "뭐죠, 그이가 두려워하는 건 자신 때문인가요, 나 때문인가요—네? 아끼라고 했다니—대체 누굴요? 그이를요, 아니면 나를요? 말해봐요, 알렉세이 표도로비치."

알료샤는 그녀의 말뜻을 이해하려고 애쓰면서 그녀를 뚫어지게 바라보았다.

"당신과 형, 두 분 모두요." 그가 조용히 말했다.

"그야 그렇겠죠." 그녀는 왠지 표독스럽게 잘라 말하고는 갑자기 얼굴을 확 붉혔다. "당신은 아직 나를 몰라요, 알렉세이 표도로비치." 그녀가 위협적으로 말했다. "하긴 나도 아직 나 자신을 잘 모르지만요. 내일 증인 심문이 끝나면 당신은 아마 나를 발로 짓밟아주고 싶을걸요."

"정직하게 진술하시겠죠." 알료샤가 말했다. "그것으로 충분합니다."

"여자는 종종 정직하지 않을 때가 있어요." 그녀는 이를 악물고 한마디 한마디 밀어내듯이 말했다. "한 시간 전만 해도 나는 그 악당을…… 건드리는 것조차 끔찍하다고 생각했어요, 징그러운 파충류처럼 말이죠…… 하지만 아녜요, 그이는 나한테 여전히 한 사람의 인간이에요! 정말 그이가 죽인 걸까요? 그이가 죽였을까요?" 그녀는 이반 표도로비치 쪽으로 몸을 홱 돌리면서 갑자기 발작적으로 소리쳤다. 알료샤는 아마 자기가 오기 일 분 전까지도 그녀가 이 똑같은 질문을 이반 표도로비치에게 한 번도 아니고 백 번은 되풀이했고, 결국 말다툼까지 벌이고 헤어졌다는 것을 대번에 알아챘다.

"나는 스메르자코프에게 다녀왔어…… 당신이, 당신이 나한테 확실하게 그랬잖아, 그이가 살인자라고. 난 그저 당신 말만 믿었던 거야!" 그녀는 여전히 이반 표도로비치를 바라보며 말을 이었다. 상대방은 내키지 않는 듯 억지로 웃어 보였다. 알료샤는 그녀가 이렇게 친밀하게 말을 놓는 것을 듣고 흠칫 몸을 떨었다. 두 사람이 이런 사이가 되리라고는 생각도 못했던 것이다.

"그래, 어쨌든 이제 됐어." 이반이 말을 잘라버렸다. "그만 가겠어. 내일 다시 오지." 그러고는 즉시 몸을 돌려 방에서 나가더니 곧장 계단 쪽으로 걸어갔다. 카체리나 이바노브나는 갑자기 명령과도 같은 몸짓을 하며 알료샤의 두 손을 덥석 잡았다.

"얼른 저이 뒤를 따라가요! 쫓아가서 저이를 붙잡아요! 단 일 분도 저이를 혼자 있게 하면 안 돼요." 그녀가 다급하게 속삭였다. "저이는 정신이 이상해요. 저이 정신이 이상하다는 걸 당신은 모르시죠? 저이는 열병에 걸렸어요, 신경성 열병에요! 의사가 나한테 그랬어요, 어서 가봐요, 저이를 쫓아가세요……"

알료샤는 벌떡 일어나서 이반 표도로비치의 뒤를 쫓아 달려갔다. 그는 채 오십 보도 못 간 상태였다.

"넌 왜?" 그는 알료샤가 자기를 쫓아오는 것을 알아채고 갑자기 그쪽으로 몸을 홱 돌렸다. "내가 미쳤으니 내 뒤를 쫓아가라고 명령했겠지. 다 알고 있어." 그가 짜증스레 덧붙였다.

"그건 물론 그녀가 잘못 생각하는 거지만, 형이 아프다는 말은 맞아요." 알료샤가 말했다. "방금 그녀 방에서 형 얼굴을 보니 아주 많이 아파 보였어요, 아주 많이. 이반 형!"

이반은 멈추지 않고 계속 걸었다. 알료샤는 그를 따라갔다.

"이봐, 알렉세이 표도로비치, 사람이 어떻게 미치는지 알아?" 이반이 아주 갑자기, 짜증스러운 기색은 이미 조금도 없는 조용한 목소리로 물었는데, 거기에는 뜻밖에도 더없이 단순한 호기심이 깃들어 있었다.

"아뇨, 몰라요. 정신이상에도 종류가 많고 다양할 테니까요."

"자기 자신이 미쳐가는 것을 스스로 관찰할 수 있을까?"

"그런 경우엔 자기 자신을 또렷하게 지켜본다는 게 불가능하겠죠." 알료샤가 놀라면서 대답했다. 이반은 삼십 초가량 말이 없었다.

"나하고 무슨 얘길 하고 싶으면, 제발 화제를 좀 바꿔다오." 그가 불쑥 말했다.

"아, 참, 깜빡할지도 모르니까, 형한테 이 편지를." 알료샤는 조심스레 이렇게 말하고, 호주머니에서 리자의 편지를 꺼내 그에게 내밀었다. 그들은 마침 가로등 가까이 와 있었다. 이반은 이내 필적을 알아보았다.

"아, 이건 그 어린 악마가 보낸 거로군!" 그는 심술궂은 냉소를 터뜨리며 겉봉을 뜯지도 않은 채 여러 조각으로 박박 찢어 바람에 날려버렸다. 종잇조각들이 사방으로 흩날렸다.

"아직 열여섯 살도 채 안 됐을 것이 벌써부터 자신을 내놓는군!" 그는 경멸스럽다는 듯 이렇게 말하면서 다시 길을 따라 걸음을 내디뎠다.

"자신을 내놓다뇨?" 알료샤가 소리쳤다.

"뻔하잖아, 음탕한 계집들이 어떻게 자신을 내놓는지."

"무슨 소리예요, 이반 형, 그게 무슨 소리예요?" 알료샤는 비통한 목소리로 열심히 역성을 들었다. "아직 어린애잖아요, 형은 어린애를 모욕하는 거예요! 그애는 아파요, 그애도 심한 병을 앓고 있어요, 그애도 어쩌면 미쳐가고 있는지 몰라요…… 나는 형에게 그 아이 편지를 전하지 않을 수 없었어요…… 난 오히려 그애를 구하기 위해 형한테서 무슨 얘기라도 듣고 싶었는데……"

"나한테서 들을 말은 아무것도 없다. 설사 그애가 어린애라 해도, 나는 그애의 유모가 아니야. 잠자코 있어, 알렉세이. 더이상 그런 소리 하지 마. 그런 건 생각조차 하지 않으니까."

두 사람은 또다시 일 분쯤 말이 없었다.

"저 여자는 이제 밤새도록 성모에게 기도할 거야, 내일 법정에서 어떻게 해야 할지 가르쳐주십사 하고." 갑자기 그가 날카롭고 독기 어린 어조로 다시 입을 열었다.

"형은…… 형은 카체리나 이바노브나 얘긴가요?"

"그래. 자기가 미첸카를 구해줄 것인가 파멸시킬 것인가, 그걸 두고 자신의 영혼을 밝게 비추어주십사 기도하는 거지. 자신도 그러니까 어찌해야 할지 아직 모르는 거야, 미처 마음의 준비가 안 됐거든. 저 여자도 나를 유모로 여기고, 자장가라도 불러주길 바라고 있지!"

"카체리나 이바노브나는 형을 사랑해요, 형." 알료샤가 서글픈 심정으로 말했다.

"그런지도 모르지. 하지만 나는 저 여자한테 전혀 생각 없다."

"그녀는 괴로워하고 있어요. 그럼 왜 형은…… 때때로…… 그녀가 희망을 품을 만한 말을 하는 거죠?" 알료샤는 조심스럽게 책망하며 말을 이었다. "형이 그녀에게 희망을 주곤 했다는 건 나도 알아요, 미안해요, 이런 말을 해서." 그가 덧붙였다.

"나는 지금 마땅한 태도를 취할 수 없는 처지야, 그녀와 관계를 끊고 솔직하게 말할 수가 없단 말이다!" 이반이 역정을 내며 말했다. "살인자에게 선고가 내려질 때까지 기다려야 돼. 내가 지금 그 여자와 관계를 끊으면, 그 여자는 나에 대한 복수심에서 내일 당장 법정에서 이 망종을 파멸시킬 거야, 그 여자는 그를 증오할 뿐만 아니라, 자기가 그렇다는 걸 알고 있으니까. 지금은 모든 게 거짓이야, 거짓 위에 또 거짓이지! 하지만 지금 내가 관계를 끊지 않는 한, 그녀는 여전히 희망을 품으면서 이 불한당을 파멸시키려 들진 않을 거야, 내가 그를 재앙에서 빼내주려 한다는 걸 잘 아니까. 그러니 그저 이 저주스러운 놈의 선고가 어서 내려야지!"

'살인자'니 '불한당'이니 하는 말들이 알료샤의 가슴속에서 고통스럽게 메아리쳤다.

"무슨 수로 그 여자가 큰형을 파멸시킬 수 있다는 거죠?" 그는 이반의 말을 곰곰 되씹으면서 물었다. "미챠 형을 한순간에 파멸시킬 수 있는 뭐라도 제시할 수 있다는 건가요?"

"넌 아직 몰라. 그 여자한테는 미첸카의 자필 문서가 하나 있어, 그가 표도르 파블로비치를 죽였다는 것을 수학적으로 증명하는 문서지."

"그런 게 있을 리 없어요!" 알료샤가 소리쳤다.

"있을 리 없다니? 내 눈으로 읽었는데."

"그따위 문서가 있을 리 없어요!" 알료샤가 열을 올리며 되풀이했다. "있을 리 없어요, 왜냐하면 큰형은 살인자가 아니니까. 아버지를 죽인 건 큰형이 아녜요, 큰형이 아녜요!"

이반 표도로비치가 갑자기 걸음을 멈추었다.

"그럼 누가 살인자냐, 네 생각엔." 겉으로는 짐짓 냉정하게 물었으나, 그 물음에는 어떤 오만한 어조마저 울리고 있었다.

"누군지는 형이 알잖아요." 알료샤가 조용히, 가슴을 파고드는 듯한 목소리로 말했다.

"누구? 그놈의 미친 백치, 그 뇌전증 환자를 두고 떠드는 실없는 얘길 하려는 거냐? 스메르쟈코프 얘기야?"

알료샤는 갑자기 온몸이 떨려오는 것을 느꼈다.

"누군지는 형이 알잖아요." 그의 입에서 이런 말이 힘없이 빠져나왔다. 그는 숨을 헐떡였다.

"그래, 누구야, 누구?" 이반은 이제 거의 미친 듯 난폭하게 고함을 질렀다. 모든 자제력이 일시에 사라지고 없었다.

"나는 이것 하나밖에 몰라요." 여전히 속삭이듯 알료샤가 말했다. "아버지를 죽인 건 형이 아녜요."

"'형이 아녜요'라니! 형이 아니란 게 무슨 소리야?" 이반은 그 자리에서 그대로 얼어붙고 말았다.

"아버지를 죽인 건 형이 아녜요, 형이 아녜요!" 알료샤가 단호하게 되풀이했다.

삼십 초가량 침묵이 흘렀다.

"그래, 내가 아니라는 건 나도 알아, 너 잠꼬대하는 거냐?" 이반이 새하얗게 일그러진 미소를 지으며 말했다. 그의 시선은 알료샤에게 못박혀버린 듯했다. 두 사람은 다시 가로등 옆에 서 있었다.

"아녜요, 이반 형, 형은 살인범은 바로 자기라고 스스로에게 몇 번이나 말했어요."

"내가 언제 말했어……? 나는 모스크바에 있었는데…… 내가 언제 말했어?" 이반은 완전히 넋이 나가버린 듯 중얼거렸다.

"형은 이 무서운 두 달 동안 혼자 있을 때 자신에게 여러 번 그 말을 해왔어요." 알료샤는 조금 전과 마찬가지로 조용히, 또박또박 말을 이었다. 그러나 그는 이미 제정신이 아닌 듯, 자신의 의지에서가 아니라 어떤 불가항력적인 명령에 따라 말하는 것 같았다. "형은 자신을 책하면서 살인범은 다름아닌 형 자신이라고 스스로에게 자백해왔어요. 하지만 형이 죽이지 않았어요, 형은 잘못 생각하고 있어요, 살인범은 형이 아녜요, 내 말 들리나요, 형이 아녜요! 형에게 이 말을 하도록 하느님이 나를 보내셨어요."

두 사람은 입을 다물었다. 이 침묵은 기나긴 일 분 동안 꼬박 이어졌다. 두 사람은 그대로 서서 서로의 눈을 응시하고 있었다. 둘 다 창백했다. 갑자기 이반이 온몸을 부르르 떨더니 알료샤의 어깨를 꽉 움켜잡았다.

"너, 내 방에 왔었구나!" 그가 이를 갈며 속삭였다. "너는 밤에 내 방에 왔던 거야, 그놈이 와 있을 때…… 바른대로 말해…… 그놈을 본 거지, 본 거지?"

"누구 말인가요…… 미챠 형요?" 알료샤가 어리둥절해하며 물었다.

"형 얘기가 아니잖아, 그 불한당 얘긴 집어치워!" 이반이 미친 듯 부르짖었다. "너는 그놈이 나한테 드나든다는 걸 알고 있지? 어떻게 알아낸 거야, 말해!"

"그놈이 누군데요? 누굴 말하는 건지 모르겠어요." 알료샤는 이제 아주 겁에 질려 중얼거렸다.

"아니, 넌 알고 있어…… 그렇지 않고서야 네가 어떻게…… 네가 모를 리가 없어……"

그러나 그는 갑자기 자신을 억누르는 듯했다. 그 자리에 선 채, 뭔가 곰곰 생각하는 모습이었다. 묘한 미소가 그의 입술을 일그러뜨렸다.

"형." 알료샤가 떨리는 목소리로 다시 입을 열었다. "내가 형한테 이 얘길 한 건, 형이 내 말을 믿을 테니까 그런 거예요, 나는 그걸 알아요.

나는 내 삶 전부를 걸고 형한테 이 말을, 형이 아녜요!라는 말을 한 거예요. 듣고 있죠, 내 삶 전부를 걸었다고요. 그리고 이건 하느님께서 이 말씀을 내 영혼에 내려주시어 형에게 말하게 하신 거예요, 비록 지금 이 순간부터 형이 나를 영원히 증오하게 될지라도……"

그러나 이반 표도로비치는, 보아하니, 이제 완전히 자제력을 되찾은 것 같았다.

"알렉세이 표도로비치." 그가 차가운 미소를 띠고 말했다. "나는 예언자나 뇌전증 환자 따윈 딱 질색이외다. 특히 하느님의 사자 같은 건 더욱 그렇지, 댁도 이건 아주 잘 알 텐데. 지금 이 순간부터 나는 댁과 인연을 끊겠소, 아마도 영원히. 지금 바로, 이 교차로에서 나와 헤어져주시지. 어차피 댁의 집은 이 골목길을 따라가야 할 테니. 특히 오늘 나한테 들르는 건 삼가시길! 듣고 있소?"

그는 몸을 홱 돌리더니 단호한 걸음으로 뒤도 돌아보지 않고 곧장 걸어갔다.

"형." 그의 등뒤에 대고 알료샤가 소리쳤다. "오늘 형한테 무슨 일이 생기면 제일 먼저 나를 생각해줘요……!"

그러나 이반은 대답하지 않았다. 알료샤는 이반이 어둠 속에서 완전히 모습을 감출 때까지 교차로의 가로등 옆에 서 있었다. 그러고는 몸을 돌려 천천히 골목길을 따라 집으로 향했다. 그도 이반 표도로비치도 제각기 다른 집에서 하숙을 하고 있었다. 두 사람 다 표도르 파블로비치의 텅 빈 집에서 살고 싶지 않았던 것이다. 알료샤는 어느 소시민 가정에서 가구가 딸린 방 하나를 빌려 쓰고 있었다. 이반 표도로비치는 거기서 꽤 멀리 떨어진 곳에 살았는데, 돈푼이나 있는 어느 관리 미망인 소유의 훌륭한 저택에 딸린 곁채에서 널찍하고 상당히 아늑한 거처를 얻었다. 그러나 곁채를 통틀어 그의 시중을 드는 사람이라고는 완전히 귀먹은 아주 나이 많은 할멈 하나밖에 없었는데, 그나마 류머티즘이 심해 저녁 여섯시면 잠자리에 들어 아침 여섯시가 되어야 일어났다. 이반 표도로비치는 이 두 달 동안 이상할 정도로 할멈한테 이런저런 요구가 없었고, 완전히 혼자 있기를 무척 좋아했다. 심지어 자기가 쓰는 방도 제 손으로 청소했고, 거처의 다른 방들에는 들어가보는 일조차 드물었다. 자기 집 대문 앞에 이르러 이미 초인종 손잡이에 손을 댄 상태에서 그는 멈추어 섰다. 온몸이 아직도 분노로 부들부들 떨리는 걸 느낀 것이다. 그는 갑자기 초인종에서 손을 떼고 침을 퉤 뱉더니 뒤로 몸을 돌려 다시 빠른 걸음으로 도시의 정반대쪽 다른 끝을 향해, 자신의 하숙집에서 2베르스타가량 떨어진 곳에 있는 다 쓰러져가는 형편없이 작은 통나무집을 향해 걷기 시작했는데, 그 집에는 표도르 파블로비치의 부엌에 수프를 얻으러 오던 그 여자, 그때 스메르쟈코프가 기타를 치면서 자신의 노래를 불러주기도 했던, 표도르 파블로비치의 옛 이웃인 마리야 콘드라치예브나가 살고 있었다. 그녀는 자신의 옛날 집을 팔고 지금은 어머니와 함께 오두막이나 다름없는 이 집에서 지내고 있었고, 병들어 다 죽어가는 스메르쟈코프도 표도르 파블로비치가 죽자 곧바로 이들의 집으로 옮겨왔다. 지금 이반 표도로비치는 억누를 수 없는 어떤 느닷없는 생각에 이끌려 바로 이 스메르쟈코프를 찾아가려고 나선 것이었다.

VI
스메르자코프와의 첫 면담

이반 표도로비치가 모스크바에서 돌아온 후 스메르자코프와 이야기를 나누러 가는 것은 이번이 벌써 세번째였다. 그 참극이 있은 뒤 처음으로 스메르자코프를 만나 얘기를 나눈 때는 이곳에 도착한 바로 당일이었고, 그러고 나서 두 주일이 지나 그를 또 한번 찾아갔다. 그러나 이 두번째 방문 후에는 스메르자코프와 만나기를 중단했고, 그래서 지금은 벌써 한 달 남짓 그를 보지 못했거니와 그에 대해 거의 아무런 소식도 듣지 못하고 있었다. 그때 이반 표도로비치가 모스크바에서 돌아온 것은 부친이 사망한 지 이미 닷새째 되는 날이었기 때문에, 그는 부친의 관조차 보지 못했다. 마침 그가 도착하기 바로 전날 장례식이 치러졌던 것이다. 이반 표도로비치가 늦게 온 사연은 이러했다. 즉, 알료샤가 그의 모스크바 주소를 정확히 몰라 전보를 부치기 위해 카체리나 이바노브나에게 급히 달려갔으나, 그녀 역시 그의 현재 주소를 몰랐던지라 일단 자기 언니와 이모에게 전보를 쳤는데, 이반 표도로비치가 모스크바에 도착하는 즉시 그들에게 들를 거라고 생각했기 때문이다. 하지만 그는 도착한 지 나흘째 되는 날에야 그들에게 들렀고, 물론 전보를 읽기 무섭게 부랴부랴 우리 도시로 돌아왔다. 우리 도시에서 그는 맨 먼저 알료샤를 만났지만, 알료샤와 말을 나눠본 뒤 그는 알료샤가 미챠를 의심하려 들지조차 않을뿐더러, 우리 도시의 다른 모든 사람이 생각하는 것과 정반대로, 스메르자코프를 살인범으로 거리낌없이 지목하는 데 깜짝 놀랐다. 그뒤 경찰서장과 검사를 만나 혐의와 체포에 대해 자세한 것을 알게 되자 그는 알료샤에게 더한층 놀랐고, 알료샤가 그렇게 생각하는 것을 그저 미챠에 대한 극도로 뜨거워진 형제애와 연민 탓으로 돌렸는데, 알료샤가 미챠를 몹시 사랑한다는 것은 이반도 잘 알고 있었다. 말이 나온 김에, 이반이 자기 형 드미트리 표도로비치에 대해 품고 있던 감정에 대해 처음이자 마지막으로 두어 마디만 해두자. 그는 형을 결단코 좋아하지 않았고 이따금 연민을 느끼는 게 고작이었으며, 그조차 혐오로 치닫던 크나큰 경멸과 뒤섞여 있었다. 그는 미챠의 모든 점이, 심지어 그 형체마저 극도로 싫었다. 미챠를 향한 카체리나 이바노브나의 사랑을 그는 분노를 품고 바라보았다. 여하튼, 피고가 된 미챠를 처음 만난 것도 이곳으로 돌아온 바로 그날이었는데, 이 만남은 그의 마음속에 도사리고 있던 미챠의 유죄에 대한 확신을 약화시키기는커녕 도리어 더욱더 강화시켰다. 그때 본 형은 불안에 휩싸여 있고 병적으로 흥분한 상태였다. 미챠는 말이 많았으나 얼이 빠진 듯 산만한데다, 몹시 날을 세우며 스메르쟈코프가 범인이라고 말하면서도 도무지 횡설수설이었다. 무엇보다도 그는 고인이 자기한테서 '훔친' 그 3천 루블에 대해 줄곧 지껄여댔다. "내 돈이야, 그건 내 돈이었어"라고 미챠는 되풀이했다. "설사 내가 그 돈을 훔쳤다 해도, 나는 정당한 거야." 자기에게 불리한 모든 증거에 대해 거의 아무런 논박도 가하지 않았고 자기에게 유리한 사실을 설명할 때에도 도무지 앞뒤가 맞지 않고 황당하기만 한 것이—이반 앞에서든 누구 앞에서든 전혀 자신을 변호하고 싶지도 않은 듯했고, 오히려 화를 내고 자신의 혐의를 오만하게 무시하면서 욕설을 퍼붓고 분통을 터뜨리기만 했다. 문이 열려 있었다는 그리고리의 증언에 대해서는 그저 경멸스럽다는 듯 비웃으면서, 그렇다면 그건 "악마가 열었어"라고 단언했다. 하지만 이 사실에 대해서도 조리 있는 설명은 하나도 내놓지 못했다. 심지어 이 첫번째 면회에서 그는 '모든 것이 허용된다'고 제 입으로 주장하는 놈들은 자기를 의심하거나 심문할 자격이 없다고 단호하게 말해 이반 표도로비치에게 모욕을 주기까지 했다. 아무튼 이번에 그는 이반 표도로비치에게 무척 퉁명스럽게 대했다. 이렇게 미챠를 면회한 뒤, 이반 표도로비치는 그길로 곧장 스메르쟈코프를 만나러 갔다.

모스크바에서 급히 돌아오는 열차 안에서부터 그는 줄곧 스메르쟈코프에 대해, 그리고 출발 전날 저녁 스메르쟈코프와 나눈 마지막 대화에 대해 생각했다. 많은 것이 그를 혼란스럽게 했고, 많은 것이 의심쩍었다. 그러나 예심판사에게 진술할 때 이반 표도로비치는 당분간 그 대화에 대해서는 입을 다물고 아무 말도 하지 않았다. 스메르쟈코프와 만날 때까지 모든 것을 미루었던 것이다. 스메르쟈코프는 당시 시립병원에 있었다. 게르첸슈투베 박사, 그리고 이반 표도로비치가 병원에서 만난 의사 바르빈스키는 이반 표도로비치가 집요하게 물어대자, 스메르쟈코프의 뇌전증은 의심의 여지가 없다고 확실하게 대답하면서, "참극이 있던 날, 혹시 발작이 일어난 척한 건 아닐까요?" 하는 질문에 오히려 놀라기까지 했다. 그들이 설명해주길, 이번 발작은 심지어 예사로운 게 아니어서 며칠 동안 지속적으로 반복되었기 때문에 환자의 생명이 대단히 위태로운 상황이었으며, 다만 필요한 조치를 취한 덕분에 이제 생명에는 지장이 없다고 자신 있게 말할 수 있지만, (게르첸슈투베 박사가 덧붙인 바로는) 그의 정신 상태가 "한평생은 아니어도 상당히 오랜 기간 동안" 부분적으로 이상을 나타낼 가능성이 충분히 있다는 것이었다. "그럼 그놈이 지금 미쳤다는 겁니까?" 이반 표도로비치가 초조하게 묻자, 그들은 "아직 완전히 그렇다는 건 아니지만 몇몇 비정상적인 점들이 눈에 띕니다"라고 대답했다. 이반 표도로비치는 이 비정상적인 점들이 어떤 것인지 직접 알아보기로 결심했다. 병원에서는 곧바로 면회를 허락해주었다. 스메르쟈코프는 격리병동에 수용되어 침대에 누워 있었다. 그 옆에 있는 또하나의 침대는 이 도시의 어느 쇠약한 소시민이 차지하고 있었는데, 수종水腫으로 온몸이 퉁퉁 부은 걸로 보아 내일이나 모레를 넘기지 못할 것 같았으므로, 대화에 방해가 될 수도 없었다. 스메르쟈코프는 이반 표도로비치를 보자 반신반의하며 벌쭉 웃었는데, 처음 순간에는 심지어 겁을 먹은 듯도 했다. 적어도 이반 표도로비치에겐 그런 생각이 스쳤다. 그러나 그것은 한순간에 불과했고, 오히려 그다음부터는 스메르쟈코프가 내내 너무도 침착해서 그는 거의 충격을 받기까지 했다. 이반 표도로비치는 이미 첫눈에 그의 병세가 극도로 위중하다는 것을 확신했고, 거기엔 의심의 여지가 없었다. 그는 몹시 쇠약해져서 혀를 굴리기도 힘겨운 듯 느릿느릿 말했다. 몸은 바싹 여위고 얼굴은 누렇게 떠 있었다. 이십 분 남짓한 면회 시간 내내 머리가 쑤신다느니 사지가 찢어질 듯 아프다느니 하며 징징거렸다. 거세승처럼 말라붙은 얼굴은 조막만 해진 듯했고, 관자놀이께의 머리털은 지저분하게 헝클어진데다 닭 볏처럼 멋을 부려 빗어 올렸던 앞머리는 온데간데없고 실낱같이 가느다란 머리카락 한 움큼만 위로 삐죽 일어서 있었다. 그러나 뭔가를 암시하는 듯 가늘게 뜬 왼쪽 눈만큼은 예전의 스메르쟈코프 그대로였다. '영리한 사람과는 잠깐 얘기해도 흥미롭다'던 말이 곧바로 이반 표도로비치에게 떠올랐다. 그는 환자의 발치에 있는 접의자에 앉았다. 스메르쟈코프는 고통스러워하면서 침대에서 몸뚱이를 조금 움직였으나 먼저 말을 꺼내지는 않고 계속 입을 다문 채, 더구나 이젠 별 흥미 없다는 듯 멀거니 바라보기만 했다.

"나하고 말할 수 있겠나?" 이반 표도로비치가 물었다. "그리 피곤하게 하진 않을 테니."

"할 수 있구말굽쇼." 스메르쟈코프는 힘없는 목소리로 우물우물 말했다. "오신 지 오래되셨습니까요?" 난처해진 방문객에게 용기를 북돋워주려는 듯이 그가 관대하게 덧붙였다.

"오늘에야 왔네…… 여기서 너희가 벌여놓은 난장판을 수습해야 해서."

스메르쟈코프가 한숨을 내쉬었다.

"어째서 한숨이냐, 네놈은 알고 있었잖나?" 이반 표도로비치는 대뜸 들이댔다.

스메르쟈코프는 거드름을 피우며 잠시 침묵을 지켰다.

"어찌 그걸 몰랐겠습니까요? 진작부터 빤했는데요. 다만 그렇게 될 줄이야 어찌 알았겠습니까요?"

"뭐가 그렇게 돼? 둘러대지 마! 지하 광으로 내려갈 때 발작이 일어날 거라고 네놈이 미리 말하지 않았느냐? 정확히 지하 광이라고 그랬단 말이다."

"증인 심문에서 벌써 그렇게 진술하셨습니까?" 스메르쟈코프가 느긋하게 호기심을 보였다.

이반 표도로비치는 갑자기 화가 치밀었다.

"아니, 아직은 말하지 않았지만, 반드시 말할 거다. 지금 네놈은 나한테, 이봐, 여러 가지를 해명해야 돼, 똑똑히 알아둬, 이 자식아, 나를 가지고 노는 건 용납하지 않을 테니까."

"왜 제가 도련님을 가지고 놀겠습니까요, 저는 오로지 도련님만을 주 하느님처럼 의지하고 있는뎁쇼!" 스메르쟈코프는 그저 잠깐 눈을 감았다가 여전히 아주 차분하게 말했다.

"첫째," 이반 표도로비치가 본격적으로 시작했다. "뇌전증 발작은 미리 예언할 수 없다는 걸 나는 알고 있다. 다 조사해보고 하는 얘기니, 둘러댈 생각 마. 날짜와 시간을 예언할 수 없단 말이다. 네놈은 그때 어떻게 날짜에다 시간, 더구나 지하 광이라는 장소까지 나한테 예언했던 거냐? 일부러 발작이 난 척한 게 아니라면, 발작을 일으켜 하필이면 바로 그 지하 광으로 떨어질 거라는 걸 어떻게 미리 알 수 있었지?"

"지하 광에는 그러잖아도 가야 했습죠, 하루에도 몇 번씩이나 말입지요." 스메르쟈코프는 서두르지 않고 말꼬리를 길게 끌었다. "꼭 일 년 전에도 다락방에서 그렇게 떨어졌습죠. 물론 발작이 일어날 날짜와 시간을 미리 예언할 수야 없지만, 그런 예감이야 언제나 느낄 수 있으니까요."

"하지만 네놈은 날짜와 시간을 예언했단 말이다!"

"저의 뇌전증에 대해서는, 도련님, 이곳 의사들한테 물어보시는 게 제일 좋을 건뎁쇼, 저의 발작이 진짜였는지 가짜였는지 말입지요, 저로서는 이 문제에 대해 도련님께 더이상 드릴 말씀이 없습니다요."

"그럼 지하 광은? 지하 광이라는 건 어떻게 미리 알았느냐 말이야?"

"도련님은 이 지하 광에 아주 꽂히셨구먼요! 저는 그때 지하 광으로 내려가면서 온통 공포와 의구심에 휩싸여 있었습니다요. 도련님이 안 계시니 이제 이 세상천지에 나를 지켜줄 사람은 아무도 없다 싶어 더 더욱 겁이 났던 것입지요. 그때 바로 그 광으로 내려가는데, '이제 곧 일어날 거다, 이제 그게 날 후려쳐서, 혹시 밑으로 굴러떨어지는 건 아닐까?' 하는 생각이 들면서, 바로 그런 의구심 때문에 갑자기 목구멍에 그 피할 수 없는 경련이 일더닙죠…… 정말, 그대로 굴러떨어진 거라굽쇼. 이런 모든 일, 그리고 바로 그 전날 도련님하고 말입죠, 바로 그 전날 저녁에 대문가에서 말입죠, 저의 공포와 지하 광 얘기를 말씀드리면서 둘이 나누었던 대화도 말입죠—게르첸슈투베 의사 선생님과 예심판사 니콜라이 파르표노비치에게 전부 자세히 털어놓았고, 그 사람들은 그걸 조서에 모두 기록했습니다요. 이곳의 바르빈스키 의사 선생님도 그 사람들을 모두 앞에 두고서, 이건 바로 그런 생각 때문에 일어난 것이다, '혹시 이제 굴러떨어지는 것 아닐까?' 하는 바로 그 의구심 때문이다, 라고 특별히 강하게 말씀하시더구먼요. 정말 이건 그렇게 시작된 겁니다요. 그래서 그 사람들도 그렇게 기록했다굽쇼, 이건 틀림없이 그렇게 일어난 거다, 그러니까 오로지 나의 공포심 때문에 일어난 거라고 말입지요."

이렇게 말하더니 스메르자코프는 지쳐서 녹초가 된 듯이 깊은 숨을 몰아쉬었다.

"그럼 진술 때 그것도 벌써 밝혔단 말이냐?" 이반 표도로비치가 다소 어이없어하며 물었다. 그때 둘이서 나눈 대화를 공개하겠다는 말로 겁을 줄 작정이었는데, 알고 보니 오히려 스메르자코프 쪽에서 제 입으로 모든 걸 이미 말해버린 거였다.

"제가 두려울 게 뭐 있겠습니까? 모두 사실대로 기록하라죠." 스메르쟈코프가 자신 있게 말했다.

"그럼, 대문 옆에서 주고받은 말을 한 마디도 빼놓지 않고 다 얘기한 거냐?"

"아닙니다, 한 마디도 빼놓지 않고 다 얘기한 건 아닙죠."

"발작이 일어난 시늉을 할 수 있다고 그때 나한테 호언장담했던 얘기도 했느냐?"

"아니요, 그것도 말하지 않았습니다요."

"이제 분명히 말해봐라, 뭐 때문에 그때 나를 체르마쉬냐로 보내려 했지?"

"모스크바로 가버리실까봐 겁났습니다, 어쨌든 체르마쉬냐가 더 가깝잖습니까요."

"거짓말 마, 네놈 쪽에서 나한테 멀리 떠나라고 권하지 않았느냐, 죄악을 피해 멀리 떠나십시오, 라고 네놈이 그랬단 말이다!"

"그건 그때 집안에 재앙이 있을 것 같은 예감이 들어서, 오로지 도련님에 대한 우애와 마음에서 우러나온 충성심에서 그랬던 것입죠, 도련님이 안타까워서요. 다만 도련님보다도 저 자신을 더 안타깝게 여겼습죠. 죄악을 피해 멀리 떠나시라고 말씀드린 건, 그러면 도련님께서 집안에 안 좋은 일이 있겠구나 알아차리시고 집에 남으셔서 아버님을 지켜드리시겠지 싶어서였습니다요."

"그럼 더 분명하게 말하지 그랬느냐, 멍청아!" 이반 표도로비치가 갑자기 화를 벌컥 냈다.

"그때 제가 어떻게 더 분명히 말씀드릴 수 있었겠습니까요? 그건 그저 제가 겁이 나서 한 말이었는뎁쇼, 더구나 도련님께서 화를 내실 수도 있었잖습니까. 저는 물론, 드미트리 표도로비치가 무슨 소동이라도 일으키진 않을까, 그 돈을 자기 돈이나 마찬가지로 여기고 있으니 혹시라도 가져가버리지 않을까 싶어 불안해할 수는 있었지만, 그런 살인으로 끝장날 줄이야 누가 알았겠습니까? 저는 그냥 그 3천 루블, 주인 나리의 요 밑에 있던 그거요, 봉투에 넣어둔 것 말입니다요, 그걸 슬쩍 훔쳐갈 거라고만 생각했는데, 그렇게 죽이기까지 했으니 말입죠. 도련님인들 어디 짐작이나 하셨겠습니까, 주인 도련님?"

"짐작도 할 수 없었다고 네 입으로 말하면서, 어떻게 내가 알아채고 집에 남아 있을 수 있었다는 거냐? 왜 앞뒤가 안 맞는 소릴 지껄여?" 무언가 골똘히 생각하면서 이반 표도로비치가 말했다.

"제가 도련님한테 그 모스크바 대신 체르마쉬냐로 가시라고 권했으니, 그걸로도 알아채셨을 법한뎁쇼."

"그걸로 어떻게 알아챘단 말이냐!"

스메르쟈코프는 몹시 지친 듯한 모습으로 다시 일 분가량 말이 없었다.

"바로 그걸로 알아챌 수 있었던 것입죠, 제가 도련님께 모스크바는 관두고 체르마쉬냐로 가시라고 권한다면, 그건 모스크바는 머니까 도련님께서 아주 가까운 곳에 계시길 제가 원한다는 뜻입지요, 도련님께서 멀지 않은 곳에 계시다는 걸 드미트리 표도로비치가 알면 감히 그럴 엄두를 못 낼 테니까요. 게다가 무슨 일이 일어날 경우 도련님께서 더 빨리 달려오셔서 저를 지켜주실 수도 있을 거 아닙니까, 더구나 그리고리 바실리치가 병중이라는 얘기와 제가 발작을 일으킬 것 같아서 두렵다는 것도 도련님께 직접 알려드렸으니까요. 고인의 방에 들어갈 수 있는 그 노크 신호를 도련님께 설명드리고, 드미트리 표도로비치도 저를 통해 그 신호를 다 알고 있다는 걸 말씀드렸으니, 저는 도련님께서 그분이 반드시 무슨 일을 저지를 것을 스스로 알아채시고 체르마쉬냐에조차 가시지 않고 아예 그냥 남아 계실 줄 알았습니다요."

'녀석, 아주 조리 있게 말하는군,' 하고 이반 표도로비치는 생각했다. '말소리가 우물거리긴 하지만 말이야. 대체 뭘 두고서 게르첸슈투베는 놈의 정신 상태에 이상이 있다고 하는 걸까?'

"네놈이 나한테 약은 수를 쓰는 거지, 이 망할 놈아!" 그가 화를 내며 소리쳤다.

"저는 그때 솔직히, 도련님께서 벌써 완전히 알아채신 줄 알았습니다." 스메르자코프가 천진하기 짝이 없는 표정으로 되받아쳤다.

"알아챘다면 남았을 거 아니냐!" 이반 표도로비치가 다시 화를 벌컥 내며 소리질렀다.

"뭐, 저야 말입죠, 도련님께서 모든 걸 알아채고 그저 죄악에서 몸을 피하기 위해 가능한 한 서둘러 달아나시는 거라고 생각했습지요, 공포에서 자신을 구하기 위해 그저 어디로든 달아나시려고 말입죠."

"네놈은, 다들 네놈 같은 겁쟁이인 줄 알았느냐?"

"죄송합니다만, 도련님도 저 같은 줄 알았습지요."

"물론, 알아챘어야 했지." 이반은 흥분했다. "그래, 나는 네놈 쪽에서 무슨 추잡한 짓을 저지를 거라는 건 알아채고 있었어…… 아무튼 넌 그저 거짓말을 하고 있는 거야, 또다시 거짓말을 지껄이는 거라고." 그는 뭔가 문득 생각나는 게 있어 이렇게 소리쳤다. "기억하겠지, 네놈이 그때 마차 옆으로 다가와서 나한테 '영리한 사람과는 잠깐 얘기해도 흥미롭다'고 말한 것 말이다. 그런 식으로 칭찬한 걸 보면, 네놈은 내가 떠나는 게 기뻤다는 거겠지?"

스메르자코프는 다시 한번, 그리고 또 한번 한숨을 내쉬었다. 그의 얼굴이 붉어진 듯했다.

"만약 기뻐했다면," 그가 약간 숨을 헐떡이며 말했다. "그건 오로지 도련님께서 모스크바가 아니라 체르마쉬냐에 가시기로 동의하셨기 때문입니다. 어쨌든 더 가까우니까요. 다만 제가 그때 그런 말을 한 건 칭찬이 아니라 원망하는 뜻에서였습죠. 도련님께선 그걸 알아듣지 못하셨구먼요."

"원망이라니?"

"그런 재앙을 예감하면서도 친아버님을 내버려두고 떠나시고, 또 우리를 보호해주려고도 하지 않으시니까 말입죠, 저는 그 3천을 훔쳤다는 누명을 쓰고 언제라도 끌려갈 수 있는 처지였으니깝쇼."

"이런 죽일 놈!" 이반이 다시 욕을 퍼부었다. "잠깐, 그 신호, 그 노크에 대해 예심판사와 검사한테 얘기했느냐?"

"사실대로 죄다 얘기했습죠."

이반 표도로비치는 속으로 또다시 깜짝 놀랐다.

"내가 그때 뭔가를 생각했다면," 그가 다시 말을 시작했다. "그건 오로지 네놈 쪽에서 무슨 추잡한 짓을 저지르리라는 거였어. 드미트리 형이 사람을 죽일 수는 있었겠지, 하지만 형이 도둑질을 하리라고는—나는 그때 믿지 않았어…… 그렇지만 네놈은 어떤 추잡한 짓이라도 저지를 놈이라고 생각했지. 발작이 일어난 시늉을 할 수 있다고 네 입으로 나한테 그러잖았냐 말이다, 대체 뭐 때문에 그런 소릴 한 거냐?"

"그저 제가 순진해서 그랬습죠. 더구나 저는 일부러 발작 시늉을 한 적이 평생 단 한 번도 없고, 그냥 도련님 앞에서 자랑하고 싶어서 그런 말을 한 것뿐입니다요. 어리석을 따름입죠. 저는 그 당시 도련님을 무척 좋아해서 그야말로 허물없이 대했던 겁니다."

"형은 네놈이 아버지를 죽이고 네놈이 도둑질을 했다고, 대놓고 네놈을 범인으로 지목하고 있어."

"그분으로서야 달리 무슨 수가 있겠습니까?" 스메르쟈코프가 이를 드러내며 씁쓸하게 웃었다. "하지만 증거가 산더미 같은 마당에, 누가 그분 말을 믿겠습니까? 그리고리 바실리예비치도 그 문이 열린 걸 보았다잖습니까요, 그러니 그분이 어쩌겠습니까요. 뭐 좋아요, 하느님께서 그분을 용서해주시겠죠! 자신을 구하려고 버둥대는 거니까……"

그는 얼마 동안 조용히 입을 다물고 있더니 갑자기 무언가 헤아려 본 듯 덧붙였다.

"이건, 뭐, 또 같은 얘길 하게 되는뎁쇼, 그분은 내가 한 짓이라며 나한테 덮어씌우고 싶어합지요—그건 저도 이미 들었다굽쇼, 하지만 설사 제가 발작 시늉을 하는 데 도사라 하더라도, 만약 제가 정말로 도련님 아버님에게 그런 짓을 할 속셈이었다면, 그런 시늉을 잘한다는 이야기를 도련님께 미리 했겠습니까? 정말 그런 살인을 할 생각이었다면, 자신에게 그렇게 불리한 증거를, 그것도 친아들한테 미리 말할 만큼 그렇게 바보일 수 있겠습니까, 당치도 않잖습니까요?! 그게 어디 있을 법한 일입니까? 그건, 그러니깝쇼, 정반대로, 절대 있을 수 없는 일입지요. 지금 우리가 나누는 이 이야기는 하느님 말고는 아무도 듣고 있지 않습니다요, 설사 도련님께서 검사와 니콜라이 파르표노비치에게 알리신다 해도, 그건 결국 저를 변호해주시는 것밖에 안 된다굽쇼. 애당초 저렇게 생각 없이 순진한 놈이라면 저런 게 무슨 악당이겠나? 하고 여길 테니깝쇼. 이건 다들 잘 판단할 수 있을 겁니다요."

"이봐." 스메르쟈코프의 마지막 논증에 충격을 받은 이반 표도로비치는 대화를 중단하면서 자리에서 일어났다. "나는 너를 조금도 의심하지 않아, 혐의를 두는 것 자체가 웃긴다고 생각하지…… 오히려 네가 나를 안심시켜줘서 고맙기까지 하군. 이제 가보겠네, 다시 들르지. 그때까지 잘 있게, 어서 낫게나. 뭐 필요한 건 없나?"

"여러모로 고맙습니다요. 마르파 이그나치예브나가 저를 잊지 않굽쇼, 뭐 필요한 게 있으면 예전처럼 친절하게 뭐든 마련해줍니다. 착한 사람들이 매일같이 문병도 와주시고요."

"그럼 또 보지. 그런데 네가 시늉을 잘 낼 수 있다는 건 나도 말하지 않을 테니…… 너도 그 말은 하지 않는 게 좋을 거다." 무엇 때문인지 이반이 갑자기 이렇게 말했다.

"잘 알았습니다요. 도련님께서 그걸 말씀하시지 않는다면, 저도 그때 대문 옆에서 나눈 얘기에 대해선 일절 입을 봉하겠습니다……"

그러고서 이반 표도로비치는 급히 병실을 나왔는데, 복도를 이미 여남은 걸음 지났을 때에야 스메르쟈코프의 마지막 말속에 어떤 모욕적인 의미가 숨어 있었다는 것을 갑자기 느꼈다. 그는 바로 되돌아가려고 했으나, 그 생각도 그저 순간적으로 뇌리를 스쳤을 뿐, "어리석은 짓이지!" 하고 내뱉고는, 서둘러 병원을 나섰다. 무엇보다 그는 범인이 스메르쟈코프가 아니라 자기 형 미챠라는 바로 그 정황에 실제로 안도감을 느끼고 있었다, 오히려 정반대로 느껴야 했을 터인데도 말이다. 어째서 그런지는—그 당시 분석하고 싶지도 않았거니와, 자신의 감정을 파헤치는 데 혐오감마저 들었다. 그는 무엇인가를 그저 어서 빨리 잊고 싶었다. 그후 며칠 동안, 미챠를 옥죄는 모든 증거에 대해 좀더 자세하고 철저하게 알게 되자, 그는 미챠가 범인임을 이미 완전히 확신하기에 이르렀다. 그중에는 아주 하찮은 사람들의 입에서 나왔지만 거의 전율을 일으킬 정도로 충격적인 진술들이 있었으며, 예컨대 페냐와 그녀 어머니의 경우가 그러했다. 페르호친, 술집, 플로트니코프 가게, 모크로예의 증인들에 대해서야 더 말할 나위도 없었다. 무엇보다 미챠를 옥죄는 것은 세세한 사항들이었다. 비밀 '노크'에 대한 정보는 문이 열려 있었다는 그리고리의 진술에 거의 못지않게 예심판사와 검사에게 커다란 충격을 안겨주었다. 그리고리의 아내인 마르파 이그나치예브나는 이반 표도로비치가 캐묻자, 스메르쟈코프는 밤새껏 그들의 방에서 칸막이 하나를 사이에 두고 "우리 침대에서 세 발짝도 떨어지지 않은 데" 누워 있었고, 비록 그녀 자신이 깊은 잠에 빠져 있긴 했지만 그가 거기서 신음하는 소리에 몇 번이나 잠을 깼다고 주저 없이 선언하면서, "내내 신음했어요, 한시도 쉬지 않고 신음했어요"라고 말했다. 이반 표도로비치는 게르첸슈투베와도 이야기를 나누면서 자기가 보기에 스메르쟈코프는 전혀 정신이상이 아니고 단지 쇠약해진 것 같다는 의구심을 내비쳤지만, 늙은 의사는 묘한 미소를 지어 보였을 따름이다. 그러더니 "그럼 그 사람이 지금 무슨 일에 유난히 관심을 쏟는지 아시오?" 하고 이반 표도로비치에게 물었다. "프랑스어 단어를 외우고 있어요. 베개 밑에 조그만 공책을 넣어두고 있는데, 누가 쓴 건지 프랑스어 단어들이 러시아어 철자로 쓰여 있답니다, 헤-헤-헤!" 이반 표도로비치는 결국 모든 의심을 떨쳐버리고 말았다. 이제 드미트리 형에 대해서는 생각만 해도 욕지기가 날 정도로 혐오스러웠다. 하지만 여전히 이상한 일이 하나 있었다. 알료샤가 살인범은 드미트리가 아니고 '틀림없이' 스메르쟈코프라고 계속 완강하게 주장했던 것이다. 이반은 늘 자신에게 알료샤의 의견이 매우 소중하다고 느껴왔지만, 지금은 이 때문에 그에게 심한 의혹을 품고 있었다. 알료샤가 그와는 미챠 얘기를 하려 들지 않고 절대로 제 쪽에서 먼저 이야기를 꺼내지도 않거니와 그저 이반이 묻는 말에만 대답한다는 것도 이상했다. 이반 표도로비치는 이 점도 확실히 눈치챘다. 하지만 이 무렵 그는 완전히 다른 어떤 일에 온통 마음이 쏠려 있었다. 모스크바에서 돌아온 뒤 처음 얼마간은 카체리나 이바노브나를 향해 불타오르는 광적인 열정에 자신을 전부, 돌이킬 수 없이 내맡겼던 것이다. 지금 여기서는 이후 이반 표도로비치의 생애 전체에 두고두고 반향을 남기게 된 이 새로운 열정에 대한 이야기를 시작할 상황이 아니다. 이 모든 것은 이미 다른 이야기, 즉 두번째 소설의 밑바탕이 되어줄 수는 있을 테지만, 언제쯤 그 소설에 착수할지는 나로서도 알 수 없다. 하지만 그럴지언정 지금 여기서도 입을 다물고 넘어갈 수 없는 것이 하나 있는데, 내가 이미 앞에서 얘기한 대로, 이반 표도로비치는 그날 밤 알료샤와 함께 카체리나 이바노브나의 집을 나와 걸어가면서 "나는 저 여자한테 생각 없다"라고 그에게 말했지만, 그것은 그 순간 지독한 거짓말을 한 것에 지나지 않았다. 어떤 때는 정말 그녀를 죽일 수도 있을 만큼 증오한 것이 사실이지만, 그럼에도 그는 그녀를 미칠 듯이 사랑하고 있었다. 여기에는 많은 이유가 겹쳐 있었다. 미챠의 사건으로 극심한 충격을 받은 그녀는 자신에게 다시 돌아온 이반 표도로비치가 무슨 구세주라도 되는 양 그에게 매달렸다. 그녀는 모욕과 모멸 속에서 굴욕감을 맛보아야 하는 상황이었다. 그러던 차에 예전에도 자신을 그토록 사랑해주었던 사람—오, 그녀는 이것을 너무도 잘 알고 있었다—그리고 그 지성과 마음을 그녀가 언제나 자기 자신보다 그토록 위에 두고 높이 평가해온 그 사람이 다시 나타난 것이다. 그러나 이 엄혹한 처녀는 연인의 카라마조프적인 맹렬한 욕망과 그녀를 사로잡는 강렬한 매력에도 불구하고 자신을 완전히 바치지는 않았다. 그러면서 자기가 미챠를 배반한 것을 끊임없이 후회하며 괴로워했고, 이반과 험악하게 다툴 때는(그럴 때가 많았다) 그에게 대놓고 그것을 말하곤 했다. 그가 알료샤와 얘기하다가 '거짓 위에 거짓'이라고 부른 것도 바로 이를 두고 한 말이었다. 물론 여기에는 실제로도 많은 거짓이 있었고, 이것이 무엇보다 이반 표도로비치를 격분케 했지만…… 이 모든 얘기는 훗날로 미루자. 한마디로 말해, 그는 한동안 스메르쟈코프를 거의 잊다시피 하고 있었다. 하지만 스메르쟈코프를 처음 찾아간 지 두 주일이 지나자, 또다시 그 이상한 모든 상념이 예전처럼 그를 괴롭히기 시작했다. 이에 대해서는 그가 끊임없이 자신에게 묻기 시작한 것들만 얘기해도 충분할 것이다. 무엇 때문에 그때 그 마지막 날 밤, 출발을 눈앞에 두고 표도르 파블로비치의 집에서 도둑처럼 살금살금 계단으로 나와, 아래층에서 아버지가 뭘 하고 있나 귀를 바싹 기울였을까? 왜 나중에 이 일을 떠올리면 혐오감이 치밀었을까, 왜 다음날 아침 여행길에 그토록 갑자기 우울감이 엄습했을까, 모스크바에 도착했을 때 왜 "나는 비열한 놈이다!"라고 자신에게 말했을까. 그리고 바로 지금, 이 괴로운 상념들 때문에 어쩌면 카체리나 이바노브나마저 얼마든지 잊을 수 있을 것 같은 생각이 불쑥 들 정도로, 그는 갑자기 이 상념들에 또다시 사로잡히고 말았다! 이런 생각을 하다가 그는 때마침 길에서 알료샤와 마주쳤다. 그는 곧바로 알료샤를 멈추어 세우고 느닷없이 질문을 던졌다.

"너도 기억하지, 점심식사 후에 드미트리가 집으로 쳐들어와서 아버지를 마구 때렸을 때 내가 그뒤 뜰에서 너한테, '기대의 권리'는 보유하겠다고 말한 것 말이다—말해봐, 그때 넌 내가 아버지의 죽음을 바란다고 생각한 거냐, 아니냐?"

"생각했어요." 알료샤가 조용히 대답했다.

"하긴 사실 그렇기도 했어, 짐작하고 어쩌고 할 것도 없는 일이었지. 하지만 넌 그때, '독사 한 마리가 다른 독사 한 마리를 잡아먹기를', 그러니까 드미트리가 아버지를 죽여주길, 그것도 어서 빨리 죽여주길…… 내가 바라고 있다는 생각이 들지는 않더냐, 또 직접 거드는 것까지도 마다하지 않을 거라고?"

알료샤는 약간 창백해져서, 말없이 형의 눈을 바라보았다.

"말해봐!" 이반이 소리쳤다. "네가 그때 어떻게 생각했는지, 죽도록 알고 싶단 말이다. 진실, 진실을 들어야겠어!" 그는 가쁜 숨을 몰아쉬며, 벌써부터 어떤 분노를 품고 알료샤를 바라보았다.

"용서해줘요, 그때 난 그런 생각도 했어요." 알료샤는 이렇게 속삭이고는, '분위기를 누그러뜨릴' 말 한마디 보태지 않고 그대로 입을 다물었다.

"고맙다!" 이반은 툭 잘라 말하고는 알료샤를 내버려둔 채 급히 제 갈 길을 가버렸다. 그때부터 알료샤는 이반 형이 어쩐지 자기를 매몰차게 멀리하기 시작했을 뿐만 아니라 심지어 자기를 싫어하게 된 것을 알아챘으며, 나중에는 자기 쪽에서도 이미 형에게 발길을 끊고 말았다. 그런데 그때 이반 표도로비치는 그와 이렇게 마주친 뒤 집에 들르지 않고 갑자기 또다시 스메르쟈코프를 찾아갔다.

VII
두번째 스메르쟈코프 방문

스메르쟈코프는 그때 이미 퇴원한 뒤였다. 이반 표도로비치는 그의 새 거처를 알고 있었다. 현관을 사이에 두고 두 채의 오두막으로 나뉜, 다 쓰러져가는 바로 그 작은 통나무집이 그곳이었다. 한 오두막에는 마리야 콘드라치예브나가 어머니와 함께 거주하고, 다른 오두막에는 스메르쟈코프 혼자 살고 있었다. 그가 어떤 조건으로 그들의 집에 살게 됐는지, 공짜로 신세를 지는 것인지 돈을 내는 것인지는 아무도 몰랐다. 나중에 추측들 하기로는, 그가 마리야 콘드라치예브나의 약혼자 자격으로 그들의 집에 들어와서 당분간 공짜로 살고 있으리라는 거였다. 모녀는 그를 무척 존경하면서 그를 자기들보다 높은 사람으로 여기고 있었다. 이반 표도로비치는 노크를 하고 현관으로 들어서자 마리야 콘드라치예브나의 안내에 따라 곧장 스메르쟈코프가 차지하고 있는 왼쪽의 '말끔한 오두막'으로 들어갔다. 이 오두막에는 타일을 입힌 난로가 있었고 불을 몹시 때어 후끈후끈했다. 벽마다 하늘색 벽지가 자태를 뽐내고 있었으나, 실은 온통 너덜너덜하게 찢어져 벽지 아래 틈새로 어마어마한 수의 바퀴벌레떼가 우글대고 있어서 부스럭거리는 소리가 잠시도 끊이지 않았다. 가구는 초라하기 짝이 없었다. 양쪽 벽 가의 긴 나무걸상 두 개와 탁자 옆에 놓인 의자 두 개가 전부였다. 탁자는 그냥 나무로 만든 것이었지만, 그래도 장미 무늬 탁자보가 씌워져 있었다. 두 개의 작은 창문에는 제라늄 화분이 하나씩 놓여 있었다. 방 한구석에는 성상을 모신 함이 자리했다. 탁자 위에는 구리로 만든, 심하게 우그러진 자그마한 사모바르와 찻잔 두 개가 놓인 쟁반이 있었다. 그러나 스메르쟈코프는 이미 차를 마신 뒤여서 사모바르는 꺼진 상태였다…… 그는 탁자 앞의 긴 걸상에 앉아 공책을 들여다보며 펜으로 뭔가 긁적거리는 중이었다. 옆에는 잉크병이 놓여 있고, 스테아린 양초가 꽂힌 나지막한 주철 촛대도 있었다. 이반 표도로비치는 스메르쟈코프의 얼굴을 보자마자 이제 병에서 완전히 회복되었구나, 하고 생각했다. 그의 얼굴은 전보다 생기가 돌고 살도 올랐으며, 앞머리를 한껏 부풀려 빗어 올린데다 관자놀이께에 포마드까지 바르고 있었다. 솜을 넣은 알록달록한 실내복 차림으로 앉아 있었으나, 몹시 낡아 누더기나 다름없는 옷이었다. 콧잔등에는 안경이 얹혀 있었는데, 그가 안경을 낀 것을 이반 표도로비치는 예전에 한 번도 본 적이 없었다. 이런 하찮기 짝이 없는 것들이 갑자기 이반 표도로비치의 부아를 갑절이나 돋우는 듯했다. '이 자식 봐라, 안경까지 끼고!' 스메르쟈코프는 느릿느릿 고개를 들고 안경 너머로, 자기 방에 들어온 사람을 뚫어지게 쳐다보았다. 그러더니 조용히 안경을 벗고 걸상에서 몸을 조금 일으켰으나, 어쩐지 그리 공손한 데라고는 없이, 그저 도저히 피할 수 없는 최소한의 예의만 지키겠다는 듯 한껏 굼뜨기까지 했다. 이 모든 것이 순식간에 이반의 머릿속을 스쳤고, 그는 이 모든 것을 대번에 알아채고 마음에 새겨두었는데, 무엇보다 중요한 것은—적개심이 역력하고 무뚝뚝한데다 오만하기까지 한 스메르자코프의 시선이었다. '뭣하러 빈둥거리며 나타난 거야, 얘긴 그때 다 끝냈는데 왜 또 왔어?'라고 말하는 듯했다. 이반 표도로비치는 간신히 자신을 억눌렀다.

"방이 덥군." 그는 선 채로 말하고서 외투 단추를 끌렀다.

"벗으시지요." 스메르자코프가 허락해주었다.

이반 표도로비치는 외투를 벗어, 긴 나무걸상에 던지고는, 떨리는 손으로 의자 하나를 집어 재빨리 탁자 쪽으로 끌어다놓고 앉았다. 스메르자코프는 이반보다 먼저 자신의 긴 나무걸상에 자리잡고 앉았다.

"먼저, 여기 우리뿐이겠지?" 이반 표도로비치가 엄격하게 힘주어 물었다. "저쪽에서 우리 말을 듣지는 않을까?"

"아무도, 아무것도 못 들을 겁니다요, 직접 보셨다시피, 현관이 사이에 있으니까요."

"이봐, 그럼 잘 들어. 내가 너를 병원에서 만나고 나올 때, 네가 뭐라고 지껄였나, 만약 네가 발작 시늉을 아주 잘 낸다는 걸 내가 말하지 않는다면 너도 대문가에서 우리가 나눈 이야기에 대해 예심판사에게 일절 입을 봉하겠다고 했지? 일절이라는 게 뭐야? 무슨 생각으로 그때 그 말을 한 거야? 나를 협박한 건가, 그래? 내가 네놈하고 무슨 작당이라도 했다는 거야, 그런 거야? 그래서 내가 네놈을 두려워한다, 그거야?"

이반 표도로비치는 불같이 화를 내며 이 말을 쏟아냈는데, 말을 빙빙 돌리거나 슬글슬금 다가가는 것은 경멸스러우니 아예 탁 터놓고 한판 벌이겠다고 상대방에게 분명하게 알리려는 의도인 듯했다. 스메르쟈코프는 독기를 품고 두 눈을 번득이며 왼쪽 눈을 깜박이기 시작했는데, 비록 자신의 습성대로 침착하고 차분하긴 했지만 그의 눈은 곧바로 이렇게 대답하고 있었다. '숨김없이 깔끔한 걸 원한다 이거지, 좋아, 네놈한테 아주 깔끔한 걸 보여주마.'

"제가 그때 생각했던 건, 제가 그때 그 말을 한 이유는, 도련님이 친아버지가 살해당할 거라는 걸 미리 알면서도 그분이 희생되게 내버려두고 떠났고, 그 때문에 사람들이 도련님의 감정이나 그 밖의 무슨 다른 것에 대해서 어떤 흉측한 결론을 내리지 않을까 하는 거였습니다—그래서 그때 수사 당국에 밝히지 않겠노라고 약속한 겁니다."

스메르쟈코프는 이렇게 말하면서 겉으로는 서두르는 기색 없이 자제하고 있었으나, 이미 그의 목소리에서는 뭔가 단호하고 끈질기고 표독스러운 것, 파렴치하리만큼 도발적인 어떤 것이 들리기까지 했다. 그가 당돌한 눈초리로 자신을 응시하자, 이반 표도로비치는 첫 순간엔 눈이 아물거릴 지경이었다.

"어째? 뭐라고? 아니, 네놈이 지금 제정신이냐, 아니냐?"

"아주 말짱한 제정신입니다요."

"그럼 내가 살인이 벌어질 걸 그때 알고 있었다는 말이냐?" 마침내 이반 표도로비치는 소리를 버럭 지르면서 주먹으로 탁자를 쾅 내리쳤다. "'그 밖의 무슨 다른 것'이라니, 그건 무슨 소리냐? 어서 말해, 이 비열한 놈아!"

스메르쟈코프는 입을 다문 채 여전히 그 뻔뻔한 눈초리로 이반 표도로비치를 살펴보았다.

"어서 말하라니까, 이 구린내 나는 악당 놈아, '그 밖의 무슨 다른 것'

이 뭐냐고?" 그가 으르렁거렸다.

"지금 제가 '그 밖의 무슨 다른 것'이라고 한 건, 도련님 자신도 그때 어쩌면 부친의 죽음을 간절히 바랐을 거라는 뜻입니다."

이반 표도로비치가 벌떡 일어나, 있는 힘을 다해 주먹으로 그의 어깨를 내리쳤고, 그 바람에 그는 벽 쪽으로 나가떨어졌다. 그는 한순간에 얼굴이 온통 눈물범벅이 되어, "부끄럽지도 않습니까, 도련님, 약한 사람을 때리다니!"라고 말하더니, 콧물로 찌들어 엉겨붙은 푸른 바둑판 무늬 면 손수건으로 갑자기 눈을 가리고 조용히 흐느껴 울기 시작했다. 일 분가량이 지났다.

"됐다! 관둬!" 이반 표도로비치가 다시 자리에 앉으며, 마침내 명령하듯 말했다. "더이상 참을 수 없게 하지 말란 말이다!"

스메르쟈코프는 눈에서 걸레조각을 떼어냈다. 쪼글쪼글한 얼굴의 선 하나하나가 방금 당한 모욕을 고스란히 드러내고 있었다.

"그러니까, 이 비열한 놈아, 네놈은 그때 내가 드미트리 형과 한패가 되어 아버지를 죽이고 싶어하는 줄 알았단 말이지?"

"도련님의 그때 속마음을 저는 몰랐습죠." 스메르쟈코프가 잔뜩 모욕당한 표정으로 말했다. "그때 대문 안으로 들어가던 도련님을 멈춰 세운 것도 바로 이 점에 대해 도련님의 마음을 떠보려던 것이었습죠."

"뭘 떠봐, 뭘?"

"다름아닌 바로 그 정황, 다시 말해, 도련님은 부친이 어서 살해되길 원하느냐, 아니냐 하는 것 말이지요."

이반 표도로비치를 무엇보다 격분시킨 것은 스메르쟈코프가 끈덕지게 절대 버리려 들지 않는 이 집요하고도 뻔뻔한 어조였다.

"그럼 네놈이 아버지를 죽였구나!" 그가 갑자기 소리쳤다.

스메르자코프는 멸시하듯 히죽 웃어 보였다.

"제가 죽이지 않았다는 건 도련님 자신이 확실히 알잖습니까. 영리한 사람이라면 그 얘긴 더이상 꺼내지도 않을 줄 알았는데요."

"하지만 왜, 왜, 네놈은 그때 나한테 그런 의심을 품었던 거냐?"

"도련님도 이미 알다시피, 그저 너무 겁이 나 그랬습죠. 저는 그때 겁이 나 벌벌 떨면서 아무나 의심하던 판국이었거든요. 그래서 도련님도 한번 떠봐야겠다 싶었습죠, 도련님마저 그 형님하고 똑같은 걸 바란다면, 어차피 이 모든 게 끝장난 거고 나도 파리새끼처럼 함께 뒈지겠구나 생각했지요."

"이봐, 네놈은 두 주일 전엔 그런 소리 안 했어."

"병원에서 도련님과 얘기할 때도 그런 뜻으로 말했던 겁니다, 다만 쓸데없는 말을 늘어놓지 않아도 도련님이 알아들을 테고, 또 워낙 영리한 분이니 노골적인 대화는 원치 않을 거라 여겼던 것입죠."

"아니, 이런 놈을 봤나! 어쨌든 대답을 해, 대답을, 나는 꼭 들어야겠다. 대체 내가 어쨌다고, 내가 뭘 어쨌다고, 네놈이 그 비열한 마음속에 그따위 저질스러운 의심을 품을 수 있었던 거냐?"

"직접 죽이는 건—도련님이 제 손으로는 절대로 할 수 없었을 테고, 더구나 원하지도 않았지만, 다른 누가 죽여주길, 그렇게 해주길 원했을 테죠, 도련님은 그걸 원했던 겁니다요."

"아주 태연하게, 아주 태연하게 잘도 지껄이는구나! 아니, 내가 왜 그걸 원한다는 거냐, 무슨 까닭으로 내가 그걸 원했던 거냐?"

"무슨 까닭이냐굽쇼? 유산이 있잖습니까요?" 독살스럽게, 왠지 복수심마저 드러내며 스메르쟈코프가 말을 받았다. "부친이 죽고 나면 도련님 삼형제에겐 각각 얼추 4만 루블씩, 아니 어쩌면 그보다 더 많은 돈이 돌아갈 수 있었겠습죠, 하지만 표도르 파블로비치가 바로 그 부인 말입죠, 아그라페나 알렉산드로브나하고 혼인하면, 그 여자는 혼인식이 끝나자마자 전 재산을 자기 앞으로 돌려놓을걸요, 여간 약은 여자가 아니니깝쇼, 그리되면 도련님 삼형제에겐 아버지가 죽은 뒤에 단돈 2루블도 떨어지지 않을 겁니다. 그런데 그때는 그 혼인식이 어디 먼 일이었습니까? 그야말로 위기일발이었습죠. 그 아씨가 주인 나리 앞에서 새끼손가락만 까딱하면 주인 나리는 당장에 혀를 내밀고 그 아씨 뒤를 쫓아 교회로 달려가셨을 테니까요."

이반 표도로비치는 자신을 억누르느라 고통스러울 지경이었다.

"좋다." 그가 마침내 입을 열었다. "네놈도 보다시피, 나는 튀어 일어나지도 않았고, 네놈을 두들겨 패지도, 죽이지도 않았어. 계속 말해봐라. 그러니까 네놈 생각엔, 내가 그 짓에 드미트리 형을 점찍어놓고 형한테 기대를 걸고 있었단 말이냐?"

"어떻게 그분한테 기대를 걸지 않았겠습니까요. 그분이 일단 죽여만 보십시오, 그분은 그길로 귀족의 권리, 지위, 재산을 모조리 박탈당하고 유형에 처해질 텐뎁쇼. 그러면 그때는 그분 몫의 아버지 유산이 말입죠, 도련님과 동생 알렉세이 표도로비치에게 돌아가게 됩니다요, 똑같이 절반씩 말입죠, 이미 4만이 아니라 각각 6만씩 도련님들 손에 떨어지는 거라굽쇼. 이러니 도련님은 그때 틀림없이 드미트리 표도로비치한테 기대를 걸었던 것이죠!"

"그래, 내가 참으마! 잘 들어, 이 건달 놈아, 내가 만약 그때 누구한테 기대를 걸었다면, 그건 드미트리 형이 아니라 당연히 네놈이야, 맹세코, 네놈은 무슨 추잡한 짓이라도 저지를 거라는 예감이 들었으니까…… 그때…… 네놈한테서 받은 인상을 똑똑히 기억한단 말이다!"

"그때 저도 잠깐, 도련님이 저한테도 기대를 걸고 있다고 생각했죠." 스메르쟈코프가 이를 드러내고 비아냥거리듯 히죽 웃었다. "그러니까 그때 도련님은 바로 그렇게 함으로써 제 앞에서 자신의 속셈을 더더욱 드러내 보인 거죠, 제가 무슨 짓을 저지를 거라는 걸 예감하면서도 그대로 떠나버렸으니, 그건, 네가 아버지를 죽여도 괜찮아, 난 방해하지 않을 테니, 하고 말한 거나 똑같거든요."

"야비한 놈! 그렇게 생각했단 말이지!"

"모두 바로 그 체르마쉬냐 덕분입죠. 원, 그럴 수가! 모스크바로 떠날 채비를 하면서, 체르마쉬냐에 좀 가봐달라는 아버지의 부탁을 한사코 거절하지 않았습니까요! 그런데 제 멍청한 말 한마디에 곧바로 동의했단 말입죠! 그때 무엇 때문에 그 체르마쉬냐행에 동의했던 걸까요? 모스크바로 가지 않고, 이유도 없이, 그저 제 말 한마디에 체르마쉬냐로 갔다면, 그건 그러니까 저한테 뭔가를 기대했다는 뜻이지요."

"아니야, 맹세코 아니야!" 이반은 이를 갈면서 부르짖었다.

"어째서 그게 아닌뎁쇼? 오히려 제가 그때 도련님께 그런 소리를 지껄인 데 대해 그 어른의 아드님으로서, 저를 당장 경찰서로 끌고 가서 살가죽을 벗겨놓거나…… 최소한 바로 그 자리에서 낯짝이라도 후려갈겨야 마땅했습죠, 하지만 도련님은, 웬걸요, 눈곱만큼도 화를 내기는커녕, 되레 아주 우호적으로, 저의 멍청하기 짝이 없는 말을 즉시 그대로 받아들여 떠났잖습니까요, 그야말로 어처구니없는 일이었습죠, 왜냐하면 아버지의 생명을 지키기 위해 집에 그냥 머무르는 게 마땅했으니까요…… 그러니 저로서야 그런 결론을 내릴 수밖에 없잖습니까?"

이반은 미간을 잔뜩 찌푸린 채 부르르 떨리는 두 주먹으로 무릎을 꽉 짚고서 앉아 있었다.

"그래, 네놈의 낯짝을 후려갈기지 않은 게 유감이다." 그가 씁쓸하게 웃었다. "그때 네놈을 경찰서로 끌고 갈 수는 없었겠지. 누가 내 말을 믿을 것이며, 내가 무슨 증거를 내놓을 수 있었겠느냐마는, 낯짝을 후려갈기는 거라면…… 으흐, 미처 그 생각을 못했다니 분하군, 따귀가 금지돼 있긴 하지만, 네놈의 상통을 아주 묵사발로 만들어주는 건데."

스메르쟈코프는 거의 쾌감마저 느끼며 그를 쳐다보았다.

"인생의 일반적인 경우에는 말이죠." 그는 언젠가 표도르 파블로비치의 식탁 옆에 서서 그리고리 바실리예비치와 신앙에 대해 논쟁을 펼치면서 약올렸던 때와 똑같은 자기만족적이고 이론가적인 어조로 입을 열었다. "인생의 일반적인 경우에 있어 따귀는 현재 실제로 법적으로도 금지되어 있고, 모든 사람이 구타를 중단했습니다요, 뭐, 하지만 인생의 특수한 경우에는 비단 우리 나라뿐만 아니라 전 세계 어디에서나, 심지어 가장 완벽하다는 프랑스 공화국에서조차, 아담과 이브의 시대처럼 말입죠, 다들 하나같이 구타를 계속하고 있고, 또 절대로 그것을 그만두지 않겠지만요, 도련님은 그때 그 특수한 경우에도 감히 그러지 못했습죠."

"뭐야 저건, 네놈이 프랑스어 단어를 공부하는 거냐?" 이반은 탁자 위에 놓인 작은 공책을 고갯짓으로 가리켰다.

"왜 저는 그걸 공부해서 교양을 쌓으면 안 됩니까요, 이 몸도 아마 언젠가는 유럽의 그 행복한 곳들에서 살게 될 텐데요."

"잘 들어둬, 이 불한당아." 이반은 눈을 번득이며 온몸을 부르르 떨었다. "나는 네놈의 고발 따위 무섭지 않으니, 나에 대해 무슨 소리든 네 맘대로 진술해, 다만 내가 지금 네놈을 때려죽이지 않은 건, 오로지 네놈을 이 사건의 범인으로 의심하기 때문이고, 네놈을 법정으로 끌고 가기 위해서야. 기어이 네놈의 탈을 벗기고 말겠다!"

"제 생각으론, 입다물고 있는 게 나을 겁니다요. 아무 죄도 없는 저를 두고 무슨 혐의를 제시할 것이며, 누가 도련님 말을 믿겠습니까? 도련님이 정 그러겠다면야, 저도 모든 걸 얘기할 수밖에 없습죠, 저라고 어찌 저 자신을 보호하지 않겠습니까요?"

"내가 지금 네놈을 겁내는 줄 알아?"

"제가 지금 도련님한테 말한 모든 것을 법정에서는 믿지 않을지 모르죠, 그 대신 세상 사람들은 믿을 겁니다요, 도련님한테 이만저만한 수치가 아닐 텐뎁쇼."

"그 말은 또다시 '영리한 사람과는 잠깐 얘기해도 흥미롭다'라는 뜻이냐—그래?" 이반이 이를 갈았다.

"바로 맞히셨습니다요. 그러니 좀 영리해지십쇼."

이반 표도로비치는 격분해서 온몸을 부르르 떨며 자리에서 일어나 외투를 걸치고는, 스메르자코프에게는 더이상 아무 대꾸도 않고 눈길조차 주는 일 없이 황급히 오두막을 나섰다. 싱그러운 저녁 공기가 그의 마음을 상쾌하게 해주었다. 하늘에는 달이 환하게 빛나고 있었다. 상념과 감각의 무서운 악몽이 그의 마음속에서 소용돌이쳤다. '지금 당장 스메르자코프를 고발하러 갈까? 하지만 대체 뭘 고발한단 말인

가. 어쨌든 놈은 무죄인데. 오히려 놈이 날 고발할 거다. 정말, 그때 나는 왜 체르마쉬냐로 갔을까? 왜, 왜?' 이반 표도로비치는 자신에게 묻고 또 물었다. '그래, 물론, 나는 뭔가를 기대했다, 그놈 말이 옳아……' 그러자 또다시, 마지막 날 밤에 아버지 집 계단에서 아버지의 동정에 귀를 바싹 기울였던 일이 떠올랐는데, 이미 백 번이나 떠오른 일이건만 지금은 그걸 떠올리자 너무도 고통스러워 마치 무엇에 푹 찔리기라도 한 듯이 그 자리에 우뚝 멈춰 서고 말았다. '그래, 나는 그때 그걸 기다렸던 거다, 사실이야! 나는 그걸 바랐던 거다, 나는 바로 살인을 바랐던 거다! 내가 살인을 바랐던 걸까, 정말 바랐던 걸까……! 스메르자코프 놈을 죽여버려야 한다……! 내가 지금 스메르자코프를 죽일 용기가 없다면, 나는 살 가치도 없는 놈이다……!' 이반 표도로비치는 그때 집에 들르지 않고 곧장 카체리나 이바노브나에게 갔고, 그렇게 나타난 것에 그녀는 깜짝 놀랐다. 미친 사람 같았던 것이다. 그는 그녀에게 스메르자코프와 나눈 이야기를 한 마디도 빼놓지 않고 모두 말해주었다. 그는 마음을 가라앉히지 못하고, 그녀가 아무리 설득해도 계속 방안을 왔다갔다하며 이상한 말투로 토막토막 말을 늘어놓았다. 마침내 그는 자리에 앉아 탁자에 팔꿈치를 세우고 두 손을 머리에 괴고는 이상한 경구를 뇌까렸다.

"만약 살인을 저지른 게 드미트리 형이 아니고 스메르자코프라면, 나도 물론 그놈과 공범이야, 내가 그놈을 교사한 거니까. 내가 그놈을 교사했는지는—아직 잘 모르겠어. 하지만 드미트리 형이 아니고 그놈이 죽인 거라면, 물론 나도 살인범이야."

이 말을 듣고 카체리나 이바노브나는 말없이 자리에서 일어나 자기

책상 앞으로 가더니 그 위에 놓인 함을 열고 무슨 종잇장 하나를 꺼내 이반 앞에 내놓았다. 그 종이는 나중에 이반 표도로비치가 알료샤에게 드미트리 형이 아버지를 죽였다는 '수학적 증거'라고 말한 바로 그 문서였다. 이것은 미챠가 술에 취해서 카체리나 이바노브나에게 쓴 편지였는데, 카체리나 이바노브나의 집에서 그루셴카가 그녀를 한바탕 모욕한 그 소동이 있고 나서, 미챠가 수도원으로 돌아가던 알료샤를 들판에서 만났던 바로 그날 저녁에 쓴 것이었다. 그때 알료샤와 헤어지고 나서 미챠는 그루셴카의 집으로 달려갔다. 그녀를 만났는지 어쨌는지 잘 모르지만, 아무튼 그날 밤 그는 술집 '수도'에 나타나 언제나처럼 술을 진탕 마셨다. 그러고는 술에 취한 상태에서 펜과 종이를 달라고 해서 자신에게 치명타가 될 중대한 문서를 갈겨쓴 것이다. 이것은 미친 듯 흥분해서 잔뜩 말을 늘어놓은, 횡설수설 두서없는, 그야말로 '술 취한' 편지였다. 고주망태가 된 사람이 집에 돌아와서는 마누라나 누구 다른 식구에게 아주 열불을 토해대며, 방금 자기가 모욕을 당했다, 자기에게 모욕을 준 자는 너무도 야비한 놈이지만 반면 자신은 더없이 훌륭한 사람이다, 그 비열한 놈을 절대로 가만두지 않겠다, 라고 지껄이기 시작하면서—흥분하여 주먹으로 탁자를 쾅쾅 내리치고 술에 취해 눈물까지 줄줄 흘리면서 끝도 없이 장황하게 늘어놓는 두서없는 넋두리와도 흡사했다. 편지를 쓰려고 술집에서 얻은 종이는 질이 형편없고 지저분한 보통 편지지 조각이었는데, 뒷면에는 무슨 계산이 적혀 있었다. 술에 취한 장광설을 다 담기에는 분명히 지면이 모자랐던 모양으로, 미챠는 편지지 가장자리까지 빽빽이 채웠을 뿐만 아니라 마지막 몇 줄은 이미 써놓은 글 위에 다시 가로질러 쓰기까지 했다. 편지 내용은 다음과 같았다. 숙명적인 카챠! 내일 돈을 구해서 당신의 돈 3천을 돌려주겠어, 그리되면 안녕—거대한 분노의 여인이여, 하지만 나의 사랑도 안녕! 우린 끝내는 거야! 내일 모든 사람한테서 돈을 구하겠어, 하지만 사람들한테서 못 구하면, 당신에게 맹세하거니와, 아버지한테 가서 골통을 깨부수고 베개 밑에서 가져오겠어, 그저 이반이 떠나주기만 한다면. 징역살이를 가더라도 3천은 꼭 돌려주겠어. 하지만 당신은 영원히 안녕. 땅에 이마가 닿도록 절을 하노니, 나는 당신 앞에 야비한 놈이니까! 날 용서해주길. 아니, 차라리 용서하지 마. 그편이 나나 당신이나 더 마음 편할 테니! 당신의 사랑보다야 징역살이가 낫지, 다른 여자를 사랑하고 있거든. 그 여자가 어떤 여자인지 오늘 너무나 잘 알게 됐겠지, 어떻게 당신이 용서할 수 있겠어? 나는 내 도둑놈을 죽여버리겠어! 그리고 당신네들 모두의 곁을 떠나 동쪽으로 갈 거야, 이젠 아무도 알고 싶지 않아. 그 여자도 이젠 알고 싶지 않아, 나를 괴롭히는 건 당신 하나만이 아니야, 그 여자도 마찬가지니까. 안녕!

추신. 저주의 말을 쓰고 있지만, 그래도 당신을 숭배해! 내 가슴속의 소리가 들리는군. 현 한 가닥은 남아서 울리고 있는 거야. 차라리 심장이 두 쪽 나버렸으면! 나는 스스로 목숨을 끊겠지만, 그래도 우선 그 수캐부터 죽여버리고 말겠어. 그 수캐한테서 3천을 빼앗아 당신에게 던져주지. 나는 당신 앞에 야비한 놈이긴 할망정, 도둑놈은 아니니까! 3천을 기다려줘. 그 수캐의 요 밑에 장밋빛 리본이 있거든. 나는 도둑놈이 아니야, 나는 내 도둑놈을 죽이는 거야. 카챠, 경멸의 눈으로 보지 말아줘. 드미트리는 도둑놈이 아니야, 살인자일 따름이지! 그는 아버지를 죽이고 자신을 파멸시킨 거야, 당당하게 서서 당신의 오만을 더이상 견디내지 않기 위해. 그리고 당신을 사랑하지 않기 위해.

추추신. 당신의 발에 입맞추며, 안녕!

추추추신. 카챠, 사람들이 나한테 돈을 주도록 신들에게 기도해주길. 그러면 나는 피를 묻히지 않아도 되니까, 하지만 주지 않으면—피를 쏟게 할 거야! 나를 죽여줘!

노예이자 적

D. 카라마조프

이반은 이 '문서'를 읽고 난 뒤, 확신에 차서 자리에서 일어섰다. 그러니까 형이 죽였지, 스메르쟈코프가 죽인 게 아니다. 스메르쟈코프가 아니라면, 따라서 이반 그도 아니다. 이 편지는 그의 눈에 갑자기 수학적인 의미를 띠게 되었다. 그로서는 미챠가 범인이라는 데 더이상 의심의 여지가 있을 수 없었다. 덧붙여 말해두자면, 미챠가 스메르쟈코프와 공모해서 죽였으리라는 의심을 이반으로서는 한 번도 해본 적이 없었고, 게다가 그것은 여러 사실과도 일치하지 않았다. 이반은 완전히 마음이 놓였다. 이튿날 아침, 그는 스메르쟈코프와 녀석의 조소를 떠올리며 그저 경멸감을 느꼈을 뿐이다. 며칠 지나자, 자신이 녀석의 의심 때문에 그토록 고통스러울 정도로 모욕을 느낄 수 있었다는 게 놀랍기까지 했다. 그는 녀석을 멸시해버리고 아예 잊기로 결심했다. 그렇게 한 달이 지났다. 스메르쟈코프에 대해서는 더이상 아무한테도 물어보지 않았지만, 그가 몹시 아프고 제정신이 아니라는 말을 두어 번 얼핏 듣기는 했다. "결국엔 미쳐서 죽을 겁니다." 한번은 젊은 의사 바르빈스키가 그에 대해 이렇게 말했고, 이반은 이 말을 기억해두었다. 이달 마지막 주 들어 이반은 자신의 몸 상태가 아주 좋지 않다는 것을 느끼기 시작했다. 카체리나 이바노브나의 초빙으로 바로 그 공판을 앞두고 모스크바에서 도착한 의사한테 그는 이미 진찰을 받으러 다니고 있었다. 그런데 바로 그 무렵 카체리나 이바노브나와 그의 관계는 극도로 긴장된 상태였다. 그들은 마치 서로 사랑에 빠진 두 원수와도 같았다. 카체리나 이바노브나의 마음이 비록 순간적이긴 하나 강렬하게 다시 미챠에게로 돌아서버리자, 이반은 완전히 광적인 분노에 사로잡혔다. 이상하게도, 앞에서 이미 묘사한 카체리나 이바노브나 집에서의 맨 마지막 장면, 그러니까 알료샤가 미챠를 면회하고 그녀의 집에 왔을 때까지, 이반은 그녀의 입에서 미챠가 범인임을 의심쩍어하는 말을 이 한 달 내내 단 한 번도 들은 적이 없었는데, 그럼에도 불구하고 그녀의 마음이 미챠에게로 '다시 돌아서곤' 해서 이반은 매번 격렬한 증오를 느꼈다. 또하나 주목할 점은, 이반은 자기가 날이 갈수록 미챠를 더욱더 증오하고 있다는 것을 스스로 느끼면서도, 동시에 이 증오가 카챠의 마음이 미챠에게로 '다시 돌아서서'가 아니라, 바로 미챠 그가 아버지를 죽였기 때문이라고 이해하고 있었다는 사실이다! 그는 스스로 이것을 충분히 느끼고 의식하고 있었다. 그런데도 그는 공판을 열흘쯤 앞두고 미챠를 찾아가 탈출 계획을 제시했는데—벌써 오래전에 생각해둔 계획임이 분명했다. 여기에는 그로 하여금 이런 조치를 강구하도록 한 주된 이유 이외에도, 아직 아물지 않은 마음의 어떤 상처도 한몫했는데, 그것은 형에게 유죄판결이 나면 그와 알료샤가 아버지에게서 상속받는 금액이 각각 4만에서 6만으로 늘어날 테니, 이반 그에게 유리할 것이라는 스메르쟈코프의 그 한마디 때문에 생긴 상처였다. 그는 미챠의 탈출을 성사시키기 위해 자기 쪽에서 3만을 희생하기로 결심했다. 그때 미챠를 면회하고 돌아오면서 그는 무서운 비애와 혼란을 느꼈다. 자신이 미챠의 탈출을 원하는 것은 단지 이 일에 3만을 희생함으로써 자신의 상처를 아물게 하자는 게 아니라, 뭔가 다른 이유가 있다는 느낌이 불쑥 들기 시작했던 것이다. '마음속에서는 나도 똑같은 살인자여서가 아닐까?' 그는 자신에게 물어보았다. 뭔가 어렴풋하지만 살을 태우는 듯한 어떤 것이 그의 마음을 쿡쿡 찔렀다. 무엇보다도, 이 한 달 내내 그의 자존심이 큰 고통을 겪어왔지만, 이 이야기는 나중에 하기로 하자……

이반 표도로비치는 알료샤와 이야기를 나눈 뒤 자기 집의 초인종에 손을 댔으나, 갑자기 스메르쟈코프를 찾아가기로 결심했는데, 느닷없이 그의 가슴속에서 끓어오른 어떤 특별한 분노에 사로잡혔기 때문이다. 방금 카체리나 이바노브나가 알료샤도 있는 자리에서 "그건 당신이야, 그이가(즉 미챠가) 살인자라고 나한테 단언한 건 당신 하나뿐이야" 하고 외쳤던 것을 갑자기 떠올린 것이다. 그 말이 떠오른 순간, 그는 심지어 말뚝처럼 얼어붙고 말았다. 미챠가 살인자라고 그녀에게 단언한 적은 지금껏 단 한 번도 없었거니와, 스메르쟈코프를 만나고 돌아왔을 때는 그녀 앞에서 오히려 자기 자신에게 혐의를 품기까지 했다. 오히려 그건 그녀, 그녀가 그때 그 '문서'를 내놓으면서 형이 범인임을 증명하지 않았던가! 그러고서 이제 갑자기 "나는 직접 스메르쟈코프한테 다녀왔어!"라고 외치다니! 언제 갔단 말인가? 이반은 전혀 모르는 일이었다. 그러니까 그녀는 미챠가 범인이라는 것을 그다지 확신하지 않고 있다는 말이다! 그런데 스메르쟈코프는 그녀에게 무슨 말을 했을까? 그놈이 그녀에게 무슨 말을, 대체 무슨 말을 했을까? 무서운 분노가 그의 가슴속에서 불타올랐다. 어떻게 자기가 반시간 전에 그녀의 이 말을 그냥 흘려들었는지, 왜 당장 호통을 치지 않았는지 이해가 되지 않았다. 그는 초인종을 버려두고 스메르자코프에게로 내달았다. '이번엔 이놈을 죽여버릴지도 몰라.' 길을 가며 그는 이렇게 생각했다.

VIII
스메르자코프와의 세번째 마지막 면담

길을 아직 절반도 가지 않았을 때, 이날 이른 아침에 불었던 것과 같은 매섭고 건조한 바람이 일더니, 잘고 조밀하고 메마른 눈이 마구 쏟아지기 시작했다. 눈은 땅에 떨어졌으나 미처 땅에 달라붙기도 전에 바람에 휘말려 올랐고, 금세 본격적인 눈보라가 몰아쳤다. 우리 도시에서 스메르자코프가 살고 있는 지역에는 가로등이라고는 거의 없었다. 이반 표도로비치는 눈보라가 치는 것도 알아채지 못하고 본능적으로 길을 분간하면서 걸음을 옮겼다. 머리가 쑤시고 관자놀이가 고통스러울 정도로 지끈거렸다. 손목에서 손가락 끝까지 경련이 이는 것이 느껴졌다. 마리야 콘드라치예브나의 오두막까지 얼마 남지 않았을 때, 이반 표도로비치는 술에 취해 혼자서 걷고 있는 어느 작달막한 농부와 갑자기 마주쳤는데, 농부는 누더기 외투를 걸치고 갈지자로 비틀비틀 걸으면서 투덜거리고 욕을 하다가, 갑자기 욕질을 멈추고는 술에 취한 쉰 목소리로 노래를 부르기 시작했다.

아아, 반카는 피체르*로 가버렸네,
나는 그딴 놈 기다리지 않을 테야!

그러나 그는 계속 이 두번째 행에서 노래를 멈추고는 또다시 누군가에게 욕질을 해대다가 갑자기 또다시 같은 노래를 뽑아대곤 했다. 이반 표도로비치는 이 농부에 대해 전혀 생각조차 하지 않으면서도 벌써 아까부터 그에 대해 무서운 증오를 느끼다가, 갑자기 그의 존재를 의식했다. 그러자 즉시, 주먹을 휘둘러 농부를 때려눕히고 싶은 참을 수 없는 충동이 밀려왔다. 마침 바로 그 순간, 두 사람은 서로 지나치게 되었고, 농부는 한 번 세차게 휘청하더니 갑자기 이반에게 힘껏 몸을 부딪쳤다. 이반은 사납게 그를 홱 밀어젖혔다. 농부는 튕겨 날아가, 꽁꽁 언 땅바닥에 통나무처럼 털썩 쓰러지더니, 단 한 번 오-오! 하고 아픈 신음을 내뱉었을 뿐 곧 잠잠해졌다. 이반은 그에게로 한 걸음 다가갔다. 농부는 의식을 잃은 채 꼼짝도 않고 벌렁 나자빠져 있었다. '얼어죽겠군!' 이반은 이렇게 생각하고는 다시 스메르자코프의 집을 향해 발걸음을 옮겼다.

손에 촛불을 들고 문을 따주러 달려나온 마리야 콘드라치예브나는 현관에서부터, 파벨 표도로비치(즉, 스메르쟈코프)가 몹시 아픕니다요, 자리보전하고 누운 건 아니지만 거의 제정신이 아니랍니다요, 심지어 차도 치우라고 이르면서 마시려 들지 않아요, 하고 그에게 속삭였다.

* 페테르부르크의 속칭, 애칭.

"뭐, 그래서 미쳐 날뛰기라도 하나?" 이반 표도로비치가 거칠게 물었다.

"웬걸요, 오히려 너무 조용합니다요. 다만 그이하고 너무 오래 얘기하시진 말아주세요……" 마리야 콘드라치예브나가 당부했다.

이반 표도로비치는 문을 열고 오두막 안에 발을 들여놓았다.

방안은 지난번처럼 후끈하게 데워져 있었으나, 몇 가지 변화가 눈에 띄었다. 벽 옆에 있던 긴 나무걸상 하나를 들어내고, 그 자리에 가죽을 씌운 커다랗고 낡은 모조 마호가니 소파가 놓여 있었다. 그 위에는 이부자리가 펴져 있고 꽤 깔끔한 흰색 베개들을 놓아두었다. 스메르자코프는 여전히 전번의 그 실내복 차림으로 이부자리 위에 앉아 있었다. 탁자를 소파 앞으로 옮겨놓아, 방안은 무척 비좁았다. 탁자 위에는 노란 표지의 무슨 두툼한 책 한 권이 놓여 있었으나, 스메르자코프는 그 책을 읽는 게 아니라, 그냥 아무 일도 않고 앉아 있는 듯했다. 그는 길고 말없는 시선으로 이반 표도로비치를 맞았는데, 보아하니 상대방의 방문에 전혀 놀라는 눈치가 아니었다. 얼굴은 몰라보게 많이 변해서, 바싹 여윈데다 누렇게 떠 있었다. 눈은 움푹 들어가고, 아래 눈까풀은 푸르뎅뎅했다.

"정말로 아픈 거냐?" 이반 표도로비치가 멈추어 섰다. "오래 있지 않을 테니 외투도 벗지 않겠다. 어디 앉을 데 없나?"

그는 탁자의 맞은편 모서리를 돌아오더니 의자를 탁자 쪽으로 끌어다놓고 앉았다.

"왜 쳐다보고만 있는 거냐, 말도 없이? 딱 한 가지 물어볼 게 있어, 맹세코, 대답을 듣기 전에는 돌아가지 않겠다. 아씨가, 카체리나 이바노브나가 너한테 왔었지?"

스메르쟈코프는 전과 다름없이 내내 조용히 이반을 바라보며 한참 동안 침묵을 지키다가, 갑자기 한 손을 내저으며 그에게서 얼굴을 돌렸다.

"왜 그래?" 이반이 소리쳤다.

"아무것도 아닙니다."

"아무것도 아니라니?"

"그래요, 왔지만, 뭐, 도련님하곤 아무 상관 없죠. 그만두십쇼."

"아니, 그만두지 않겠다! 말해, 언제 다녀갔지?"

"그 아씨에 대해선 생각도 안 납니다." 스메르쟈코프는 멸시하듯 피식 웃더니 갑자기 다시 이반 쪽으로 얼굴을 돌리고 미칠 듯한 증오가 담긴 눈초리로 그를 응시했는데, 한 달 전에 만났을 때 그를 바라보던 것과 똑같은 눈초리였다.

"도련님도 어디 편찮은가본데, 이런, 비쩍 여위고 얼굴이 말씀이 아니구먼요." 그가 이반에게 말했다.

"내 건강은 상관 말고, 묻는 거에나 대답해."

"아니, 어째서 눈이 누레졌습니까, 흰자위가 완전히 누렇군요. 많이 괴로운가보죠?"

그는 멸시하듯 히죽 웃더니 갑자기 큰 소리로 웃음까지 터뜨렸다.

"잘 들어, 대답을 듣기 전에는 안 간다고 내가 분명히 말했다." 무섭게 역정을 내며 이반이 소리쳤다.

"왜 이렇게 귀찮게 들러붙는 겁니까요? 왜 절 못살게 구느냐고요?" 스메르쟈코프가 고통스러운 표정으로 말했다.

"에이, 젠장! 난 네놈한테 아무 볼일 없어. 묻는 것에 대답만 해, 그럼 즉시 가줄 테니."

"대답할 것도 없습니다!" 스메르쟈코프는 다시 시선을 내리깔았다.

"분명히 말하지만, 반드시 네놈의 대답을 듣고야 말겠다."

"뭐가 그리 불안한 겁니까?" 스메르쟈코프가 갑자기 그를 똑바로 쳐다보았는데, 이미 경멸이라기보다는 어떤 혐오감에 가까운 눈빛이었다. "내일 공판이 시작돼서요? 그거라면 도련님한테 아무 일 없을 테니, 이제 제발 좀 믿으시죠! 어서 집으로 가서 편히 주무세요, 아무 걱정 마시고."

"네놈 말을 못 알아듣겠다…… 내가 왜 내일을 두려워한다는 거냐?" 이반은 놀라면서 이렇게 물었으나, 갑자기 정말 그 어떤 경악이 차가운 바람처럼 그의 마음을 휙 스쳐갔다. 스메르쟈코프는 두 눈으로 찬찬히 그를 재고 있었다.

"못 알-아-들어요?" 그가 핀잔을 주듯 말을 질질 끌었다. "영리한 양반이 이따위 희극 연기를 좋아하다니!"

이반은 말없이 그를 바라보았다. 자신의 하인이었던 자가 지금 그를 대하는, 전에 없이 오만한 이 어떤 뜻밖의 말투부터 이미 예사롭지 않았다. 지난번만 해도 어쨌든 이런 말투가 아니었다.

"분명히 말하지만, 도련님은 두려워할 것 없어요. 제가 도련님한테 불리한 진술을 하지도 않을 거고, 증거도 없잖습니까. 이런, 손을 떨고 계시군요. 왜 손가락을 달달 떠시죠! 집으로 돌아가세요, 도련님이 죽인 건 아니니까."

이반은 흠칫 몸을 떨었는데, 알료샤가 떠올랐던 것이다.

"내가 아니라는 건 나도 알아……" 그가 중얼거리기 시작했다.

"안-다-고요?" 스메르쟈코프가 다시 말을 잘랐다.

이반은 벌떡 일어나서 그의 어깨를 움켜잡았다.

"죄다 말해라, 이 독사 같은 놈아! 죄다 말하라니까!"

스메르쟈코프는 조금도 겁을 먹지 않았다. 그저 광적인 증오를 품고 그를 뚫어져라 바라볼 뿐이었다.

"뭐, 정 그렇다면, 바로 도련님이 죽이신 겁니다." 그가 살기를 띠고 이반에게 속삭였다.

이반은 뭔가 짚이는 게 있는 듯 의자에 털썩 주저앉았다. 증오 어린 미소가 그의 입가에 떠올랐다.

"또 그때 그 일 얘기냐? 지난번에도 말했던 그 일?"

"예, 지난번에 제 앞에 서 있을 때도 모든 걸 이해했고, 지금도 이해하고 계시죠."

"네놈이 미쳤다는 것만은 나도 이해하겠다."

"정말 진저리도 안 납니까! 아무도 없고 우리 두 사람만 마주보고 앉았는데, 서로 속이면서 희극을 연출할 게 뭐 있습니까? 아니면 모든 걸 저한테만 덮어씌우려는 건가요, 빤히 제 눈앞에서? 도련님이 죽인 거예요, 도련님이 주범이란 말입니다, 저는 그저 도련님의 앞잡이, 충복 리차르다에 불과했죠, 도련님의 말에 따라 이 일을 수행한 것뿐이니까요."

"수행했다고? 그럼 네놈이 죽였다는 거냐?" 이반은 등골이 오싹했다.

뇌 속의 뭔가가 크게 흔들리기라도 한 듯, 자잘하고 싸늘한 오한이 일며 온몸이 후들후들 떨리기 시작했다. 그러자 스메르쟈코프도 놀라며 그를 쳐다보았다. 이반이 진정으로 경악하는 바람에 그도 마침내 깜짝 놀란 모양이었다.

"그럼 정말 아무것도 몰랐단 말입니까?" 그는 믿어지지 않는다는 듯 중얼거리면서, 삐딱하게 웃으며 이반의 눈을 들여다보았다.

이반은 혀를 뽑히기라도 한 것처럼 그저 그를 바라보고만 있었다.

아아, 반카는 피체르로 가버렸네,
나는 그만 놈 기다리지 않을 테야!

갑자기 이 노랫가락이 그의 머릿속에서 울렸다.

"나는 말이다, 네놈이 꿈일까봐 두렵다, 내 앞에 앉아 있는 네놈이 허깨비는 아닐까?" 그가 중얼거렸다.

"여기 허깨비 같은 건 없습니다요, 우리 두 사람, 그리고 또 어떤 제3의 존재가 있을 뿐입죠. 틀림없이 지금 여기엔 그가, 그 제3의 존재가 있어요, 우리 두 사람 사이에 있죠."

"그가 누구야? 누가 있다는 거냐? 제3의 존재란 게 누구야?" 이반 표도로비치는 경악하여 주위를 두리번거리면서 누가 없나 황급히 구석구석을 살피며 이렇게 말했다.

"그 제3의 존재는—하느님입죠, 그건 바로 하느님의 섭리입죠, 그분은 지금 여기 우리 곁에 있습니다요, 다만 도련님은 그분을 찾지 마십쇼, 발견하지 못하실 테니까요."

"네놈이 죽였다는 건 거짓말이야!" 이반은 미친 듯이 부르짖었다. "네놈은 미쳤거나, 지난번처럼 나를 우롱하는 거야!"

스메르쟈코프는 아까와 마찬가지로 조금도 겁먹지 않고 여전히 탐색하듯 이반을 지켜보았다. 그는 아무래도 아직 의구심을 버릴 수가 없었고, 여전히 이반이 '모든 것을 알고 있으면서도 빤히 자기 눈앞에서 모든 걸 자기한테만 덮어씌우기 위해' 그저 연극을 하는 거라고 여겨졌다.

"잠깐만 기다려주십쇼." 마침내 그는 힘없는 목소리로 이렇게 말하고는 갑자기 탁자 밑에서 왼쪽 다리를 빼내더니 바짓가랑이를 걷어올리기 시작했다. 그는 기다란 흰 양말에 슬리퍼를 신고 있었다. 스메르쟈코프는 서두르는 기색도 없이 양말대님을 풀고 양말 깊숙이 손가락을 쑤셔넣었다. 이반 표도로비치는 그를 쳐다보다가 갑자기 공포심에 사로잡혀 경련을 일으키며 후들후들 떨기 시작했다.

"미친놈!" 그는 이렇게 부르짖으면서 자리에서 벌떡 일어나 비칠비칠 뒤로 물러서다가, 그만 벽에 등을 부딪히고는 그대로 뻣뻣이 선 채 벽에 찰싹 달라붙어버린 듯했다. 그는 미칠 듯한 공포 속에서 스메르쟈코프를 응시했다. 스메르쟈코프는 그의 경악에는 전혀 아랑곳하지 않고 여전히 양말 속을 뒤졌는데, 손가락으로 뭔가를 잡아서 끄집어내려고 애쓰는 듯했다. 드디어 그는 그것을 잡아서 끄집어냈다. 이반 표도로비치의 눈에는 무슨 종잇장들이거나 종이뭉치 같아 보였다. 스메르쟈코프는 그것을 꺼내 탁자 위에 올려놓았다.

"이겁니다요!" 그가 조용히 말했다.

"뭔데?" 이반이 덜덜 떨면서 물었다.

"직접 보십쇼." 스메르쟈코프가 여전히 조용하게 말했다.

이반은 탁자로 한 걸음 다가가 그 종이뭉치에 손을 대고 막 펼쳐보려고 했으나, 갑자기 무슨 징그럽고 무서운 뱀이라도 건드린 듯 얼른 손가락을 움츠렸다.

"도련님 손가락이 여태 떨리는뎁쇼, 경련이군요." 스메르쟈코프가 이렇게 한마디하더니 느긋하게 제 손으로 종이를 펼쳤다. 포장지 안에는 백 루블짜리 무지갯빛 지폐 세 다발이 들어 있었다.

"여기 고스란히 다 있습니다요, 3천 루블 그대로입죠, 세어볼 것도 없어요. 가지십쇼." 그가 턱짓으로 돈을 가리키며 이반에게 권했다. 이반은 의자에 털썩 주저앉았다. 얼굴이 백지장처럼 하얗게 질려 있었다.

"까무러치겠군…… 이 양말 하며……" 그는 이렇게 내뱉으며 왠지 이상하게 웃었다.

"정말, 정말, 지금까지 몰랐던 겁니까?" 스메르쟈코프가 다시 한번 물었다.

"아니, 정말 몰랐다. 나는 드미트리 형이라고만 생각했어. 형! 형! 아아!" 그는 갑자기 두 손으로 머리를 움켜쥐었다. "그래, 너 혼자 죽인 거냐? 형 없이 너 혼자 한 거냐, 형과 함께 한 거냐?"

"오로지 도련님과 함께 한 것입죠, 도련님과 함께 죽였을 뿐, 드미트리 표도로비치는 아무 죄도 없습니다요."

"좋아, 좋아…… 내 얘긴 나중에 해. 왜 이렇게 자꾸 떨리지…… 말도 제대로 안 나오는군."

"그때는 아주 용감했잖습니까요, '모든 것이 허용된다'고 말했습죠, 이제 와서 그렇게 질겁을 하시다뇨!" 스메르쟈코프가 어이없어하며 중얼거렸다. "레몬수라도 드시려나, 곧 내오라고 이릅죠. 한결 상쾌해질 겁니다. 다만 이것부터 우선 덮어야겠구먼요."

그러면서 그는 다시 턱짓으로 돈을 가리켰다. 그는 몸을 움직여 자리에서 일어나 마리야 콘드라치예브나더러 레몬수를 만들어오라고 문에다 대고 외칠 참이었지만, 우선 그녀가 돈을 보지 못하게 뭐든 가릴 것을 찾다가 처음엔 손수건을 꺼냈는데, 손수건은 지난번과 마찬가지로 온통 콧물 범벅이어서, 이반이 이 방으로 들어오면서 눈여겨보았던, 탁자 위에 달랑 한 권만 놓여 있는 두툼한 노란 책을 집어서 돈을 눌렀다. 책의 제목은 '우리의 거룩하신 교부님 이삭 시리아인人의 말씀'*이었다. 이반 표도로비치는 기계적으로 제목을 읽었다.

"레몬수는 됐어." 그가 말했다. "내 얘긴 나중에 하라니까. 어서 앉아서 말이나 해, 어떻게 그 짓을 한 거냐? 모조리 얘기하란 말이다……"

"외투라도 벗으십쇼, 땀에 흠뻑 젖으실 텐데요."

이반 표도로비치는 이제야 생각난 듯 외투를 벗어 의자에서 몸을 일으키지도 않은 채, 긴 나무걸상에다 휙 던졌다.

"자, 말해봐, 어서 말해!"

그는 진정된 듯했다. 그는 스메르쟈코프가 이제 곧 모든 것을 말하리라고 확신하며 기다렸다.

"어떻게 그 짓을 했냐굽쇼?" 스메르쟈코프가 한숨을 내쉬었다. "가장 자연스러운 방식으로 했습죠, 도련님이 했던 바로 그 말에 따라서……"

"내 얘긴 나중에 하란 말이다." 이반이 다시 말을 중단시켰으나, 더 이상 아까처럼 고함을 치지도 않고 완전히 자제력을 회복한 듯 확고한

* 이삭 시리아인은 악마의 구원을 위해 기도한 성자로도 유명하다.

어조로 말했다. "네가 어떻게 그 짓을 했는지나 자세히 얘기해. 순서대로 모조리 얘기하란 말이다. 하나도 빼놓지 말고. 자세히, 무엇보다 자세해야 돼. 자, 어서."

"도련님이 떠나자, 저는 지하 광으로 굴러떨어졌습죠……"

"발작이 났던 게냐, 아니면 연극이었냐?"

"당연히 연극입죠. 모든 게 다 연극이었어요. 계단을 조용히 내려갔습죠, 맨 아랫단까지 말입죠, 그런 다음 조용히 드러누워 곧바로 울부짖었지요. 그러고는 사람들이 와서 끌어낼 때까지 몸을 뒤틀며 버둥거렸습죠."

"잠깐! 그럼 내내 연극을 했던 거냐, 나중에도 줄곧, 병원에서도?"

"그건 절대로 아닙죠. 바로 다음날 아침, 아직 병원에 가기 전에 진짜 발작이 일어났는데, 그렇게 지독한 발작은 정말 몇 해 만에 처음이었어요. 이틀 동안 전혀 의식이 없었으니까요."

"좋아, 좋아. 계속해."

"사람들이 저를 칸막이 뒤의 그 침대로 옮기더구먼요, 저는 그걸 미리 알고 있었죠, 마르파 이그나치예브나는 제가 아플 때마다 언제나 자신들이 거처하는 방의 바로 그 칸막이 뒤에다 밤새 눕혀두었으니깝쇼. 제가 태어났을 때부터 그분은 늘 저한테 다정하게 대해주었습지요. 저는 밤에 신음소리를 냈습죠, 다만 나지막하게요. 그러면서 드미트리 표도로비치가 오기만을 내내 기다린 겁니다."

"기다리다니, 너한테 오길?"

"뭣하러 저한테 오나요. 그 양반이 집으로 오길 기다린 거죠, 저는 그분이 바로 그날 밤에 올 거라는 걸 추호도 의심하지 않았어요, 제가 없으니 아무 소식도 얻어낼 수 없고, 그러니 틀림없이 직접 집으로 와야 했을 테니까요, 담장을 기어넘어서 말입죠, 그거야 그분도 얼마든지 할 수 있으니깝쇼, 그러고는 무슨 일이든 저지르게 돼 있었습죠."

"만약 오지 않았다면?"

"그러면 아무 일도 안 일어났겠습죠. 그분이 안 왔다면 저도 결단을 내리지 못했을 테니까요."

"좋아, 좋아…… 좀더 알아듣기 쉽게 얘기해, 찬찬히, 무엇보다—하나도 빼놓지 말고!"

"저는 그분이 표도르 파블로비치를 죽이길 기다렸습니다요…… 이건 확실하다고 생각했습죠. 제가 그분에게 벌써 그렇게 준비시켜놓았으니까요…… 며칠 전부터 말입죠…… 무엇보다—그분은 그 신호를 알게 됐거든요. 그분은 그 며칠 동안 의심과 분노가 쌓일 대로 쌓였기 때문에 틀림없이 그 신호를 써서 집안으로 침입할 게 뻔했습니다요. 아주 틀림없는 일이었죠. 그래서 저는 그분을 기다렸던 것입죠."

"잠깐," 이반이 말을 중단시켰다. "만약 형이 죽였다면, 돈도 가져가 버렸겠지, 너도 바로 그렇게 판단했을 텐데? 형이 그 일을 저지르면 너한테 뭐가 돌아간다는 거냐? 납득이 안 되는군."

"그분은 돈을 절대로 찾아내지 못했을 겁니다요. 돈이 요 밑에 들어 있다는 건 제가 그냥 그분한테 그렇게 가르쳐준 거예요. 그건 그저 거짓말이었다굽쇼. 전에는 귀중품함에 들어 있었죠, 그랬습죠. 그런데 표도르 파블로비치가 믿는 사람은 세상에서 저 하나밖에 없기 때문에, 제가 나중에 그분한테 그 돈봉투를 구석에 있는 성상 뒤로 옮기라고 권했죠, 거기는 아무도 짐작조차 못할 거고 특히 급히 들어온 사람이라면 더욱 그럴 거라고 하면서요. 그래서 그건, 그 돈봉투는 거기 그분 방 한쪽 구석 성상 뒤에 있었단 말입니다요. 요 밑에다 돈을 보관하다니, 그건 진짜 웃기는 일이었겠죠, 최소한 귀중품함에라도 넣어 열쇠를 채워 둬야죠. 그런데 이곳 사람들은 이제 다들 그게 요 밑에 들어 있었다고들 믿게 됐거든요. 멍청한 판단입죠. 그러니 만약 드미트리 표도로비치가 바로 그 살인을 저질렀다 해도 아무것도 찾아내지 못한 채, 살인자들이 언제나 그러듯이 어디서 바스락거리는 소리만 나도 겁을 집어먹고 부리나케 도망쳤거나, 아니면 체포되었을 겁니다요. 그렇게 되면 저는 언제든, 그다음날이나 아니면 바로 그날 밤중에라도 말입죠, 성상 뒤로 슬그머니 들어가서 바로 그 돈을 꺼내올 수 있었을 것이굽쇼, 모든 건 드미트리 표도로비치가 다 뒤집어썼을 겁니다요. 그러니 저는 언제든 희망을 가질 수 있었던 거죠."

"그럼, 형이 죽이지는 않고 그냥 두들겨 패기만 했다면?"

"만약 죽이지 않았다면 저는 물론 돈을 가져갈 엄두도 못 냈을 테고 모든 게 허사가 됐겠죠. 하지만 때려눕혀 기절시키는 경우도 생각해뒀습니다요, 그땐 얼른 돈을 훔치고서 나중에 표도르 파블로비치한테는, 주인 나리를 때려눕히고 돈을 훔쳐간 사람은 바로 드미트리 표도로비치였다고 고해바칠 수 있으니까요."

"잠깐…… 좀 헷갈리는군…… 그러니까 여하튼 아버지를 죽인 건 드미트리이고 너는 돈만 훔쳤다는 거냐?"

"아뇨, 그분이 죽인 게 아닙니다요. 하긴 뭐, 지금이라도 도련님께 그분이 살인범이라고 말할 수도 있겠죠…… 하지만 이제 도련님 앞에서 거짓말을 하고 싶진 않군요, 왜냐하면…… 왜냐하면 만약 도련님이 정말로, 지금 제 눈에도 그대로 보이지만, 지금껏 아무것도 몰랐고, 또 명백한 자기 죄를 제 눈앞에서 저한테 뒤집어씌우려고 연극을 한 게 아니라 해도, 그래도 어쨌거나 이 모든 게 도련님의 죄니까 말입죠, 도련님은 살인이 일어날 걸 알았습죠, 저한테 살인을 위임해놓고 자신은 모든 걸 뻔히 알면서도 떠나버렸으니깝쇼. 그래서 저는 오늘 저녁 도련님의 눈앞에서 여기 이 살인 사건 전체의 주범은 어디까지나 도련님 단 한 사람이라는 것을, 저는 비록 직접 죽이기는 했을망정 절대로 주범은 아니라는 것을 증명하고 싶은 겁니다요! 도련님이야말로 법적인 살인범이다 이겁니다!"

"어째서, 어째서 내가 살인범이야? 하느님 맙소사!" 이반은 자신에 대한 얘기를 대화의 말미로 모두 미루기로 한 것을 잊고 드디어 자제력을 잃고 말았다. "아직도 그 체르마쉬냐 얘기냐? 잠깐, 어디 말해봐라, 내가 체르마쉬냐로 가는 걸 네놈이 정말 동의로 받아들였다 해도, 어째서 네놈한테 내 동의가 필요했던 거냐? 지금 그걸 어떻게 설명할 테냐?"

"도련님의 동의를 확실하게 얻어놓으면, 도련님이 거기서 돌아온 뒤이 잃어버린 3천 때문에 소동을 피우지 않으리라는 걸 미리 알 수 있었을 테니까요, 설령 수사 당국에서 무슨 꼬투리를 잡아 드미트리 표도로비치 대신 저에게 혐의를 두거나 드미트리 표도로비치와 공모한 것으로 의심한다 해도 말이죠. 오히려 도련님이 나서서 다른 사람들에게서 저를 변호해줬을걸요…… 또 유산을 받게 되면 그후에도 남은 평생 동안 저한테 보상해주었을 테죠, 어쨌든 제 덕분에 그 유산을 손에 넣게 된 거니까요, 그렇지 않고 주인 나리가 아그라페나 알렉산드로브나와 혼인했다면 도련님 손엔 동전 한 닢도 떨어지지 않았을 것 아닙니까."

"아! 그러니까 네놈은 나중에도 평생토록 나를 괴롭힐 작정이었구나!" 이반은 이를 갈았다. "하지만 만약 내가 그때 떠나지 않고 너를 신고했다면?"

"그때 뭘 신고할 수 있었겠습니까? 제가 도련님더러 체르마쉬냐로 가라고 부추겼다고요? 그건 정말 멍청한 짓입죠. 게다가 저하고 그런 말을 나눈 뒤 도련님은 떠날 수도 있었고 그냥 남아 있을 수도 있었잖습니까. 그냥 남아 있었더라면 아무 일도 일어나지 않았을 테고, 저는 말입죠, 도련님이 이 일을 원치 않는다는 걸 알고, 아무 짓도 하려 들지 않았을 겁니다. 하지만 도련님은 떠났으니, 그건 저를 법정에다 감히 고발하지도 않겠거니와 제가 이 돈 3천을 슬쩍해도 봐주겠다고 보장했다는 뜻이죠. 더구나 나중에라도 도련님은 저를 절대 추궁할 수 없었을 거란 말입니다, 그렇게 되면 저도 법정에서 모든 것을 얘기해버릴 테니까 말입죠. 다시 말해, 제가 훔치거나 죽였다고 말하겠다는 게 아니라—그런 말은 하지 않았을 겁니다요—도련님이 저한테 훔치고 죽이라고 직접 사주했지만 저는 동의하지 않았다고 말한단 말입니다. 그러니 저로서는 그때 도련님의 동의를 꼭 받아두어, 도련님이 아예 저를 궁지에 몰아넣지 못하도록 해두자는 것이었습죠, 도련님이야 아무런 증거도 쥐고 있지 않지만, 저는 도련님이 아버지의 죽음을 얼마나 간절히 바라고 있었는지 폭로해서 언제라도 도련님을 꼼짝달싹 못하게 할 수 있었으니깝쇼, 도련님한테 단언하건대—세상 사람들은 다들 그 말을 믿을 거고, 도련님은 두고두고 얼굴도 못 들고 다닐걸요."

"그러니까 내가 바랐다고, 그걸 간절히 바랐다고, 바랐다고?" 이반은 다시 이를 갈았다.

"틀림없이 그랬습죠, 그리고 저의 제안에 동의함으로써 그때 저한테 그 일을 암묵적으로 허락한 겁니다요." 스메르자코프는 확고한 시선으로 그를 쳐다보았다. 그는 몹시 기운이 없어 지친 목소리로 나직이 말했으나, 내부에 숨겨진 무엇인가가 그를 계속 부추겼고 필시 어떤 의도가 있는 듯했다. 이반은 그런 예감이 들었다.

"더 계속해." 이반이 그에게 말했다. "그날 밤 얘기를 계속해봐."

"계속 뭘 말입쇼! 누워 있으려니 주인 나리의 비명소리 같은 게 들리더군요. 그런데 그전에 그리고리 바실리치가 갑자기 몸을 일으켜 밖으로 나갔는데, 별안간 마구 울부짖더니 그다음엔 모든 게 잠잠해지고 깜깜했어요. 저는 그렇게 누워서 기다리고 있는데 심장이 쿵쾅거려서 도저히 참을 수가 없는 겁니다요. 결국 일어나서 가봤습죠—왼쪽을 보니, 정원 쪽으로 난 주인 나리 방의 창문이 열려 있기에, 저는 나리가 살아서 거기에 앉아 있는지 어쩐지 엿들으려고 왼쪽으로 한 걸음 더 다가갔는데, 나리가 급히 왔다갔다하면서 한숨을 내쉬는 소리가 들리는 것이, 살아 있더구먼요. 에잇, 하고 생각했습죠! 창가로 다가가서 '접니다요' 하고 나리한테 소리쳤습니다. 나리가 저한테 '그놈이 왔어, 왔어, 왔다가 도망쳤어!' 그러더군요. 그러니까 드미트리 표도로비치가 왔었다는 것입지요. '그리고리를 죽였어!' 그래서 제가 '어디서요?' 하고 나리한테 속삭였습죠. '저기, 저 구석에' 하고 가리키면서 나리도 속삭이더군요. 저는 '잠깐만 기다려보십시오' 하고 말했죠. 그러고는 그 구석으로 가서 찾아보니, 담장 옆에 그리고리 바실리예비치가 의식을 잃고 온통 피투성이가 되어 누워 있는 겁니다. 그렇다면 정말 드미트리 표도로비치가 왔었구나 하는 생각이 퍼뜩 머리를 스치면서 지금 바로 이 모든 것을 순식간에 끝내버리기로 결심했습죠. 그리고리 바실리예비치는 아직 살아 있다 해도 의식을 잃고 누워 있으니 그동안엔 아무것도 보지 못할 테니깝쇼. 단 한 가지 위험은 마르파 이그나치예브나가 갑자기 깰지도 모른다는 것이었습죠. 그 순간 그런 느낌이 들긴 했지만 그저 이 욕망이 저를 이미 온통 사로잡아버린지라 숨마저 턱턱 막혀왔습니다요. 저는 다시 나리 방의 창문 아래로 가서, '그분이 여기 와 계세요, 아그라페나 알렉산드로브나가 오셨습니다, 들여보내달라고 하시는데요'라고 말했죠. 그러자 나리는 어린아이처럼 온몸을 부르르 떨더군요. '여기 어디? 어디 있어?'라며 흥분한 나머지 끙끙거리기까지 하면서도 아직 믿지 못하는 눈치예요. '저기 서 계시니 문을 열어주세요!' 하고 말했지요. 그러자 창 너머로 저를 바라보며 반신반의할 뿐, 문 열기를 두려워하기에, 나를 두려워해서 그러는구나 하는 생각이 들었습니다. 그런데 참 웃기는 일도 다 있죠. 그루셴카가 왔다고 바로 나리 눈앞에서 창틀을 두드리자는 생각이 불쑥 들지 뭡니까. 제 말은 믿지 않으면서도 톡톡 신호대로 두드리자마자 당장 문을 열어주러 달려오더군요. 문이 열렸습니다. 제가 들어가려고 하니까 나리는 턱 버티고 서서 몸으로 저를 가로막고는 여전히 들여보내주지 않는 거예요. '그앤 어디 있어? 어디?' 하면서 저를 바라보며 후들후들 떠는 겁니다. 이런, 나를 이렇게 두려워하다니—글렀구나! 하는 생각이 들면서, 저를 방으로 들이지 않거나 소리를 지르거나 마르파 이그나치예브나가 달려오거나, 아니면 무슨 일이라도 일어나면 어쩌나 싶어 어찌나 겁이 나던지, 다리에 힘이 쑥 빠지기까지 하더군요. 그때 어땠는지 이미 기억이 잘 안 나지만, 저는 분명히 새파래져서 나리 앞에 서 있었을 겁니다. 나리한테 속삭였죠. '예, 저기, 저기, 그분이 창문 밑에 계세요, 어떻게 나리는 정말 못 보셨습니까?' 하고요. '그럼 네가 가서 그앨 데려와라, 네가 그앨 데려와!' 하시기에, '하지만 그분은 무서워하고 계세요, 고함소리에 놀라서 관목 덤불에 숨으셨어요, 그러니 방으로 들어가셔서 창밖을 향해 직접 불러보세요' 하고 말했죠. 그러자 나리는 달려가더니 창가로 다가가 촛대를 창턱에 세우더군요. '그루셴카, 그루셴카, 너 여기 있는 게냐?' 하고 외쳤어요. 몸소 이렇게 외치긴 했지만, 창밖으로 몸을 내밀려 하지 않고, 너무 겁이 나서 저한테서 떨어지려고 하지 않았어요, 제가 너무 겁났던 거죠, 그래서 저한테서 떨어질 엄두가 안 났던 겁니다. '바로 저기 계시네요(그러면서 저는 창가로 다가가 창밖으로 몸을 쑥 내밀었습니다), 저기 저 덤불 속에서 나리를 보고 웃고 계시는데요, 보이시죠?' 하고 말했죠. 나리는 갑자기 그 말을 믿고 온몸을 부르르 떨기 시작하더군요, 그 여자한테 지독하게 미쳐 있었으니깝쇼, 심지어 온몸을 창밖으로 쑥 내미는 겁니다. 저는 얼른 나리의 탁자 위에 있던 바로 그 주철 서진書鎭을 집어들었는데, 기억하시겠지만요, 3푼트는 족히 나갈 물건이었습죠, 저는 나리 뒤에서 그놈을 힘껏 휘둘러 모서리로 곧장 나리의 정수리를 내리쳤습니다. 비명조차 지르지 못하더군요. 그저 한순간에 푹 쓰러진 것을 저는 두 번, 세 번 연거푸 내리쳤습니다. 세번째 내리칠 땐 완전히 깨부숴놓았다는 느낌이 오더군요. 나리는 갑자기 얼굴을 위로 하고 벌렁 뒤로 나자빠졌는데, 온통 피투성이였습니다. 살펴보니 저한테는 피가 한 방울도 튀지 않았더군요, 그래서 서진을 닦아서 올려놓고, 성상 뒤로 가서 돈봉투를 꺼내 봉투는 바닥에 버리고 그 장밋빛 리본도 그 옆에 버렸습니다. 그러고는 온몸을 덜덜 떨면서 정원으로 나갔습니다. 곧장 큰 구멍이 뚫려 있는 사과나무로 향했죠—그 구멍을 기억하실 테죠, 저는 벌써 오래전에 그걸 눈여겨봐두었는데, 그 구멍 안에는 이미 헝겊조각과 종이가 들어 있었지요, 제가 오래전에 준비해두었던 거였습죠. 저는 돈을 모두 그 종이에 싼 다음 다시 헝겊으로 싸서 깊숙이 찔러두었습니다. 그렇게 그 돈은 두 주일 남짓 거기에 그대로 있었던 거죠, 모두 고스란히 말입니다요, 나중에 병원에서 나온 뒤에야 그걸 꺼냈으니까요. 제 침대로 돌아와 눕자, 공포에 질린 가운데도 이런 생각이 들더군요. '그리고리 바실리예비치가 완전히 죽은 거라면, 일이 아주 틀어질 수도 있지만, 만약 죽지 않고 깨어난다면 아주 잘 풀릴 거다, 그러면 그 노인은 드미트리 표도로비치가 왔다 갔다고, 다시 말해 그분이 죽이고 돈을 훔쳐갔다고 증언할 테니까' 하고 말입죠. 저는 그때 의구심과 초조감에 시달리면서, 마르파 이그나치예브나가 어서 빨리 깨어나도록 신음소리를 내기 시작했습니다. 마침내 그녀가 일어나 저한테 달려오려다가 갑자기 그리고리 바실리예비치가 없는 것을 보고는 밖으로 달려나갔고, 이어 정원에서 그녀가 울부짖는 소리가 들려오더군요. 뭐, 이렇게 해서 밤새도록 그 모든 소동이 벌어졌지만, 저는 이미 모든 점에서 마음을 놓게 되었습죠."

그는 여기서 이야기를 그쳤다. 이반은 줄곧 꼼짝도 않고 상대방에게서 한 순간도 눈을 떼지 않은 채 죽은 듯이 침묵을 지키며 그의 말을 듣고 있었다. 스메르쟈코프는 이야기를 하면서 그저 간간이 그에게 힐끔 눈길을 주었으나, 대개는 비스듬히 옆을 보고 있었다. 이야기를 끝내자 그는 자신도 몹시 흥분한 듯 힘겹게 숨을 몰아쉬었다. 얼굴에는 땀이 배어나와 있었다. 하지만 그가 회오를 느끼는지 어떤지는 짐작할 수가 없었다.

"잠깐." 무언가를 헤아려보면서 이반이 말을 받았다. "그럼 그 문은? 아버지가 너한테만 문을 열어주었다면, 그 문이 열린 걸 어떻게 그리고리가 너보다 먼저 볼 수 있었다는 거냐? 그리고리가 너보다 먼저 보았잖아?"

희한하게도, 이반은 더없이 평온한 목소리로, 심지어 아까와 아주 달라진 듯한 어조로 전혀 노기를 띠지 않고 물었는데, 만약 누가 지금 방문을 열고 문지방에서 그들을 보았다면, 그들이 흥미롭긴 하지만 일상적인 어떤 화제에 대해 화기애애하게 이야기를 나누며 앉아 있는 거라고 생각했을 게 틀림없다.

"그 문에 대해, 그리고리 바실리예비치가 그 문이 열린 것을 본 듯이 말하는 건 그저 그 노인의 생각일 뿐이에요." 스메르쟈코프가 입술을 일그러뜨리며 웃었다. "이건 도련님한테 하는 말이지만, 그 노인은 인간이 아니라굽쇼, 고집불통 거세마나 다름없어요. 보지도 않고서 보았다는 생각이 든 건데—일단 그리되면 도저히 그 노인을 움직일 수 없습죠. 이 노인이 이런 걸 다 생각해내주다니, 도련님과 저는 운수대통인 거지요, 이렇게 되면 결국 꼼짝 못하고 드미트리 표도로비치가 범인이 되고 말거든요."

"가만." 이반 표도로비치는 다시 혼란스러워지기 시작하는 듯, 뭔가 생각을 모아보려고 애쓰며 말했다. "가만…… 너한테 물어볼 게 아직 많았는데 그만 잊어버렸어…… 자꾸 잊어버리고 뒤죽박죽이고…… 그래! 이거 하나만이라도 얘기해다오, 왜 넌 그 봉투를 뜯어서 거기 바닥에다 내버려뒀지? 왜 그냥 봉투째 가져가지 않은 거냐…… 네가 이야기할 때 그 봉투에 대해서 그건 그렇게 해야 했다고 얘기하는 것 같았는데…… 왜 네가 그래야 했던 건지…… 이해가 안 되는군……"

"그때 제가 그렇게 한 데는 어떤 이유가 있었습죠. 모든 사정을 익히 잘 알고 있는 사람, 이를테면 저처럼 이 돈을 사전에 직접 보았고 어쩌면 그 돈을 직접 봉투에 넣기까지 한데다, 그 봉투에 봉인을 하고 받을 사람의 이름을 쓰는 걸 눈으로 직접 본 사람이라면, 예컨대 그런 사람이 이런 살인을 했다 해도 말입죠, 그런 사람이 살인을 저지른 뒤에 대체 무슨 까닭으로 이 봉투를 뜯어보겠습니까, 더구나 그런 위급한 상황에서 말이죠, 그러잖아도 그 봉투 안에 틀림없이 돈이 들었다는 걸 이미 확실하게 알고 있는뎁쇼? 예를 들어 그 도둑이 저 같은 사람이었다면, 오히려 그 봉투를 아예 뜯지도 않고 그냥 호주머니에 쑤셔넣은 채 얼른 내뺐을 겁니다요. 드미트리 표도로비치라면 완전히 다르죠. 그분은 돈 봉투에 대해 그저 말로만 들어 알고 있을 뿐 직접 보지는 못했으니, 만약 그걸 요 밑이나 어디 그런 데서 끄집어냈다면 말이죠, 그 자리에서 얼른 봉투를 뜯어 그 안에 정말로 문제의 그 돈이 들었는지 확인할 겁니다. 하지만 봉투는 바로 그 자리에다 버렸을 테죠, 그게 나중에 자기에게 불리한 증거가 된다는 생각을 할 겨를도 없이 말입죠, 왜냐하면 그분은 상습적인 도둑이 아닙지요, 게다가 귀족으로 태어난 양반이라굽쇼, 그러니 지금껏 한 번도 내놓고 도둑질이라는 걸 해본 적이 없거든요, 또 지금 도둑질을 하기로 결심했다 해도, 그건 도둑질이 아니라 그저 원래 자기 것을 되찾으러 온 게 될 테니까요. 그전부터 그걸 온 도시에 공공연히 알리고, 심지어 표도르 파블로비치한테 가서 자기 재산을 되찾아오겠노라고 모든 사람 앞에서 진작부터 큰 소리로 신나게 떠벌렸잖습니까요. 저는 심문받을 때 검사에게 바로 이런 생각을 분명하게는 얘기하지 않고 오히려 저 자신도 잘 모르는 것처럼 슬쩍 에둘러 말해주면서, 마치 제가 그들에게 일러준 게 아니라 그들 스스로 이것을 생각해낸 듯이 했습죠—그러자 검사 나리는 제가 던져준 그 암시에 군침까지 삼키더라굽쇼……"

"그럼 정말, 정말 너는 이 모든 걸 그때 즉석에서 생각해냈단 말이냐?" 이반 표도로비치는 너무 놀란 나머지 어리벙벙해 소리쳤다. 그러면서 다시금 경악을 금치 못하며 스메르쟈코프를 쳐다보았다.

"무슨 그런 말씀을, 이 모든 걸 그렇게 황급히 생각해내다니, 그게 어디 가능한 일입니까요? 미리 다 생각해두었죠."

"으음…… 으음……, 그럼 악마가 나서서 네놈을 도와준 거로군!" 이반 표도로비치가 다시 소리쳤다. "아니, 네놈은 멍청하지 않아, 네놈은 내가 생각했던 것보다 훨씬 영리해……"

분명히 방안을 좀 거닐고 싶은 듯 그가 자리에서 일어났다. 그는 무서운 우수에 빠져 있었다. 하지만 탁자가 길을 가로막고 탁자와 벽 사이엔 간신히 비집고 빠져나갈 틈밖에 없었기 때문에 그는 그저 그 자리에서 몸을 돌렸다가 다시 자리에 앉았다. 좀 거닐 수도 없게 된 것에 아마도 갑자기 울화통이 터졌는지 그는 거의 아까처럼 미친 듯 흥분해서 별안간 고함을 지르기 시작했다.

"잘 들어, 이 저주받은 놈, 벌레만도 못한 놈아! 정말 아직 모르겠느냐, 내가 아직 네놈을 때려죽이지 않은 건 오로지 내일 법정에서 답변을 시키려고 아껴두는 것뿐이야. 하느님이 보고 계셔." 이반은 한 손을 위로 높이 쳐들었다. "어쩌면 나도 죄가 있는지 모르지, 어쩌면 정말 마음속으로 은밀하게 바랐는지도…… 아버지가 죽었으면 하고 바랐는지도 모르지, 하지만 맹세코 나는 네놈이 생각하는 것만큼 그렇게 죄가 있진 않아, 아마도 나는 네놈을 전혀 교사하지 않았을 거야. 그래, 그렇고말고, 교사 따윈 하지 않았어! 하지만 상관없다, 나는 내일 당장 법정에서 나 자신을 고발하겠다, 그렇게 결심했어! 나는 모든 걸 말할 작정이다, 모든 것을. 하지만 나는 네놈과 함께 출두하겠어! 네놈이 법정에서 나에 대해 뭐라고 말하든, 뭐라고 증언하든—받아들이겠다, 나는 네놈이 두렵지 않아. 오히려 나 자신이 모든 것을 확증해줄 테다! 하지만 네놈도 법정에서 자백해야 돼! 반드시, 반드시 그래야 돼, 그래서 우리는 함께 가는 거다! 반드시 그렇게 될 거다!"

이반은 엄숙하고 힘차게 이렇게 말했는데, 번쩍이는 눈초리만 보아도 정말 그렇게 되리라는 것을 알 수 있었다.

"도련님은 몸이 편찮아요, 저는 압니다요, 많이 편찮으시다굽쇼. 눈이 완전히 노랗습니다요." 스메르자코프는 이렇게 말했지만, 빈정대기는 고사하고 오히려 측은해하는 눈치였다.

"함께 가는 거다!" 이반이 되풀이했다. "네놈이 안 간다 해도—어차피 나 혼자서라도 자백할 테다."

스메르자코프는 뭔가 골똘히 생각하는 듯 잠시 말이 없었다.

"그런 일은 절대 없을 겁니다요, 도련님도 가지 않을 거고요." 마침내 그가 어떤 이의도 용납하지 않는다는 듯한 어조로 이렇게 단언했다.

"네놈은 날 이해 못해!" 이반이 힐난하듯 소리쳤다.

"모든 걸 자백한다면 도련님은 세상이 창피해서 못 견딜 겁니다요.

아니 그보다, 그래 봤자 소용없을 거라굽쇼, 아무 소용 없다고요. 나는 그런 걸 도련님한테 말한 적이 절대로 없다고 딱 잡아뗄 테니까요, 도련님은 무슨 병에 걸렸든가(정말 그런 것 같기도 합니다요), 아니면 자기 형님을 동정한 나머지 자신을 희생하기로 하고선, 나한테 덮어씌울 생각을 해낸 거다, 왜냐하면 도련님은 평생토록 나를 인간이 아니라 무슨 파리새끼나 다름없이 생각해왔으니까, 라면서 말입죠. 그러면 누가 도대체 도련님을 믿겠습니까, 아니, 도련님한테 무슨 증거가 하나라도 있습니까?"

"이봐, 네놈이 방금 이 돈을 나한테 보여준 건 물론 나를 확신시키기 위해서였겠지?"

스메르쟈코프는 돈다발을 덮었던 『이삭 시리아인』을 들어서 한쪽 옆에다 놓았다.

"이 돈을 가져가십쇼." 스메르쟈코프가 한숨을 내쉬었다.

"물론 가져가지! 하지만 네놈은 이것 때문에 살인을 해놓고 왜 나한테 내주는 거냐?" 이반은 몹시 놀라면서 그를 쳐다보았다.

"그런 거 저한텐 전혀 필요 없습니다요." 스메르쟈코프가 한 손을 내저으며 떨리는 목소리로 말했다. "전에는 그 돈을 가지고 모스크바나 아니면 차라리 외국으로 가서 인생을 새로 시작할 생각이 있었습죠, 무엇보다 '모든 것이 허용된다'고 하니까 그런 꿈을 꾸었던 겁니다요. 이건 정말 도련님이 저한테 가르쳐준 것입죠, 그때 저한테 몇 번이나 말했으니까요. 영원한 하느님이 없다면 선행 같은 건 전혀 없다, 아니, 그리되면 선행은 아예 필요도 없다, 라고. 이건 정말 도련님이 한 말입니다. 저도 그렇게 판단했고요."

"네 머리로 도달한 결론이냐?" 이반이 입술을 뒤틀며 웃었다.

"도련님의 지도 덕분입죠."

"돈을 돌려주는 걸 보니, 이제 그럼 하느님을 믿게 됐다는 게냐?"

"아닙죠, 믿게 된 건 아닙니다요." 스메르쟈코프가 속삭였다.

"그럼 왜 돌려주는 거지?"

"관두죠…… 말해봤잡니다요!" 스메르쟈코프는 다시 손을 내저었다. "모든 것이 허용된다고 그때 노상 말한 게 바로 도련님인데, 이제 와서 왜 그렇게 안절부절못합니까요, 정작 도련님 자신이 말입죠? 자신을 고발하러 가겠다고까지 하지 않나…… 다만 그런 일은 절대 없을 겁니다! 도련님은 고발하러 가지 않아요!" 스메르쟈코프가 다시금 확고하고 자신 있게 단언했다.

"두고 봐라!" 이반이 말했다.

"그런 일은 있을 수 없습니다. 도련님은 아주 영리하니깝쇼. 도련님은 돈을 좋아해요, 저는 그걸 잘 압니다요, 무척 오만하기 때문에 존경받는 것도 좋아하고, 여자의 매력도 굉장히 좋아하지만, 무엇보다 누구 앞에서도 머리를 숙이지 않고 평온한 만족 속에 사는 것—이걸 무엇보다 좋아합지요. 법정에서 그런 수모를 자초해서 인생을 영원히 망치려 들진 않을 겁니다. 도련님은 표도르 파블로비치 같은 사람입니다, 제일 그렇습죠, 자식들 가운데 그분을 제일 많이 닮았어요, 그분하고 똑같은 영혼을 지녔으니 말입죠."

"네놈은 멍청하지 않아." 이반이 한 방 얻어맞은 듯이 내뱉었다. 피가 얼굴로 솟구쳤다. "전엔 네놈이 멍청한 줄 알았어. 이제 보니 진지한 놈이구나!" 갑자기 스메르쟈코프를 새롭게 보게 된 듯이 그가 말했다.

"도련님이 오만해서 저를 멍청하게 본 거죠. 이 돈을 가져가십쇼."

이반은 지폐 세 다발을 모두 집어서 무엇으로 싸지도 않고 그대로 호주머니에 쑤셔넣었다.

"내일 법정에서 이걸 제시하겠다." 그가 말했다.

"거기서 누구도 도련님 말을 믿지 않을 겁니다요. 이제 도련님한테도 자기 돈이 상당히 많으니까 도련님 함에서 꺼내 가져온 거라 하겠습죠."

이반은 자리에서 일어났다.

"다시 한번 말하지만, 네놈을 죽여버리지 않은 건 오직 내일 네놈이 나한테 필요해서야, 명심해둬, 잊지 말라고!"

"뭘 그러나요, 죽이십쇼. 지금 죽이시지요." 갑자기 스메르쟈코프가 이상한 눈초리로 그를 바라보며 이상한 어조로 말했다. "그럴 용기조차 없을 텐뎁쇼." 씁쓸하게 웃으면서 그가 덧붙였다. "무슨 일도 할 용기가 없을걸요, 예전엔 그렇게 대담하던 양반이!"

"내일 보자!" 이반은 이렇게 외친 뒤, 나가려고 몸을 움직였다.

"잠깐만요…… 그걸 다시 한번 보여주십시오."

이반은 지폐를 꺼내 그에게 보여주었다. 스메르쟈코프는 십 초가량 그것을 바라보았다.

"자, 가보십시오." 그가 한 손을 내젓더니 말했다. "이반 표도로비치!" 그가 갑자기 이반의 등뒤에 대고 다시 소리쳤다.

"왜 그래?" 이미 걸어나가던 이반이 뒤를 돌아보았다.

"안녕히 가십쇼!"

"내일 보자!" 이반은 다시 한번 외치고 오두막을 나섰다.

눈보라가 여전히 휘몰아치고 있었다. 그는 처음 몇 걸음을 힘차게 걸었으나 갑자기 휘청거리기 시작한 듯싶었다. '이건 그냥 신체적인 어떤 거야' 하고 생각하며 그는 씩 웃었다. 기쁨과도 같은 무엇이 지금 그의 영혼 속으로 스며들었다. 그는 자신의 내부에서 어떤 무한한 확고함을 느꼈다. 최근 들어 그토록 지독하게 줄곧 그를 괴롭혀온 동요는 이제 끝이다! 결단은 내려졌고 '이제 더이상 변하지 않을 거다'. 그는 행복감에 젖어 생각했다. 이 순간 그는 갑자기 무언가에 걸려 하마터면 넘어질 뻔했다. 멈춰 서서 발치를 살펴보니, 아까 그가 밀쳐버렸던 그 농부가 여전히 바로 그 자리에 의식도 없이 꼼짝도 않고 쓰러져 있었다. 눈보라가 농부의 얼굴을 벌써 거의 뒤덮고 있었다. 이반은 갑자기 그를 일으켜 들쳐업다시피 하고는 끌고 가기 시작했다. 오른쪽에 있는 조그만 집에 불빛이 있는 것을 보고 그곳으로 다가가 덧창문을 두드린 그는 집주인인 소시민이 대답하자, 농부를 파출소까지 데려가는 걸 도와달라고 부탁하면서 수고료로 3루블을 주겠다고 그 자리에서 약속했다. 소시민은 채비를 하고 나왔다. 그때 이반 표도로비치가 어떻게 자기 목적을 이루어 농부를 파출소로 데려가 돌보았는지에 대해, 그리고 곧바로 의사의 진찰을 받게끔 해주면서 거기서도 또 후하게 '비용'을 지불했다는 것에 대해서는 자세히 얘기하지 않겠다. 다만 한 가지 말해둘 것은, 이 일에 꼬박 한 시간 가까이 걸렸다는 점이다. 하지만 이반 표도로비치는 무척 만족스러웠다. 그의 생각들이 날개를 펴며 작동하고 있었다. '만약 내일에 대해 확고하게 결단을 내리지 못했다면' 하고 그는 갑자기 어떤 쾌감을 느끼며 생각했다. '농부를 돌보느라고 꼬박 한 시간씩이나 지체하지는 않았을 거다, 얼어죽으려면 죽으라지 하고 침이나 뱉으면서 그의 옆을 지나쳤겠지…… 하지만 나는 이제 나 자신을 감독할 힘을 충분히 가지고 있어.' 이 순간 그는 더욱더 큰 쾌감을 느끼며 이렇게 생각했다. '그런데도 거기 그들은 내가 미쳐가고 있다고 단정지었겠다!' 집에 다다랐을 때 그는 갑자기 느닷없는 물음에 부딪혀 걸음을 멈추었다. '지금 해야 하지 않을까, 지금 바로 검사를 찾아가서 모든 걸 밝혀야 하지 않을까?' 하지만 집 쪽으로 다시 방향을 돌리며 물음에 답을 내렸다. '내일 모두 한꺼번에 하자.' 속으로 이렇게 중얼거리자, 이상하게도 모든 기쁨과 만족감이 한순간에 거의 사라져 버렸다. 그리고 자기 방으로 들어선 순간, 뭔가 얼음장 같은 것이 갑자기 심장에 와닿았는데, 그것은 어떤 기억과도 같은 것, 아니 더 정확히 말해, 지금, 바로 지금 이 방에 있는, 그리고 전에도 여기 있었던 어떤 고통스럽고 혐오스러운 그 무엇이 상기되는 듯한 느낌이었다. 그는 기진맥진해 소파에 털썩 주저앉았다. 할멈이 사모바르를 가져왔고, 그는 차를 끓이긴 했으나 손도 대지 않았다. 할멈한테는 내일까지 일이 없으니 그만 가보라고 일렀다. 소파에 앉아 있으려니 현기증이 일었다. 몸이 아프고 기운이 없는 게 느껴졌다. 졸음이 쏟아지려 했으나, 불안한 마음에 자리에서 일어나 졸음을 쫓으려고 방안을 거닐기 시작했다. 순간순간 자신이 섬망증에 걸린 것처럼 여겨졌다. 그러나 무엇보다 마음이 쓰이는 것은 병이 아니었다. 그는 다시 자리에 앉아 무엇인가를 몰래 살피는 듯 간간이 주위를 두리번거리기 시작했다. 몇 번을 그렇게 했다. 마침내 그의 시선이 뚫어지게 한 점에 가서 박혔다. 이반은 씩 웃었으나, 얼굴은 분노로 벌겋게 달아올랐다. 그는 두 손으로 머리를 단단히 받치고 오랫동안 그 자리에 앉아 있었으나, 눈은 여전히 아까의 그 점을, 맞은편 벽 옆에 놓인 소파를 곁눈으로 흘겨보고 있었다. 거기에 있는 무엇인가가 그를 초조하게 하고, 그 어떤 대상이 그를 불안하게 하고 괴롭히는 것 같았다.

IX
악마. 이반 표도로비치의 악몽

나는 의사가 아니지만, 이반 표도로비치의 병의 특성에 관해 독자에게 무슨 설명이든 반드시 하지 않으면 안 될 순간이 왔다고 느낀다. 한마디만 앞질러 말해두자면, 그는 지금, 이날 저녁, 섬망증에 걸리기 바로 직전의 상태였는데, 오래전부터 건강이 몹시 상했으면서도 끈질기게 병에 저항해오던 그의 신체조직이 마침내 이 병에 완전히 정복당하고 만 것이다. 나는 의학에 대해 전혀 아는 바가 없지만, 그래도 위험을 무릅쓰고 내 소견을 말하자면, 그는 무섭도록 긴장된 의지력을 발휘해 실제로 얼마 동안 발병을 지연시킬 수 있었고, 물론 병을 완전히 극복하리라고 꿈꾸었던 것 같다. 그는 자신이 건강하지 않다는 걸 알고 있었지만, 자신의 인생에서 이토록 숙명적인 순간, 즉 직접 그곳에 출석해서 담대하고 결연하게 할말을 하고 '자기 자신 앞에서 스스로의 떳떳함을 증명'해야 할 순간을 바로 눈앞에 둔 이런 때에 병을 앓는다는 것이 끔찍하게 싫었다. 하긴, 그는 의사를 찾아간 적이 한 번 있었는데, 앞에서 이미 언급했듯 카체리나 이바노브나의 어떤 환상 때문에 모스크바에서 초빙되어 온 새 의사였다. 의사는 그의 얘기를 듣고 진찰을 해본 뒤, 일종의 뇌 이상마저 있는 것 같다는 진단 결과를 내놓았고, 그가 몹시 꺼리기까지 하며 털어놓은 어떤 고백에 대해서도 전혀 놀라지 않았다. "당신과 같은 상태에서는 그런 환각이 얼마든지 일어날 수 있습니다," 하고 의사는 단언했다. "검사를 해봐야겠지만…… 아무튼 한시도 지체 말고 본격적인 치료를 시작해야 합니다, 그러지 않으면 상황이 나빠질 겁니다." 그러나 이반 표도로비치는 의사에게 다녀온 뒤 그 현명한 충고를 따르지 않았고, 자리에 누워 치료를 받으라는 얘기도 무시해버렸다. '그래도 이렇게 걸어다니잖아, 아직은 기력이 있어, 쓰러진다면야—문제가 다르지만, 그때는 누구든 원하는 사람이 치료하라지.' 그는 손을 내저으며 이렇게 결론지었다. 그리하여 그는 지금 자신이 섬망증에 걸렸음을 거의 의식하면서도 그냥 앉아서, 내가 이미 얘기했듯이, 맞은편 벽 옆에 놓인 소파 위의 어떤 대상을 집요하게 응시하고 있었다. 거기엔 도대체 어떻게 들어왔는지, 누군가가 앉아 있는 것이 갑자기 눈에 들어왔는데, 이반 표도로비치가 스메르쟈코프한테서 돌아와 방에 들어섰을 때만 해도 거기에 없던 자였다. 이자는 어떤 신사, 혹은 더 정확히 말해 어떤 모모某某한 부류의 러시아 신사로, 이미 젊은 나이가 아닌, 프랑스인들이 말하듯 '쉰을 스치려는 이qui frisait la cinquantaine'였고, 제법 길게 기른, 아직도 숱이 많은 검은 머리며 쐐기 모양으로 깎은 턱수염에는 백발이 그리 많이 섞여 있지 않았다. 최고의 재봉사가 만든 것이 분명한 무슨 갈색 재킷을 입고 있었으나 이미 닳아서 낡기도 했거니와 지어 입은 지 삼 년은 족히 되어 유행도 완전히 지나가버려, 형편이 넉넉한 사교계 사람이라면 어느 누구도 벌써 이 년 전부터 그런 옷은 입고 다니지 않았다. 셔츠며 목도리 모양의 긴 넥타이며, 모든 것이 멋쟁이 신사들이 다들 즐겨 착용하는 것이긴 했지만, 좀더 가까이서 들여다보면 셔츠는 꽤나 때가 묻고, 폭이 넓은 목도리는 몹시 닳은 것이었다. 방문객이 입고 있는 바둑판무늬 바지도 몸에 아주 잘 맞긴 했으나, 그것 역시 색이 너무 밝고 어쩐지 폭이 너무 좁아서 지금은 이미 아무도 입지 않는 것이었고, 그가 쓰고 온, 털이 부드러운 하얀 모자 또한 계절에 전혀 맞지 않았다. 한마디로, 아주 부실한 주머니 형편에 그래도 체면을 차리느라 단정히 차려입은 형색이었다. 이 신사는 아직 농노제 시대였을 때만 해도 한창 잘나갔던, 과거의 백수白手 지주 부류에 속하는 듯했다. 필시 사교계와 점잖은 상류사회를 본 적 있고 한때는 그런 사회와 교분도 있었으며 어쩌면 지금까지도 그것을 유지해왔는지 모르지만, 젊은 시절의 즐거운 삶도 끝나고 얼마 전 농노제가 철폐된 이후로는 점차 가난해져서, 이제는 일종의 품위 있는 식객 같은 존재가 되어 마음씨 좋은 옛 지인들 집을 전전하는 신세가 되었을 터인데, 지인들이 그런 사람을 받아주는 것은 그의 붙임성 좋은 둥글둥글한 성격 때문이기도 하거니와, 그가 그래도 예의 바른 사람이어서 어떤 다른 손님이 와 있건 자기들 식탁에 물론 아주 변변찮은 구석자리이긴 해도 함께 앉힐 수 있기 때문이다. 이런 식객들, 이 둥글둥글한 성격의 신사들은 이야기 솜씨도 좋고 카드놀이에도 곧잘 끼지만, 무슨 일을 맡기면서 부담을 주면 죽도록 싫어하는 성미여서—대개는 독신으로 미혼자이거나 홀아비이고, 아이가 있을 수도 있지만 아이들은 으레 어디 먼 곳에 사는 어느 친척 아주머니들 집에서 양육되고 있는데, 신사는 이런 친척들이 있다는 것을 좀 부끄럽게 여기는지, 점잖은 모임에서 그들 얘기를 꺼내는 일이 거의 없다. 아이들로부터도 자신의 명명축일이나 성탄절이면 간간이 축하 편지를 받기도 하고 때로는 답장을 보내기까지 하지만, 그래도 그들로부터 점차 완전히 멀어지고 만다. 이 불청객의 얼굴은 선량하다고는 할 수 없어도 역시 원만해 보였고, 상황에 따라 얼마든지 상냥한 표정을 지을 준비가 되어 있었다. 시계는 가지고 있지 않았으나, 테가 거북이 등딱지로 된, 손잡이가 달린 안경을 검은 리본에 매달아 지니고 있었다. 오른손 중지에는 싸구려 오팔이 박힌 큼지막한 금반지가 번쩍거렸다. 이반 표도로비치는 성난 얼굴로 입을 꾹 다문 채, 말을 건네려고도 하지 않았다. 손님은 영락없는 식객처럼 앉아 기다렸는데, 마치 주인과 함께 차를 마셔주려고 자신에게 제공된 위층 방에서 아래층으로 막 내려왔으나 주인이 낯을 찡그리고 무언가를 열심히 생각하느라 바쁜 것을 보고는 얌전히 입을 다물고 있지만, 언제든 주인이 시작만 해주면 어떤 상냥한 대화든 나눌 준비가 되어 있다는 자세였다. 갑자기 그의 얼굴에 뜻밖에도 어떤 근심스러운 듯한 빛이 떠올랐다.

"좀 들어보게." 그가 이반 표도로비치에게 말을 건넸다. "용서하게나, 그저 상기시키고 싶어서 그러네. 자네는 카체리나 이바노브나에 대해 알아보려고 스메르쟈코프에게 가지 않았나, 그런데 그녀에 대해선 아무것도 알아보지 않고 그냥 왔으니, 아마 깜박 잊었던 모양이군……"

"아, 참!" 이런 말이 갑자기 튀어나오면서 이반의 얼굴에 어두운 근심의 그늘이 드리워졌다. "맞아, 깜박 잊었어…… 하지만 이제 다 상관없어, 모든 걸 내일로 미뤘으니까." 그가 혼잣말로 중얼거렸다. "그런데 넌," 그가 역정을 내며 손님을 보고 말했다. "이건 나 스스로 지금 기억해낸 게 틀림없어, 바로 이것 때문에 고민이 돼서 괴로워하고 있었으니까! 그런데 왜 네가 튀어나온 거야, 이건 네가 귀띔해준 거지 내가 스스로 기억해낸 게 아니라고 그렇게 네 말을 믿으라는 건가?"

"그럼 믿지 말게나." 신사는 상냥하게 웃었다. "강요한다면 그게 무슨 믿음이겠나? 더구나 믿음에는 어떤 증거도 도움이 안 된다네, 특히 물적 증거는 말일세. 도마가 믿게 된 것은 부활한 그리스도를 제 눈으로 보아서가 아니라, 그전부터 믿기를 원했기 때문이야.* 가령 강신술사들은…… 나는 그들을 무척 좋아하네만…… 글쎄 생각해보게, 그들은 자기들이 믿음을 위해 유익한 존재라고들 생각하는데, 이유인즉슨 악마들이 저세상으로부터 자기들한테 뿔을 보여주기 때문이라는 거야. '이미 이건 저세상이 존재한다는 이른바 물적 증거다'라는 거지. 저세상과 물적 증거, 얼씨구나! 그리고 끝으로, 만약 악마가 증명되었다고 해도, 신이 증명되었는지는 여전히 알 수 없잖은가? 나는 관념론자들의 모임에 가입하고 싶어, 거기서 반론을 제기하겠네, '나는 실재론자지, 유물론자가 아니오, 헤-헤!' 하며 말이야."

"이봐," 이반 표도로비치가 갑자기 탁자 앞에서 벌떡 일어났다. "난 지금 아무래도 섬망인 것 같아…… 그래, 틀림없이 섬망이야…… 어디 실컷 지껄여봐, 난 아무 상관 없으니! 지난번처럼 날 미쳐 날뛰게 하진 못할걸. 다만 뭔지 좀 부끄럽군…… 방안을 좀 거닐겠어…… 지난번처럼 이따금 네가 보이지 않고 네 목소리마저 들리지 않지만, 네가 뭘 나불대는지는 늘 짐작이 가, 왜냐하면 이건 나니까, 지껄이고 있는 건 나 자신이지, 네가 아니니까! 다만 잘 모르겠군, 지난번에 내가 자고 있었던

* 「요한복음」 20:19~29.

걸까, 아니면 생시에 널 본 걸까? 그래, 수건을 찬물에 적셔 머리에 얹어야겠군, 그럼 네가 증발해버릴 테지."

이반 표도로비치는 한쪽 구석으로 가서 수건을 집어다 자신의 말대로 한 뒤, 축축한 수건을 머리에 얹고 방안을 이리저리 거닐기 시작했다.

"우리가 곧바로 너나들이를 하게 된 게 마음에 드네." 손님이 입을 열었다.

"이런 멍청이." 이반이 소리 내어 웃었다. "그럼 내가 너한테 당신이라면서 존대라도 할 줄 알았나. 난 지금 기분이 좋아, 다만 관자놀이가 좀 아프군…… 정수리도…… 그러니 제발 지난번처럼 철학 냄새 나는 이야기는 늘어놓지 말아줘. 썩 꺼질 수 없다면, 무슨 재미난 얘기라도 지껄여보라고. 떠도는 풍문이라도 얘기하란 말이야, 넌 식객이니, 그래 풍문이나 얘기해. 원, 이런 악몽이 들러붙다니! 하지만 난 네가 두렵지 않아. 너를 이겨내고 말 테니까. 정신병원에 끌려가진 않을걸!"

"*그거 참 근사하군*, 식객이라. 하긴 그게 바로 내 꼬락서니지. 내가 이 지상에서 식객이 아니라면 대체 누구겠나? 그보다 나는 자네 말을 들으면서 좀 놀라고 있네. 정말이지 자넨 차츰 나를 실재하는 무엇으로 받아들이기 시작하는 것 같군, 지난번엔 그저 자네 자신의 환상일 뿐이라고 우기더니……"

"나는 단 한 순간도 너를 정말로 실재하는 현실로 받아들이지 않아." 이반은 왠지 미친 듯 화를 내며 소리까지 버럭 질렀다. "너는 허위야, 넌 나의 병이야, 허깨비야. 다만 나는 너를 없애는 방법을 모를 뿐이야, 그러니 얼마 동안은 고통을 받아야겠지. 너는 나의 환각이야. 너는 나 자신의 화신이라고, 하긴 나의 한 측면…… 나의 생각들과 감정들 중 그저 가장 추악하고 어리석은 것들의 화신일 뿐이지만. 이 점에서 너는 나한테 심지어 흥미로운 대상일 수도 있겠지, 단지 내가 널 상대할 시간만 있다면……"

"미안, 미안하지만, 내가 자네의 거짓말을 밝혀주지. 아까 가로등 옆에서 자네는 알료샤에게 덤벼들면서, '그놈한테서 알아냈구나! 그놈이 나한테 드나든다는 걸 네가 어떻게 알아냈지?'라며 소리치지 않았나. 그건 나를 두고 한 말이었지. 따라서 자네는 아주 잠시나마 그렇게 믿었던 거야, 내가 실제로 존재한다고 믿었던 거네." 신사가 부드럽게 웃었다.

"그래, 그건 몸이 약해져서 그랬던 거지…… 그래도 난 너를 믿을 수가 없었어. 지난번에 내가 자고 있었는지 걸어다니고 있었는지도 잘 모르겠군. 어쩌면 그때 너를 그저 꿈속에서 본 건지도 몰라, 실제로 본 게 절대 아니라……"

"그럼 왜 아까 그애한테, 알료샤한테 그렇게 험악하게 굴었나? 참 귀여운 앤데. 나야 조시마 장로 일로 그애한테 죄를 진 게 있지만."

"알료샤 얘긴 꺼내지도 마! 어떻게 네놈이 감히, 종놈 주제에!" 이반은 또다시 웃기 시작했다.

"욕을 하면서도 정작 웃고 있군—좋은 징조야. 하긴 오늘 자네는 요전번보다 나한테 훨씬 상냥하구먼, 왜 그런지 나는 알지. 그 위대한 결심 때문에……"

"결심 얘긴 입 닥쳐!" 이반이 악을 쓰며 소리쳤다.

"알았네, 알았어, *고상하고 훌륭한 일이야*, 자넨 내일 형을 변호하기 위해 자신을 희생하러 가는 거지…… *기사도적이군*."

"닥쳐, 발로 걷어차버릴 테다!"

"그러면 내 목적이 달성되는 거니까 얼마큼은 기쁘겠군. 발로 걷어찬다는 건 나의 실재를 믿는다는 뜻이지, 허깨비한테야 발길질을 하지 않으니까. 농담은 관두고, 나야 아무 상관 없으니 원한다면 욕을 퍼붓게, 하지만 조금이라도 예를 갖추는 게 좋지 않겠나, 심지어 나한테도 말이지. 멍청이니 종놈이니, 무슨 말을 그리하나!"

"너를 욕하는 건 나 자신을 욕하는 거야!" 이반이 또다시 웃었다. "너는—나, 나 자신이야, 다만 낯짝이 다를 뿐이지. 너는 내가 이미 생각하고 있는 것을 말할 따름이야…… 넌 새로운 건 하나도 나한테 말하지 못해!"

"내가 자네와 생각이 같다면, 나로선 영광스러울 따름일세." 신사가 겸손하면서도 품위 있게 말했다.

"다만 내 생각 중에서도 하나같이 추잡하고, 무엇보다—멍청한 것들만 택한단 말이야. 너는 멍청하고 비열해. 끔찍하게 멍청해. 아니, 나는 너를 참을 수 없어! 어떡해야 하나, 어떡해야 하나!" 이반은 이를 부드득 갈았다.

"이보게, 친구, 나는 그래도 신사이고 싶고, 그렇게 대접받고 싶네." 처음부터 이미 양보할 태세를 갖춘, 그야말로 식객다운 어떤 선량한 명예심이 불현듯 강렬하게 일어 손님이 입을 열었다. "나는 가난해, 그렇다고…… 내가 아주 고결하다고는 말하지 않겠네만, 그래도…… 일반적으로 사회에서는 내가 타락한 천사라는 것을 자명한 사실로 받아들이지. 정말, 내가 한때 어떻게 천사일 수 있었다는 건지 도무지 상상이 안 되네. 만약 언젠가 그랬다 해도, 워낙 오래전 일이니, 그걸 잊어도 죄는 아니겠지. 지금 나는 점잖은 사람이라는 평판만 소중히 여기면서, 사람들에게 기분좋은 존재가 되려고 애쓰며 그럭저럭 살고 있네. 나는 진정으로 사람들을 사랑해—오, 그런데도 얼마나 많은 모함을 당해왔는지 몰라! 이따금 이렇게 자네들한테로 옮겨올 때면 여기선 내 삶이 마치 실재하는 그 무엇처럼 흘러가는데, 나는 그게 무엇보다 마음에 들어! 나 자신도 자네와 마찬가지로 환상적인 것 때문에 고통당하는 처지여서, 자네들의 지상 리얼리즘을 좋아하지. 여기 자네들한테서는 모든 것이 뚜렷한 윤곽을 가지고 있고, 여기엔 공식이 있고, 여기엔 기하학이 있지만, 우리네 거기서는 모든 것이 무슨 부정방정식이거든! 나는 이곳을 돌아다니며 몽상에 잠긴다네. 나는 몽상을 좋아해. 게다가 나는 지상에 오면 미신을 믿게 돼—웃지 말게나, 제발. 내가 미신을 믿게 된다는 것, 바로 그게 마음에 드네. 나는 여기서 자네들의 습관을 전적으로 받아들이고 있지. 대중목욕탕에 가는 것도 좋아하게 됐는데, 자넨 상상할 수 있겠나, 나는 상인들이며 사제들과 함께 한증탕에서 땀을 쫙 빼는 걸 좋아한다네. 내 꿈은 말일세—몸무게가 7푸드*는 나가는 어떤 뚱뚱이 장사꾼 여편네로 영원히, 다시는 되돌릴 수 없게 변해서, 그 여자가 믿는 것을 모두 믿는 거야. 나의 이상은—교회 안으로 들어가 순결한 마음으로 작은 초 한 자루를 켜서 바치는 거라네, 맹세코 그렇다니까. 그러면 내 고통도 끝날 테지. 또 자네들 세상에서 치료받는 것도 좋아하게 됐어. 봄에 천연두가 돌았잖나, 나는 보육원에 가서 예방

* 대략 115킬로그램에 해당한다.

접종을 받았는데—그날 얼마나 기분이 좋았는지, 자넨 모를 걸세. 그래서 슬라브 형제들을 위해 10루블을 희사했지……! 아니, 자넨 듣고 있지 않군. 이보게, 자넨 오늘 왠지 기분이 아주 안 좋은 것 같으이." 신사는 잠시 입을 다물었다. "자네가 어제 그 의사한테 다녀온 걸 알고 있네…… 그래, 어떤가, 자네 건강은? 의사가 뭐라던가?"

"멍청한 자식!" 이반이 잘라 말했다.

"대신 자네가 아주 영리하잖나. 또다시 욕설인가? 딱히 동정심에서 물은 게 아니고, 그냥 물어본 거야. 좋아, 대답하지 말게. 요즘은 류머티즘이 또다시 기승을 부려서……"

"멍청한 자식." 이반이 다시 되풀이했다.

"계속 같은 소리군, 나는 작년에 어찌나 지독한 류머티즘에 걸렸던지, 아직도 기억이 생생해."

"악마도 류머티즘에 걸리나?"

"왜 안 걸리겠나, 나도 때때로 사람의 몸뚱이로 변하니까 말일세. 사람의 몸뚱이로 변하는 이상, 그 결과도 받아들여야지. 나는 사탄 숨 엣 니힐 후마눔 아 메 알리네눔 푸토*."

"뭐, 뭐? 사탄 숨 엣 니힐 후마눔…… 이건 악마치고는 멍청하지 않은데!"

"기쁘군, 드디어 자네 마음에 들어서."

---

* Сатана sum et nihil humanum a me alienum puto. '나는 사탄이어서 인간적인 것은 무엇이나 내게도 낯설지 않다'라는 뜻으로, 고대 로마의 극작가 테렌티우스의 『자학하는 사람』에 나오는 구절인 '나도 인간이어서 인간적인 것은 무엇이나 낯설지 않다'를 변형해 썼다.

"하지만 이건 나한테서 가져간 말이 아니잖아." 이반은 충격을 받은 듯 갑자기 멈추어 섰다. "이건 한 번도 내 머릿속에 떠오른 적이 없었는데, 이상하군……"

"*이건 새로운 거야, 안 그런가?* 이번에는 성실한 태도로 자네한테 설명해주지. 들어보게. 꿈을 꿀 때, 특히 뭐 저기 위장장애나 다른 무슨 이유로 악몽을 꿀 때, 이따금 인간은 지극히 예술적인 꿈을, 지극히 복잡하고도 실제적인 현실을, 그런 사건들을, 또는 그런 사건들이 아주 교묘한 구성에 의해 연결되어 있는 하나의 세계 전체를, 그것도 자네들 세계의 가장 숭고한 현상들로부터 셔츠 가슴판에 달린 마지막 단추 하나에 이르기까지, 예상도 못할 만큼 아주 세세하게 보게 되지, 맹세코 레프 톨스토이라도 이런 것은 절대로 지어내지 못할 테지만, 때로는 이런 꿈을 꾸는 사람들이 절대 무슨 작가들이 아니라 평범하기 짝이 없는 사람들, 관리들, 잡글쟁이들, 평신도 사제들이란 말일세…… 이건 그야말로 풀기 힘든 문제라네. 심지어 어느 장관이 나한테 직접 고백하길, 자기의 가장 훌륭한 생각은 모두 잠잘 때 떠오른다는 거야. 뭐, 지금도 바로 그래. 나는 비록 자네의 환각이지만, 마치 악몽 속에서처럼 나는 자네 머릿속에 여태 한 번도 떠오른 적이 없는 독창적인 것을 말하고 있거든, 그러니까 나는 이미 자네의 생각을 되풀이하고 있는 게 절대 아니지만, 그런데도 나는 그저 자네의 악몽일 뿐, 그 이상은 아무것도 아니야."

"거짓말 마. 네 목적은 그러니까, 너는 바로 너 자신이지 나의 악몽이 아니라고 믿게 하려는 거잖아, 그런데 지금 너는 네가 꿈이라고 스스로 주장하고 있단 말이다."

"이보게, 친구, 오늘 나는 특별한 방법을 썼네만, 그건 나중에 설명해주지. 가만, 어디서 얘기를 멈췄더라? 그렇지, 내가 그때 감기에 걸렸는데, 다만 자네들 세상에서가 아니라 아직 거기 있을 때……"

"거기 어디? 말해봐, 나한테 오래 있을 거냐, 제발 가줄 수 없어?" 이반이 거의 절망적으로 외쳤다. 그는 걸음을 멈추고 소파에 앉아 다시금 탁자에 팔꿈치를 괴고 두 손으로 머리를 꽉 죄었다. 물수건은 머리에서 걷어내어 짜증을 내며 홱 던져버렸다. 필시 도움이 안 된 모양이었다.

"자넨 신경이 완전히 망가졌군." 넉살 좋고 태평스럽지만 아주 호의적인 표정을 지으며 신사가 지적했다. "자넨 내가 감기에 걸릴 수 있었다는 걸 가지고도 화를 내지만, 그건 아주 자연스럽게 그렇게 됐단 말일세. 나는 그때 장관 부인 자리를 노리던 페테르부르크의 어느 지체 높은 귀부인 집에서 열리는 외교관 파티에 급히 가는 길이었지. 그래서 연미복에다 흰 넥타이, 장갑으로 차리고 나섰지만, 난 아직 거기가 어딘지 아무도 모르는 먼 곳에 있었는데다 자네들의 이 지상 세계까지 오려면 공간을 날아야 했거든…… 물론 그저 눈 깜짝할 순간이면 되지만, 태양 광선으로도 꼬박 팔 분이나 걸리는 거리인데, 생각해보게, 연미복에다 가슴이 다 트인 조끼 차림이었으니 말일세. 정령들은 얼어죽는 법이 없지만, 이미 사람의 몸뚱이로 변했으니, 그러니…… 한마디로, 내가 경솔하게 길을 나섰던 거지, 저 공간은, 저 에테르는, 저 궁창 위의 물* 속은 굉장히 추워…… 얼마나 지독하게 추운지—이미 이건 추위라고 부를 수 있는 게 아냐, 자넨 상상이 가나, 영하 150도야! 시골

* 「창세기」 1:7.

계집애들이 곧잘 치는 장난을 알겠지. 영하 30도의 혹한에 풋내기 총각더러 도끼를 핥아보라고 하거든. 순식간에 혓바닥이 도끼에 얼어붙어서, 그 바보 천치가 그걸 떼어내려고 하면 혀 껍질이 벗겨져 피가 철철 흐르지. 하지만 그건 고작 영하 30도야, 영하 150도가 돼보라지, 도끼에 손가락을 살짝 갖다대기만 해도 금방 없어지고 말걸, 만약…… 거기에 도끼가 있을 수만 있다면……"

"하지만 거기에 도끼가 있을 수 있을까?" 이반 표도로비치가 좀 멍한 어조로 역겨워하며 상대방의 말을 끊었다. 그는 자신의 섬망을 믿지 않으려고, 완전히 정신착란에 빠지지 않으려고 안간힘을 쓰며 저항하고 있었다.

"도끼?" 손님이 놀라면서 되물었다.

"그래, 거기에 도끼가 있으면 어떻게 되겠느냐고?" 갑자기 이반 표도로비치가 왠지 사납고 완강하게 고집을 부리며 소리쳤다.

"그 공간에 도끼가 있으면 어떻게 되겠느냐고? *놀라운 발상이군!* 만약 그게 어디로 좀더 멀리 날아간다면, 내 생각으로는, 자신도 그 이유를 모르면서 위성처럼 지구 주위를 돌기 시작하겠지. 천문학자들은 도끼가 뜨고 지는 걸 계산해낼 테고, 가트추크*는 그것을 달력에다 기입하겠지, 그게 다야."

"넌 멍청해, 지독하게 멍청해!" 이반이 기를 쓰며 말했다. "거짓말을 하려면 좀 똑똑하게 해, 안 그러면 듣지 않을 테니까. 너는 리얼리즘으로 나를 때려눕히고, 네가 실재한다고 나한테 우기려는 거지, 하지만

---

* 1870~80년대에 모스크바에서 〈가트추크 신문〉과 『교회력』을 발행하던 인물.

나는 너의 존재를 믿고 싶지 않아! 믿지 않겠어!"

"나는 거짓말을 하는 게 아닐세, 모든 게 진실이야. 유감스럽게도 진실은 대개 그리 기발한 게 못 되거든. 자네는 보아하니 나한테서 뭔가 위대한 것, 어쩌면 아주 멋진 것을 결단코 기대하는 모양이군. 참 딱하네만, 나는 내가 줄 수 있는 것밖엔 줄 수 없네……"

"철학 냄새는 피우지 말라니까, 이 당나귀 같은 놈아!"

"철학은 무슨, 오른쪽 반신이 전부 마비돼서 끙끙 신음하는 판에. 의사란 의사는 죄다 찾아다녔지. 진단이야 다들 귀신같이 내리고 온갖 병을 제 손가락 들여다보듯 알기 쉽게 얘기해주지만, 고칠 줄은 모른단 말일세. 거기에 아주 열광파 애송이 의대생이 하나 있었어. 그 녀석 말이, 당신은 죽더라도 적어도 어떤 병으로 죽었는지는 완전히 알게 될 겁니다, 라는 거야! 그러고서 환자를 전문의들한테 보내는 수법이 또 기가 막힌다네. 우리는 진단만 하니까 이제 아무개 전문의한테 가보시지요, 그분이 고쳐줄 겁니다, 하고 말일세. 자네한테 하는 말이지만, 모든 병을 치료해주던 옛날 의사는 완전히, 완전히 사라져버렸고, 요즘은 그저 전문의들만 신문에다 광고를 노상 내고 있지. 자네가 콧병에 걸렸다면, 파리로 가보라고 하지, 거기 가면 유럽의 전문의가 코를 치료한다는 거야. 파리에 도착하면, 그 전문의가 코를 진찰하고는, 나는 당신의 오른쪽 콧구멍만 치료할 수 있다, 나는 왼쪽 콧구멍은 치료하지 않는다, 그건 내 전공이 아니니 나한테 치료받고 나서 빈으로 가보시라, 그곳에서 특별한 전문의가 당신 왼쪽 콧구멍을 치료해줄 거다, 라고 할 걸세. 그러니 어쩌겠나? 민간요법에 매달렸지, 어떤 독일인 의사가 한증탕의 계단식 걸상에 앉아 소금 탄 꿀을 몸에 문지르라고 조언하더군. 나는 그저 목욕이나 한번 더 할 생각으로 거길 가서 온몸을 문질러 봤지만 아무 효험도 없었어. 절망한 나머지 밀라노의 마테이 백작에게 편지를 썼더니, 책 한 권과 물약을 몇 방울 보내왔는데, 맙소사, 하느님이 그 양반과 함께하시길. 그런데 생각해보게, 호프의 맥아정麥芽精* 이 살려줬지 뭔가! 우연히 그걸 사서 한 병하고도 반을 마셨더니 춤이라도 출 것처럼 아주 씻은 듯이 낫더란 말일세. 고마운 마음이 솟구쳐서 신문에다 '감사문'을 꼭 내야겠다고 생각했지, 그런데 글쎄, 여기 벌써 또다른 문제가 생겨버렸지 뭔가, 어떤 신문에서도 실어주지 않겠다는 거야! '이건 너무 반동적이어서 아무도 믿지 않을 겁니다, *악마가 존재할 리 있습니까*. 차라리 익명으로 실으시지요' 하고 권하더군. 아니, 익명으로 한다면 그게 어디 '감사문'인가. 나는 신문사 사무원들을 상대로 우스갯소리를 좀 했지. '그게, 우리 시대에 하느님을 믿는 건 반동이겠지만, 나는 악마잖소, 나를 믿는 건 괜찮소이다'라고 말했더니, 그자들이 그러더구먼. '이해합니다, 누가 악마를 믿지 않겠습니까만 역시 안 되겠군요, 우리 신문의 방향을 저해할 수 있으니까요. 혹시 농담 형식으로 내면 어떨까요?' 하지만 농담으로서는 그리 신통한 게 못 될 거라고 생각했지. 그래서 결국 싣지 못했다네. 믿을지 모르지만, 이 일은 아직도 내 가슴에 대못으로 남았어. 나의 가장 훌륭한 감정들, 예컨대 감사의 정마저 오로지 나의 사회적 처지 때문에 공식적으로 금지된 거니까."

"또다시 철학으로 빠졌군!" 이반은 증오를 못 이겨 이를 갈았다.

---

* 요한 호프가 만들어 상품화한 '호프쉐스 말츠엑스트락트(Hoffsches Malzextrakt)'. 만성통증 치료제와 강장제로 복용했다.

"하느님이 부디 나를 지켜주시길, 그렇지만 때로는 푸념을 하지 않을 수 없다네. 나는 중상모략을 당한 인간이야. 자네도 걸핏하면 나더러 멍청이라고 하잖나. 그것만 봐도 자네는 아직 젊어. 이보게 친구, 그저 이성이 전부가 아니라네! 나는 선량하고 명랑한 성격을 타고났고, '나 역시 여러 가지 보드빌을 씁니다요'.* 분명 자네는 나를 백발의 흘레스타코프쯤으로 여기는 모양인데, 내 운명은 훨씬 더 심각하다네. 나 자신도 결코 이해할 수 없었던 어떤 태곳적 사명에 의해 '부정否定'의 운명을 부여받았지만, 나는 진정으로 선량한데다 부정에는 전혀 소질이 없어. 안 돼, 어서 부정해, 부정이 없으면 비평도 없고, '비평 분과'가 없다면 그게 무슨 잡지라고 할 수 있겠나? 비평이 없으면 죄다 '호산나' 일색이 될 텐데. 그렇지만 인생은 '호산나'만 가지고는 부족하고, '호산나' 이것도 회의의 용광로를 거쳐야 하는 거야, 뭐, 계속 이런 식이지. 물론 이 모든 것은 내가 참견할 일이 아니야, 내가 창조한 게 아니고, 나한테 책임이 있는 것도 아니니까. 하지만 그들은 속죄양을 한 마리 골라서 비평 분과에서 글을 쓰도록 강요했고, 그렇게 해서 인생을 얻어냈지. 우리는 이 희극을 이해해. 가령 나로 말하자면, 대놓고 단도직입적으로 나 자신의 파멸을 요구하는 바야. 하지만 그들은 이렇게 말하지. 안 돼, 넌 살아야 돼, 네가 없으면 아무것도 안 되니까. 세상만사가 합리적이라면 아무 일도 일어나지 않을 거다. 네가 없으면 어떤 사건도 없을 텐데, 하지만 사건은 반드시 있어야 돼, 라고 말일세. 그래서 나는 마음을 꾹 누르고, 사건이 일어나도록 봉사하면서 명령에 따라

* 고골의 희극 『감찰관』 3막 6장에 나오는 흘레스타코프의 대사로 '보드빌'은 춤과 노래가 섞인 통속 희극.

불합리한 일들을 저지르는 거라네. 사람들은 그토록 뛰어난 이성을 지녔으면서도 이 모든 희극을 뭔가 아주 심각한 걸로 받아들이거든. 그게 그들의 비극이기도 하지. 뭐, 그래서 물론 고통을 받고 있기도 하지만…… 그래도 그 대신 살고 있잖은가, 환상이 아니라 실제적인 삶을 누리고 있지, 왜냐하면 고통은 곧 삶이니까. 고통이 없다면 삶에 무슨 낙이 있겠나—모든 것이 그저 끝없는 기도로 변하고 말 텐데. 그건 거룩하기야 하겠지만 상당히 따분한 일이야. 그래, 그럼 나는? 나는 고통을 받고 있지만, 그런데도 삶이 없어. 나는 부정방정식의 엑스야. 나는 모든 끝도 모든 시작도 잃어버리고 결국엔 제 이름마저 잊어버린, 삶의 어떤 환영이지. 자넨 웃고 있군…… 아니, 웃는 게 아니라 또 화가 났구먼. 자네는 언제까지나 화만 내지, 자네한텐 이성만이 전부겠지만, 또 한번 거듭 말하거니와, 7푸드나 나가는 장사꾼 여편네의 영혼으로 화해서 하느님에게 작은 초 한 자루를 바칠 수만 있다면, 나는 저 별 위의 모든 삶, 모든 지위와 명예를 모조리 내놓겠네."

"그럼 넌 이미 신을 믿지 않는 거냐?" 이반이 증오에 차서 웃어 보였다.

"그러니까 이걸 어떻게 말해야 할까, 만약 자네가 진지하게 묻는 거라면 말일세……"

"신은 있는 거냐, 없는 거냐?" 이반이 또다시 사나울 정도로 집요하게 소리쳤다.

"그럼 자넨 진지하게 묻는 거로군? 이보게, 맹세코 난 모르겠네, 지금 나는 굉장한 말을 한 거야."

"모르겠다니, 하지만 신을 본다며? 아니, 너는 독자적인 너 자신이 아니야, 너는—나야, 너는 나일 뿐 그 이상 아무것도 아니야. 너는 쓰레기야, 너는 나의 환상이야."

"그러니까 자네가 좋다면, 나도 자네와 동일한 철학을 가지고 있다고 말하겠네, 그게 올바른 말이겠군. *나는 생각한다, 고로 나는 존재한다**, 이건 나도 확실히 알아, 나를 에워싼 나머지 모든 것, 즉 이 모든 세계들, 신, 심지어 사탄마저—이것들이 과연 독자적으로 실재하는지, 아니면 그저 나의 유출流出, 즉 무한한 과거로부터 유일자로 존재하는 내 자아의 연속적인 확장에 불과한 것인지, 이 모든 것이 나에겐 아직 증명되지 않았네…… 한마디로 말해, 어서 말을 그쳐야겠군, 자네가 당장 튀어 일어나서 후려칠 것 같으니까."

"차라리 무슨 일화나 얘기하지 그래!" 이반이 병적인 어조로 말했다.

"우리 화제에 꼭 맞는 일화가 있는데, 그러니까 일화라기보다, 그래, 전설이지. 자네는 지금 '보면서도 믿지 않는다'며 나의 불신을 힐책하고 있지. 하지만 이보게 친구, 나만 그런 것도 아니잖나, 지금 저기 우리 쪽에서는 다들 정신이 아찔해졌다네, 모두 자네들 과학 때문이야. 원자, 오감, 4대 원소, 뭐 이런 것들이 있을 때만 해도 그럭저럭 순조롭게 굴러갔어. 원자들이야 고대 세계에도 있었으니까. 그런데 자네들이 거기서 '화학적 분자'니 '원형질'이니, 또 뭔지 악마도 알 수 없는 그런 것들을 발견했다는 걸 알게 되자—우리는 겁을 집어먹고 꼬리를 말았지. 그야말로 일대 혼란이 시작됐다네. 무엇보다 문제는—미신과 뜬소문이었지. 뜬소문은 우리 세계에서도 자네들 세상만큼이나 많고, 심지

* 데카르트의 『방법서설』에 나오는 기본 명제 중 하나.

어 좀더 많을 거네, 그리고 끝으로, 밀고도 매한가지여서, 우리한테는 모종의 '정보'를 접수하는 그런 분과도 하나 있어. 그래서 이 기괴한 전설은 아직 우리 중세—그러니까 자네들 중세가 아니라 우리 중세 때의 일로—7푸드나 나가는 장사꾼 여편네 말고는 우리 세계에서조차 아무도 믿지 않는 얘기인데, 그러니까 이건 이번에도 자네들이 아니라 우리의 그 장사꾼 여편네를 말하는 거야. 자네들한테 있는 건—우리한테도 다 있거든, 이건 절대 금지된 일이지만, 우정을 생각해서 우리의 비밀 한 가지를 자네한테 알려주는 걸세. 그 전설이란 천국에 대한 거야. 그러니까 자네들 지상 세계에 사상가이자 철학자인 어떤 사람이 있었는데, 그자는 '법이고 양심이고 신앙이고 간에 모든 것을 부정했고', 무엇보다도—내세를 부정했다는군. 그런데 그자가 죽었어, 그래서 곧바로 암흑과 죽음으로 가게 될 줄 알았는데, 웬걸, 그의 앞에—내세가 나타난 거야. 그는 몹시 놀라고 분개했지. '이건 내 신념에 위배되는 거다'라면서. 이 때문에 그에게 형이 내려졌는데…… 그게, 여보게, 날 용서하게, 난 그저 들은 대로 전할 뿐이고 이건 그냥 전설에 지나지 않으니…… 그에게 형이 내려졌는데, 그게 그러니까, 암흑 속에서 천조千兆 킬로미터를 걸어가라는 것으로(우리도 이젠 미터법을 쓰고 있다네), 이 천조 킬로미터를 다 걸으면 그때 그에게 천국의 문이 열리고 모든 걸 용서받는다는 거였네……"

"너희의 그 세계에서는 천조 킬로미터 말고 또 어떤 벌이 있나?" 이반이 왠지 이상하게 활기를 띠면서 말을 가로막았다.

"어떤 벌? 아, 묻지도 말게, 전에는 이런저런 벌들이 있었지만, 지금은 도덕적인 벌이 갈수록 많아져서, '양심의 가책'이니 뭐니 하는 다들 그런 시답잖은 것들뿐이라네. 이것도 자네들 때문이야, '자네들의 풍습의 완화'에서 비롯됐단 말일세. 그래서 누가 득을 보았겠나, 득을 본 건 양심 없는 자들뿐이야, 양심이란 게 아예 없는데 무슨 양심의 가책을 느낀단 말인가. 대신 양심과 명예가 아직 남아 있던 반듯한 사람들만 고통을 당했지…… 그게 그렇다니까, 아직 준비도 안 된 토양에다 그런 개혁을, 그것도 남의 제도에서 그대로 베껴서 시행하는 건—그저 백해무익한 짓이지! 차라리 옛날의 화형이 더 나을 걸세. 음, 그래서 천조 킬로미터의 형을 받은 이 사람은 잠시 서서 바라보다가 길바닥에 가로누워버렸네. '가지 않겠다, 내 원칙상 가지 않겠다!'라는 거였지. 러시아의 계몽된 무신론자의 영혼과 사흘 낮 사흘 밤을 고래 배 속에서 성을 내며 버텼던 예언자 요나의 영혼을 함께 섞으면—길바닥에 드러누운 이 사상가의 성격이 나올 걸세."

"거기서 대체 뭘 깔고 드러누웠는데?"

"뭐, 깔 만한 게 거기 있었겠지. 자네, 웃지 않나?"

"대단한 친구로군!" 이반은 여전히 이상한 활기를 띠고 소리쳤다. 이제 그는 어떤 뜻밖의 호기심마저 느끼며 듣고 있었다. "그래 어때, 지금도 그렇게 드러누워 있나?"

"바로 그게 그렇지 않다네. 천 년쯤 누워 있더니 일어나서 걷기 시작했거든."

"저런 당나귀 같은 놈!" 이반은 신경질적인 웃음을 터뜨리며 이렇게 소리쳤으나, 뭔가 계속 골똘히 생각하는 눈치였다. "영원히 누워 있거나 천조 베르스타를 걷거나, 매한가지 아닌가? 어차피 십억 년은 걸어야 할 텐데?"

"훨씬 더 걸릴걸, 다만 연필과 종이가 없군, 있다면 계산해볼 텐데. 여하튼 그 사람은 벌써 오래전에 도착했고, 바로 거기서 이 일화가 시작된다네."

"뭐, 도착했다고! 대체 어디서 그 십억 년을 구했지?"

"자네는 그저 지금의 우리 지구만 생각하는군! 지금의 이 지구 자체도 어쩌면 십억 번은 되풀이되었을 거야. 수명을 다하면 꽝꽝 얼어서 터지고, 산산이 부서져 애초의 구성소들로 분해되고, 다시 궁창 위의 물이 되고, 그다음엔 혜성이 되고, 다시 태양이 되고, 다시 태양에서 지구가 되어 나오고—이런 발전 과정이 아마도 이미 무한히 되풀이되고 있을 걸세, 모든 것이 아주 작은 한 점에 이르기까지 완전히 똑같은 모습으로 말이지. 아주 무례할 정도로 따분한 일이야……"

"뭐, 그래, 도착해서 어떻게 됐나?"

"천국의 문을 열어주자마자 그는 안으로 들어갔지, 그런데 거기서 이 초도 채 안 있어—이건 시계로 봐서, 시계로 봐서 그렇다는 건데(내 생각에, 그의 시계는 길을 오는 동안 그의 호주머니 안에서 구성소들로 분해됐을 게 틀림없네만)—아무튼 이 초도 채 안 있어 외쳐댔다네, 이 이 초를 위해서라면 단지 천조가 아니라, 천조 킬로미터의 천조 갑절이라도, 아니 그것을 또 천조 제곱한 거리라도 얼마든지 걸을 수 있다고 말일세! 한마디로, '호산나'를 부른 건데, 그 정도가 얼마나 심했는지, 그곳에 있던 좀더 고상한 사고방식을 지닌 어떤 사람들이 처음엔 그에게 손을 내미는 것조차 꺼려했다는군. 너무 맹렬하게 보수파로 껑충 뛰어 넘어간 거지. 그야말로 러시아적 기질 아닌가. 거듭 말하지만, 이건 어디까지나 전설이야. 나는 샀던 값 그대로 되파는 것일 뿐, 덧붙인 건 하나도 없어. 거기 우리 세계에서 이런 모든 주제에 대해 여전히 어떤 사고방식들이 통용되고 있는지, 자네도 이젠 알겠지."

"난 네놈의 정체를 파악했어!" 이반이 이제 마침내 뭔가가 생각났다는 듯 거의 아이처럼 기뻐하며 소리쳤다. "천조 년에 대한 그 일화—그건 바로 내가 지어낸 거야! 나는 그때 열일곱 살이었고, 김나지움에 다니고 있었지…… 그때 그 일화를 지어서 학교 친구한테 얘기해줬는데, 그 녀석의 성이 코로프킨이었어, 모스크바에서 있었던 일이야…… 그 일화는 너무나 독특한 것이어서, 내가 그걸 어디서 따왔을 리는 없어. 그걸 까맣게 잊다시피 했는데…… 지금 무의식중에 머리에 떠올랐어—바로 내 머리에 저절로 떠오른 거지, 네가 얘기한 게 아니야! 인간은 이따금 수천 가지 일을 무의식적으로 머리에 떠올리거든, 심지어 사형장으로 끌려가면서도 말이야…… 그 일화는 내 꿈속에서 떠올랐어. 그러니까 너도 이 꿈인 거야! 너는 꿈일 뿐, 실재하지 않아!"

"그렇게 기를 쓰고 나를 부정하는 걸 보니," 하며 신사가 웃기 시작했다. "자네가 나를 믿고 있는 건 어쨌든 틀림없군."

"천만에! 백 분의 일도 믿지 않아!"

"하지만 천 분의 일은 믿고 있겠지. 동종요법*의 약 한 방울이야말로 아마도 가장 강할걸. 믿는다고 고백하게나, 뭐, 일만 분의 일이라도……"

"단 한 순간도 믿지 않아!" 이반이 맹렬하게 소리쳤다. "하지만 너를 믿고 싶다는 생각은 있어." 갑자기 그가 이상스럽게 덧붙였다.

"아하! 그것도 어쨌든 고백이긴 하지! 하지만 나는 마음씨가 좋으니,

---

* 그 병의 증상과 비슷한 작용을 일으키는 약품을 극소량 사용해 병을 치료하는 방법(예컨대 설사에 하제를 써서 치료하는 방법).

이번에도 자네를 도와주겠네. 잘 듣게나, 이건 내가 자네의 정체를 파악한 거지, 자네가 나를 파악한 게 아닐세! 나는 자네가 이미 잊어버린 자네의 그 일화를 일부러 이야기해준 거야, 자네가 나에 대한 믿음을 완전히 버리도록 말이지."

"거짓말 마! 네가 나타난 목적은, 네가 존재한다는 걸 나한테 확신시키려는 거야."

"바로 그렇다네. 하지만 동요, 불안, 믿음과 불신의 투쟁—이런 것은 자네처럼 양심적인 인간에겐 차라리 목을 매다는 게 나을 정도로 때로는 너무도 고통스러운 것이지. 나는 자네가 나를 한 방울 정도는 믿고 있다는 걸 알기 때문에 이 일화를 이야기해줌으로써 자네에게 이제 결정적으로 불신을 불어넣은 거라네. 나는 자네가 믿음과 불신 사이를 오락가락하도록 이끌고 있지, 여기엔 나만의 목적이 있거든. 이건 새로운 방법이야. 자네는 나의 존재에 대한 믿음을 완전히 버리자마자 금세 나를 마주보면서, 나는 꿈이 아니고 실제로 존재한다고 나에게 확신시키려 들 거야, 나는 자네를 이미 잘 알고 있지. 그렇게 되면 나는 내 목적을 달성하는 셈이야. 하지만 나의 목적은 고결해. 나는 자네 마음속에 아주 작은 믿음의 씨앗 하나를 뿌리겠어, 그 씨앗은 참나무로 자라나겠지—엄청나게 커다란 참나무로 자라나서, 그 위에 앉아 있노라면 자네는 '황야의 은자들과 순결한 수행녀들'*의 대열에 끼어들고 싶어질 걸세, 왜냐하면 자네는 그것을 남몰래 간절히, 간절히 원하고 있으니까, 자네는 메뚜기로 연명하면서 자신의 영혼을 구하기 위해 황야로 떠날

* 푸쉬킨의 시 「황야의 은자들과 순결한 수행녀들……」의 첫 행.

걸세."

"이 망나니야, 그럼 네놈이 내 영혼의 구원을 위해 애쓴다는 거냐?"

"나도 언젠가는 착한 일을 해야 되지 않겠나. 자넨 울화가 치미는 모양인데, 울화가, 보아하니 그렇군!"

"어릿광대 같은 놈! 그런데 네놈은 언젠가 바로 그런 사람들, 그러니까 메뚜기로 연명하면서 몸에 이끼가 잔뜩 끼도록 십칠 년씩이나 벌거벗은 황야에서 기도하는 자들을 유혹해본 적이 있나?"

"이보게, 나는 그런 짓만 해왔다네. 온 세상과 모든 세계를 다 잊고 오로지 그런 사람 하나에게만 달라붙는 거야, 왜냐하면 그런 금강석은 대단히 값지니까. 그런 영혼 하나가 경우에 따라서는 하나의 성좌 전체와 맞먹는 가치가 있지—우리에겐 우리 나름의 셈법이 있거든. 그런 승리는 무척 값진 거라네! 그런데 그들 중에는 정말, 자네는 믿지 않겠지만, 발달 면에서 자네보다 맹세코 못하지 않은 사람들도 있다네. 그들은 정말 어떤 때는 한 발짝만 내디디면—배우 고르부노프*의 말처럼, 곧바로 '곤두박질'치겠구나 싶어지는 그런 깊디깊은 믿음과 불신의 심연을 같은 순간 동시에 들여다볼 수 있는 사람들이지."

"그래서 어찌됐나, 코를 매달고 물러섰나?"**

"이보게, 친구." 교훈이라도 일러주듯 손님이 점잔을 떨며 말했다. "어쨌든 코를 매달고 물러서는 편이 아예 코가 없는 것보다야 때로는 낫다네, 얼마 전에 병을 앓고 있던 어느 후작이(분명 전문의의 치료를 받았겠지) 자신의 고해성사를 맡은 예수회 신부에게 말했듯이 말일세. 나도

---

* 도스토옙스키와 친분이 있었던 배우, 작가, 이야기꾼.

** 낭패를 봐서 기가 죽는다는 뜻.

마침 그 자리에 있었는데—기막히게 재미있더구먼. 후작이 '제발 제 코를 돌려주십시오!'라더군. 그러면서 자기 가슴을 쾅쾅 쳤어. '내 아들이여,'라면서 신부가 둘러댔지. '모든 것은 섭리의 현묘한 뜻인 운명에 따라 이루어지며, 눈에 보이는 불행이 때로는 비록 눈에는 보이지 않을망정 아주 특별한 이익을 가져다주는 법이오. 가혹한 운명이 그대에게서 코를 앗아갔다면, 이제 평생토록 아무도 그대더러 코를 매단 채 남았다고 감히 말하지 못할지니, 여기에 그대의 이익이 있는 것이오.' '거룩하신 신부님, 그건 위안이 못 됩니다!' 하고 절망에 빠진 자가 소리쳤지. '코가 제자리에 있기만 하다면, 한평생 매일같이 코를 매단 채 남게 되어도 오히려 황홀하겠습니다!' '내 아들이여,' 신부가 한숨을 푹 내쉬더군. '모든 복을 한꺼번에 요구해선 안 되니, 그것은 이미 심지어 이런 경우에도 그대를 잊지 않으신 하느님의 섭리에 대한 불평인 것이오. 그대가 방금 외쳤듯이 한평생 기꺼이 코를 매단 채 남을 각오라면, 그로써 그대의 소원은 이미 간접적으로 이루어졌소. 왜냐하면 코를 잃은 덕분에 그대는 여전히 코를 매단 채 남게 된 셈이니 말이오……"

"쳇, 바보 같은 소리 집어치워!" 이반이 외쳤다.

"이보게, 친구, 나는 그저 자네를 웃겨주고 싶었을 따름이야, 하지만 맹세코 이건 진짜 예수회의 궤변이고, 맹세코 이건 모두 글자 하나 안 틀리고 내가 자네한테 얘기해준 그대로 실제 일어났던 일이라네. 얼마 전에 있었던 이 사건 때문에 나도 꽤나 애먹었지. 이 불행한 청년이 집에 돌아와 바로 그날 밤 권총으로 자살을 했거든. 나는 마지막 순간까지 그의 곁을 떠나지 않았다네…… 이 예수회 고해실로 말하자면, 내 삶의 울적한 순간에 기분 풀기엔 그저 그만인 데지. 바로 며칠 전에 있었던 일 하나를 더 얘기해줌세. 스무 살쯤 된 금발의 노르망디 처녀가 늙은 신부를 찾아왔어. 미모며, 몸매며, 성품이—군침이 돌 정도였지. 처녀는 몸을 수그리고는 구멍에 대고 신부에게 자신의 죄를 속삭였네. '그럼 내 딸이여, 벌써 또다시 죄악에 빠졌단 말이오……?' 신부가 탄식하더군. '*오 상타 마리아*, 무슨 소리요, 이번엔 그 남자가 아니라니. 하지만 언제까지 이럴 셈인가, 그대는 부끄럽지도 않단 말이오!' '*아, 나의 신부님*,' 하고 죄지은 여자는 참회의 눈물을 펑펑 쏟으며 이렇게 대답하잖겠나. '*그 일은 그이에게 너무나 큰 기쁨을 주고 저도 별로 힘들지 않은걸요!*' 아니, 생각해보게, 얼마나 놀라운 대답인가! 나도 그만 두 손 들었지. 이건 바로 본성의 외침이야, 이렇게 말해도 괜찮다면, 이건 순결 자체보다도 훌륭한 거야! 나는 즉시 그녀의 죄를 사해주고 몸을 돌려 나가려 했지만, 곧바로 다시 돌아설 수밖에 없었다네. 신부가 구멍에 대고 그녀와 저녁에 만날 약속을 하는 게 들리지 뭔가, 노인이—부싯돌같이 단단했는데, 한순간에 빠져버리고 만 거지. 본성이, 본성의 진리가 승리를 거둔 거야! 아니, 자넨 또다시 콧방귀를 뀌는가, 또 화를 내는 건가? 정말 어떻게 비위를 맞춰야 할지 모르겠군……"

"나를 가만 내버려둬, 네놈은 끈질긴 악몽처럼 내 머릿속에서 망치질을 하고 있어." 이반은 자신의 환영 앞에서 힘없이 병적인 신음소리를 내고 있었다. "나는 네놈이 지겨워, 참을 수가 없어, 너무 고통스러워! 네놈을 쫓아낼 수만 있다면 뭐든 내놓으련만!"

"거듭 말하지만, 자신의 요구를 제한하게나, 나한테서 '모든 위대하고 아름다운 것'을 요구하지 말란 말이네, 그러면 우리는 사이좋게 살아갈 수 있을 테니, 두고 보게나." 신사가 타이르듯 말했다. "필시 자네는 나한테 화가 난 게 분명해, 내가 붉은 빛 속에 '천둥을 울리고 번개를 번쩍이며' 불에 그을린 날개를 달고서 어떻게든 임하지 않고, 이런 변변찮은 꼴로 나타났다고 말이지. 첫째는 자네의 미적 감정이 모욕을 받았고, 둘째는 자존심이 상했을 걸세. 어떻게 이런 위대한 인간에게 저런 비속한 악마가 찾아올 수 있나 하는 거겠지. 맞아, 자네에겐 벨린스키가 그토록 조롱했던 낭만적인 피가 흐르고 있어. 어떡하겠나, 젊은이. 실은 아까 자네에게 올 채비를 하면서 장난삼아, 캅카스에서 근무했던 진짜 퇴역 4등관처럼 연미복에다 사자별과 태양별*을 달고 나타나볼까 하는 생각도 했지만, 최소한 북극성**이나 시리우스별***도 아니고 감히 사자별과 태양별 따위를 연미복에 달았다간 자네한테 죽도록 얻어터질 것 같아서 덜컥 겁이 나더란 말일세. 그러잖아도 자네는 입버릇처럼 나더러 멍청이라고 하잖나. 하지만 맹세코 지적인 면에서 감히 자네와 대등하다고 주장할 생각은 없네. 메피스토펠레스는 파우스트에게 나타나서, 자기는 악을 원하면서도 정작 선만을 행한다고 증언했지.**** 뭐, 그놈이야 저 좋을 대로 하라지, 하지만 나는 그놈과 정반대야. 나는 이 자연 전체를 통틀어 진리를 사랑하고 진심으로 선을 원하는 유일한 인간

---

* 캅카스의 러시아 관리들이 받기도 했던 페르시아 훈장.

** 스웨덴의 훈장. 12월 당원들이 발행했던 정기간행물과 게르첸, 오가료프가 국외에서 펴낸 문집 『북극성』을 암시하는 것이기도 하다.

*** 볼테르의 철학 이야기 『미크로메가스』의 주인공이 시리우스인인 것을 염두에 둔 듯하다. 이반은 자신의 대화 상대가 무슨 혁명가인 것처럼 여기지만 실상은 대단히 보수적인 신념의 소유자이다.

**** 괴테의 『파우스트』 1부에 나오는 메피스토펠레스의 말, '나는 항상 악을 원하지만, 그러나 늘 선을 이룩하는 그런 힘의 일부분이오'를 가리킨다.

인지도 모른다네. 나는 십자가에서 죽은 말씀이 오른쪽에서 못박혀 죽은 강도의 영혼을 자신의 품에 안고 하늘로 올라갈 때 그 자리에 있었고, 호산나를 부르며 높이 소리치는 게루빔들의 기쁨에 찬 외침과, 하늘과 우주 전체를 뒤흔들던 세라핌들의 우레와 같은 환호성을 들었다네. 성스러운 모든 것에 걸고 맹세하네만, 나는 그때 그 합창에 합류해 그들 모두와 함께 '호산나!'를 외치고 싶었어. 가슴속에서는 벌써 그 소리가 솟구쳐 밖으로 터져나오려고 했지…… 자네도 알지만 나는 몹시 감성적이고 예술적으로 민감하거든. 하지만 상식이란 놈이—오, 이놈이야말로 내 본성의 가장 불행한 특성이라네—나를 이번에도 의무의 경계선 안에 가둬버리는 바람에 그만 그 순간을 놓치고 만 걸세! 바로 그때 나는 이런 생각을 했거든. 나마저 '호산나'를 부른다면 어떻게 되겠나, 도대체 어떻게 되겠나? 순식간에 세상의 모든 것이 사라져버리고, 아무런 사건도 일어나지 않을 게 아닌가. 그래서 오로지 봉사의 의무와 나의 사회적 위치 때문에, 나의 내부에 일었던 그 훌륭한 순간을 짓눌러버리고 더러운 일을 계속해야만 했던 거라네. 선의 명예는 누군가가 몽땅 가져가버려 내 몫으로는 더러운 짓만 남았으니까. 하지만 공밥이나 먹으며 빈둥거리고 사는 명예가 부럽진 않아, 나는 명예에는 욕심이 없네. 그렇긴 해도 이 세상의 모든 존재들 가운데 왜 유독 나 혼자만 모든 반듯한 사람들의 저주를 받아야 하고 구두발길질까지 당하는 운명을 짊어졌을까? 왜냐하면 사람의 육신으로 변할 때면 때로는 그런 결과까지도 받아들여야 하거든. 물론 여기에 비밀이 있다는 건 나도 잘 알지만, 절대로 나한테 그 비밀을 알려주려고들 하지 않아, 왜냐하면 내가 그 비밀의 실체를 깨닫게 되어 '호산나'를 외쳤다간, 그 즉시 필수불가결한 마이너스가 사라지고 온 세상에 오로지 분별만이 가득하게 되어, 당연히 모든 것이 끝장날 테니 말일세, 심지어 신문과 잡지까지도 종언을 고하겠지, 그때가 되면 누가 그것들을 구독하겠나. 하지만 나도 알고 있네, 결국엔 나도 화해하고, 나에게 부과된 천조 킬로미터를 끝까지 걸어가서 비밀을 알아내리라는 것을. 하지만 그렇게 될 때까지는 분을 삼키고 마음을 다잡으며 내 직분을 다할 거네. 한 명을 구하기 위해 수천 명을 파멸시키는 거지. 예컨대 단 한 명의 의로운 욥을 얻기 위해 얼마나 많은 영혼을 파멸시키고 얼마나 많은 명예로운 평판에다 치욕을 끼얹어주었던가, 그 한 명의 의로운 욥 때문에 나도 한때 얼마나 악랄하게 우롱당했던가! 그래, 그 비밀이 밝혀질 때까지 나에겐 두 가지 진리가 존재하지, 하나는 아직 내가 전혀 모르는 저쪽의 진리, 그들의 진리이고, 다른 하나는 나의 진리일세. 어느 것이 더 순수할지는 아직 알 수 없네…… 자네, 잠든 건가?"

"그럴 만도 하지." 이반이 적의에 차서 신음했다. "내 본성 속의 모든 어리석은 것, 이미 오래전에 생명이 끝난 것, 내 머릿속에서 빻고 빻아서 썩은 고기처럼 내뱉어버린 것을 네놈은 무슨 새로운 것인 양 주워다 나한테 바치고 있으니!"

"이번에도 자네 입맛을 못 맞췄군! 딴엔 문학적 표현까지 써가며 자네 마음을 끌려고 했던 건데. 그래도 하늘의 그 '호산나' 얘기는 사실 나쁘지 않았지? 그리고 또 하이네풍의 그 신랄한 어조도, 안 그래?"

"아니, 나는 한 번도 네놈 같은 종놈이었던 적이 없어! 어떻게 내 영혼에서 너 따위 종놈이 생겨날 수 있었을까?"

"이보게, 친구, 나는 아주 매력적이고 귀여운 러시아 도련님을 한 사람 알고 있네. 젊은 사상가에다 문학과 미적인 것들의 대애호가이고, '대심문관'이라는 제목이 붙은, 성공이 기대되는 서사시의 저자이기도 하지…… 나는 오직 그 사람만을 염두에 두고 있었다네!"

"그건 금지야, 「대심문관」 얘기는 꺼내지도 마." 이반은 수치심에 얼굴이 새빨갛게 되어 소리쳤다.

"그럼 「지질학적 대변동」은? 기억나나? 그것도 예쁘장한 서사시였는데!"

"닥쳐, 안 그러면 죽여버릴 테다!"

"날 죽이겠다고? 아니, 미안하지만, 말을 해야겠네. 그 기쁨을 누리려고 이렇게 온 거니까. 오, 나는 삶에 대한 갈망으로 전율하는 젊고 열정적인 내 친구들의 꿈을 사랑한다네! '그곳엔 새로운 사람들이 있다.' 벌써 지난봄에 자네는 이곳으로 올 준비를 하면서 이렇게 결론 내렸지. '그들은 모든 것을 파괴하고 식인食人의 야만 상태에서 다시 시작하려 하고 있다. 멍청한 녀석들, 나하고 의논이나 해보지! 내 생각에는, 아무것도 파괴할 필요 없이 다만 인류 속에 존재하는 신의 관념만 파괴하면 되고, 바로 여기서부터 일에 착수해야 한다! 이것부터, 이것부터 시작해야 한다—오, 아무것도 이해하지 못하는 눈먼 녀석들! 일단 인류가 한 사람도 빠짐없이 신을 부정한다면(나는 이 시대가—지질학적 시대와 나란히—실현되리라고 믿는다), 예전의 모든 세계관, 특히 예전의 모든 도덕률은 식인 행위 없이도 저절로 붕괴될 것이며, 완전히 새로운 것이 도래할 것이다. 사람들은 삶이 줄 수 있는 모든 것을 삶으로부터 얻기 위해 하나로 뭉치겠지만, 그것은 기필코 오로지 여기 이 세상에서 행복과 기쁨을 누리기 위해서이다. 인간은 신적이고 거인적인 긍지로 인하여 스스로 위대해질 것이고, 그리하여 인신人神이 출현할 것이다. 이제 시시각각 자신의 의지와 과학의 힘으로 자연을 무한히 정복해감으로써, 인간은 시시각각 더없이 고귀한 기쁨을 느낄 것이며, 그것은 그가 예전에 천국의 기쁨에 대해 품었던 모든 기대를 대체하게 될 것이다. 모든 인간은 자신이 전적으로 필멸의 존재이고 부활이란 없음을 알게 되며, 신처럼 긍지를 가지고 태연하게 죽음을 받아들일 것이다. 이 긍지로써 그는 삶이 한순간임을 한탄할 게 전혀 아님을 깨닫고, 이제는 아무런 보상도 바라지 않고 자신의 형제를 사랑하게 될 것이다. 사랑은 단지 삶의 순간만을 만족시키게 될 것이나, 예전에는 사랑이 무덤 너머로 영원히 이어지리라는 기대 속에 스멀스멀 번져갔다면, 이제는 사랑의 순간성을 인식함으로써 사랑의 불길이 오히려 더욱 강렬하게 타오를 것이다'…… 운운, 뭐, 이런 식으로 말일세. 정말 귀엽지 않은가!"

이반은 두 손으로 귀를 꽉 틀어막고 방바닥을 내려다보며 앉아 있었으나, 갑자기 온몸을 부들부들 떨기 시작했다. 목소리는 계속했다.

"이제 문제는 이것이다, 하고 나의 젊은 사상가는 생각했지. 과연 이런 시대가 언제라도 도래할 수 있을까, 아닐까? 만약 도래한다면, 모든 것이 해결되고 인류는 최종적으로 확고한 자기 기반을 구축하게 될 것이다. 그러나 인류의 뿌리깊은 어리석음 탓에 천 년이 걸려도 이 기반이 구축되지 못할 수 있으니, 이미 지금 이 진리를 인식하고 있는 사람은 누구나 새로운 원칙 위에서 완전히 자신이 원하는 대로 이 기반을 구축해도 좋으리라. 이런 의미에서 그에게는 '모든 것이 허용된다'. 그뿐만 아니라, 설령 이러한 시대가 영원히 도래하지 않는다 해도, 신과 불멸은 어차피 존재하지 않는 까닭에 새로운 인간은 인신이 될 수 있으며, 비록 전 세계를 통틀어 그런 사람이 단 한 명뿐일지라도 이미 새로운 지위를 가진 이상, 필요하다면 이전의 노예 인간에게 적용되는 온갖 도덕적 장애물을 가벼운 마음으로 뛰어넘어도 물론 무방하다. 신에게는 법이 존재하지 않는다! 신이 서는 곳—그곳이 곧 신의 자리다! 내가 서는 곳, 이제 그곳이 제일가는 자리가 된다…… '모든 것이 허용된다', 이 한마디로 끝이다! 하나같이 정말 귀여운 소리지. 다만 사기를 치고 싶었다면, 진리의 승인까지 받을 필요가 뭐 있겠나? 하긴 그게 바로 우리 러시아의 현대인이지. 승인 없이는 사기칠 마음조차 못 먹거든, 진리라는 걸 그 정도로 사랑하게 됐단 말일세……"

손님은 분명 자신의 웅변에 도취된 듯 점점 더 목소리를 높여가면서, 비웃는 눈으로 주인을 바라보며 말을 계속했다. 그러나 그가 미처 말을 끝내기도 전에, 이반이 탁자에서 찻잔을 집더니 웅변가에게 휙 던졌다.

"*아, 하지만 이건 바보짓이야, 결국!*" 손님이 소파에서 튀어 일어나 손가락으로 찻방울을 톡톡 털어내며 소리쳤다. "루터의 잉크병*이 떠오른 거로군! 나를 꿈이라 우기면서 꿈에 대고 잔을 집어던지다니! 이건 여자들이나 하는 짓이지! 하지만 자네가 그저 귀를 틀어막은 체한다는 건 이미 짐작하고 있었어, 정말 다 듣고 있었구먼……"

갑자기 밖에서 창틀을 끈질기게 쾅쾅 두드리는 소리가 울려퍼졌다. 이반 표도로비치는 소파에서 벌떡 일어났다.

---

* 마르틴 루터가 바르트부르크성에서 성경을 번역할 때 그의 일을 방해하는 악마에게 잉크병을 던졌다는 일화가 전해진다.

"저 소리 들리지, 차라리 열어주게." 손님이 소리쳤다. "저건 자네 동생 알료샤야, 아주 뜻밖의 흥미진진한 소식을 갖고 온 걸세, 내가 장담하지!"

"닥쳐, 이 사기꾼아, 알료샤라는 건 네놈보다 내가 먼저 알았어, 그애라는 예감이 들었단 말이다, 물론 괜히 왔을 리는 없으니까 당연히 '소식'을 갖고 왔겠지……!" 이반이 미친 듯 흥분해 소리를 내질렀다.

"어서 열어주게, 어서 열어줘. 밖에는 눈보라가 치고 있네, 자네 동생이잖아. *이보게, 날씨가 어떤지 알잖나? 이런 날씨엔 개도 바깥에 내놓지 않는다네*……"

창을 두드리는 소리는 계속되었다. 이반은 창가로 달려가고 싶었지만, 갑자기 팔다리가 무언가에 묶여버린 것 같았다. 그는 쇠사슬을 끊어버리려는 듯 안간힘을 쓰며 버둥거렸으나 소용없었다. 창을 두드리는 소리는 점점 더 세차고 요란해졌다. 마침내 쇠사슬이 갑자기 툭 끊어지면서 이반 표도로비치는 소파 위에서 벌떡 일어났다. 그는 괴이쩍은 듯 주위를 둘러보았다. 초 두 자루는 거의 다 타버렸고, 방금 손님에게 집어던졌던 잔은 자기 앞 탁자 위에 그대로 놓여 있고, 맞은편 소파에는 아무도 없었다. 창틀을 두드리는 소리는 끈질기게 계속되고 있었으나, 방금 꿈속에서 들렸던 것처럼 전혀 그렇게 요란하지 않고, 오히려 몹시 조심스러웠다.

"이건 꿈이 아니다! 아니, 맹세코 이건 꿈이 아니었어, 이건 모두 방금 실제로 있었던 일이야!" 이반 표도로비치는 이렇게 외치고는 창문으로 달려가 통풍구를 열었다.

"알료샤, 오지 말라고 일렀잖아!" 그가 동생에게 사납게 소리쳤다.

"한두 마디로 말해, 왜 왔어? 한두 마디로, 들려?"

"한 시간 전에 스메르자코프가 목을 맸어요." 알료샤가 바깥에서 대답했다.

"현관으로 와, 금방 열어주마." 이반은 이렇게 말하고 알료샤에게 문을 열어주러 갔다.

X
'이건 그놈이 한 말이야!'

알료샤는 안으로 들어와 이반 표도로비치에게, 한 시간 남짓 전에 마리야 콘드라치예브나가 자신의 하숙집으로 달려와서 스메르자코프의 자살을 알려주었다고 전했다. "내가 사모바르를 치우려고 그분 방에 들어갔는데 그분이 벽에 박힌 못에 매달려 있는 거예요." 알료샤가 "누구한테 신고는 했습니까?" 하고 묻자—아무한테도 신고하지 않았다면서, "곧장 도련님한테 제일 먼저 달려왔어요, 내내 줄달음쳐 왔어요"라고 대답하더라는 것이다. 그녀는 정신나간 사람 같았고 사시나무 떨듯 온몸을 덜덜 떨었다고 알료샤는 전했다. 알료샤가 그녀와 함께 그들의 오두막으로 달려가보니, 스메르자코프는 아직 그대로 매달려 있었다. 탁자 위에는 쪽지가 놓여 있었는데, '나는 누구에게도 죄를 돌리지 않기 위해 나 자신의 의지와 의사에 따라 스스로 목숨을 끊는다'라고 적혀 있었다. 그 쪽지를 탁자 위에 그대로 두고 곧바로 경찰서장을 찾아가 모든 것을 신고했고, "거기서 곧장 형한테 온 거예요" 하고 말을 맺으면서 알료샤는 이반의 얼굴을 뚫어지게 들여다보았다. 그는 이야기 하는 내내 이반에게서 눈을 떼지 않았는데, 형의 얼굴 표정에 왠지 몹시 놀란 것 같았다.

"형," 그가 갑자기 소리쳤다. "형은 아주 많이 아픈 게 틀림없어요! 나를 보고는 있지만 내 말을 못 알아듣는 것 같아요."

"너, 잘 왔다." 이반은 알료샤가 외치는 소리가 하나도 귀에 들리지 않는 듯, 생각에 잠긴 것 같은 얼굴로 말했다. "녀석이 목을 맸다는 건 알고 있었어."

"누구한테서요?"

"모르겠어, 누구한테서 들었는지는. 하지만 알고 있었어. 내가 알고 있었던가? 그래, 그놈이 말해줬지. 그놈이 방금 말해줬어……"

이반은 방 한가운데 서서 여전히 생각에 잠긴 채 방바닥을 내려다보며 말했다.

"그놈이 누군데요?" 알료샤는 저도 모르게 주위를 둘러보며 물었다.

"내빼어."

이반은 고개를 들고 조용히 미소 지었다.

"그놈은 네가 무서웠던 거야, 네가, 비둘기가. 너는 '순결한 게루빔'* 이야. 드미트리 형은 너를 게루빔이라 부르지. 게루빔…… 세라핌들의 우레와 같은 환호성! 세라핌이 뭘까? 하나의 성좌인지도 몰라. 하지만 어쩌면, 성좌라는 건 모두 그저 어떤 화학적 분자에 불과할 거야…… 사자와 태양의 성좌도 있지, 너, 아직 모르니?"

---

* 게루빔은 하느님의 명령을 받고 에덴동산에서 '생명의 나무'를 지킨 천사이기도 하다. 「창세기」 3:24.

"형, 앉아요!" 알료샤가 깜짝 놀라서 소리쳤다. "앉아요, 제발, 소파에 좀 앉아요. 형은 지금 헛소리를 하는 거야, 베개를 베고 누워요, 그래, 그렇게요. 물수건을 머리에 얹어줄까요? 나아질지도 모르잖아요?"

"수건을 줘, 저기 의자 위에 있어, 아까 저기다 던졌거든."

"저기엔 없어요. 걱정 말아요, 어디 있는지 내가 아니까. 여기 있잖아요." 알료샤가 방의 다른 쪽 구석에 있는 이반의 경대에서 아직 쓰지 않고 개어둔 깨끗한 수건을 찾아내고는 말했다. 이반은 이상한 눈으로 수건을 쳐다보았다. 한순간에 기억이 되살아나는 듯했다.

"가만." 그가 소파에서 몸을 약간 일으켰다. "아까 한 시간 전에 바로 이 수건을 거기서 꺼내 물에 적셨어. 머리에 얹고 있다가 저쪽으로 던졌는데…… 어떻게 이렇게 말라 있지? 다른 수건은 없었는데."

"머리에 이 수건을 얹었다고요?" 알료샤가 물었다.

"그래, 그러고서 방안을 걸어다녔어, 한 시간 전에…… 왜 초가 저렇게 다 타버렸지? 몇 시야?"

"곧 열두시예요."

"아니야, 아니야, 아니야!" 이반이 갑자기 소리쳤다. "이건 꿈이 아니었어!* 그놈이 왔었어, 놈이 저기 앉아 있었어, 바로 저 소파에. 네가 창을 두드릴 때 나는 그놈한테 잔을 집어던졌어…… 여기 이 잔을…… 가만, 나는 전에도 잠을 자고 있었지, 하지만 이 꿈은 꿈이 아니야. 전에도 이랬어. 나는 말이다, 알료샤, 요즘 들어 꿈을 자주 꿔…… 하지만 그것들은 꿈이 아니라 생시야. 나는 걸어다니고 말하고 보고 있어……

---

* 옛 민간신앙에서 밤 열두시는 환영과 유령이 사라지고 마력이 중단되는 시간이다.

그러면서도 자고 있거든. 어쨌든 그놈은 여기 앉아 있었어, 그놈은 여기 있었어, 바로 이 소파 위에…… 놈은 지독하게 멍청해, 알료샤, 지독하게 멍청해." 갑자기 이반은 웃음을 터뜨리며 방안을 걷기 시작했다.

"누가 멍청하다는 거예요? 누구 얘긴데요, 형?" 알료샤가 다시 걱정스레 물었다.

"악마야! 그놈이 내 방에 들락거려. 두 번이나 찾아왔지, 아니 거의 세 번이군. 그놈은 나를 약올렸어, 자기가 천둥을 울리고 번개를 번쩍이며 불에 그을린 날개를 달고 나타나는 사탄이 아니라 그냥 시시한 악마여서 내가 화를 내는 모양이라면서. 하지만 놈은 사탄이 아니야, 그건 놈의 거짓말이지. 놈은 참칭자야. 그놈은 그냥 악마야, 너절한 조무래기 악마에 지나지 않아. 그놈은 목욕탕에도 다녀. 놈의 옷을 벗기면 틀림없이 기다란 꼬리가 나올걸, 덴마크 개처럼 매끈하고 1아르쉰은 될 기다란 갈색 꼬리가…… 알료샤, 몸이 꽁꽁 얼었구나, 눈 속을 걸어와서 그래, 차라도 마실래? 뭐? 식었다고? 그럼 사모바르를 내오라고 할까? *이런 날씨엔 개도 바깥에 내놓지 않는데*……"

알료샤는 급히 세면대로 달려가 수건을 적셔 와서 이반을 설득해 다시 앉히고는 물수건을 머리에 얹어주었다. 그리고 자신도 형 옆에 앉았다.

"아까 네가 리자에 대해 뭐라고 했더라?" 이반이 다시 입을 열었다(그는 무척 말이 많아졌다). "나는 리자가 마음에 들어. 너한테 그 아가씨에 대한 무슨 추잡한 소릴 했지. 그건 거짓말이야, 그 아가씨가 맘에 들어…… 내일 카챠 때문에 걱정이군, 그게 제일 걱정이야. 앞으로의 일이 걱정이다. 그 여자는 내일 나를 쓰러뜨리고 발로 짓밟을 거야.

내가 자기에 대한 질투 때문에 미챠를 파멸시키고 있다고 생각하거든! 그래, 그 여자는 그렇게 생각해! 하지만 절대 그렇지 않아! 내일은 십자가야, 하지만 교수대는 아니야. 아니, 나는 절대 목을 매달지 않을 거다. 알료샤, 너 알고 있니, 나는 절대로 자살할 수 없는 놈이야! 비열하기 때문일까, 응? 난 겁쟁이는 아니야! 그건 살고 싶은 열망 때문이야! 그런데 스메르쟈코프가 목을 매달았다는 걸 내가 어떻게 알았을까? 그래, 그놈이 말해줬지……"

"그럼 형은 누가 여기 앉아 있었다고 아주 확신해요?" 알료샤가 물었다.

"바로 저 소파, 저 구석에 앉아 있었어. 너라면 그놈을 쫓아줬을 텐데. 아니, 네가 정말 그놈을 쫓아버린 거야. 그놈은 네가 나타나자마자 사라졌으니까. 나는 네 얼굴이 좋아, 알료샤. 넌 내가 네 얼굴을 좋아한다는 걸 알고 있었니? 그런데 그놈은—바로 나야, 알료샤, 나 자신이야. 나의 모든 저열한 것, 나의 모든 비열하고 경멸스러운 것이야! 맞아, 나는 '낭만주의자'야, 놈은 그걸 알아챘어…… 하긴 그건 나를 헐뜯는 소리였지만. 놈은 지독하게 멍청해, 하지만 그게 놈의 강점이지. 놈은 교활해, 동물적으로 교활해, 놈은 어떻게 하면 내 분통을 터뜨릴 수 있는지 알고 있었거든. 놈은 내가 자기의 존재를 믿고 있다고 계속 약올려서 자기 말에 귀를 기울이게 했어. 놈은 나를 어린애처럼 속여넘겼지. 하지만 나 자신에 대해 입바른 소리도 많이 하더군. 나는 절대로 나 자신에게 그런 소릴 할 수 없을 거야. 그런데 알겠니, 알료샤, 넌 알겠니," 하면서 이반은 몹시 진지하고 뭔가 비밀이라도 털어놓는 듯한 어조로 덧붙였다. "그놈이 나 자신이 아니고, 정말로 그놈이라면 얼마나 좋을까."

"그놈이 형을 몹시 괴롭혔군요." 알료샤가 연민이 담긴 눈으로 형을 바라보며 말했다.

"나를 제 맘대로 놀렸어! 게다가 교묘하기가, 교묘하기 짝이 없어. '양심이라! 양심이란 게 뭘까? 그건 나 자신이 만드는 거지. 그럼 대체 무엇 때문에 내가 괴로워할까? 습관 때문이야. 칠천 년에 걸친 전 세계 인류의 습관 때문이라고. 그러니 습관을 버리면 우리는 신이 될 거야.' 이건 그놈이 한 말이야, 그놈이 이렇게 말했어!"

"그럼 형이 아니군요, 형은 아니죠?" 알료샤는 맑은 눈으로 형을 쳐다보며 참지 못하고 소리쳤다. "뭐, 그놈이야 멋대로 지껄이라죠, 그놈하고 관계를 끊고 그따위 자식은 잊어버려요! 형이 지금 저주하고 있는 것을 죄다 그놈더러 가져가버리라 하고 다시는 얼씬도 못하게 해요!"

"그래, 하지만 그놈은 악랄해. 나를 조롱했어. 아주 건방지기 짝이 없는 놈이야, 알료샤." 이반은 분해서 몸을 떨며 말했다. "그놈은 나를 중상했어, 여러모로 나를 중상했어. 버젓이 내 눈앞에서 나를 두고 거짓말을 했단 말이다. '오, 자넨 선행의 위업을 이룩하러 가는군, 아버지를 죽인 건 자네다, 종놈이 자네의 사주를 받고 아버지를 죽인 거다, 라고 선언하러 가겠다는 거지……'"

"형." 알료샤가 말을 가로막았다. "진정해요, 형이 죽이지 않았어요. 그건 사실이 아녜요!"

"그놈이 그렇게 말하고 있다니까, 그놈이, 그놈은 이걸 아는 거야. '자넨 선행의 위업을 이룩하러 가지만, 그러면서도 선행 따윈 믿지도 않아—바로 이게 자네를 화나게 하고 괴롭히는 거지, 바로 이 때문에 자넨 그렇게 복수심에 불타는 거야.' 그놈은 나를 두고 이런 말을 지껄였어, 놈은 자기가 무슨 말을 하는지 잘 알아……"

"그건 형이 말하는 거지, 그놈 말이 아니잖아요!" 알료샤가 비통하게 외쳤다. "형은 병이 나서 헛소리를 하며 자신을 괴롭히는 거예요!"

"아니, 그놈은 자기가 무슨 말을 하는지 잘 알아. 그놈은 이러고 있어. 자네는 자존심 때문에 가는 거야, 자네는 분연히 일어서서 이렇게 말할 거네, '그건 내가 죽인 거다, 왜 그렇게 당신들은 기겁하며 몸을 움츠리는 거냐, 당신들은 거짓말을 하고 있다! 나는 당신들의 견해 따위 경멸한다, 당신들의 공포를 경멸한다.' 이게 그놈이 나를 두고 하는 소리야, 그러더니 불쑥 이러잖아. '그런데 알고 있나, 결국 자네는 그들한테서 칭찬이 듣고 싶은 거야. 범죄자에 살인자이지만 얼마나 관대한 마음을 지녔는가, 형을 구하기 위해 자백을 하다니! 하고 말이지.' 하지만 이건 순전히 거짓말이야, 알료샤!" 갑자기 이반이 눈을 번득이며 소리쳤다. "나는 그 냄새나는 인간들의 칭찬 따윈 받고 싶지 않아. 이건 그놈이 거짓말을 한 거야, 알료샤, 그놈 말은 거짓말이야. 너한테 맹세해! 그래서 그놈한테 찻잔까지 집어던졌지, 그 바람에 찻잔이 놈의 상통에 맞아 아주 박살났어."

"형, 진정해요, 제발 그만해요!" 알료샤가 애원했다.

"아니, 그놈은 제대로 괴롭힐 줄을 알아, 잔인한 놈이지." 이반은 동생의 말은 듣지도 않고 계속했다. "나는 그놈이 무엇 때문에 오는지 언제나 짐작이 갔어. 놈은 이렇게 지껄여. '자네가 자존심 때문에 갔다 쳐도, 여전히 이런 희망도 품었던 거야, 즉 스메르쟈코프는 죄상이 밝혀져서 유형을 갈 거고, 미챠는 무죄 석방되고, 자네는 단지 도덕적으로만 (듣고 있지, 놈은 이 말을 하면서 웃어젖혔어!) 유죄가 인정될 뿐, 다른 사람들한테 여전히 칭찬을 받게 될 거다, 라고 말이지. 그런데 스메르쟈코프가 죽어버렸어, 목을 매달았단 말이다—그러니 거기 법정에서 자네 혼자 아무리 떠들어봐야 이제 누가 그 말을 믿겠나? 하지만 자네는 갈 거야, 갈 거야, 자네는 그래도 갈 거야, 가기로 이미 결심했으니까. 이렇게 된 마당에 대체 뭣하러 가는 건가?' 이건 무서운 말이야, 알료샤, 나는 이런 질문을 도저히 못 참아. 어떤 놈이 나한테 감히 이런 질문을 해!"

"형." 알료샤는 공포심에 숨이 멎을 것 같았으나, 이반을 제정신으로 돌려놓을 수 있다는 희망을 아직 버리지 않은 듯, 형의 말을 가로챘다. "내가 오기도 전에 어떻게 그놈이 스메르쟈코프가 죽었다는 얘길 형한테 할 수 있었던 거죠, 아직 아무도 몰랐고, 더구나 그걸 알 만한 시간적 여유도 없었는데?"

"그놈이 그렇게 말했어." 이반이 추호의 의심도 용납하지 않는 어조로 단호하게 말했다. "아무렴, 놈은 사실 그 말만 하고 있었던 셈이야. 놈이 말했어. '그리고 자네가 선행을 믿는다면, 그야 좋은 일이겠지, 사람들이 내 말을 믿어주지 않아도 원칙을 위해서 간다, 이거니까. 하지만 자네는 표도르 파블로비치와 똑같은 돼지새끼야, 그러니 자네한테 선행 따위가 대체 뭔가? 자네의 희생이 아무 소용 없다면 뭣하러 거길 가겠다는 거지? 그건 뭣하러 가는지 자네 자신도 모르기 때문이야! 오, 뭣하러 가는지 스스로 알 수만 있다면 자넨 무엇이든 바칠 텐데! 게다가 정말로 결심을 한 것 같은가? 자넨 아직 결심하지 못했어. 자넨 밤새도록 앉아서, 갈 것인가 말 것인가 결심을 하려 하겠지. 하지만 어쨌든 가게 될 거야, 그리고 자신이 가리라는 걸 자네는 알고 있어, 자네가 어떻게 결심하더라도, 그 결심이 이미 자네한테 달린 게 아니라는 것을 자네 스스로 알고 있지. 자넨 갈 거야, 감히 가지 않을 수 없을 테니까. 왜 감히 못 그러느냐—그건 스스로 알아맞혀보게, 그게 자네한테 주어진 수수께끼야.' 그러고서 놈은 일어나서 가버렸어. 네가 오니까, 가버린 거지. 놈은 나를 겁쟁이라고 불렀어, 알료샤. *수수께끼의 해답*은 내가 겁쟁이라는 거야! '그런 독수리들은 땅 위로 높이 날아오르지 못한다네.' 놈은 이렇게 덧붙였어, 이렇게 덧붙이더라니까. 스메르쟈코프도 같은 소릴 지껄였지. 그 녀석은 죽여버려야 돼! 카챠는 나를 경멸하고 있어, 나는 벌써 한 달 전부터 눈치채고 있단 말이다, 게다가 이제 리자도 경멸하려 들 테지. '칭찬을 듣고 싶어서 가는 거다'라니—짐승만도 못한 거짓말이야! 너도 나를 경멸하지, 알료샤. 이제 난 너를 다시 증오할 거다! 그 불한당 놈도 증오해, 그 불한당 놈도 증오스럽단 말이다! 그따위 불한당은 살려주고 싶지도 않아, 유형지에서 썩어버리라지! 그 놈은 송가를 부르기 시작했어! 오, 내일 나는 가겠다, 그들 앞에 분연히 나아가 그들 모두의 얼굴에 침을 뱉어주겠다!"

그는 미친 듯 흥분해 벌떡 튀어 일어나더니, 머리의 수건을 휙 던져버리고 또다시 방안을 이리저리 걷기 시작했다. 알료샤는 그가 조금 전에 한 말을 떠올렸다. '깨어 있는 채로 자는 것만 같아…… 걸어다니고 말하고 보고 있어, 그러면서도 자고 있거든.' 지금 바로 이런 일이 일어난 것 같았다. 알료샤는 형의 곁을 떠나지 않았다. 달려가서 의사를 데려와야겠다는 생각이 언뜻 들었지만, 형을 혼자 남겨두기가 두려웠다.

맡겨두고 갈 사람이 아무도 없었던 것이다. 드디어 이반은 차츰차츰 의식을 완전히 잃어갔다. 그는 쉴새없이 주절거리며 여전히 말을 계속했지만, 이제는 전혀 두서가 없었다. 심지어 혀조차 제대로 굴리지 못하다가 갑자기 그 자리에서 심하게 비틀거리기 시작했다. 하지만 알료샤가 제때 형을 부축할 수 있었다. 이반은 고분고분 자신을 침대로 데려가게 했고, 알료샤는 간신히 형의 옷을 벗기고서 자리에 눕혔다. 그러고 나서 두 시간가량 더 형을 지켜보며 앉아 있었다. 환자는 움직이지도 않고, 고른 숨을 조용히 쉬며 곤한 잠에 빠져들었다. 알료샤는 베개를 가져와 옷도 벗지 않고 소파에 누웠다. 잠을 청하며 그는 미샤와 이반을 위해 기도했다. 이반의 병이 이해되기 시작했다. '오만한 결심의 고뇌, 깊디깊은 양심 때문인 거야!' 형이 믿지 않았던 하느님과 하느님의 진리가 여전히 복종하려 들지 않는 형의 마음을 정복해가고 있었다. '그래,'—이미 베개를 베고 누운 알료샤의 머리에 이런 생각이 스쳤다. '그래, 스메르쟈코프가 죽었으니, 이제는 어느 누구도 이반 형의 증언을 믿지 않겠지. 하지만 형은 나가서 증언할 거다!' 알료샤는 조용히 미소 지었다. '하느님이 승리하실 거야!' 하고 그는 생각했다. '형은 진리의 빛 속에서 부활하든지, 아니면…… '자신이 믿지 않는 것'을 잠시나마 섬겼다는 분풀이를 자기 자신과 모든 사람에게 하며 증오 속에서 파멸하겠지.' 알료샤는 쓰라린 심정으로 이렇게 덧붙이고는 다시금 이반을 위해 기도했다.

제12편

오심

I

숙명의 날

앞서 얘기한 사건들이 일어난 이튿날 아침 열시에 우리 지방 법원의 법정이 열리고, 드미트리 표도로비치에 대한 공판이 시작되었다.

미리 강조하여 말해두거니와, 나는 법정에서 일어난 일을 모두 남김없이 상세하게 옮기는 것은 물론이고 순서대로 올바로 전달하는 것조차 가히 내 능력 밖의 일이라고 생각한다. 모든 것을 하나하나 기억해내서 제대로 설명하자면, 내 생각으로는, 책 한 권 전부가, 그것도 아주 두꺼운 책 한 권이 필요할 듯싶다. 그러므로 나에게 개인적으로 충격을 준 것, 그리고 내 기억에 특별히 아로새겨진 것들만 전한다고 해서 너무 원망하지 말기 바란다. 나는 부차적인 것을 가장 주된 것으로 다루었을 수도 있고, 빼놓아서는 안 될 가장 두드러진 특징들을 아예 빼버렸을 수도 있다…… 하지만 굳이 변명하지 않는 편이 나을 것 같다. 나는 능력이 미치는 데까지 할 것이며, 독자들은 내 능력이 미치는 한 최선을 다했다는 점을 스스로 깨닫게 될 것이다.

그러면 우선, 법정 안으로 들어가기 전에, 이날 나를 특히 놀라게 한 일부터 언급하겠다. 하기야, 이것은 나 한 사람뿐 아니라, 나중에 밝혀진 대로, 모두를 놀라게 한 일이었다. 다름아니라, 이 사건이 너무도 많은 사람의 관심을 끌었다는 것, 그래서 다들 공판이 시작되기를 초조한 마음으로 애타게 기다렸으며, 벌써 꼬박 두 달 동안이나 많은 말과 추측과 탄식과 상상이 우리 고장에 난무했다는 것은 다들 알고 있었다. 또한 이 사건이 러시아 전체를 떠들썩하게 했다는 것 역시 다들 알고 있었지만, 그래도 이 사건이 우리 도시뿐 아니라 전국 방방곡곡의 어느 누구 할 것 없이 모든 사람을 이 정도로 열광과 흥분과 충격의 도가니로 몰아넣으리라고는 이날 법정에 들어설 때까지만 해도 꿈에도 생각하지 못했던 것이다. 이날을 맞아 우리의 현청 소재 도시는 물론이고 러시아의 다른 여러 도시, 끝으로 모스크바와 페테르부르크에서도 손님들이 우리 도시로 몰려들었다. 법률가들이 왔고, 몇몇 저명인사들, 또한 귀부인들도 왔다. 방청권은 진작에 동나버렸다. 남자들 중 특별히 지체 높고 명망 있는 방문객들을 위해서는 재판관석 뒤에 아주 이례적으로 특별석까지 이미 마련되었다. 거기에는 여러 귀빈이 차지한 안락의자들이 일렬로 길게 배열되어 있었는데, 우리 도시에서 지금껏 한 번도 허용된 적이 없는 일이었다. 부인들도—우리 도시와 타 도시에서—유난히 많이 몰려와, 내 생각으로는 심지어 전체 방청객의 절반은 족히 될 듯싶었다. 도처에서 모여든 법률가들만 해도 엄청나게 많아서 어디다 자리를 마련해주어야 할지조차 모를 지경이었으니, 방청권은 쏟아지는 청탁과 애원에 의해 이미 오래전에 모두 나가버렸기 때문이다. 내 눈으로 직접 보았지만, 법정의 끝, 연단 뒤에 특별한 칸막이를 임시로 급히 세우고, 타지에서 모여든 이 법률가들을 모두 그 안에 수용했는데, 자리를 넓히기 위해 의자를 칸막이 밖으로 죄다 들어낸 탓에 그들은 그냥 서 있을 수밖에 없었으나 그나마도 행운이라 여겼으며, 이렇게 빽빽이 들어찬 군중은 '재판'이 진행되는 내내 서로 어깨를 비비대며 한덩어리가 되어 엉켜 서 있었다. 부인네들, 특히 타지에서 온 부인네들 가운데 몇 명은 잔뜩 멋을 낸 차림으로 방청석에 나타났지만, 대부분의 부인들은 옷차림에 신경쓰는 것마저 잊은 듯했다. 그들의 얼굴에는 극도로 긴장된, 탐욕스럽고 거의 병적이라 할 호기심이 드러나 있었다. 법정에 모인 이 모든 방청객의 가장 두드러진 특징 가운데 하나로 반드시 말해두어야 할 것은, 나중에 많은 관찰에 의해서도 입증되었듯이, 거의 모든 부인네들, 최소한 그들 중 대다수가 미챠 편이었고 그에 대한 무죄판결을 지지하고 있었다는 점이다. 아마도 무엇보다 그가 여심女心의 정복자인 듯 여겨졌기 때문이리라. 그들은 서로 연적 관계인 두 여인이 출두한다는 점을 잘 알고 있었다. 특히 그중 한 명인 카체리나 이바노브나는 모든 사람의 흥미를 자극했다. 그녀에 대해서는 별별 희한한 소문이 다 나돌았고, 미챠가 그런 범행까지 저질렀는데도 그녀가 여전히 정열을 바치고 있는 것을 두고도 놀랄 만한 일화들이 얘기되고 있었다. 특히 그녀의 오만함(그녀는 우리 도시에서 거의 아무도 방문한 적이 없었다)과 '귀족들과의 연줄'이 자주 입에 오르내렸다. 그녀가 범인을 따라 유형지로 가서 지하 탄광 어디에서 혼례를 치르게 해달라고 정부에 탄원할 작정이라는 말도 떠돌았다. 사람들은 또 이에 못지않은 흥분을 느끼면서, 카체리나 이바노브나의 연적인 그루셴카가 법정에 나타나기를 기다리고 있었다. 두 연적—도도한 귀족 아가씨와 '헤타이라'의 법정 만남을 다들 애타는 호기심을 품고 기다렸던 것이다. 그래도 그루셴카는 우리 부인네들한테 카체리나 이바노브나보다는 좀더 알려져 있었다. 우리 부인네들은 그녀, '표도르 파블로비치와 그 불행한 아들을 파멸시킨 그 여자'를 전에도 본 적이 있었던지라, '그렇게 평범하기 짝이 없고 전혀 예쁘지도 않은 러시아의 평민 계집'한테 어떻게 아비와 아들이 그렇게까지 반할 수 있었을까 하고 거의 한 사람도 빼놓지 않고 다들 놀라워했다. 한마디로, 온갖 입방아를 찧고 있었던 것이다. 나도 확실히 알고 있는데, 사실 미챠 때문에 우리 도시에서는 심각한 가정불화까지 심심찮게 일어나곤 했다. 많은 부인네가 이 끔찍한 사건에 대한 견해 차이로 남편과 대판 싸움을 벌였고, 사정이 이렇다보니 이 부인들의 남편 되는 사람들이 다들 피고에 대해 그저 비호감 정도가 아니라 증오심마저 품고 법정에 나타난 것은 너무도 당연했다. 그리고 대체로 확실히 말할 수 있는바, 여성 분자와 반대로 남성 분자들은 피고에 대해 하나같이 반감을 가지고 있었다. 잔뜩 찌푸린 엄격한 얼굴들이 눈에 띄었고, 심지어 어떤 얼굴들은 완전히 적의를 품고 있었는데, 그런 얼굴이 대다수였다. 하긴 미챠가 우리 도시에 머무는 동안 그들 중 많은 사람을 개인적으로 모욕한 것도 사실이다. 물론 방청객 가운데 어떤 사람들은 거의 유쾌해하기까지 하면서 미챠의 운명 자체에는 지극히 무관심했지만, 그래도 지금 심리중인 이 사건에 대해서는 그렇지 않았다. 다들 사건의 판결에 큰 관심을 가지고 있었고, 대다수의 남자들은 범인에게 형벌이 내려지기를 단연코

바라고 있었는데, 다만 사건의 도덕적인 측면이 아니라 이른바 현대법률학적 측면만을 중시하는 법률가들만큼은 예외였다. 저명한 페츄코비치의 도착은 모든 사람을 흥분시키기에 충분했다. 그의 재능은 방방곡곡에 알려져 있었고, 떠들썩한 형사사건의 변호를 맡기 위해 그가 지방에 나타난 것도 이번이 이미 처음은 아니었다. 그가 변호를 맡은 사건들은 언제나 러시아 전역에 널리 알려지고 오래도록 사람들의 기억에 남았다. 우리 법원의 검사와 재판장에 대해서도 몇 가지 일화가 떠돌았다. 우리 검사가 페츄코비치와 대결하는 것이 두려워 벌벌 떨고 있다느니, 이들은 서로 해묵은 적수로서, 페테르부르크 시절 처음 법조계에 투신했을 때부터 그랬다느니, 자존심 강한 우리의 입폴리트 키릴로비치가 자신의 재능을 제대로 인정받지 못한 까닭에 페테르부르크 시절부터 늘 누군가에게 모욕을 당해왔다고 여겨오던 터에 이 카라마조프 사건을 계기로 단숨에 부활하려고 벼르면서 자신의 시들해진 경력까지 이 사건으로 되살리려 꿈꾸고 있었는데, 그만 페츄코비치가 나타나서 겁을 집어먹었다느니 하는 이야기들이었다. 하지만 페츄코비치 앞에서 벌벌 떤다는 판단이 전적으로 옳지는 않았다. 우리 검사는 위험 앞에서 기가 죽는 성격이 아니라, 오히려 정반대로, 위험이 커지면 커질수록 자존심이 더욱 강해지고 고무되는 그런 성격이었다. 아무튼 우리 검사가 대단히 격정적인데다가 병적으로 예민하다는 점은 지적해둬야겠다. 그는 어떤 사건의 경우 자신의 혼을 온통 거기에 쏟아부으면서 그 재판 결과에 자신의 모든 운명과 모든 가치가 달려 있기라도 한 것처럼 사건을 다루었다. 법조계에서는 이를 두고 다소 비웃기도 했는데, 그것은 바로 이런 성미 덕분에 우리 검사가 비록 전국적인 유명

세는 타지 못한다 해도 우리 지방 법원 내에서의 변변찮은 직위를 감안한다면 일반적으로 추측할 수 있는 것보다 훨씬 널리 이름이 알려져 있었기 때문이다. 사람들은 특히 심리주의에 대한 그의 열정을 두고 비웃었다. 내 생각으로는, 사람들이 다들 잘못 알고 있었다고 본다. 우리 검사는 사람됨에서나 성격에서나 많은 이가 생각하는 것보다 훨씬 진지했다는 게 나의 판단이다. 하지만 이 병약한 사람은 법조계에 첫발을 내디뎠을 때부터, 그리고 그후로도 한평생 자신의 지위를 확립할 수 없었다.

우리의 재판장에 관해서라면, 그가 실제로 자신의 직무에 통달해 있고 가장 현대적인 사상을 지닌 교양 있고 인도적인 사람이라는 것 말고는 달리 할말이 없겠다. 그는 자부심이 상당히 강했지만, 자신의 출세에 대해서는 그다지 신경쓰지 않았다. 그의 인생의 주목적은 선각자가 되는 것이었다. 게다가 인맥과 재산도 있었다. 나중에 밝혀진바, 그도 상당한 열의를 가지고 카라마조프 집안 사건을 바라보았지만, 그것은 어디까지나 일반적인 의미에서였다. 그가 관심을 가진 것은 현상 자체와 그것의 분류, 그리고 그것을 우리의 사회적 토대가 낳은 산물이자 러시아적 요소의 한 특성으로 바라보는 시각 등등이었다. 사건의 사적인 성격과 그 비극성, 아울러 피고를 비롯한 관련자들의 개인적인 문제에 대해서는 상당히 무관심하고 추상적인 태도를 취했는데, 하긴 마땅히 그래야 했는지도 모른다.

재판관들이 나타나기 오래전부터 법정은 이미 입추의 여지가 없이 초만원이었다. 이 법정은 우리 도시에서 제일 훌륭한 홀로, 넓고 높고 소리도 잘 울렸다. 약간 높은 단 위에 자리잡은 재판관석 오른쪽에는 배심원들을 위해 탁자 하나와 두 줄의 의자가 마련되어 있었다. 왼쪽에는 피고석과 변호인석이 있었다. 법정의 중앙, 재판관석 가까이에는 '증거물들'이 놓인 탁자가 있었다. 거기에는 피투성이가 된 표도르 파블로비치의 흰 비단 실내복, 살인에 사용된 것으로 추정되는 그 숙명적인 놋쇠 공이, 소매에 피가 묻은 미챠의 루바쉬카, 그 당시 피에 흠뻑 젖은 손수건을 쑤셔넣은 탓에 뒤쪽 호주머니 부분이 모조리 피로 얼룩진 그의 프록코트, 피가 굳어 온통 뻣뻣해졌다가 이제는 이미 완전히 누레진 바로 그 손수건, 미챠가 자살하기 위해 페르호친 집에서부터 장전해둔 것을 트리폰 보리소비치가 모크로예에서 슬쩍 치워버렸던 권총, 그루셴카에게 줄 3천 루블이 들어 있던, 받을 사람의 이름이 적힌 봉투, 봉투를 묶었던 가느다란 장밋빛 리본, 그 밖에 내가 일일이 기억해낼 수도 없는 많은 물품이 놓여 있었다. 거기서 좀 멀리 떨어진 곳에서는 홀 뒤쪽으로 깊숙이 방청석이 시작되고 있었지만, 방청석의 난간 앞에는 이미 증언을 마친 뒤에도 계속 법정에 남아 있게 될 증인들을 위해 의자가 몇 개 따로 놓여 있었다. 열시 정각이 되자 재판장과 한 명의 배석판사, 그리고 한 명의 명예 치안판사로 이루어진 재판진이 출정했다. 물론 검사도 곧 모습을 나타냈다. 재판장은 보통보다 작은 키에 체격이 다부지고 어깨가 쩍 벌어졌으며, 치질 환자처럼 보이는 얼굴에다 짧게 깎은 짙은 색 머리엔 희끗희끗 흰머리가 섞인 쉰 살가량 된 사람이었는데, 붉은색 리본을 목에 두르고 있었으나—어떤 훈장이었는지는 이미 기억나지 않는다. 검사는 내가 보기에, 아니 나뿐만 아니라 모든 사람이 보기에도 얼굴빛이 왠지 아주 창백하다 못해 거의 초록색이었고, 그 전전날 보았을 때만 해도 완전히 멀쩡한 모습이었는데 무엇 때문인지 하룻밤 사이 갑자기 홀쭉하게 여윈 듯했다. 재판장은 법정 감독관에게 배심원들이 모두 출석했는가?…… 하는 것부터 물었다. 하지만 아무래도 나는 이런 식으로는 얘기를 더이상 계속할 수 없을 것 같은데, 분명하게 들리지 않은 것들도 많고, 어떤 것들은 의미를 제대로 이해하지 못한데다 또 어떤 것들은 잊어버려서 생각도 나지 않기 때문이지만, 무엇보다 이미 앞에서도 말했듯이, 거기서 얘기된 것들과 일어난 일들을 일일이 다 기억해낸다면 글자 그대로 시간도 지면도 모자랄 것이기 때문이다. 다만 내가 알고 있는 것은, 이쪽과 저쪽, 즉 변호인측과 검사측에서 거부한 배심원들이 그리 많지 않았다는 점이다. 총 열두 명의 배심원단을 똑똑히 기억하고 있는데, 우리 도시의 관리가 네 명, 상인이 두 명, 그리고 나머지 여섯 명은 우리 도시의 농부와 소시민이었다. 지금도 기억하지만, 공판이 시작되기 오래전부터 세간에서는 특히 부인네들이 다소 의아해하면서 이렇게 묻곤 했다. "이처럼 미묘하고 복잡하고 심리적인 사건에 대한 운명적인 결정을 과연 그런 관리 나부랭이, 더더구나 그따위 농사꾼들한테 맡길 수 있을까요, 무슨 그런 관리 나부랭이가 여기서 뭘 제대로 이해하겠어요, 하물며 농사꾼이라뇨?" 사실 배심원단에 참여하게 된 이들 네 명의 관리는 지위도 보잘것없는 변변찮은 사람들로, 이미 백발이 성성했고—그중 한 명만이 그래도 좀 젊은 축에 속했는데, 다들 우리 사회에서 이름도 별로 들어본 적 없고 쥐꼬리만한 봉급에 매달려 근근이 살아가는 자들로서, 분명히 아무데도 내보일 수 없는 늙어빠진 마누라와 심지어 맨발로 싸돌아다닐 법한 아이들이 줄줄이 딸려 있고, 한가할 때면 어디서 고작 좀스러운 카드놀이나 하며 기분을 달랠 뿐, 책이라고는 당연히 단 한 권도 읽지 않은 사람들이었다. 상인 두 사람은 그래도 좀 단정한 모습이었으나, 어쩐지 이상할 정도로 말이 없는데다 뻣뻣하게 굳어 있었다. 그중 한 명은 턱수염을 박박 밀어버리고 독일식 옷차림을 하고 있었고, 다른 한 명은 희끗희끗한 턱수염을 짧게 길렀는데, 목에 두른 붉은 띠에는 무슨 메달이 달려 있었다. 소시민들과 농부들에 대해서는 아예 말할 나위도 없다. 우리 스코토프리고니옙스크의 소시민들은 거의 농부나 다름없어서, 심지어는 쟁기를 부리며 밭일까지 한다. 그들 중 두 사람 역시 독일식 옷을 입었는데, 아마 그 때문에 나머지 네 사람보다 더 너절하고 꼴사나워 보였는지도 모르겠다. 이러니 이를테면 나도 그들을 훑어보자마자 머리에 그런 생각이 떠올랐지만, '저런 자들이 이런 사건에서 과연 뭘 이해할 수 있을까?' 하는 생각이 실제로 누구에게나 들 만도 했다. 그런데도 그들의 얼굴은 준엄하고 침통한 것이, 어쩐지 기이할 정도로 위압적이고 거의 위협적인 인상마저 풍겼다.

이윽고 재판장은 퇴역 9등 문관 표도르 파블로비치 카라마조프 살해 사건의 심리를 시작한다고 선언했는데—그때 그가 어떤 식으로 말했는지는 정확하게 기억나지 않는다. 법정 감독관에게 피고를 입정시키라는 명령이 내려졌고, 곧 미챠가 나타났다. 순간 법정 안은 찬물을 끼얹은 듯 조용해져서 파리 소리도 들을 수 있을 정도였다. 다른 사람들은 어땠는지 모르지만, 나는 미챠의 모습에 더없이 불쾌한 인상을 받았다. 무엇보다 그는 새로 맞춘 프록코트를 쫙 빼입고서 끔찍하게 멋을 부리고 나타났다. 나중에 알게 된 일이지만, 이날을 위해 그는 자신의 몸 치수를 알고 있는 모스크바의 단골 재봉사에게 프록코트를 일부러 주문했다는 것이다. 그는 멋진 셔츠를 받쳐 입고 어린 염소 가죽으로 만든 검은 새 장갑을 끼고 있었다. 그는 보폭이 1아르쉰은 족히 되는 특유의 큰 걸음걸이로 정면을 똑바로 응시하며 성큼성큼 걸어오더니 태연자약하기 그지없는 표정으로 자기 자리에 앉았다. 곧이어 변호인인 그 유명한 페츄코비치도 나타나자, 어떤 억눌린 웅성거림이 법정 안에 퍼져나가는 것 같았다. 그는 키가 후리후리하고 깡마른 사람으로, 길고 가느다란 다리에 손가락 역시 무척이나 길고 창백하고 가늘었으며, 반들반들하게 면도한 얼굴에 꽤나 짧게 깎은 머리를 얌전히 빗어 넘기고, 가느다란 입술을 일그러뜨리며 조소인지 미소인지 모를 웃음을 간간이 지어 보였다. 겉보기에는 마흔 살쯤 된 듯했다. 그의 얼굴은 눈만 아니면 기분좋은 인상을 주었을 테지만, 눈이 크지도 않고 표정이 풍부하지도 않은데다 두 눈 사이가 보기 드물게 좁아서 기름하고 가느다란 코의 가느다랗고 조그만 뼈대 하나만이 그 사이를 간신히 나누어 놓은 형국이었다. 한마디로, 이 얼굴에는 깜짝 놀랄 정도로 새를 떠올리게 하는 무엇이 있었다. 그는 프록코트 차림에 흰 넥타이를 매고 있었다. 재판장이 미챠에게 처음 던진 질문, 즉 이름과 신분 등에 관한 질문이 기억난다. 미챠는 간단명료하게 대답했으나 웬지 어처구니없을 만큼 큰 목소리여서 재판장은 고개까지 움찔하며 거의 놀란 듯한 표정으로 그를 바라보았다. 이어 법정 심리에 소환된 사람들, 즉 증인과 감정인 명단이 낭독되었다. 명단은 길었지만, 증인 중 네 명은 출석하지 않았다. 미우소프는 예심에서는 증언했으나 현재는 이미 파리에 가 있었고, 호홀라코바 부인과 지주 막시모프는 병 때문에, 그리고 스메르쟈코프는 갑작스레 죽어버려 나오지 못했는데, 아울러 이 죽음에 대해서는 경찰의 확인서가 제출되었다. 스메르쟈코프의 소식이 알려지자 법정에는 심한 동요와 수군거림이 일었다. 물론 방청객 중 많은 사람이 이 갑작스러운 자살 사건을 아직 전혀 모르고 있었던 것이다. 그러나 특히 충격을 준 것은—바로 미챠의 느닷없는 돌출 행동이었다. 스메르쟈코프에 관한 보고를 듣자 그는 자기 자리에 앉은 채 온 법정이 떠나가라고 소리를 질렀다.

"개 같은 놈은 개같이 뒈져서 싸다!"

변호인이 그에게 달려갔고, 재판장이 그에게 이와 유사한 돌출 행동이 또 한번 반복될 시엔 엄중한 조치를 취하겠노라고 으름장을 놓았던 것을 나는 기억한다. 미챠는 고개를 끄덕이며, 그러나 후회하는 빛은 전혀 없이 속삭이듯 작은 소리로 변호인에게 띄엄띄엄 몇 번이나 되풀이했다.

"안 그러겠습니다, 안 그러겠습니다! 나도 모르게 그만 튀어나온 겁니다! 다시는 안 그러겠습니다!"

물론 이 짤막한 돌발 사건은 배심원들과 방청객들의 견해에 그에게 유리하지 못한 쪽으로 영향을 미쳤다. 자신의 성격을 단번에 드러냄으로써 그런 식으로 자기 자신을 소개한 셈이 된 것이다. 바로 이런 인상을 불러일으킨 가운데 법원 서기에 의해 기소장이 낭독되었다.

기소장은 상당히 간략하면서도 면밀했다. 아무개가 왜 고발당했으며, 왜 그를 재판에 회부해야 했는가 등등에 대한 가장 주된 이유들만 기술되어 있었다. 그럼에도 불구하고 그것은 나에게 강한 인상을 주었다. 서기는 또렷하고 잘 울리는 목소리로 또박또박 분명하게 낭독했다. 그리하여 이 비극 전체가 숙명적이고도 가차 없는 빛을 받아 부조浮彫처럼 선명하면서도 집약된 형태로 모든 사람 앞에 새로이 모습을 드러낸 것만 같았다. 기소장 낭독이 끝나자마자 재판장이 미챠에게 크고 위압적인 목소리로 이렇게 물었던 것으로 기억된다.

"피고, 피고는 스스로 죄를 인정합니까?" 미챠는 갑자기 자리에서 벌떡 일어섰다.

"술을 마시고 방탕하게 살아온 데 대해서는 자신의 죄를 인정합니다." 그가 이번에도 왠지 터무니없이 큰, 거의 미친 듯한 목소리로 절규했다. "게으름과 난동을 일삼은 데 대해서도 죄를 인정합니다. 나는 영원토록 성실한 인간이 되어보려 했는데, 바로 그 순간 운명의 채찍이 내리친 겁니다. 하지만 나는 나의 적이자 아버지인 노인의 죽음에 대해서는—죄가 없습니다! 또한 그 강도짓에 대해서도—아니, 아닙니다, 나는 죄가 없습니다, 뿐만 아니라 나는 그런 죄를 지을 수도 없습니다. 드미트리 카라마조프는 비열한 놈일망정 도둑은 아니니까요!"

이렇게 절규하고 나서 그는 자리에 앉았는데, 온몸을 후들후들 떨고 있는 게 분명했다. 재판장은 다시금 그를 향해, 그저 묻는 것에만 답하고 그리 중요하지도 않은 것을 격하게 외쳐대지 말라고 짤막하게, 그러나 훈계하듯 주의를 주었다. 이어 재판장은 심리를 개시하라고 명령했다. 모든 증인이 선서하기 위해 입정했다. 이때 나는 그들을 한꺼번에 볼 수 있었다. 하지만 피고의 동생들은 선서 없이 증언하는 것이 허용되었다. 사제와 재판장의 훈시가 끝나자 증인들은 물러나와, 되도록 서로 멀리 떨어져 있게끔 자리를 배정받아 앉았다. 그런 다음 한 사람씩 불려나오기 시작했다.

II
위험한 증인들

검사측 증인들과 변호인측 증인들이 재판장에 의해 어떤 방식으로든 여러 조組로 구분되어 있었는지, 또 정확히 어떤 순서에 따라 그들을 불러내게 되어 있었는지는 나도 모른다. 필시 그런 구분과 순서가 있었을 것이다. 다만 내가 알고 있는 것은 맨 처음 불려나온 쪽이 검사측 증인들이었다는 사실이다. 거듭 말하거니와, 나는 모든 심문을 차례대로 일일이 기술할 생각은 없다. 더구나 그럴 경우 나의 기술은 어느 정도 사족이 되고 말 것인즉, 이는 검사와 변호인이 법적 공방에 돌입하자, 그동안 제시되고 청취된 모든 진술의 흐름과 의미 전체가 그들의 연설 속에서 하나의 점으로 수렴되다시피 하면서 선명하고도 그 성격에 합당한 조명을 받게 되었기 때문인데, 나도 이 두 사람의 주목할 만한 연설을 적어도 몇 군데는 완전하게 기록해두었으니, 적당한 때를 보아 이를 독자에게 전하겠고, 또한 법적 공방이 시작되기 전에 느닷없이 벌어져 재판의 위협적이고도 치명적인 결말에 의심할 바 없이 영향을 미친, 전혀 예상치 못한 어떤 비상한 에피소드에 대해서도 전할 생각이다. 다만 여기서는, 공판이 시작된 맨 처음 순간부터 이 '사건'이 지닌 어떤 특별한 성격이 모든 사람이 알아챌 수 있을 정도로 뚜렷하게 나타났다는 것만 말해두겠다. 그것은 다름아니라, 변호인측이 지닌 수단에 비해 검사측의 힘이 이례적으로 우세했다는 점이다. 이 준엄한 법정에 온갖 사실이 집중적으로 모여 분류되기 시작하고, 이 공포, 이 피가 점차 그 전모를 드러내자, 사람들은 다들 첫 순간에 이 점을 깨달았다. 아마도 다들 맨 처음부터, 이것은 왈가왈부할 여지도 없는 사건이다, 여기에 의혹 따윈 있을 수도 없다, 본질적으로 어떤 변론도 필요하지 않다, 변론은 그저 요식행위에 불과할 뿐, 피고는 유죄다, 명백하게 유죄다, 최종적으로 유죄다, 라고 분명하게 여겼을 법하다. 내 생각엔, 관심의 대상인 이 피고가 무죄판결을 받게 되길 다들 하나같이 그토록 애타게 열망하던 부인네들조차 한편으론 그의 완전한 유죄를 전적으로 확신하고 있었던 것 같다. 그뿐만 아니라 만약 그의 유죄가 그토록 확실시되지 않았더라면 그들은 심지어 상심하기까지 했을 텐데, 왜냐하면 그럴 경우 범인에게 무죄선고가 내려지는 대단원의 장면에서 극적인 효과가 별로 없을 것이기 때문이었다. 그렇지만 그가 무죄선고를 받으리라는 것—이것만큼은 이상하게도 모든 부인네가 거의 최후의 순간까지 완전히 확신하고 있어서, '유죄이긴 하지만, 인도주의 정신에서, 요즘 대두된 새로운 사상과 새로운 감정에서 무죄선고를 내릴 거야' 하는 식들이었다. 그들이 그토록 조바심을 내면서 이곳으로 몰려온 것도 바로 그 때문이었다. 남자들은 오히려 검사와 그 유명한 페츄코비치의 논쟁에 가장 큰 관심을 보였다. 그들은 다들 의아해하면서 이렇게 자문하고 있었다. 제아무리 페츄코비치 같은 명장이라 해도 이처럼 가망 없는 사건을 가지고서야, 이미 이처럼 속을 죄다 파먹은 달걀을 가지고서야 어찌할 것인가?—그래서 그들은 잔뜩 긴장하고 주의를 기울이면서 그의 위업적인 행군을 한 걸음 한 걸음 지켜보았다. 그러나 페츄코비치는 맨 마지막까지, 자신의 변론을 시작하기 직전까지도 모두에게 여전히 수수께끼였다. 경험깨나 있는 사람들은 그에게는 그만의 방법 체계가 있고, 그에겐 뭔가 이미 계획이 세워져 있으며, 앞으로 목표가 있다는 걸 예감했지만, 그게 어떤 것인지는—거의 짐작할 수 없었다. 하지만 그의 확신과 자신감만큼은 대번에 눈에 띄었다. 게다가 사람들은 그가 우리 도시에 온 지 정말 얼마 되지 않았는데도, 그러니까 기껏해야 사흘 정도나 될까 싶은 시간에 놀랄 만큼 정확하게 사건을 파악했고 '세심한 부분까지 연구를 마쳤다'고 지적하면서, 다들 곧바로 흡족해했다. 예컨대 훗날 그들은, 그가 검사측의 모든 증인을 적시에 '곤경에 빠뜨려' 최대한 갈팡질팡하게 만들었을 뿐만 아니라 무엇보다도 그들의 도덕적인 평판에 흙칠을 함으로써 자연스럽게 그들의 증언에도 흙칠을 해주었다고 얘기하면서 쾌감을 느끼곤 했다. 그래도 사람들은, 그가 이렇게 하는 것은 기껏해야 유희를 위해서, 다시 말해 어떤 사법적인 광채를 위해서이며, 변호사들이 으레 써먹는 방법을 하나도 잊지 않고 사용하기 위해서라고 추측했다. 모두들 그가 이런 '흙칠'만으로는 무슨 커다란 결정적인 이익을 얻을 리 만무하고, 필시 그 자신도 이 점을 누구보다 잘 알 것이며, 그러니 나름대로 무슨 속셈이 있어서 어떤 방어 무기를 일단은 숨겨두었다가 때가 오면 갑자기 꺼내들 거라고 굳게 믿었다. 하지만 그는 아무튼 당분간은 자신의 역량을 의식하면서 그저 심심풀이 삼아 장난을 치고 있는 듯했다. 그래서 이를테면 표도르 파블로비치의 시종이었고 '정원 쪽으로 난 문이 열려 있었다'는 가장 중대한 진술을 했던 그리고리 바실리예프를 심문할 때, 변호인은 자신의 질문 차례가 되자 그를 사정없이 물고 늘어졌다. 여기서 말해두어야겠는데, 그리고리 바실리예비치는 재판의 장엄함이나 자신의 말에 귀를 바싹 기울이고 있는 거대한 방청객의 존재에도 전혀 주눅든 기색 없이, 지극히 침착한 모습으로 거의 위엄까지 보이면서 법정에 섰다. 그는 자기 아내 마르파 이그나치예브나와 단둘이 이야기를 나눌 때처럼 자신 있는 말투로 증언했으며, 다만 좀더 정중했을 따름이다. 그를 갈팡질팡하게 만들기란 불가능했다. 그에게 검사는 우선 카라마조프 집안의 온갖 세세한 내막에 대해 한참 동안 캐물었다. 한 집안의 풍경이 선명하게 바깥으로 드러났다. 그의 말, 그의 태도로 보건대, 증인은 솔직하고 공평무사했다. 옛 주인을 기억하며 더없이 깊은 공경심을 보이면서도 그는 예컨대 주인 나리가 미챠에게 불공정했으며 "아이들을 제대로 키우지 않았습니다"라고 단언했다. 그는 미챠의 어린 시절을 얘기하면서, "저분은 어린아이였을 적에 제가 없었더라면 이蝨한테 갉아 먹혀 죽었을 겁니다"라고 덧붙였다. "아들이 친모한테 물려받은 재산을 두고 아버지가 아들을 속인 것도 마땅한 일은 아니었습니다"라고도 했다. 하지만 표도르 파블로비치가 돈 계산에서 아들을 속였다고 주장하는 근거가 무엇이냐고 검사가 묻자 정작 근거가 될 만한 아무런 사실도 제시하지 못하는 바람에 다들 의아해할 수밖에 없었으나, 그런데도 그리고리 바실리예비치는 아들을 상대로 한 계산이 '옳지 못했다'면서 아들에게 정확히 '수천 루블을 마저 더 지불해야 했다'고 우겼다. 이참에 말해두지만, 검사는 이 질문—그러니까 표도르 파블로비치가 미챠에게 아직 어떤 돈을 다 주지 않았다는 것이 사실인가?—에 유난히 집착하면서 나중에도 알료샤와 이반 표도로비치를 포함해 물어볼 수 있는 모든 증인에게 물어보았지만, 어떤 증인에게서도 정확한 정보를 전혀 얻어내지 못했다. 다들 그게 사실이라고 주장하기만 할 뿐, 조금이라도 분명한 증거를 제시한 사람은 아무도 없었던 것이다. 식사중에 드미트리 표도로비치가 쳐들어와서 아버지를 죽도록 두들겨 팼고, 그러고는 다시 와서 죽여버리겠다고 협박했던 장면을 그리고리가 자세히 이야기하자—법정에는 음산한 분위기가 퍼져나갔는데, 더욱이 이 늙은 하인이 쓸데없는 말은 다 빼고 자신의 독특한 말투로 차분하게 이야기했기 때문에 오히려 더 무서운 웅변이 되었다. 그는 미챠가 그때 자기 얼굴을 때리고 바닥에 쓰러뜨리며 모욕을 가한 일에 대해 화를 내지 않으며 오래전에 다 용서했노라고 밝혔다. 죽은 스메르쟈코프에 대해서는 성호를 그으면서 말하길, 젊은 녀석이 재주는 있었지만 어리석은데다 병마에 시달렸고 무엇보다 하느님을 믿지 않았는데, 하느님을 부정하는 것은 표도르 파블로비치와 그 맏아들이 가르친 거라고 했다. 하지만 스메르쟈코프가 정직했다는 것만큼은 거의 열을 올리면서 보증했고, 그러면서 곧바로 전하길, 옛날에 스메르쟈코프가 주인 나리가 떨어뜨린 돈을 주운 적이 있는데 그것을 몰래 감추기는커녕 주인 나리한테 갖다 바쳤기 때문에, 나리는 '금화 한 닢을 선물로 주었으며' 그후로 모든 일에서 그를 신임하게 됐다고 했다. 정원 쪽으로 난 문이 열려 있었다는 것에 대해서는 한 발짝도 물러서지 않고 완강하게 주장했다. 그건 그렇고, 그가 너무 많은 질문을 받았던지라, 나로서는 모든 것을 기억할 수도 없다. 드디어 변호인이 심문할 차례가 되자, 우선 표도르 파블로비치가 '모 여성'을 위해 3천 루블을 몰래 넣어두었'다는' 그 봉투에 관한 것부터 알아보기 시작했다. "당신이 그것을 직접 보았습니까—그렇게 오랜 세월 동안 주인 나리를 지척에서 모셨던 사람이니 말입니다?" 그리고리는 그것을 본 일도 없거니와, "지금 다들 그 말을 하기 시작하기 전까지는" 그런 돈에 대해 누구한테 들은 적도 없다고 대답했다. 재산 분배에 대해 묻던 검사만큼이나 집요하게, 페츄코비치 쪽에서도 물어볼 만한 모든 증인에게 봉투에 대한 질문을 던졌는데, 비록 많은 사람이 그 얘길 듣기는 했지만 아무도 봉투를 보지는 못했다는 한 가지 대답만 그 역시도 모든 증인한테서 얻었을 뿐이다. 변호인이 이 질문에 매우 집착한다는 것을 다들 처음부터 알아챌 수 있었다.

"괜찮으시다면 이제 다음 질문을 해도 좋겠습니까?" 갑자기 페츄코비치가 전혀 뜻밖의 질문을 던졌다. "예심에서도 밝혀진 바이지만, 당신이 그날 저녁 잠들기 전에 아픈 허리께를 치료할 목적으로 문질렀던 그 발삼, 혹은 이른바 그 우림약의 성분은 무엇이었습니까?"

그리고리는 멍하니 심문자를 쳐다보더니, 잠시 입을 다물었다가 우물우물 중얼거렸다.

"샐비어를 넣었습니다."

"샐비어뿐입니까? 또다른 것은 기억나지 않습니까?"

"질경이도 들어갔습니다."

"후추도 아마 들어갔겠죠?" 페츄코비치가 호기심을 보였다.

"후추도 들어갔습니다."

"그리고 기타 등등. 그래 그것들을 모두 보드카에 담갔습니까?"

"주정酒精에다 담갔습니다."

법정 안에 키득거리는 소리가 살짝 일었다.

"거 보십시오, 심지어 주정에다 담갔군요. 그걸 등에 문지른 뒤 병 안의 남은 내용물은 당신 부인만 아는 어떤 경건한 기도를 외면서 마신 거지요, 안 그렇습니까?"

"마셨습니다."

"대략 많이 마셨습니까? 대략 얼마나? 보드카 잔으로 한 잔, 아니면 두 잔?"

"물 컵으로 하나쯤 될 겁니다."

"심지어 물 컵으로 하나쯤이라고요. 아마 한 컵 반이었을 수도 있겠군요?"

그리고리는 입을 다물었다. 뭔가를 알아챈 모양이었다.

"순純 주정을 한 컵하고도 반이라—그것 썩 괜찮죠, 어떻게 생각하십니까? 정원 쪽으로 난 문은 물론이고, '천국의 문이 열린 것'도 아마 볼 수 있을 텐데요?"

그리고리는 계속 입을 다문 채였다. 또다시 법정 안에 키득거리는 소리가 일었다. 재판장이 몸을 달싹거렸다.

"당신 자신도 확실히 알지 못하는 것 아닙니까." 페츄코비치는 더욱 더 끈질기게 물고 늘어졌다. "정원 쪽으로 난 문이 열린 걸 보았다는 그 순간에 주무시고 계셨는지 아닌지?"

"두 발로 서 있었는걸요."

"그것만으로는 주무시고 계시지 않았다는 증거가 되지 못하지요(거듭, 거듭, 법정 안에 키득거리는 소리가 일어났다). 이를테면 그 순간 누가 당신에게 뭔가를—뭐, 예컨대 지금이 몇 년이냐고 물어보았다면 바로 대답하실 수 있었겠습니까?"

"그건 모르겠습니다."

"그럼 지금이 우리의 연대 계산법으로 몇 년인지, 그리스도 탄생 이후 몇 년이 되는지 모른단 말입니까?"

그리고리는 자신의 고문자를 뚫어지게 쳐다보며 당황한 표정으로서 있었다. 이상하게도, 그는 지금이 몇 년인지 정말로 모르는 듯했다.

"하지만 당신 손에 손가락이 몇 개인지는 아마 알겠죠?"

"이 몸은 원래 종놈이올시다." 갑자기 그리고리가 큰 소리로 또박또박 끊어 말했다. "높으신 분께서 저를 놀리고 싶으시다면 저로선 참을 도리밖에 없지요."

페츄코비치는 좀 주춤하는 기색이었는데, 그때 마침 재판장도 끼어들어 좀더 합당한 질문을 해야 한다고 변호인에게 훈계조로 상기시켰다. 페츄코비치는 다 듣고 난 다음 위엄 있게 머리를 숙여 보이고는 자신의 심문은 끝났노라고 선언했다. 물론 방청객들과 배심원들의 마음속에는, 모종의 치료를 받던 상태에서 '천국의 문을 보았을 수도' 있을 뿐만 아니라 지금이 그리스도 탄생 이후 몇 년이 되는지도 모르는 사람의 증언에 대해 조그만 의혹의 애벌레가 남을 수밖에 없었다. 그러니 변호인은 여하튼 자신의 목적을 달성한 셈이었다. 하지만 그리고리가 물러나기 전에 또하나의 조그만 소동이 일어났다. 재판장이 피고를 향해, 진술된 증언에 대해 무슨 할말이 없느냐고 물었을 때였다.

"문에 대한 것 말고는 모두 사실입니다." 미챠가 큰 소리로 외쳤다. "나한테 득실거리던 이를 훑어 잡아준 데 대해—감사드리고, 내가 구타한 것을 용서해준 데 대해서도—감사드립니다. 노인은 한평생 정직했고 아버지에게는 7백 마리의 푸들만큼이나 충성스러웠습니다."

"피고, 말을 골라 쓰시오." 재판장이 엄중하게 말했다.

"나는 푸들이 아니오." 그리고리도 으르렁거렸다.

"뭐, 그럼 내가 푸들이요, 내가!" 미챠가 소리쳤다. "그렇게 모욕스럽다면 그 말은 내 몫으로 돌리고 저 노인에게는 용서를 비는 바입니다.

나는 짐승이어서, 저 노인에게 잔인하게 굴었으니까요! 이솝에게도 잔인하게 대했지요."

"이솝이라니요?" 재판장이 다시 근엄하게 나섰다.

"저, 그 피에로…… 우리 아버지, 표도르 파블로비치 말입니다."

재판장은 다시금 재차 위압적이고 지극히 엄중하게, 말을 좀더 신중하게 가려서 하라고 미챠에게 이번엔 아주 단단히 주의를 주었다.

"그런 언사는 재판관들의 견해에 당신 스스로 불리한 영향을 줄 뿐이오."

변호인은 라키친을 증인으로 심문할 때도 똑같은 식으로 대단히 능란한 수완을 발휘했다. 여기서 말해두지만, 라키친은 가장 중요한 증인 중 하나였고 검사도 그를 분명 높이 평가하고 있었다. 밝혀진 바에 따르면, 그는 모든 것을 알고 있었고 놀랄 만큼 많은 일을 알고 있었으며, 모든 사람의 집을 드나들며 모든 것을 보았고 모든 사람과 이야기를 나누었고, 표도르 파블로비치와 모든 카라마조프 집안사람의 내력을 아주 소상히 꿰고 있었다. 하지만 3천 루블이 든 봉투에 대해서는 그저 미챠에게서 직접 들은 게 전부였다. 대신 그는 술집 '수도'에서 있었던 미챠의 잘난 짓들, 자신의 명예를 스스로 손상시키는 미챠의 모든 언행을 상세히 진술하고 이등 대위 스네기료프의 '수세미' 이야기도 전했다. 하지만 그 특별한 항목, 즉 표도르 파블로비치가 재산 계산에서 미챠에게 뭔가 더 주어야만 하는 돈이 있는가에 대해서는—아무리 라키친이라 해도 아무것도 알려줄 수 없었고, 그저 누구나 경멸을 섞어 내뱉는 뻔하디뻔한 소리를 뇌까리며 넘어갔을 뿐이다. "아무도 자기 자신을 이해할 수도 정의할 수도 없는 것이 이 뒤죽박죽 카라마조프 집안의 특성인데, 대체 누가 그들 중에서 잘못한 자를 가려낼 수 있으며, 그들 중 누가 누구에게 빚을 지고 있는지 어떻게 계산해낼 수 있겠습니까?" 그는 재판중인 이 범죄의 비극은 모두 다 농노제의 구습, 그리고 적절한 제도가 없어서 고통과 혼돈에 빠져버린 러시아가 낳은 산물이라고 묘사했다. 요컨대, 그에게 뭔가 발언할 기회가 주어졌던 것이다. 이 재판을 통해 라키친 씨는 처음으로 자신을 공개적으로 알렸으며 사람들의 주목을 받게 되었다. 검사는 증인이 이 범죄 사건에 대한 논문을 잡지에 발표할 준비를 하고 있다는 것을 알았고 나중에 자신의 논고에서(우리도 나중에 보게 될 것이다) 이 논문의 몇 가지 생각을 인용하기도 했으니, 이때 이미 이 논문을 잘 알고 있었다는 얘기다. 증인이 묘사한 광경은 암울하고 치명적인 것이어서, '유죄판결'을 강력하게 뒷받침해주었다. 대체로 라키친의 진술은 사상이 독창적인데다 드높이 날아오르는 그 전개 방식이 보기 드물게 고매해서 방청객을 매혹시켰다. 심지어 두세 차례 갑자기 박수갈채가 터져나오기도 했는데, 바로 농노제에 대해, 그리고 혼돈 속에서 고통받는 러시아에 대해 말하는 대목에서였다. 하지만 라키친은 그래도 아직 젊은 나이여서 그만 작은 실언을 하고 말았고, 변호인은 즉각 그것을 아주 탁월하게 이용했다. 그루셴카에 대한 어떤 질문들에 답하는 와중에, 라키친은 물론 스스로도 이미 의식하고 있던 자신의 성공과 자신의 비상이 보여준 드높은 고매함에 도취된 나머지, 아그라페나 알렉산드로브나에 대해 다소 경멸을 내비치며 '상인 삼소노프의 첩'이라고 말해버린 것이다. 그러고 나서 그는 이 한마디를 되돌리기 위해 값비싼 대가를 치러야 할 판이었는데, 페츄코비치가 즉시 이 말을 꼬투리 삼아 그의 덜미를 잡고 나왔기 때문이다. 이 모든 것이, 상대방이 그렇게 짧은 시간 안에 이 사건에 대해 그렇게 내밀한 구석까지 샅샅이 알아낼 수 있었으리라고는 라키친도 전혀 생각지 못한 탓이었다.

"한 가지 여쭤봐도 되겠지요." 변호인은 자기가 심문할 차례가 되자 더없이 상냥하고 공손하기까지 한 미소를 지으면서 말을 시작했다. "당신은 물론, 정교 감독관구청에서 발간한 소책자 『하느님의 품속에서 영면하신 장로님 조시마 신부님의 생애전』, 심오한 종교적인 사상으로 충만하고, 지성至聖하신 장로님께 바치는 훌륭하고 경건한 헌사까지 들어 있는 그 책을 쓰신 바로 그 라키친 씨겠죠, 얼마 전에 저도 무척 만족스럽게 읽었습니다만?"

"출판하려고 쓴 게 아닌데…… 나중에 출판된 겁니다." 라키친은 갑자기 뭔가 어리벙벙해진 듯 거의 부끄러움까지 보이며 중얼거렸다.

"오, 이건 아주 멋진 일입니다! 당신과 같은 사상가는 온갖 사회 현상에 대해 아주 폭넓은 태도를 지닐 수 있고 심지어 마땅히 그래야만 합니다. 지성하신 장로님의 은덕으로 당신의 유익하기 그지없는 책자가 널리 보급되어 상당히 유익한 영향을 주었지요…… 하지만 제가 지금 무엇보다 당신에게서 알고 싶은 것은 말입니다, 당신은 방금 스베틀로바 양과 아주 가깝게 알고 지낸 사이였다고 천명하셨죠?"(노타 베네.* 그루셴카의 성이 '스베틀로바'라는 것이 밝혀졌다. 나는 이것을 이날 심리 진행중에야 처음으로 알게 되었다.)

"알고 지내는 사이라 해서 제가 다 책임질 수는 없습니다…… 저는

---

* Nota bene. '요주의'를 뜻하는 라틴어로, 이후 약어인 'NB'로 표기되었다.

젊고…… 또 도대체 누가 자신이 만나는 모든 사람에 대해 책임질 수 있겠습니까." 갑자기 라키친이 아주 발끈했다.

"이해합니다, 너무 잘 이해합니다!" 페츄코비치는 마치 자신이 당황한 것처럼 서둘러 열심히 사과라도 하려는 듯 소리쳤다. "당신도 다른 여느 청년처럼, 이곳의 젊은이들 중에서 가장 뛰어난 꽃송이를 기꺼이 자기 곁에 받아들이는 젊고 아름다운 여인과 사귀는 데 관심을 가졌을 법하지요, 다만…… 제가 알고 싶은 건 바로 이것입니다. 우리가 알기로, 스베틀로바는 두어 달 전에 카라마조프 집안의 막내아들인 알렉세이 표도로비치와 알게 되기를 간절히 바란 나머지, 당신이 그를, 그것도 바로 그때 그가 입고 있던 수도복 차림으로 자기에게 데려와준다는 단지 그 조건으로 당신에게 25루블을 주겠다고 약속했습니다, 그저 당신이 그를 자기에게 데려오기만 하면 말이지요. 이는 아시다시피, 본 사건의 핵심이 된 그 비극적인 참사가 발생한 바로 그날 저녁의 일입니다. 당신은 알렉세이 카라마조프를 스베틀로바 양에게 데려다주었는데—그때 스베틀로바로부터 사례금 조로 25루블을 받았는지, 바로 이 얘기를 당신에게서 듣고 싶습니다만?"

"그건 장난이었습니다…… 왜 이 일에 당신이 관심을 가지는지 모르겠군요. 그냥 장난으로 받은 겁니다…… 나중에 돌려주려고요……"

"그럼 받으신 거로군요. 하지만 지금까지도 돌려주지 않으셨죠, 아니면 돌려주셨습니까?"

"그건 하찮은 일이에요……" 라키친이 중얼거렸다. "이런 질문에는 답할 수 없습니다…… 물론 돌려줄 겁니다."

재판장이 개입하고 나섰으나, 변호인은 라키친 씨에 대한 자신의 질문이 끝났노라고 선언했다. 라키친 씨는 풀이 좀 죽은 채 무대에서 퇴장했다. 그의 연설이 불러일으킨 더없이 고매한 인상은 그렇게 해서 망가지고 말았고, 페츄코비치는 눈으로 그를 전송하면서 방청객들을 향해 '자, 당신네들의 고매한 고발자가 어떤 자들인지 한번 보시오!'라고 말하는 듯했다. 이 대목에서도 미챠 쪽에서 아무 소동 없이 지나가진 않았던 것으로 기억한다. 라키친이 그루셴카에 대해 얘기하면서 보인 말투에 격분한 그는 갑자기 제자리에서 "베르나르!" 하고 버럭 소리를 내질렀다. 라키친에 대한 심문을 모두 끝낸 뒤 재판장이 피고를 향해 무슨 하고 싶은 말이 없느냐고 하자, 미챠는 쩌렁쩌렁 울리는 소리로 외쳤다.

"저놈은 나한테서, 이미 피고로 구금돼 있는 나한테서도 돈을 꿔갔습니다! 더러운 놈의 같잖은 베르나르, 출세밖에 모르는 놈, 저놈은 하느님도 믿지 않고, 거룩하신 장로님까지 속였습니다!"

물론 미챠는 말이 난폭하다 하여 또다시 경고를 받았지만, 라키친 씨는 아주 끝장나고 말았다. 이등 대위 스네기료프의 증언도 영 글러버렸지만, 전혀 다른 이유에서였다. 그는 더러운 누더기옷에 더러운 장화를 신은 완전한 누더기 꼴로, 게다가 미리 온갖 경고에다 사전에 '검사'까지 받았는데도 불구하고 느닷없이 완전히 고주망태가 되어 나타났다. 미챠에게 받은 모욕에 대해 묻자, 그는 갑자기 답변을 거부했다.

"저분은 하느님께 맡기겠습니다요. 일류셰치카가 말하지 말라고 명령했어요. 저세상에 가면 하느님께서 저한테 보상해주시겠습죠."

"말하지 말라고 누가 명령했다는 건가요? 누구 얘깁니까?"

"일류셰치카, 제 아들 녀석입죠. '아빠, 아빠, 그 사람이 아빠한테 얼마나 모욕을 줬는데!' 바윗돌 옆에서 그애가 그렇게 말했지요. 지금은 죽어가고 있습니다요……"

이등 대위는 갑자기 흑흑 흐느끼기 시작하더니 재판장의 발아래 철퍼덕 쓰러졌다. 방청객들이 웃어대는 가운데 그는 황급히 끌려나갔다. 검사가 노렸던 효과는 완전히 수포로 돌아가고 말았다.

변호인은 계속해서 갖가지 수단을 동원했고, 아주 세세한 부분까지 사건의 내막을 속속들이 꿰뚫고 있음을 보여줌으로써 사람들을 점점 더 놀라게 했다. 가령, 트리폰 보리소비치의 증언은 대단히 강렬한 인상을 불러일으켰는데, 물론 그것은 미챠에게 몹시 불리한 내용이었다. 다름아니라 그는 참극이 일어나기 한 달쯤 전에 미챠가 모크로예에 처음 왔을 때 써버린 돈이 적어도 3천은 족히 되고, 설령 그 정도가 아니라 해도 '거기서 아주 한두 푼밖에 빠지지 않는다'고 거의 손가락을 꼽아가며 셈을 해 보였다. "그 집시 계집들한테 뿌린 것만 해도 얼만데요! 이가 버글거리는 우리 마을 그 농사꾼들한테도 '그저 반 루블짜리 은화 한 닢씩을 길바닥에 던져주는' 정도가 아니라 적어도 25루블짜리 지폐 한 장씩을 거저 집어주었으니까요, 그보다 절대 적지는 않았습니다요. 그때 저분한테서 그냥 훔쳐간 돈도 얼마나 많은뎁쇼! 한번 훔치는 맛을 본 놈은 손을 가만히 쉬지 않았습죠, 게다가 어디서 그놈을, 그 도둑놈을 잡습니까요, 저분 스스로 거저 돈을 뿌려댄 판에 말입죠! 우리 마을 족속들은 죄다 날강도여서 영혼이고 뭐고 없어요. 그 지집애들, 우리 마을 그 시골 지집애들 손에도 얼마나 흘러들어갔는데요! 우리 마을 사람들은 그때부터 부자가 되었답니다요, 전에는 지지리도 가난하던 것들이 말입죠." 요컨대, 그는 모든 지출 내역을 일일이 생각해내서 마치 주판알을 튕기듯 계산해 내놓았다. 이렇게 되니, 천5백 루블만 썼고 나머지 천5백 루블은 부적 주머니 속에 따로 챙겨두었다는 가정은 생각할 수도 없는 게 돼버렸다. "제가 직접 보았습니다, 저분의 손에 3천 루블이 마치 1코페이카 동전처럼 들려 있는 것을 보았습죠, 제 두 눈으로 똑똑히 살펴보았습니다, 저희 같은 사람이 정말 돈 계산을 제대로 못하겠습니까요!" 트리폰 보리소비치는 '높은 사람들'의 비위를 맞추려고 안간힘을 쓰면서 이렇게 외쳤다. 그러나 변호인은 자신이 심문할 차례가 되자 그의 진술을 거의 논박해보려고도 하지 않고 느닷없이 말머리를 돌려, 미챠가 체포되기 이미 한 달 전에 모크로예에서 첫 번째 술판을 벌였을 때 술에 취해 현관 바닥에 백 루블짜리 지폐를 떨어뜨렸는데, 그것을 마부 치모페이와 또다른 농부 아킴이 주워 트리폰 보리소비치에게 내놓았더니 그가 두 사람에게 그 대가로 각각 1루블씩 쥐여주었다는 얘기를 꺼냈다. "그래서 당신은 그때 그 돈 백 루블을 카라마조프 씨에게 돌려주었습니까, 안 돌려주었습니까?" 트리폰 보리소비치는 끝까지 둘러대며 발뺌을 하다가, 그 농부들이 심문을 받고 나서야 백 루블을 그렇게 발견한 것이 사실이라고 자백했으나, 다만 그때 곧바로 그 돈 전부를 드미트리 표도로비치에게 아주 양심적으로, "그야말로 정직하게" 돌려주었지만 "단지 저분이 그때 워낙 취해 있어서 말입죠, 아마도 그걸 제대로 기억하지 못할 겁니다요" 하고 덧붙였다. 하지만 어쨌든 농부들이 증인으로 불려나오기 전까지는 백 루블을 발견한 사실 자체를 부인했기 때문에, 술에 취한 미챠에게 그 돈을 돌려주었다는 그의 진술도 자연히 큰 의심을 살 수밖에 없었다. 이렇게 되어, 검사측에서 내세운 가장 위험한 증인 중 한 사람이 이번에도 의심쩍은 존재가 되어 체면을 심하게 구긴 채 물러났다. 폴란드인들도 똑같은 일을 겪어야 했다. 법정에 나타난 그들은 오만하고도 당당했다. 그들은 첫째, 자기들 두 사람 다 '국왕을 모셨던' 몸이며, '판 미챠'가 그들의 명예를 매수하기 위해 3천 루블을 제의했고, 그의 손에 큰돈이 들려 있는 것을 자기들이 직접 보았노라고 우렁찬 소리로 증언했다. 판 무샬로비치는 폴란드어를 지독하게 많이 섞어서 말했는데, 그것이 재판장과 검사의 눈에 자신의 위신을 마냥 높여준다고 여기고는 마침내 완전히 기세등등해져서 이제는 아예 폴란드어로 말하기 시작했다. 하지만 페츄코비치는 자신의 그물로 그들마저 포획해버렸다. 트리폰 보리소비치가 다시 불려나와 이리저리 끝까지 둘러대려 했지만, 결국 자신이 가져다준 카드 한 벌을 판 브루블렙스키가 자기 것으로 통째로 바꿔치기했고, 판 무샬로비치도 카드를 돌리면서 카드장을 바꿔치기하는 속임수를 썼다고 실토할 수밖에 없었다. 칼가노프도 진술 차례가 되자 이 사실을 그대로 확인해주었고, 두 폴란드 신사는 창피만 톡톡히 당한 채 방청객들의 웃음까지 사면서 물러났다.

그다음에도 가장 위험한 증인들이 거의 예외 없이 똑같은 꼴을 당했다. 페츄코비치는 그들 하나하나의 도덕적인 체면에 흙탕물을 끼얹어 코를 감싸고 내빼게 만들었다. 형사재판 애호가들과 법률가들은 그저 탄복하며 즐기고 있었으나, 다만 이 모든 것이 어떤 대단하고도 최종적인 그런 것에 기여할 수 있을지 여전히 의혹을 품고 있었는데, 거듭 말하거니와, 점점 더 강하고 점점 더 비극적으로 커져만 가는, 물리칠 수 없는 유죄판결의 절대성을 다들 느끼고 있었던 것이다. 그러나 사람들은 '위대한 마법사'의 자신만만하고 태연자약한 태도를 보면서 여전히 기대를 품고 있었다. '저런 사람'이 페테르부르크에서 여기까지 공연히 왔을 리 없고, 결코 빈손으로 돌아갈 사람이 아니라는 것이었다.

III
의학적 감정과 호두 한 푼트

의학적 감정鑑定도 피고에게 그다지 도움이 되지 못했다. 게다가 나중에 밝혀지기도 했지만, 페츄코비치 자신도 이것에 별 기대를 걸지 않은 듯하다. 애당초 이 감정은 오로지 모스크바로부터 고명한 의사를 일부러 불러온 카체리나 이바노브나의 강청으로 이루어진 일이었다. 변호인측으로서야 이 때문에 물론 손해를 입을 리가 없을뿐더러, 최상의 경우에는 뭔가 이득을 볼 수도 있었다. 하지만 정작 의사들 간의 어떤 견해 차이로 인해, 부분적으로는 심지어 좀 희극적이다 싶은 결과가 되고 말았다. 감정을 맡은 사람들은 모스크바에서 온 고명한 의사, 그다음으로는 우리 도시의 게르첸슈투베 박사, 그리고 마지막으로 젊은 의사 바르빈스키였다. 뒤에 든 이 두 의사는 검사측으로부터 소환을 요구받고, 단순히 증인으로서도 출석했다. 감정인으로서 맨 처음 질문을 받은 사람은 게르첸슈투베 박사였다. 그는 일흔 살의 노인으로, 머리가 벗어진 백발에 키는 보통이고 건장한 체격이었다. 우리 도시 사람들은 다들 그를 높이 평가하고 존경했다. 양심적인 의사인데다 아주 아름답고 경건한 사람이었기 때문인데, 무슨 헤른후트파*인지 '모라비아 형제단'인지에 속했지만—정확한 것은 잘 모르겠다. 우리 도시에 산 지는 이미 퍽 오래됐고, 아주 품위 있게 처신해왔다. 그는 선량하고 인정이 많아서 가난한 환자와 농부 들을 무료로 치료해주기도 하고 그들의 움막이나 오두막을 몸소 다니며 약값을 놓고 오기도 했으나, 그러면서도 고집만큼은 노새 같았다. 일단 무슨 생각이 그 머릿속에 자리잡았다 하면 요지부동이어서 누구도 그의 생각을 바꾸어놓을 수 없었다. 말이 나왔으니 하는 말이지만, 모스크바의 고명한 의사가 우리 도시에 온 지 이삼 일도 지나기 전에 게르첸슈투베 박사의 재능에 대해 대단히 모욕적인 여러 가지 평을 서슴지 않았다는 것은 이미 온 도시 사람들이 거의 다 알고 있었다. 문제는, 모스크바의 의사가 왕진료로 적어도 25루블 이상을 받았지만, 그래도 우리 도시의 어떤 사람들은 그가 우리한테 와준 것에 기뻐하면서 돈을 아끼지 않고 앞다투어 그의 조언을 받으려고 달려들었다는 점이다. 이 환자들은 그가 오기 전까지는 물론 다들 게르첸슈투베 박사에게서 치료를 받아왔는데, 이제 이 고명한 의사는 가는 곳마다 게르첸슈투베의 치료법을 대단히 신랄하게 비판해댔다. 심지어 나중에는 환자 앞에 나타나자마자 아주 대놓고 "그래, 누가 당신을 이 모양으로 망쳐놓았소, 게르첸슈투베요? 헤-헤!" 하고 묻기까지 했다. 게르첸슈투베 박사도 물론 이런 사실을 다 알게 되었다. 이 같은 상황에서 이 세 의사가 모두 심문을 받기 위해 차례로 출두한 것이다. 게르첸슈투베 박사는 '피고의 지적 능력이 비정상적이라는 것은 자명한 사실로 인정된다'라고 솔직하게 밝혔다. 그러고는, 나는 여기서

* 18세기 독일 작센의 헤른후트 지역에서 일어난 경건주의 계열의 종교 사회 운동으로, 15세기 중반 체코에서 생겨난 종교 분파인 모라비아 형제단의 교리에 기원을 둔 것으로 알려져 있다. 18~19세기 동안 러시아에도 전파되었다.

생략하겠지만, 자기 의견을 제시한 뒤, 이 비정상적인 점은 무엇보다 피고가 예전에 했던 많은 행동을 봐도 그렇지만, 지금, 심지어 바로 이 순간에도 인정된다고 덧붙였고, 지금 이 순간 어떤 점에서 그것이 입증된다는 건지 설명해달라는 요청을 받자, 늙은 의사는 특유의 더없이 솔직하고 소박한 태도로 지적하길, 피고는 법정으로 들어올 때 "그의 상황을 고려하자면 이례적이고도 아주 기이하다 할 태도를 보였고, 군인처럼 성큼성큼 앞으로 걸어들어오면서 계속 똑바로 자기 앞 정면을 응시했는데, 사실 그는 여성을 대단히 좋아하는 사람이므로 지금 부인들이 자신에 대해 무슨 말을 할까 분명히 아주 많은 생각을 하고 있었을 것이고, 그러니 그로서는 부인들이 앉아 있는 왼쪽 방청석을 쳐다보는 것이 더 마땅했을 것입니다"라며 자신의 독특한 언어로 결론을 지었다. 여기서 덧붙여둘 것이 있다. 그는 늘 러시아어로 많은 말을 기꺼이 했지만 왠지 한마디 할 때마다 모두 독일어식이 돼버리기 일쑤였는데, 그렇다고 해서 절대 당황하는 법이 없었으니, 한평생 자신의 러시아어가 모범적이며 '심지어 러시아인들의 러시아어보다 더 훌륭하다'고 여기는 약점을 가졌기 때문이었고, 게다가 그는 또 러시아 속담까지 매우 즐겨 인용하면서 그럴 때마다 전 세계 모든 속담들 가운데 러시아 속담이 제일 훌륭하고 표현력이 제일 뛰어나다고 주장하곤 했다. 또하나 말해두자면, 그는 대화중에 어떻게 방심해서 그런지 가장 평범한 낱말들조차 잊어버리는 일이 잦았는데, 아주 잘 아는 것들인데도 어찌된 셈인지 갑자기 머릿속에서 휙 튀어나가버리는 모양이었다. 하긴 독일어로 말할 때도 곧잘 이런 일이 일어나곤 해서, 그럴 때면 마치 잃어버린 낱말을 붙잡으려는 듯이 한 손을 자기 얼굴 앞에 휘휘 내젓곤 했으며,

행방불명된 말을 찾아내기 전에는 아무도 그가 아까 시작했던 말을 계속하게 할 수 없었다. 피고가 들어오면서 응당 부인네들을 바라보아야 했다는 그의 지적에 방청석에서는 장난스레 수군대는 소리가 일었다. 우리 도시의 부인들은 모두 우리의 이 노인을 좋아했고, 그가 평생 독신으로 지내온 경건하고 순결한 사람이며 여성을 드높고 이상적인 존재로 바라본다는 것도 알고 있었다. 그랬던 만큼 그의 이런 뜻밖의 지적은 모든 이에게 도무지 이상하기만 했다.

모스크바 의사는 질의받을 차례가 되자, 자신은 피고의 정신 상태를 비정상적, '심지어 극도로' 비정상적인 것으로 간주한다고 단호하고도 완강하게 주장했다. 그는 '정신착란'과 '조증躁症'에 대해 여러 유식한 말을 했으며, 수집된 모든 자료로 판단컨대 피고는 체포되기 전 이미 여러 날 동안 의심의 여지가 없는 병적인 착란 상태에 있었으므로, 만약 그가 범행을 저질렀다면 설령 그것을 의식하고 있었을지라도 거의 불가항력적으로 한 것이며, 자신을 점령해버린 병적인 정신적 충동과 맞싸울 힘이 전혀 없었기 때문이라고 추론했다. 그러나 의사는 정신착란 외에 조증도 인정했는데, 그의 말에 의하면 이것은 이미 완전한 정신이상으로 나아가는 지름길을 벌써 예고하고 있다는 것이다(NB. 나는 나 자신의 말로 옮겨 전하고 있지만, 의사는 매우 학술적인 전문어를 사용하여 설명했다). "그의 모든 행동은 상식과 논리에 정반대되는 것입니다," 하고 그는 말을 이었다. "저는 저 자신이 보지 못한 것, 즉 범행 자체와 그 모든 참극에 대해서는 말하지 않겠지만, 심지어 그저께 저와 대화를 나누는 동안에도 그의 시선은 한곳에만 고정된, 도저히 뭐라고 설명할 수 없는 것이었습니다. 웃을 이유라곤 전혀 없는 상황에서 느닷없이 웃음을 터뜨리곤 하더군요. 줄곧 이해할 수 없는 과민 상태에 빠져 '베르나르, 에티카' 같은 이상한 말이나 필요하지도 않은 엉뚱한 말을 계속 뇌까렸습니다." 하지만 의사가 결정적으로 이 조증을 인정하는 것은, 피고가 자신이 겪은 다른 모든 불운과 모욕에 대해서는 상당히 가볍게 말하고 회상하면서도, 유독 사기당했다고 생각하는 그 3천 루블에 대해 말할 때면 왜 그런지 언제나 이상하리만큼 흥분한다는 점 때문이었다. 마침내 여러모로 알아본 결과, 피고는 전에도 꼭 마찬가지로 3천 루블 얘기만 나오면 어째선지 거의 미친 듯 흥분했다고 하는데, 그러면서도 사람들은 그가 사심이 없고 욕심이 없다고 증언한다는 것이다. "학식이 높은 제 동료의 견해와 관련해 말씀드리자면," 모스크바 의사는 자신의 진술을 마치면서 야유하듯 덧붙였다. "그는 피고가 법정으로 들어서면서 자기 앞을 정면으로 응시할 게 아니라 응당 부인들을 바라보아야 했다는 의견이지만, 저는 그런 결론은 장난스러울 뿐만 아니라 더 나아가 극도로 잘못된 것이라는 점만 말씀드리겠습니다. 왜냐하면 저는 피고가 자신의 운명이 결정되는 법정으로 들어서면서 그렇게 눈 한 번 돌리지 않고 자신의 앞만 똑바로 바라보아선 안 되었고 또 그것이 실제로 그 순간 그의 비정상적인 정신 상태를 나타내는 징후로 간주될 수 있다는 점에 대해 완전히 동의하지만, 동시에 저는 그가 부인들이 있는 왼쪽이 아니라 정반대로, 다시 말해 오른쪽을 바라보며, 자신의 변호인을 눈으로 찾아야만 했다고 주장하는 바인데, 그가 지금 바랄 수 있는 모든 희망은 변호인이고, 변호인의 변론에 그의 운명 전부가 걸려 있기 때문입니다." 의사는 자신의 견해를 단호하고도 완강하게 피력했다. 하지만 제일 마지막에 질의를 받게 된 의사 바르빈스키가 뜻밖의 결론을 내림으로써 이 두 학식 높은 감정인의 불협화음에 특별한 희극성을 덧붙여주었다. 그의 견해에 의하면 피고는 전이나 지금이나 완전히 정상적인 상태이며, 비록 체포되기 전에는 실제로 신경이 날카로워져서 분명히 극도로 흥분해 있었겠지만, 이것은 너무나 명백한 여러 원인, 즉 질투, 분노, 끊임없는 취기 등등에 기인했을 수 있다고 했다. 그러나 이러한 신경과민 상태에 방금 얘기된 것과 같은 특별한 '정신착란증'이 포함되었을 리는 만무하다는 것이다. 법정으로 들어서면서 왼쪽을 보아야 하느냐, 오른쪽을 보아야 하느냐 하는 문제에서는, 자신의 '조심스러운 견해에 의하면', 피고는 법정에 들어서면서 실제로도 그랬듯이 응당 정면을 응시할 수밖에 없었는데, 왜인고 하니 지금 그의 모든 운명을 좌지우지할 수 있는 재판장과 재판원들이 자기 앞의 정면에 앉아 있기 때문이라는 거였다. "그러므로 정면을 똑바로 바라봄으로써 바로 그것을 통해 그는 그 순간 자신의 정신 상태가 완전히 정상적이었다는 점을 증명한 것입니다." 젊은 의사는 약간 열띤 어조로 자신의 '조심스러운' 진술을 끝맺었다.

"브라보, 의사 양반!" 미챠가 자기 자리에서 소리쳤다. "바로 그렇소이다!"

미챠는 물론 제지당했지만, 젊은 의사의 견해는 재판진에게도 방청객들에게도 가장 결정적인 영향을 주었는데, 나중에 밝혀졌듯이 모두 그의 견해에 동의했던 것이다. 그런데 게르첸슈투베 박사가 이번엔 증인으로 심문받는 과정에서 천만뜻밖에도 갑자기 미챠에게 유리한 발언을 했다. 우리 도시에서 오래 살아온 사람으로서 옛날부터 카라마조프 집안을 잘 알고 있는 그는 '검사측'에서 무척 흥미를 가질 만한 몇 가지 증언을 하더니, 갑자기 뭔가 헤아려본 듯 불쑥 이렇게 덧붙였다.

"그런데 저 가엾은 젊은이는 비할 바 없이 더 나은 운명을 누릴 수도 있었을 겁니다, 어릴 때나 커서나 훌륭한 마음씨를 지니고 있었고, 그건 제가 잘 아니까요. 그렇지만 러시아 속담이 있지요, '누가 하나의 지혜를 가졌다면 좋은 일이나, 지혜 있는 사람이 하나 더 찾아와주면 더욱 좋으리니, 그때는 지혜가 그저 하나가 아니라 둘이 되므로……'"

"지혜는 좋다, 두 개의 지혜는—더욱 좋다이지요." 검사가 참지 못하고 슬쩍 말을 고쳐주었는데, 듣는 사람들이 어떤 느낌을 받든, 다들 자신의 말이 끝나기만을 기다리든 말든 전혀 아랑곳 않고, 오히려 특유의 무디고 감자 같은, 언제나 자기만족감에 기뻐하는 독일식 기지를 변함없이 아주 높이 평가하면서 느릿느릿 말을 길게 끄는 노인의 습관을 이미 오래전부터 잘 알고 있었던 것이다.

"오, 그-그래요, 제 말이 그 말입니다." 그는 고집스레 말을 받아 계속했다. "하나의 지혜는 좋지만 두 개의 지혜는 훨씬 더 좋지요. 하지만 그에게는 지혜를 지닌 다른 사람이 찾아오지 않은데다 자신의 지혜마저 내보낸 겁니다…… 저 사람이 그것을 어디로 내보냈는데, 그걸 뭐라고 하더라? 저 사람이 어디로 자신의 지혜를 내보냈는데, 그 낱말을—그만 깜박하고 말았군요." 그가 한 손을 자기 눈앞에서 빙빙 돌리며 말을 이었다. "아, 예, 슈파치어렌*입니다."

"산보하다라는 뜻인가요?"

"예, 그렇습니다, 산보하다라는 말이지요, 제 말이 바로 그겁니다. 저

* 독일어 spazieren.

사람의 지혜가 산보 나갔다가 너무 깊숙한 곳으로 들어가는 바람에 자기 자신마저 잃어버린 겁니다. 하지만 저 사람은 은혜를 알고 다감한 젊은이였습니다. 저는 저 사람이 아주 꼬마둥이였던 때를 기억합니다, 아버지 집의 뒤꼍에 내팽개쳐진 채, 신발도 못 얻어 신고 단추 하나만 겨우 매달려 있는 바지를 걸치고 땅바닥을 이리저리 뛰어다녔지요."

이 정직한 노인의 목소리에서 갑자기 어떤 다감하고 감동 어린 울림이 스며나왔다. 페츄코비치도 무언가 예감하는 듯 몸을 부르르 떨더니 한순간에 빨려들어갔다.

"오 그래요, 저도 그때는 아직 젊었죠…… 저는…… 그게 예, 저는 그 당시 마흔다섯 살이었는데, 막 이곳으로 왔던 때였지요. 그때 그 아이가 어찌나 가엾던지 저 자신에게 이렇게 물었지요, 저 아이한테 한 푼트 사주면 안 될까 하고…… 근데, 그게 무엇 한 푼트더라? 그걸 뭐라고 하는지 그만 잊어버렸군요…… 아이들이 아주 좋아하는 것 한 푼트였는데, 그게 뭐더라―그래, 그게 뭐더라……" 의사는 또다시 손을 내젓기 시작했다. "나무에 열리는 건데 그걸 모아서 모두에게 선물하죠……"

"사과입니까?"

"오, 아-아-아-닙니다! 푼트, 푼트라니까요, 사과야 열 개와 같이 개수로 세지 푼트로 세지 않지요…… 아닙니다, 아주 많은 거예요, 다들 자그마하고 입안에 넣어 빠-지-직 까는 건데……!"

"호두 말입니까?"

"그래요, 맞아요, 호두예요, 제 말이 바로 그겁니다." 의사는 언제 쩔쩔매며 그 낱말을 찾았느냐는 듯이 아주 침착하게 확인해주었다. "그래서 저는 호두 한 푼트를 그애에게 가져다주었지요, 여태껏 아무도 그 아이한테 호두 한 푼트를 가져다준 적이 없었으니까요, 그때 저는 손가락을 치켜들고 아이한테 말했습니다. '얘야! 고트 데어 파터.' 아이는 웃으면서 말하더군요. '고트 데어 파터.' 제가 '고트 데어 존'이라고 말하자, 아이는 또 웃으면서 '고트 데어 존'이라고 옹알댔습니다. '고트 데어 하일리게 가이스트'라고 하자, 이번에도 웃으면서 '고트 데어 하일리게 가이스트'라고 힘 자라는 데까지 따라 했습니다.* 그러고서 저는 그 자리를 떠났습니다. 사흘째 되는 날 제가 거기를 지나가려니까 아이 쪽에서 먼저 저에게 '아저씨, 고트 데어 파터, 고트 데어 존' 하고 외쳤습니다. 다만 '고트 데어 하일리게 가이스트'는 잊어버렸기에 제가 상기시켜 주었는데, 다시 한번 아이가 몹시 가여워지더군요. 하지만 그후 아이를 먼 곳으로 데려가버려 더이상 볼 수가 없었습니다. 그렇게 이십삼 년이 흘러 이미 백발이 성성한 모습으로 어느 날 아침 제가 서재에 앉아 있노라니 혈기왕성한 젊은이가 갑자기 안으로 들어오는데, 그게 누군지 도저히 알아볼 수가 없었지만 그가 손가락을 치켜들고 웃으면서 말하는 겁니다. '고트 데어 파터, 고트 데어 존 운트 고트 데어 하일리게 가이스트! 지금 막 도착하는 길로 호두 한 푼트에 대해 감사드리려고 왔습니다. 그때 아무도 저한테 호두 한 푼트를 사준 적이 없었는데, 어르신 한 분만이 제게 호두 한 푼트를 사주셨으니까요.' 그러자 행복했던 제 젊은 시절과 신발도 얻어 신지 못한 채 마당에서 뛰어놀던 가엾은

---

* 성삼위(聖三位)를 독일어로 가르쳐준 것으로, 각각 Gott der Vater(아버지이신 하느님), Gott der Sohn(아들이신 하느님), Gott der heilige Geist(성령이신 하느님)을 뜻한다.

어린아이가 떠올라 가슴이 뭉클해지기에, 제가 그랬습니다. '자네는 은혜를 아는 젊은이구먼, 자네가 어렸을 때 내가 가져다준 그 호두 한 푼트를 평생 기억하다니.' 그러면서 그를 껴안고 축복해주었지요. 그러고서 나는 울기 시작했습니다. 그는 웃었지만 역시 울고 있었습니다…… 러시아 사람은 울어야 할 때 곧잘 웃는 법이니까요. 하지만 그는 정말 울기도 했습니다, 제 눈으로 보았지요. 그런데 지금은, 아아……!"

"지금도 울고 있습니다, 독일인 어른, 지금도 울고 있습니다, 당신은 하느님의 사람이십니다!" 미챠가 갑자기 자기 자리에서 외쳤다.

당시의 사실이 어떠했건, 이 조그만 일화는 방청객들에게 어떤 유리한 인상을 남겼다. 하지만 미챠에게 가장 유리한 효과를 불러일으킨 것은 내가 지금 얘기할 카체리나 이바노브나의 증언이었다. 게다가 대체로 *변호인측*, 즉 변호인의 요구에 의해 소환된 증인들이 진술을 시작하자, 갑자기 운명이 미챠에게 진심으로 미소를 보내기까지 하는 듯했고—무엇보다 주목할 만한 점은, 변호인측에서도 이를 예기치 못했다는 것이다. 하지만 카체리나 이바노브나에 앞서 알료샤가 심문을 받았는데, 그는 가장 중요한 한 가지 기소 항목에 대해 거의 반증과도 같아 보이는 한 가지 긍정적인 사실을 갑자기 기억해냈다.

IV
행운이 미챠에게 미소 짓다

이것은 알료샤 자신에게도 전혀 뜻밖의 일이었다. 그는 선서를 하지 않아도 좋다는 조건으로 호출되었는데, 내가 기억하기로 변호사측과 검사측 모두 그에게 첫 심문을 시작할 때부터 무척이나 부드럽고 호의적인 태도를 보였다. 전부터 좋은 평판을 받고 있었던 것이 분명했다. 알료샤는 겸손하고 신중하게 진술했으나, 그의 진술에는 불행한 형에 대한 뜨거운 동정이 역력히 배어 있었다. 어떤 질문에 답하면서 그는 자기 형의 성격에 대해 형이 어쩌면 광포하기도 하고 격정에 휩쓸리는 사람인지는 모르나 동시에 고결하고 자부심이 강하고 관대하며, 또 누가 요구한다면 기꺼이 자기 자신까지 희생할 사람이라고 묘사했다. 그래도 형이 최근 그루셴카에 대한 열정, 그리고 아버지와의 경쟁 때문에 견딜 수 없는 상태에 처해 있었다는 것은 인정했다. 하지만 이 3천 루블이 미챠의 머릿속에서 거의 일종의 편집증적 망상 같은 것으로 되었으며, 그 돈을 아버지가 속임수를 써서 그의 손에 마저 건네주지 않은 자기 몫의 유산이라고 생각했기 때문에, 원래 사리사욕이란 전혀 없는 사람인데도 이 3천 루블 얘기를 할 때면 으레 미친 듯 흥분하고 분노했다는 점을 시인하면서도, 형이 돈을 훔칠 목적으로 살인을 저질렀을 수 있다는 가정만큼은 분연히 부인했다. 검사가 두 '여성'이라고 표현한 여인들, 즉 그루셴카와 카챠의 경쟁 관계에 대해서는 얼버무리며 답변할 뿐, 심지어 한두 가지 질문에 대해서는 아예 대답하려고도 하지 않았다.

"적어도 당신 형님이 아버지를 죽일 작정이라는 말을 당신에게 한 적은 있겠죠?" 검사가 물었다. "답변을 거부할 필요가 있다고 생각하시면 그러셔도 됩니다." 그가 덧붙였다.

"그렇게 직접적으로 말한 적은 없습니다." 알료샤가 대답했다.

"그럼 어떻게요? 간접적으로는 말했다는 겁니까?"

"아버지에게 개인적으로 증오를 느낀다고 말한 적이 한 번 있는데…… 극단적인 순간…… 극도로 혐오스러워지는 순간에…… 어쩌면 아버지를 죽이게 될지도 몰라 두렵다고 했습니다."

"당신은 그 말을 듣고서 그렇게 믿었습니까?"

"믿었다고 말하기는 좀 그렇습니다. 하지만 저는 어떤 고결한 감정이 숙명적인 순간에 형님을 항상 구해줄 것이라고 늘 확신하고 있었고, 실제로도 구해주었습니다. 아버지를 죽인 건 형님이 아니기 때문입니다." 알료샤는 법정 전체에 다 들리도록 큰 목소리로 단호하게 끝맺었다. 검사는 나팔 신호를 들은 군마처럼 몸을 부르르 떨었다.

"안심하십시오, 저는 당신의 확신이 더없이 진실하다는 것을 믿어 의심치 않고, 따라서 그것을 당신의 불행한 형님에 대한 사랑에 기인한 것으로 보거나 그것과 동일시하지도 않습니다. 당신의 집안에서 일어난 이 비극적인 사건 전체를 보는 당신의 독특한 시각에 대해서는 이미 예심을 통해 우리도 아는 바입니다. 솔직히 말씀드려, 그것은 대단히 특이하고 저희 검사측에서 확보한 여타의 모든 증언과도 배치됩니다. 그렇기 때문에 이번에도 완강하게 묻지 않을 수 없군요. 정확히 어떤 사실을 근거로 당신 형님이 무죄이며, 오히려 예심 때 이미 분명하게 지목한 그 다른 사람이 범인이라는 생각을 하게 되었고, 또 최종적인 확신을 갖게 됐습니까?"

"예심에서는 그저 질문에 답했을 뿐입니다." 알료샤가 조용하고 차분하게 말했다. "저 자신이 직접 스메르쟈코프가 범인이라고는 하지 않았습니다."

"그렇지만 어쨌든 그를 지목하지 않았습니까?"

"저는 드미트리 형님의 말을 근거로 지목한 겁니다. 예심에서 아직 심문을 받기 전에 저는 사람들한테서 형님이 체포될 때 일어난 일과 그때 형님이 스메르쟈코프를 직접 지목했다는 얘기를 들었습니다. 저는 형님이 무죄라는 것을 전적으로 믿습니다. 만약 형님이 죽인 게 아니라면, 그건……"

"그건 스메르쟈코프인가요? 왜 하필이면 스메르쟈코프입니까? 그리고 왜 당신은 형님의 무죄를 그렇게까지 결정적으로 확신하게 되었습니까?"

"저는 형님의 말을 믿지 않을 수 없었습니다. 저는 형님이 저한테 거짓말을 하지 않으리라는 것을 알고 있으니까요. 저는 형님의 얼굴을 보고 거짓말이 아니라는 것을 알았습니다."

"그저 얼굴만 보고요? 당신의 증거는 그게 전부입니까?"

"더이상의 증거는 없습니다."

"그럼 스메르쟈코프의 유죄에 대해서도 당신 형님의 말과 얼굴 표정 외에 다른 증거는 전혀 없는 겁니까?"

"예, 다른 증거는 없습니다."

이것으로 검사는 그에 대한 심문을 그쳤다. 알료샤의 답변은 방청객에게 더없이 실망스러운 인상을 남겼다. 스메르쟈코프에 대해서는 이미 공판이 시작되기 전부터 누가 무엇을 들었다느니, 누가 무엇을 지적했다느니 하는 말들이 우리 도시에 파다하게 퍼져 있었고, 알료샤에 대해서는 그가 형에게 유리하고 하인의 유죄를 증명할 무슨 굉장한 증거들을 산더미같이 쌓아놓았다고들 얘기했는데, 이제 와서 보니—피고의 친동생으로서 너무나 자연스러운 어떤 도덕적 확신 말고는 아무것도, 아무런 증거도 없었던 것이다.

드디어 페츄코비치도 심문을 시작했다. 정확히 언제 피고가 알료샤 그에게 아버지에 대한 증오와 아버지를 죽일지도 모른다는 것에 대해 말했는가, 또 그가 피고에게서 이 말을 들은 것이 이를테면 참극이 벌어지기 전에 마지막으로 만났을 때인가 하는 질문에 답변하다가, 알료샤는 지금 막 뭔가가 떠오르며 생각난 듯 갑자기 몸을 흠칫 떠는 것 같았다.

"저 스스로도 까맣게 잊고 있었던 한 가지 일이 지금 떠오르는데, 그 당시엔 전혀 이해가 안 갔지만, 지금은……"

그러면서 알료샤는 자신도 지금 막 느닷없이 생각났는지, 저녁에 수도원으로 돌아가는 길에 나무 옆에서 미챠와 마지막으로 만났을 때 미챠가 자기 가슴, '가슴팍의 윗부분'을 치면서 자신의 명예를 회복할 수단이 자기에게 있다, 그 수단이 여기, 바로 여기, 자기 가슴팍에 있다고…… 몇 번이나 되풀이하던 기억을 열심히 떠올렸다. "저는 그때 형님이 가슴팍을 치면서 자신의 마음에 대해 말하는 거라고 생각했습니다," 하고 알료샤는 말을 이었다. "자기 앞에 서 있는, 차마 저에게도 고백할 수 없는 그런 어떤 무서운 치욕에서 벗어날 힘을 자신의 마음속에서 찾을 수 있을 거라는 뜻으로 말입니다. 솔직히 저는 그때 형님이 다름아니라 아버지 얘기를 하는 거려니, 아버지한테 달려가서 아버지에게 뭔가 폭행을 가할 것 같은 생각이 들자 그게 치욕스러워서 몸서리치는 거려니 생각했는데, 실은 바로 그때 형님은 가슴팍 위의 뭔가를 가리키는 듯한 몸짓이었습니다. 이제야 기억나지만, 바로 그때 어떤 생각이 제 머릿속을 언뜻 스쳤는데, 심장은 가슴팍 그쪽이 전혀 아니고 더 아래쪽인데 형님은 훨씬 높은 데를, 바로 여기, 목 바로 아래를 두드리면서 자꾸 그곳을 가리키는구나 하는 생각이었습니다. 그때는 제 생각이 어리석게 여겨졌는데, 아마도 형님은 바로 그 천5백 루블을 꿰매 둔 그 부적 주머니를 가리켰던 것 같습니다……!"

"바로 그래!" 갑자기 미챠가 자기 자리에서 외쳤다. "그래, 알료샤, 그거야, 나는 그때 주먹으로 그걸 두드렸던 거다!"

페츄코비치가 황급히 그에게 달려들어 제발 좀 진정하라고 애원하고는 즉시 또 알료샤에게 달라붙었다. 알료샤는 자신의 회상에 열중해, 그 치욕이란 필시 카체리나 이바노브나에게 진 빚의 절반인 천5백을 그녀에게 돌려줄 수 있을 텐데도 이렇게 품속에 지닌 채 그 절반을 그녀에게 돌려주지 않고 다른 데 쓰기로, 다시 말해 그루셴카가 좋다고만 하면 그녀를 데리고 멀리 떠날 비용으로 쓰기로 결심한, 바로 그 일을 가리키는 것이라고…… 자신이 추측하는 바를 열심히 피력했다.

"그렇습니다, 바로 그랬던 겁니다." 알료샤가 갑작스러운 흥분에 사로잡혀서 외쳤다. "형님은 그때 저한테 바로 그렇게 탄식했습니다, 치욕의 절반, 절반을(형님은 절반!이라고 몇 번이나 말했습니다) 지금 당장이라도 자신에게서 떼어낼 수 있지만 너무나 불행하게도 성격이 나약해서 그것마저 실행하지 못할 거라고…… 그걸 해낼 힘이 없다는 것을 미리부터 알고 있노라고 말입니다!"

"당신은 형님이 가슴팍의 바로 그 부위를 쳤다고 확실하게, 분명하게 기억하십니까?" 페츄코비치가 집어삼킬 듯이 관심을 보이며 캐물었다.

"분명하고 확실합니다, 왜냐하면 그때 심장은 더 아래쪽인데 형님은 왜 저렇게 높은 데를 칠까 하는 생각이 들었고, 그때는 제 생각이 어리석게 여겨졌으니까요…… 어리석게 여겨졌던 기억이 생생합니다…… 그런 생각이 언뜻 스쳐갔지요. 지금 막 기억해낸 것도 그 때문입니다. 어떻게 지금껏 그걸 까맣게 잊어버릴 수 있었을까요! 형님은 바로 그 부적 주머니를 가리켰던 겁니다, 치욕을 씻을 수단이 있는데도 그 천5백을 돌려주지 않을 것이라는 표시로 말입니다! 모크로예에서 체포될 때도 바로 그것을 외쳤던 겁니다—저는 알고 있습니다, 전해들었으니까요—자기 평생에서 가장 치욕스러운 일로 생각하는 것은, 카체리나 이바노브나에게 진 빚의 절반을(바로 절반이라고 했습니다!) 돌려주고 그녀 앞에서 도둑이 되지 않을 수단이 있는데도 갚을 결심을 하기는커녕, 돈과 헤어지느니 차라리 그녀의 눈에 도둑으로 남을 작정을 했던 거라고 말입니다! 형님은 얼마나 괴로웠을까요, 이 빚 때문에 얼마나 괴로웠을까요!" 알료샤는 이렇게 외치면서 말을 끝맺었다.

물론 검사도 끼어들었다. 그는 알료샤에게 이 모든 게 어떠했는지 다시 한번 자세히 얘기해달라고 청했고, 몇 번이나 되풀이해서 집요하게 물었다. 피고가 자기 가슴팍을 치면서 뭔가를 가리키는 듯했다는 것이 정확한가? 어쩌면 주먹으로 그냥 자기 가슴팍을 친 것일 수도 있지 않은가?

"아니, 정말 주먹도 아닙니다!" 알료샤가 외쳤다. "정확하게 손가락으로 가리켰어요, 여기를, 아주 높은 데를 가리켰습니다…… 아니, 제가 어떻게 이 순간까지도 그것을 까맣게 잊을 수 있었을까요!"

재판장은 지금 진술한 증언에 대해 무슨 할말이 있는지 미챠에게 물었다. 미챠는 모든 것이 정확하게 그랬다고, 자신은 가슴팍, 바로 목 조금 아래쪽에 지니고 있던 천5백 루블을 가리킨 것이 맞다고 확인해주면서, 이 모든 것은 물론 치욕, "부정할 수 없는 치욕, 내 평생 가장 치욕스러운 짓이었습니다!"라고 소리쳤다. "나는 돌려줄 수 있었는데 돌려주지 않았습니다. 차라리 그녀의 눈에 도둑으로 남겠다고 작정한 채 돌려주지 않았고, 무엇보다 가장 큰 치욕은 돌려주지 않으리라는 것을 나 스스로 미리 알고 있었다는 점입니다! 알료샤 말이 맞습니다! 고맙다, 알료샤!"

이로써 알료샤에 대한 심문이 끝났다. 중요하고 의미심장한 것은 바로 다음과 같은 상황이었는데, 비록 단 한 가지 사실, 비록 단 하나의 아주 사소하기 짝이 없는 증거, 아니 증거라기보다 증거에 대한 암시에 불과한 것일망정, 여하튼 그 부적 주머니가 실제로 존재했고 그 안에 천5백 루블이 들어 있었으며, 피고가 모크로예에서의 예심에서 그 천5백이 '내 돈'이었다고 천명한 말이 결코 거짓이 아니었음을 털끝만큼이라도 증명해주는 사실이 발견된 것이다. 알료샤는 기뻤다. 얼굴이 새빨갛게 상기된 채 그는 자기에게 지정된 자리로 돌아갔다. 그는 여전히 한참 동안 입속으로 되뇌었다. "어떻게 이것을 잊었을까! 어떻게 이걸 잊을 수 있단 말인가! 어떻게 이게 이제야 갑자기 생각났을까!"

카체리나 이바노브나에 대한 심문이 시작되었다. 그녀가 나타나자마자, 법정에는 뭔가 예사롭지 않은 분위기가 순식간에 퍼졌다. 부인네들은 손잡이 안경과 오페라글라스를 꺼내들었고, 남자들은 몸을 들썩이기 시작했는데, 좀더 잘 보려고 자리에서 일어서는 사람들도 더러 있었다. 다들 나중에 주장한 바로는, 그녀가 들어오자마자 미챠의 얼굴이 갑자기 '백지장처럼' 새하얘졌다고 했다. 그녀는 온통 검은 옷으로 몸을 감싼 채, 겸손하고도 거의 겁을 먹은 듯한 모습으로 지정된 자리로 다가갔다. 얼굴만 보아서는 그녀가 흥분했다는 것을 알아챌 수 없었으나, 그 어둡고 우울한 시선 속에는 결의가 번쩍였다. 여기서 말해두어야겠는데, 나중에 무척 많은 사람이 단언한바, 이 순간 그녀는 놀랄 만큼 아름다웠다. 그녀는 조용하지만 또렷한 목소리로 법정 전체에 다 들리도록 말을 시작했다. 그녀의 말은 무척 차분했고 적어도 차분하려고 애쓰고 있었다. 재판장은 행여 '마음의 어떤 금선琴線'이라도 건드릴까 염려되는 듯 커다란 불행을 존중하면서 신중하고도 대단히 정중하게 질문을 시작했다. 그러나 카체리나 이바노브나는 그녀에게 제기된 질문 중 하나에 답하면서 첫마디부터 단호하게 자신은 피고의 정식 약혼녀였다고 확언하고는, "저분 쪽에서 저를 버리기 전까지는……" 하고 조용히 덧붙였다. 그녀의 친척에게 우편으로 송금해달라고 미챠에게 맡겼던 3천 루블에 대해 묻자, 그녀는 다음과 같이 단호하게 말했다. "꼭 송금해달라고 저분에게 드린 건 아니었습니다. 저분이…… 그 당시…… 돈이 몹시 궁할 거라는 것을 저는 그때 예감했습니다. 저는, 원한다면 한 달 안에만 송금해주시면 된다면서 그 3천 루블을 저분에게 드린 겁니다. 나중에 저분이 이 빚 때문에 그토록 자신을 괴롭힐 까닭은 전혀 없었어요……"

나는 모든 질문과 그녀의 답변을 일일이 옮기지는 않고, 그녀가 한 증언의 본질적인 의미만 전하도록 하겠다.

"저는 저분이 아버지에게서 받기만 하면 언제든 그 3천을 송금할 거라고 굳게 믿고 있었습니다." 질문에 답하면서 그녀는 말을 이었다. "저는 저분이 사욕이 없고 정직한 분…… 돈 문제에서…… 더없이 정직한 분임을 한시도 의심한 적이 없습니다. 저분은 아버지에게서 3천 루블을 받을 것이라고 굳게 믿었으며, 저에게도 몇 번이나 그 얘기를 했습니다. 저는 저분과 아버지 사이에 불화가 있다는 것도 알고 있었고, 지금까지도 저분이 아버지에게 부당한 대우를 받았다고 늘 굳게 믿어왔습니다. 제 기억으론, 저분 쪽에서 아버지에게 무슨 협박을 한 적은 한 번도 없습니다. 적어도 제가 있는 데서 그런 말, 무슨 협박 같은 말을 한 적은 전혀 없으니까요. 저분이 저한테 오기만 했다면 저는 당장 저에게 빚지고 있는 그 상서롭지 못한 3천 때문에 불안해할 건 없다고 안심시켰을 텐데, 저분은 더이상 저에게 오지 않았고…… 저 자신도…… 저도 처지가…… 저분을 저의 집으로 부를 만한 처지가 아니어서…… 더구나 저는 이 빚을 갚으라고 저분에게 요구할 어떤 권리도 없었습니다." 그녀는 갑자기 이렇게 덧붙였는데, 목소리에 무언가 결연한 것이 어려 있었다. "예전에 저 자신도 저분에게서 3천보다 더 큰 액수의 금전적인 도움을 받은 적이 있고, 언제 그 빚을 갚을 수 있을지 당시로서는 전혀 알 수 없는 상황이었지만 그 도움을 받아들였으니까요……"

그녀의 목소리에서는 어떤 도전적인 어조마저 느껴졌다. 마침 그 순간, 페츄코비치가 심문할 차례가 되었다.

"그것은 아직 이곳에 오기 전, 당신들이 처음 알게 된 때의 일이 아닙니까?" 페츄코비치는 한순간에 어떤 유리한 낌새를 알아채고 조심스레 접근하며 말을 받았다(내친김에 말해두자면, 그는 어느 정도 카체리나 이바노브나 자신에 의해 페테르부르크에서 초빙되어왔음에도 불구하고—그 에피소드, 그러니까 아직 그 도시에 있을 때 그녀가 미챠에게서 받았던 5천 루블과 '바닥에 이마가 닿도록 절을 한 것'에 대해서는 아무것도 모르고 있었다. 그녀는 이 일을 그에게 이야기하지 않고 숨겼던 것이다! 실로 놀랄 만한 일이었다. 어쩌면 그녀 자신도 이 이야기를 법정에서 할 것인지 말 것인지 최후의 순간까지도 알지 못한 채, 그 어떤 영감을 기다리고 있었다고 보는 게 아마 정확할 것이다).

아니, 나는 이 순간을 결코 잊을 수 없다! 그녀는 이야기를 시작했고, 미챠가 알료샤에게 전해주었던 그 에피소드 전부와 '바닥에 이마가 닿도록 절을 한 것', 그 이유와 자기 아버지 이야기, 자신이 미챠를 찾아갔던 일까지 모두 다 이야기했으나, 미챠가 자신의 언니를 통해 '돈을 받으려면 카체리나 이바노브나를 자기한테 보내라'고 직접 제안했다는 얘기는 단 한 마디도, 암시조차 내비치지 않았다. 그녀는 관대하게 그 점을 덮어두었고, 그때 자기가, 자기 자신의 충동에 이끌려 무언가를 기대하는 마음으로…… 그에게 돈을 부탁하기 위해, 젊은 장교에게 제 발로 달려갔노라고 공개적으로 털어놓기를 부끄러워하지 않았다. 이것은 정말 충격적인 무엇이었다. 그녀의 이야기를 들으면서 나는 등골이 서늘해지며 온몸이 떨려왔고, 법정은 한마디라도 놓칠세라 숨을 죽였다. 이 일은 뭔가 유례가 없는 것이었고, 그녀처럼 그렇게 자존심이 세고 남을 눈 아래로 보는 도도한 아가씨가 이토록 솔직한 진술을 하고, 이토록 희생을 감수하고, 이토록 무서운 파멸의 길에 자신을 내놓는 것조차 마다하지 않으리라고는 거의 상상조차 못했던 것이다. 더구나 무엇 때문에, 누구를 위해서인가? 자신을 배반하고 모욕한 사람을 구하기 위해, 그에게 유리한 좋은 인상을 불러일으켜 그를 구하는 데 어떻게든 조금이라도 도움이 되고자 함이 아닌가! 또 실제로도, 자신의 마지막 5천 루블—그의 인생에서 남아 있던 모든 것을 내주고—순결한 처녀 앞에 공손히 몸을 숙인 장교의 모습은 몹시 호감을 샀고 매력적으로까지 비쳤지만, 그런데도…… 나는 가슴이 아프게 죄어들었다! 나중에 쑥덕공론이 일어나리라는(나중에 정말로 그런 소리들이 나왔다, 나왔다!) 예감이 들어서였다! 나중에는 온 도시 사람들이 심술궂은 웃음을 흘리면서, 아마도 그 얘기가 완전히 다 정확하지는 않을 거라고, 다시 말해 바로 그 대목, 즉 장교가 '그저 공손하게 몸을 숙이고서' 처녀를 얌전히 그대로 놓아주었다는 것은 사실이 아닐 거라고 쑥덕거렸다. 여기엔 뭔가가 '생략되었다'고 넌지시 암시하기도 했다. "정말이지 설령 생략된 게 없다 해도, 설령 모든 게 사실이라 해도," 하고, 우리 도시에서 가장 존경받는 귀부인들조차 이렇게 말하곤 했다. "그래도 여전히 알 수 없군요, 아무리 아버지를 구하기 위해서였다 해도 처녀로서 그렇게 처신한 것이 그리 고상한 일일까요?" 정말 카체리나 이바노브나처럼 총명하고 병적일 정도로 날카로운 통찰력을 지닌 아가씨가 사람들 사이에서 그런 말이 오가게 되리라는 것을 진작에 예감하지 못했을까? 틀림없이 예감했지만, 그럼에도 모든 걸 얘기하기로 결심한 것이다! 물론, 이야기의 진실성을 둘러싼 이 모든 추잡한 의심은 뒤에 가서야 시작된 것이고, 처음 순간에는 모두 하나같이 깊은 감동을 받았다. 재판진에 대해 말할 것 같으면, 그들은 경건하고도 부끄러움마저 담겨 있다고 할 수 있는 침묵을 지키면서 카체리나 이바노브나의 말을 경청했다. 검사도 이 주제에 대해서는 감히 한마디도 더 묻지 못했다. 페츄코비치는 그녀를 향해 깊이 몸을 숙였다. 오, 그는 거의 승리한 기분이었다! 거둔 수확이 상당했다. 고결한 마음의 발로에서 자신의 마지막 남은 돈 5천 루블을 내준 사람, 그리고 바로 그 사람이 뒤에 가서 3천 루블을 강탈할 목적으로 밤중에 아버지를 죽였다는 것—이것은 어지간히 앞뒤가 맞지 않는 일 아닌가. 이제 페츄코비치는 적어도 피고의 강도 혐의만큼은 제거할 수 있었다. '사건'은 갑자기 어떤 새로운 빛을 띠었다. 뭔가 미챠에게 유리한 호의적인 분위기가 일었다. 한편 그는…… 그는, 사람들이 얘기하길, 카체리나 이바노브나가 증언하는 동안 한두 번 자리에서 벌떡 일어났으나, 기다란 나무의자에 다시 주저앉아 두 손으로 얼굴을 가렸다고 한다. 하지만 그녀가 증언을 끝내자 그는 갑자기 그녀를 향해 두 팔을 뻗으면서 흐느끼는 목소리로 외쳤다.

"카챠, 왜 나를 파멸시킨 거야!"

그러면서 온 법정이 떠나갈 만큼 큰 소리로 흐느끼기 시작했다! 하지만 곧 자제하고 다시금 소리쳤다.

"이제 나는 선고를 받은 거다!"

그런 다음 그는 이를 악물고 가슴 위로 팔짱을 낀 채 얼어붙은 듯 자리에 앉아 있었다. 카체리나 이바노브나는 법정에 그냥 남아, 자신에게 지정된 좌석에 가서 앉았다. 그녀는 창백한 얼굴로 눈을 내리뜬 채 앉아 있었다. 가까이 있었던 사람들 얘기로는, 그녀는 열병에라도 걸린 듯 한참 동안 온몸을 떨었다고 한다. 드디어 그루셴카가 심문을 받으러 나타났다.

나는 어쩌면 미챠를 정말로 파멸시켰다고 할 수 있는 그 느닷없이 터진 파국을 향해 가까이 다가가고 있다. 모든 사람, 그리고 모든 법률가도 나중에 그렇게 얘기했지만, 이 돌발적인 에피소드만 없었더라면 범인에게 적어도 정상참작의 관용이 베풀어졌으리라고 나는 확신한다. 하지만 이 얘기는 이제 곧 하기로 하겠다. 그전에 그루셴카에 대해 두어 마디만 해두자.

그녀 역시 온통 검은 옷으로 차려입고 그 멋진 검은 숄을 어깨에 두른 채 법정에 나타났다. 풍만한 여인들에게서 이따금 볼 수 있듯 그녀는 몸을 조금씩 옆으로 흔들면서, 오른쪽에도 왼쪽에도 눈길 한 번 주지 않고 재판장만 똑바로 응시하며 거의 발소리도 들리지 않는 그 특유의 걸음걸이로 사뿐사뿐 증언대로 다가갔다. 내가 보기에, 그녀는 그 순간 무척이나 아름다웠고, 나중에 부인네들이 주장한 것과 달리, 전혀 창백하지도 않았다. 또한 그들은 그녀가 왠지 아주 긴장해 있고 독기가 서린 얼굴이었다고 단언했다. 내 생각으로는, 스캔들에 목마른 우리 방청객들이 쏟아내는 경멸과 호기심의 시선을 온몸으로 고통스레 느끼면서 그저 신경이 날카로웠던 것뿐이다. 그녀는 경멸당하는 일을 참지 못하는 오만한 성격이어서, 누구한테 경멸받는다는 의심이 조금이라도 들면—금방 불같이 화를 내면서 되받아쳐주고 싶어 몸이 달아오르는 그런 사람 중 하나였다. 하지만 한편으로는 물론 소심한 면도 있고, 또 이 소심함을 내심 부끄럽게 여겼기 때문에 그녀의 말투가 고르지 못한 것은 너무도 당연했는데—때로는 노기가 등등한가 하면, 때로는 경멸감에 차서 막무가내로 거친 말을 내뱉기도 하고, 때로는 갑자기 마음속 깊이 자신을 비난하고 책망하는 진실된 어조가 되기도 했다. 더러는 마치 어떤 벼랑 아래로 몸을 날리기라도 하듯, "어찌되든 상관없어, 어쨌든 난 말해버릴 테니……"라는 식으로 말할 때도 있었다. 표도르 파블로비치와 알고 지낸 것에 대해서는 "죄다 쓰잘데없는 소리예요, 그 노인이 저한테 치근거린 건데, 제가 잘못한 게 뭐 있나요?" 하고 잘라 말했다. 하지만 잠시 뒤엔, "모든 게 제 탓이에요, 제가 이 사람, 저 사람 다—그 노인도, 저 사람도—골려주었고, 그래서 두 사람 다 이 지경으로 만들었습니다. 저 때문에 모든 일이 일어났어요"라고 덧붙였다. 어쩌다 삼소노프 얘기가 나오자, "그게 누구한테 무슨 상관인데요," 하고 그녀는 즉시 뻔뻔스러울 만큼이나 도전적인 어조로 대들었다. "그 영감님은 제 은인이에요, 제 육친들이 저를 집에서 내쫓았을 때 그 영감님은 신발도 신지 못한 저를 거두어주셨어요." 재판장은 묻는 것에만 바르게 대답하고 필요 없이 세세한 이야기는 하지 말라고 아주 정중한 어조이긴 하지만 그녀에게 주의를 주었다. 그루셴카는 낯을 붉히면서 눈을 번득였다.

돈이 들었다는 봉투는 그녀도 본 적이 없고, 다만 표도르 파블로비치에게 3천 루블이 든 무슨 봉투가 있다는 얘기를 그 '악당'한테서 들었을 뿐이라고 했다. "하지만 그건 다 어리석은 짓이죠, 저는 비웃었어요, 절대로 거기 가지도 않았을 거예요……"

"방금 누구를 두고 '악당'이라고 하신 겁니까?" 검사가 물었다.

"그 하인 말이에요, 자기 주인을 죽이고 어제 목을 맨 스메르쟈코프 말이에요."

물론 즉시 질문이 쏟아졌다. 그렇게 단정적으로 지목할 만한 무슨 근거가 있느냐는 것이었는데, 그녀 역시 아무런 근거도 없었다.

"드미트리 표도로비치가 저한테 직접 그렇게 말했어요, 여러분도 저 사람 말을 믿어주세요. 저 이간질쟁이 여자가 저 사람을 파멸시킨 거예요, 정말이에요, 모든 게 저 여자 하나 때문이에요, 그렇고말고요." 증오심에 온몸을 떨다시피 하며 그루셴카가 이렇게 덧붙였는데, 그녀의 목소리에는 독기가 서려 있었다.

이번에는 누구를 빗대어 하는 말인가 하는 질문이 나왔다.

"그야 저 아가씨, 바로 저 카체리나 이바노브나죠. 그때 저를 자기 집에 불러다 초콜릿을 대접하면서 구워삶으려고 했어요. 진짜 염치라곤 거의 없는 여자예요, 그렇다니까요……"

그러자 재판장도 이번에는 엄중하게 그녀를 제지하고 심한 표현을 삼가도록 부탁했다. 그러나 질투에 사로잡힌 여인의 마음속에는 이미 불길이 활활 타올랐고, 그녀는 심연 속으로라도 몸을 날릴 태세였다……

"모크로예 마을에서 피고가 체포되었을 때," 하고 검사가 기억을 되짚으며 물었다. "다들 보고 들었지만, 당신은 다른 방에서 뛰어나오면서 '모든 게 제 탓이에요, 함께 징역이라도 가겠어요!'라고 외쳤습니다. 그렇다면 이미 그 순간 당신은 그가 아버지를 죽인 살인범이라고 확신했다는 것 아닙니까?"

"그때 제 감정이 어땠는지는 기억나지 않아요." 그루셴카가 대답했다. "그때는 다들 저 사람이 아버지를 죽였다고 소리쳐서, 저도 이건 내 탓이다, 나 때문에 저 사람이 살인을 저질렀다고 느꼈어요. 하지만 저 사람이 자기는 무죄라고 말하기에 저는 곧바로 저 사람 말을 믿었어요, 지금도 믿고 있고 언제까지나 믿을 거예요. 거짓말을 할 사람이 절대 아니니까요."

페츄코비치가 질문할 차례가 되었다. 내가 기억하기로, 그는 다른 것과 더불어 라키친에 대해서, 그리고 '알렉세이 표도로비치 카라마조프를 당신에게 데려온 사례비로' 25루블을 준 일에 대해서 물었다.

"그 사람이 돈을 받은 게 뭐가 놀랄 일이죠." 그루셴카는 경멸과 증오가 섞인 웃음을 지었다. "그 사람은 늘 저한테 와서 돈을 구걸했어요, 한 달에 30루블 정도는 뜯어갔을걸요, 대개는 유흥비로 썼죠. 제가 도와주지 않아도 먹고살 돈 정도야 있었으니까요."

"무슨 이유로 라키친 씨한테 그렇게 관대하셨습니까?" 페츄코비치는 재판장이 심하게 몸을 들썩이는데도 계속 말을 받아서 캐물었다.

"그야 그 사람은 제 사촌동생이니까요. 제 어머니와 그 사람의 어머니는 친자매예요. 다만 그 사람은 이 도시의 누구한테도 이 얘길 하지 말아달라고 늘 제게 애원했죠, 저를 아주 수치스럽게 여겼거든요."

이 새로운 사실은 모두에게 완전히 뜻밖의 것이어서, 지금껏 도시 전체는 물론이고 수도원에서도 아무도 이 사실을 몰랐으며 심지어 미챠조차 모르고 있었다. 사람들 얘기로는, 라키친은 자기 자리에 앉은 채 너무 창피해서 얼굴이 자줏빛으로 변했다고 한다. 법정에 들어오기 전부터 그루셴카는 그가 미챠에게 불리한 증언을 했다는 것을 어떻게 알게 되어 화가 단단히 났던 것이다. 라키친 씨가 조금 전에 했던 연설 전부, 그 모든 고매함, 농노제와 러시아 시민사회의 혼돈에 대한 그 모든 공격—이 모든 것이 이번에는 청중의 여론 속에서 최종적으로 말소되고 소멸되고 말았다. 페츄코비치는 만족했다. 또다시 신이 뜻밖의 선물을 보내준 것이다. 대체로 그루셴카에 대한 심문은 그다지 오래 끌지 않았고, 게다가 그녀가 무슨 특별히 새로운 사실을 알려줄 수 있었던 것도 물론 아니었다. 그녀는 방청객들에게 몹시 불쾌한 인상을 남겼다. 그녀가 진술을 마치고 법정 안에 그대로 남아 카체리나 이바노브나에게서 꽤 멀찌감치 떨어진 자리에 가서 앉자, 경멸을 담은 수백 개의 눈초리가 그녀에게 쏠렸다. 그녀가 심문을 받는 내내 미챠는 눈을 바닥에 떨군 채 화석처럼 굳어서 침묵을 지키고 있었다.

이반 표도로비치가 증인으로 나타났다.

V
느닷없는 파국

여기서 말해두지만, 그는 알료샤보다 먼저 호출을 받았다. 그러나 그때 법정 감독관은 증인이 갑작스럽게 건강이 악화되었거나 무슨 발작이 일어나 지금 당장은 출두할 수 없지만 몸이 회복되는 대로 언제든지 증언 준비를 갖출 것이라고 재판장에게 보고했다. 하지만 어째서인지 아무도 그것을 듣지 못했고 나중에 가서야 알게 되었다. 그의 출두는 첫 순간에는 거의 주목을 받지 못했다. 주요 증인들, 특히 연적 관계인 두 여인이 이미 심문을 마쳐, 호기심은 일단 충족된 상태였다. 방청석에서는 피로감마저 느껴졌다. 몇몇 증인들의 얘기를 더 들어야 했지만, 웬만한 것은 이미 다 알려진 만큼 무슨 특별한 증언이 더 나올 것 같지도 않았다. 게다가 시간은 자꾸 흘러가고 있었다. 이반 표도로비치는 아무도 쳐다보지 않고 마치 무슨 침울한 생각에라도 잠긴 듯 고개까지 떨군 채 왠지 의아스러울 정도로 느릿느릿 걸어나왔다. 흠잡을 데 없는 옷차림이었으나, 그의 얼굴은, 적어도 나에게는, 병적인 인상을 주었다. 흡사 흙이라도 끼얹은 듯한, 죽어가는 사람의 얼굴을 연상시키는 무언가가 있었던 것이다. 눈은 흐릿했다. 그는 눈을 들어 천천히 법정을 둘러보았다. 알료샤는 갑자기 자기 의자에서 튀어 오르다시피 하며 "아아!" 하고 신음을 내뱉었다. 나는 이것을 기억하고 있다. 하지만 이것도 알아챈 사람이 거의 없었다.

재판장은 그에게, 선서 없이 증언해도 좋다, 진술해도 되고 침묵해도 된다, 다만 모든 증언은 당연히 양심에 따라야만 한다는 것 등등을 일러주기 시작했다. 이반 표도로비치는 그 말을 들으면서 흐리멍덩하게 그를 바라보았다. 하지만 갑자기 그의 얼굴이 천천히 옆으로 벌어지면서 미소가 번지기 시작하더니, 놀란 눈으로 그를 쳐다보던 재판장이 말을 끝내기 무섭게 갑자기 웃음을 터뜨렸다.

"또 뭐가 더 있습니까?" 그가 큰 소리로 물었다.

뭔가가 예감된 듯, 법정 안이 조용해졌다. 재판장은 불안해지기 시작했다.

"아마…… 아직 건강이 그리 좋지 않으신 모양이군요?" 그가 눈으로 법정 감독관을 찾으면서 말했다.

"염려 마십시오, 재판장님, 저는 충분히 건강하거니와 뭔가 흥미진진한 얘기도 해드릴 수 있습니다." 이반 표도로비치가 갑자기 완전히 침착하고 공손하게 대답했다.

"무슨 특별한 것이라도 제시하실 수 있습니까?" 재판장은 여전히 미심쩍어하며 계속 말했다.

이반 표도로비치는 고개를 숙이고 몇 초 동안 뜸을 들이더니 다시 고개를 들고 더듬거리듯 대답했다.

"아니…… 없습니다. 특별한 건 아무것도 없습니다."

그에게 질문이 던져지기 시작했다. 그는 아주 마지못해 억지로 하듯 짤막짤막하게 대답하면서 어떤 혐오감마저 점점 더 고개를 쳐드는 기색이었으나, 그래도 답변에는 조리가 있었다. 많은 질문에 대해 그는 모른다며 답변을 회피했다. 아버지와 드미트리 표도로비치 간의 금전 관계에 대해서는 아무것도 알지 못했다. "게다가 그런 일엔 관심도 없었습니다"라고 그는 말했다. 아버지를 죽이겠다고 위협하는 말은 피고한테서 들은 적이 있었다. 봉투에 든 돈에 대해서는 스메르쟈코프에게서 들었노라고 했다……

"다 똑같은 얘기뿐입니다." 그가 지친 표정으로 갑자기 말을 끊었다. "법정에서 특별히 말씀드릴 게 아무것도 없습니다."

"건강이 좋지 않아 보이는군요, 당신의 심정도 이해합니다……" 재판장이 말을 시작했다.

그가 양옆의 검사와 변호인 쪽을 바라보며 필요하다면 질문하라고 말하려는데, 갑자기 이반 표도로비치가 기진맥진한 목소리로 간청했다.

"저를 퇴정하게 해주십시오, 재판장님, 몸이 몹시 불편합니다."

이렇게 말하고는 허락도 기다리지 않고 갑자기 몸을 휙 돌려 법정에서 나가려고 했다. 그러나 서너 걸음 옮기다가 갑자기 무슨 생각을 했는지 멈추어 서서 조용히 히죽 웃더니 다시 종전의 자리로 돌아왔다.

"저는, 재판장님, 마치 시골 처녀와도 같습니다…… 그거 아시지요, '내키면—뛰어들고, 안 내키면—안 뛰어들래'* 하는 거요. 사라판**이나

---

* 혼인에 동의하면, 둥근 원 모양으로 놓아둔 띠를 뛰어넘거나 길게 늘어뜨린 치마 안으로 뛰어드는 풍습이 있었다.

** 러시아 시골 여자들이 입는, 주로 소매가 없고 띠가 달린 긴 옷.

줄무늬 치마를 들고 처녀 뒤를 따라다니지요, 그녀가 안으로 뛰어들면 둘둘 묶어서 혼례를 시키려고 데려가려는 거죠, 그때 처녀가 그러지요, '내키면—뛰어들고, 안 내키면—안 뛰어들래'…… 이건 어쩌면 우리의 민족성이라고 할 수 있는데……"

"무슨 말씀을 하시려는 겁니까?" 재판장이 엄중하게 물었다.

"자, 여기." 이반 표도로비치는 갑자기 돈다발을 꺼냈다. "여기 이 돈…… 그 봉투에 들었던 바로 그 돈입니다." 그는 증거물들이 놓인 탁자를 턱짓으로 가리켰다. "이것 때문에 아버지가 살해당했습니다. 어디다 둘까요? 감독관님, 좀 전해주시지요."

법정 감독관은 돈다발을 통째로 받아 재판장에게 넘겨주었다.

"어떻게 이 돈을 당신이 가지고 계실 수 있었지요…… 만약 이게 바로 그 돈이라면요?" 재판장이 놀라면서 물었다.

"스메르쟈코프, 그 살인범한테서 어제 받았습니다. 저는 그놈이 목을 매기 직전에 그놈 집에 갔었습니다. 아버지를 죽인 건 그놈입니다, 형님이 아닙니다. 그놈이 죽였고, 제가 그놈을 교사했습니다…… 아버지의 죽음을 바라지 않는 사람이 누가 있겠습니까?"

"당신, 제정신이오, 아니오?" 재판장의 입에서 자기도 모르게 이런 말이 튀어나왔다.

"그야 물론, 제정신이죠…… 완전히 제정신입니다, 당신들하고 똑같이, 여기 있는 이 모든…… 낯짜-악들하고 똑같이!" 그는 갑자기 방청석 쪽으로 몸을 돌렸다. "다들 제 아비를 죽여놓고 깜짝 놀랐다는 시늉이군." 그는 광포한 경멸감을 드러내며 이를 부드득 갈았다. "서로를 앞에 두고 연극을 하고 있어. 거짓말쟁이들! 다들 제 아비가 죽기를 바라고 있지. 한 마리의 독사가 또다른 독사 한 마리를 잡아먹는 거야…… 친부 살해가 아닌 게 되면—다들 분통을 터뜨리고 화를 내며 흩어지겠지…… 구경거리가 중요하니까! '빵과 구경거리를 달라!' 하긴, 나도 훌륭한 놈이지! 당신들한테 물 좀 없소, 좀 마시게 주시오, 제발!" 그는 갑자기 머리를 움켜쥐었다.

법정 감독관이 즉시 그에게 다가갔다. 알료샤가 갑자기 벌떡 일어나서 외쳤다. "형님은 몸이 아파요, 형님 말을 믿지 마십시오, 형님은 섬망증에 걸렸어요!" 카체리나 이바노브나는 화다닥 자기 의자에서 일어나 공포에 질려 꼼짝도 못하고 이반 표도로비치를 바라보고만 있었다. 미챠도 몸을 일으켜 왠지 기괴하게 일그러진 미소를 띤 채 삼켜버릴 듯한 눈으로 동생을 쳐다보며 그의 말을 듣고 있었다.

"진정하십시오, 저는 미친놈이 아니라 살인자일 뿐입니다!" 이반이 다시 입을 열었다. "살인자에게 아름다운 웅변을 요구할 수야 없지 않습니까……" 그는 무엇 때문인지 갑자기 이렇게 덧붙이고는 일그러진 웃음을 지어 보였다.

검사는 눈에 띄게 당황해 재판장 쪽으로 몸을 굽혔다. 재판관들도 부산스레 서로 속닥거렸다. 페츄코비치는 귀를 쫑긋 세우며 듣고 있었다. 법정은 기대감에 휩싸여 숨을 죽였다. 재판장은 갑자기 정신이 든 듯했다.

"증인, 증인의 말은 이해할 수도 없고 여기서 할 수 있는 말도 아닙니다. 가능하면 좀 진정하시고 말씀해보십시오…… 만약 정말로 무슨 하실 말씀이 있으시다면 말입니다. 무엇으로 증인은 그런 자백을 뒷받침할 수 있습니까…… 만약 그저 헛소리를 하고 계신 게 아니라면요?"

"바로 그게 문젭니다, 증인이 없단 말입니다. 스메르쟈코프 그 개자식이 저세상에서 자신의 증언을…… 봉투에 담아 여러분에게 보내오지는 않을 테니까요. 여러분에겐 늘 많은 봉투가 필요하겠지만, 하나면 충분합니다. 저한테는 증인이 없습니다…… 하긴 딱 한 놈만 빼고 말이지요." 그는 생각에 잠겨 히죽 웃었다.

"누가 당신의 증인입니까?"

"꼬리가 달린 놈입니다, 재판장님, 모양새가 영 안 맞겠죠! *악마는 전혀 존재하지 않는다!* 하고요. 신경쓰지 마십시오, 허접한 조무래기 악마니까요." 그는 갑자기 웃음을 거두고 왠지 은밀하게 덧붙였다. "그놈은 분명 여기 어디, 저기 저 증거물 탁자 밑에 있을 겁니다, 거기가 아니라면 놈이 대체 어디 앉아 있겠습니까? 보십시오, 제 말을 들어보십시오. 제가 그놈한테 말했습니다, 입다물고 있지 않겠다고 그랬습니다, 그랬더니 그놈은 지질학적 대변동 얘기를 꺼내는 겁니다…… 멍청하게! 자, 저 불한당을 풀어주십시오…… 저 불한당은 송가를 부르기 시작했답니다, 그러면 마음이 가벼워지니까 그랬겠죠! 술 취한 악당이 '반카는 피체르로 가버렸네'라고 고래고래 소리를 지르는 거나 마찬가지죠, 하지만 나는 환희의 그 이 초를 위해서라면 천조의 천조 배라도 기꺼이 바치겠습니다. 여러분은 저를 모릅니다! 오, 여러분이 하는 이 모든 짓이 얼마나 어리석은지! 자, 형님 대신 저를 잡아 가두십시오! 아니면 뭣 때문에 제가 여기 왔겠습니까…… 어째서, 어째서 모든 게 하나같이 이렇게 어리석은지……!"

그러고서 그는 다시 생각에 잠긴 듯한 얼굴로 천천히 법정을 둘러보기 시작했다. 그러나 법정은 이미 온통 술렁이고 있었다. 알료샤는 자리에서 벌떡 일어나 그에게 달려가려 했으나, 이미 법정 감독관이 이반 표도로비치의 팔을 꽉 붙잡았다.

"이건 또 뭐야?" 이반 표도로비치는 감독관의 얼굴을 뚫어지게 쏘아보며 이렇게 외치더니, 갑자기 감독관의 어깨를 움켜잡고 바닥에다 맹렬하게 패대기쳤다. 하지만 경비관들이 이내 달려와 그를 붙잡았고, 그는 미친 듯이 사납게 울부짖기 시작했다. 끌려나가는 동안에도 내내 울부짖으면서 뭔지 알아들을 수 없는 말을 외쳐댔다.

일대 소동이 벌어졌다. 나는 모든 것을 순서대로 기억할 수 없는데, 나 자신도 흥분한 탓에 차분하게 지켜보지 못했기 때문이다. 다만 나중에 모든 것이 이미 진정되고 다들 사태를 파악하게 되자 법정 감독관이 심하게 질책당했다는 것만 알고 있는데, 물론 감독관은, 증인이 한 시간쯤 전에 좀 어지럽다고 해서 의사의 진찰을 받긴 했지만 건강 상태가 줄곧 양호했고 법정에 들어서기 전까지 말도 줄곧 조리 있게 해서, 이런 일이 일어나리라고는 전혀 예상할 수 없었을뿐더러 오히려 증인 쪽에서 꼭 진술하겠다고 우겼노라고 상관들에게 충분히 근거 있는 해명을 했다. 그러나 사람들이 다소나마 진정하고 제정신으로 돌아오기도 전에, 앞선 소동에 이어 곧바로 또다른 소동이 벌어졌다. 카체리나 이바노브나가 히스테리 발작을 일으킨 것이다. 그녀는 큰 소리로 비명을 지르고 흐느껴 울기 시작했으나, 법정에서 나가려고는 하지 않고 몸부림을 치면서 제발 자기를 끌어내지 말아달라고 애원하더니, 갑자기 재판장에게 소리쳤다.

"증언할 게 한 가지 더 있어요, 지금 당장…… 당장에요……! 여기 서류가, 편지가 있어요…… 받아서 읽어보세요, 어서, 어서! 이건 저 불한당, 바로 저, 저 인간이 쓴 거예요!" 그녀는 미챠를 가리켰다. "저 인간이 아버지를 죽인 거예요, 이제 곧 아시게 될 거예요, 저 인간이 아버지를 죽이겠다고 저한테 쓰고 있어요! 하지만 그 사람은 환자예요, 환자예요, 그 사람은 섬망증에 걸렸어요! 저는 벌써 사흘째 그 사람이 섬망증에 걸린 걸 보고 있어요!"

이렇게 그녀는 정신없이 소리를 질러댔다. 법정 감독관은 그녀가 재판관을 향해 내민 서류를 받았고, 그녀는 자신의 의자에 털썩 주저앉아 얼굴을 가리고 경련이라도 인 듯 온몸을 떨며 소리없이 울기 시작했는데, 법정 밖으로 내보낼까 두려워서 아주 조그만 신음소리조차 꾹꾹 누르고 있었다. 그녀가 제출한 서류는 미챠가 술집 '수도'에서 써 보냈던 바로 그 편지, 이반 표도로비치가 '수학적' 중요성을 가진 증거 문서라고 부른 바로 그것이었다. 아아, 안타까운지고! 사람들도 이 편지의 수학적 증거성을 인정하고 말았으니, 만약 이 편지가 아니었더라면 미챠도 아마 파멸을 면할 수 있었을 것이고 적어도 그렇게 끔찍하게 파멸하지는 않았을 것이다! 거듭 말하거니와, 세세한 것들을 하나하나 따라가며 지켜보기는 어려웠다. 내게는 지금도 이 모든 일이 온통 뒤엉킨 채 떠오른다. 분명히 재판장은 그 새로운 증거 문서를 재판관들과 검사, 변호인, 배심원들에게 즉시 보여주었을 것이다. 내가 기억하는 것은 그녀에 대한 증인 심문이 시작되던 광경뿐이다. 진정되었느냐고 재판장이 부드럽게 묻자, 카체리나 이바노브나는 맹렬하게 외쳤다.

"준비되었어요, 준비되었습니다! 여러분께 충분히 답변할 수 있습니다." 그녀는 이렇게 덧붙였는데, 행여 무슨 이유로 자기 말을 들어주지 않으면 어쩌나 싶어 아직도 몹시 두려워하는 기색이 역력했다. 그녀는 이것이 무슨 편지인가, 어떤 상황에서 이 편지를 받았는가에 대해 좀더 자세히 설명해달라는 요구를 받았다.

"저는 이 편지를 바로 그 범행이 일어나기 전날 받았지만, 저 인간이 이것을 쓴 건 그보다 하루 전, 술집에서, 그러니까 스스로 그 범행을 저지르기 이틀 전이었습니다—보세요, 무슨 계산서에다 썼잖아요!" 그녀는 숨을 헐떡이며 소리쳤다. "저 인간은 그때 저를 증오했어요, 자기가 비열한 짓을 하고서도 저 계집년의 꽁무니를 쫓아갔고…… 게다가 저한테 그 3천 루블을 빚지고 있었으니까요…… 오, 저 인간이 그 3천 루블 때문에 모욕감을 느낀 건 자신의 비열함에서 비롯된 거예요! 그 3천 루블이 어떤 돈인가 하면—제발 부탁이니, 제 얘기를 잘 들어주세요. 자기 아버지를 죽이기 아직 삼 주 전, 어느 날 아침 저 인간이 저를 찾아왔지요. 저는 저 인간한테 돈이 필요하다는 것도, 무엇에 필요한지도 다 알고 있었어요—그야, 그야 바로 저 계집을 꾀어내 함께 달아나려는 거였죠. 저는 그때 저 인간이 이미 저를 배반했고 저를 버리려 한다는 걸 알고 있었어요, 그래서 그때 저는 제 쪽에서 저 인간에게 그 돈을 내밀면서 모스크바에 있는 언니한테 송금해달라는 것처럼 구실을 붙였어요—돈을 내줄 때 저 인간의 얼굴을 쳐다보면서, 원한다면 '한 달 뒤에라도' 송금해주면 된다고 말했죠. 그러니 어떻게, 어떻게 저 인간이 못 알아챘겠어요, 내가 자기 눈에 대고 '넌 너의 그 계집년하고 둘이서 나를 배반하는 데 이 돈이 필요하겠지, 그러니 여기 이 돈을 가져, 내가 직접 너한테 주마, 어서 받아, 네가 그렇게 파렴치한 놈이라면, 뭐 받는 거야……!'라고 대놓고 말한 셈인데요. 저는 저 인간의 민낯짝이 드러나게끔 하고 싶었던 거예요, 그런데 어떻게 됐을까요? 저 인간은 돈을 받았답니다, 받아들고 가서는 저 계집년하고 거기서 하룻밤 만에 다 써버렸어요…… 하지만 저 인간은 제가 다 알고 있다는 걸 알아채고 있었어요, 뻔히 알고 있었어요, 여러분께 분명하게 말씀드리지만, 그때 저 인간은 제가 자기한테 돈을 내주는 것이, 네가 나한테서 그 돈을 받을 정도로 그렇게 파렴치한 인간이냐 아니냐, 오로지 그걸 시험하기 위해서라는 것도 알아채고 있었어요. 저는 저 인간의 눈을 들여다보았고, 저 인간도 제 눈을 들여다보면서 모든 것을 알아챘어요, 모든 것을 알아챘으면서도 받았어요, 제 돈을 받아들고 간 거예요!"

"맞아, 카챠!" 미챠가 갑자기 부르짖었다. "당신 눈을 들여다보고서, 당신이 나를 파렴치한 놈으로 만들고 있다는 걸 알았지만, 그런데도 당신 돈을 받았던 거야! 이 비열한 놈을 경멸해주십시오, 모두 경멸해주십시오, 나는 그래도 싼 놈입니다!"

"피고," 재판장이 소리쳤다. "한마디만 더 하면—끌어내도록 하겠소."

"그 돈 때문에 저 인간은 괴로워했습니다." 카챠는 경련이라도 일어난 듯 조급하게 말을 이었다. "저 인간은 저한테 돈을 돌려주고 싶어했죠, 그러고 싶어했어요, 그건 사실이에요, 하지만 저 인간에겐 저 계집년을 위해서도 돈이 필요했던 거예요. 그래서 자기 아버지를 죽였지만, 그러고도 저한테 돈을 돌려주기는커녕 저 계집년과 함께 그 마을로 갔다가 거기서 체포된 거예요. 아버지를 죽이고 훔친 돈을 거기서 또다시 흥청망청 다 써버린 거죠. 그런데 아버지를 죽이기 하루 전에* 저한테

* 앞에서는 이틀 전으로 나온다.

이 편지를 썼어요, 술에 취해 쓴 거예요, 그때 저는 저 인간이 저에 대한 증오심에서 썼다는 걸 금방 알아보았어요, 설령 자기가 살인을 저지른다 해도 제가 그 편지를 아무한테도 보여주지 않을 거라는 걸 알고서, 분명히 알고서 쓴 거였어요. 안 그랬다면 쓰지도 않았겠죠. 제가 자기한테 복수하고 싶어하거나 파멸시키려 들지 않으리라는 걸 알았던 거예요! 하지만 읽어보세요, 찬찬히 읽어보세요, 제발 좀더 찬찬히요. 어떻게 아버지를 죽일 것인지, 아버지 집 어디에 돈이 있는지, 그 인간이 그런 모든 것을 편지에 적어놓은 걸, 죄다 미리 적어놓은 걸 보실 거예요. 잘 보세요, 제발 한 자도 빠뜨리지 마시고요, '그저 이반이 떠나주기만 하면 죽여버릴 테다'라는 구절이 거기 있어요. 그 말은, 어떻게 죽일 건지 벌써 미리 생각해두었다는 얘기예요."—카체리나 이바노브나는 악의 넘치는 쾌감을 느끼면서 표독스럽게 재판관들에게 일러바쳤다. 오, 그녀는 이 치명적인 편지를 세세한 부분까지 한 자 한 자 새겨 읽었고 한 줄 한 줄 빈틈없이 분석한 것이 분명했다. "술에 취하지 않았다면 저한테 편지를 쓰지도 않았겠죠, 하지만 보세요, 여기 모든 것이 미리 다 적혀 있어요, 모든 것이 나중에 아버지를 죽인 것과 아주 똑같아요, 이건 완전한 프로그램이라고요!"

그녀는 미친 듯이 이렇게 외치면서 자신에게 어떤 결과가 닥쳐도 물론 좋다는 각오였는데, 어쩌면 정말, 벌써 한 달 전부터 그 결과를 내다보고 있었는지도 모를 일이, 아마도 이미 그때부터 증오에 몸을 덜덜 떨면서 '법정에서 이걸 읽어버릴까?' 하는 공상을 해왔을 테니 말이다. 하지만 이제는 산꼭대기에서 몸을 날린 셈이었다. 지금도 생각나지만, 편지가 바로 그 자리에서 서기에 의해 큰 소리로 낭독되자 그야말로 충격적인 인상을 불러일으켰다. "이 편지를 인정하십니까?" 하는 질문이 미차에게 던져졌다.

"제가 쓴 겁니다, 제 편지입니다!" 미챠가 외쳤다. "술에 취하지 않았다면 안 썼을 건데……! 여러 일로 우리는 서로를 증오해왔지, 카챠, 하지만 맹세코, 맹세코, 나는 당신을 증오하면서도 사랑했어, 하지만 당신은 내게—그러지 않았어!"

그는 자기 자리에 털썩 주저앉아 절망한 나머지 두 손을 비비고 쥐어짰다. 검사와 변호사가 번갈아 질문을 던지기 시작했는데, 골자는 '그럼 왜 당신은 조금 전까지만 해도 그런 증거 문서를 숨기고 전혀 다른 의미와 어조로 진술했습니까?' 하는 것이었다.

"예, 예, 저는 아까 거짓말을 했어요, 명예와 양심을 저버리고 내내 거짓말을 했어요, 하지만 저는 아까 저 사람을 구하고 싶었어요, 저 사람이 저를 그토록 증오하고 그토록 경멸했으니까요." 카챠는 미친 듯 부르짖었다. "오, 저 사람은 저를 끔찍하게 경멸했어요, 언제나 경멸했어요, 그리고 아시나요, 아시나요—저 사람은 그때 제가 그 돈 때문에 자기 발아래 머리를 조아린 바로 그 순간부터 저를 경멸했던 거예요. 저는 그것을 알고 있었어요…… 저는 그때 곧바로 그걸 느꼈지만, 그래도 오랫동안 제 느낌을 믿지 못했어요. 저는 저 사람의 눈에서 몇 번이나 읽었어요. '어쨌든 너는 그때 네 발로 나한테 왔던 거다' 하는 뜻을 말이에요. 오, 저 사람은 이해하지 못했어요, 제가 그때 왜 달려갔는지 저 사람은 아무것도 이해하지 못했어요, 그저 저열한 동기밖에는 찾을 줄 모르는 인간이니까요! 저 인간은 자기 잣대로 판단해서 다들 자기 같은 줄 알았던 거예요." 카챠는 분이 치밀어 이를 빠드득 갈았는데 이미 제정신이 아닐 정도로 완전히 흥분한 상태였다. "저 사람이 저하고 혼인하려 했던 건 오직 제가 유산을 상속받게 됐기 때문이에요, 그 때문이에요, 바로 그 때문이라고요! 저는 늘 그 때문이라고 의심해왔어요! 오, 저 사람은 짐승이에요! 저 사람은 제가 그때 자기를 찾아갔던 것 때문에 수치스러워서 자기 앞에서 평생토록 부들부들 떨 거라고, 그걸 빌미로 저를 영원히 경멸할 수 있고 지배할 수 있을 거라고 평생 굳게 믿었던 거죠—바로 그래서 저와 혼인하려 했던 거라고요! 그렇고말고요, 모든 것이 정말 그래요! 저는 저의 사랑으로, 끝없는 사랑으로 저 사람을 이기려고 해보았어요, 저 사람의 배신조차 참고 견디려 했어요, 하지만 저 사람은 아무것도, 아무것도 깨닫지 못했어요. 그래요, 하긴 무엇인들 깨달을 수 있겠어요! 짐승만도 못한 인간인걸요! 이 편지를 저는 이튿날 저녁에야 받았어요, 술집에서 배달해왔더군요, 아침까지만 해도, 그날 아침까지만 해도 저는 모든 걸 용서해주려고 했어요, 모든 걸, 심지어 저 사람의 배신까지도요!"

물론 재판장과 검사는 그녀를 진정시키려 했다. 나는 그들 모두도 그녀의 광적인 흥분 상태를 이용해 이런 고백을 듣는다는 것이 스스로에게도 수치스러웠으리라고 확신한다. 나도 그들이 그녀에게 "얼마나 괴로우신지 우리도 이해합니다, 믿어주십시오, 우리도 감정이 있는 인간입니다" 운운하는 것을 들은 기억이 나지만—하여간 그들은 히스테리로 분별력을 잃은 여인에게서 여러 증언을 끌어냈다. 마지막으로 그녀는 이반 표도로비치가 '짐승 같은 불한당에다 살인자'인 자기 형을 구하려는 일념에 사로잡혀 지난 두 달 내내 거의 발광 상태에 이르러 있었다고 대단히 명료하게 진술했는데, 이런 명료함은 이처럼 긴장된 정신 상태에 처한 순간에도 비록 아주 잠깐 동안이지만 곧잘 나타나는 현상이다.

"그분은 스스로를 괴롭혔습니다." 그녀는 부르짖었다. "자신도 아버지를 사랑하지 않는다고, 어쩌면 자기도 아버지의 죽음을 바랐는지 모른다고 저에게 고백하면서 줄곧 형의 죄를 가볍게 해주려고 했어요. 오, 이 얼마나 깊고도 깊은 양심입니까! 그분은 그 양심으로 자신을 괴롭혔던 거예요! 그분은 늘 저에게 모든 것을 털어놓았어요, 모든 것을, 그분은 늘 저를 찾아와 단 하나뿐인 벗인 저와 날마다 이야기를 했습니다. 저는 그분의 유일한 벗인 것이 영광스럽습니다!" 그녀는 갑자기 눈을 번득이며 마치 무슨 도전장이라도 던지듯 외쳤다. "그분은 스메르자코프를 두 번 찾아갔습니다. 어느 날 그분이 저를 찾아와서 말하길, 만약 형이 아니라 스메르자코프가 죽인 거라면(스메르자코프가 죽였다는 그 터무니없는 이야기가 세간에 퍼져 있었으니까요), 어쩌면 자신에게도 죄가 있다, 스메르자코프는 자신이 아버지를 좋아하지 않는다는 것을 알고 있었으니까, 자신이 아버지의 죽음을 바라고 있다고 생각했을지도 모른다고 했어요. 그래서 제가 이 편지를 꺼내 보여주자 그분도 그때는 형이 죽였다는 것을 완전히 확신하게 됐고, 이 때문에 극도로 충격을 받았던 겁니다. 자신의 친형이—아버지를 죽인 살인자라는 것을 견딜 수 없었을 테니까요. 이미 일주일 전부터 저는 그분이 이 때문에 병을 앓고 있다는 것을 알고 있었어요. 요 며칠 들어서는 저희 집에 와 있을 때도 헛소리를 했습니다. 저는 그분이 온전한 정신이 아니라는 걸 알았어요. 걸어다니면서도 헛소리를 하고, 많은 사람이 보았지만 길을 갈 때도 그런 모습이었어요. 모스크바에서 온 의사는 그저

께 제 부탁으로 그분을 진찰하고 나서 섬망 증세가 보인다고 말해주었습니다—모든 게 저 인간 때문이에요, 모두가 저 불한당 때문이에요! 그러다가 어제 스메르쟈코프가 죽은 걸 알게 되자—너무나 큰 충격을 받아 그만 정신이상이 돼버린 거예요…… 모든 게 저 불한당 때문이에요, 저 불한당을 구하려다 이렇게 된 거예요!"

오, 물론 이런 말이나 이런 고백은 인생에서 오직 그 어떤 때에만—이를테면 단두대에 오르는 순간처럼 죽음을 바로 눈앞에 둔 때에만 할 수 있다. 그러나 카챠야말로 바로 그런 성격이었고, 또 지금이 그녀에겐 바로 그런 순간이기도 했다. 이 여인은 그때 자기 아버지를 구하기 위해 젊은 난봉꾼에게 자신을 내던졌던 바로 그 맹렬한 카챠였다. 조금 전에 이 만장滿場한 방청객들 앞에서, 오로지 미챠를 기다리고 있는 운명을 조금이라도 가볍게 해주기 위해 '미챠의 고결한 행동'에 대해 얘기함으로써 오만하고도 정숙한 태도로 자기 자신과 나아가 처녀로서의 수치심을 희생시킨 바로 그 카챠였던 것이다. 그래서 이번에도 꼭 그렇게 자신을 희생시켰지만, 그것은 이미 다른 사람을 위한 것이었고, 어쩌면 오로지 지금에야, 이 순간에야 비로소 이 다른 사람이 그녀에게 얼마나 소중한지를 처음으로 느끼고 완전히 깨달은 듯했다! 그녀는 그가 살인범은 형이 아니라 자기라고 증언함으로써 그 자신을 파멸로 몰아넣었다는 생각이 불쑥 들자, 소스라치게 그가 걱정되어 스스로를 희생한 것이며, 그를, 그의 명예를, 그의 평판을 구하기 위해 스스로를 희생한 것이다. 하지만 언뜻 어떤 무서운 생각이 스쳤다. 미챠와의 옛 관계를 말하면서 그녀가 혹시 미챠에 대해 거짓말을 한 건 아닐까—바로 이런 의문이었다. 아니, 아니다, 그녀는 바닥에 이마가 닿도록 절을 한 것 때문에 미챠가 자기를 경멸했다고 부르짖었지만, 그건 결코 의도적으로 그를 모함한 것이 아니었다. 정말 그랬노라고 그녀 스스로 믿었고, 어쩌면 바로 그 절을 한 순간부터, 그전까지만 해도 자신을 숭배해 왔던 순박한 미챠가 그녀를 비웃고 경멸하고 있는 거라고 깊이 확신했다. 그러면서도 오로지 자존심 때문에, 상처 입은 자존심 때문에 그때 오히려 그녀 쪽에서 히스테리적이고 발작적인 사랑을 바치며 그에게 집착했는데, 이 사랑은 사랑이라기보다 복수에 가까웠다. 오, 어쩌면 이 발작적인 사랑이 진정한 사랑으로 자라났을지도 모르고, 아마도 카챠는 오로지 그것만을 바랐을 테지만, 미챠는 배신함으로써 그녀를 영혼 깊은 데까지 모욕했고, 영혼은 그것을 용서하지 않았다. 복수의 순간은 예기치 않게 찾아왔고, 모욕받은 여인의 가슴속에서 그토록 오랫동안 고통스럽게 쌓이고 쌓여온 모든 것이 한꺼번에, 다시금 예기치 않게 밖으로 터져나왔다. 그녀는 미챠를 배반했지만, 자기 자신도 배반하고 말았다! 물론 마음속의 말을 다 쏟아내자마자 그만 긴장이 풀리면서 수치심이 그녀를 짓눌렀다. 또다시 히스테리가 시작되었고, 그녀는 울고불고 소리를 지르면서 쓰러졌다. 그래서 그녀를 법정 밖으로 데리고 나갔다. 그녀를 밖으로 데리고 나가는 순간, 그루셴카가 울부짖으면서 자기 자리에서 벌떡 일어나 미챠에게 달려갔는데, 누가 미처 제지할 겨를도 없었다.

"미챠!" 그녀가 울부짖었다. "당신의 그 독사 같은 년이 당신을 파멸시켰어! 그년이 여러분 앞에 드디어 본색을 드러냈어요!" 그녀는 분을 이기지 못해 몸을 부르르 떨면서 재판관들을 향해 소리쳤다. 재판장의 손짓에 따라 사람들은 그녀를 꽉 붙들고 법정 밖으로 끌어내기 시작했다. 그녀는 고분고분 굴복하지 않고 몸부림치면서 다시 미챠에게 가려고 기를 썼다. 미챠도 울부짖으면서 그녀에게 가려고 발버둥을 쳤다. 두 사람 다 제압당하고 말았다.

아무렴, 추측건대 우리의 구경꾼 부인네들은 만족했으리라. 볼거리가 푸짐했으니까. 그다음엔 모스크바에서 온 의사가 나타났던 것으로 기억한다. 이 일이 벌어지기 전에 재판장은 이미 감독관을 보내 이반 표도로비치에게 필요한 도움을 주도록 의사를 부르게 했던 모양이다. 의사는 재판관들에게 환자가 대단히 위험한 섬망증 발작을 일으키고 있으므로 지체 말고 이송해야 한다고 보고했다. 검사와 변호사의 질문에 대해 그는 환자가 그저께 자진해서 그를 찾아왔고, 그때 곧 섬망증을 앓을 것이라고 경고했지만 치료를 받으려 하지 않았다고 확인해주었다. "그는 분명히 건강한 정신 상태가 아니었고, 스스로 나한테 털어놓길, 깨어 있으면서도 환영을 보고, 이미 죽은 여러 사람을 길에서 만나기도 하고, 밤마다 악마의 방문을 받는다고 했습니다" 하고 의사는 말을 맺었다. 증언을 한 뒤, 고명한 의사는 물러났다. 카체리나 이바노브나가 제출한 편지는 증거물에 함께 포함시켰다. 재판진은 협의 결과, 법정 심리를 계속하되 이 뜻밖의 두 증언(카체리나 이바노브나와 이반 표도로비치의 증언)을 조서에 기록하기로 결정했다.

하지만 이어진 심리에 대해서는 더이상 기술하지 않겠다. 더구나 나머지 증인들의 진술은 다들 나름대로 독특한 특징을 지니긴 해도 앞서의 증언들을 반복하고 확인해주는 것에 지나지 않았다. 그렇지만 거듭 말하거니와, 모든 것은 검사의 논고에서 하나의 점으로 수렴될 것이므로, 이제 논고 이야기로 넘어가도록 하겠다. 다들 흥분해 있었고, 다들 방금 벌어진 파국에 감전이라도 된 듯 초조하게 애태우며, 어서 대단원을 보게 되기를, 논고와 변론 그리고 판결만을 기다렸다. 페츄코비치는 카체리나 이바노브나의 증언에 충격을 받은 기색이 역력했다. 대신 검사는 승리감에 의기충천했다. 법정 심리가 끝나자 한 시간 정도 휴정이 선언되었다. 드디어 재판장이 논고와 변론의 법정 공방 개시를 알렸다. 우리의 검사 입폴리트 키릴로비치가 논고를 시작했을 때는 저녁 여덟 시 정각이었던 것 같다.

VI
검사의 논고. 성격 묘사

입폴리트 키릴로비치가 논고를 시작했는데, 그는 이마와 관자놀이에 병적인 식은땀을 흘리고 온몸에 오한과 신열을 번갈아 느끼면서 사지를 신경질적으로 파르르 떨고 있었다. 이것은 훗날 그가 직접 한 말이다. 그는 이 논고를 자신의 *걸작*, 자기 필생의 *걸작*, 자신의 백조의 노래로 여겼다. 사실, 그는 아홉 달 뒤 악성 폐병으로 죽고 말았으므로, 만약 그가 자신의 죽음을 이미 예감하고 있었다면 자기 자신을, 최후의 노래를 부르는 백조에 비유할 만한 권리를 실제로 가졌던 셈이다. 그는 자신이 지닌 온갖 지혜와 모든 열성을 이 논고에 쏟아부었으며, 그럼으로써 뜻밖에도, 자신의 내면에 시민으로서의 감정뿐만 아니라 '저주스러운' 물음들도, 적어도 우리의 가여운 입폴리트 키릴로비치의 영혼이 품을 수 있는 만큼은 충분히 숨겨져 있음을 증명해 보였다. 무엇보다도, 그의 연설이 성공을 거둘 수 있었던 것은 그것이 진실했기 때문이다. 그는 진심으로 피고의 유죄를 믿었다. 그저 위임받은 바나 직무 때문에 피고의 유죄를 주장한 것이 아니라, '복수'를 호소하면서 '사회를 구하겠다'는 열망으로 실제로 전율하고 있었던 것이다. 심지어 원래 입폴리트 키릴로비치에게 반감을 품고 있던 우리네 부인 방청객들까지도 어찌됐건 굉장한 인상을 받았다고 시인할 정도였다. 그는 떨리고 툭툭 끊어지는 목소리로 시작했으나, 그뒤엔 금세 목소리에 힘이 붙어 법정 가득 쩌렁쩌렁 울려퍼졌고 논고가 끝날 때까지 그렇게 지속되었다. 하지만 논고를 끝내자마자 그는 거의 실신 상태가 되었다.

"배심원 여러분," 검사는 시작했다. "본 사건은 러시아 전체를 뒤흔들어놓았습니다. 그러나 생각해보면, 그렇게 놀랄 게 뭐 있으며, 그렇게 특별히 공포를 느낄 게 뭐 있습니까? 그것도 우리가, 특히 우리가 말이지요? 우리는 이런 모든 것에 너무나 익숙해진 사람들 아닙니까! 바로 여기에, 즉 이토록 암울한 사건들이 우리에게 거의 더이상 공포스러운 일이 되지 못한다는 데 우리의 공포가 있는 겁니다! 우리가 공포를 느껴야 하는 것은 바로 우리의 이 같은 습성이지, 이런저런 개인의 개별적인 악행이 아닙니다. 이 같은 사건들, 결코 달갑지 않은 미래를 우리에게 예언해주는 이 같은 시대의 징후들에 대해 우리가 무관심하고 거의 미온적인 태도를 보이는 원인은 대체 어디에 있겠습니까? 우리의 냉소주의에 있는 겁니까, 아니면 아직 이토록 젊은데도 이렇게 때아니게 노쇠해버린 우리 사회의 지성과 상상력의 때 이른 고갈에 있는 겁니까? 우리의 도덕 원칙이 근간까지 뒤흔들린 데 있는 겁니까, 아니면 끝으로 그런 도덕 원칙이 우리에겐 어쩌면 아예 있지도 않다는 데 있는 겁니까? 저는 이 물음에 해답을 제시할 수 없지만, 그럼에도 불구하고 이 물음들은 고통스러운 것이며, 모름지기 시민이라면 이 물음들로 고민하지 않을 수 없을뿐더러, 고민해야 할 의무마저 지닙니다. 우리의 언론은 이제 막 출발해 아직 소심하긴 하지만, 그래도 사회에 어느 정도 이미 공헌한 바가 있습니다. 언론 매체가 자신의 지면을 통해, 지금의 황제 치하에서 우리에게 선사된 이 새로운 공개 법정을 방문하는 사람들뿐만 아니라 이미 모든 사람에게 방종한 의지와 도덕적 타락의 저 공포스러움에 대해 쉴새없이 보도해주고 있으니, 만약 언론이 없다면 그것들에 대해 어느 정도나마 상세하게 알 수도 없었을 테니까요. 그래서 우리는 거의 매일같이 무엇을 읽고 있습니까? 오, 본 사건조차 빛이 바래고 거의 이미 흔해빠진 무엇으로 보이게 만드는 그런 것들에 대해 끊임없이 읽고 있습니다. 그러나 무엇보다 중요한 것은, 우리 러시아, 우리 국민의 형사사건 대다수가 어떤 보편적인 것, 우리에게 뿌리내려 익숙해진 어떤 보편적인 재액을 증명하고 있다는 사실인데, 보편적인 악처럼 돼버린 이 재액과 맞붙어 싸운다는 것은 이미 힘든 일이 되었습니다. 자, 여기, 상류사회 출신의 어느 빛나는 젊은 장교는 자신의 인생과 출세 가도에 발을 들여놓기 무섭게, 아무런 양심의 가책도 없이 비열하게도 남몰래, 어느 정도 자신의 은인이기도 한 하급 관리와 그의 하녀를 칼로 찔러 죽였는데, 자신의 차용증서와 그 관리의 나머지 돈을 훔치기 위해서였습니다. '상류사회에서 즐기고 앞으로 출세하는 데 유용할 거다'라는 거였지요. 두 사람을 찔러 죽인 다음, 그는 시신의 머리 밑에 베개를 괴어주고 떠납니다. 여기, 용맹을 떨친 덕분에 받은 십자 훈장들을 주렁주렁 매단 어느 젊은 영웅은 살인강도가 무색하게끔 한길에서 자신의 대장이자 은인인 사람의 어머니를 살해했는데, 자기 동료들을 함께 끌어들이려고 '그녀는 자기를 친아들처럼 사랑하니까 그의 말이라면 무조건 따르고 조금도 경계심을 품지 않을 거다'라며 설득했다는 겁니다. 이자가 물론 불한당이라 해도, 지금 우리 시대에 이 사람 하나만이 불한당이라고는 정말 감히 말하지 못하겠습니다. 다른 사람도 비록 살인이야 하지 않을망정 이자와 똑같이 생각하고 느낄 것이며, 마음속은 이자와 똑같이 파렴치할 것입니다. 아마 남모르게 자신의 양심과 단둘이 마주앉아, '그래, 명예라는 게 대체 뭐냐, 피라는 것도 편견 아닐까?'라고 자문하곤 하겠지요. 혹시 어떤 사람들은 제 견해에 반대해 소리지르면서, 제가 병적이고 히스테리한 인간이어서 괴상한 중상을 하고 헛소리를 늘어놓으며 과장하는 것이라고 말할지도 모르겠습니다. 좋습니다, 얼마든지 좋습니다—만약 정말로 그렇다면, 오 하느님, 제가 제일 먼저 기뻐할 겁니다! 오, 저를 믿지 않아도 좋습니다, 저를 병자로 여기십시오, 하지만 제발 제 말만은 기억해주십시오. 제 말의 다만 10분의 1, 아니 20분의 1이라도 진실이라면, 그것만으로도 실로 무서운 일 아닙니까! 보십시오, 여러분, 한번 보십시오, 우리의 젊은이들이 어떻게 자살을 하는지! 오, '거기엔 무엇이 있을까?' 하는 햄릿적인 의문* 같은 건 털끝만큼도 품지 않고, 그런 의문의 징후조차 없이 자살하지 않습니까, 흡사 우리의 영혼에 관한 항목, 무덤 너머에서 우리를 기다리는 모든 것에 대한 항목은 오래전에 그들의 본성 속에서 삭제되어 매장되고 모래로 덮여버린 것처럼 말입니다. 끝으로,

* 『햄릿』 3막 1장에 나오는 햄릿의 독백을 염두에 둔 것이다.

우리의 방탕함을, 우리의 호색한들을 보십시오. 본 사건의 불행한 희생자인 표도르 파블로비치도 그들 중 어떤 자들에 비하면 거의 순진무구한 어린애입니다. 더구나 우리는 그를 모두 잘 알지 않았습니까. '그는 우리 사이에서 살았노라'*…… 그렇습니다, 아마도 언젠가는 우리 나라와 유럽의 제일가는 지성들이 러시아 범죄의 심리학을 연구할 겁니다, 그럴 만한 가치가 있는 주제니까요. 그러나 이 연구는 언젠가 훗날, 이미 그럴 여유가 생기고 우리가 처해 있는 현 순간의 모든 비극적인 혼돈이 뒤로 더 멀리 물러났을 때 이루어질 것이며, 따라서 그때는 이미 예컨대 저와 같은 사람들이 할 수 있는 것보다는 더 현명하고 더 편견 없이 그것을 고찰할 수 있겠지요. 하지만 지금 우리는 그저 두려움에 몸서리를 치거나, 아니면 겉으로는 두려운 시늉을 하면서도 실은 오히려 우리의 냉소적이고 나태한 무위를 자극하는 강렬하고도 기괴한 감각을 즐기면서 그 구경거리들에 탐닉하거나, 아니면 끝으로, 어린아이들처럼 두 손으로 무서운 허깨비를 눈앞에서 내쫓으며 그 무서운 환영이 사라질 때까지 머리를 베개에 파묻었다가 곧 또다시 오락과 재미난 장난을 하며 그것을 잊어버리려 할 따름입니다. 그러나 언젠가는 우리도 맑은 정신으로 사려 깊게 우리의 삶을 시작해야 하며, 사회적 존재로서의 우리 자신에게 시선을 던져야 하고, 우리의 사회적 문제에 대해 최소한 무엇이라도 이해하거나 혹은 적어도 나름대로 이해하기 시작해야 합니다. 지난 시대의 위대한 작가는 자신의 가장 위대한 작품의 끝머리에서 러시아 전체를 미지의 목표를 향해 용맹스럽게 질주하

* 푸쉬킨이 폴란드 시인 미츠키에비치에게 바친 시의 첫 행.

는 러시아 트로이카의 모습으로 그리면서 '오, 트로이카여, 새와 같은 트로이카여, 누가 너를 생각해냈을까!' 하고 외치고는—쏜살같이 질주하는 트로이카 앞에서 모든 민족들이 공손하게 옆으로 물러선다고, 자랑스러운 환희에 휩싸여 덧붙입니다.* 좋습니다, 여러분, 공손하건 아니건 옆으로 비켜선다고 합시다, 그렇다고 합시다, 그러나 저의 죄스러운 눈으로 보기에는, 천재적인 예술가가 이렇게 마무리지은 것은 어린애 같이 순진한 낙천주의의 발작 때문이거나 아니면 그저 당시의 검열을 두려워했기 때문인 듯합니다. 만약에 그의 트로이카를 그저 소바케비치, 노즈드료프, 치치코프**와 같은 그의 주인공들더러 끌게 한다면, 그런 말들로는 누구를 마부로 앉히더라도 결코 의미 있는 목표에 도달하지 못할 테니까요! 하지만 이것들은 그저 예전의 말들로, 지금의 것들과는 거리가 멀며, 우리 시대의 말들은 훨씬 고단수입니다……"

여기서 입폴리트 키릴로비치의 연설은 박수갈채로 중단되었다. 러시아 트로이카의 묘사에 담긴 자유주의가 마음에 들었던 것이다. 실은 박수라고 해야 두어 군데서 터져나온 것이 전부여서, 재판장은 방청객에게 '법정에서 퇴장하라'고 위협할 필요조차 느끼지 못했고 그저 박수꾼들을 향해 엄하게 눈길을 주었을 따름이다. 하지만 입폴리트 키릴로비치는 기운이 났다. 지금껏 그는 단 한 번도 박수갈채를 받아본 적이 없었다! 그토록 오랜 세월 아무도 그의 말을 들으려고 하지 않았는데, 갑자기 러시아 전체를 향해 열변을 토할 수 있게 되다니!

"사실," 그는 계속했다. "심지어 러시아 전역에 걸쳐 갑자기 이렇게

* 고골의 『죽은 혼』 끝부분.

** 『죽은 혼』의 주인공들.

슬픈 명성을 떨치게 된 이 카라마조프 집안은 과연 무엇이겠습니까? 어쩌면 제가 지나치게 과장하고 있는지도 모르겠지만, 제가 보기에 이 가족의 그림 속에는 우리의 현대 지식인 사회의 어떤 일반적인 근본 요소들이 어른거리는 것 같습니다—오, 물론 모든 요소는 아니고 더구나 '작은 물방울에 비친 태양처럼'* 현미경으로 들여다봐야 할 만큼 아주 미세한 모습으로 어른거릴 뿐이지만, 그래도 무언가가 반영되어 있고, 그래도 무언가가 말해지고 있습니다. 저 불행하고 방종하고 방탕한 노인, 자신의 존재를 그토록 슬프게 마감한 저 '가장'을 한번 보십시오. 세습귀족으로 태어나 가난한 식객으로 인생행로를 시작했지만 기대하지 않았던 우연한 혼인을 통해 아내의 지참금으로 크지 않은 재산을 손에 넣게 된 그는 처음에는 하찮은 협잡꾼에 아첨쟁이 어릿광대였으나 그래도 제법 상당한 지적 능력의 싹을 지니고 있었고, 무엇보다 고리대금업자였습니다. 해가 감에 따라, 다시 말해 재산이 불어남에 따라 그는 점점 기세등등해집니다. 비굴하게 굽실거리는 태도는 사라지고, 빈정대기 좋아하는 심술궂은 냉소가와 호색한만 남게 됩니다. 정신적인 면은 모두 말살되고 생의 욕망만이 엄청나게 비대해진 거지요. 그 결과 호색적인 쾌락 외에는 인생에서 아무것도 보지 못하게 되고, 자기 자식들에게도 그렇게 가르쳤습니다. 아버지로서의 어떤 정신적 의무 같은 것은—전혀 알지 못했습니다. 그는 그것들을 비웃으면서 자신의 어린아이들을 뒤꼍에서 키우다가, 사람들이 아이들을 데려가자 기뻐하지요. 심지어 아이들을 완전히 잊어버리고 맙니다. 이 노인의 모든 도덕

* 고전주의 시인 제르자빈의 송시 「신」의 한 구절.

률은—*내 죽은 뒤에야 노아의 홍수가 나든 말든* 입니다. 시민이라는 개념에 정반대되는 모든 것, 사회로부터의 가장 완전하고 심지어 적대적이기까지 한 자발적 격리, 바로 그것인 셈이지요. '온 세상이 전부 불타더라도 나 하나만 좋으면 되지'라는 겁니다. 그리고 그는 정말 좋습니다, 완전히 만족해서는 이런 식으로 이십 년—아니, 삼십 년은 더 살고 싶어 애가 탑니다. 친아들을 속여서, 그의 돈, 그의 어머니가 물려준 유산을 내주려 하지 않고 그 돈으로 오히려 그의 애인, 즉 자기 아들의 애인을 빼앗으려 듭니다. 아니, 저는 페테르부르크에서 오신, 드높은 재능을 지니신 변호인에게 피고의 변호를 양보하지 않겠습니다. 저도 진실을 말하겠고, 저도 그 노인이 자기 아들의 마음속에 산더미 같은 분노가 쌓이게 했다는 점을 충분히 이해합니다. 하지만 이 정도만 하겠습니다, 이 불행한 노인에 대해서는 이 정도면 됐습니다, 그는 응보를 받았으니까요. 하지만 그가 아버지였다는 것, 그것도 현대의 아버지 중 한 명이라는 사실을 기억합시다. 그가 심지어 수많은 현대의 아버지 가운데 한 명이었다고 말한다면 사회를 모욕하는 것이 될까요? 애석하게도, 너무나 많은 현대의 아버지들이 다만 더 좋은 교육을 받았고 더 나은 교양을 지니고 있어서 이 사람처럼 그렇게 냉소적으로 말하지 않을 뿐, 본질적으로는—이 사람과 거의 진배없는 철학을 지니고 있습니다. 하지만 저더러 비관론자라고 할지도 모르겠습니다, 그렇다고 해둡시다. 저를 용서해주시기로 우리는 이미 약속했으니까요. 미리 합의를 보아두도록 합시다. 여러분이 제 말을 믿지 않으셔도 좋습니다, 믿지 않으셔도 좋습니다, 저는 제 말을 하겠으니, 여러분은 믿지 않으셔도 좋습니다. 하지만 그래도 제 생각을 다 말하게 해주시고, 그래도 제 말 중 어떤 것만이라도 잊지 말아주십시오. 자, 이제 이 노인의, 이 가장의 자식들 얘기를 하겠습니다. 그들 중 한 명이 우리 앞의 피고석에 앉아 있지만, 그에 대해서는 나중에 모두 말하기로 하지요. 다른 아들들에 대해서 아주 간략하게만 말씀드리겠습니다. 이 다른 아들들 중 형이 되는 사람은—빛나는 교양과 상당히 뛰어난 지성을 지녔지만 이미 아무것도 믿지 않을뿐더러, 자기 아버지와 꼭 마찬가지로, 많은 것을, 삶에서 이미 너무나 많은 것을 부정하고 말살시켜버린 현대의 젊은이들 가운데 하나입니다. 우리는 모두 그가 말하는 것을 들은 바 있는데, 그는 우리 사교계에서 우호적인 환대를 받았으니까요. 그는 자신의 견해를 숨기기는커녕, 오히려 반대, 정반대였기 때문에, 저도 지금 그에 대해, 물론 한 개인으로서가 아니라 그저 카라마조프가의 한 구성원으로서의 그에 대해, 다소 노골적으로 말할 용기를 가지게 된 것입니다. 어제 이곳, 도시의 어느 변두리에서 병에 시달리던 한 백치가 스스로 목숨을 끊었는데, 그는 본 사건에 깊이 연루된 인물로, 표도르 파블로비치의 하인이었고, 어쩌면 그의 사생아일 수도 있는 스메르쟈코프입니다. 이자는 예심에서 히스테리와도 같은 눈물을 흘리면서, 이 젊은 카라마조프, 즉 이반 표도로비치가 그의 무절제한 정신세계를 통해 자신을 얼마나 두렵게 했는지 저에게 얘기해주었습니다. '그분 말씀에 따르면 이 세상의 무엇이든 모든 것이 허용되며, 앞으로는 그 무엇도 금지되어서는 안 된다는 겁니다—그분은 저에게 언제나 이렇게 가르쳐주었습니다'라고 그는 말했습니다. 이 백치는 자신이 배운 이 명제 때문에 정신이 완전히 나가버렸던 것 같은데, 물론 뇌전증과 그들의 집에서 갑자기 벌어진 그 모든 무서운 참극도 이 백치의 정신착란에 영향을 주었겠지요. 그런데 이 백치가 대단히, 대단히 흥미 있는 말 한마디를 얼핏 입 밖에 냈습니다. 그자보다 훨씬 총명한 관찰자에게도 명망을 높여줄 만한 지적이었고, 제가 이 얘기를 꺼내게 된 것도 바로 이 때문입니다. '만약에,' 하고 그가 말했습니다. '아들들 가운데 표도르 파블로비치의 성격을 가장 많이 닮은 사람이 있다면, 그건 그분, 이반 표도로비치입니다!' 앞서 시작한 성격 묘사는 이 지적을 인용하는 것으로 그치고자 하는데, 더이상 계속하는 것은 세심하지 못하다는 생각에서입니다. 오, 저는 더이상의 결론은 끌어내고 싶지 않고, 이 젊은 운명 앞에 있는 것은 오로지 파멸뿐이라며 까마귀처럼 불길하게 울고 싶지도 않습니다. 그의 젊은 가슴속에 아직도 진실의 본능적인 힘이 살아 있고 가족에 대한 애착심이 그의 내면에서 아직도 불신과 도덕적 냉소주의에 의해 질식되지 않았음을 우리는 오늘 여기, 이 법정에서도 보았으며, 이런 불신과 냉소주의는 사유의 진정한 고통에 의한 것이라기보다 오히려 유전적으로 물려받은 것이 아니겠습니까. 다음은 또다른 아들인데—오, 이 아들은 아직 청소년으로서, 썩어들어가는 음울한 세계관을 지닌 형과 반대로 경건하고 겸손하며, 이른바 '민중적 근원', 혹은 우리의 사유하는 지식인들 진영의 어떤 이론적인 일각에서 이런 기묘한 이름으로 부르는 그것에 합류하고자 애쓰는 사람입니다. 아시는지 모르지만, 그는 수도원에 들어간 적이 있으며, 스스로 수도사가 되고자 거의 출가한 것이나 다름없었습니다. 그의 마음속에는 아마도 무의식적으로 아주 일찌감치 그 겁약한 절망이 나타났던 것 같은데, 지금 우리의 가련한 사회에는 그렇게 겁먹은 마음으로 냉소주의와 그로 인한 방탕을 두려워하고 모든 악을 유럽적 계몽 탓으로 돌리는 오류를 범하면서, 그들이 말하는 대로 '어머니인 대지'에, 어머니인 대지의 포옹 속에 마치 허깨비에 놀란 아이들처럼 몸을 던지고는, 쇠약한 어머니의 말라빠진 젖가슴에 달라붙어 그저 조용히 잠이나 들고 싶어하고, 단지 자기들을 놀라게 하는 그 무서운 것들만 보지 않을 수 있다면 평생토록이라도 내처 자길 갈망하는 사람들이 너무나 많습니다. 저로서는 이 선량하고 재능 있는 청소년에게 모든 면에서 오로지 행운을 빌며, 그의 젊고 아름다운 영혼과 민중적 근원에 대한 지향이 나중에, 세상에서 너무나 자주 보게 되듯, 도덕적인 측면에서는 어두운 신비주의로, 시민적인 측면에서는 아둔한 국수주의로 변하게 되지 않기를 바라는 바이니—어쩌면 이 두 가지 방향은 그의 형을 괴롭히는, 잘못 이해되고 노력 없이 거저 손에 넣은 유럽적 계몽으로 말미암아 초래된 때 이른 퇴폐보다 심지어 더 큰 재앙으로 민족을 위협하는 것들이기 때문입니다."

국수주의와 신비주의에 대해 말하자 다시금 두어 군데에서 박수가 터져나왔다. 물론 입폴리트 키릴로비치는 이미 완전히 도취해 있었는데, 이 모든 것은 상당히 모호하기도 하거니와 본 사건에 그다지 들어맞지 않는 얘기였지만, 폐병을 앓는데다 원한에 사무쳐 있던 이 인간은 평생 단 한 번만이라도 자신의 생각을 한껏 토로하고 싶었던 것이다. 나중에 우리 도시에 나돈 얘기로는, 입폴리트 키릴로비치는 이반 표도로비치의 성격을 묘사할 때 심지어 세련되지 못한 감정에 이끌리기까지 했는데, 전에 둘이 사람들 앞에서 논쟁을 하다가 이반에게 꼼짝없이 당한 적이 한두 번 있었던지라, 그것을 기억하고 있다가 지금 복수하려 했다는 것이다. 하지만 그렇게 결론지어도 좋을지 나는 잘 모르겠다. 아무튼 이 모든 것은 서론에 지나지 않았고, 이후 논고는 점점 더 직접적으로 본 사건에 접근해갔다.

"하지만 여기, 우리 시대 가장의 또다른 아들이 있습니다." 입폴리트 키릴로비치는 말을 이어갔다. "그는 피고석에, 우리 앞에 앉아 있습니다. 우리 앞에는 그의 행적과 그의 생활, 그의 행위도 놓여 있습니다. 마침내 때가 와서 모든 것이 펼쳐지고 모든 것이 드러난 것입니다. 그는 동생들의 '유럽주의'와 '민족적 근원'과는 반대로, 직접적인 러시아 그 자체를 대변합니다—오, 러시아 전체는 아닙니다, 전체는 아닙니다, 러시아 전체라면, 당치도 않지요! 그러나 여기에는 그녀가, 우리의 로세유쉬카*가 있고, 우리 어머니의 체취가 느껴지고 우리 어머니의 목소리가 들립니다. 오, 우리는 직접적입니다, 우리는 선과 악의 놀랍기 그지없는 복합체입니다, 우리는 계몽과 쉴러의 애호가이면서, 동시에 술집을 돌며 난동을 피우고 우리의 술친구인 주정뱅이들의 수염을 쥐어뜯습니다. 오, 우리는 훌륭하고 아름답기도 하지만, 그건 다만 우리 상황이 훌륭하고 아름다울 때만 그렇습니다. 반대로 우리는 격렬한 감동에 불타오를 수도—고결하기 그지없는 이상으로 인해—그야말로 격렬한 감동에 불타오를 수도 있지만, 다만 그 이상들이 저절로 이루어져야만 한다는 조건이, 그것들이 하늘에서 우리의 탁자 위로 뚝 떨어져야 하고, 무엇보다 거저, 거저, 아무런 대가도 치르지 않는다는 조건이 붙어 있어야만 합니다. 우리는 값을 치르기를 끔찍하게 싫어하는 대신 받는 것은 엄청나게 좋아하며, 모든 일에서 다 그렇습니다. 오, 줘보십시오, 인생에서 얻을 수 있는 온갖 복을 우리에게 줘보시고(반드

* 러시아의 애칭.

시 온갖 복이어야 합니다, 더 헐값으로는 타협하지 않겠습니다), 특히 무슨 일에서도 절대로 우리의 성정을 방해하지 마십시오, 그러면 우리도 우리가 훌륭하고 아름다울 수 있다는 것을 증명해 보이겠습니다. 우리는 탐욕스럽지 않습니다, 그럼요, 하지만 그래도 우리에게 돈을 줘보십시오, 더 많이, 더 많이, 가능한 한 더 많은 돈을요, 그러면 당신은 우리가 저 경멸스러운 금속을 얼마나 경멸하면서, 얼마나 관대하게 그 돈을 하룻밤의 무절제한 술판에다 모조리 뿌려대는지 보시게 될 겁니다. 하지만 돈을 주지 않는다면, 우리가 돈을 아주 원할 때 어떤 식으로 그것을 손에 넣을 수 있는지 보여드릴 것입니다. 하지만 이 이야기는 나중에 하고, 올바른 순서를 따르기로 하겠습니다. 제일 먼저, 우리 앞에 한 사내아이가 있는데, 존경할 만하고 또 존경해 마지않는 우리 도시의 시민이, 그런데 이분은 정말 유감스럽게도 외국 태생이지요! 이분이 아까 말씀하신 바와 같이, '신발도 얻어 신지 못하고 뒤꼍에' 버려진 가여운 아이입니다. 거듭 말씀드리거니와—저는 누구에게도 피고의 변호를 양보하지 않겠습니다! 저는 기소자인 동시에 변호인이기도 합니다. 그렇습니다요, 우리도 사람이고 인간인지라, 어린 시절과 자신이 태어나고 자란 둥지의 첫인상이 사람의 성격에 어떤 영향을 미칠 수 있는지 충분히 헤아릴 줄 압니다. 하지만 그 어린아이는 이미 청소년이 되고, 이미 청년이, 장교가 되었습니다. 난폭한 행동과 결투 신청을 해댄 그는 축복받은 우리 러시아의 머나먼 어느 변방 도시로 좌천됩니다. 그곳에서 그는 군에 근무하면서, 그곳에서도 방탕을 일삼는데, 물론—배가 크면 항해 규모도 커지게 마련이지요. 우리에게는 자금이, 무엇보다 자금이 필요해지고, 그래서 자, 아버지와 오랜 다툼 끝에 마지막 6천 루블로

낙착을 보게 되어, 그 돈이 그에게 송금됩니다. 유념해두실 것은, 그가 증서를 써주었다는 사실인데, 나머지 돈은 포기하는 것이나 다를 바 없고 이 6천으로 아버지와의 유산 다툼을 끝낸다는 내용을 담은 그의 편지가 존재한다는 겁니다. 여기서 그는 고상한 품성과 교양을 지닌 젊은 아가씨를 만나게 됩니다. 오, 저는 세세한 이야기를 감히 되풀이하지는 않겠습니다, 여러분께서도 방금 들으셨다시피, 여기엔 명예가, 여기엔 자기희생이 관련되어 있으니, 저는 입을 다물겠습니다. 경솔하고 방탕하지만, 그럼에도 진정한 고결함 앞에, 고귀한 이념 앞에 머리를 조아린 젊은이의 모습은 대단히 좋은 인상을 주면서 우리 눈앞에 떠올랐습니다. 하지만 갑자기 그 직후, 바로 이 법정에서, 메달의 뒷면이 너무도 예기치 않게 드러나고 말았습니다. 이번에도 저는 감히 여하한 추측도 내놓지 않겠고—어떻게 이런 일이 일어났는가 하는 분석도 삼가겠습니다. 그러나 여하튼, 이런 일이 일어난 원인은—분명히 있었던 겁니다. 바로 그 숙녀는 오랫동안 숨겨온 분노의 눈물을 한꺼번에 쏟으면서, 그녀의 부주의하고 어쩌면 무절제한, 하지만 어디까지나 고결하고 어디까지나 관대한 동기에서 나온 그 돌발적인 행동 때문에, 다름아닌 그가, 바로 그가 먼저 그녀를 경멸했다고 우리에게 선언합니다. 바로 그의 얼굴에, 이 아가씨의 약혼자의 얼굴에 누구보다 먼저 조소가 떠올랐으며, 그녀는 그의 이 조소만큼은 도저히 참을 수 없었던 것입니다. 그녀는 그가 이미 자신을 배반했다는 것을(앞으로 그가 무슨 짓을 하든, 이미 그의 모든 것을, 심지어 그의 배반마저 그녀가 참아야만 할 거라는 확신을 가지고 배반했다는 것을) 알면서, 그것을 알면서, 일부러 그에게 3천 루블을 내주고, 그러면서 이 돈이 그녀 자신을 배반하는 데 쓰라고 제공하는 것임을 그가 분명히, 너무도 분명히 알아채도록 합니다. '자, 어때, 돈을 받을 거냐 말 거냐, 그 정도로 철면피가 될 셈이냐' 하고 그녀는 심판하고 시험하는 듯한 시선으로 그에게 무언의 질문을 던집니다. 그는 그녀의 얼굴을 보고 그 의도를 충분히 알아채면서도 (그 자신이 여기 여러분 앞에서, 다 알아챘노라고 고백하지 않았습니까) 무조건 이 3천을 착복하여 새 애인과 함께 이틀 만에 유흥으로 다 탕진해버립니다! 이러니 어느 것을 믿어야겠습니까? 첫번째 전설—마지막 생활비까지 내주고 미덕 앞에 고개를 숙인 드높은 고결함의 충동을 믿어야겠습니까, 아니면 이토록 혐오스러운 메달의 뒷면을 믿어야겠습니까? 인생에서는 두 개의 서로 모순되는 것이 나타난 경우, 그 중간에서 진실을 찾는 것이 보통입니다. 하지만 지금 이 경우에는 그야말로 그럴 수가 없습니다. 첫번째 경우에 그는 진정으로 고결했으나, 두번째 경우에는 꼭 그만큼이나 진정으로 저열했다고 하는 것이 가장 확실하겠지요. 왜일까요? 그건 바로 우리가 드넓은 본성을, 카라마조프적인 본성을 타고났기 때문으로—바로 이것이 제가 말하고자 하는 바인즉—우리의 본성은 온갖 가능한 모순을 함께 품을 수 있고, 두 개의 심연을, 즉 우리 위에 있는 심연, 드높은 이상의 심연과 우리 아래에 있는 심연, 가장 저열하고 악취를 풍기는 타락의 심연을 동시에 바라볼 수 있습니다. 카라마조프 일가 전체를 가까이서 깊숙이 살펴보아온 젊은 관찰자 라키친 씨가 아까 진술한 바 있는 그 빛나는 생각을 상기해보십시오. '이 방종하고 걷잡을 수 없는 본성을 지닌 그들에겐 드높은 고결함의 느낌만큼이나 저열한 타락의 느낌이 꼭 필요하다'는 말씀—이것은 참으로 옳습니다. 정말로 그들에겐 이 부자연스러운 혼합이 지속적으로 끊임없이 필요합니다. 두 개의 심연, 여러분, 동시에 두 개의 심연—이 느낌이 없다면 우리는 불행하고 만족을 얻지 못하며, 우리의 존재는 충족되지 못합니다. 우리는 드넓습니다, 우리의 어머니인 러시아 전체만큼이나 드넓으며, 우리는 모든 것을 동시에 품을 수 있고 모든 것과 함께 살아갈 수 있습니다! 말이 나온 김에, 배심원 여러분, 우리는 지금 이 3천 루블 얘기를 꺼냈습니다만, 다소 앞질러 말씀드리겠습니다. 그저 상상해보십시오, 그가, 그런 성격을 가진 자가, 그때 이 돈을, 그것도 그런 식으로 그런 수치와 그런 치욕과 그런 극단적인 굴욕을 무릅쓰면서까지 받아서는—그냥 한번 상상해보십시오, 바로 그날 그 절반을 따로 떼어 부적 주머니에 넣고 꿰맨 뒤, 온갖 유혹과 극심한 궁핍에도 불구하고 한 달 내내 꿋꿋이 그것을 목에 걸고 다녔다니, 과연 그럴 수 있었겠습니까! 술집에서 술판을 벌일 때도, 연적인 자기 아버지의 유혹으로부터 애인을 빼내어 멀리 데려가는 데 꼭 필요한 돈을 누군지 모를 어떤 사람에게서 마련하려고 황급히 도시 밖으로 떠나야 했을 때도—이 부적 주머니에는 감히 손을 대려고도 하지 않았다는 겁니다. 자신이 그토록 질투하고 있던 노인의 유혹에 애인을 방치해두지 않기 위해서라도 그 주머니를 뜯어야 했을 것이며, 애인의 곁을 떠나지 않고 집에서 잘 감시하면서, 마침내 그녀가 그에게 '나는 당신 여자야'라며 지금의 이 파멸적인 환경으로부터 어디든 좀더 먼 곳으로 어서 데려가달라고 말해올 순간을 기다려야만 했을 텐데 말입니다. 하지만 아닙니다, 그는 자신의 부적에는 손도 대지 않는데, 도대체 무슨 이유에서일까요? 원래 이유는, 앞에서도 말했듯이, 그녀가 그에게 '나는 당신 여자야, 어디든 좋으니 나를 데려가줘'라고 말해올 때,

그녀를 데려갈 비용으로 남겨두어야 했다는 겁니다. 그러나 이 첫번째 이유는, 피고 자신의 말을 따를 때, 두번째 이유 앞에서 빛을 잃고 맙니다. 이 돈을 몸에 지니고 있는 한—'나는 비열한 놈일망정 도둑놈은 아니다'라는 것인데, 자신이 모욕을 준 약혼녀를 언제라도 찾아가서, 그녀를 속이고 가로챈 전체 금액의 이 절반을 척 내놓으면서 '봐, 나는 당신 돈의 절반을 탕진해버렸으니 스스로 나약하고 부도덕한 인간이라는 걸 증명한 셈이야, 당신이 원한다면 비열한 놈이라고 해도 좋아(저는 피고 자신의 말을 그대로 인용하는 겁니다), 하지만 나는 비열한 놈일망정 도둑놈은 아니야, 도둑놈이라면 빚으로 남은 돈의 이 절반도 가져오지 않고 이것마저 처음 절반과 마찬가지로 착복해버렸을 테니까' 라고 언제든 말할 수 있기 때문이라는 겁니다. 사실에 대한 설명이 놀랍지 않습니까! 미치광이같이 난폭하기 그지없으면서도 나약한 인간, 그런 치욕을 감수하면서까지 3천 루블의 유혹을 떨치지 못하고 받았던 인간—바로 이 인간이 갑자기 자신의 마음속에서 그토록 금욕적인 단호함을 느끼면서 1천 루블이 넘는 돈을 감히 건드릴 생각도 하지 않고 목에 고이 걸고 다녔다는 것 아닙니까! 이것이 지금 우리가 분석하고 있는 성격에 어느 정도라도 부합합니까? 그렇지 않습니다, 정말로 드미트리 카라마조프라면, 설령 실제로 부적 주머니 속에 자기 돈을 넣어 꿰매기로 결심했다 치더라도, 그런 경우에 어떻게 행동했을지, 여러분께 감히 말씀드려보겠습니다. 첫번째 유혹을 받게 되면—뭐, 이를테면 바로 이 돈의 처음 절반을 함께 탕진했던 그 새 애인을 어떻게든 또다시 즐겁게 해주기 위해서라도—자신의 부적 주머니를 끌러서 거기서—뭐, 처음엔 그저 백 루블만 꺼낸다고 해둡시다, 왜냐하면 꼭 절반,

다시 말해 천5백을 돌려주어야 한다는 이유 같은 건 없고, 천4백 루블이라도 족할 테니까요—어차피 결과야 매일반이지 않습니까. '나는 비열한 놈일망정 도둑놈은 아니다, 그래도 천4백 루블은 다시 가지고 왔잖나, 도둑놈이라면 죄다 쓱싹하고 한푼도 가져오지 않았을 거다'라고 말할 테니 말입니다. 그런 다음 시간이 또 얼마 지나면, 다시 주머니를 끌러 또다시 두번째 백 루블을 꺼내고, 그다음엔 세번째, 그다음엔 네번째, 이런 식으로 한 달도 채 가기 전에 마침내 마지막 백 루블만 남겨 놓고 다 꺼내버리고 말 겁니다. 백 루블만 돌려주어도 결과는 똑같다는 거지요. '비열한 놈일망정 도둑놈은 아니야. 2천9백을 탕진했지만 그래도 백은 돌려주었으니까, 도둑놈이라면 이것도 돌려주지 않았겠지'라고 말하겠죠. 그리고 드디어 마지막에서 두번째인 백 루블까지 써버리자, 그 마지막 백 루블을 바라보며, '에잇, 이까짓 백 루블은 정말 돌려주나마나다—그냥 써버리자!'라고 혼잣말을 할 겁니다. 우리가 아는 진짜 드미트리 카라마조프라면 바로 이렇게 행동했을 겁니다! 그 부적 주머니의 전설은—도저히 상상도 할 수 없을 만큼 실제와 크게 모순됩니다. 무슨 가정인들 못하겠습니까마는, 이것만은 아닙니다. 하지만 이 문제는 나중에 다시 논하기로 합시다."

입폴리트 키릴로비치는 부자간의 재산 다툼과 가족 관계에 대해 예심을 통해 알려진 모든 것을 체계적으로 정리해서 제시하고, 유산 분배에서 누가 누구를 속여 돈을 덜 주었는지, 누가 누구 몫에다 더했는지 하는 문제에 대해서는 지금까지 알려진 사실들에 의거할 때 어떤 식으로든 단정할 수 있는 가능성이 전혀 없다고 다시 한번 결론지으면서, 미챠의 머릿속에 고정관념처럼 박혀 있던 이 3천 루블과 관련하여 의학 감정에 대해 언급하기 시작했다.

VII
사건의 역사적 개관

"의학자들의 감정은 피고가 제정신이 아니고 조증 환자라는 점을 우리에게 증명하고자 애썼습니다. 저는 그가 분명히 제정신이며, 또 바로 그것이 무엇보다 나쁜 점이라고 주장하는 바입니다. 만약 그가 제정신이 아니었다면 아마도 훨씬 현명하게 처신했겠지요. 그가 조증 환자라는 데 대해서는 저도 완전히 동의할 수 있지만, 그건 다만 한 가지 점에서만—다시 말해, 정신감정을 통해서도 지적된 바 있는 그 점, 즉 아버지가 그에게 지불하지 않았다는 그 3천에 대한 피고의 견해가 그랬다는 점에서만 동의합니다. 그럼에도 불구하고, 이 돈과 관련해 피고가 항상 광적인 흥분을 보였다는 점을 설명하기 위해서는 그가 발광하기 쉬운 성향을 지니고 있었다는 것보다 아마도 훨씬 더 타당한 관점을 찾아낼 수 있으리라고 봅니다. 제 입장에서 말씀드리자면, 저는 피고가 완전히 정상적인 지적 능력을 지니고 있고 또 전에도 지니고 있었으나, 다만 초조함과 분노에 사로잡혀 있었을 뿐이라고 본 젊은 의사의 견해에 전적으로 동의합니다. 바로 여기에 문제가 있습니다. 피고가 항상 광적인 격분을 느꼈던 것은 3천 루블이라는 그 금액 자체 때문이 아니라, 당시 그의 분노를 불러일으켰던 특별한 원인이 거기에 있었기 때문입니다. 그 원인은—질투입니다!"

여기서 입폴리트 키릴로비치는 그루셴카를 향한 피고의 숙명적인 열정을 완전한 한 폭의 그림처럼 소상하게 펼쳐 보였다. 그는 피고 자신의 말을 그대로 인용하면서, 피고가 이 '젊은 여성'을 '두들겨 패주려고' 찾아갔던 맨 처음 순간으로 거슬러올라가 설명을 시작했다. "하지만 두들겨 패주기는 고사하고 그녀의 발아래 눌러붙고 말았는데—그것이 이 사랑의 시작이었습니다. 같은 때, 피고의 아버지인 그 노인도 바로 이 여성한테 눈독을 들였으니—놀랍고도 숙명적인 일치가 아닐 수 없는데, 왜냐하면 두 사람 모두 전부터 이 여성을 알고 있었고 만난 일도 있었지만 그때 와서 갑자기 두 심장이 동시에 불타올랐으니 말입니다—이 두 심장은 도저히 걷잡을 수 없는, 그야말로 카라마조프적인 열정으로 불타올랐습니다. 우리는 그녀 자신이 고백한 것도 여기에 가지고 있습니다. '나는 이 사람, 저 사람 둘 다 골려준 거예요'라고 그녀는 말합니다. 그렇습니다, 그녀는 갑자기 이 사람, 저 사람 둘 모두를 골려주고 싶었던 겁니다. 전에는 그러고 싶은 마음이 없었는데, 지금 문득 그런 생각이 그녀의 머릿속에 떠올랐고—그래서 결국 두 사람 다 그녀에게 정복당하고 말았습니다. 돈을 하느님처럼 숭배하던 노인은 그녀가 자신의 집을 그저 한 번 찾아주기만 하면 주겠다고 즉시 3천 루블을 준비해두었을 뿐만 아니라, 곧 그녀가 자신의 정식 처가 되겠노라고 동의해주기만 하면 자기 명의와 전 재산을 그녀의 발아래 모두 갖다 바쳐도 행복하다고 여길 지경에까지 이르렀습니다. 이에 대해서는 확실한 증거를 확보하고 있습니다. 피고로 말하자면, 그의 비극은 명백한 것이며, 지금 우리가 눈앞에 보고 있는 바와도 같습니다. 그러나 그것은 젊은 여성의 '희롱'에 지나지 않았습니다. 이 요부는 불행한 젊은

이에게 일말의 희망마저 주지 않았는데, 희망이, 진정한 희망이 그에게 주어진 때는 오로지 가장 마지막 순간, 즉 자신의 고문자인 그녀 앞에 무릎을 꿇고서 연적이기도 했던 자기 아버지의 피로 이미 검붉게 물든 손을 그녀에게 내밀었던 바로 그 최후의 순간에 가서였습니다. 그리고 바로 이런 상태에서 그는 체포되었습니다. '나도, 나도 저이와 함께 징역을 보내주세요, 내가 저이를 이 지경으로 만들었어요, 내가 누구보다 큰 죄인이에요!' 이 여자는 그가 체포되는 순간 이미 진심으로 뉘우치며 스스로 이렇게 외쳤습니다. 본 사건에 대한 기술을 자신의 과제로 삼은 재능 있는 청년—이미 제가 언급한 바 있는 바로 그 라키친 씨는 몇 마디 압축적이고 특징적인 어구로 이 여주인공의 성격을 다음과 같이 규정합니다. '때 이른 환멸, 때 이른 기만과 타락, 그녀를 유혹하고 버린 약혼자의 배반, 뒤이어 찾아온 가난, 체면을 중시하는 집안의 저주, 그리고 마지막으로, 그녀 스스로 지금도 자신의 은인으로 여기는 어느 부유한 노인의 후원. 아마도 많은 선량한 것을 간직하고 있었을 젊은 가슴속에는 너무도 일찍부터 분노가 숨어 있었다. 그리하여 돈을 모으는 데 집착하는 타산적인 성격이 형성되었다. 사회에 대한 냉소와 복수심도 자라났다.' 이런 성격 묘사를 접하고 나면, 그녀가 오로지 희롱을 위해, 심술궂은 희롱을 위해 이 사람, 저 사람 둘 다 골려주었으리라는 점이 충분히 납득됩니다. 그런데 바로 이 한 달 동안 피고는 절망적인 사랑과 도덕적 타락에 빠져 약혼녀를 배반하고, 그의 명예를 믿고 맡긴 남의 돈을 착복하기도 했지만—그 밖에도 끊임없는 질투 때문에 거의 광란 상태에, 거의 발광 상태에 이르러 있었는데, 그게 누구에 대한 질투였겠습니까, 바로 자기 아버지를 향한 질투였습니다! 그리고 무엇보다 중요한 것은, 넋이 나간 노인이 자기 아들의 열정의 대상을—바로 그 3천 루블로 꾀고 유혹하려 하고 있는데, 그 돈은 아들이 어머니에게서 물려받은 자기 몫의 유산이라고 여기는 탓에 아버지를 비난하고 있는 바로 그 돈이란 말입니다. 그렇습니다, 저도 동의합니다, 이것은 정말 참기 힘들었을 겁니다! 이런 상황에선 조증까지도 나타날 수 있었을 겁니다! 문제는 돈이 아니라, 이 돈 때문에 자신의 행복이 그토록 혐오스럽고 냉소적인 방식으로 산산조각나려 한다는 데 있었습니다!"

이어 입폴리트 키릴로비치는 어떤 식으로 피고의 마음속에 아버지를 죽이겠다는 생각이 점차 싹트게 되었는가 하는 문제로 넘어가, 사실에 의거해 그 과정을 되짚었다.

"처음엔 그저 술집을 돌아다니면서 소리소리 지르고—이 한 달 내내 그렇게 떠들어댑니다. 오, 우리는 사람들에 에워싸여 살면서 무엇이든, 심지어 가장 악마 같고 위험한 생각조차 그들에게 즉시 털어놓기를 좋아합니다. 우리는 사람들과 생각을 나누기 좋아하고, 왜 그러는지는 모르지만 바로 그 자리에서 지금 당장 이 사람들이 우리에게 곧바로 전적인 동감을 표해주고, 우리의 모든 근심 걱정을 함께하며 우리에게 맞장구를 쳐주고 우리의 성정을 거스르지 말 것을 요구합니다. 그렇지 않으면 화를 펄펄 내면서 술집을 모조리 때려 부수려 듭니다(이 대목에서 이등 대위 스네기료프에 관한 일화가 이어졌다). 이 한 달 동안 피고를 보고 그의 말을 들은 사람들은, 아버지에 대한 협박도 이제 그저 헛고함만으로 끝나지 않을 것이며, 이렇게 광분한 상태에서는 그 협박이 어쩌면 실제 행동으로 옮겨질 수도 있다는 것을 마침내 느꼈습니다(여기서 검사는 수도원에서의 가족 회합, 피고와 알료샤의 대화, 그리고 막 점심식사가 끝난 아버지 집으로 피고가 쳐들어갔을 때 벌어졌던 추악한 폭력 소동을 묘사했다). 저는 피고가 이 폭력 소동을 벌이기 전에," 하고 입폴리트 키릴로비치는 논고를 이어갔다. "이미 아버지와의 관계를 살인으로 끝내겠노라며 사전에 용의주도하게 계획했다고 완강히 주장할 뜻은 없습니다. 그럼에도 불구하고 이 생각은 그의 머릿속에 이미 몇 번이나 떠올랐고, 그는 이 생각을 심사숙고하며 관조해왔으니—이와 관련해서는 여러 사실과 증인, 그리고 그 자신의 자백이 확보되어 있습니다. 고백건대, 배심원 여러분," 하고 입폴리트 키릴로비치가 덧붙였다. "심지어 오늘까지도 저는, 피고가 자기 머릿속에 자꾸만 떠오르던 그 범행을 완전히 의식적으로 미리 계획해두었다고 인정하기를 주저해왔습니다. 저는 그의 영혼이 이미 여러 차례 그 숙명적인 순간을 미리 관조하곤 했지만, 그저 관조했을 뿐이고 그저 그 가능성을 머릿속에 그려보았을 뿐이지, 언제 어떤 상황에서 실행할 것인지는 아직 정하지 않았으리라고 굳게 믿었습니다. 하지만 제가 주저한 것은 단지 오늘까지, 다시 말해 베르호프체바 양이 오늘 법정에 제출한 그 치명적인 증거 문서를 보기 전까지였습니다. 여러분, 여러분은 그녀가 '이것은 살인 계획서, 살인 프로그램입니다!'라고 외치는 소리를 직접 들으셨습니다—그녀는 불행한 피고의 불행한 '취중' 편지를 이렇게 규정했습니다. 그리고 실제로 이 편지는 프로그램과 사전 계획의 모든 의미를 지니고 있습니다. 이것은 범행 사십팔 시간 전에 쓴 것이며, 이로써 우리는 이제 피고가 자신의 무서운 계획을 실행에 옮기기 사십팔 시간 전에, 만약 내일 돈을 마련하지 못할 경우 '그저 이반이 떠나주기만 하면' 아버지를 죽이고, '붉은 리본으로 묶은 봉투'에 든 돈을 아버지 베개 밑에서 꺼내 가져가겠다고 맹세한 것을 확실히 알게 됐습니다. 듣고 계시지요, '그저 이반이 떠나주기만 하면'이라고 하지 않습니까—그러니까 여기엔 이미 모든 것이 심사숙고되었고, 여러 상황을 헤아려두었다는 말입니다—그리고 어떻게 됐습니까, 나중에 모든 것이 여기에 적힌 대로 실행되었습니다! 사전에 계획하고 면밀히 숙고해두었다는 것은 의심의 여지가 없으며, 돈을 강탈할 목적으로 범행을 저지른 것이 분명합니다, 이는 거침없이 공언된 것이고, 글로 쓰였고 서명된 것입니다. 피고도 자신의 서명을 부인하지 않습니다. 이건 취중에 쓴 것이 아니냐고 말할 사람이 있을지도 모르겠습니다. 하지만 그렇다고 해서 의미가 축소되는 것은 아니고 오히려 그 때문에 더 중요합니다. 맨정신으로 생각했던 것을 취중에 쓴 것이니까요. 맨정신에 생각해두지 않았다면, 취중에 쓰지도 않았을 겁니다. 혹시 이렇게 말할지도 모르겠습니다. 그럼 왜 그는 술집을 돌아다니며 자신의 계획을 떠들어댔는가? 그런 일을 결심하고 미리 계획해둔 사람이라면 조용히 입을 다물고 마음속에 숨겨둘 게 아닌가 하고 말입니다. 맞는 말씀입니다, 그러나 그가 떠들고 다닌 것은, 아직 계획과 의도가 서 있지 않고 그저 그랬으면 하는 바람만 있던 때, 그저 갈망만 무르익어가던 때였습니다. 나중에는 그도 그런 소리를 이미 덜 떠벌리게 됩니다. 이 편지를 썼던 그날 저녁 그는 술집 '수도'에서 술을 잔뜩 마셨지만, 여느 때와 아주 달리 말수가 적었고 당구도 치지 않았으며 한쪽 옆에 앉아 아무하고도 얘기를 하지 않다가 그저 이곳의 어느 점원을 자리에서 쫓아냈을 뿐인데, 이것은 이미 거의 무의식적인 행동으로, 술집에 들어갔다 하면 으레 싸우지 않고는 나오지 못하는 평소의 습관 때문이었습니다. 하긴 최종적인 결심을 굳히자, 지금까지 시내를 돌아다니며 미리 너무 많이 떠벌렸고, 그 때문에 자신의 계획을 실행할 경우 금세 탄로나거나 혐의를 살 위험이 있다는 생각이 피고의 머리에 떠올랐을 게 틀림없습니다. 그러나 이제 와서 어쩌겠습니까, 이미 그렇게 내놓고 떠들었으니 돌이킬 수 없는 일이고, 결국 전에도 행운이 그를 도와주었듯이 이번에도 무사하길 바랄 수밖에요. 자신의 행운의 별에 기대를 걸었던 겁니다, 여러분! 이에 덧붙여, 저는 그가 그 숙명적인 순간을 모면하기 위해 많은 것을 강구했고, 피비린내나는 결말을 피하려고 대단히 많은 노력을 기울였다는 점을 인정하지 않을 수 없습니다. '내일 모든 사람한테 3천을 부탁해보겠다'라고 그는 자신의 독특한 말투로 적고 있습니다. '하지만 아무도 주지 않는다면 그때는 피가 쏟아지게 될 것이다.' 취중에 또 이렇게 썼고, 쓴 대로 또 맨정신에서 실행한 겁니다!"

여기서 입폴리트 키릴로비치는 미챠가 범행을 피하고자 어떻게든 돈을 구하려고 기울인 모든 노력을 상세히 묘사하기 시작했다. 삼소노프 집에서 모험을 벌인 일이며, 멀리 랴가브이한테까지 찾아간 일이며를—모두 조서에 의거하여 설명했다. "이 여행을 위해 시계마저 판 그는(그런데도 천5백 루블을 몸에 지니고 있었다니—그럴 법이나 합니까, 오, 어디 그럴 법이나 합니까!) 우롱만 당한 채 지칠 대로 지치고 허기진 몸으로, 시내에 남겨두고 간 사랑의 대상이 행여 자기가 없는 사이 표도르 파블로비치에게 가지 않을까 하는 의심과 질투로 괴로워하면서 마침내 시내로 돌아옵니다. 그런데 천만다행입니다! 그녀는 표도르 파블로비치한테 가 있지 않았습니다. 그래서 그는 직접 그녀를 그녀의 후원자인 삼소노프의 집에 바래다줍니다(이상하게도 삼소노프에게는 전혀 질투를 느끼지 않는데, 이것은 이 사건에서 대단히 특이한 심리적 특성입니다!). 그런 다음 그는 '뒤뜰'에 있는 감시 초소로 돌진하고, 거기서—거기서, 스메르쟈코프가 발작을 일으켰고 다른 하인도 아프다는 것을 알게 되는데—전장戰場은 깨끗하게 치워졌고 '신호'까지 손에 쥐고 있으니—이 얼마나 달콤한 유혹이겠습니까! 하지만 그는 그래도 저항해봅니다. 그는 얼마 동안 이곳에 머무르면서 우리 모두의 존경을 받고 있는 호흘라코바 부인을 찾아갑니다. 이 부인은 이미 오래전부터 그의 운명을 동정해온 터라 대단히 사려 깊은 조언을 해줍니다. 이렇게 음주 방탕을 일삼고, 이렇게 추잡한 애정 행각을 벌이고, 이렇게 술집을 돌며 나태함에 젖은 채 젊은 힘을 무익하게 낭비하는 생활을 모두 청산하고, 시베리아로 금광을 찾아 떠나라는 것이지요. '당신의 거칠게 날뛰는 힘과, 모험을 열망하는 당신의 낭만적인 성격에 아주 적합한 돌파구가 거기에 있어요'라고 그녀는 말해주었습니다." 입폴리트 키릴로비치는 이 대화의 결말과, 이어 그루셴카가 삼소노프의 집에 아예 있지도 않았다는 소식을 피고가 갑자기 접하게 된 순간을 얘기한 다음, 그녀가 정말로 자기를 속이고 지금 그, 즉 표도르 파블로비치한테 가 있다는 생각 때문에 초조함과 질투에 사로잡혀 괴로워하는 이 불행한 사나이가 순간적으로 광란 상태에 빠져버린 것을 묘사하고 나서, 우연의 숙명적인 의미에 주목하며 이렇게 결론지었다. "만약 하녀가 그때 그의 애인이 그 '옛 남자', '이론의 여지조차 없는 사나이'를 만나러 모크로예로 갔다는 얘기만 해주었어도—아무 일 없었을 것입니다. 그러나 그녀는 겁에 질려 넋이 나간지라 그저 모른다는 맹세만 거듭했을 뿐이고, 피고가 바로 그 자리에서 그녀를 죽이지 않은 것은 배신녀를 찾으러 허겁지겁 달려나갔기 때문입니다. 하지만 유념해두십시오. 그토록 제정신이 아니었는데도, 그는 놋쇠 공이를 집어들었습니다. 왜 하필 공이이고, 왜 다른 어떤 흉기가 아닐까요? 하지만 이미 한 달 내내 이런 광경을 머릿속에 그리며 대비해왔다면, 뭔가 흉기가 될 만한 것이 눈앞에 어른거리자마자, 즉시 그것을 흉기로 집어드는 법입니다. 이런 종류의 어떤 물건이 흉기가 될 수 있다는 것을—이미 한 달 내내 생각해왔으니까요. 바로 그런 까닭에 그토록 순간적으로, 이론의 여지도 없이, 그것을 흉기로 인정했던 것이지요! 그러므로 그가 이 치명적인 공이를 집어든 것은 어쨌든 결코 무의식중에, 부지불식간에 한 일이 아닙니다. 그리하여 그는 이제 아버지 집의 정원에 나타납니다—전장은 깨끗하게 치워져 있고, 증인은 없고, 으슥한 밤이고, 어둠과 질투심만이 깊어갑니다. 그녀가 여기 있다, 그 인간과 함께, 자신의 연적과 함께 있다, 그 인간의 품속에 안겨 있다, 어쩌면 이 순간 자신을 비웃고 있을지도 모른다, 이런 의심이 들자—그는 숨이 콱 막혀옵니다. 더구나 이건 그저 의심이 아닙니다—어떻게 지금 이게 의심입니까, 그를 속이고 있는 것이 명백한데요, 틀림없는데요. 그녀는 여기 있다, 저기, 불빛이 비쳐 나오는 저 방안에 있다, 그녀는 저기 그 인간의 방, 병풍 뒤에 있다, 이거 아닙니까—그런데 이때 이 불행한 사나이가 창가로 살금살금 다가가 공손하게 안을 들여다보고는 점잖게 단념하고, 무슨 위험하고 부도덕한 일이 일어나지 않도록 어서 빨리 재앙을 피해 사려 깊게 물러난다는 겁니다—이것을 우리한테 우기려 듭니다, 피고의 성격을 잘 알고 있고 그가 어떤 정신 상태였는지 이해하고 있는 우리한테 말입니다, 그 상태를 우리는 사실에 입각하여 잘 알고 있으며, 무엇보다 피고는 당장이라도 문을 열고 집안으로 들어갈 수 있는 신호를 알고 있지 않았습니까!" 여기서 '신호' 얘기가 나오자 입폴리트 키릴로비치는 잠시 논고를 중단하고 스메르쟈코프에게로 이야기를 넓힐 필요를 느꼈는데, 스메르쟈코프에게 살인 혐의를 두려는 이 에피소드를 철저하게 밝혀 그런 생각에 영원히 종지부를 찍기 위해서였다. 그의 설명이 대단히 세밀했으므로, 다들 그가 이 가설에 대해 드러내놓고 경멸을 표했음에도 여하튼 대단히 중요하게 여기고 있다는 것을 알아챘다.

VIII
스메르쟈코프론論

"첫째, 어떻게 해서 그런 혐의가 생겨날 수 있었겠습니까?" 입폴리트 키릴로비치는 이런 질문으로 시작했다. "스메르쟈코프가 죽였다고 맨 처음 외친 것은 피고 자신으로, 체포 순간에 그렇게 외쳤지만, 맨 처음 외치던 때부터 공판이 진행되는 지금 이 순간까지도 그런 혐의 제기를 뒷받침할 만한 단 하나의 사실도 제시하지 못했으며—사실은 고사하고 상식적으로 어느 정도라도 합당한, 어떤 사실에 대한 무슨 암시 같은 것도 제시하지 못했습니다. 그뒤 이 혐의를 주장한 사람은 단 세 명뿐으로, 피고의 두 동생과 스베틀로바 양입니다. 하지만 피고의 큰동생은 오늘에야 그런 혐의를 내세웠는데, 이는 명백한 정신착란과 열병의 발작으로 인해 병을 앓고 있는 상태에서 일어난 일이며, 우리가 확실하게 알다시피, 전에는 두 달 내내 자기 형의 유죄에 대한 확신을 전적으로 공유했을뿐더러, 그런 생각을 반박하려고도 하지 않았습니다. 하지만 이에 대해서는 좀더 뒤에 별도로 다루도록 합시다. 그다음, 피고의 막냇동생은 조금 전에 우리에게 직접 밝힌 바와 같이, 스메르쟈코프가 범인이라는 자신의 생각을 뒷받침할 만한 아주 사소한 사실조차 전혀 가지고 있지 못하며 오로지 피고 자신의 말과 '그의 얼굴 표정에서' 그런 결론을 내리고 있다는 것으로—예, 이 엄청난 증언은 조금 전 피고 동생의 입을 통해 두 번이나 나왔습니다. 스베틀로바 양은 심지어 더 엄청나다고 할 수 있는 증언을 했습니다. '피고가 여러분께 하는 말을 믿어주세요, 거짓말을 할 사람이 아닙니다.' 피고의 운명에 너무나 깊이 관여되어 있는 이 세 사람이 스메르쟈코프의 혐의에 대해 내놓는 사실 증거는 이것이 전부입니다. 그런데도 스메르쟈코프가 범인이라는 얘기가 사람들 입에 오르내렸고 오래 지속되면서 지금도 오르내리고 있는데—이것이 도대체 믿을 수 있는 일입니까, 상상이나 할 수 있는 일입니까?"

여기서 입폴리트 키릴로비치는 '병적인 정신착란과 광기의 발작으로 스스로 목숨을 끊은' 고故 스메르쟈코프의 성격을 간략하게 묘사할 필요를 느꼈다. 검사는, 그가 지력이 약한 사람으로 무슨 어렴풋한 교육을 조금 받긴 했으나 자신의 지력으로는 감당하기 힘든 철학사상 때문에 얼이 빠져버렸고 책임과 의무에 관한 어떤 현대적인 이론에 경악해버린 사람이라고 소개했는데, 그것들을 그에게 폭넓게 전수한 것은 실제적인 면에서는—그의 죽은 주인, 아니 어쩌면 그의 아버지인지도 모르는 표도르 파블로비치의 방탕한 생활이었고, 이론적인 면에서는 주인의 차남인 이반 표도로비치가 그를 상대로 나눈 여러 가지 기괴한 철학적 대화였다고 말하면서, 이반 쪽에서 기꺼이 이런 오락을 즐긴 것은—아마도 권태로웠기 때문이거나 자신의 냉소적인 욕구를 만족시킬 만한 더 나은 분출구를 발견하지 못했기 때문이리라고 했다. "그는 주인의 집에 머무르던 마지막 시기에 자신이 어떤 정신 상태였는지 저에게 직접 얘기해주었습니다" 하고 입폴리트 키릴로비치는 설명했다. "하긴 다른 사람들, 즉 피고 자신과 피고의 동생, 심지어 하인 그리고리조차, 다시 말해 그를 분명히 아주 가까이에서 알고 있었을 모든 사람도 이에 대해 같은 증언을 해주고 있습니다. 그 밖에도 스메르쟈코프는 뇌전증에 시달린 나머지 '암탉처럼 겁쟁이'가 되어 있었습니다. '그놈은 내 발밑에 쓰러져서 내 발에다 입을 맞추었습니다.' 피고 스스로 우리에게 이렇게 알려주기도 했는데, 이런 진술이 자신에게 가져올 어떤 불이익을 미처 알아채지 못하던 때였습니다. '그놈은 뇌전증에 걸린 암탉입니다.' 그는 특유의 말투로 스메르쟈코프에 대해 이렇게 말했습니다. 그런데 바로 이런 인물을 피고는(이에 대해선 피고 스스로도 증언하고 있습니다) 자신의 하수인으로 택한 뒤 마구 을러대 마침내 자신의 첩자 노릇, 밀정 노릇을 하게 만듭니다. 그렇게 집안 염탐꾼이 되어 그는 자기 주인을 배반하고, 피고에게 돈봉투의 소재며 주인 방에 들어갈 수 있는 신호를 알려주는데—예, 어찌 알려주지 않을 수 있었겠습니까! '저를 죽일 겁니다요, 저를 죽일 거라는 걸 바로 알 수 있었습니다요!' 하고 그는 예심에서 말했는데, 그를 위협하던 그 학대자가 그때 이미 체포된 상태여서 더이상 그를 처벌하러 올 수 없었는데도, 우리 앞에서 온몸을 후들후들 떨기까지 했습니다. '도련님은 저를 늘 의심했습니다요, 그래서 그저 도련님에게 노여움을 사지 않으려고 늘 무서워 벌벌 떨면서 온갖 비밀을 서둘러 알려드렸습니다요, 제가 도련님에게 아무 잘못도 저지르지 않았다는 걸 알고 저를 산 채로 가만히 두어주십사 해서 말입지요.' 이것은 스메르자코프가 직접 한 말로서, 저는 그것들을 기록해두었고 기억에도 새겨두었습니다. '도련님이 저한테 호통이라도 칠라치면, 저는 즉시 도련님 앞에 무릎을 꿇고 쓰러집니다.' 천성이 매우 정직한 젊은이였고, 자기 주인이 잃어버린 돈을 주워 돌려준 일로 주인에게서 정직함을 인정받고 신임을 얻었던 만큼, 이 불행한 스메르자코프는 자기가 은인으로 사랑하고 있던 주인을 배반한 데 대한 회한으로 몹시 괴로워했다고 보아야 할 것입니다. 뛰어난 전문지식을 지닌 정신과 의사들의 말에 의하면, 뇌전증으로 심하게 고통받는 사람들은 끊임없이, 그야말로 병적으로 자신을 질책하는 경향을 항상 보인다고 합니다. 그들은 자기가 누구한테 무슨 '죄를 지었다'며 괴로워하고, 종종 아무런 근거조차 없이 양심의 가책으로 괴로워하며, 심지어 자기가 저질렀다는 여러 가지 죄와 범행을 스스로 지어내고 과장하기도 합니다. 또한 이런 부류의 인간은 공포와 경악 때문에 실제로 죄를 짓고 범행을 저지르는 수도 있습니다. 그 밖에도 그는 자신의 눈앞에서 이루어지는 여러 상황을 보건대, 무슨 좋지 않은 일이 일어날 수 있다는 예감을 강하게 가졌습니다. 표도르 파블로비치의 차남인 이반 표도로비치가 바로 그 참극이 일어나기 전에 모스크바로 떠나려 하자, 스메르자코프는 그에게 그냥 남아 있어달라고 애원했지만, 겁약한 습성 탓에 자신이 우려하는 바를 감히 분명하게 직언하지는 못했습니다. 그는 그저 암시하는 것으로 만족했는데, 그 암시가 제대로 이해되지 못했던 거지요. 한 가지 지적해둘 점은, 그는 이반 표도로비치가 자신을 지켜주리라 생각했고, 이반 표도로비치만 집에 있으면 재앙을 막아줄 보장이 되리라 믿었다는 것입니다. 드미트리 표도로비치의 '취중' 편지에 적혀 있던 구절을 상기해보십시오. '그저 이반이 떠나주기만 하면, 노인을 죽여버릴 테다'라고 하지 않았습니까. 그러니까 이반 표도로비치가 있다는 것은 모든 식구에게 집안의 평온과 질서의 보장처럼 여겨졌던 겁니다. 그런데 바로 그런 그도 떠나버리자 스메르쟈코프는 곧바로, 젊은 주인이 떠난 지 불과 한 시간쯤 지나 뇌전증 발작을 일으키고 맙니다. 하지만 이것은 얼마든지 수긍이 가는 일입니다. 여기서 말해두어야 할 것은, 여러 가지 공포와 일종의 절망에 시달린 나머지 스메르쟈코프는 최근 들어 뇌전증 발작이 곧 일어날 수 있다는 것을 유난히 강하게 느끼고 있었는데, 전에도 정신적 긴장과 충격이 심한 순간이면 늘 발작이 일어났기 때문입니다. 물론 이 발작이 일어날 날짜와 시간까지 미리 알 수는 없지만, 발작의 조짐은 어느 뇌전증 환자든 미리 느낄 수 있습니다. 의학 쪽의 말에 따르면 그렇습니다. 그래서 이반 표도로비치가 집 마당을 떠나자마자, 스메르쟈코프는 자신이 이른바 고아이고 의지할 데 없는 혈혈단신이라는 느낌에 사로잡힌 채 집안일 때문에 지하광으로 가서 계단을 내려가다가, '발작이 일어날까 안 일어날까, 만약 지금 일어나면 어쩌지?' 하고 생각합니다. 그러자 바로 이런 기분, 이런 의심과 이런 의문 때문에, 언제나 발작 직전에 찾아오는 목 경련이 엄습하면서 그는 의식을 잃고 지하 광의 바닥으로 곤두박질칩니다. 그런데 보십시오, 사람들은 이처럼 가장 자연스러운 일에서조차 무슨 혐의를 찾고, 무슨 힌트를 찾고, 그가 일부러 아픈 척했던 거라는 무슨 암시를 찾으려고 술책들을 꾀하고 있습니다! 하지만 만약 일부러 그런 것이라면, '대체 무엇을 위해서?'라는 의문이 곧바로 생깁니다. 무슨 속셈에서, 무슨 목적으로 그랬을까요? 저는 굳이 의학에 대해서는 말하지 않겠습니다. 과학도 거짓말을 하고, 과학도 실수를 하고, 의사들이 진짜와 꾀병을 분간하지 못했다고들 말하고 있지요—좋습니다, 그렇다고 해둡시다, 하지만 이 질문에 답해주십시오. 무엇을 위해서 그가 꾀병을 앓았다는 겁니까? 살인을 계획했다면 그렇게 발작을 일으켜 집안 식구들의 주의를 미리 서둘러 자신에게 쏠리게 할 이유가 없지 않았겠습니까? 아시다시피, 배심원 여러분, 범행이 일어난 밤에 표도르 파블로비치의 집에는 다섯 사람이 있었거나 다녀갔습니다. 첫째는 표도르 파블로비치 자신인데, 그가 자살한 것은 아니지 않습니까, 이것은 명백합니다. 둘째, 그의 하인 그리고리가 있지만, 이 사람은 자신이 살해당할 뻔했습니다. 셋째, 그리고리의 아내인 하녀 마르파 이그나치예브나인데, 이 여자를 자기 주인의 살해범으로 내세우려 하는 것은 한마디로 수치스러운 일입니다. 따라서 시야에 남는 사람은 피고와 스메르쟈코프 두 명뿐입니다. 그러나 피고는 자기가 죽이지 않았다고 우기고 있으니, 그렇다면 스메르쟈코프가 죽였다는 얘기밖에 안 됩니다, 다른 방도가 없지 않습니까, 왜냐하면 다른 사람은 아무도 찾아낼 수 없고, 어떤 다른 사람을 살인자라고 끌어다댈 수도 없으니 말입니다. 그렇습니다, 그렇습니다, 그리하여 바로 이 때문에, 어제 스스로 목숨을 끊은 불행한 백치에게 이 '교활하고' 엄청난 혐의가 씌워진 것입니다! 오로지 다른 어느 누구도 끌어다댈 사람이 없다는 바로 그 한 가지 이유 때문에 말입니다! 비록 그림자 같은 것이라도 있었더라면, 하다못해 누구든 다른 사람, 어떤 여섯번째 사람에게 혐의라도 걸 수 있었다면, 확신컨대 심지어 피고 자신도 스메르쟈코프를 지목하는 것이 부끄러워서 이 여섯번째 인물을 지목했을 겁니다, 스메르쟈코프에게 이 살인 혐의를 씌우는 것은 전적으로 불합리하기 때문입니다.

여러분, 심리분석은 제쳐둡시다, 의학도 제쳐둡시다, 심지어 논리 자체도 제쳐두고, 다만 사실들, 오로지 사실들에만 눈을 돌려 그 사실들이 우리에게 무엇을 말해주는지 살펴봅시다. 그래, 스메르쟈코프가 죽였습니다, 하지만 어떻게 죽였을까요? 혼자서 그랬을까요, 아니면 피고와 공모해서 죽였을까요? 우선 첫번째 경우, 즉 스메르쟈코프 혼자서 죽이는 경우를 살펴봅시다. 물론 그가 죽였다면, 거기엔 반드시 무슨 목적이 있을 것이고, 무슨 이익을 노렸을 겁니다. 그러나 스메르쟈코프는 피고와 같은 살인 동기, 즉 증오, 질투 등등은 그림자조차 가지고 있지 않았으므로, 틀림없이 그저 돈 때문에, 자기 주인이 봉투에 넣는 것을 제 눈으로 본 바로 그 3천 루블을 차지하기 위해 죽인 것일 수밖에 없습니다. 그런데 자, 보십시오, 살인을 결심한 뒤 그는 사전에 다른 인물에게—더구나 대단히 밀접한 이해관계를 가진 바로 그 인물, 다시 말해 피고에게—돈과 신호에 대한 모든 정황을 알려줍니다. 봉투가 어디에 놓여 있는지, 그 봉투 위에 뭐라고 적혀 있는지, 무엇으로 묶어놓았는지, 그리고 무엇보다, 특히 무엇보다 주인의 방으로 들어갈 수 있는 그 '신호'를 알려줍니다. 대체 왜 그랬을까요, 바로 자신의 정체를 드러내기 위해 그러는 걸까요? 아니면 안으로 들어가서 봉투를 차지하고 싶어할 경쟁자를 찾아내기 위해서? 예, 그야 겁이 나서 알려주었겠지 하고 말할 사람도 있겠지요. 하지만 어째서 그럴까요? 그렇게 겁 없고 짐승 같은 짓을 눈 하나 깜짝하지 않고 계획하고 그뒤에 실행하기까지 한 인간이—세상천지에서 자기 혼자만 알고 있고 그가 입만 다문다면 세상천지 그 누구도 절대 알 턱이 없는 그런 정보를 알려준단 말입니까. 아닙니다, 아무리 겁쟁이라도 일단 그런 일을 계획한 이상, 적어도 돈봉투와 신호에 대해서만큼은 누구한테도 절대 말하지 않을 겁니다, 그건 미리 자신의 정체를 모조리 드러내는 것이니까요. 혹시 누가 정보를 내놓으라고 무조건 요구한다면, 무슨 다른 것을 일부러 생각해내거나 무슨 거짓말을 둘러대거나 하지, 이것에 대해서만은 입을 다물 것입니다! 반대로, 거듭 말씀드리지만, 그가 돈에 대해서만이라도 함구하다가 나중에 살인을 하고 그 돈을 차지한다면, 온 세상 그 누구도 적어도 그가 돈을 강탈하기 위해 살인했다는 혐의만큼은 절대로 걸 수 없을 것 아닙니까, 그를 제외하면 아무도 그 돈을 보지 못했고, 그 돈이 집에 있다는 걸 아는 사람조차 없었으니 말입니다. 설령 그에게 혐의를 건다 해도 분명히 어떤 다른 동기에서 죽였다고 여길 테지요. 그러나 아무도 그에게서 그럴 만한 동기를 사전에 알아채지 못했고, 오히려 그가 주인에게 사랑받았고 주인의 신임을 받는 영광을 누렸다는 것을 다들 알고 있었으므로, 그를 의심하더라도 당연히 제일 마지막 차례로 의심할 것이고, 제일 먼저 의심을 받게 될 사람은 그럴 만한 동기를 가지고 있었고 제 입으로 거리낌없이 그런 동기가 있노라고 떠들어댔던 사람, 그 동기를 숨기지 않고 만인 앞에서 떠벌렸던 사람이었을 것이며, 한마디로 피살자의 아들인 드미트리 표도로비치를 의심했을 것입니다. 스메르자코프가 죽이고 돈을 훔쳤는데, 사람들은 아들에게 혐의를 둔다—그리되면 물론 살인자 스메르쟈코프에게 유리하지 않겠습니까?—하지만 스메르쟈코프가 살인을 계획해두고서, 하필이면 이 집 아들인 드미트리에게 돈과 봉투와 신호에 대한 것을 미리 알려주다니—대체 이것이 어떻게 논리에 맞습니까, 이것이 어떻게 명백합니까!

스메르쟈코프는 자신이 계획한 살인의 날이 오자, 뇌전증 발작이 난 시늉을 하며 굴러떨어지는데, 이것은 무엇을 위해서입니까? 그야 물론 첫째로는, 자기 몸을 치료할 생각이었던 하인 그리고리가 집을 지킬 사람이 단 한 명도 없다는 사실을 알고 치료를 뒤로 미룬 채 집을 지키도록 하기 위해서입니다. 둘째로는, 물론 주인 스스로도 자기를 지켜줄 사람이 아무도 없다는 걸 알고서 그러잖아도 아들이 올까봐 드러내놓고 겁내던 차에, 끔찍한 두려움에 몸을 떨면서 더한층 의심하고 더한층 경계를 엄중히 하도록 하기 위해서입니다. 끝으로, 이것이 가장 중요한 목적인데, 발작을 일으킨 스메르쟈코프 그를 다른 모든 사람과 떨어져 늘 혼자 밤을 보내고 출입문도 따로 쓰던 부엌으로부터 별채의 다른 쪽 끝에 있는 그리고리의 조그만 방으로 옮겨 그들 부부의 침대에서 세 발짝밖에 떨어지지 않은 칸막이 뒤에다 눕히도록 하기 위해서입니다. 옛날부터 그가 발작을 일으키면 주인과 인정 많은 마르파 이그나치예브나의 지시에 따라 늘 그렇게 해왔으니까 말입니다. 거기 칸막이 뒤에 누워 그는 물론 더 그럴듯하게 병자로 보이기 위해 신음하면서 그들을 밤새도록 깨우기 시작할 것이 틀림없는데(그리고리와 그의 아내의 진술에 따르면 실제로도 그랬습니다)—이 모든 것, 이 모든 것이 나중에 갑자기 자리에서 일어나 더 손쉽게 주인을 죽이기 위해서라는 겁니다!

그러나 혹자는 이렇게 말할지도 모르겠습니다. 즉 그가 꾀병을 앓은 것은 사람들이 병자인 그에게 혐의를 두지 않을 것이기 때문이었고, 피고에게 돈과 신호에 대해 알려준 것은 상대방이 꾐에 넘어가 제 발로 와서 죽이도록 하기 위해서였는데, 다시 말해 살인을 저지르고 돈을 가지고 달아나는 와중에 아마도 소음을 내고 요란한 소리를 내어 증인들을 깨울 것이고, 그때 그러니까 스메르쟈코프도 일어나서 나갈 것이다, 라고 말입니다—아니, 대체 무엇하러 나간단 말입니까? 그야 물론 주인을 다시 한번 죽이고, 이미 훔쳐간 돈을 다시 한번 훔치려고 나가는 거지요. 여러분, 여러분은 웃고 계십니까? 저 자신도 이런 가설을 내세우기가 부끄럽지만, 한번 보십시오, 정작 피고는 바로 이렇게 주장하고 있지 않습니까. 자기가 나간 뒤에, 자기가 그리고리를 쓰러뜨려 큰 소동을 일으키고 이미 집밖으로 나간 뒤에, 그가 자리에서 일어나 안채로 가서 살인을 저지르고 돈을 훔쳤다고 말입니다. 화가 나고 흥분해서 반 미치광이가 된 아들이 와서 그저 공손하게 창문 안을 들여다보기만 한 채, 신호까지 다 아는 상태에서 모든 전리품을 스메르쟈코프 그에게 고스란히 남겨두고 그대로 퇴각하리라는 것, 이 모든 것을 스메르쟈코프가 어떻게 마치 손가락 세듯 미리 계산할 수 있었고 미리 알 수 있었는지에 대해서는 아예 언급하지 않겠습니다. 여러분, 저는 진지하게 한 가지 질문을 제기하는 바입니다. 스메르쟈코프가 범행을 저지른 순간이 언제입니까? 그 순간을 제시해주십시오, 그게 없으면 그의 유죄를 주장할 수 없기 때문입니다.

'어쩌면 발작은 진짜였는지 모른다. 병자는 갑자기 깨어나 비명소리를 듣고 밖으로 나갔다.'—자, 이런 경우는 어떻게 됩니까? 한번 쓰윽 살펴보고는, 그럼 주인 나리를 죽이러 가볼까 하고 혼잣말을 했을까요? 그러나 지금껏 인사불성이 되어 누워 있었던 사람이 거기서 무슨 일이 있었는지, 대체 거기서 무슨 일이 일어났는지 어떻게 알게 됐다는 겁니까? 아니, 여러분, 공상에도 한계가 있는 법입니다.

'그럼,' 하고 예리한 분들은 말할 겁니다. '두 사람이 서로 짰다면, 그러니까 그 두 사람이 함께 죽이고 돈도 나눠 가졌다면 어떻게 되나, 그때는 어떻게 되는 건가?'

그렇습니다, 사실, 이것은 중대한 혐의로서, 첫째—이것을 뒷받침하는 엄청난 증거들이 곧바로 제시됩니다. 한 사람은 제 손으로 살인을 자행하며 온갖 수고를 떠맡고, 다른 공범자는 발작이 일어난 시늉을 하며 빈둥빈둥 뒹굴고 있는데—이것은 사전에 모든 사람에게 의심을 사고 주인과 그리고리를 불안하게 만들기 위해서였다는 겁니다. 참으로 궁금합니다만, 대체 어떤 동기에서 이 두 공모자가 바로 그런 정신 나간 계획을 생각해낼 수 있었을까요? 하지만 아마도, 스메르쟈코프 쪽에서는 결코 적극적인 공모가 아니고, 말하자면 소극적이고 희생적인 공모였을 것입니다. 어쩌면 스메르쟈코프는 겁먹은 나머지 살인에 반대하지 않겠다고 그저 동의한 데 지나지 않고, 그렇더라도 주인을 살해하는 것을 방관하면서 소리도 지르지 않고 저항도 하지 않았다는 혐의를 받을 것을 예감하고서—그 시간 동안 발작이 일어난 것처럼 내내 누워 있겠노라고 드미트리 카라마조프한테 미리 허락을 구해두었는지도 모릅니다, '거기서 네 마음대로 죽여라, 나는 아무것도 모르는 일이다'라는 마음으로 말입니다. 하지만 그렇다 해도, 발작을 일으키면 아무래도 온 집안이 발칵 뒤집힐 게 분명한데, 그걸 번연히 알면서 드미트리 표도로비치가 그런 설득에 응할 리는 절대 없었을 것입니다. 그렇지만 제가 한 걸음 양보해, 그가 응한 것으로 합시다. 하지만 그럴 경우에도 드미트리 카라마조프가 살인범, 그것도 직접적인 살인범이자 주동자가 되고, 스메르자코프는 그저 소극적인 가담자, 아니 심지어 가담자도 아니고 그저 두려움 때문에 마지못해 묵과한 것에 지나지 않게 되며, 물론 재판관들께서도 이 점을 이미 분명하게 판별하실 수 있을 터이지만, 자, 우리가 보는 상황은 어떻습니까? 피고는 체포되자마자 대번에 모든 것을 스메르자코프에게만 뒤집어씌우면서 그 한 사람만의 범행이라고 주장하고 있습니다. 자신과 공모한 것이 아니라 그 혼자서 했다는 것입니다. 그놈 혼자서 한 짓이다, 그놈이 죽이고 돈을 강탈했다, 그놈의 짓이다!라고 우기고 있습니다. 아니, 그렇게 처음부터 서로에게 죄를 덮어씌우는 공범들이 어디 있습니까—아니, 그런 일은 절대 없습니다. 그리고 그것이 카라마조프에게도 얼마나 위험한 짓인지 유념해주십시오. 그가 살인의 주범이고, 다른 사람은 주범도 아니거니와 다만 묵과하며 칸막이 뒤에 내내 누워 있기만 했는데, 누워 있던 사람한테 그는 죄를 전가하고 있습니다. 이렇게 되면 그 사람, 누워 있었던 그 사람도 화가 나서 오로지 자기방어를 위해서라도 서둘러 모든 사실을 실토할 수 있지 않았겠습니까. 둘 다 가담하긴 했지만, 나는 죽이지 않았고, 그저 너무 두려운 나머지 묵과하며 내버려두었을 뿐이다, 라고 말입니다. 분명히 그는, 스메르자코프는 법정에서 곧바로 자신의 유죄 정도를 판별해주리라는 것을, 따라서 벌을 내리더라도 자기에게 모든 죄를 뒤집어씌우려는 저 살인의 주범과는 비교도 안 될 만큼 하찮은 벌을 내리리라는 것을 깨달을 수 있었을 겁니다. 그러나 그런 경우라면 마지못해서라도 응당 자백을 했겠지요. 하지만 우리는 그런 모습은 보지 못했습니다. 살인범이 끝까지 그에게 혐의를 돌리며 줄곧 그를 단독 살인범으로 지목하고 있는데도, 스메르쟈코프는 공모 사실에 대해서 단 한 마디도 입 밖에 내지 않았습니다. 그뿐만이 아닙니다. 스메르쟈코프는 예심에서, 돈봉투와 신호에 대해 자기 자신이 피고에게 알려주었고, 자기가 아니었다면 피고는 아무것도 알아내지 못했을 거라고 밝히기까지 했습니다. 만약 그가 정말로 공모자여서 그에게도 죄가 있다면, 예심에서 이것을, 다시 말해 그 모든 것을 자기 자신이 피고에게 알려주었다는 사실을 그렇게 쉽게 밝혔겠습니까? 오히려 딱 잡아떼면서 틀림없이 사실을 왜곡하고 축소하려 들었을 것입니다. 하지만 그는 왜곡도, 축소도 하지 않았습니다. 오직 무고하고 공모죄로 기소될 염려도 없는 자만이 그렇게 할 수 있습니다. 그런데 그는 자신의 뇌전증과 이 모든 돌발적인 참극으로 인한 병적인 우울증이 발작해 어제 목을 맸습니다. 목을 매면서 그는 독특한 말로 쓰인 쪽지 하나를 남겼습니다. '나는 누구에게도 죄를 돌리지 않기 위해 나 자신의 의지와 의사에 따라 스스로 목숨을 끊는다.' 하긴, 그 쪽지에다 살인범은 카라마조프가 아니고 바로 나다, 라고 덧붙일 수도 있었을 테지요. 하지만 그러지 않았습니다. 한 걸음 내딛기에는 양심이 충분했지만, 다른 한 걸음을 내딛기에는 양심이 부족했단 말입니까?

그러고는 어찌됐습니까? 조금 전 여기 이 법정에 3천 루블의 돈이 제출되었습니다. '증거물 탁자 위에 놓인 바로 저 봉투 속에 들었던 그 돈인데, 어제 스메르쟈코프한테서 받았습니다'라는 겁니다. 하지만 배심원 여러분, 여러분은 조금 전의 그 슬픈 광경을 기억하실 테지요. 그러니 세세한 것들을 다시 반복하지는 않겠지만 그래도 가장 사소한 것들 중에서 택해 그저 제 의견을 두어 가지 말씀드리고자 하는데—왜냐하면 그것들은 사소한 탓에 모든 사람의 머리에 떠오르는 것도 아니고 쉽게 잊히기 때문입니다. 첫째, 얘기가 되풀이됩니다만, 양심의 가책 때문에 어제 스메르쟈코프가 돈을 내놓고 스스로 목을 맸다는 것에 대해서입니다(양심의 가책이 없었다면 돈을 내주지 않았겠지요). 그리고 그는 어제저녁에야 처음으로 이반 카라마조프에게 자신의 범행임을 자백했다는 것이고, 이반 카라마조프 자신도 그렇게 공언하고 있는데, 물론 그렇겠지요, 그렇지 않다면 왜 지금까지 이반 카라마조프가 입을 다물고 있었겠습니까? 아무튼 스메르쟈코프는 자백을 했습니다만, 대체 왜, 또다시 드리는 말씀이지만, 바로 내일이면 무고한 피고에게 무서운 재판이 열린다는 것을 알면서도 그 유서에서 우리에게 모든 진실을 밝히지 않았을까요? 돈만으로는 증거가 되지 못합니다. 예컨대 저뿐만 아니라 이 법정에 계신 다른 두 분도 이미 일주일 전에 아주 우연히 어떤 사실 하나를 알게 됐는데, 다름아니라 이반 표도로비치 카라마조프가 금리 5퍼센트의 5천 루블짜리 채권 두 장, 그러니까 총액 1만 루블에 해당하는 채권을 현청 소재지로 보내 현금으로 바꿔오게 했다는 것입니다. 제 말은 다름아니라, 누구든 어느 시점에 돈을 가지고 있을 수 있으므로, 3천을 가져왔다고 해서 그것이 바로 그 상자 또는 그 봉투에 있었던 바로 그 돈임을 반드시 증명할 수는 없다는 겁니다. 마지막으로, 이반 카라마조프는 어제 진짜 살인범으로부터 그토록 중요한 자백을 듣고도 그냥 가만히 있습니다. 하지만 그는 왜 즉시 이것을 신고하지 않을까요? 왜 모든 것을 아침까지 미루었을까요? 저에겐 그 이유를 추측해볼 권리가 있다고 생각합니다. 벌써 일주일 전부터 건강이 몹시 악화된 그는 가까운 사람들과 의사에게, 환영이 보이고 이미 죽은 사람들을 만난다고 자기 입으로 고백했습니다. 바로 오늘 그를 무섭게 덮친 섬망증이 발발하기 직전, 느닷없이 스메르쟈코프의 죽음을 알게 되자 그는 갑자기 다음과 같은 궁리를 하게 됩니다. '그 녀석은 이미 죽었으니 녀석에게 죄를 씌워도 괜찮을 거다, 그리고 형을 구하는 거다. 나한테는 돈도 있다. 돈뭉치를 들고 가서, 스메르쟈코프가 죽기 전에 나한테 내놓은 거라고 말하자.' 여러분은, 죽은 사람한테라도 그렇게 하는 것은 정직하지 못하다고 말씀하시겠지요, 하지만 형을 구하기 위한 거짓말이라 할지라도 정직하지 못한가요? 그렇습니다, 그런데 만약 그가 무의식적으로 거짓말을 했다면, 하인이 갑자기 죽었다는 소식 때문에 판단력에 결정적인 손상을 입은 나머지 정말로 그렇다고 스스로 믿고 있었다면 어쩌시겠습니까? 여러분은 조금 전 그 광경을 보셨고, 이 사람이 어떤 상태인지 보셨습니다. 두 발로 서서 말을 하긴 했지만, 그의 정신은 어디에 있었습니까? 조금 전 섬망증 환자의 증언에 이어 곧바로 증거 문서가 나왔는데, 범행을 저지르기 이틀 전에 피고가 베르호프체바 양에게 쓴, 앞으로의 범행에 대한 세부적인 프로그램을 담고 있는 편지였습니다. 그런데 무엇 때문에 우리는 계속해서 프로그램과 그것의 작성자들을 찾고 있는 겁니까? 정확하게 바로 이 프로그램에 따라 실행되었고, 다름아닌 그것의 작성자에 의해 실행되었는데 말입니다. 그렇습니다, 배심원 여러분, '쓰인 대로 실행되었습니다!' 더구나 아버지의 방에 지금 자기 애인이 있다고 굳게 확신하고 있는 만큼, 절대로, 절대로, 겁을 집어먹고 공손하게 아버지 방의 창문에서 달아나지 않았습니다. 천만에요, 그것은 터무니없고 도저히 있을 수 없는 얘기입니다. 그는 안으로 들어가서—일을 끝냈습니다. 필경, 자신이 증오하는 연적을 보자마자 분노의 불길이 치솟아 극도로 흥분한 상태에서 죽였을 것이고, 아마도 놋쇠 공이로 무장한 팔을 한 차례 휘둘러 일격에 해치웠을 것이며, 죽인 다음 샅샅이 찾아보고 그녀가 거기 없다는 것을 이미 확인했지만, 그래도 그는 베개 밑에 손을 찔러넣어 돈봉투를 끄집어내는 것만은 잊지 않았는데, 그 찢긴 겉봉이 지금 여기 증거물 탁자 위에 놓여 있습니다. 이런 말을 하는 것은, 제 생각에는 대단히 특징적으로 보이는 한 가지 정황에 여러분께서 주목해 주셨으면 해서입니다. 만약 범인이 노련한 살인자이고, 특히 돈만 노린 살인자였다면—과연 겉봉을 우리가 본 대로 시체 옆의 바닥에 내버려두었겠습니까? 만약 이것이 예컨대 스메르쟈코프가 돈을 노리고 죽인 거라면—그는 자신에게 희생된 자의 시체 위에서 겉봉을 뜯는 수고 따위는 하지 않고 그냥 봉투째 들고 갔을 것입니다. 그는 봉투 속에 돈이 들었다는 것을 확실히 알고 있었던데다—왜냐하면 그가 보는 앞에서 봉투에 돈을 넣고 봉인했으니까요—또 만약 그가 봉투째 들고 간다면 강도짓이 있었는지조차 아무도 모를 테니 말입니다. 여러분께 묻고 싶습니다, 배심원 여러분, 과연 스메르쟈코프라면 이렇게 행동했겠습니까, 봉투를 바닥에 내버려두었겠습니까? 아닙니다, 이렇게 행동한 자는 미칠 듯이 흥분해 이미 앞뒤를 가리지 못하게 된 살인자가 틀림없으며, 이 살인자는 도둑이 아니라 지금껏 아무것도 훔쳐본 적이 없는 자인데다가, 지금도 침대에서 돈을 꺼내긴 했지만 도둑처럼 훔치는 것이 아니라 자기 물건을 훔쳐간 도둑에게서 도로 가져간다는 식이었으니—그 3천 루블에 대한 드미트리 카라마조프의 생각이 바로 이런 것이었고, 결국엔 편집증적 망상으로까지 돼버리지 않았습니까. 그래서 전에 한 번도 본 적 없는 꾸러미를 움켜쥐자마자 그 속에 돈이 들었는지 확인하기 위해 곧바로 겉봉을 찢은 다음 돈을 호주머니에 쑤셔넣고, 찢긴 봉투를 방바닥에 그대로 남겨두면 자신에게 엄청나게 불리한 증거가 된다는 것조차 생각하지 못한 채 그대로 도망칩니다. 이 모든 것은, 스메르쟈코프가 아니고 카라마조프였던 까닭에 그런 생각을 할 수도 없고 헤아릴 수도 없었기 때문이며, 또 그에게 그럴 만한 여유가 어디 있었겠습니까! 도망치는 도중에 자기를 따라잡는 하인의 고함소리를 듣는데, 하인은 그를 붙들고 저지하다가 놋쇠 공이로 얻어맞고 쓰러집니다. 피고는 측은한 생각이 들어 하인에게로 뛰어내립니다. 상상해보십시오, 피고는 그때 측은한 마음과 동정심에서, 어떻게든 도와줄 수 없을까 살펴보려고 하인에게 뛰어내렸다고 우리에게 갑자기 주장하고 있습니다. 아니, 그 순간이 그런 동정심을 보일 때입니까? 아닙니다, 그가 뛰어내린 것은 그저, 그의 악행의 유일한 증인이 살아 있는지 확인하기 위해서였습니다. 그 밖의 다른 감정이나 다른 동기는 모두 부자연스러울 것입니다! 유념해주십시오, 그는 그리고리에게 매달려 애쓰며 손수건으로 머리를 닦아주다가 그리고리가 죽었다는 것을 확인하자, 넋이 나간 사람처럼 온통 피투성이가 된 채 다시 그곳으로, 자기 애인의 집으로 달려가는데—자기 몸이 피투성이이고, 그러니 자신의 범행이 곧바로 탄로나리라는 것을 어찌 생각지도 못했을까요? 그런데 피고는 자기 몸이 피투성이라는 것에는 전혀 주의조차 기울이지 않았다고 우리에게 주장합니다. 그렇게 인정할 수 있고, 또 얼마든지 있을 수 있는 일입니다, 이런 순간 범죄자들에게 늘 일어나는 일이니까요. 한편으로는—지옥같이 소름 끼치는 계산을 하면서도, 다른 한편으로는 생각이 짧은 것이지요. 그런데 그 순간 그는 오로지 그 여자가 어디에 있을까 하는 것만 생각했습니다. 그녀가 어디에 있는지 한시바삐 알아내야만 했고, 그래서 그녀의 집으로 달려가는데, 그로서는 청천벽력과도 같은 뜻밖의 소식을 듣게 됩니다. 그녀가 '옛 남자', '이론의 여지조차 없는 사나이'를 만나러 모크로예로 떠났다는 것입니다!"

IX
기염을 토하는 심리분석. 질주하는 트로이카. 검사 논고의 대미

지금까지 입폴리트 키릴로비치는 엄격히 역사적인 서술법을 택한 게 분명했는데, 이는 신경이 예민한 연설가들이 자신의 솟구치는 열정을 억제하기 위해 일부러 엄격히 설정된 틀을 추구하면서 곧잘 의지하기 좋아하는 방법이긴 하지만, 그래도 논고가 이 순간에 다다르자—그는 '옛 남자', '이론의 여지조차 없는 사나이'에 대해 특별히 장황하게 이야기를 펼치면서 이 주제와 관련해 나름대로 다소 흥미로운 몇 가지 생각을 피력했다. "모든 사내에게 미칠 듯한 질투를 느껴온 카라마조프가 '옛 남자', '이론의 여지조차 없는 사나이' 앞에서 갑자기 단번에 기가 꺾여 사그라지듯 돼버립니다. 더더욱 이상한 것은, 그로서는 전혀 예기치 못한 이 연적의 출현이 몰고 올 이러한 새로운 위험에 대해, 이전엔 거의 어떤 주의도 기울이지 않았다는 점입니다. 그는 늘 이것이 아직 머나먼 일이라고 생각해왔는데, 카라마조프는 언제나 현재의 순간만을 사니까요. 심지어 그는 이 연적을 하나의 허구로까지 여겼던 모양입니다. 하지만 이 여자가 이 새로운 연적을 숨기고 또 조금 전에도 그를 속였던 까닭은, 새로이 날아온 이 연적이 그녀에게 아마도 결코 환상이나 허구가 아니라, 그녀의 모든 것, 그녀 인생의 모든 희망이기 때문이었다는 것을 아픈 심정으로 순식간에 깨달았고—순식간에 이 점을 깨닫고는, 마음을 접었습니다. 그런데 배심원 여러분, 저는 피고의 영혼 속에 느닷없이 나타난 이 특성에 대해 침묵하고 지나칠 수가 없는바, 절대로 그런 모습을 보일 것 같지 않던 그에게 갑자기 진실에 대한 억누를 수 없는 욕구가, 이 여인을 존경하고 그녀 마음의 권리를 인정하고자 하는 강렬한 욕구가 나타난 것입니다, 그것도 다름아닌 바로 그때—그녀 때문에 자신의 손을 자기 아버지의 피로 붉게 물들인 그 순간에 말입니다! 사실, 그렇게 흐른 피가 이 순간 이미 복수를 부르짖기 시작했다고도 할 수 있는데, 왜냐하면 자신의 영혼과 이 지상에서 자신의 운명 전부를 파멸시켜버린 그는 그 순간 부지불식중에 이렇게 느끼고 자문했을 게 틀림없으니까요. '나는 지금 그녀에게, 나 자신의 영혼보다 더 사랑하는 이 존재에게 과연 무슨 의미를 지니는가, 자신이 언젠가 망쳐놓았던 이 여자에게 새로운 사랑을 품고 잘못을 뉘우치며 돌아와 이제 새롭게 부활한 행복한 삶을 약속하며 떳떳하게 청혼하는 이 '옛 남자', '이론의 여지조차 없는 사나이'와 비교할 때, 내가 과연 무슨 의미를 지닐 수 있는가. 내가, 이 불행한 인간이, 그녀에게 지금 무엇을 줄 수 있으며, 무엇을 제공할 수 있단 말인가?' 카라마조프는 이 모든 것을 깨달았고, 자신의 범죄가 그의 모든 길을 가로막아버렸으며, 자신은 오로지 사형을 선고받은 범죄자일 뿐 삶이 허용된 인간이 아니라는 것을 깨달았습니다! 이 생각은 그를 짓이기고 괴멸시켰습니다. 그러자 그는 순간적으로 미치광이 같은 어떤 계획에 매달리게 되는데, 그 계획은 카라마조프의 성격으로 볼 때 자신의 몸서리쳐지는 처지로부터 벗어날 수 있는 유일하고도 숙명적인 출구로 여겨졌을 것이 분명합니다. 이 출구는—자살이었습니다. 그는 관리 페르호친에게 저당잡힌 권총을 찾으러 달려가는데, 그때 달려가는 도중에 방금 자기 손을 아버지의 피로 붉게 물들게 만든 그 돈을 호주머니에서 모조리 꺼냅니다. 오, 지금 그에게 돈은 무엇보다 절실히 필요합니다. 카라마조프가 죽는다, 카라마조프가 권총 자살을 한다, 이것을 사람들은 오래도록 기억하리라! 우리가 공연히 시인인 것은 아닙니다, 우리가 공연히 우리의 삶을 양쪽 끝에 불을 붙인 양초처럼 불태운 것도 아닙니다. '그녀에게 가자, 그녀에게—거기서, 오, 거기서 온 세상이 떠들썩하게 잔치를 벌이자, 오래도록 기억하며 두고두고 얘기하도록 여태껏 없었던 그런 잔치를 벌이자. 거친 고함소리, 집시들의 광적인 노래와 춤 속에서 축배를 들며 내가 숭배하는 여자의 새로운 행복을 축복하자, 그런 다음—바로 거기서, 그녀의 발치에서, 그녀 앞에서 나의 두개골을 박살 내고 나의 삶을 처형하리라! 그녀도 언젠가는 미챠 카라마조프를 떠올리며, 미챠가 그녀를 얼마나 사랑했는지 알고서 미챠를 가엾게 여겨주겠지!' 여기에는 멋진 포즈와 낭만적인 열광과 카라마조프 특유의 격렬한 저돌성과 감상이 많이 들어 있지만—그러나 그 밖에도 뭔가 또다른 것이 있습니다, 배심원 여러분, 영혼 속에서 외쳐대고 머릿속을 끊임없이 두들기고 마치 독약처럼 그의 마음을 죽도록 괴롭히는 그 무엇이 있습니다. 이 그 무엇—그것은 양심입니다, 배심원 여러분, 그것은 양심의 심판입니다, 그것은 무시무시한 양심의 가책입니다! 하지만 권총이 모든 것을 화해시켜줄 것입니다, 권총이—유일한 출구이며, 다른 것은 없습니다, 그러나 거기엔—과연 '거기엔 무엇이 있을까' 하고 그 순간 카라마조프가 생각했는지 어떤지, 카라마조프가 햄릿처럼 거기엔 무엇이 있을까 생각할 수 있는 인물인지 어떤지 저는 모릅니다. 아닙니다, 배심원 여러분, 저들에게는 햄릿들이 있지만, 우리에겐 지금으로서는 아직 카라마조프들이 있을 뿐입니다!"

여기서 입폴리트 키릴로비치는 미챠가 출발 준비를 하는 광경, 즉 페르호친의 집과 가게에서 있었던 일, 그리고 마부들과 벌인 흥정에 대해 아주 자세히 늘어놓았다. 그는 증인들에 의해 모두 확인된 말, 금언, 몸짓 등을 숱하게 인용했으며—그가 그려낸 그림은 방청객들이 확신을 갖는 데 무서울 정도로 영향을 주었다. 무엇보다 큰 영향을 준 것은 사실들의 누적累積이었다. 미칠 듯이 흥분해 날뛰면서 이미 자신을 보호할 수도 없었던 이 사나이의 유죄는 논박할 수 없는 것으로 보였다. "그는 이미 자신을 보호할 필요도 없었습니다." 입폴리트 키릴로비치가 말했다. "두세 번은 완전히 자백하다시피 했는데, 거의 암시했지만 그저 끝까지 마저 말하지 않았을 뿐입니다(이 대목에서 증인들의 진술을 연이어 인용했다). 심지어 마부에게도 도중에 이렇게 외쳤습니다. '자넨 지금 살인자를 태우고 가고 있다는 걸 아나?' 하지만 그래도 끝까지 마저 말할 수는 없었습니다. 우선 모크로예 마을로 가서 그곳에서 이 서사시를 완성해야 했으니까요. 하지만 정작 무엇이 이 불행한 사나이를 기다리고 있겠습니까? 문제는, 모크로예에 도착한 뒤, '이론의 여지조차 없는 사나이'라는 그 연적이 어쩌면 그렇게 이론의 여지가 없는 존재가 전혀 아니며, 두 사람 다 그로부터 새로운 행복에 대한 축하와 축배를 받으려고도 하지 않고 받지도 않는다는 것을 거의 첫 순간부터 알아보고 마침내 완전히 깨닫게 된다는 것입니다. 하지만 배심원 여러분, 이런 사실들은 여러분께서도 예심을 통해 이미 알고 계실 테지요. 연적에 대한 카라마조프의 승리는 논박할 여지가 없는 것이었습니다, 그런데 여기서—오, 여기서 그의 영혼 속에는 이미 완전히 새로운 국면이 시작되는데, 그것은 이 영혼이 언젠가 경험했고 또 앞으로 경험하게 될 모든 국면 가운데서도 심지어 가장 무서운 것이었습니다! 단언컨대, 배심원 여러분," 하고 입폴리트 키릴로비치가 외쳤다. "능욕당한 본성과 죄를 저지른 마음이—지상의 어떤 재판보다 완전하게 스스로 복수를 한 것입니다! 그뿐만이 아닙니다. 재판과 지상에서의 처형은 본성에 의한 처벌을 심지어 가볍게 해주므로, 이런 순간에는 절망의 수렁에서 영혼을 구해주는 것으로서, 범죄자의 영혼을 위해 그것이 반드시 필요하기까지 합니다, 왜냐하면 그녀가 자기를 사랑하고 있으며 자기를 위해 그녀의 '옛 남자', '이론의 여지조차 없는 사나이'를 저버리고, 자기를, 자기를, '미챠'를 갱신된 삶 속으로 함께 가자고 부르면서 자기에게 행복을 약속하고 있다는 것을 알았을 때 카라마조프가 느꼈을 그 공포와 그 정신적인 고통을 저로서는 상상도 할 수 없기 때문인데다, 더구나 그것이 어떤 때였습니까? 그에게는 이미 모든 것이 끝났고, 이미 그 무엇도 가능하지 않은 때였지 않습니까! 말이 나온 김에, 당시 피고가 처한 상황의 진정한 본질을 설명드리기 위해 우리로서는 대단히 중요한 한 가지 사실을 잠깐 지적하겠습니다. 이 가장 마지막 순간까지, 심지어 체포되는 바로 그 순간까지도 이 여자는, 그의 이 사랑은, 그로서는 도저히 다다를 수 없는, 열렬히 갈망하면서도 붙잡을 수 없는 존재였습니다. 하지만 왜, 왜 그는 그때 자살하지 않았을까요, 왜 마음먹은 계획을 그냥 내버려두고 심지어 자신의 권총이 어디 있는지조차 잊고 말았을까요? 그것은 바로 사랑을 향한 이 열렬한 갈망과, 그때 그 자리에서 이 갈망을 충족시킬 수 있을지도 모른다는 희망이 그를 붙잡았기 때문입니다. 주연의 어지러운 열기에 취한 채 그는 자신과 함께 역시 주연을 즐기던 연인 곁에 바싹 붙어서, 어느 때보다 더 아름답고 매혹적으로만 여겨지는 그녀 곁을—한순간도 떠나지 않고 넋을 잃고 바라보면서 그녀 앞에서 스러져가고 있었습니다. 이 열렬한 갈망은 체포의 공포뿐만 아니라 양심의 가책마저 한순간 눌러줄 수 있었습니다! 한순간, 오, 한순간이나마 말입니다! 저는, 당시 범인의 영혼이 세 가지 요소에 완전히 압도되어 그것들에 분명히 노예처럼 복종하는 상태였다고 봅니다. 첫째는, 취기, 그리고 정신을 몽롱하게 하는 공기와 왁자지껄한 소음, 춤을 추며 발을 구르는 소리, 찢어지는 듯한 노랫소리, 그리고 그녀, 술기운에 얼굴이 빨갛게 달아올라 노래하고 춤추는 그녀, 술에 취해 그를 보고 웃고 있는 그녀였습니다! 둘째, 숙명적인 대단원은 아직 멀었다, 최소한 바로 눈앞에 닥치지는 않았다—필시 내일은 되어야, 내일 아침이나 되어야 이리로 와서 그를 잡아갈 것이다, 하는 어렴풋하고 고무적인 꿈이 있었습니다. 그러니까 몇 시간은 남았다, 그거면 많다, 지독하게 많다! 몇 시간 동안이면 많은 것을 생각해낼 수 있다, 라는 겁니다. 저는 그가 사형을 받으러 교수대로 끌려가는 죄수와 흡사한 심경이었으리라고 봅니다. 아직도 기나긴 거리를 지나가야 한다, 더욱이 걷는 속도로 천천히 수천 명의 군중 곁을 지나야 하고, 그런 다음 다른 거리로 접어들 것이며 그 다른 거리 맨 끝에 가서야 무서운 광장이 나온다! 하고 생각하겠지요. 사형수는 그 치욕스러운 마차에 앉아 행진을 시작할 때 자기 앞에 아직도 무한한 삶이 있다고 느끼게 마련인 것 같습니다. 하지만 보십시오, 집들은 자꾸만 뒤로 물러나고 마차는 자꾸만 앞으로 움직입니다—오, 괜찮습니다, 두번째 거리로 들어서는 모퉁이까지는 아직도 머니까요, 그는 여전히 활기차게 좌우를 돌아보며 그에게 시선을 박고 있는 냉정하고도 호기심에 찬 수천 명의 사람을 바라보는데, 여전히 자기도 그들과 똑같은 사람이라는 생각이 언뜻 언뜻 듭니다. 하지만 이제 벌써 다음 거리로 접어드는 모퉁이입니다—오! 괜찮습니다, 괜찮습니다, 아직도 거리 하나가 고스란히 남아 있으니까요. 그러고는 아무리 많은 집이 지나쳐가도, 그는 여전히 '아직도 많은 집이 남았다'고 생각할 것입니다. 맨 끝에 이를 때까지, 바로 형장에 이를 때까지도 이렇게 계속됩니다. 당신 카라마조프도 이러했으리라는 게 제 상상입니다. '아직 저쪽의 손이 미치지는 않았다'라고 그는 생각하는 거지요. '아직 무슨 방도를 찾아볼 수 있다, 오, 방어 계획을 세우고 반격을 궁리할 시간은 아직 있을 것이다, 하지만 지금, 지금—지금 그녀는 얼마나 매혹적인가!' 그의 마음은 혼란과 공포로 가득차 있지만, 그래도 자신의 돈에서 절반을 떼어 어디다 숨길 수 있는데—그렇지 않다면 그가 아버지의 베개 밑에서 지금 막 꺼내온 그 3천 루블의 절반이 고스란히 어디로 사라져버릴 수 있었는지 저로서는 도저히 설명할 도리가 없기 때문입니다. 그는 모크로예가 이미 처음이 아니었고, 전에도 거기서 이틀 밤낮 동안 술판을 벌인 적이 있습니다. 이 낡고 커다란 목조 건물을 그는 헛간과 복도 하나하나까지 속속들이 알고 있었습니다. 제 생각으로는, 그 돈의 일부를 바로 그때, 다름아닌 그 집안에, 그러니까 체포되기 직전에 어느 구멍이나 깊숙한 틈새, 혹은 어느 마루청 밑이나 어디 구석이나 지붕 밑에다 감춘 것이 분명한데—무엇을 위해서 그랬을까요? 아니, 무엇을 위해서라뇨? 파국이 지금 당장 닥칠 수 있건만, 물론 그 파국을 어떻게 맞을지는 미처 생각해두지 못했고, 그럴 겨를도 없었던데다, 머릿속은 쿡쿡 쑤셔대고, 게다가 마음은 온통 그녀한테 가 있는데, 그래도 돈은?—돈은 어떤 상황에서나 꼭 필요한 것입니다! 돈이 있으면 어딜 가나 사람대접을 받으니까 말입니다. 혹시 여러분은 그런 순간에 그런 계산을 하는 것을 부자연스럽다고 여기십니까? 하지만 그 자신도 그 일이 있기 한 달 전, 그에게 역시 가장 불안하고 숙명적인 어느 순간에 3천에서 절반을 떼어 자신의 부적 주머니에 넣고 꿰맸다고 자기 입으로 주장하고 있으며, 물론 그 말이 거짓이라는 것을 지금 증명해 보이겠지만, 비록 거짓말이라 하더라도 그런 생각만큼은 카라마조프에게 친숙한 것이었고, 그는 그 생각을 머릿속에 계속 그려왔던 것입니다. 그뿐만 아니라, 그후에 그가 예심판사에게 천5백을 부적 주머니(애초부터 존재하지도 않았습니다) 속에 따로 떼어두었다고 주장했을 때도 바로 그 자리에서 순간적으로 이 부적 주머니를 생각해낸 것은, 아마도 그 두 시간 전에 돈의 절반을 떼어 만약의 경우를 위해 아침까지, 그저 그 돈을 자기 몸에 지니고 있지 않기 위해, 갑작스레 떠오른 영감에 따라 그곳 모크로예의 어딘가에 숨겼기 때문입니다. 두 개의 심연을 상기해주십시오, 배심원 여러분, 카라마조프는 두 개의 심연을, 이 둘을 동시에 들여다볼 수 있다는 것을! 우리는 그 집을 수색했지만, 찾지 못했습니다. 어쩌면 그 돈은 지금도 거기에 있을 수 있고, 어쩌면 그다음날로 사라져 이제는 피고의 손에 들어갔을 수도 있습니다. 아무튼 체포될 때 그는 그녀 곁에 있었는데, 침대에 누운 그녀 앞에 무릎을 꿇고 그녀에게 두 손을 뻗은 채 그 순간 모든 것을 잊고 있었기 때문에, 그를 체포하려는 사람들이 가까이 다가오는 소리도 듣지 못했습니다. 대답할 말조차 머릿속에 미처 준비되어 있지 않았습니다. 그도, 그의 이성도 불시에 체포된 것입니다.

그리하여 그는 이제 재판관들 앞에, 자신의 운명을 결정지을 사람들 앞에 서 있습니다. 배심원 여러분, 우리의 직무를 행하다보면 우리 자신도 사람 앞에 있기가 거의 무서워지고, 그것도 그 사람을 위해서 무서워지는 때가 더러 있습니다! 그것은 모든 것이 가망 없다는 것을 범인이 이미 알면서도 여전히 싸움을 계속할 뿐만 아니라 앞으로도 우리와 싸울 작정으로 몸을 도사리는 그 동물적인 공포를 목도하게 되는 순간입니다. 그런 순간에 그의 내면에서는 자기보존의 모든 본능이 한꺼번에 솟구쳐, 자신을 구하기 위해 찌르는 듯한 고통스러운 눈빛으로 캐묻듯이 우리를 쳐다보면서, 우리를, 우리의 얼굴을, 우리의 생각을 포착해 연구하고, 우리가 어느 쪽 옆구리부터 칠지 기다리며, 부들부들 떨리는 머릿속에서 한순간에 수천 가지 계획을 세우고 있지만, 그런데도 말하기를 두려워하고 섣불리 입을 놀리지 않을까 두려워합니다! 인간 영혼의 이 굴욕적인 순간들, 인간 영혼의 이 고난의 길, 자기보존의 이 동물적인 갈망—이것들은 얼마나 공포스러운지, 때로는 예심판사마저 전율을 느끼고 범인에게 동정을 느낄 정도입니다! 우리도 그때 바로 이 모든 것을 목격했습니다! 처음에 그는 얼이 빠진 상태에서 공포에 질려 자신에게 치명적으로 불리한 말을 몇 마디 내뱉기도 했습니다. '피! 죗값을 받는 거다!' 그러나 그는 재빨리 자신을 통제했습니다. 무슨 말을 할지, 뭐라고 대답할지—무엇 하나 미처 준비되지 않았지만, 단 하나, '아버지의 죽음에 대해서는 죄가 없습니다!'라고 무턱대고 부인할 준비만큼은 해두었던 거지요. 일단은 이게 내 울타리다, 여기 이 울타리 뒤에다 아마도 뭔가를 더, 무슨 바리케이드를 세울 수 있을 거라고 생각했을 것입니다. 처음에 내뱉었던 자신의 그 치명적인 말들에 대해 그는 우리가 미처 질문을 던지기도 전에 선수를 치며, 그것은 다만 자기가 하인 그리고리의 죽음에 대해서만큼은 유죄라고 생각한다는 뜻이라고 해명합니다. '이 피에 대해서는 유죄지만, 아버지는 대체 누가 죽인 겁니까, 여러분, 누가 죽인 겁니까? 만약 내가 아니라면 대체 누가 죽였을까요?' 이 말이 들리십니까, 우리에게, 바로 이 질문을 하기 위해 그를 찾아온 우리에게 그가 도리어 이것을 물어보다니요! '만약 내가 아니라면' 하고 선수를 치는 이 말이, 이 동물적인 교활함이, 이 순진함이, 카라마조프적인 이 조급함이 들리십니까? 내가 죽이지 않았다, 내가 죽였다고는 감히 생각도 하지 마라, 이 말 아닙니까. '나도 죽이고 싶었습니다, 여러분, 죽이고 싶었습니다,' 하고 그는 급히 자백합니다(그는 몹시 서두릅니다, 오, 무섭게 서두릅니다!). '하지만 어쨌든 나는 죄가 없습니다, 내가 죽인 게 아니니까요.' 그는 자기도 죽이고 싶었노라고, 한 걸음 물러섭니다만, 그건, 자, 내가 얼마나 솔직한지 당신들도 눈으로 보지 않느냐, 그러니 내가 죽이지 않았다는 것을 어서 믿어달라, 라는 뜻입니다. 오, 이런 경우에 범죄자는 더러 터무니없이 경솔해지고 남의 말을 쉽사리 믿으려 듭니다. 이것을 노리고 심문관들은 아주 무심코 하는 말인 듯 어수룩하기 짝이 없는 질문을 그에게 불쑥 던졌습니다. '그럼 혹시 스메르쟈코프가 죽인 건 아닐까요?' 그러자 우리가 기대했던 일이 일어났습니다. 그는 우리가 선수를 쳐서 그에게 불시에 덮치자 무섭게 화를 냈는데, 자기로서는 미처 준비도 돼 있지 않았고, 스메르쟈코프를 끌어들이기에 가장 그럴듯한 순간을 택하고 포착하지도 못한 상황이었던 것입니다. 자신의 천성대로 그는 즉시 극단으로 치달으며, 스메르쟈코프가 죽였을 리는 없다, 그놈은 살인을 할 위인도 못 된다며, 있는 힘을 다해 주장하기 시작했습니다. 하지만 그의 말을 믿지 마십시오, 이것은 그의 교활한 수작일 뿐입니다. 그는 아직 스메르쟈코프를 결코, 결코 포기하지 않고 오히려 스메르쟈코프를 여전히 내세우고 있는데, 그가 달리 누구를 내세우겠습니까, 하지만 지금으로서는 이 일이 일단 틀어진지라 다른 순간에 그렇게 하려는 것입니다. 어쩌면 바로 내일, 아니면 며칠 뒤라도 적당한 순간을 포착해 그놈을 내세우면서, '말입니다, 나 자신이 여러분보다 더 강하게 스메르쟈코프가 아니라고 부인했던 걸 여러분도 기억하실 테죠, 하지만 이제 나도 확신하게 됐습니다, 그놈이 죽였습니다, 그놈이 아니고 누구겠습니까!' 하고 자기 입으로 우리에게 소리칠 것입니다. 그래도 당분간은 우리 앞에서 침울하고 신경질적인 부인으로 일관하지만, 초조함과 분노 때문에 그만 실언을 하여, 자기는 아버지 방의 창문을 들여다보고 공손하게 창가에서 물러났다는, 서투르기 짝이 없고 황당무계한 변명을 하고 맙니다. 중요한 것은, 그가 상세한 사정을 아직 모르고 있었고, 의식을 되찾은 그리고리가 얼마나 중요한 증언을 했는지 모르고 있었다는 겁니다. 우리는 그의 몸을 샅샅이 수색하기 시작합니다. 신체 수색에 그는 격분했지만, 한편으로는 고무되기도 합니다. 3천 루블 전부를 찾아내진 못했고, 절반만 나왔기 때문이지요. 그런데 이건 이미 확실합니다만, 격분해서 침묵하고 부인하고 있던 바로 이 순간에 난생 처음으로 부적 주머니 생각이 그의 머릿속에 떠오른 것입니다. 물론 자기가 생각해봐도 이 꾸며낸 이야기가 너무 황당하게 여겨져, 어떻게 하면 좀더 그럴듯하게 만들어 아주 사실 같은 소설 한 편을 지어낼까 고심합니다, 무척이나 고심합니다. 이런 경우 심리를 맡은 측의 제일 첫 번째 일, 제일 중요한 과제는—범인에게 준비할 여유를 주지 않고 불시에 공격해, 그가 숨기고 있는 생각들을 있는 그대로, 어수룩하고 신빙성이 없고 모순된 그대로 드러내고 말하게 하는 겁니다. 범인의 입을 열게 할 수 있는 방법은 어떤 새로운 사실이나 어떤 정황을 마치 우연히 나온 말인 척하면서 느닷없이 알려주는 것인데, 단 그것들은 엄청난 의미를 지녔음에도 불구하고 범인이 지금껏 전혀 예상치 못했고 알아채지도 못했던 것이어야 합니다. 우리에게는 그런 사실이 준비되어 있었습니다, 오, 이미 오래전부터 준비되어 있었습니다. 그것은 의식을 되찾은 하인 그리고리가 한 증언, 즉 그 문이 열려 있었고 피고가 그 문을 통해 도망쳤다는 증언입니다. 이 문에 대해 그는 까맣게 잊고 있었고, 그리고리가 그것을 보았으리라고는 꿈에도 생각지 못했던 것입니다. 효과는 굉장했습니다. 그는 벌떡 일어나 갑자기 우리에게 소리쳤습니다. '그렇다면 스메르자코프가 죽인 겁니다, 스메르자코프가!' 이렇게 그는 자신이 감추어두었던 가장 중요한 복안을 가장 황당한 형태로

누설하고 말았는데, 왜냐하면 그가 그리고리를 쓰러뜨리고 도망친 뒤가 아니라면 스메르쟈코프는 살인을 저지를 수 없었기 때문입니다. 그래서 그리고리가 그 문이 열려 있는 것을 본 것은 쓰러지기 전이며, 그가 자기 침실에서 나올 때도 스메르쟈코프가 칸막이 뒤에서 신음하는 소리를 들었다고 우리가 알려주자—카라마조프는 그야말로 압쇄되고 말았습니다. 저의 동료이자 우리가 존경해 마지않는 명민한 니콜라이 파르표노비치는, 그 순간 눈물이 날 정도로 그가 측은했노라고 나중에 저에게 말했습니다. 바로 이 순간, 그는 사태를 만회하기 위해 우리에게 서둘러 그 허명 높은 부적 주머니 얘기를 꺼냈습니다. 별수없군, 그럼 이 소설이나 들어보시오! 하는 식으로 말입니다. 배심원 여러분, 저는 여러분께, 왜 제가 범인이 범행 한 달 전에 돈을 부적 주머니에 넣고 꿰맸다는 이 지어낸 이야기 전체를 어리석을 뿐만 아니라 이런 경우 찾아낼 수 있었을 가장 터무니없는 날조라고 여기는지에 대해, 제 생각을 이미 말씀드렸습니다. 가장 황당한 것을 얘기하고 내놓아보라, 하고 내기를 시키면서 찾는다 해도—이보다 더 형편없는 것은 생각해낼 수 없을 겁니다. 이런 경우, 우쭐거리는 소설가의 콧대를 꺾고 산산조각으로 격파할 수 있는 것은 무엇보다 세부적인 것들, 가장 세부적인 것들인데, 현실은 언제나 이런 세부적인 것들로 가득하지만, 의도하지 않게 작가가 된 이 불행한 자들은 마치 이것들이 완전히 무의미하고 불필요하고 자질구레한 것들인 양 무시해버리고 결코 머리에 떠올리는 일조차 없습니다. 오, 그 순간 그들은 그런 것들을 생각할 겨를도 없고, 오로지 거창한 전체를 지어내는 데만 정신이 팔려 있는데—바로 그런 때 그들에게 감히 이런 자질구레한 것을 내놓다니요! 하지만 바로 이것에서 그들은 걸려듭니다! 우리는 피고에게 이런 질문을 던져봅니다. '그럼, 그 부적 주머니를 만든 재료는 어디서 구하셨습니까, 누가 그것을 꿰매주었습니까?' '내가 직접 꿰맸습니다.' '그럼 천은 어디서 구하셨습니까?' 피고는 화부터 내면서, 우리가 그따위 자질구레한 것으로 자기를 거의 모욕하고 있다고 여깁니다, 정말, 진심으로, 진심으로 그렇게 여긴단 말입니다! 하지만 이들은 모두가 그렇습니다. '내 루바쉬카에서 뜯어냈습니다.' '좋습니다, 그럼 내일 당신 옷들 가운데서 그렇게 천 조각을 뜯어낸 루바쉬카를 찾아보도록 하지요.' 생각해보십시오, 배심원 여러분, 만약 우리가 실제로 그 루바쉬카를 발견하기만 한다면 (정말로 그런 루바쉬카가 있다면, 그의 트렁크나 서랍장에서 그것을 왜 발견하지 못하겠습니까)—그건 그야말로 하나의 사실, 그의 진술이 옳다는 것을 증명해주는 명백한 사실이 됩니다! 그러나 그는 이런 것을 침착하게 생각할 수가 없습니다. '기억이 안 납니다, 어쩌면 루바쉬카가 아니고 하숙집 안주인의 두건으로 만든 것 같습니다.' '그게 어떤 두건입니까?' '하숙집 안주인한테서 집어왔습니다, 거기 굴러다니던 낡아빠진 헝겊조각이었습니다.' '그것을 확실하게 기억하십니까?' '아니요, 확실하게는 기억하지 못합니다……' 그러면서 화를 냅니다, 마구 화를 냅니다. 하지만 생각해보십시오. 어떻게 그것을 기억하지 못한단 말입니까? 인간에게 가장 무서운 순간, 이를테면 처형장으로 끌려가는 순간에는 바로 이런 자질구레한 것들이 기억에 달라붙는 법입니다. 그는 모든 것을 잊어도, 도중에 언뜻 본 어느 초록색 지붕이나 십자가 위에 앉아 있던 갈까마귀—이런 것은 기억하게 됩니다. 부적 주머니를 꿰매면서 집안 사람들의 눈을 피해 몸을 숨기고는, 혹시라도 누가 안으로 들어오지 않을까, 누가 자기를 덮치지 않을까 두려워하며 바늘을 손에 든 채 얼마나 굴욕적인 고통을 감수해야 했던가를 그는 분명히 기억하고 있었을 것입니다. 문 두드리는 소리만 들려도, 대번에 튀어오르듯 일어나서 칸막이 뒤로 달려가 숨었겠지요(그의 방에는 칸막이가 있습니다)…… 하지만 배심원 여러분, 제가 무엇 때문에 여러분께 이 모든 것을, 세세하고 자질구레한 이 모든 것을 알려드리고 있겠습니까!" 입폴리트 키릴로비치가 갑자기 소리 높여 외쳤다. "그건 바로 피고가 지금 이 순간까지도 이 모든 터무니없는 얘기를 완강하게 고집하고 있기 때문입니다. 그에게 가장 숙명적이었던 그날 밤 이후 이 두 달 내내 그는 무엇 하나도 해명해주지 못했고, 이전에 내놓았던 그 환상적인 진술을 설명해줄 만한 실제적인 상황을 하나도 덧붙이지 못했습니다. 그건 모두 자질구레한 겁니다, 명예를 걸고 믿어주시오! 하는 식입니다. 오, 믿을 수만 있다면 우리도 기쁘겠습니다, 설령 명예를 걸고서라도 믿을 수 있기를 간절히 원합니다! 우리가 인간의 피에 굶주린 무슨 승냥이떼입니까! 제발 피고에게 유리한 사실을 우리에게 단 하나라도 제시해주십시오, 그러면 우리는 기뻐하겠습니다—그러나 그것은 구체적이고 확실한 실제적 사실이어야 합니다, 피고의 친동생처럼 그의 얼굴 표정을 보고 내린 결론이나, 가슴을 쳤는데, 그것도 어두운 곳에서 쳤는데, 틀림없이 그 부적 주머니를 가리킨 것이라는 식의 애매한 지적으로는 안 됩니다. 새로운 사실이 나오면 우리는 기뻐하겠으며, 그에 대한 기소를 누구보다 먼저 취하하겠습니다, 당장이라도 취하하겠습니다. 그러나 지금은 정의가 절규하고 있으므로 우리는 우리의 주장을 고수하는 바이며, 그 무엇도 철회할 수 없습니다." 여기서 입폴리트 키릴로비치는 대미 부분으로 넘어갔다. 그는 열병에 걸린 사람처럼 보였으며, 흘린 피를 위해, '돈을 훔치려는 저열한 목적'을 가진 아들에 의해 살해당한 아버지의 피를 위해 열변을 토했다. 하늘을 향해 절규하는 비극적인 여러 사실들의 누적에 대해서도 확고하게 지적했다. "그러므로 유능하기로 소문난 변호인에게서 여러분이 무슨 말을 듣게 되시더라도," 하면서 입폴리트 키릴로비치는 자제력을 잃고 이런 말을 하고 말았다. "여러분의 감성을 뒤흔들, 어떤 웅변적이고 어떤 감동적인 말이 여기서 울려퍼지더라도, 이 순간 여러분은 우리의 신성한 법의 전당에 계시다는 사실을 상기해주시기 바랍니다. 여러분은 우리의 정의의 수호자이며, 우리의 성스러운 러시아와 그 토대와 그 가족과 그 모든 신성한 것의 수호자라는 점을 상기해주십시오! 그렇습니다, 이 순간 여러분은 러시아를 대표해 이 자리에 있으며, 여러분의 평결은 이 법정뿐만 아니라 러시아 전체에 울려퍼질 것이고, 러시아 전체가 자신의 수호자이자 자신의 판관인 여러분의 평결을 듣고 고무되거나 낙심할 것입니다. 부디 러시아에, 러시아의 기대에 고통스러운 실망을 안겨주지 마십시오, 우리의 숙명적인 트로이카는 어쩌면 파멸을 향해 질주하고 있는지도 모르니까 말입니다. 이미 오래전부터 러시아 전역에서 사람들이 두 팔을 내뻗어, 파렴치한 광란의 질주를 저지하자고 호소하고 있습니다. 만약 쏜살같이 질주하는 트로이카 앞에서 다른 민족들이 아직까지는 길을 비켜준다 해도, 그것은 결코 시인이 원했던 것처럼 경의를 표하기 위해서가 아니라 아마도 그저 공포 때문일지도 모르니—이 점을 꼭 명심해주십시오. 공포 때문에, 아니 어쩌면 혐오감 때문에라도 길을 비켜주니 그나마 아직은 다행입니다만, 어쩌면 갑자기 더이상 길을 비켜주지 않고, 돌진하는 환영 앞에 단단한 장벽이 되어 버티고 서서, 자기 자신과 계몽과 문명을 구하기 위해 우리의 방종한 광란의 질주를 스스로 저지하고 나설지도 모릅니다! 유럽으로부터 오는 이 불안한 경계의 목소리를 우리는 이미 들었습니다. 그 목소리는 이미 울려퍼지기 시작하고 있습니다. 친부 살해를 정당화하는 평결을 내림으로써 그 목소리를 부추기지 마시고, 점점 더 커져가는 그들의 증오를 더한층 고조시키지 말아주십시오!……"

한마디로, 입폴리트 키릴로비치는 무척 도취되어 있었지만, 그래도 비장하게 논고를 끝냈고—실제로 그가 불러일으킨 인상은 엄청난 것이었다. 그 자신은 논고를 끝내자 서둘러 퇴정했는데, 거듭 말하지만, 다른 방에 들어섰을 때는 거의 실신해 쓰러질 지경이었다. 방청석에서 박수갈채를 보내지는 않았으나, 진지한 사람들은 흡족해했다. 다만 부인네들만은 그다지 만족스러워하지 않았는데, 그래도 역시 웅변만큼은 마음에 들어했으며, 더구나 그들은 결과를 조금도 두려워하지 않고 페츄코비치에게 모든 기대를 걸면서, '드디어 그분이 변론을 시작하기만 하면 틀림없이 모두를 이길 것이다'라고 생각하고 있었다. 다들 미챠를 바라보았다. 검사의 논고가 이어지는 동안 그는 줄곧 두 주먹을 불끈 쥐고 이를 악문 채 고개를 떨구고 말없이 앉아 있었다. 그러다 그저 간간이 고개를 들고 귀를 바싹 기울이기도 했다. 그루셴카 이야기가 나왔을 때는 특히 그랬다. 검사가 그녀에 대한 라키친의 의견을 전했을 때는, 얼굴에 경멸과 분노의 미소를 띠며 상당히 잘 들릴 정도로 "베르나르들!" 하고 내뱉기도 했다. 입폴리트 키릴로비치가 모크로예에서 그를 어떻게 심문했고 괴롭혔는지 얘기하자, 미챠는 고개를 들고 무서울 만큼 호기심을 드러내며 귀를 기울였다. 한 대목에서는 벌떡 일어나 무언가 외치기라도 할 기세였으나, 그래도 자신을 억제하고 그저 경멸스럽다는 듯 어깨를 으쓱하는 것으로 그쳤다. 훗날 우리 사교계에서는 논고의 그 대미 부분, 그러니까 검사가 범인 심문에서 거두었던 그 모크로예에서의 전공戰功을 두고 말하면서, "그 친구, 자기 능력을 자랑하고 싶어 몸살이 났던 게지" 하고 입폴리트 키릴로비치를 비웃기도 했다. 휴정이 선언되었지만, 그 시간은 아주 잠시, 십오 분, 길어야 이십 분에 지나지 않았다. 방청석에서는 이야기를 나누고 감탄을 연발하는 소리가 울려퍼졌다. 그 가운데 어떤 것들은 내 기억에도 남아 있다.

"대단히 진지한 논고로군요!" 한쪽 그룹에서 어느 신사가 심각한 얼굴로 한마디했다.

"심리분석으로 너무 기운 감이 있어요." 다른 목소리가 울려퍼졌다.

"그래도 모든 게 진실이잖습니까, 논박할 수 없는 진실이지요!"

"그래요, 대단한 사람입니다."

"결론을 내려주었지요."

"우리한테도, 우리한테도 결론을 내려주었습니다." 세번째 목소리가 합세했다. "논고의 서두에서 우리 모두가 카라마조프와 똑같다고 한 말, 기억나시지요?"

"논고의 끝에서도 그랬지요. 다만 그 말은 허튼소리에 불과합니다."

"게다가 모호한 데도 있었어요."

"좀 도취되었죠."

"불공정했어요, 불공정했다고요."

"아니, 그렇진 않아요, 그래도 꽤나 솜씨가 괜찮았지요. 그 친구, 오랫동안 기다려오다가, 이번에 죄다 말한 겁니다, 헤-헤."

"변호사는 무슨 말을 할까요?"

두번째 그룹에서는 이런 말이 오갔다.

"하지만 지금 그 페테르부르크 사람을 찔러댄 건 괜한 짓이었어요. '감성을 뒤흔들'이니 뭐니, 기억하시죠?"

"그래요, 그건 좀 서툴렀어요."

"너무 조급했지요."

"원래 신경이 예민한 사람이니 말입죠."

"우리야 이렇게 웃고 있지만, 피고의 심정은 어떨까요?"

"그러게요, 미첸카는 어떤 심정일까요?"

"그런데 이제 변호사는 어떻게 나올까요?"

세번째 그룹에서는 이런 말이 오갔다.

"저 부인은 누구요? 손잡이 달린 안경을 들고 저기 저 끝에 앉아 있는 뚱뚱한 여자 말이오?"

"어느 장군 부인인데, 이혼했지, 내가 잘 아오."

"아하, 그래서 손잡이 달린 안경을 들고 있구먼."

"너절한 여자겠지요."

"아니요, 그래도 자극적인 데가 있어요."

"그 옆으로 두 자리 건너에 앉아 있는 금발 여자가, 저 여자가 더 나은데."

"그보다, 그들이 그때 모크로예에서 그를 덮친 건 절묘했어요, 안 그렇소?"

"절묘하다마다요. 하지만 그 얘길 또 끄집어내다니. 여기 집집마다 돌아다니며 벌써 몇 번이나 얘기해놓고 말이오."

"이번에도 입이 근질근질했던 게지요. 원, 자존심하곤."

"모욕감에 절어 있는 사람이니까, 헤-헤!"

"걸핏하면 모욕을 느끼는 성격이지요. 게다가 수사도 너무 심했고, 문장이 너무 길었소."

"게다가 위협조였지요, 그렇잖소, 시종일관 위협조였어요. 그 트로이카 얘기, 기억하지요? '거기에는 햄릿들이 있지만, 우리에겐 지금으로서는 아직 카라마조프들이 있을 뿐입니다!' 이 말은 썩 괜찮았소."

"자유주의의 기를 꺾자는 거지요, 그게 두려우니까!"

"게다가 변호사도 두렵겠지요."

"맞소, 그런데 페츄코비치 씨는 무슨 말을 할까요?"

"뭐, 무슨 말을 하든, 우리 촌놈들을 깨우칠 순 없을 거요."

"그렇게 생각하시오?"

네번째 그룹에서는 이런 말이 오갔다.

"그래도 그 트로이카 얘기 말일세, 다른 민족들에 대해 말한 그 대목은 좋았잖나."

"게다가 옳은 소리지, 다른 민족들이 가만히 기다리지만은 않을 거라고 한 대목 말이야."

"어째서?"

"영국 의회에서 지난주에 한 의원이 일어나서 니힐리스트들 문제로 내각측에 이렇게 질의했거든, 우리와 같은 야만적인 민족을 개화시키기 위해 자기들이 개입할 시점이 아닌가 하고 말이지. 입폴리트는 그 의원 얘기를 한 거야, 내가 알기로는, 그자를 두고 한 말이야. 지난주에 그는 이 얘길 했으니까."

"그 도요새 놈들이, 어림도 없지."

"도요새라니? 왜 어림도 없어?"

"우리가 크론슈타트* 항구를 폐쇄하고 그놈들한테 곡물을 주지 않으면 되지. 그놈들이 그걸 어디서 구할 거야?"

"아메리카가 있잖나? 지금도 아메리카에서 갖다 먹는데."

"되잖은 소리."

그러나 종이 울리기 시작했고, 다들 제자리로 달려갔다. 페츄코비치가 단상으로 올라갔다.

X
변호사의 변론. 양끝을 가진 막대기

저명한 연사의 첫마디가 울려퍼지자 모든 것은 일시에 잠잠해졌다. 법정의 시선이 온통 그에게로 쏠렸다. 그는 대단히 솔직하고 단순하고 확신에 찬 어조로 시작했으나, 거드름을 부리는 기미는 조금도 없었다. 미사여구나 격정적인 어조, 감정 넘치는 말을 늘어놓으려는 시도도 전혀 없었다. 오히려 서로 공감하는 친한 이들끼리 모인 자리에서 말을 시작한 사람 같았다. 아름답고 우렁차고 호감을 주는 목소리였으며, 벌써 이 목소리에서부터 무언가 진실하고 솔직한 것이 느껴졌다. 그러나

---

* 핀란드만에 위치한 러시아의 항구도시로, 유럽으로 가는 곡물 대부분이 이 도시를 통해 수출되었다.

다들, 연사가 갑자기 진정한 비장함의 경지로 비상하여—'불가사의한 힘으로 사람들의 마음을 뒤흔들'* 수 있다는 것을 이내 알아챌 수 있었다. 그의 말은 어쩌면 입폴리트 키릴로비치보다 격식을 덜 갖추었을지 모르지만, 장황한 어구가 없고 더 명료하기까지 했다. 다만 한 가지는 부인네들의 마음에 들지 않았다. 그는 줄곧, 특히 변론의 첫머리에서는, 절을 하는 것도 아니면서 마치 방청객 쪽으로 곧장 내닫기라도 하려는 듯이 왠지 허리를 구부정하게 하고 있었는데, 그 긴 허리의 한가운데인 듯싶은 데를 앞으로 구부린 품이 흡사 그 길고 가는 허리 한가운데에 경첩이라도 달려 있어서 거의 직각으로 굽힐 수 있을 것만 같았다. 변론 서두에서는 여기저기서 이런저런 사실들을 끌어오며 어쩐지 산만하고 체계도 없다시피 말했지만, 마지막에 가서는 그것들이 하나의 전체가 되어 나왔다. 그의 변론은 두 부분으로 나눌 수 있을 듯했다. 전반부는—비판으로서, 기소 사유에 대한 반박이었는데, 때로는 심술궂고 냉소적이기도 했다. 그러나 후반부에 이르자 갑자기 어조와 심지어 논법까지도 완전히 바꾼 듯 대번에 격정을 향해 날아올랐고, 법정은 그것을 고대하고 있었다는 듯이 환희에 넘쳐 다들 전율하기 시작했다. 그는 곧바로 본제本題로 들어갔는데, 자신의 활동 무대는 페테르부르크이지만 피고들을 변호하기 위해 러시아의 지방 도시를 찾은 것이 이번이 이미 처음이 아니며, 언제나 자신이 그 피고들의 무죄를 확신하고 있거나 혹은 미리 예감하고 있는 경우였다는 말로 운을 뗐다. "이번 경우도 마찬가지였습니다," 하고 그는 설명했다. "심지어 최초의

* 푸쉬킨의 시 「무명씨에게 주는 대답」에서 인용.

어떤 신문 보도들을 접하자마자, 이미 제 머릿속에 무엇이 번쩍 떠올랐는데, 그것은 피고에게 유리하게 작용할, 저로서는 몹시 놀라운 어떤 것이었습니다. 한마디로 말해, 무엇보다 저의 관심을 끈 것은 법률상의 어떤 사실로서, 이것은 실제 재판 과정에서 흔히 되풀이되고 있긴 하나 본 사건에서처럼 이렇게 완전하고도 두드러진 특성을 가지고 나타난 적은 없다고 봅니다. 이 사실은 제 변론 종결부에서 저의 말을 끝맺으면서 압축적으로 피력해야 할 성질의 것이지만, 서두에서부터 제 생각을 말씀드리기로 하겠는데, 극적 효과를 아끼며 미뤄두거나 의도한 인상을 경제적으로 계산하지 않고 곧장 본론으로 들어가는 것이 저의 약점이기 때문입니다. 이렇게 하는 것이 저로서는 어쩌면 영리하지 못할지 모르나, 그 대신 성실한 태도겠지요. 저의 생각, 저의 기본적인 생각은—다음과 같습니다. 피고에게 불리한 사실들이 압도적으로 누적되어 있지만, 동시에 그것들을 하나하나 그 자체로서 살펴보면 비판을 이겨낼 만한 사실이 단 하나도 없다는 것입니다! 소문과 신문 보도를 계속 추적하면서 제 생각에 대해 더욱 확신하고 있던 차에, 갑자기 피고의 가족들로부터 변호를 의뢰받았습니다. 저는 곧바로 이곳으로 서둘러 왔고, 이곳에서 이미 최종적인 확신을 얻었습니다. 이 무시무시한 사실 누적을 무력화하고, 기소 내용을 이루는 그 모든 사실이 하나하나 개별적으로 살펴볼 때 무엇 하나 증거 능력이 없고 환상적이라는 점을 보여주기 위해, 이 사건의 변호를 맡은 것입니다."

변호인은 이렇게 시작하더니 갑자기 어조를 높였다.

"배심원 여러분, 저는 이 도시에 처음 온 사람입니다. 제가 받은 인상에는 선입견이 개입되어 있지 않습니다. 피고는 거칠고 방종한 성격으로 저를 전에 모욕한 적이 없지만, 이 도시에 사시는 많은 분은 아마도 그에게 모욕을 당한 적이 있을 것이고, 그래서 많은 분이 그에 대해 미리부터 나쁜 선입견을 가지고 계실 수도 있습니다. 물론, 이곳 사교계의 도덕적 감정이 격앙돼 있는 것이 정당하다는 점을 저도 솔직히 인정합니다. 피고는 사실 거칠고 방종합니다. 그럼에도 이곳 사교계는 그를 받아들였고, 심지어 탁월한 재능을 지니신 검사님 댁에서도 그를 환대했습니다(노타 베네. 이 말을 하자 방청석에서는 두세 차례 킥킥거리는 소리가 들렸는데, 이내 웃음을 억누르긴 했지만 그래도 다들 들을 수 있었다. 우리 도시 사람이라면 누구나 알고 있었지만, 검사는 마지못해 미챠를 자기 집에 받아들여왔으며, 그것은 오로지 검사 부인이—몹시 덕망이 높고 존경할 만하지만 공상적인데다 변덕스럽고 어떤 때는 주로 아주 하찮은 일로 남편에게 대들기 좋아하는 부인이었다—무엇 때문인지 미챠를 흥미 있는 사람으로 생각하고 있었기 때문이다. 그렇지만 미챠가 그들의 집을 방문한 적은 상당히 드물었다). 그럼에도 불구하고 저는 감히 이런 가정을 해봅니다." 변호인은 변론을 이어갔다. "즉, 저의 논적과 같이 대단히 독자적인 정신과 공정한 성격을 지닌 사람도 저의 불행한 의뢰인에 대해 어떤 잘못된 선입견을 품었을 수 있다고 말입니다. 오, 그것은 너무나도 자연스러운 일입니다. 저 불행한 사람은 사람들이 선입견을 가지고 대해도 너무나 마땅하니까요. 모욕당한 도덕적 감정과 특히 심미적 감정은 때로는 가차없이 엄혹하기 마련입니다. 물론 우리 모두는 드높은 재능을 증명해주는 검사의 논고에서 피고의 성격과 행동에 대한 엄정한 분석을 들었고, 사건에 대한 엄격한 비판적 입장을 보았으며, 무엇보다도 검사의 논고는 우리에게 사건의 본질을 설명해주기 위해 심리적 심연을 드러내 보여주었는데, 그러한 심연에 대한 통찰은 어느 정도라도 의도적이고 악의적인 선입견을 가지고 피고의 인격을 대했다면 결코 이루어질 수 없었을 것입니다. 그렇지만 이런 경우 사건에 대한 가장 악의적이고 의도적인 태도보다 심지어 더 나쁘고 심지어 더 치명적인 것들이 있습니다. 그것은 다름아니라, 우리가 예컨대 이른바 어떤 예술적인 유희, 예술적 창작 욕구, 말하자면 소설 창작 욕구에 사로잡히는 경우인데, 특히 하느님이 심리학적 재능을 우리의 능력으로 듬뿍 부여해주신 경우에는 더욱 그러합니다. 아직 페테르부르크에 있을 때부터, 이곳으로 올 채비를 하고 있을 때부터 언질을 받은 바가 있습니다만—실은 이런 언질이 아니더라도 저는 여기서 만나게 될 논적이 심오한 깊이를 갖춘 더없이 예리한 심리학자이며 아직은 젊은 우리 법조계에서 자신의 이러한 자질 덕분에 이미 오래전부터 어떤 특별한 명성을 떨치고 있는 분이라는 것을 알고 있었습니다. 그러나 심리학이란, 여러분, 비록 심오한 것이긴 하나 그럼에도 양끝을 가진 막대기 같은 것입니다(방청석에서 웃음소리가 일었다). 오, 여러분, 저의 진부한 비유를 용서해주십시오. 저는 멋지게 말하는 재주라곤 도통 없는 사람입니다. 하지만 그건 그렇고, 예를 하나 들겠는데—검사의 논고에서 제일 먼저 생각나는 것으로 들지요. 피고는 밤중에 정원에서 담장을 넘어 도망치려다가 그의 다리를 붙들고 늘어지는 하인을 놋쇠 공이로 때려 쓰러뜨립니다. 그러고는 즉시 정원으로 도로 뛰어내려 꼬박 오 분 동안이나 그 쓰러진 자를 돌보면서, 그가 이자를 죽였는지 아닌지 알아내려고 애씁니다. 그런데 검사는, 불쌍한 마음이 들어 그리고리 노인에게 뛰어내렸다는 피고의 진술이 옳다는 것을 절대로 믿으려 들지 않습니다. '아니, 그런 순간에 그런 섬세한 마음이 일어날 수 있겠는가, 그것은 자연스럽지 못하다, 그가 뛰어내린 것은 바로 그의 악행의 유일한 증인이 살았는지 죽었는지 확인하기 위해서이며, 따라서 그가 이 악행을 저질렀다는 것을 증명해준다, 왜냐하면 어떤 다른 동기나 충동, 감정 때문에 정원으로 뛰어내렸을 리는 없기 때문이다'라는 것입니다. 바로 이것이 심리학입니다. 하지만 바로 이 심리학을 가지고 사건에 적용하되 다만 다른 쪽 끝으로부터 시도해봅시다, 그러면 앞의 것보다 결코 신빙성이 떨어지지 않는 결과가 나올 것입니다. 살인범이 아래로 뛰어내리는 것은 증인이 살았는지 죽었는지 확인하기 위한 경계심에서였는데, 그러면서도 지금 막 자기가 죽인 아버지의 서재에다, 검사 자신의 증언에 의하면, 피고에게 엄청나게 불리한 증거인, 3천 루블이 들었다고 겉에 적혀 있는 찢어진 봉투를 그대로 두고 왔습니다. '그가 이 봉투를 가져갔다면, 이 세상천지 그 누구도 돈봉투가 존재했다는 사실조차 몰랐을 것이며, 따라서 피고가 그 돈을 강탈했다는 사실도 몰랐을 것이다.' 이것은 검사님 자신의 말씀입니다. 그렇다면 보시다시피, 한 경우에는 경계심이 부족해서 방바닥에 증거를 버려둔 채 혼비백산하여 겁을 집어먹고 도망쳤던 인간인데, 불과 이 분 정도밖에 지나지 않아 그가 또다른 사람을 때려죽였을 때는 경계심이라는 가장 비정하고도 타산적인 감정이 즉시 그를 도와주러 나타납니다. 그렇지만 좋습니다, 그랬다고 해둡시다. 그러한 상황에서 내가 지금은 캅카스의 독수리처럼 잔인하고 명철하지만, 바로 다음 순간에는 보잘것없는 두더지처럼 눈먼 겁쟁이가 된다는 데 심리학의 미묘함이 있을 테니까요. 그러나 내가 살인을 저지른 뒤 오로지 자신에게 위험한 증인이 살았는지 죽었는지 보기 위해 뛰어내릴 정도로 피에 굶주리고 잔인하고 타산적이라면, 대체 왜 나의 이 새로운 희생자에게 매달려 오 분씩이나 씨름하면서 새로운 증인들을 만들지도 모르는 짓을 했겠습니까? 무엇하러 그 쓰러진 자의 머리에서 피를 닦아주느라 손수건을 적셔, 나중에 그 손수건이 나한테 불리한 증거가 될 짓을 했겠습니까? 천만에요, 우리가 그 정도로 타산적이고 잔인하다면, 뛰어내리자마자 그 쓰러진 하인의 머리통을 바로 그 공이로 한 번, 또 한 번 내리쳐서 완전히 죽여버리고 그렇게 증인을 완전히 제거함으로써 마음속의 모든 불안을 훌훌 털어버리는 편이 낫지 않았겠습니까? 그리고 마지막으로, 나는 자신에게 위험한 증인이 살았는지 죽었는지 확인하려고 뛰어내리면서도, 또다른 증거, 그러니까 바로 그 공이를 바로 거기 길바닥에 버려두는데, 그 공이는 두 여인네 집에서 들고 온 것이니까 그 두 사람은 나중에 언제라도 그것이 자기들 것이라고 확인해주면서 내가 자기들 집에서 그것을 집어들고 갔다고 증언할 수 있을 게 아닙니까. 더구나 그 놋쇠 공이는 길바닥에 두고 깜박 잊은 것도 아니고, 방심했거나 정신이 없어서 떨어뜨린 것도 아닙니다. 아뇨, 말 그대로 그 흉기를 내던진 겁니다, 왜냐하면 그리고리가 쓰러져 있던 장소에서 열다섯 걸음 정도 떨어진 곳에서 발견되었으니까요. 대체 무엇 때문에 그렇게 했을까? 하는 의문이 당연히 생깁니다. 그것은 바로 사람을, 늙은 하인을 죽인 까닭에 비통해져서 그렇게 한 것이며, 그 때문에 화를 내고 저주를 퍼부으며 그 살인의 흉기인 공이를 내던진 것입니다. 그렇지 않을 리가 만무한 것이, 대체 무엇 때문에 그렇게 힘껏 휘둘러 멀리 내던졌겠습니까? 사람을 죽이고서 고통과 연민을 느낄 수 있었다면, 그것은 물론 아버지를 죽이지 않았다는 얘깁니다. 아버지를 죽였다면 자신이 쓰러뜨린 또다른 자에게 연민을 느껴 뛰어내리지는 않았을 것이며, 그때는 이미 다른 감정이 작용했을 것이고, 그때는 연민이 아니라 오로지 자신을 구하는 것이 문제였겠지요, 이건 틀림없습니다. 거듭 말씀드리지만, 오히려 그의 두개골을 완전히 박살 내버리지, 오 분 동안이나 그에게 매달려 있진 않았을 겁니다. 그때 연민과 선한 감정이 자리할 수 있었던 것은, 바로, 그전에 양심이 깨끗했기 때문입니다. 자, 이리하여 우리는 이제 완전히 다른 심리분석 결과를 봅니다. 배심원 여러분, 제가 지금 저 스스로 일부러 심리학에 의지했던 것은, 심리분석으로부터는 어떤 결론이든 원하는 대로 끌어낼 수 있다는 것을 분명하게 보여드리기 위해서였습니다. 문제는 전적으로, 누구의 손에서 그 분석이 행해지느냐 하는 것입니다. 심리학은 가장 진지한 사람들조차 소설을 만들어내게끔 유혹하며, 이것은 그야말로 부득이한 일입니다. 배심원 여러분, 저는 과도한 심리분석에 대해, 심리분석의 어떤 악용에 대해 말씀드리는 것입니다."

여기서 다시금 방청석에서 찬동의 웃음소리가 들렸는데, 모두가 검사를 겨냥한 것이었다. 나는 변호인의 변론을 전부 상세하게 인용하지는 않겠고, 그중에서 몇 부분, 가장 중요한 몇몇 대목만 옮기는 데 그치겠다.

XI
돈은 없었다. 강도짓도 없었다

변호인의 변론에는 심지어 모든 사람에게 충격을 안겨준 것이 하나 있었는데, 다름아니라 이 숙명적인 3천 루블의 존재를 전적으로 부정하고, 따라서 그 돈의 강탈 가능성도 완전히 부정한 점이었다.

"배심원 여러분," 변호인은 시작했다. "본 사건에는 처음으로 이 도시에 와서 아직 아무런 선입견도 갖지 않은 사람이라면 누구에게나 충격을 줄 만한 대단히 두드러지는 한 가지 특징이 있습니다. 바로, 강탈죄를 주장하면서도 정확하게 무엇이 강탈당했는지 실제적으로 전혀 제시할 수 없다는 점입니다. 돈이, 즉 3천 루블이 강탈당했다고 말하지만—실제로 그 돈이 존재했는지—그건 아무도 모릅니다. 판단해보십시오. 첫째, 3천 루블이 있었다는 것을 우리가 어떻게 알게 됐으며, 누가 그 돈을 보았습니까? 그 돈을 직접 보았고, 받을 사람의 이름이 적힌 봉투 속에 그 돈이 들어 있다고 일러준 사람은 하인 스메르쟈코프 한 사람뿐입니다. 그는 참극이 일어나기 전에 이 정보를 피고와 피고의 동생인 이반 표도로비치에게 알려주었지요. 스베틀로바 양도 알게 됐습니다. 하지만 이 세 사람 모두 이 돈을 직접 본 적은 없고, 본 사람은 역시 스메르쟈코프뿐인데, 그렇지만 여기서 이런 의문이 자연스레 제기됩니다. 만약 그 돈이 실제로 있었고 스메르쟈코프가 그것을 본 게 사실이라 하더라도, 그가 그 돈을 마지막으로 본 게 언제일까요? 만약 주인 나리가 이 돈을 이부자리 밑에서 꺼내어 그에게는 얘기하지 않고 보관함에 넣어두었다면 어떻게 됩니까? 유념해주십시오, 스메르쟈코프의 말에 의하면, 돈은 이부자리 밑에, 요 밑에 들어 있었다고 합니다. 따라서 피고는 그 돈을 요 밑에서 꺼내야만 했던 것인데, 하지만 이부자리는 조금도 흐트러져 있지 않았고, 이 점에 대해서는 조서에도 정성껏 기록돼 있습니다. 어떻게 피고가 이부자리를 그렇게 전혀 흐트리지 않을 수 있었고, 이번 기회를 위해 일부러 깔아놓은, 아주 깔끔한 얇은 침대보를 더구나 피투성이가 된 손으로 더럽히지 않을 수 있었을까요? 하지만 '그럼 방바닥에 떨어져 있던 그 봉투는?' 하고 말할 사람도 있을 테지요. 바로 이 봉투야말로, 한말씀드릴 가치가 있는 것입니다. 조금 전에 저는 다소 놀라기까지 했습니다. 탁월한 재능을 자랑하시는 검사께서는 자신의 논고 중에 봉투 얘기를 꺼낸 뒤, 스메르쟈코프가 죽였다는 가정의 허황됨을 지적하는 바로 그 대목에서 갑자기 자신의 입으로—들리십니까, 여러분, 자신의 입으로 직접—이렇게 천명했습니다. '이 봉투가 없었다면, 그것이 방바닥에 증거물로 남아 있지 않았다면, 강도가 그것을 가져가버렸다면, 세상천지 그 누구도 이 봉투가 존재했고 그 속에 돈이 들었다는 것을 몰랐을 것이며, 따라서 피고가 그 돈을 강탈했다는 것도 몰랐을 것이다'라고 말입니다. 그러니까 심지어 검사 자신의 고백에 따르더라도, 받을 사람의 이름이 적힌 이 찢어진 종잇조각만이 피고의 강도 행위를 입증하는 유일한 것이며, '그것이 없었다면 아무도 강도짓이 있었다는 것을 몰랐을 것이고, 어쩌면 돈이 있었다는 것도 몰랐을 것입니다'. 그러나 이 종잇조각이 방바닥에 뒹굴고 있었다는 것 하나만으로 과연 그 속에 돈이 들어 있었고 그 돈이 강탈당했다는 것을 증명할 수 있겠습니까? '하지만 그 안에 돈이 든 것을 스메르쟈코프가 보지 않았는가' 하고 대답할지도 모르지만, 그가 그 돈을 마지막으로 본 것이 언제, 언제입니까? 제가 묻는 것은 바로 이것입니다. 저는 스메르쟈코프와 얘기를 나누어보았는데, 그는 참극이 일어나기 이틀 전에 그 돈을 보았다고 했습니다! 그러나 저는 예컨대, 표도르 파블로비치 노인이 집에 틀어박혀 미칠 듯이 초조하게 연인을 기다리다가 달리 아무런 할 일도 없고 해서 봉투를 꺼내어 뜯을 생각을 불쑥 했을 수 있다는 가정이 얼마든지 가능하다고 봅니다. '봉투 따위가 뭐야, 이따위 봉투만 보고는 믿지 않을지도 몰라, 무지갯빛 지폐 서른 장 한 다발을 보여주면 효과가 훨씬 크겠지, 군침을 삼킬 거다'라고 생각하고는—바로 봉투를 찢어 돈을 꺼낸 뒤, 물론 증거 걱정 따위는 전혀 하지 않고 봉투를 보란듯이 바닥에 내던지는데, 그야 자기가 돈 주인이니까 당연하지요. 들어보십시오, 배심원 여러분, 이런 가정, 이런 사실보다 더 그럴듯한 것이 있겠습니까? 이게 왜 불가능합니까? 하지만 만약 이와 유사한 무슨 일이라도 있을 수 있었다면, 강탈 혐의는 저절로 사라져버립니다. 돈은 없었고, 따라서 강탈도 있을 수 없었으니까요. 만약 봉투가 방바닥에 떨어져 있었다는 사실이 그 안에 돈이 있었다는 증거라면, 그것과 반대로, 봉투가 바닥에 뒹굴고 있었던 것은 주인이 그전에 돈을 미리 꺼내 그 안에는 이미 돈이 없었기 때문이라고 왜 주장할 수 없겠습니까? '좋다, 하지만 만약 표도르 파블로비치 자신이 봉투에서 돈을 꺼냈다고 한다면, 그 돈은 대체 어디로 사라졌는가, 그 집을 수색했을 때 왜 발견되지 않았는가?'라는 겁니까. 첫째, 그의 보관함에서 돈의 일부가 발견되었고, 둘째, 그는 그 돈을 이미 그날 아침이나 심지어 그 전날 꺼내 이미 다른 용도로 썼거나 지불했거나 송금했을 수도 있고, 마지막으로, 스메르쟈코프에게는 미리 알릴 필요조차 전혀 없다고 여기면서 자신의 생각과 행동 계획을 아주 근본적으로 바꿔 버렸는지도 모릅니다. 만약 이와 같은 가정의 가능성만이라도 존재한다면, 어떻게 그토록 완강하고 그토록 확정적으로 피고를 범인으로 단정하면서, 그가 강탈할 목적으로 살인을 저질렀고 강탈이 실제로 일어났다고 주장할 수 있겠습니까? 우리는 바로 이런 식으로 소설의 영역에 들어서는 것입니다. 어떤 물건이 강탈당했다고 주장하려면, 그 물건을 명시하든지, 아니면 최소한 그것이 존재했다는 사실을 확실하게 증명해야 합니다. 하지만 그 물건을 본 사람조차 없지 않습니까. 얼마 전 페테르부르크에서 아주 보잘것없는 노점상을 하던, 거의 소년에 가까운 열여덟 살 난 어느 젊은이가 백주 대낮에 도끼를 들고 환전상에 난입해서 극단적이고도 전형적인 대담무쌍함을 발휘해 점포 주인을 죽이고 천5백 루블의 돈을 가져갔습니다. 다섯 시간쯤 뒤에 그는 체포되었는데, 이미 써버린 15루블을 제외하고는 그 천5백 루블을 고스란히 지니고 있었습니다. 그뿐만 아니라, 살인 사건이 일어난 뒤에 점포로 돌아온 점원이 도난당한 돈의 액수는 물론이고, 그게 어떤 돈들인지, 즉 무지갯빛 지폐가 몇 장, 푸른색*이 몇 장, 붉은색**이 몇 장, 그리고 금화가 몇 닢이었고 어떤 것들이었는지까지 경찰에 알렸고, 체포된 살인범에게서 바로 그것들과 똑같은 지폐와 주화가 나왔습니다. 이 모든 것에 더해, 살인범도 자기가 살인을 저지르고 바로 그 돈을 가져갔노라고 전부 깨끗이 자백했습니다. 바로 이런 것을, 배심원 여러분, 저는 증거라고 부릅니다! 이 경우 저는 돈을 알 수 있고 볼 수 있고 만져

* 5루블짜리 지폐.

** 10루블짜리 지폐.

볼 수 있기 때문에, 그 돈이 없거나 없었다고 말할 수 없습니다. 본 사건의 경우도 과연 그렇습니까? 하지만 이것은 한 인간의 생사가, 한 인간의 운명이 걸린 문제입니다. '그래, 하지만 그는 바로 그날 밤 술판을 벌여 돈을 펑펑 썼고, 천5백 루블을 가지고 있었다는 것이 드러나지 않았는가—그럼 그건 대체 어디서 난 돈인가?'라고 하시겠지요. 하지만 모두 해서 천5백 루블밖에 드러나지 않았고 나머지 절반의 금액은 끝끝내 찾아낼 수 없었을 뿐만 아니라 확인할 수도 없었다는 사실, 바로 그 사실에 의해서 이 돈이 전혀 다른 돈, 한 번도 봉투 같은 데 들어 있지 않았던 다른 돈일 수 있다는 것이 증명됩니다. 예심에서도 확인되고 증명된 바이나, 시간상으로 볼 때(아주 엄격하게 따져도), 피고는 하녀들을 만나고 나서 곧바로 관리 페르호친의 집으로 달려갔고, 자기 거처는 물론이고 어디에도 들르지 않고 그후 줄곧 사람들과 함께 있었으므로, 그 3천 루블에서 절반을 따로 떼어 시내 어디다 감출 수도 없었을 것입니다. 바로 이 같은 판단에서 검사는 그 돈이 모크로예 마을 어딘가의 어느 틈새에 숨겨졌을 것으로 가정했습니다. 아니, 그보다도 우돌포성*의 지하실에 감춘 것이 아닐까요, 여러분? 정말, 그런 가정은 너무나 환상적이고 소설적이지 않습니까? 그런데 유념해주십시오, 이 한 가지 가정, 즉 모크로예에 숨겼다는 가정만 소멸되면—돈을 강탈했다는 혐의는 모두 공중으로 날아가버립니다, 왜냐하면 그런 경우 그 천5백이 대체 어디, 어디로 가버렸다는 것입니까? 피고가 아무데도 들르지 않았다는 사실이 증명된 마당에, 무슨 기적이 일어나서 그 돈이 사라질

* 19세기 전반에 러시아에서 인기를 누렸던 영국 작가 앤 래드클리프의 고딕소설 『우돌포의 미스터리』에 나오는 성.

수 있었다는 겁니까? 그런데 바로 그런 소설들을 가지고 우리는 한 사람의 생명을 파멸시키려 들고 있습니다! '어쨌든 그는 자신이 지니고 있었던 것으로 드러난 그 천5백을 어디서 마련했는지 설명하지 못했고, 그뿐만 아니라 그날 밤까지 그에게 돈이 없었다는 것은 누구나 알고 있었다'고 말씀하시겠지요. 하지만 대체 누가 알고 있었습니까? 그러나 피고는 그 돈의 출처에 대해 분명하고 확고하게 진술했으며, 배심원 여러분, 저의 의견을 원하신다면, 정말 원하신다면 말씀드리지요—이 진술보다 더 신빙성이 있고, 나아가 피고의 성격과 영혼에 더 잘 부합되는 것은 결코 있을 수도 없었고 지금도 있을 수 없습니다. 그런데도 검사측은 자신의 소설 쪽을 더 마음에 들어했습니다. 의지가 약한 인간이어서, 자기 약혼녀가 그토록 치욕스러운 방식으로 제공하는 3천을 받기로 결심했을 정도니까, 그런 인간이 그 돈의 절반을 따로 떼어 부적 주머니에 넣고 꿰맸을 리가 없다, 오히려 설령 그렇게 꿰매넣었다 하더라도 이틀마다 주머니를 뜯어서 백 루블씩 빼냈을 것이고, 그런 식으로 한 달 만에 모조리 써버리고 말았을 것이다, 라는 거지요. 이 모든 것이 어떤 반박도 용납지 않는 어조로 주장되었다는 점을 상기해주십시오. 하지만 만약 이 일이 여러분이 지어낸 소설과 전혀 다르게 진행되었다면, 그 소설에 전혀 엉뚱한 인물이 등장하고 있다면 어떻게 하겠습니까? 문제는 여러분이 전혀 엉뚱한 인물을 지어냈다는 것, 바로 거기에 있습니다! 이렇게 반박하실지도 모르겠습니다. '참극이 있기 한 달 전에 베르호프체바 양한테서 받은 그 3천 전부를 그가 모크로예 마을에서 마치 1코페이카처럼 단숨에 써버렸다고 말하는 여러 증인이 있다, 따라서 그중 절반을 떼어놓았을 리는 없다'라고 말입니다. 하지만 이 증인들이 대체 어떤 사람들입니까? 이 증인들의 신빙성이 어느 정도인가는 이미 법정에서 드러난 바 있습니다. 게다가 남의 떡은 언제나 커 보이게 마련입니다. 끝으로, 이 증인들 중 그 돈을 직접 세어본 사람은 아무도 없고, 그저 눈대중으로 판단했을 뿐입니다. 심지어 증인 막시모프는 피고의 손에 2만 루블이 들려 있었노라고 진술하지 않았습니까. 그러므로 배심원 여러분, 심리분석이란 양끝을 가지고 있으니 이제 제가 다른 쪽 끝을 사용하는 것을 허락해주십시오, 어떤 결과가 나올지 한번 살펴봅시다.

참극이 있기 한 달 전에 베르호프체바 양은 우편으로 송금해달라면서 피고에게 3천 루블을 맡겼습니다만, 문제는 이것입니다. 조금 전에 큰 소리로 선언된 것처럼, 그 돈을 그렇게 치욕스럽고 그렇게 굴욕적인 방식으로 맡겼다는 증언이 과연 공정할까요? 이 문제에 대한 베르호프체바 양의 첫번째 증언에서는 그렇지 않았습니다, 전혀 그렇지 않았습니다. 그리고 두번째 증언에서 우리가 들은 것은 오로지 원한과 복수의 외침, 오랫동안 숨어 있던 증오의 외침뿐이었습니다. 그러나 증인이 자신의 첫번째 증언에서 일단 부정확한 증언을 했다는 그 한 가지 사실만으로도 우리는 두번째 증언 역시 부정확할 수 있다고 결론 내릴 권리를 부여받습니다. 검사께서는 이 로맨스는 건드리고 '싶지 않고, 감히 그럴 수도 없다'(그 자신의 말입니다)고 했습니다. 뭐, 좋습니다, 저 역시 건드리지 않겠습니다만, 그래도 꼭 지적해두고자 하는데, 그야말로 존경을 한몸에 받고 계신 베르호프체바 양 같은 분이, 그렇게 순수하고 고결하신 분이 피고를 파멸시킬 노골적인 목적을 가지고 법정에서 자신의 처음 증언을 갑자기 단번에 번복한다면, 이 두번째 증언이 공정하고 냉정한 것이 못 된다는 것은 명백합니다. 복수심에 불타는 여성이 자칫 많은 것을 과장했을 수도 있다고 단정지을 우리의 권리마저 여러분은 박탈하시겠습니까? 그렇습니다, 다름아니라 그녀는 돈을 내주면서 안겨준 그 수모와 치욕을 과장하고 있습니다. 오히려 정반대로, 그 돈은 상대방이 충분히 받아들일 수 있는, 특히 우리의 피고처럼 경솔한 사람으로서는 얼마든지 받아들일 수 있는 방식으로 제공되었습니다. 무엇보다, 그 당시 그는 계산에 따르면 자기에게 마땅히 더 돌아와야 할 그 3천을 아버지에게서 곧 받게 되리라 생각하고 있었습니다. 이것은 경솔한 생각이었지만, 바로 이 경솔함 때문에 그는, 아버지가 3천을 내어줄 것이다, 그 돈을 받게 될 테니, 베르호프체바 양이 위임했던 돈을 언제라도 우편으로 송금하고 빚을 청산할 수 있으리라, 하고 굳게 믿었습니다. 그러나 검사께서는 피고가 바로 그날, 비난을 사고 있는 그날, 받은 돈의 절반을 떼어 부적 주머니에 넣고 꿰맸다는 사실을 절대로 인정하려 하지 않습니다. '그럴 성격이 아니다, 그런 감정을 지녔을 리 없다'는 것입니다. 그러나 카라마조프가 드넓다고 외치신 건 검사님 자신이었고, 카라마조프가 들여다볼 수 있는 두 개의 극단적인 심연에 대해 외치신 것도 검사님 자신 아닙니까. 카라마조프는 바로 그렇게 두 가지 면, 두 개의 심연을 품은 본성을 지녔기 때문에, 질펀한 방탕에 대한 도저히 걷잡을 수 없는 욕구에도 불구하고 다른 쪽에서 무엇인가가 그에게 강한 자극을 주면 곧바로 멈춰 설 수 있습니다. 그 다른 면이란—사랑, 그때 마치 화약처럼 불타오르기 시작한 바로 이 새로운 사랑이며, 이 사랑을 위해서는 그렇지만 돈이 필요합니다, 심지어 오! 바로 이 애인과 술판을 벌이는 것보다도 이것을 위해 훨씬 더 돈이 필요합니다. 그녀가 그에게 '나는 당신 여자야, 표도르 파블로비치는 싫어'라고 말하면, 그녀를 꼭 붙들고 멀리 데려가야 하는데—그렇게 데려가려면 돈이 있어야 할 것 아닙니까. 이것이 술판보다 더 중요한 일입니다. 카라마조프가 이것을 몰랐겠습니까. 사실 바로 이 때문에, 이 걱정 때문에 병이 날 지경이었는데—그 돈을 떼어 만일을 위해 숨겨둔 것이 뭐가 믿을 수 없다는 겁니까? 그러나 보십시오, 시간은 자꾸만 흘러가는데, 표도르 파블로비치가 피고에게 3천을 내주기는커녕, 오히려 그 돈으로 바로 자기 애인을 유혹하고 있다는 소문이 들려옵니다. '만약 표도르 파블로비치가 돈을 주지 않으면 나는 카체리나 이바노브나 앞에서 도둑놈이 되고 만다'고 그는 생각합니다. 그러자 부적 주머니 속에 넣어 지금껏 몸에 지니고 다니는 이 돈 천5백을 가지고 가서 베르호프체바 양 앞에 내놓고 '나는 비열한 놈일망정 도둑놈은 아니다'라고 말하자는 생각이 싹틉니다. 그러므로 그 천5백을 눈동자처럼 고이 간직한 채 부적 주머니를 뜯지도 않고 백 루블씩 빼내지도 않은 데는 이미 이중의 이유가 있는 것입니다. 어째서 여러분은 피고의 명예심을 부정하십니까? 아니, 그에게는 명예심이 있습니다, 설령 비정상적인 것일지라도, 설령 그토록 자주 그를 과오로 이끄는 것일지라도, 그에겐 명예심이, 열정에 가까운 명예심이 있으며, 스스로 그것을 증명해 보였습니다. 그러나 이제 사태가 더 복잡해지고 질투의 고통이 극에 달하자, 바로 그 문제들, 이전의 그 두 가지 문제가 그러잖아도 불덩이가 들어앉은 것 같은 피고의 머릿속에서 한층 더 날카롭게 부각되면서 그를 점점 더 고통스럽게 합니다. '카체리나 이바노브나에게 돌려주어야 하나, 그러면 무슨 돈으로 그루셴카를 데려간단 말이냐?' 그가 그 한 달 내내 술집을 쏘다니며 사납게 날뛰고 폭음을 하고 난동을 피웠다면, 그건 바로 스스로 너무 괴로워서 도저히 견딜 수 없었기 때문일 것입니다. 이 두 가지 문제는 마침내 너무도 첨예해져서 그를 결국 절망으로 몰고 갔습니다. 막냇동생을 아버지에게 보내 마지막으로 그 3천 루블을 부탁하게 했으나, 대답이 오기를 기다리지 못하고 직접 쳐들어가서 결국 사람들이 보는 앞에서 노인을 구타했습니다. 이렇게 되자 이제 누구한테서도 돈을 받을 수 없게 되었는데, 구타까지 당한 아버지가 돈을 줄 리 없지 않습니까. 바로 그날 저녁 그는 자기 가슴팍을, 그러니까 그 부적 주머니가 매달려 있는 가슴팍 위쪽을 치면서, 자기는 비열한 놈이 되지 않을 수단을 가지고 있지만 그럼에도 비열한 놈으로 남을 것이다, 왜냐하면 그 수단을 사용하지 않을 것을 예견하기 때문이며, 자기는 그러기엔 정신력도 부족하고 강단도 부족하다고 동생에게 맹세했습니다. 왜, 왜 검사측은 알렉세이 카라마조프의 증언을 믿지 않는 겁니까, 그토록 순수하고, 그토록 성실하게, 아무런 사전 준비 없이 그토록 진실하게 증언하지 않았습니까? 왜 오히려 저에게 어디 무슨 틈새에, 우돌포성의 지하실에 있는 돈을 믿으라고 강요하는 겁니까? 그날 저녁, 동생과 대화를 나눈 뒤 피고는 그 숙명적인 편지를 쓰는데, 바로 이 편지가 피고의 강도 행위를 입증하는 가장 중요하고 가장 엄청난 증거라는 것입니다! '내일 모든 사람한테 돈을 부탁하겠다, 하지만 사람들이 주지 않으면 아버지를 죽이고, 요 밑에 놓아둔, 장밋빛 리본으로 묶은 봉투에 든 걸 가져가겠다, 다만 이반이 떠나주기만 하면.' 이건 완전한 살인 프로그램이다, 그가 아니면 누구겠느냐고들 말합니다. '쓰인 대로 실행되었습니다!'라고 검사측에서는 소리 높여 외칩니다! 그러나 첫째, 이 편지는 극도로 흥분한 상태에서 취중에 쓴 것입니다. 둘째, 그는 봉투를 직접 본 적이 없기 때문에 스메르쟈코프로부터 들은 봉투 얘기를 다시 한번 쓰고 있을 뿐입니다. 셋째, 쓰기는 그렇게 썼습니다만, 쓰인 대로 실행되었는지, 그것을 무엇으로 증명할 수 있습니까? 피고가 봉투를 베개 밑에서 꺼냈습니까, 돈을 발견했습니까, 심지어 돈이 존재하기는 했습니까? 더욱이, 피고가 과연 돈을 강탈하러 그렇게 달려갔던 것입니까, 이 점을 상기해주십시오, 부디 상기해주십시오! 그가 쏜살같이 달려갔던 것은 돈을 강탈하기 위해서가 아니라, 오로지 그녀가, 그를 파멸시키다시피 한 그 여인이 어디에 있는지 알아내기 위해서였으며—따라서 프로그램에 따라, 쓰인 것에 따라, 다시 말해 계획된 강탈을 실행하기 위해서 달려간 게 아니라, 느닷없이, 돌발적으로, 광적인 질투심에 사로잡혀 정신없이 달려간 것입니다! '좋다, 하지만 어쨌든 달려가서 살인을 하고 돈도 탈취했다'라고 말할지도 모르겠습니다. 하지만 끝으로, 과연 그가 살인을 저질렀습니까, 아닙니까? 강탈 혐의에 대해서는 저는 분연히 부정하는 바입니다. 도대체 무엇을 강탈당했는지 정확하게 명시할 수 없다면 강탈 혐의를 씌울 수 없으며, 그것은 자명한 원칙입니다! 그럼 그가 과연 살인을 한 것입니까, 강탈도 하지 않고 죽인 것입니까? 그것은 증명되었습니까? 그것 역시 소설이 아닐까요?"

XII
게다가 살인 또한 없었다

"감히 말씀드리지만, 배심원 여러분, 이것은 인간의 생명에 관한 문제이므로 신중에 신중을 기할 필요가 있습니다. 검사측에서도 가장 마지막 날까지, 오늘 이 공판일까지도, 피고에게 확고하고도 완전한 살인 계획이 있었는지 단정하기를 주저했노라고, 바로 그 치명적인 '취중' 편지가 오늘 법정에 제출되기 전까지만 해도 주저했노라고 직접 증언하는 것을 우리는 들었습니다. '쓰인 대로 실행되었다!'라고 검사측은 말합니다. 그러나 거듭 말씀드리지만, 그는 그녀에게로, 그녀를 찾기 위해 달려간 것이며, 오로지 그녀가 어디 있는지 알아내기 위해서였을 뿐입니다. 이것은 확고부동한 사실입니다. 만약 그녀가 집에 있었다면, 그는 아무데도 달려가지 않고 그녀 곁에 머물렀을 것이며, 그 편지에서 약속한 것을 지키지도 않았겠지요. 그는 돌발적으로 느닷없이 달려갔으며, 자신의 '취중' 편지에 대해서는 그 당시 아마 기억조차 전혀 없었을 것입니다. '공이를 움켜쥐었다'라고 하는데—이 공이 하나에서 엄청난 심리분석 한 편을 끌어낸 것을 여러분은 기억하실 겁니다. 왜 그가 이 공이를 흉기로 간주해 움켜쥘 수밖에 없었는가 등등에 대해 말입니다. 여기서 제 머릿속에는 아주 평범한 생각 하나가 떠오릅니다. 만약 이 공이가 눈에 쉽게 띄는 곳, 피고가 거기서 집어들었던 그 선반 위에 놓여 있지 않고, 찬장 안에 잘 간수되어 있었더라면 어땠겠습니까?—그때는 그것이 피고의 눈에 띄지도 않았을 테니 그는 흉기 없이 맨손으로 달려나갔을 것이고, 따라서 아마 아무도 죽이지 않았을 것 아닙니까. 그러니 어떻게 이 공이에 대해, 피고가 고의적으로 흉기를 소지했고 살인을 미리 계획했다는 증거라고 단정할 수 있겠습니까? 좋다, 그러나 피고는 아버지를 죽이겠다고 술집을 돌아다니며 줄곧 소리쳐오다가, 범행 이틀 전, 취중 편지를 썼던 그날 저녁에는 잠잠했고, '원래 싸움을 하지 않고는 못 배기는 카라마조프인지라' 어느 상점의 점원과 말다툼을 한 것이 고작이다, 라고 말하고 있습니다. 하지만 이에 대해 저는, 만약에 이미 그런 살인을 의도하고 있었고 더구나 계획대로, 쓰인 대로 실행할 작정이었다면, 분명히 점원과도 다투지 않았을 것이고 술집 같은 데는 아마 아예 들르지도 않았을 것이라고 답하겠는데, 그런 일을 계획하고 있는 사람은 조용하게 숨어 있고자 하며, 아무도 자신을 보거나 자신의 말을 듣지 못하도록 아예 자취를 감추려 들기 때문입니다. '가능하면 나를 잊어주시오'라는 것이며, 이는 계산이라기보다 본능에 따른 것입니다. 배심원 여러분, 심리분석이란 양끝을 가지고 있으며, 우리도 심리를 이해할 줄 압니다. 피고가 그 한 달 내내 술집을 쏘다니며 떠들어댔던 것을 두고 그러신다면, 아이들이나 술집을 나서는 술꾼들이 서로 싸우면서 '죽여버릴 테다'라고 소리치는 일이 어디 드문 일입니까, 하지만 그런다고 죽이는 것은 아니잖습니까. 그리고 또 그 가장 치명적인 편지—이것 역시 취중에 흥분해서 홧김에 쓴 것 아닙니까, 술꾼이 술집을 나서면서, 죽여버릴 테다, 네놈들을 모조리 죽여버릴 테다! 하고 소리치는 것과 뭐가 다릅니까, 왜 그렇지 않다는 겁니까, 왜 그런 것일 수는 없었다는 겁니까? 왜 이 편지가 치명적이라는 겁니까, 왜, 오히려, 우스꽝스러운 것이 아니라는 겁니까? 그것은 바로 살해된 아버지의 시신이 발견되었기 때문이고, 흉기를 든 피고가 정원에서 달아나는 것을 본 증인이 있고 자신도 그에게 맞고 쓰러졌기 때문이며, 따라서 모든 것이 쓰인 대로 실행되었으니, 그 때문에 이 편지가 우스꽝스러운 것이 아닌 치명적인 것이라는 겁니다. 다행히도 이제 우리는, '그가 정원에 있었다면, 곧 그가 죽였다는 것을 의미한다'라는 핵심적인 문제에 도달했습니다. 이 두 마디 말, 즉 '있었다면, 곧 틀림없이 의미한다'라는 이 두 마디 말속에 모든 것이, 기소의 모든 이유가 들어 있는데—'있었다, 고로 의미한다'라는 것이지요. 그러나 있었음에도 불구하고, 의미한다가 아니라면 어떻게 하겠습니까? 오, 저도 동의합니다, 사실들의 누적, 사실들의 일치는 그야말로 충분히 웅변적입니다. 하지만 그래도 사실들의 누적에 위축되지 말고, 그 모든 사실을 하나하나 따로 살펴보십시오, 왜 이를테면 검사측은 아버지 방의 창가로부터 달아났다는 피고의 진술이 옳다는 것을 절대로 인정하려 하지 않습니까? 갑자기 피고를 사로잡았던 공손하고 '경건한' 감정에 대해 조금 전 검사측에서 심지어 야유조로 나왔던 것을 기억해주십시오. 그렇지만 실제로 그와 비슷한 어떤 것이, 비록 공손한 감정은 아니었다 해도 '경건한' 감정이 있었다면 어떻게 하겠습니까? '어머니가 그때 나를 위해 기도해주신 게 틀림없습니다.' 피고는 예심에서 이렇게 진술하고 있고, 바로 그래서 그는 스베틀로바가 아버지 집에 없다는 것을 확인하자마자 달아났던 겁니다. '하지만 창문을 통해서는 확인할 수 없었다'라고 검사측은 반박합니다. 하지만 왜 확인할 수 없었단 말입니까? 피고가 신호를 보내자 창문이 열리지 않았습니까? 그때 표도르 파블로비치는 무슨 말을 한마디 하고 뭐라고 외쳤을 것이며—피고는 스베틀로바가 거기 없다는 사실을 단번에 확인할 수 있었겠지요. 왜 우리는 꼭 자신이 상상하는 대로만, 자신이 상상하려고 작정한 대로만 가정할까요? 아무리 섬세한 소설가라 할지라도 그의 관찰로부터 미끄러져 나가버리는 사물들이 현실 속에 천 가지는 어른거리며 존재할 수 있습니다. '좋다, 하지만 그리고리는 문이 열린 것을 보았으며, 고로 피고는 분명히 집안에 있었고, 고로 그가 살인을 한 것이다'라고 말합니다. 이 문으로 말하자면, 배심원 여러분…… 아시다시피, 이 열린 문에 대해 증언하고 있는 것은 단 한 사람뿐이며, 더구나 그 사람 자신도 당시에 그렇고 그런 상태였지 않습니까…… 하지만 좋습니다, 문이 열려 있었다고 합시다, 피고의 상황에서 충분히 이해가 가는 일이지만, 그가 자기방어 본능에서 자백을 거부하고 거짓말을 했다고 칩시다, 그가 집안으로 들어갔고 집안에 있었다고 해둡시다—아니, 그래서 어쨌다는 겁니까, 거기에 있었다고 해서 왜 틀림없이 살인을 저질렀다는 겁니까? 그는 안으로 쳐들어가서 이 방 저 방 설치고 뛰어다니면서 아버지를 떠밀었을 수도 있고 어쩌면 구타까지 했을 수도 있지만, 스베틀로바가 아버지 집에 없다는 것을 확인하자, 그녀가 없다는 것에 기뻐하며, 그리고 아버지를 죽이지 않고 달아날 수 있게 된 것에 기뻐하며 달아났습니다. 아마도 바로 그랬기 때문에, 다시 말해, 아버지를 죽이려는 유혹을 이기고 도망쳤고 아버지를 죽이지 않았다는 기쁨과 깨끗한 마음을 자신의 내면에서 느끼고 있었기 때문에, 그래서 순수한 감정, 즉 연민과 동정을 느낄 수 있는 상태였기 때문에, 잠시 뒤에 그는 자신이 격분해서 때려눕힌 그리고리를 향해 담장에서 뛰어내렸던 것입니다. 검사께서는 모크로예 마을에서 피고가 처했던 무서운 상태를 소름 끼칠 만큼 웅변적으로 우리에게 묘사하는데, 사랑이 피고에게 새로이 열리고 그를 새로운 삶으로 부르건만, 피투성이가 된 아버지의 시체가 뒤에 놓여 있고 그 시체 뒤에는 형벌이 버티고 있는 까닭에, 그는 이미 사랑할 수 없는 처지였다는 것이지요. 하지만 검사께서는 그럼에도 불구하고 사랑을 인정하고, 그것을 자신의 심리분석에 의거해 설명했습니다. '취한 상태, 죄수가 형장으로 끌려갈 때 형장까지는 아직도 멀고멀다고 여긴다 등등' 하고 말입니다. 그렇지만 검사님, 거듭 묻는 바이지만, 검사님께선 엉뚱한 인물을 창조하신 게 아닌지요? 만약 피고가 정말로 자기 손에 아버지의 피를 묻혔다면, 그런 순간에 아직도 사랑이라든가 법정에서의 기만술 같은 것을 생각할 수 있을 만큼 과연 그렇게, 그렇게 뻔뻔하고 비정할 수가 있었을까요? 아니, 아닙니다, 절대로 아닙니다! 만약 그의 뒤에 아버지의 시체가 놓여 있었다면, 그녀가 그를 사랑하고 있다는 것이 밝혀지자마자, 그녀가 자기와 함께하자며 그를 부르고 있고 그에게 새로운 행복을 약속하고 있다는 것이 밝혀지자마자—오, 맹세코 말씀드립니다만, 그는 그 순간 자살하고 싶은 욕구를 두 배, 세 배 더 강하게 느꼈을 것이며, 또 틀림없이 자살하고 말았을 것입니다! 오, 물론입니다, 권총이 어디 있는지조차 잊었을 리는 없습니다! 저는 피고의 사람됨을 잘 압니다. 검사측이 주장하는 야만적이고 목석같은 비정함은 그의 성격과 일치하지 않습니다. 그는 자살했을 것입니다, 틀림없습니다. 그가 자살하지 않은 것은 바로 '어머니가 그를 위해 기도해주었기' 때문이며, 그의 마음이 아버지의 피에 관한 한 아무 죄가 없었기 때문입니다. 그날 밤 모크로예에서 그가 괴로워하고 비통해했던 것은, 오로지 자신이 그리고리 노인을 때려눕혔기 때문이며, 그는 노인이 의식을 차리고 일어나기를, 자신이 입힌 타격이 치명상이 아니어서 자기도 형벌을 면할 수 있기를 마음속으로 하느님께 빌었습니다. 왜 사건을 이렇게 해석하면 안 된다는 것입니까? 피고가 우리에게 거짓말을 하고 있다는 무슨 확고한 증거라도 있습니까? 아버지의 시신이 있지 않느냐고 또다시 즉각 내세우겠지요. 그가 죽이지 않고 달아났다면, 그럼 대체 누가 노인을 죽였다는 거냐? 하고 말입니다.

거듭 말씀드리지만, 검사측의 모든 논리는 오로지 이것, 즉 그가 아니라면 대체 누가 죽였단 말인가? 그를 대신하여 내세울 사람이 아무도 없지 않느냐, 하는 것입니다. 배심원 여러분, 정말 그렇습니까? 그럼 정말로 내세울 사람이 전혀 없습니까, 정말로? 우리는 검사측에서 그날 밤 그 집에 있었거나 드나든 모든 사람을 한 명 한 명 손꼽아 세는 것을 들었습니다. 다섯 사람이라는 것이 밝혀졌습니다. 그중 세 사람은, 저도 동의하지만, 전혀 혐의가 없습니다. 피살자 자신, 그리고리 노인, 그리고 그의 아내입니다. 그러므로 남는 자는 피고와 스메르쟈코프인데, 검사께서는 피고가 스메르쟈코프를 지목하는 것은 그 말고는 아무도 지목할 사람이 없기 때문이며, 여기에 누구든 여섯번째 사람이 있었더라면, 아니, 어떤 여섯번째 사람의 유령 같은 것이나마 있었더라면, 피고는 스스로 부끄러워하며 즉각 스메르쟈코프에게 혐의를 씌우는 짓을 그만두고 이 여섯번째 인물을 지목했을 것이라고 비장하게 외칩니다. 그렇지만 배심원 여러분, 제가 정반대되는 결론을 내리지 못할 이유가 어디 있겠습니까? 우리 앞에 두 사람, 즉 피고와 스메르쟈코프가 서 있습니다—여러분이 제 의뢰인에게 혐의를 돌리는 것은 달리 혐의를 돌릴 사람이 아무도 없다는, 오직 그 한 가지 이유 때문이라고 제가 왜 말하지 못하겠습니까? 하지만 달리 아무도 없는 것은 오로지, 여러분이 완전한 선입견에 사로잡혀 스메르자코프를 미리부터 모든 혐의에서 배제했기 때문입니다. 그렇습니다, 사실, 스메르자코프를 범인으로 지목하는 사람은 피고 자신과 그의 두 동생, 그리고 스베틀로바, 이들뿐입니다. 하지만 그를 지목하는 사람들이 몇 명 더 있습니다. 어렴풋하긴 하나 세간에는 어떤 의문, 어떤 의혹이 부풀어오르고 있고 어떤 모호한 소문이 들려오며, 어떤 기대가 존재한다는 것이 느껴집니다. 끝으로, 솔직히 말해 아직 분명한 것은 아니지만 몇 가지 사실이 보여주는 대단히 특징적인 어떤 일치도 그것을 증언하고 있습니다. 첫째, 이 뇌전증 발작이 하필이면 참극이 벌어진 바로 그날 일어났다는 점인데, 검사께서는 무엇 때문인지 이 발작을 그토록 열렬하게 변호하고 옹호해야만 했습니다. 그다음, 공판을 앞둔 바로 전날 밤에 스메르자코프가 느닷없이 자살했다는 점입니다. 또 그다음, 이에 못지않게 느닷없이 피고의 큰동생이 오늘 법정에서 내놓은 증언인데, 그는 지금까지 형의 유죄를 믿어오다가 갑자기 돈까지 제시하면서 살인자로 역시 스메르자코프의 이름을 높이 외쳤습니다! 오, 저도 물론 재판진이나 검사측과 마찬가지로, 이반 카라마조프가—열병을 앓고 있는 환자이며, 실제로 그의 증언이 형을 구할 목적으로 모든 혐의를 죽은 사람에게 덮어씌우기 위해, 그것도 섬망 상태에서 생각해낸 절망적인 시도였을 수 있다고 전적으로 믿는 바입니다. 그러나 그럼에도 불구하고 스메르자코프의 이름이 아무튼 거명되었고, 이번에도 또다시 수수께끼 같은 무엇인가가 들리는 듯합니다. 아무래도 무엇인가가 여기에서 끝까지 말해지지 않은 것 같고, 배심원 여러분, 아직 종결되지 않은 것 같습니다. 아마도 그것은 앞으로 마저 말해지겠지요. 하지만 당분간은 그대로 둡시다, 그건 아직 앞날의 얘기니까요. 조금 전에 법정은 심의를 속개하기로 결정했습니다만, 그래도 지금 이렇게 기다리는 동안, 제가 무엇인가를, 이를테면 검사께서 그토록 세밀하고 그토록 탁월하게 묘사해준 고 스메르쟈코프의 성격론과 관련하여 잠깐 언급할 수는 있겠지요. 검사님의 재능에 탄복해 마지않는 바이지만, 그럼에도 저는 그 성격론의 본질적인 내용에 완전히 동의할 수가 없습니다. 저도 스메르쟈코프를 찾아가서 만나보고 말을 나누었는데, 제가 받은 인상은 전혀 달랐습니다. 건강이 약했다는 것은 사실이지만, 성격이나 심성은—오, 천만의 말씀, 그는 절대로 검사측에서 내린 결론처럼 그렇게 나약한 인물이 아니었습니다. 특히 저는 그에게서 겁이라는 것은, 검사께서 그토록 특징적으로 묘사해준 그런 겁약함 같은 것은 발견하지 못했습니다. 순박함도 전혀 없었을 뿐만 아니라, 오히려 저는 순진함의 가면 아래 감춰진 무서운 경계심과 대단히 많은 것을 통찰할 수 있는 지적 능력을 발견했습니다. 검사측이 그를 정신박약으로 간주한 것은 너무나도 단순했습니다. 그는 저에게 아주 분명한 인상을 남겼습니다. 저는 그가 더없이 사악하고 터무니없이 강한 야심을 품고 있으며 복수심과 질투에 불타는 존재라는 확신을 가지고 그 집을 나왔습니다. 제가 수집한 이런저런 정보에 의하면, 그는 자신의 출생을 증오하며 수치스러워했고, '스메르자샤야의 몸에서 나왔다'는 것을 떠올릴 때마다 이를 갈았다고 합니다. 어린 시절의 은인인 하인 그리고리 내외에게도 공손하게 대하지 않았습니다. 그는 러시아를 저주하며 비웃었습니다. 프랑스인으로 변신하기 위해 프랑스로 갈 꿈을 꾸었습니다. 그 비용이 부족하다는 말을 그는 이미 전부터 많이, 자주 해왔습니다. 제가 보기에 그는 자기 자신 이외에는 아무도 사랑하지 않았고, 이상하리만큼 자존심이 강했습니다. 좋은 옷과 깨끗한 셔츠 가슴판, 번쩍거리게 닦은 구두를 계몽의 표징으로 간주했습니다. 자신을 표도르 파블로비치의 사생아로 여겼으므로(여기에는 증거도 있습니다) 자기 주인 나리의 적자들과 비교하며 자신의 처지를 증오했을 수도 있습니다. 그들에게는 모든 것이 있는데 자기에게는 아무것도 없다, 그들에게는 모든 권리가 있고 유산까지 받겠지만, 자기는 한낱 부엌데기에 지나지 않는다, 라고 말입니다. 그는 자기가 직접 표도르 파블로비치와 함께 돈을 봉투에 넣었다고 알려주었습니다. 그 돈의 용도에 대해—그만한 돈이면 자기의 새로운 인생을 시작하기에 충분할 터이므로—물론 증오를 느꼈을 것입니다. 더구나 그는 밝은 무지갯빛 지폐로 3천 루블이라는 돈을 직접 보았습니다(저는 그에게 일부러 이 점을 물어보았습니다). 오, 질투심과 자존심이 강한 사람에게는 큰돈을 절대로 한꺼번에 보여주지 마십시오, 그는 그때 처음으로 그런 거액이 한 손에 들린 것을 보고 만 것입니다. 이 무지갯빛 돈다발이 준 인상은 비록 처음에는 아직 어떤 결과로까지 나타나지 않았지만, 그의 상상에 병적인 영향을 주었을 수 있습니다. 드높은 재능을 지니신 검사께서는 스메르자코프에게 살인 혐의를 둘 수 있는 가능성에 대해 온갖 찬pro과 반contra의 가설들을 이례적일 정도로 상세하게 설명해주고 나서, 그가 무엇 때문에 발작이 난 시늉을 해야 했겠느냐고 특별히 물었습니다. 그렇긴 합니다만, 그런 시늉을 한 것이 전혀 아닌지도 모릅니다. 발작이 완전히 자연스럽게 일어났을 수도 있으며, 하지만 또 완전히 자연스럽게 지나가버려서 환자가 의식을 되찾고 깨어났을 수도 있지 않습니까. 설사 완전히 회복되지는 않았다 해도, 그래도 언젠가 정신이 돌아와서 깨어났을 수 있으며, 이것은 뇌전증 발작에서 흔히 있는 일입니다. 검사측은 스메르쟈코프가 살인을 저지른 순간이 대체 언제란 말인가? 하고 묻습니다. 그러나 이 순간을 제시하기는 대단히 쉽습니다. 그가 정신을 차리고 깊은 잠에서 깨어난 순간은(그는 그저 잠을 자고 있었던 것이니까요, 뇌전증 발작 후에는 언제나 깊은 잠에 빠져듭니다) 바로 그리고리 노인이 도망치는 피고를 담장에서 붙잡고 그의 다리에 꽉 매달려, 온 근방이 떠나가도록 '아비 죽인 놈!' 하고 부르짖던 때였을 겁니다. 적막한 어둠 속에 울려퍼지던 이 심상찮은 비명소리가 그때 아마도 아주 깊은 잠은 이미 지나간 뒤였을 스메르쟈코프를 깨웠을 수도 있습니다. 아니, 어쩌면 아주 자연스럽게 벌써 한 시간 전부터 잠이 깨기 시작했을 수도 있지요. 잠자리에서 일어나 그는 아무런 의도도 없이 거의 무의식적으로, 무슨 일인지 한번 보려고, 비명소리가 나는 쪽으로 향합니다. 머릿속은 발작 뒤끝이라 아직 혼미하고 사고력도 여전히 졸고 있지만, 이렇게 정원에 나와 불 켜진 창문으로 다가가서, 그가 온 것을 물론 반기는 주인 나리로부터 무서운 소식을 듣게 됩니다. 그의 머릿속에서 사고력이 대번에 불타오르기 시작합니다. 공포에 질린 주인 나리에게서 그는 모든 것을 자세히 알게 됩니다. 그러자 뒤죽박죽된 병적인 그의 뇌 속에서 어떤 생각이—무시무시하지만 유혹적이고, 논리적으로도 완벽한 생각이 차츰 뚜렷해져갑니다. 죽이고서 그 돈 3천을 가져간 뒤 나중에 모든 것을 나리의 아들한테 뒤집어씌우자, 이제 나리의 아들 말고 누가 그랬다고 생각하겠는가, 나리의 아들 말고는 누구한테 혐의를 둘 수 있겠는가, 증거가 다 있고, 그가 여기 있었는데? 절대로 자기가 벌을 받을 리 없다는 생각까지 들자, 돈에 대한 욕망, 돈을 손에 넣고 싶다는 무서운 욕망에 숨이 턱턱 막혀왔을 겁니다. 오, 이런 느닷없고 물리칠 수 없는 충동은 기회만 주어지면 너무도 자주 찾아오며, 특히 일 분 전만 해도 자기가 살인을 하려 할 줄은 꿈에도 생각지 않았던 그런 살인자들을 느닷없이 덮치는 법입니다! 그래서 스메르쟈코프는 주인 나리의 방으로 들어가서 자신의 계획을 실행에 옮겼을 것이며, 무엇으로, 어떤 흉기로 그랬는가—정원에서 맨 처음 집어든 돌로 그랬을 수도 있습니다. 그러나 대체 무엇 때문에, 어떤 목적으로 그랬는가? 그 3천 루블, 그것은 새로운 인생의 출발 아닙니까. 오! 이것은 제가 앞서 한 말과 모순되지 않습니다. 돈은 있었을 수도 있으니까요. 그리고 심지어, 어쩌면 스메르쟈코프 한 사람만이, 그 돈을 어디서 찾아낼 수 있는지, 주인 나리가 그 돈을 정확하게 어디다 두었는지 알고 있었을 겁니다. '그럼, 돈이 들었던 봉투는, 방바닥에 있던 찢어진 봉투는?' 하고 물으시겠지요. 조금 전에 검사께서 이 봉투 얘기를 하면서, 그것을 바닥에 버려두고 간 것은 바로 서투른 도둑, 바로 카라마조프 같은 도둑이지, 절대로 스메르쟈코프가 아니다, 스메르쟈코프였다면 자신에게 불리한 그런 증거를 절대로 남기지 않았을 것이다, 라는 대단히 섬세한 견해를 피력하셨을 때—배심원 여러분, 저는 조금 전에 이 말을 들으면서 갑자기 뭔가 몹시 귀에 익은 얘기를 듣고 있다는 느낌이 일었습니다. 상상해보십시오, 바로 똑같은 의견을, 카라마조프가 그 봉투를 어떻게 했을까 하는 데 대한 똑같은 추측을 저는 정확히 이틀 전에 이미 스메르쟈코프 자신의 입을 통해 들었으며, 더욱이 충격까지 받았습니다. 짐짓 순진을 가장하고 선수를 치며 그 생각을 저에게 불어넣어 저 스스로 그런 판단을 이끌어내도록 넌지시 일러주는 것만 같았으니까요. 혹시 그가 예심 담당관들에게도 그런 생각을 넌지시 일러주지 않았을까요? 드높은 재능을 지니신 검사께도 그 생각을 불어넣은 것은 아닐까요? 그럼 그 노파, 그리고리의 처는 어떻게 된 것이냐? 하고 말할지 모르겠습니다. 그 노파도 환자가 자기 옆에서 밤새도록 신음하는 것을 듣지 않았는가 하고요. 그렇습니다, 듣긴 들었습니다, 그렇지만 이 생각은 대단히 불확실한 것입니다. 제가 알고 있던 어느 부인은 마당에서 스피츠가 밤새 짖어대는 통에 한잠도 못 잤다고 애처롭게 한탄한 적이 있습니다. 그런데 그 불쌍한 강아지는 알고 보니 밤새껏 겨우 두세 번 짖은 게 다였습니다. 이것은 아주 당연한 일입니다. 자다가 갑자기 신음소리를 듣게 되면, 깨어나서 잠을 깨웠다고 짜증을 내지만 금방 다시 잠이 듭니다. 두 시간쯤 뒤에 다시 신음소리가 들려 다시 잠을 깼다가 다시 잠이 들고, 끝으로 또다시 두 시간 뒤에 한번 더 신음소리가 들렸으니, 모두 해서 밤새 겨우 세 번입니다. 이튿날 아침, 잠에서 깨어난 사람은 누군가가 밤새도록 신음하는 바람에 한잠도 못 잤다고 투덜거립니다. 하지만 그는 분명히 그렇게 여길 것입니다. 중간중간 매번 두 시간씩 잠을 잔 것은 기억하지 못하고, 잠을 깬 순간들만 기억하는 탓에, 밤새도록 한잠도 못 잤다고 생각되기 때문입니다. 그러나 검사측은 그렇다면 왜, 왜 스메르자코프가 유서에서 자백하지 않았는가? 하고 외칩니다. '한 걸음 내딛기에는 양심이 충분했지만, 다른 한 걸음을 내딛기에는 양심이 부족했다는 말인가'라면서요. 그렇지만 말입니다, 양심이란—이미 뉘우침을 의미하는 것인데, 자살자에게는 아마도 뉘우침이 없었을 것이고 오로지 절망만 있었을 겁니다. 절망과 뉘우침—이 두 가지는 완전히 다른 것입니다. 절망은 원한에 가득 차 결코 화해할 수 없는 것일 수 있으며, 자살자는 자신의 목숨에 손을 대려던 순간, 그가 평생토록 질투해온 사람들을 갑절이나 더 증오했을 수 있습니다. 배심원 여러분, 오심을 범하지 않도록 조심해주십시오! 제가 지금 여러분께 제시하고 설명드린 모든 것에서 무엇이, 무엇이 진실에 부합되지 않습니까? 제가 말씀드린 것에서 잘못된 점을 찾아내주시겠습니까, 불가능하고 부조리한 것을 찾아내주시겠습니까? 만약 저의 가정 속에 가능성의 그림자만이라도, 개연성의 그림자만이라도 있다면—부디 유죄평결을 삼가주십시오. 그렇지만 여기에 과연 그림자 정도만 있을까요? 모든 성스러운 것을 두고 맹세하건대, 저는 이 살인 사건에 대한 저의 해석을, 지금 여러분께 제시한 해석을 전적으로 믿습니다. 하지만 무엇보다, 무엇보다 저를 계속 당혹하게 하고 격분하게 하는 생각은 다름아니라, 검사측에서 피고를 기소하며 제시한, 산더미같이 누적된 그 모든 사실 가운데 조금이라도 정확한 사실, 반박 불가능한 사실은 단 한 가지도 없음에도 불구하고, 오로지 이 사실들의 누적 때문에 한 불행한 인간이 파멸당하려 하고 있다는 점입니다. 그렇습니다, 이 누적은 무서운 것입니다. 그 피, 손가락에서 줄줄 흘러내리는 그 피, 피범벅이 된 셔츠, '아비 죽인 놈!'이라고 울부짖는 소리가 정적을 깨뜨리는 그 칠흑 같은 밤, 그리고 머리통이 으스러진 채 비명을 내지르며 쓰러지는 자, 그후의 그 숱한 발언과 진술과 몸짓과 외침—오, 이것들은 너무나 엄청난 힘을 발휘하고 사람들의 확신을 아주 쉽게 매수할 수 있겠지만, 배심원 여러분, 그것들이 과연 여러분의 확신마저 매수할 수 있을까요? 여러분에게는 무한한 권력이, 묶고 풀 수 있는 권력*이 주어져 있음을 기억해주십시오. 그러나 권력이 강대할수록 그것의 행사는 더욱더 무서운 것입니다. 저는 지금 제가 한 말에서 한 자 한 획도 철회하지 않는 바이지만, 그러나 좋습니다, 그렇게 하지요, 저의 불행한 의뢰인이 자신의 손을 아버지의 피로 붉게 물들였다는 검사측의 주장에 잠깐 동안만 동의하는 셈 치겠습니다. 이것은 물론 가정이며, 거듭 말씀드리거니와 저는 단 한 순간도 그의 무죄를 의심하지 않습니다만, 그러나 좋습니다, 저의 피고가 친부 살해죄를 범했다고 가정하기로 하겠습니다, 하지만 설령 제가 이런 가정을 허용한다 할지라도 여러분은 제 말을 주의깊게 들어주십시오. 제 마음속에는 여러분께 꼭 말씀드리고 싶은 것이 아직 남아 있습니다, 여러분의 마음속, 머릿속에서 커다란 투쟁이 일어나리라는 것을 예감하기 때문입니다…… 여러분의 마음과 머릿속에 대해 이런 말을 하는 것을 용서해주십시오, 배심원 여러분. 그러나 저는 끝까지 정직하고 진실하고자 합니다. 우리 모두 진실하기로 합시다!……"

이 대목에서 상당히 세찬 박수갈채가 쏟아져 변호인의 말을 중단시켰다. 사실, 그의 마지막 말에서 너무도 진실한 어조가 울려나왔기 때문에 다들 그가 정말 꼭 해야 할 말이 있나보다, 지금 그가 말하려고 하는 것이 가장 중요한 것이다, 라고 느꼈다. 그러나 재판장은 박수소리를 듣자, 다시 한번 '비슷한 경우'가 반복될 시, '퇴정'을 명하겠다고 큰 소리로 으름장을 놓았다. 법정 안은 모두 조용해졌고, 페츄코비치는 지

* 「마태복음」 16:19, 18:18.

금까지 말할 때와 전혀 다른, 어딘가 새롭고도 감동적인 목소리로 말하기 시작했다.

XIII
사상의 간통자

"비단 사실의 누적만이 제 의뢰인을 파멸시키는 것은 아닙니다, 배심원 여러분." 그가 어조를 높이며 말했다. "아니, 제 의뢰인을 파멸시키는 것은, 실제로, 오직 한 가지 사실뿐입니다. 그것은—늙은 아버지의 시신입니다! 단순한 살인 사건이었다면, 사실을 누적된 전체로 보지 않고 각각의 사실을 따로 떼어 살펴보고 아무 가치가 없고 증거 능력이 없고 공상적이라고 여겨질 경우—기소를 취하하거나, 적어도 그에게 불리한 어떤 선입견 하나만으로 한 인간의 운명을 파멸시키는 것에 의구심을 느끼실 것입니다. 오, 안타깝게도 제 의뢰인은 그런 선입견을 심어줄 만한 행동을 해왔습니다! 그러나 이것은 단순한 살인이 아니라 친부 살해입니다! 이것 자체가 이미 너무도 경악스럽고 위압적인지라, 검사측에서 제시한 사실들이 아무리 무가치하고 아무리 증거 능력이 부족하더라도 그것들은 이미 그다지 무가치하지 않고 그다지 증거 능력이 불충분하지 않은 것으로 변하고, 심지어 선입견으로부터 가장 자유로운 사람의 머릿속에서도 같은 일이 일어납니다. 아니, 그런 피고에게 어떻게 무죄판결을 내릴 수 있단 말인가? 아비를 죽인 자가 벌을 받지 않고 빠져나가서야—누구나 거의 부지불식간에 본능적으로 이렇게 마음속으로 느끼게 마련입니다. 그렇습니다, 아버지의 피를 흘리게 하는 것은 정말로 무서운 일입니다—나를 낳아준 사람의 피, 나를 사랑해준 사람의 피, 나를 위해 자신의 목숨을 아끼지 않은 사람의 피, 내가 어렸을 때부터 나의 병 때문에 아파하고, 나의 행복을 위해 한평생 고통받으면서 오로지 나의 기쁨과 나의 성공만을 바라며 살아온 사람의 피 아닙니까! 오, 그런 아버지를 죽이다니—차마 생각조차 할 수 없는 일입니다! 배심원 여러분, 아버지란, 진정한 아버지란 무엇입니까, 이것은 얼마나 위대한 말이며, 이 이름 속에는 얼마나 무섭도록 위대한 관념이 담겨 있습니까? 우리는 지금 진정한 아버지란 무엇이며 어떠해야 하는가에 대해 부분적으로만 지적했습니다. 하지만 본 사건의 경우—지금 이토록 우리 모두의 관심을 집중시키고 우리의 영혼을 고통스럽게 하는 본 사건의 경우, 아버지인 고 표도르 파블로비치 카라마조프는 지금 우리 마음속에 떠오른 아버지의 개념과 조금도 부합되지 않았습니다. 이것은 재앙입니다. 그렇습니다, 실제로 어떤 아버지는 재앙이나 다를 바 없습니다. 이 재앙을 좀더 가까이서 살펴봅시다—배심원 여러분, 임박한 평결의 중대성을 고려할 때 그 무엇도 두려워해서는 안 됩니다. 특히 지금은 더더구나 두려워해서는 안 됩니다, 드높은 재능을 지닌 검사께서 요행히 성공적으로 표현했듯이, 말하자면 어린아이들이나 겁 많은 여자들처럼 손사래를 치며 어떤 생각을 떨쳐버리려고 해서는 안 됩니다. 그러나 존경해 마지않는 제 경쟁자는(제가 변론의 첫마디를 시작하기도 전에 그는 이미 제 경쟁자였습니다) 그 열정적인 논고에서 몇 번이나 소리 높여 외쳤습니다. '아니, 나는 누구한테도 피고의 변호를 넘겨주지 않겠다, 나는 페테르부르크에서 온 변호인에게 피고의 변호를 양보하지 않겠다—나는 기소자인 동시에 변호인이다!'라고 말입니다. 그러나 그는 몇 번이나 이렇게 외쳤지만, 정작 이 점을 언급하는 것을 잊었습니다. 즉, 이 무시무시한 피고가 아직 부모님의 집에서 살았던 어린 시절 자신을 귀여워해준 유일한 사람으로부터 고작 호두 한 푼트 받은 것에 대해 이십삼 년 동안이나 두고두고 그렇게 고마워했다면, 역으로 그런 사람은, 인정 많은 의사 게르첸슈투베의 표현대로, 자기가 아버지 집의 '뒤꼍에서 신발도 못 얻어 신은 채 단추 하나만 겨우 매달려 있는 바지를 걸치고' 맨발로 뛰어다녔던 것을 이 이십삼 년 내내 기억에 담아두지 않을 수 없었으리라는 점입니다. 오, 배심원 여러분, 무엇 때문에 우리가 이 '재앙'을 좀 더 가까이서 살펴보아야 하며, 이미 다 아는 것을 되풀이해야 합니까! 제 의뢰인이 이곳의 아버지 집으로 왔을 때, 무엇이 그를 맞이했습니까? 도대체 왜, 왜 제 의뢰인을 비정한 인간으로, 이기주의자로, 괴물로 묘사하는 것입니까? 물론 그는 광포하고 거칠고 난폭하며, 바로 이 때문에 지금 우리는 그를 심판하고 있습니다만, 그의 운명에 대해 책임져야 할 사람은 누구이며, 훌륭한 성향과 고결하고 다감한 마음을 타고난 그가 그토록 터무니없는 교육을 받은 것은 누구의 잘못입니까? 누가 그에게 지혜와 분별을 가르쳐주긴 했습니까, 학문을 깨우쳐주긴 했습니까, 어린 시절에 그를 조금이라도 사랑해준 사람이 있습니까? 제 의뢰인은 하느님의 보호만을 받으며, 다시 말해 들짐승이나 다름없이 자랐습니다. 아마도 그는 오랜 세월 동안 헤어져 있었던 아버지를 간절히 보고 싶어했을 것이며, 그전에도 마치 꿈결처럼 자신의 어린 시절을 회상할 때면 어린 시절 꿈속에 나타나던 그 혐오스러운 환영들을 아마도 이미 천 번은 쫓아내면서 자신의 아버지를 좋게 생각하고 얼싸안기를 온 마음으로 바랐을 겁니다! 그런데 어땠습니까? 그를 맞이하는 것은 오로지 냉소적인 조롱, 그리고 분쟁을 빚고 있던 돈 문제에서 비롯된 의심과 책략뿐입니다. 듣게 되는 소리라곤 그저 날마다 '코냑 잔을 기울이며' 늘어놓는, 정나미가 떨어지는 잡담과 처세술이 전부이고, 마침내 아들인 그에게서, 바로 그 아들의 돈을 미끼로 애인을 뺏으려는 아버지를 보게 되니—오, 배심원 여러분, 이 얼마나 혐오스럽고 잔인한 일입니까! 그러고도 이 노인은 보는 사람마다 붙잡고, 아들이 불손하고 잔인하다며 하소연을 늘어놓아 사회에서 아들의 얼굴에 먹칠을 하고, 아들에게 해를 끼치고, 중상모략을 하고, 아들의 차용증서를 사 모아 감옥에 처넣으려고까지 합니다! 배심원 여러분, 이런 영혼들, 제 의뢰인처럼 겉보기에 잔인하고 사납고 무절제한 이런 사람들은 사실 대단히 부드러운 마음을 지니고 있는 경우가 무척 많은데, 다만 그 마음을 겉으로 드러내지 않을 따름입니다. 웃지 마십시오, 제 생각을 비웃지 말아주십시오! 드높은 재능을 지니신 검사께서는 조금 전에, 제 의뢰인이 실러를 좋아하고 '아름답고 고상한 것'을 사랑한다는 점을 내세우며 그를 무자비하게 비웃었습니다. 만약 제가 그의 입장, 즉 검사의 입장이었다면, 이 점을 결코 비웃지 않았을 것입니다! 그렇습니다, 이런 마음들은—오, 좀처럼 이해받지 못하고 그토록 부당하게 오해받는 이 마음들을 변호하게 해주십시오—이런 마음들은 대단히 자주, 부드럽고 아름답고 공명정대한 것을 열망하며, 다름아니라 흡사 자기 자신과 자신의 난폭함과 자신의 잔인함에 대한 대극과도 같은 것으로서—그것을 무의식적으로 열망하고, 정말로 열망합니다. 겉보기에는 욕정적이고 잔인하지만, 이들은 고통스러울 정도로 사랑할 수 있는 능력을 지녔으며, 예컨대 여자에 대해서도 그러할뿐더러 그것은 분명히 정신적이고 고상한 사랑이기도 합니다. 이번에도 저를 비웃지 말아주십시오. 이것은 이런 천성을 타고난 사람들에게 너무나 자주 있는 일입니다! 그들은 다만, 자신의 열정, 때로는 몹시 거칠기도 한 그 열정을 도저히 감추지 못하는 법이어서—바로 이 점이 사람들에게 충격을 주는 것이며, 그 때문에 사람들은 그저 이 점에만 주목할 뿐, 인간의 내면은 보지도 않습니다. 그들의 모든 열정은 오히려 순식간에 잠잠해집니다만, 겉보기에 거칠고 잔인한 이 인간은 고결하고 아름다운 존재 곁에서 갱생을 추구하면서, 자신을 바로잡아 더 훌륭한 사람이 되고, 고상하고 성실한 사람—그리고 이 말 때문에 제가 또 무어라 조소를 받을망정, '고상하고 아름다운' 사람이 될 수 있는 가능성을 찾고자 합니다. 조금 전에 저는 제 의뢰인과 베르호프체바 양의 로맨스에 대해서는 감히 건드리지 않겠다고 말했습니다. 하지만 한마디 정도는 해도 괜찮겠지요. 우리가 아까 들었던 것은 증언이 아니라, 복수심에 불타올라 광적으로 흥분한 여성의 부르짖음일 뿐이었습니다만, 그녀는, 오, 그녀는 약혼자의 배반을 비난할 자격이 없을 겁니다, 그녀 자신이 배반했으니까요! 생각해볼 시간이 조금이라도 있었다면, 그녀는 그런 증언을 하지 않았을 테지요! 오, 그녀의 말을 믿지 마십시오, 천만에요, 제 의뢰인은 그녀가 말한 것 같은 그런 '불한당'이 아닙니다! 십자가에 못박힌 박애주의자께서는 십자가의 길을 떠나시려 준비하면서 이렇게 말씀하셨습니다. '나는 선한 목자라, 선한 목자는 양들을 위하여 자기 영혼을 내놓나니, 이는 단 한 마리의 양도 파멸하지 않게 하기 위함이라……'* 우리도 인간의 영혼을 파멸시켜서는 안 됩니다! 저는 방금 아버지란 무엇이냐고 물으면서, 이것은 위대한 말, 고귀한 이름이라고 외쳤습니다. 그러나 말이란, 배심원 여러분, 정당하게 사용해야 하므로, 저는 그 대상을 그에 합당한 말로, 합당한 이름으로 부르고자 합니다. 피살된 카라마조프 노인과 같은 아버지는 아버지라 불릴 수 없고, 또 그럴 자격조차 없습니다. 아버지에 대한 사랑은, 아버지가 그 사랑을 받을 정당한 자격이 없는 경우, 무의미하기도 하려니와 아예 불가능합니다. 무無에서 사랑을 창조할 수는 없습니다, 무에서 창조할 수 있는 자는 오직 하느님밖에 없습니다. '아비들아, 너희 자녀를 격노케 말지니.'** 어느 사도는 사랑에 불타는 마음으로 이렇게 적고 있습니다. 지금 이 거룩한 말씀을 인용하는 것은 제 의뢰인을 위해서가 아니며, 모든 아버지를 위하여 이 말씀을 상기시키는 것입니다. 누가 저에게 아버지들을 가르칠 권한을 주었습니까? 그 누구도 아닙니다. 그러나 한 사람의 인간으로서, 시민으로서, 호소하는 바입니다. '비보스 보코!'*** 지상에 오래 머무르는 것도 아닌데, 우리는 나쁜 짓을 많이 하고 나쁜 말을 많이 합니다. 하지만 그 때문에 우리는 함께 모인 적절한 순간을 포착해 서로에게 좋은 말을 하도록 힘써야 합니다. 저도 그렇게 하겠습니다. 이 자리에 있는 동안 저에게 주어진 기회를 이용하는 것입니다. 최고의 의지에 의해 우리에게 주어진 이 연단은 공연히 주어진 것이 아닙니다—온 러시아가

---

* 「요한복음」 10:11, 14~15의 부정확한 인용.

** 「골로새서」 3: 21의 부정확한 인용.

*** vivos voco. 라틴어로 '살아 있는 자들에게 호소하노라'라는 뜻으로 쉴러의 「종(鐘)의 노래」 제사의 첫 구절이다.

여기서 나오는 우리의 말을 듣고 있습니다. 그저 이곳에 계신 아버지들에게뿐만 아니라 모든 아버지에게 '아비들아, 너희 자녀를 격노케 말지니!' 하고 외치는 바입니다. 그렇습니다, 먼저 스스로 그리스도의 말씀을 실행한 후에 비로소 우리의 자녀들에게도 같은 것을 요구할 수 있습니다. 그렇지 않으면 우리는 아버지가 아니라 우리 자녀들의 원수이며, 그들은 우리의 자녀가 아니라 우리의 원수가 되고 마니, 우리 스스로 그들을 우리의 원수로 만든 것입니다! '너희가 헤아리는 그 헤아림으로 너희도 헤아림을 도로 받을 것이니라.'—이것은 저의 말이 아니고, 성서에 적혀 있는 말씀입니다.* 여러분이 그들을 헤아리는 대로 여러분도 같은 헤아림을 받게 된다는 뜻입니다. 자녀들이 우리의 헤아림대로 우리를 헤아린다 해서 어찌 그들을 탓하겠습니까? 얼마 전 핀란드에서 하녀인 어느 처녀가 몰래 아이를 낳았다는 혐의를 받았습니다. 그래서 그녀를 조사하게 됐고 그 집 다락방 구석의 벽돌 뒤에서 그녀의 궤짝을 발견했는데, 아무도 모르고 있던 그 궤짝을 열었더니, 태어나자마자 그녀에게 살해당한 갓난아이의 시신이 나왔습니다. 바로 그 궤짝에서, 그녀도 자백한바, 그녀가 그전에 낳자마자 곧바로 죽인 갓난아이의 해골이 두 구나 더 발견되었습니다. 배심원 여러분, 이것이 아이들의 어머니입니까? 예, 아이들을 낳기는 했습니다만, 과연 그 아이들의 어머니일 수 있겠습니까? 우리 중 어느 누가 그 여자에게 감히 어머니라는 거룩한 이름을 붙일 수 있겠습니까? 우리, 용감해집시다, 배심원 여러분, 심지어 대담해져도 됩니다, 이 순간 우리는 그럴 의무가

* 「누가복음」 6:37~38, 「마태복음」 7:1~2, 「마가복음」 4:24.

있으며, '금속'과 '유황'을 겁내는 모스크바 장사꾼 아내들*처럼 어떤 낱말이나 관념을 두려워해서는 안 됩니다. 아니, 오히려 최근의 진보가 우리의 발전에도 영향을 미쳤다는 것을 증명하는 뜻에서라도 똑바로 말합시다. 낳기만 했다고 아버지는 아니며, 아버지란—아이를 낳고 아버지로서의 책임을 다한 사람을 뜻한다고 말입니다. 오, 물론 '아버지'란 말의 다른 뜻, 다른 해석도 있어서, 나의 아버지가 비록 불한당일지라도, 비록 자기 자식들한테 악당일지라도, 나를 낳아주었다는 것만으로도 여전히 나의 아버지이다, 라고 주장하기도 합니다. 하지만 그런 의미는 이미 이른바 신비주의적인 것인 까닭에, 결코 나의 이성으로는 이해할 수 없고 오로지 믿음을 통해서만, 혹은 더 정확히 말해, 종교가 나에게 어쨌든 믿으라고 명령하는 다른 많은 것과 마찬가지로, 오로지 믿음에 기대어서만 이해할 수 있는 그런 것입니다. 그러나 그럴 경우 그것은 현실적 삶의 영역 바깥에 머무르게 될 것입니다. 그렇지만 현실적 삶의 영역은 자기만의 고유한 권리를 가질 뿐만 아니라 우리에게 커다란 의무를 부과하며—이러한 현실적 삶의 영역 안에서 우리가 인도주의적인 인간, 궁극적으로 그리스도교인이 되고자 한다면, 오로지 이성과 경험에 의해 정당화되고 분석의 용광로를 거친 신념들만을 실행에 옮겨야 하고 또 그럴 의무가 있는 것이니, 한마디로 말해, 인간에게 해를 끼치지 않기 위해, 인간을 괴롭히고 파멸시키지 않기 위해, 꿈을 꾸거나 환각에 빠진 것처럼 지각없이 행동할 것이 아니라 이성적으로 행동해야만 합니다. 바로 그때, 그때야 비로소 이것은 참된 그리스도교적

* 오스트롭스키의 희곡 『힘든 나날』의 2막 2장을 염두에 둔 것이며, 유황은 지옥불의 의미를 내포한다.

인 행위가 되며, 그저 신비주의적인 것이 아니라 이성적이면서도 그야말로 진정으로 박애주의적인 행위가 될 것입니다……"

이 대목에서 방청석의 여러 구석에서 세찬 박수갈채가 터져나왔으나, 페츄코비치는 자신의 말을 중단시키지 말고 끝까지 말하게 해달라고 간청이라도 하듯 두 손을 내젓기까지 했다. 모두 곧 조용해졌다. 연사는 말을 이어갔다.

"배심원 여러분, 여러분은 가령 이미 청소년이 된 우리 자녀들, 가령 이미 사리 판단 능력을 갖기 시작한 우리 자녀들이 이런 문제들에 무관심하리라고 생각하십니까? 아닙니다, 무관심할 수 없습니다, 그리고 우리는 자녀들에게 불가능한 자제를 요구할 수 없습니다! 아버지답지 않은 아버지의 모습은 특히 같은 또래인 다른 친구들의 아버지다운 다른 아버지들과 비교할 때 청소년의 마음속에 부지불식간에 고통스러운 물음을 불러일으킵니다. 그러나 사람들은 이 물음들에 대해 언제나 판에 박은 듯한 대답만 해줍니다. '그는 너를 낳았고 너는 그의 혈육이다, 그러니 너는 마땅히 그를 사랑해야 한다'라고 말입니다. 청소년은 자기도 모르게 생각에 잠깁니다. '나를 낳았을 때, 그는 과연 나를 사랑했을까,' 하고 그는 점점 더 의구심을 품으면서 묻습니다. '그는 과연 나를 위해서 나를 낳았을까. 그 순간에, 아마도 술기운 때문에 격렬해졌을 그 욕정의 순간에 그는 나를 알지도 못했고, 심지어 내가 딸아이인지 사내아이인지도 몰랐을 게다, 나에게 고작 음주벽이나 물려주었을 뿐—이게 그가 베푼 은혜의 전부 아니냐…… 단지 나를 낳았다는 것 때문에 내가 왜 그를 사랑해야 하나, 그뒤로 평생 동안 나를 사랑해주지도 않았는데?' 오, 여러분께는 이런 의문이 무례하고 잔인하게 여겨질지 모르지만, 그렇더라도 젊은 정신에게 불가능한 자제를 요구하지는 마십시오. '천성을 문밖으로 내쫓으면 창문으로 날아들어온다'*라고 하지 않습니까—무엇보다도, 무엇보다도, '금속'과 '유황'을 두려워 말고, 신비주의적인 개념이 아니라 이성과 인간애가 일러주는 대로 문제를 해결하도록 합시다. 그러면 어떻게 해결해야겠습니까? 바로 이런 식이면 됩니다. 아들이 자기 아버지 앞에 서서 침착하고 이성적으로 그에게 직접 묻는 겁니다. '아버지, 말해주세요, 내가 왜 아버지를 사랑해야 하나요? 아버지, 내가 아버지를 사랑해야 한다는 것을 증명해주세요.' 만약 이 아버지가 아들의 질문에 대답할 수 있고 증명해줄 수 있다면, 만약 그런 상태라면—이것은 그저 신비주의적인 선입견에 의지하는 가정이 아니라, 이성적이고 자기의식적이고 확고한 인도주의적 토대 위에 세워진, 진정으로 정상적인 가정입니다. 반대의 경우, 만약 아버지가 증명을 해주지 못한다면—그 가정은 곧바로 끝납니다. 더이상 그는 아들에게 아버지가 아니며, 아들은 앞으로 자기 아버지를 남으로, 심지어 자신의 원수로까지 여길 자유와 권리를 얻게 되니까 말입니다. 우리의 연단은, 배심원 여러분, 진리와 건전한 사고의 학교가 되어야 합니다!"

여기서 연사의 말은 제어할 수 없는, 거의 광적인 박수갈채에 의해 중단되었다. 물론 법정 전체가 박수를 친 것은 아니었지만, 그래도 법정의 절반은 박수를 쳤다. 아버지들과 어머니들이 박수를 보냈다. 위쪽 부인석에서는 찢어질 듯이 외치는 소리도 들려왔다. 손수건을 흔들어

* 카람진이 의역한 라퐁텐의 우화 「여자로 변한 암고양이」에서 인용.

대기도 했다. 재판장은 있는 힘을 다해 종을 울리기 시작했다. 그는 법정의 행태에 화가 치민 게 분명했지만, 그래도 조금 전에 위협했던 것처럼 '퇴정'시킬 엄두는 결코 내지 못했다. 심지어 뒤쪽 특별석에 앉아 있는 높은 사람들, 연미복에 별을 단 노인들까지 연사에게 박수를 보내고 손수건을 흔들어댔기 때문에, 재판장은 소란이 가라앉자 그저 아까와 마찬가지로 '퇴정'을 명하겠다는 아주 엄중한 위협을 하는 것으로 만족하는 수밖에 없었고, 페츄코비치는 의기양양하고 흥분하여 다시 변론을 계속하기 시작했다.

"배심원 여러분, 여러분께서는 오늘 그토록 많이 얘기된 그 무서운 밤, 아들이 담장을 넘어 아버지의 집으로 잠입해서, 자기를 낳은 사람, 자신의 원수이자 모욕자인 인간과 마침내 얼굴을 맞대고 선 그 무서운 밤을 기억하실 것입니다. 저는 온 힘을 다해 주장합니다만—그때 그가 달려간 것은 결코 돈을 노려서가 아닙니다. 이미 앞에서도 말씀드렸듯이, 강도 혐의는 터무니없습니다. 그리고 살인을 저지르기 위해 아버지 집에 침입한 것도 아닙니다, 오, 천만에요. 만약 사전에 그런 계획이 서 있었다면, 적어도 흉기라도 미리 준비해두었겠지만, 놋쇠 공이를 움켜쥔 것은 왜 그러는지 자기도 모르면서 그냥 본능적으로 그랬던 겁니다. 설령 그가 신호로 아버지를 속였다고 합시다, 그래서 방안으로 들어갔다고 합시다—저는 단 한 순간도 이런 황당무계한 이야기는 믿지 않는다고 이미 말씀드렸지만, 좋습니다, 그렇게 하지요, 그저 한순간만 그렇다고 가정해봅시다! 배심원 여러분, 모든 성스러운 것을 두고 맹세하건대, 만약 그자가 그의 아버지가 아니고 아무 혈연관계가 없는 모욕자였다면, 그는 이 방 저 방 뛰어다니며 그 여자가 이 집에 없다는 것을 확인하고는 자신의 연적에게 아무런 해도 입히지 않고 쏜살같이 달아났을 것이며, 어쩌면 한 대 치거나 떠밀었을 수는 있겠지만 그저 그 정도로 끝났을 것입니다. 그런 것에 신경쓸 정신도, 그럴 겨를도 없었을 테니까요, 그녀의 행방부터 알아내야 했으니 말입니다. 그러나 이자는 아버지, 아버지입니다—오, 어릴 적부터 자기를 미워했던 그의 원수, 그의 모욕자, 거기다 지금은—괴물 같은 연적, 그런 아버지를 본 것만으로도 모든 일이 벌어지고 말았습니다. 자기도 모르게 증오심이 걷잡을 수 없이 그를 휘어잡아, 이미 분별력이 사라졌습니다. 모든 것이 한순간에 솟구쳐오른 것입니다. 이것은 광기와 착란의 발작이었지만, 동시에 자연 속의 모든 것이 그렇듯이, 자신의 영원한 법칙이 훼손된 데 대해 언제나 무의식적으로, 저지할 수 없이 복수하고 나서는 자연의 격정이기도 했습니다. 그러나 살인자는 여기서도 살인을 하지는 않았습니다—저는 이것을 굳세게 주장하며, 소리 높여 외치는 바입니다—아닙니다, 그는 욕지기가 치미는 분노에 사로잡혀 그저 공이를 한번 휘둘렀을 뿐, 죽일 마음도 없었고 죽이게 될 줄도 몰랐습니다. 그의 손에 이 숙명적인 공이만 없었다면, 그저 아버지를 구타했을 수야 있겠지만 죽이지는 않았을 것입니다. 도망칠 때도 그는 자기가 때려눕힌 노인이 죽었는지 어떤지 몰랐습니다. 이런 살인은 살인이 아닙니다. 이런 살인은 친부 살해도 아닙니다. 이런 아버지를 죽인 것은 친부 살해라고 부를 수도 없습니다. 이런 살인은 오로지 편견에 의해서만 친부 살해로 치부될 수 있는 것입니다! 그렇지만 이 살인이 실제로 있었습니까, 있었습니까, 저의 영혼 깊은 곳으로부터 여러분께 다시 한번, 다시 한번 호소하는 바입니다! 배심원 여러분, 지금 우리가 그에게 유죄평결을 내린다면, 그는 자신에게 이렇게 말할 것입니다. '이 사람들은 나의 운명을 위해, 나의 양육을 위해, 나의 교육을 위해, 나를 더 좋게 만들기 위해, 나를 사람으로 만들기 위해 아무것도 하지 않았다. 이 사람들은 나에게 먹을 것도 마실 것도 준 적이 없고, 벌거숭이로 감옥에 갇혀 있는 나를 찾아와준 적도 없는데, 그래 놓고 이제 나를 유형지로 보내기로 했다. 나는 셈을 다 치렀다, 나는 이제 그들에게 빚진 게 없고, 영원히 어느 누구한테도 빚진 게 없다. 그들이 악하게 대하니, 나도 악해질 것이다. 그들이 잔인하게 대하니, 나도 잔인해질 것이다.' 그는 바로 이렇게 말할 것입니다, 배심원 여러분! 저는 단언합니다. 여러분께서 유죄평결을 내리시면 그로써 그를 홀가분하게 해주고 그의 양심을 가뿐하게 해줄 뿐이어서, 그는 자기 손으로 흐르게 한 피를 후회하기는커녕 오히려 저주하게 될 것입니다. 아울러 여러분께서는 그의 내면에 있는, 아직은 가능성이 있는 인간을 파멸시키는 셈이 됩니다. 그는 평생토록 악하고 눈먼 인간으로 남을 테니까 말입니다. 그럼에도 여러분께서는 상상할 수 있는 가장 공포스러운 형벌을 내려 그를 무섭고 위협적으로 벌함으로써 그의 영혼을 구하고 영원히 갱생시키고자 하십니까? 만약 그러시다면, 여러분의 자비로써 그를 압도해주십시오! 여러분께서는 그의 영혼이 얼마나 두려워하며 떠는지 보고 듣게 되실 것입니다. '내가 이 같은 자비를 감당할 수 있을까, 내가 이토록 큰 사랑을 감당할 수 있을까, 내가 이런 것을 받을 자격이 있을까?' 그는 바로 이렇게 외칠 것입니다! 오, 저는 압니다, 저는 이 마음을, 거칠지만 고결한 이 마음을 알고 있습니다, 배심원 여러분, 이 마음은 여러분의 위업 앞에 엎드려 절을 할 것이며, 사랑의 위대한 행위를 갈망하며 뜨겁게 불타올라 영원히 부활할 것입니다. 자신의 제한된 존재 속에 갇힌 채 세상 전체를 비난하는 그런 영혼들이 있습니다. 하지만 이런 영혼을 자비로써 압도해주십시오, 이 영혼에 사랑을 베풀어주십시오, 그러면 이 영혼은 자신이 한 일을 저주하게 될 터인즉, 이 영혼 속에는 선량한 싹들이 너무도 많이 숨어 있기 때문입니다. 이 영혼은 넓어져서, 하느님이 얼마나 자비로우신지, 사람들이 얼마나 아름답고 정의로운지 깨닫게 될 것입니다. 회오의 감정, 그리고 이제부터 그의 앞에 서 있는 무수한 의무가 그를 두렵게 하고 그를 압도할 것입니다. 그리고 그때 그는 '나는 셈을 다 치렀다'라고 말하는 대신, '나는 모든 사람 앞에 죄인이고, 그 누구보다 무가치한 존재다'라고 말할 것입니다. 고행자와도 같은 뜨거운 감동과 회오의 눈물을 흘리면서, '사람들은 나보다 훌륭하다, 그들은 나를 파멸시키지 않고 구해주려고 하지 않았는가!'라고 외칠 것입니다. 오, 여러분께서 이것을, 이 자비의 행위를 행하시기는 참으로 쉬운 일입니다. 진실에 조금이라도 가까운 증거가 하나도 없는데도 불구하고, '예, 유죄입니다'라고 선고하기는 너무나 힘들 것이기 때문입니다. 한 명의 죄 없는 자를 벌하느니 열 명의 죄인을 풀어주라,* 하지 않았습니까—들리십니까, 지난 세기 우리의 영광스러운 역사로부터 울려퍼지는 이 숭엄한 목소리가 들리십니까? 저같이 하잘것없는 자가 여러분에게, 러시아의 재판은 단순한 징벌이 아니라 파멸한 인간을 구원하는 것이라고 새삼 상기시켜드릴 필요가 어디 있겠습니까! 다른 민족들에게는 법조문과 징벌이 있다 할지라도, 우리에게만큼은 정신과 뜻이 있고,

---

* 표트르 1세의 군율에 들어 있는 말을 변형한 것이다.

파멸한 자들의 구원과 갱생이 있습니다. 그리고 만약 그렇다면, 만약 러시아와 러시아의 재판이 정말로 그렇다면—러시아는 앞으로 나아가고 있는 것이며, 그러니 우리에게 겁을 주지 마십시오, 모든 민족이 심한 혐오감을 느끼며 비켜서게 될 광포한 트로이카 운운하며 우리를 위협하지 마십시오! 광포한 트로이카가 아니라, 위대한 러시아의 전차戰車가 장엄하고도 침착하게 목표에 도달하게 될 것입니다. 제 의뢰인의 운명은 여러분의 손안에 있으며, 우리 러시아의 정의의 운명도 여러분의 손안에 있습니다. 여러분께서 그것을 구원하실 것이며, 여러분께서 그것을 지켜주실 것이며, 그것을 수호하는 사람들이 있다는 것을, 그것이 훌륭한 손안에 있다는 것을 여러분께서 증명해주실 것입니다!"

XIV
촌놈들이 고집을 부리다

이렇게 페츄코비치가 변론을 끝내자 방청객들에게서 터져나온 열광은 이번에는 그야말로 폭풍우처럼 걷잡을 수 없었다. 그것을 억제한다는 것은 이미 생각조차 할 수 없을 지경이었다. 여자들은 울었고, 남자들도 많은 사람이 울었으며, 심지어 두 명의 고관마저 눈물을 흘렸다. 재판장도 어쩔 수 없다고 생각해, 종을 흔드는 것마저 주저했다. "그런 감격을 제지한다는 건 성물 훼손과도 같은 짓이에요." 나중에 우리 도시 부인네들은 이렇게 외치곤 했다. 연사 자신도 진심으로 감동해 있었다. 그런데 바로 이 순간, 우리의 입폴리트 키릴로비치가 '이견을 나누고자' 다시 한번 자리에서 일어났다. 증오를 담은 시선들이 그를 흘겨보았다. "왜 저래요? 뭐죠, 저건? 저 사람이 그래도 감히 반박을 하려나 보죠?" 부인네들이 종알대기 시작했다. 그러나 설령 온 세상 부인네들이 다 종알대고 그 맨 앞장에 검사 부인 자신이, 입폴리트 키릴로비치의 부인이 있었다 해도, 이 순간 그를 제지할 수는 없었으리라. 그는 얼굴이 새하얘져서 흥분을 이기지 못하고 후들후들 떨고 있었다. 그의 입에서 나온 첫마디, 첫 어구들은 알아들을 수조차 없었다. 숨을 헐떡이는데다 발음도 제대로 되지 않았고 횡설수설이었던 것이다. 그렇긴 해도 그는 곧 평정을 되찾았다. 하지만 나는 그의 이 두번째 논고에서 몇 구절만 인용하기로 하겠다.

"……우리가 소설을 마구 지어냈다고 비난하고 있습니다. 하지만 변호인측이야말로 소설 위에 소설을 덧붙인 게 아니고 대체 무엇입니까? 그저 운문이 빠졌을 뿐입니다. 표도르 파블로비치가 연인을 기다리다가 봉투를 찢어 바닥에다 던집니다. 이렇게 놀라운 행동을 하면서 그가 했다는 말까지도 인용됩니다. 이것이 시가 아니고 과연 무엇입니까? 그가 돈을 꺼냈다는 증거가 어디 있으며, 그가 했다는 말을 누가 들었습니까? 정신박약인 백치 스메르쟈코프는 자신이 사생아라는 것에 대해 사회에 복수를 가하는 무슨 바이런식 주인공으로 둔갑했는데—이것이야말로 바이런식 취향의 서사시가 아니고 과연 무엇이겠습니까? 더구나 아버지 방에 침입해서 아버지를 죽였으나 그래도 죽인 것은 아닌 아들, 이것은 심지어 아예 소설도 시도 아니며, 이것은 자기 자신도 물론 풀 수 없는 수수께끼를 내는 스핑크스입니다. 죽였다면 죽인 것입니다, 그런데 대체 무슨 소립니까, 죽이기는 했지만 죽이지 않은 것이라니—누가 이것을 이해하겠습니까? 그런 다음 우리에게 우리의 연단은 진리와 건전한 사고의 연단이라고 선언하며, 이제 바로 이 '건전한 사고'의 연단에서, 아버지를 죽인 것을 친부 살해라고 부르는 것은 그저 하나의 편견에 지나지 않는다는 말이 맹세와 더불어 공리로서 울려퍼집니다! 그러나 만약 친부 살해가 편견이고, 모든 자식이 자기 아버지에게 '아버지, 내가 왜 아버지를 사랑해야 하나요?' 하고 묻게 된다면—우리는 과연 어떻게 되겠습니까, 사회의 기초는 어떻게 되며, 가정은 어디로 사라지겠습니까? 친부 살해—이것이 그저 모스크바 장사꾼 아내들의 '유황'에 지나지 않는다고 합니다, 아시겠습니까. 러시아 법정의 사명과 미래를 위한 가장 고귀하고 가장 신성한 맹약이 오로지 목적을 달성하기 위하여, 정당화될 수 없는 것을 정당화하기 위하여 경솔하게 왜곡된 방식으로 제시됩니다. '오, 자비로써 그를 압도해주십시오' 하고 변호인은 외치지만, 범인에게 필요한 것은 오직 이것뿐이어서, 당장 내일이면 모두 그가 어떻게 압도당하는지 보게 될 겁니다! 더구나 그저 피고에 대한 무죄평결만을 요구하다니, 변호인이 지나치게 겸손한 것 아닙니까? 아니, 왜 후세와 젊은 세대에 그의 위업을 길이길이 계승시키기 위해 친부 살해자의 이름으로 장학금이라도 제정하자고 요구하지 않습니까? 복음서와 종교도 수정됩니다. 이런 것은 모조리 신비주의다, 우리에게는 이성과 건전한 사고의 분석을 통해 이미 검증된 진정한 그리스도교가 있을 따름이다, 라고 말합니다. 그러면서 우리 앞에 거짓된 그리스도상을 내세우고 있습니다! 너희가 헤아리는 그 헤아림으로 너희도 헤아림을 도로 받을 것이니라, 하고 변호인은 외치면서 동시에, 그리스도는 너희가 헤아림을 받는 그 헤아림으로 너희도 남을 헤아리라는 가르침을 남기셨다고 결론을 끌어냅니다—더구나 진리와 건전한 사고의 연단에서 이런 주장을 펴다니요! 우리는 연설 전날 밤이면 복음서를 급히 훑어보는데, 어쨌든 이 충분히 독창적인 저작물을 알고 있다는 것을 과시할 수 있을뿐더러 이 책은 필요에 따라서는, 어디까지나 필요에 따라서는, 어떤 효과를 내는 데 쓸모가 있고 도움이 될 수도 있지 않습니까! 하지만 그리스도는 그렇게 하지 말라고, 악한 세계나 그렇게 하는 것이니 그런 짓을 삼가라고, 우리의 모욕자들이 우리를 헤아리는 그 헤아림으로 우리가 그들을 헤아려서는 안 되며, 오히려 그들을 용서하고 그들에게 우리의 다른 쪽 빰을 내밀라고 명하십니다. 우리의 하느님은 우리에게 바로 이렇게 가르치셨지, 자식이 아버지를 죽이지 못하도록 금하는 것이 편견이라고 가르치시지는 않았습니다. 그러므로 진리와 건전한 사고의 이 연단에서 우리 하느님의 복음서를 수정하지는 맙시다. 그러나 변호인은 그분을 그저 '십자가에 못박힌 박애주의자'라고만 부르고 있는데, 이것은 그분을 향해 '당신은 우리의 하느님이시오니……!'라고 호소하는 정교의 나라 러시아 전체에 상치되는 것입니다."

그러자 재판장이 개입하여 지나치게 흥분한 검사를 제지하면서, 이런 경우 재판장들이 으레 하는 말이지만, 과장하지 말라, 지켜야 할 경계를 넘지 말라 등등의 요청을 했다. 그런데다 법정 안도 뒤숭숭했다. 방청객들은 술렁거렸고, 격분하여 외치기까지 했다. 페츄코비치는 굳이 반박하려고도 하지 않고, 연단에 올라 한 손을 가슴에 얹으며 모욕받은 목소리로 아주 품위 있는 말을 몇 마디 했을 뿐이다. 그는 그저 가볍게 조롱하듯 '소설'과 '심리분석'을 다시 한번 슬쩍 건드린 뒤, 한 대목에서 "주피터여, 그대가 노함은 곧 그대가 옳지 못함이니라"라는 말을 교묘하게 끼워넣었고, 순간 방청석에서는 그 말에 동감하는 수많은 웃음소리가 일었는데, 입폴리트 키릴로비치의 모습이 주피터를 한 군데도 닮지 않았기 때문이었다. 그런 다음 페츄코비치는 자기가 젊은 세대에게 아버지를 죽이라고 허용한다는 식의 비난에 대해서는 굳이 반박조차 하지 않겠노라고 지극히 품위 있게 말했다. '거짓된 그리스도상'에 대해, 그리고 그가 그리스도를 하느님이라 부르지 않고 그저 '십자가에 못박힌 박애주의자'로 불렀으며 '이것은 정교에 상치되고 진리와 건전한 사고의 연단에서 도저히 있을 수 없는 언사'였다는 비난에 대해—그것은 '중상'이고, 자신은 여기로 올 채비를 하면서 적어도 이곳 연단이 '시민이자 충성스러운 신민으로서의 제 인격에 위해가 될 만한' 비난들로부터는 안전하리라고 생각했다며 돌려서 말했다. 그러나 이런 말들이 나오자 재판장은 그에게도 주의를 주며 제지했고, 페츄코비치는 절을 하면서, 방청석 전체가 웅성거리며 호응해주었던 그의 답변을 끝냈다. 하지만 입폴리트 키릴로비치는 우리 부인네들의 의견에 따르자면 '영영 뭉개지고' 말았다.

이어, 피고에게도 발언이 허용되었다. 미챠는 자리에서 일어섰으나 많은 말을 하지는 않았다. 그는 신체적으로나 정신적으로나 무섭게 지쳐 있었다. 아침에 법정에 들어설 때의 그 당당하고 기운찬 모습은 거의 사라지고 없었다. 그는 이날, 전에는 이해하지 못했던 뭔가 대단히 중요한 것을 평생토록 분명하게 알게 해주고 깨닫게 해준 무엇인가를 경험한 것 같았다. 목소리에도 기운이 없었고, 더이상 아까처럼 고함을 치지도 않았다. 그의 말에서는 무언가 새로운 것이, 체념과 패배와 굴복 같은 것이 느껴졌다.

"제가 무슨 말을 하겠습니까, 배심원 여러분! 저에게 심판의 날이 왔으며, 하느님의 손이 제 몸에 닿는 소리를 듣고 있습니다. 길을 잘못 든 인간에게 종말이 온 것입니다! 그러나 하느님께 고해하는 심정으로 여러분에게 말합니다. '제 아버지의 피에 관한 한—아닙니다, 저는 절대로 죄가 없습니다!' 마지막으로 다시 한번 말하지만, '저는 죽이지 않았습니다!' 방탕하긴 했지만, 그래도 저는 선을 사랑했습니다. 매 순간 자신을 고치려고 애쓰면서도, 야수처럼 살아왔습니다. 저에 대해 제가 알지 못했던 많은 것을 얘기해주신 데 대해 검사님께 감사드립니다만, 제가 아버지를 죽였다는 건 사실이 아닙니다, 그것은 검사님이 잘못 생각하신 겁니다! 변호사님께도 감사드립니다, 변론을 들으면서 울었습니다. 그러나 제가 아버지를 죽였다는 것은 사실이 아닐뿐더러 그런 가정조차 해서는 안 되었습니다! 의사들의 얘기는 제발 믿지 마십시오, 저는 완전히 제정신이며, 다만 마음이 괴로울 따름입니다. 만약 자비를 베풀어주신다면, 저를 석방해주신다면—여러분을 위해 기도하겠습니다. 훌륭한 사람이 되겠습니다, 맹세합니다, 하느님 앞에 맹세합니다. 하지만 유죄평결을 내리시더라도—저는 제 머리 위에서 저의 검을 꺾겠습니다,* 검을 꺾어 그 조각에 입을 맞추겠습니다! 하지만 자비를 베푸셔서, 저에게서 제 하느님을 빼앗지 마십시오, 저는 저 자신을 잘 압니다. 분명 원망하게 될 것입니다! 제 마음이 괴롭습니다, 여

* 형리들이 죄수를 광장이나 시장에 세워진 치욕의 기둥에 묶고 그의 머리 위에서 장검을 꺾음으로써 시민으로서의 모든 권리가 박탈되었음을 사람들에게 보여주는 일종의 '공개처형' 관습이 있었다.

러분…… 자비를 베풀어주십시오!"

그는 쓰러지다시피 자리에 앉았는데, 목소리가 끊어지는 바람에 끝마디는 간신히 말했다. 이어 재판관들이 질문 작성 작업에 착수했고, 양측에게 그들의 결론을 묻기 시작했다. 그러나 나는 상세한 것은 쓰지 않겠다. 마침내 배심원들이 평의評議를 위해 퇴정하려고 자리에서 일어났다. 재판장은 몹시 지쳐 있었기 때문에 아주 약한 음성으로 "아무쪼록 공정을 기해주십시오, 변호인의 웅변에 좌우되지 말아야겠지만, 아무튼 스스로 잘 헤아려 판단해주십시오, 여러분에게 중차대한 책임이 부과되어 있다는 점을 꼭 기억하십시오" 운운하며 그들에게 주의를 주었다. 배심원들이 퇴정하자, 공판은 휴정에 들어갔다. 사람들은 자리에서 일어나 이리저리 좀 걷기도 하고 잔뜩 쌓인 여러 인상을 서로 나누기도 하고, 뷔페에서 간단하게 요기를 할 수도 있었다. 시간은 몹시 늦어 벌써 밤 한시 가까이 되었지만, 누구도 돌아가려고 하지 않았다. 모두 몹시 긴장해 있었고 전혀 쉬고 싶은 기분이 아니었다. 다들 마음을 졸이며 기다리고 있었지만, 그렇다고 해서 모두가 마음을 졸인 것은 아니었다. 부인들은 초조해서 히스테리라도 일으킬 지경이었으나, 그래도 '무죄가 틀림없다'는 생각에 마음은 평온했다. 그들은 모두 법정 전체가 열광할 극적인 순간에 대비하고 있었다. 솔직히 남성 방청석 쪽에서도 무죄가 틀림없다고 확신하는 사람들이 대단히 많았다. 어떤 사람들은 기뻐하는가 하면, 어떤 사람들은 낯을 찡그리고 있었고, 개중에는 심지어 마냥 고개를 떨구고 있는 축들도 있었는데, 무죄평결이 내려지는 게 영 싫었던 것이다! 페츄코비치 자신은 성공을 굳게 확신하고 있었다. 그는 사람들에게 에워싸여 축하 인사를 받고 있었고, 다들 그를 치켜세워댔다.

"그게 말입니다," 훗날 전해진 바로는, 그가 어느 그룹에서 이렇게 말했다고 한다. "변호인과 배심원 사이에는 눈에 보이지 않는 실이 연결돼 있습니다. 변론이 진행되는 동안 그 실은 이미 연결되고, 예감도 할 수 있습니다. 저도 그것을 느꼈습니다, 그것이 존재합니다. 우리가 이깁니다, 안심하십시오."

"하지만 우리 촌놈들이 이제 무슨 말을 할까요?" 뚱뚱하고 얼굴이 얽은 한 신사가 얘기를 나누고 있는 어느 신사들 그룹 곁으로 다가가며 미간을 찌푸린 채 이렇게 말했는데, 근방에 사는 지주였다.

"그래도 죄다 촌놈들은 아니잖습니까, 거기엔 관리도 네 명이나 있습니다."

"그래요, 관리들도 있습니다." 지방 자치회 의원이 다가오며 말했다.

"그런데 그 나자리예프, 프로호르 이바노비치를 아십니까? 메달을 달고 있던 그 상인, 그 배심원 말입니다."

"왜 그러시는데요?"

"보통 똑똑한 사람이 아닙니다."

"하지만 내내 입을 다물고 있지 않습니까."

"입이야 다물고 있지만, 그게 오히려 낫지요. 페테르부르크 양반이 그 사람을 가르칠 게 아니라, 그 사람이 페테르부르크 전체를 가르쳐야 될걸요. 자식도 열둘이나 둔 사람이니, 한번 생각해보십시오!"

"아니, 정말 무죄로 하지 않을까요?" 다른 그룹에서 우리 도시의 젊은 관리 하나가 외쳤다.

"틀림없이 무죄로 할 겁니다." 단호한 목소리가 들려왔다.

"무죄평결을 내리지 않는다면 그건 수치입니다, 치욕이에요!" 관리가 소리쳤다. "설사 그가 죽였다 해도, 아버지가 그런 아버지 아닙니까! 그리고 끝으로, 그는 아주 제정신이 아니었으니까…… 정말, 공이를 그냥 한 번 휘두른 것일 수도 있는데, 아버지가 그만 쓰러진 거지요. 다만 하인을 여기다 끌어들인 건 안 좋아요. 그건 그저 우스꽝스러운 에피소드일 뿐이니까 말이지요. 내가 변호인이라면, 그냥 대놓고 이렇게 말해줬을 겁니다. 죽였다, 하지만 무죄다, 그러니 네놈들은 악마한테나 잡혀가라!"

"사실 변호사도 그렇게 말한 거지요, '네놈들은 악마한테나 잡혀가라'는 말만 안 했다뿐이지."

"아니요, 미하일 세묘느이치, 그 말까지 한 거나 다름없습니다." 세번째 목소리가 말을 받았다.

"걱정 마십시오, 여러분, 우리 도시에서는 정부情夫 본처의 목을 자른 여배우에게도 대재기大齋期에 무죄판결을 내렸잖습니까."

"그렇지만 다 자른 건 아니지요."

"마찬가지예요, 마찬가지, 어쨌든 자르기 시작했잖소!"

"그런데 자식들에 대해 말한 대목은 어떻습니까? 대단했어요!"

"대단했지요."

"게다가 그 신비주의, 신비주의 대목은 또 어떻고요, 안 그렇습니까?"

"그 신비주의 얘기는 집어치우고," 하며 다른 누군가가 소리쳤다. "입폴리트한테나, 그 친구 앞날의 운명에나 신경 좀 쓰시지요! 당장 내일, 검사 부인이 미첸카 일로 남편의 눈을 할퀼 것 아닙니까."

"그 부인도 여기 왔습니까?"

"여기 왔을 리가 있습니까? 와 있다면, 여기서 바로 할퀴었겠죠. 집에 앉아 있습니다, 치통 때문에. 헤-헤-헤!"

"헤-헤-헤!"

세번째 그룹에서는 이런 얘기가 오갔다.

"하지만 그 미첸카가 무죄가 될지도 모릅니다."

"아마 내일 '수도'를 온통 난장판으로 만들고 열흘간은 부어라 마셔라 해대겠지요."

"에잇, 이건 악마가 끼어든 거야!"

"맞소, 악마가 끼어든 게 분명해. 여기가 아니라면, 대체 어디에 악마가 있겠소."

"여러분, 웅변이야 좋았다고 칩시다. 하지만 아비의 머리를 저울로 깨부수는 건 안 되지 않소. 그러면 세상이 대체 어떻게 되겠소?"

"전차, 그 전차는요, 생각나시지요?"

"생각나다마다요, 달구지에서 전차를 만들어냈더구먼."

"내일이면 전차에서 달구지를 만들 겁니다, '필요에 따라, 어디까지나 필요에 따라서' 말이지요."

"약삭빠른 족속들이 생겨났습니다. 우리 루시에 과연 정의라는 것이 있는 겁니까, 여러분, 아니면 전혀 없는 겁니까?"

그러나 종이 울리기 시작했다. 배심원들은 더도 덜도 아니고 정확하게 한 시간 동안 평의를 한 셈이었다. 방청객들이 다시 자리를 잡고 앉자마자, 법정은 깊은 침묵에 휩싸였다. 배심원들이 법정으로 들어오던 장면을 나는 기억한다. 드디어! 나는 그 질문들을 항목 하나하나 모두 옮기지는 않겠고, 더구나 이미 잊어버리기도 했다. 다만 재판장의 첫번째 질문이자 가장 중요한 질문, 즉 '강탈을 목적으로 계획적인 살인을 했습니까?'(정확하게 어떻게 말했는지는 기억이 안 난다)에 대한 대답만큼은 기억에 남아 있다. 모두 숨을 죽였다. 수석 배심원은 바로 그들 가운데 가장 젊은 그 관리였는데, 그는 죽음과도 같은 정적이 법정에 흐르는 가운데 큰 목소리로 분명하게 선언했다.

"그렇습니다, 유죄입니다!"

그리고 그다음, 모든 항목에 대해서도 똑같은 대답들만 뒤따랐다. 유죄입니다, 예, 유죄입니다, 그러니까 거기에는 털끝만큼의 정상참작도 없었다! 이것은 아무도 예상치 못한 일이었고, 최소한 정상참작쯤은 있으리라고 거의 모든 사람이 확신했던 것이다. 죽음과도 같은 정적이 법정에 계속되는 가운데—유죄평결을 바라던 사람도, 무죄평결을 바라던 사람도, 모두 글자 그대로 돌이 돼버린 듯했다. 그러나 이런 상태는 처음 몇 분 동안에 지나지 않았다. 곧이어 무서운 혼란이 일어났다. 남자 방청객들 가운데는 무척 만족해하는 사람들이 많았다. 어떤 이들은 기쁨을 감추려 들지도 않고 두 손을 비비기까지 했다. 불만인 사람들은 기가 꺾인 듯, 어깨를 흠칫거리며 서로 소곤댔으나, 뭐가 뭔지 아직도 잘 모르겠다는 얼굴이었다. 하지만 맙소사, 우리 부인네들은 어떻게 됐겠는가! 나는 그들이 폭동이라도 일으키는 줄 알았다. 처음에 그들은 자신의 귀를 믿지 못하는 듯했다. 그러다가 갑자기 온 법정에 쨍쨍 울리게 외치는 소리들이 들려왔다. "아니, 이게 뭐예요? 무슨 이런 일이 다 있어요?" 그들은 연이어 자리에서 튀어 일어났다. 아마 지금 당장이라도 이 모든 것을 바꾸고 다시 고칠 수 있다고 여기는 듯했다.

이 순간 갑자기 미챠가 벌떡 일어나더니 두 손을 앞으로 뻗으면서 가슴을 쥐어뜯는 것 같은 목소리로 울부짖듯이 외쳤다.

"하느님과 그분의 최후의 심판을 두고 맹세하건대, 아버지의 피에 대해서 저는 죄가 없습니다! 카챠, 당신을 용서하겠어! 형제들이여, 친구들이여, 또 한 여자를 불쌍히 여겨주시오!"

그는 미처 말을 끝맺지도 못하고 온 법정에 다 들릴 만큼 큰 소리로 무섭게 흐느껴 울기 시작했는데, 그것은 어쩐지 그의 목소리가 아닌 듯한, 생소하고도 아주 뜻밖인 어떤 목소리여서, 갑자기 어디서 그런 목소리가 나왔는지 의아할 지경이었다. 위층 꼭대기, 제일 뒷구석에서 귀청을 찢는 듯한 여자의 울부짖음이 울려퍼졌다. 그루셴카였다. 그녀는 아까 누군가에게 간청해서 논고와 변론이 시작되기 전에 다시 법정 안에 들어와 있었다. 미챠는 밖으로 끌려나갔다. 판결 언도는 내일로 연기되었다. 법정은 온통 아수라장으로 변했지만, 나는 이미 더이상 기다리지 않았고 더이상 귀를 기울이지도 않았다. 다만 출구 앞 계단에서 귀에 들어온 몇몇 외침들만 기억에 남아 있을 따름이다.

"이십 년은 갱도 냄새를 맡겠군."

"더 적지는 않겠지."

"그럼요, 우리 촌놈들이 고집을 부린 거라고요."

"그 바람에 우리 미첸카만 끝장났어!"

제4부이자 마지막 부의 끝

에필로그

I
미챠 구출 계획

미챠의 공판이 있은 지 닷새째 되던 날, 이제 막 여덟시가 지난 매우 이른 아침에 알료샤가 카체리나 이바노브나를 찾아왔는데, 두 사람 모두에게 중요한 어떤 일에 대해 최종적인 의논을 해야 했고 그 밖에도 그녀에게 전할 부탁받은 일이 있어서였다. 그녀는 언젠가 그루셴카를 맞았던 바로 그 방에 앉아 그와 얘기를 나누었다. 바로 옆방에는 이반 표도로비치가 열섬망熱譫妄을 앓으며 의식불명 상태로 누워 있었다. 카체리나 이바노브나는 그때 법정에서 그런 촌극을 벌인 직후, 앞으로 불을 보듯 뻔하게 일어날 세간의 온갖 뒷공론과 비난을 모두 무시한 채, 의식을 잃은 환자 이반 표도로비치를 자신의 집으로 옮기도록 지시했다. 그녀와 함께 살고 있던 두 여자 친척 중 한 명은 법정에서의 그 소동 후 곧바로 모스크바로 떠났고, 다른 한 명은 그대로 남아 있었다. 그러나 설령 두 사람 다 떠나버렸다 하더라도, 카체리나 이바노브나는 여전히 자신의 결심을 바꾸지 않고 환자를 간호하면서 밤낮으로 곁에 붙어앉아 있었을 것이다. 그는 바르빈스키와 게르첸슈투베로부터 치료를 받고 있었다. 그 모스크바 의사는 병의 결과가 어떻게 예상되는지에 대해 자신의 소견을 미리 말하길 거부한 채 모스크바로 다시 떠나버렸다. 남아 있는 의사들은 카체리나 이바노브나와 알료샤를 격려하긴 했으나, 보아하니 아직 확실한 희망을 줄 수는 없는 듯했다. 알료샤는 하루에 두 번씩 아픈 형에게 들렀다. 하지만 이번에는 아주 곤란한 특별한 일이 있었는데, 그는 이 일에 대해 말을 꺼내기가 무척 힘들 것이라 예감하고 있었지만, 다른 한편으로는 마음이 몹시 급했다. 이날 아침중으로 다른 곳에서 해결해야 할, 도저히 미룰 수 없는 다른 일이 또 있어서, 서둘러야만 했기 때문이다. 그들은 벌써 십오 분가량이나 얘기를 나누고 있었다. 카체리나 이바노브나는 파리한 얼굴에 몹시 지쳐 있었으나, 그런데도 아주 병적으로 흥분한 상태였다. 그녀는 지금 알료샤가 특별히 무슨 일로 찾아왔는지 미리 짐작하고 있었던 것이다.

"그 사람의 결정에 대해서는 염려하실 것 없어요." 그녀가 단호하고 완강하게 알료샤에게 말했다. "어차피 그 사람도 끝내 이 길을 택하게 될 거예요. 탈출할 수밖에 없어요! 저 불행한 사람이, 명예와 양심의 저 주인공이—이건 그 사람이 아녜요, 드미트리 표도로비치가 아녜요, 이 문 뒤에 누워 있는 사람, 형을 위해 자신을 희생한 사람 말이에요." 카챠가 눈을 번득이며 덧붙였다. "저이가 이미 오래전에 나에게 이 탈출 계획을 모두 알려줬어요. 아시나요, 저이는 이미 저쪽하고 교섭을 시작했던 거예요…… 이미 당신한테도 내가 좀 알려드렸지만…… 그러니까 죄수단이 시베리아로 호송될 때 아마도 여기서 세번째가 되는 병참역에서 그 일이 있게 될 거예요. 오, 그때까진 아직 멀었어요. 이반 표도로비치는 세번째 병참역 책임자를 벌써 만나고 왔어요. 다만 누가 호송대 책임자가 될지는 아직 모르고, 또 미리 알 수도 없다는군요. 어쩌면 내일 당신한테 세부적인 계획서 전부를 보여드릴 수 있겠죠, 이반 표도로비치가 공판 전날 나한테 놔두고 간 거예요, 만일의 경우를 위해서…… 그러니까 바로 지난번에, 기억하시죠, 그때 저녁에 우리가 다투고 있는 걸 당신도 보셨잖아요. 저이가 아직 계단을 내려가는 중이었는데, 내가 당신을 보고서 저이에게 다시 돌아오라고 했어요—기억나시죠? 그때 우리가 왜 다투었는지 아세요?"

"아니요, 모릅니다." 알료샤가 대답했다.

"물론 그러시겠죠, 저이는 그때 당신에게 숨기고 있었으니까요. 바로 이 탈출 계획 때문이었어요. 저이는 벌써 그 사흘 전에 중요한 내용을 나한테 다 밝혔는데—바로 그때부터 다투기 시작해 사흘 내내 다툰 거예요. 왜 다퉜냐 하면, 그때 저이가 드미트리 표도로비치가 유죄판결을 받을 경우 그 계집년과 함께 외국으로 탈출할 거라고 말하자, 내가 갑자기 발끈했기 때문이에요—왜 그렇게 발끈했는지는 말할 수 없어요, 나 자신도 모르니까…… 오, 그야 물론, 그 계집 때문에, 바로 그 계집 때문에 발끈했던 거죠, 그 계집도 드미트리와 함께 외국으로 도망칠 거라고 해서!" 카체리나 이바노브나는 분노에 입술을 파르르 떨면서 갑자기 이렇게 외쳤다. "이반 표도로비치는 내가 그 계집에 대해 그렇게 화내는 걸 보자 내가 드미트리 때문에 그 계집한테 질투하고 있고, 그러니 아직도 드미트리를 사랑하고 있다고 대번에 생각했던 거예요. 그래서 그때 처음으로 다투었어요. 변명하고 싶지도 않았고, 뭐라고 용서를 구할 수도 없었어요. 저런 사람까지 내가 그런…… 인간한테 여전히 미련이 있는 거라고 의심할 수 있다니, 정말 괴로웠어요. 더구나 그러기 벌써 오래전에, 나는 드미트리를 사랑하지 않는다, 오직 당신 한 사람만 사랑한다고 내 쪽에서 저이에게 분명히 말해두었거든요! 나는 다만 그 계집에 대한 증오심 때문에 저이한테 발끈했던 거예요. 사흘 뒤, 그러니까 당신이 찾아온 바로 그날 저녁에 저이는 봉함한 봉투를 내게 가지고 와서는, 혹시 자기한테 무슨 일이 일어나면 곧바로 뜯어보라고 하더군요. 오, 저이는 자신의 병을 예견했던 거예요! 봉투 속에 상세한 탈출 계획이 들어 있다고 털어놓으면서, 만약 자신이 죽거나 중병에 걸리면 나 혼자서라도 미챠를 구해달라고 부탁했어요. 그러면서 그 자리에서 거의 1만 루블쯤 되는 돈을 나한테 맡겼는데—저이가 환전하려고 채권을 보냈던 걸 검사가 누구한테서 알아내 논고에서 언급했던 바로 그 돈이에요. 나는 이반 표도로비치가 아직도 내가 미챠를 사랑한다는 확신에 사로잡혀 줄곧 질투하면서도 형을 구해낼 생각을 버리지 않고, 나에게, 바로 나에게 형을 구출하는 이 일을 맡기는 것에 갑자기 무서울 정도로 큰 충격을 받았어요! 오, 그것은 희생이었어요! 아니, 당신은 그런 자기희생을 완전히 이해하지는 못할 거예요, 알렉세이 표도로비치! 나는 저이의 발아래 경건하게 몸이라도 던지고 싶었지만, 그랬다가는 그저 미챠를 구해주는 것이 기뻐서 그러는 줄 알 거라는 생각이 불쑥 들겠죠(하긴 저이는 틀림없이 그렇게 생각했을 거예요!). 저이가 그런 부당한 오해를 할지도 모른다는 것만으로도 어찌나 화가 치밀던지, 다시 화를 발끈 내면서, 저이의 발에 입을 맞추는 대신 또다시 그런 소동을 저이한테 벌였던 거예요! 오, 나는 불행해요! 나는 이런 성격이거든요—끔찍하고 불행한 성격이죠! 오, 당신도 앞으로 보게 되겠죠, 나는 이러다가 결국 저이한테도 버림받을 거예요, 드미트리처럼 저이도 더 속 편하게 살 수 있는 다른 여자에게 가버릴 테니까, 하지만 그때는…… 아뇨, 그때는 나도 더이상 견디지 못해요, 자살하고 말 거예요! 그때 당신이 들어왔을 때, 내가 당신을 부르고 저이에게도 다시 돌아오라고 했을 때, 저이가 당신과 함께 들어와서 갑자기 나를 힐끗 쳐다보는데 그 시선에 얼마나 증오와 경멸이 서려 있던지, 그만 울컥 분노가 치밀어올라—기억하시죠—별안간 당신에게 소리쳤던 거예요, 자기 형 드미트리가 살인자라고 나에게 단언한 건 저이, 오로지 저이 한 사람뿐이라고 말이죠! 저이 마음에 또 한번 상처를 주려고 일부러 중상을 했던 거예요, 저이는 자기 형이—살인자라고 나에게 단언한 적이 한 번도, 정말 단 한 번도 없어요, 오히려 내가 그랬죠, 내가 저이한테 그렇게 단언했어요! 오, 모든 게, 모든 게 내가 미쳤기 때문이에요! 내 탓이에요, 법정에서 그 저주스러운 소동을 일으킬 준비를 한 것도 나였어요. 저이는 자신이 고결한 사람이고 설령 내가 자기 형을 사랑한다 해도 복수심과 질투 때문에 형을 파멸시키지는 않는다는 것을 나에게 증명해 보이려고 했어요. 그래서 저이는 법정에 나갔던 거예요…… 모든 게 내 탓이에요, 나 한 사람의 잘못이에요!"

지금껏 카챠는 알료샤에게 한 번도 이런 고백을 한 적이 없었고, 그런 까닭에 그는 그녀가 지금 참을 수 없는 고통 속에 허우적거리고 있으며, 그것은 바로 그지없이 오만한 마음이 아픔을 참고 자신의 오만함을 꺾으려 애쓸 때, 그리하여 쓰라림에 짓눌려 쓰러져갈 때의 고통이라는 것을 느꼈다. 오, 미챠가 유죄판결을 받은 후 이 며칠 내내 그녀 자신은 애써 감추려 했지만, 아무리 그래도 알료샤는 그녀의 지금 이 고통에 또 한 가지 무서운 이유가 있다는 것을 알았다. 그러나 만약 그녀가 완전히 무릎을 꿇기로 결심하고 지금 이 순간 그에게 이 이유에 대해서마저 스스로 입을 열었다면, 무엇 때문인지 몰라도 그는 마음이 너무도 아팠으리라. 그녀는 법정에서 저지른 자신의 '배신' 때문에 괴로워하고 있었고, 알료샤는 양심이 그녀로 하여금 다름아닌 알료샤 자기 앞에서 눈물을 흘리고 울부짖고 히스테리를 일으키고 방바닥을 두드리며 사죄하라고 내몰고 있다는 걸 진작에 느꼈던 것이다. 하지만 그는 그 순간이 두려웠으며, 괴로워하는 여인을 용서해주고 싶었다. 그런 만큼, 그가 부탁받고 온 일을 해결하기가 더 힘들어졌다. 그는 다시 미챠 얘기를 꺼냈다.

"괜찮아요, 괜찮아요, 그 사람 때문에 걱정할 것 없어요!" 카챠가 다시금 강경하고 매몰차게 말했다. "그 사람이 그러는 건 그저 잠깐 동안이에요, 나는 그 사람을 잘 알아요, 그 마음을 너무도 잘 알아요. 안심하세요, 그 사람은 탈출에 동의할 테니까. 그리고 무엇보다, 지금 당장 하는 것도 아니잖아요. 그 사람이 결단을 내릴 시간은 아직 있어요. 이반 표도로비치도 그때쯤이면 건강을 회복해서 직접 모든 일을 처리할 수 있을 테니, 나는 아무 일도 안 해도 되겠죠. 염려 마세요, 그 사람은 탈출에 동의할 거예요. 아니, 벌써 동의한 거나 마찬가지죠. 과연 자신의 그 계집을 남겨두고 갈 수 있겠어요? 그년을 유형지로 데려가게 해주진 않을 테니, 그 사람이 탈출하지 않고 어쩌겠어요? 중요한 건, 그 사람이 당신을 두려워한다는 거예요, 당신이 도덕적인 면에서 탈출에 찬성하지 않을까봐 두려운 거죠. 하지만 만일 이 일에 당신의 승인이 그처럼 꼭 필요한 거라면, 당신도 관대하게 허락해줘야 돼요." 카챠가 표독스럽게 덧붙였다. 그녀는 잠시 말이 없더니 쓴웃음을 지었다.

"그 사람은 거기서," 그녀는 다시 말을 시작했다. "송가가 어쩌니, 자기가 짊어지게 될 십자가가 어쩌니, 의무가 어쩌니 하는 얘기를 늘어놓고 있어요. 이반 표도로비치가 그때 그 이야기를 많이 전해줘서, 난 기억하고 있어요. 저이가 어떤 어조로 말해줬는지, 당신은 모를 거예요!" 갑자기 카챠는 북받쳐오르는 감정을 억제하지 못하고 외쳤다. "그 불행한 사람 얘기를 나한테 전해주면서, 그 순간 저이가 자기 형을 얼마나 사랑하고 있었는지, 또 아마도 바로 그 순간 그를 얼마나 증오하고 있었는지, 당신이 안다면! 그런데 나는, 아아, 나는 그때 저이의 눈물 어린 이야기를 들으면서 교만하게 웃었어요. 아아, 몹쓸 년! 나야말로 몹쓸 년이에요, 나야말로! 저이를 열섬망에 걸리게 한 것도 바로 나예요! 그런데 그 인간, 유죄판결을 받은 그 인간—그 인간은 과연 고통을 받을 각오가 돼 있을까요?" 카챠는 분개하며 말을 끝맺었다. "더구나 그런 인간이 고통을 받아들일 수 있을까요? 그런 인간들은 절대로 고통을 받아들이지 못해요!"

이 말속에는 이미 증오와 역겨운 경멸의 어떤 감정이 어려 있었다. 하지만 어쨌든 그녀는 그를 배신했다. '아니, 어쩌면 미챠 형한테 죄를 지었다고 느끼기 때문에 어떤 순간엔 형을 증오하는지도 몰라' 하고 알료샤는 속으로 생각했다. 그렇더라도 그저 '어떤 순간'에만 그랬으면 싶었다. 그는 카챠의 마지막 말에서 도전 같은 것을 들었으나, 그것에 응하지는 않았다.

"오늘 당신을 부른 건, 직접 그 사람을 설득하겠다는 다짐을 받기 위해서예요. 아니면 당신 생각으론, 탈출하는 것이 떳떳하지 못하고 용감하지 못한가요, 아니면 저어기 뭐랄까…… 그리스도교도답지 못한가요, 그래요?" 카챠가 더한층 도전적으로 덧붙였다.

"아닙니다, 천만에요. 형님한테 모두 말하겠습니다……" 알료샤가 중얼거렸다. "형님은 당신이 오늘 찾아와주었으면 합니다." 갑자기 그가 그녀의 눈을 단단하게 응시하며 내뱉듯이 말했다. 그녀는 온몸을 부르르 떨더니 소파에 앉은 채 그를 피해 움찔 몸을 뒤로 빼다시피 했다.

"나를요…… 정말 어떻게 그럴 수가?" 그녀가 하얗게 질리면서 중얼거렸다.

"그럴 수 있고, 또 반드시 그래야만 합니다!" 알료샤는 완전히 기운이 살아나서 완강한 어조로 말을 시작했다. "형님한테는 당신이 꼭 필요합니다, 바로 지금요. 꼭 그럴 필요가 없다면 제가 이런 말을 꺼내 당신을 미리 괴롭힐 리가 있겠습니까. 형님은 병에 걸렸습니다, 꼭 미친 사람 같아요, 당신을 불러달라고 줄곧 조르고 있습니다. 화해를 하러 와달라는 게 아니니, 그냥 가셔서 문지방에 모습만 비치시면 됩니다. 그날 이후 형님은 많이 변했어요. 자기가 당신한테 얼마나 헤아릴 수 없는 죄를 지었는지 깨닫고 있습니다. 당신의 용서를 바라지는 않아요. '나는 용서받을 수 없어' 하고 스스로 말하고 있으니까요, 그저 당신이 문지방에 모습만 비치시면……"

"당신은 나를 갑자기," 카챠가 중얼거렸다. "하긴 요 며칠 내내 당신이 이런 부탁을 하러 올 거라는 예감이 들기는 했어요…… 그 사람이 나를 부르리라는 건 그러잖아도 알고 있었으니까요……! 그렇지만 그럴 수 없어요!"

"그럴 수 없더라도 꼭 그래주십시오. 기억해주십시오, 형님은 당신을 얼마나 모욕했는지에 대해 처음으로, 난생처음으로 충격을 받은 겁니다, 전에는 그것을 한 번도 이처럼 완전하게 깨달은 적이 없었어요! 형님은 만약 그녀가 찾아와주길 거절한다면, 자기는 '이제 평생토록 불행할 거다'라고 말하고 있습니다. 듣고 계시지요, 이십 년 형을 선고받은 사람이 그래도 행복해질 채비를 하는데—정말 이게 가엾지도 않습니까? 생각해보십시오, 당신은 죄 없이 파멸당한 사람을 찾아가시는 겁니다." 알료샤에게서 이런 말이 도전적으로 툭 튀어나왔다. "형님의 손은 깨끗합니다, 형님의 손에는 피가 묻지 않았습니다! 앞으로 형님이 겪게 될 헤아릴 수 없는 고통을 위해 지금 찾아가주십시오! 그냥 가셔서 암흑 속으로 들어가는 형님을 전송해주십시오…… 문지방에 서 계셔주십시오, 그저 그거면 됩니다…… 반드시 이 일을 하셔야만 합니다, 반드시!" 알료샤는 '반드시'라는 말을 대단히 힘주어 강조하면서 끝을 맺었다.

"반드시 그래야겠죠, 하지만…… 난 못해요." 카챠가 신음하듯 말했다. "그 사람이 나를 쳐다보겠죠…… 난 못해요."

"두 분의 눈은 마주쳐야만 합니다. 지금 결심하시지 못한다면 평생 어떻게 사시렵니까?"

"차라리 평생 괴로워하는 게 낫겠어요."

"반드시 가셔야 합니다, 반드시 가셔야만 합니다." 알료샤는 다시금 힘주어 엄격하게 했다.

"하지만 왜 오늘, 왜 지금이어야 하죠……? 나는 환자를 내버려둘 수 없어요……"

"잠깐 동안이야 괜찮겠지요, 정말 잠깐이잖습니까. 당신이 가시지 않으면, 오늘밤에 형님은 열병에 걸릴 겁니다. 거짓말이 아닙니다. 제발 가엾게 여겨주십시오!"

"나를 좀 가엾게 여겨주세요." 카챠는 쓰라린 어조로 책망하고는 울기 시작했다.

"그럼 가시는 겁니다!" 알료샤는 그녀의 눈물을 보고도 강경하게 말했다. "형님한테 가서 당신이 지금 오실 거라고 말하겠습니다."

"아뇨, 절대로 말하지 말아요!" 카챠가 대경실색하며 소리쳤다. "가겠어요, 하지만 내가 간다고 그 사람한테 미리 말하지는 말아요, 그렇더라도 아마 안으로 들어가진 않을 거예요…… 아직 잘 모르겠어요……"

그녀의 목소리가 끊어져버렸다. 숨을 쉬기도 힘들었던 것이다. 알료샤는 그만 가보려고 일어섰다.

"혹시 누구와 마주치기라도 하면요?" 갑자기 그녀는 나지막이 이렇게 내뱉더니 또다시 완전히 새하얗게 질려버렸다.

"그래서라도 지금 가셔야 합니다, 거기서 아무하고도 마주치지 않으려면요. 확실히 말씀드리지만, 아무도 없을 겁니다. 그럼, 기다리겠습니다." 그는 다짐하듯 말을 맺고 방을 나섰다.

II
한순간 동안은 거짓이 참이 되다

그는 미챠가 지금 누워 있는 병원으로 걸음을 재촉했다. 판결이 있고 난 다음날 그는 신경성 열병에 걸려 우리의 시립병원 수인 병동으로 이송되었다. 그러나 의사 바르빈스키는 알료샤와 여러 다른 사람들(호흘라코바, 리자 등)의 청을 받아들여 미챠를 다른 죄수들과 함께 있게 하지 않고 전에 스메르쟈코프가 누워 있었던 바로 그 조그만 병실에 따로 수용했다. 사실 복도 끝에 보초가 서 있고 창문에도 쇠창살이 붙어 있었기 때문에, 완전히 합법적이지는 않은 이런 관용을 베풀었다 해서 바르빈스키가 마음 졸일 필요는 없었으며, 더구나 그는 선량하고 동정심이 많은 젊은이였다. 그는 미챠 같은 사람이 갑자기 살인자와 사기꾼의 무리 속에 곧바로 섞여들기가 얼마나 힘든지, 따라서 먼저 그것에 서서히 익숙해져야 한다는 것을 이해하고 있었다. 가족이나 친지들과의 면회는 의사도, 간수장도, 심지어 경찰서장까지도 모두 비밀리에 허락해주고 있었다. 그러나 요즘 미챠를 찾아오는 것은 알료샤와 그루셴카가 다였다. 라키친도 벌써 두 번이나 그를 면회하겠다고 애썼지만, 미챠는 바르빈스키에게 그를 들여보내지 말라고 간곡하게 부탁했다.

알료샤가 찾아갔을 때 그는 환자복 차림으로 침대에 앉아 있었는데, 열이 좀 나서 초산수에 적신 수건을 머리에 두르고 있었다. 그는 안으로 들어온 알료샤를 모호한 시선으로 바라보았으나, 그 눈빛 속에는 어떤 두려움과도 같은 것이 어렴풋이 엿보였다.

대체로 그는 공판 때부터 무섭게 생각이 많아졌다. 때로는 반시간씩이나 입을 다문 채, 옆에 있는 사람마저 잊고 무언가를 골똘히 고통스럽게 되짚으며 생각하는 듯했다. 그러다 생각에서 깨어나 입을 열기 시작하면 언제나, 정작 말해야 할 것이 아닌 전혀 엉뚱한 얘기를 왠지 좀 느닷없이 꺼내기 일쑤였다. 때로는 고통스러운 얼굴로 동생을 바라보기도 했다. 그는 알료샤보다 그루셴카와 있는 쪽이 더 편한 것 같았다. 사실 그녀와 거의 아무 말도 하지 않았지만, 그녀가 들어오기만 하면 그의 얼굴은 곧바로 기쁨에 환히 빛났다. 알료샤는 말없이 침대 위, 그의 곁에 앉았다. 이번에 그는 불안한 마음으로 알료샤를 기다리고 있었으나, 그래도 차마 무엇을 물어볼 엄두가 나지 않았다. 그는 카챠가 와주기로 동의했을 리 없다고 여겼지만, 그러면서도 만약 그녀가 오지 않으면 그야말로 생각조차 할 수 없는 어떤 일이 일어나리라는 느낌이 들었다. 알료샤는 그의 마음을 잘 이해하고 있었다.

"그 트리폰이 말이다," 하고 미챠가 공연히 부산을 떨며 말을 꺼냈다. "그 보리스이치 녀석이 자기 여인숙을 온통 부숴놨다는구나. 마루청을 들어올리고, 판때기를 뜯어내고, '회랑'을 온통 나뭇조각들로 빠개놨다는 거야—아직도 그 보물을 찾고 있는 거지, 바로 그 돈, 내가 거기다 숨겨놓았다고 검사가 말한 그 천5백 말이다. 집에 도착하기 무섭게 그 짓을 시작했다는군. 사기꾼 놈, 자업자득이지! 이곳 간수가 어제 나한테 얘기해주더라, 거기 출신이거든."

"그보다도," 하고 알료샤가 말했다. "그녀가 올 거예요, 하지만 언제 올지는 몰라요, 오늘 올지, 며칠 안으로 올지, 그건 모르겠지만, 올 거예요, 와요, 그건 확실해요."

미챠는 몸을 부르르 떨더니 무슨 말을 하려다가 그냥 입을 다물어버렸다. 이 소식은 그에게 극심한 충격을 주었다. 보아하니 대화 내용을 상세히 알고 싶어 죽을 지경이었지만, 이번에도 물어보기가 두려운 듯했다. 카챠의 입에서 무슨 잔인하고 경멸적인 말이라도 나왔다면 그것은 이 순간 그를 칼로 내리치는 것과 같았을 것이다.

"그녀는 여러 얘기를 하다가 이런 말도 했어요. 탈출에 대해 형이 양심의 거리낌을 느끼지 않도록 내가 꼭 잘 말해달라고요. 이반 형이 그때까지 회복되지 않으면 그녀가 직접 이 일을 처리할 거예요."

"그 얘기라면 네가 벌써 해줬어." 미챠가 생각에 잠기며 말했다.

"또 형은 그루샤한테 벌써 말해줬죠." 알료샤가 지적했다.

"그래." 미챠가 인정했다. "그루샤는 오늘 아침엔 오지 않을 거다." 그는 조심스레 동생을 쳐다보았다. "저녁에나 올 거야. 카챠가 이 일을 봐주고 있다고 어제 말했더니, 금세 아무 말도 않고 입을 삐죽거리더구나. 그저 '그년더러 하라죠!'라고 웅얼거렸을 뿐이야. 중요한 일이라는 걸 알아챈 거지. 더이상 속마음을 캐볼 엄두가 안 나더라. 이제 그루샤도, 카챠가 사랑하는 사람은 내가 아니라 이반이라는 걸 아는 것 같지 않냐?"

"그럴까요?" 알료샤에게서 이런 말이 불쑥 튀어나왔다.

"어쩌면 안 그럴 수도 있고. 어쨌든 이 아침엔 오지 않을 거다." 미챠는 서두르며 다시 한번 분명히 했다. "심부름을 하나 시켜뒀거든…… 이봐, 이반은 누구보다 뛰어날 거야. 살아야 하는 건 그 녀석이지, 우리가 아니야. 녀석은 다시 건강해질 거다."

"저기요, 카챠는 이반 형 때문에 굉장히 마음을 졸이면서도 꼭 나을 거라는 걸 거의 의심하지 않아요." 알료샤가 말했다.

"그건 죽을 거라고 믿고 있다는 소리야. 그 생각을 하니 겁이 나서, 나을 거라고 믿는 거지."

"작은형은 워낙에 강한 체질이에요. 나도 정말, 형이 꼭 나을 거라는 희망을 갖고 있어요." 알료샤가 근심스럽게 말했다.

"그래, 녀석은 나을 거다. 하지만 그 여자는 녀석이 죽을 거라고 확신하고 있어. 걱정이 많을 거야……"

침묵이 찾아들었다. 대단히 중요한 무엇이 미챠를 괴롭히고 있었다.

"알료샤, 나는 그루셴카를 지독하게 사랑한다." 눈물에 잠겨 떨리는 목소리로 그가 불쑥 말했다.

"형이 가는 거기로 그녀를 보내주진 않을 거예요." 알료샤가 곧바로 말을 받았다.

"이봐, 너한테 하고 싶은 얘기가 더 있어." 갑자기 왠지 윙윙 울리는 듯한 목소리로 미챠가 말을 이었다. "가는 도중이나 아니면 거기서 놈들이 나를 때리면 나는 도저히 못 참을 거다, 나는 놈들을 죽여버릴 거야, 그러면 나를 총살하겠지. 더구나 이십 년이 아니냐! 여기서도 벌써 너라고 부르기 시작해. 간수들이 나한테 너라고 부른단 말이다! 간밤에도 누워 밤새껏 나 자신을 판단해봤다만, 아무래도 준비가 돼 있지 않아! 도저히 받아들일 힘이 없어! '송가'를 부르려고 했지, 하지만 간수 놈들이 너라고 부르는 것도 참을 수가 없으니! 그루샤를 위해서라면 모든 걸 참겠지만, 모든 걸…… 그래도 매질만은 안 돼…… 하지만 그녀를 거기로 보내주지도 않겠지."

알료샤는 조용히 미소를 지었다.

"들어봐요, 형, 두고두고 이번 단 한 번만," 하며 그가 말했다. "이 문제에 대한 내 생각을 형한테 말할게요. 내가 형에게 거짓말을 하지 않을 거라는 건 형도 알잖아요. 그러니 잘 들어줘요. 형은 준비가 돼 있지 않고, 또 그런 십자가는 형을 위한 게 아니에요. 게다가 그런 위대한 고난의 십자가는 준비도 안 된 형한테 필요하지도 않아요. 형이 아버지를 죽이기라도 했다면, 나는 형이 십자가를 거부하는 걸 유감스러워했겠죠. 하지만 형은 아무 죄도 없고, 형에게 그런 십자가는 너무 지나친 거예요. 형은 고난을 통해 자기 안에 있는 다른 사람을 소생시키려는 거였죠. 내 생각으로는, 형이 다만 언제나 평생토록, 그리고 어디로 도망치든, 이 다른 사람을 기억한다면—그것만으로도 형한테는 충분한 거예요. 크나큰 십자가의 고난을 받아들이지 않았다는 것 때문에 오히려 자신 속에서 더 큰 책무를 느낄 테고, 그 끊임없는 책무감은 앞으로 평생토록 형 자신의 갱생을, 어쩌면 거기로 가는 것보다 더 많이 도와줄 거예요. 왜냐하면 거기로 가게 되면 형은 끝내 견디지 못하고 불평을 늘어놓을 거고, 정말 결국엔, '나는 셈을 다 치렀다'라고 말할지도 모르니까요. 이 점에서는 변호사 말이 맞아요. 누구나 다 무거운 짐을 질 수 있는 건 아니고, 어떤 이들에겐 불가능하니까요…… 형이 꼭 듣고 싶다면, 바로 이게 내 생각이에요. 만약 형의 탈출에 대해 장교나 병사 같은 다른 사람들이 책임을 떠안게 된다면, 나도 형에게 탈출을 '허락하지 않겠어요'." 알료샤가 싱긋 웃었다. "하지만(이건 그 병참역의 책임자가 이반 형한테 직접 한 말인데) 요령껏 잘만 하면 큰 처벌을 받지 않고 아주 가벼운 꾸지람 정도로 끝낼 수 있다고들 자신 있게 말하고 있어요. 물론 이런 경우라 해도 뇌물로 매수하는 건 떳떳하지 못하지만, 나는 이 일에 대해 절대로 따지려 들지 않겠고, 만약 예를 들어 이반 형과 카챠가 형을 위해 나한테 이 일을 거들라고 부탁한다면 나는 틀림없이 당장이라도 가서 뇌물로 매수할 거예요. 나는 형한테 이 얘길 모두 솔직하게 할 수밖에 없어요. 그러니 형이 어떻게 행동하든, 나는 형의 재판관이 아니에요. 앞으로도 나는 절대로 형을 심판하지 않을 거라는 걸, 꼭 알아줘요. 게다가 이 일에서 내가 어떻게 형의 재판관이 될 수 있겠어요, 그거야말로 이상하지 않아요? 뭐, 이제 내가 할말은 다 한 것 같은데요."

"하지만 대신 내가 나 자신을 심판할 거다!" 미챠가 외쳤다. "나는 탈출하겠다. 네가 말하기 전부터 그렇게 결심해두었어. 미치카 카라마조프가 어찌 탈출하지 않을 수 있겠냐? 하지만 대신 나 자신을 심판하며 내 죄를 용서해달라고 그곳에서 하느님께 영원히 기도드리겠다! 이러니까 꼭 예수회교도들이 말하는 것 같구나, 안 그러냐? 지금 너하고 나하고 말하는 투가 말이다, 안 그래?"

"그렇군요." 알료샤가 조용히 웃어 보였다.

"난 네가 그래서 좋아, 넌 언제나 사실대로 다 말하고 아무것도 감추지 않을 테니까!" 미챠가 기쁘게 웃으면서 외쳤다. "그러니까 난 우리 알료쉬카가 예수회교도라는 걸 간파한 셈이군! 그런 의미에서 너한테 키스를 퍼부어야겠구나, 정말로! 자, 이제 나머지 얘기도 들어다오, 내 영혼의 나머지 절반도 너한테 펼쳐 보이마! 내가 생각해본 끝에 내린 결론은 이렇다. 내가 비록 돈과 여권까지 가지고 심지어 아메리카로 도망칠망정, 내 기운을 북돋워주는 생각이 하나 있는데, 그건 내가 기쁨을 위해, 행복을 위해 도망치는 게 아니라, 정말로 또다른 유형을 가는 거고, 눈앞에 닥친 이 유형보다 그게 절대 약하지 않으리라는 거야! 약하지 않지, 알렉세이, 진심으로 말하지만, 약하지 않을 거야! 나는 이 아메리카가, 제기랄, 벌써부터 증오스러워, 그놈의 나라는 악마가 찢어놓으라지. 그루샤가 나하고 함께 간다 해도, 그 여자를 한번 봐라, 아니, 그 여자가 어디 아메리카 여자냐? 그 여자는 러시아 여자야, 골수까지 순전히 러시아 여자야, 그 여자는 태어난 모국 땅을 그리워하겠지, 나는 매 시각 그 여자가 나 때문에 향수병에 걸려 괴로워하고 나 때문에 그런 십자가를 진 걸 보게 될 텐데, 대체 그 여자가 무슨 죄를 지었다는 거냐? 게다가 나도 그곳의 그 너절한 놈들을 과연 견딜 수 있을까? 설사 그놈들이 어쩌면 하나같이 나보다 나은 인간들이라 해도 말이다. 나는 벌써부터 이 아메리카가 증오스럽다! 설사 거기 그놈들이 죄다 하나같이 무슨 엄청난 기계기사들이든 뭐든 간에—빌어먹을 놈들, 그놈들은 나와 다른 사람들이고, 다른 영혼을 지녔어! 나는 러시아를 사랑한다, 알렉세이, 러시아의 하느님을 사랑한다, 비록 나 자신은 비열한 놈일망정! 그래, 나는 거기서 뒈지고 말겠지!" 그는 갑자기 눈을 번득이며 외쳤다. 그의 목소리는 눈물을 참느라 몹시 떨렸다.

"그래서 말이다, 나는 이렇게 결심했다, 알렉세이, 잘 들어봐라!" 그는 흥분을 억누르고 다시 말을 시작했다. "그루샤하고 그곳에 도착하면—거기서 즉시 밭을 일구고 일을 할 거다, 야생곰들과 어울려 외딴 곳, 될수록 어디 멀리 떨어진 곳에서 말이다. 거기에도 어디 아주 멀리 떨어진 데가 있을 거 아니냐! 거기엔 붉은 피부의 인디언들이 아직도 있다고 하더라, 거기 지평선 끝 어딘가에 말이다, 그래서 그 땅끝으로, 마지막 모히칸들이 있는 데로 갈 생각이다. 그리고 나도, 그루샤도, 곧바로 문법 공부를 시작하는 거야. 일과 문법, 그게 삼 년 정도면 되겠지! 이 삼 년 동안 어느 영국인 못지않게 영어를 익힐 거다. 다 익히면, 그 순간—아메리카하고는 이만 끝! 아메리카 시민이 되어서 여기로, 러시아로 달려오는 거다. 걱정 마라, 여기 이 도시에 나타나진 않을 테니. 북쪽이든 남쪽이든, 되도록 어디 먼 곳에 숨을 작정이다. 그때쯤이면 나도 많이 변해 있을 거고, 그녀도 마찬가지겠지. 거기 아메리카에서 의사가 내 얼굴에 무슨 사마귀라도 하나 만들어주면 돼, 놈들이 괜히 기술자는 아닐 테니까. 아니면 내가 직접 한쪽 눈을 찌르고 수염을 1아르쉰쯤 허옇게(러시아가 그리워서 허옇게 셀 테니까) 기르는 거야—그럼 아무도 못 알아보겠지. 알아보고 유형을 보낸다 해도, 상관없어, 그렇다면 그게 운명 아니겠느냐! 여기서도 어느 오지에서 밭이나 갈며 평생 아메리카인 행세를 할 작정이다. 대신 고국 땅에서 죽을 수 있잖냐. 이게 내 계획이다, 이건 변경될 수 없어. 찬성해주는 거지?"

"찬성해요." 알료샤는 그에게 반대하고 싶지 않아서 이렇게 말했다.

미챠는 잠시 말이 없다가 갑자기 입을 열었다.

"공판에서 그놈들이 어떻게 그처럼 일을 꾸민 거냐? 어떻게 그처럼 꾸밀 수가!"

"꾸미지 않았어도 형한테 유죄판결을 내렸을 거예요." 알료샤가 한숨을 내쉬며 말했다.

"그래, 여기 사람들도 나한테 진저리가 났으니까! 하느님이 그자들을 용서해주시겠지, 하지만 힘들구나!" 미챠가 고통스럽게 신음하며 말했다.

두 사람은 다시금 잠시 말이 없었다.

"알료샤, 차라리 날 지금 찔러 죽여라!" 그가 갑자기 소리쳤다. "그녀가 지금 올 거냐, 아니냐, 말해봐! 뭐라고 그러더냐? 어떻게 말하던?"

"올 거라고 했는데, 오늘일지는 모르겠어요. 그녀도 힘들지 않겠어요!" 알료샤는 조심스레 형을 쳐다보았다.

"그야, 왜 안 그렇겠어, 안 힘들 리가 있나! 알료샤, 나는 이것 때문에 돌아버릴 것만 같다. 그루샤는 줄곧 나를 바라보고만 있어. 날 이해하는 거지. 맙소사, 주님, 제 마음을 가라앉혀주시옵소서. 나는 뭘 요구하는 걸까? 카챠를 요구하는 거다! 자신이 요구하는 게 뭔지, 대체 나는 알고나 있을까? 카라마조프다운 뻔뻔한 무절제로고! 아니, 나는 고통을 받아들일 능력이 없는 놈이야! 비열한 놈, 그게 다야."

"저기 왔어요!" 알료샤가 외쳤다.

이 순간 문지방에 갑자기 카챠가 나타났다. 잠시 그녀는 그 자리에 멈추어 선 채 어찌할 바 모르는 듯한 눈으로 미챠를 바라보았다. 미챠는 벌떡 일어서서 얼굴에 경악한 빛을 내비치며 하얗게 질렸으나, 곧 수줍고 간청하는 듯한 미소가 입가에 떠오르더니 갑자기 더이상 억제하지 못하고 카챠를 향해 두 손을 내밀었다. 이 모습을 보자 그녀도 그를 향해 격렬하게 달려왔다. 그녀는 그의 두 손을 붙잡고 거의 억지로 그를 침대에 앉히고는 자신도 곁에 앉아 여전히 그의 손을 놓지 않고 경련이 일 정도로 온 힘을 다해 꼭 움켜쥐고 있었다. 두 사람은 몇 번인가 무슨 말을 하려고 했으나 그때마다 그만두고, 다시 말없이 이상한 미소를 지으며 마치 못이라도 박힌 듯이 뚫어지게 서로를 바라보았다. 그렇게 이 분가량이 지났다.

"날 용서해준 거야, 아니야?" 드디어 미챠가 이렇게 중얼거리더니, 같은 순간 알료샤 쪽으로 몸을 돌리고 기쁨에 일그러진 얼굴로 외쳤다.

"듣고 있니, 내가 뭘 묻는지, 너, 듣고 있지!"

"그 때문에 난 당신을 사랑했던 거야, 당신이 관대한 마음을 지닌 사람이어서!" 카챠에게서 갑자기 이런 말이 터져나왔다. "더구나 용서받아야 할 사람은 당신이 아니고 나야. 하지만 당신이 용서해주든 아니든 마찬가지야, 당신은 내 마음속에 평생토록 아픈 상처로 남을 거고, 나도 당신 마음속에 그렇게 남을 테니까—하긴 그럴 수밖에 없지……" 그녀는 말을 멈추고 숨을 돌렸다.

"내가 왜 온 줄 알아?" 그녀는 극도로 흥분해 다시 급하게 말을 쏟아내기 시작했다. "당신의 발을 끌어안고, 손을 꽉 쥐려고. 기억하지, 그때 모스크바에서처럼 이렇게 아프도록 움켜쥐고, 당신은 나의 하느님이고 나의 기쁨이라고 다시 한번 당신에게 말하려고. 당신을 미친 듯이 사랑한다고 말하려고." 그녀는 괴로움에 눌려 신음하듯 이렇게 말하고는 갑자기 그의 손에 입술을 미친 듯이 눌러댔다. 눈물이 그녀의 눈에서 하염없이 솟구쳤다.

알료샤는 당혹스러워하며 말없이 서 있었다. 이런 광경을 보게 될 줄은 꿈에도 몰랐던 것이다.

"사랑은 지나가버렸어, 미챠!" 카챠가 다시 입을 열었다. "하지만 지나가버린 그것이 나에겐 아프도록 소중해. 이것만은 영원히 알아줘. 하지만 지금, 단 한 순간만이라도, 가능할 수도 있었던 그 일을 이루도록 하는 거야." 그녀는 일그러진 미소를 지으면서 다시 그의 눈을 기쁘게 바라보며 중얼거렸다. "이제 당신은 다른 여자를 사랑하고 나도 다른 남자를 사랑하지만, 그래도 나는 당신을, 당신은 나를 영원히 사랑할 거야, 당신도 이걸 알고 있었어? 듣고 있지, 날 사랑해줘, 당신의 삶이 끝날 때까지 사랑해줘!" 이렇게 외치는 그녀의 목소리는 어딘가 거의 위협에 가까울 만큼 떨리고 있었다.

"사랑하고말고, 그리고…… 말이야, 카챠." 한마디 한마디 숨을 몰아쉬며 미챠도 말을 시작했다. "말이야, 나는 당신을, 닷새 전에도, 그날 저녁에도 사랑하고 있었어…… 당신이 쓰러져서 끌려나가던 그때도…… 평생토록! 변함없이 그럴 거야, 영원히 그럴 거야……"

이렇게 두 사람은 거의 무의미하고 정신 나간 듯한, 어쩌면 거짓일 수조차 있는 말들을 서로에게 더듬더듬 속삭였으나, 이 순간만큼은 모든 것이 진실이었고 그들 스스로도 자신의 말을 절대적으로 믿고 있었다.

"카챠," 미챠가 갑자기 소리쳤다. "당신은 내가 죽였다고 믿어? 지금은 믿지 않는다는 걸 알아, 하지만 그때는…… 당신이 증언했을 때는…… 정말, 정말 그렇게 믿었지!"

"그때도 믿지 않았어! 한 번도 믿은 적 없어! 당신이 미워서 갑자기 나 자신에게 그렇게 우겼던 거야, 바로 그 순간 동안만…… 증언을 할 때는 그렇게 우기면서 믿었어…… 하지만 증언을 마치자마자 금세 또 믿을 수가 없었어. 이 모든 걸 알아줘. 깜빡 잊고 있었군, 난 스스로를 벌하려고 온 거야!" 그녀는 갑자기 어딘가 전혀 새로운 말씨로 말했는데, 방금, 조금 전에 사랑을 속삭일 때와는 완전히 다른 어조였다.

"얼마나 괴로울까, 여자여!" 어떻게 억제할 틈도 전혀 없이 이런 말이 미챠에게서 불쑥 터져나왔다.

"날 보내줘." 그녀가 속삭였다. "또 올게, 지금은 너무 괴로워서……!"

그녀는 자리에서 일어났으나, 갑자기 큰 소리를 내지르며 움찔 뒤로 물러섰다. 인기척도 내지 않고 느닷없이 그루셴카가 방안에 들어온 것이다. 그녀가 오리라고는 아무도 생각지 못한 터였다. 카챠는 황급히 문 쪽으로 걸음을 내디뎠으나, 그루셴카와 나란히 서게 되자 갑자기 걸음을 멈추고는 백묵처럼 새하얗게 질린 얼굴로 거의 속삭이는 것처럼 조용히 마치 신음하듯 그녀에게 말했다.

"나를 용서해주세요!"

그루셴카는 그녀를 뚫어지게 쳐다보며 한순간 기다린 뒤, 증오의 독기가 서린 가시 돋친 목소리로 대답했다.

"이봐, 너나 나나 못된 년들이야! 둘 다 못돼먹었다고! 너나 나나, 어디, 우리 같은 것들이 누굴 용서해? 저 사람이나 구해줘, 내 평생 널 위해 기도할 테니."

"그건 용서하지 않겠다는 소리 아냐!" 미챠가 미친 듯이 힐책하는 투로 그루셴카에게 소리쳤다.

"걱정 마, 당신을 위해 저 사람을 꼭 구할 테니!" 카챠는 빠르게 속삭인 뒤 방에서 뛰쳐나갔다.

"당신은 그녀를 용서할 수 없다는 건가, 그녀 쪽에서 먼저 당신한테 '용서해줘'라고 말하는데도?" 미챠가 또다시 비통하게 외쳤다.

"미챠 형, 감히 이분을 나무라지 말아요, 형은 그럴 자격이 없어요!" 알료샤가 열띤 어조로 형에게 소리쳤다.

"그 여자가 오만한 입술로는 그렇게 지껄였어도 속마음은 안 그렇단 말이야." 그녀는 아주 역겹다는 듯이 말했다. "당신을 구출해준다면—나도 모든 걸 용서하겠지만……"

그녀는 마음속의 뭔가를 억누르려는 듯, 그냥 입을 다물었다. 아직도 냉정을 되찾을 수 없어서였다. 나중에 알게 된 바이지만, 그녀는 지금과 같은 상황에 맞닥뜨리리라고는 전혀 예상치 못하고 아무런 생각 없이 그저 우연히 들어왔던 것이다.

"알료샤, 그녀 뒤를 쫓아가!" 미챠가 동생에게 다급하게 부탁했다.

"그녀에게 말해다오…… 음, 뭐라고 말해야 좋을까…… 여하튼 그대로 보내지는 마라!"

"그럼, 저물기 전에 또 올게요!" 알료샤는 이렇게 외치고 카챠의 뒤를 쫓아 달려갔다. 그는 병원 담장 밖에서야 그녀를 따라잡았다. 그녀는 빠른 걸음으로 서둘러 걷고 있었으나, 알료샤가 따라잡자마자 재빨리 말했다.

"아뇨, 나는 저 여자 앞에서 자신을 벌할 수 없어요! 내가 저 여자한테 '나를 용서해달라'고 한 건, 나 자신을 끝까지 벌하고 싶어서였어요. 저 여자는 용서하지 않았어요…… 그래서 난 저 여자가 좋아요!" 카챠는 일그러진 목소리로 이렇게 덧붙였는데, 두 눈은 맹렬한 증오로 번쩍였다.

"이렇게 될 줄 형은 정말 생각도 못했어요." 알료샤가 중얼거렸다. "형은 그녀가 오지 않을 걸로 믿었는데……"

"물론 그랬겠죠. 이 얘긴 관둡시다." 그녀가 잘라 말했다. "말이죠, 지금 당신하고 거기 장례식에 갈 수 없겠어요. 관을 장식할 꽃들은 그 집에 보내놨어요. 그 사람들한테 아직은 돈이 있을 것 같군요. 그 사람들에게 말해주세요, 필요하다면 앞으로도 나는 그들을 절대로 버려두지 않을 거라고…… 자, 이제 나를 놓아주세요, 놓아주세요, 제발 부탁이에요. 당신도 거기 가려면 이미 늦었어요, 늦은 오전 예배 종이 울리는데…… 나를 놓아줘요, 제발!"

III
일류셰치카의 장례식. 바위 옆에서의 조사

정말 그는 늦고 말았다. 다들 그를 기다리다못해, 꽃으로 장식된 아름답고 자그마한 관을 그가 없는 가운데 교회로 옮기기로 이미 결정한 참이었다. 그것은 가엾은 소년 일류셰치카의 관이었다. 그는 미챠의 판결이 있은 지 이틀 만에 숨을 거두었다. 알료샤가 집 대문에 나타나자 일류셰치카의 학교 친구들인 소년들이 벌써 환호성을 지르며 그를 맞았다. 다들 가슴을 졸이며 기다리던 중이어서 마침내 그가 오자 무척이나 기뻤던 것이다. 모두 열두 명이 모였는데, 다들 어깨에 배낭과 책가방을 멘 차림이었다. "아빠가 울 거야, 아빠와 함께 있어줘." 일류샤는 죽으면서 그들에게 이런 말을 남겼고, 소년들은 그 말을 기억했다. 그들의 대장은 콜랴 크라소트킨이었다.

"와주셔서 정말 기뻐요, 카라마조프 씨!" 그가 알료샤에게 손을 내밀면서 소리쳤다. "여기는 참혹해요. 정말이지, 차마 눈뜨고 볼 수 없을 지경이에요. 스네기료프는 술에 취하지 않았어요, 그분이 오늘 술을 입에도 대지 않은 건 우리도 확실히 아는데, 그런데도 꼭 술 취한 사람 같아요…… 저야 늘 꿋꿋하지만, 그래도 이건 너무 참혹해요. 카라마조프 씨, 당신을 오래 붙잡아두는 게 아니라면, 안으로 들어가시기 전에 한 가지만 물어보면 안 될까요?"

"뭔가요, 콜랴?" 알료샤가 멈추어 섰다.

"당신 형님은 죄가 있습니까, 없습니까? 당신 형님이 아버지를 죽였나요, 아니면 하인 짓인가요? 당신 말씀이면, 그게 사실일 테니까요. 이 생각 때문에 저는 나흘 밤이나 잠도 못 잤어요."

"하인이 죽였고, 형님은 죄가 없습니다." 알료샤가 대답했다.

"내 말이 그거라니까!" 스무로프 소년이 갑자기 소리쳤다.

"그럼, 그분은 진리를 위해 죄 없는 희생양이 되어 파멸하는 거로군요!" 콜랴가 외쳤다. "파멸했더라도 그분은 행복합니다! 나는 그분이 부러울 지경이에요!"

"그게 무슨 말입니까, 어떻게 그럴 수 있죠, 대체 왜요?" 알료샤가 깜짝 놀라 소리쳤다.

"오, 만약 나도 언젠가 진리를 위해 자신을 희생할 수만 있다면요." 콜랴가 열광하며 말했다.

"하지만 그런 일로, 더구나 그런 치욕을 당하며 그렇게 끔찍한 방식으로는 안 됩니다!" 알료샤가 말했다.

"물론…… 나는 전全 인류를 위해 죽고 싶어요, 치욕 같은 거야 아무려 어때요, 어차피 우리의 이름도 소멸해버릴 텐데요.* 당신 형님을 존경합니다!"

"저도요!" 갑자기 무리 중에서 한 소년이 외쳤는데, 아주 뜻밖에도, 누가 트로이를 세웠는지 안다고 언젠가 선언했던 바로 그 소년으로, 그렇게 외치고 난 뒤 소년은 이번에도 그때처럼 귓불까지 작약꽃처럼 새빨개졌다.

알료샤는 방으로 들어갔다. 주름이 잡힌 하얀 천으로 장식된 하늘색 관 속에 일류샤가 조그만 두 손을 모은 채 눈을 감고 누워 있었다. 그의

---

* 프랑스의 정치가이자 웅변가인 지롱드 당원 베르니오의 연설에서 인용한 것이다.

야윈 얼굴 윤곽은 변한 데가 정말 거의 없었고, 이상하게도 시신에서는 냄새가 거의 나지 않았다. 얼굴 표정은 깊은 생각에라도 잠긴 듯 진지했다. 열십자로 포갠 두 손은 마치 대리석으로 빚은 듯 유난히 아름다웠다. 손에는 꽃이 쥐여 있고, 관은 이미 안팎이 온통 꽃으로 장식되어 있었는데, 날이 밝기 무섭게 리자 호흘라코바가 보내온 꽃들이었다. 하지만 카체리나 이바노브나한테서도 꽃이 도착했고, 알료샤가 문을 열었을 때, 이등 대위는 떨리는 손에 꽃다발을 들고 자신의 소중한 아이에게 또다시 꽃송이를 뿌리고 있었다. 그는 안으로 들어선 알료샤에게 거의 눈길을 주지 않았고, 누구의 얼굴도, 심지어 울고 있는 미치광이 자기 아내, 아픈 다리로 일어서서 자신의 죽은 아이를 조금이라도 가까이서 보려고 줄곧 안간힘을 쓰고 있는 '엄마'의 얼굴마저도 쳐다보려 하지 않았다. 아이들은 니노치카를 의자에 앉은 채 들어올려, 관 바로 곁으로 옮겨다주었다. 그녀는 머리를 관에 갖다대고 앉아 있었는데, 역시 조용히 울고 있는 것이 분명했다. 스네기료프의 얼굴은 활기를 띠고 있었으나, 왠지 넋이 나간 듯한 표정이었고 동시에 모질어 보이기도 했다. 그의 몸짓, 그가 내뱉는 말에도 반쯤 미친 것 같은 데가 있었다. 그는 일류샤를 들여다보며 끊임없이 "꼬마 아빠, 귀여운 꼬마 아빠!" 하고 소리쳤다. 일류샤가 아직 살아 있을 때 그를 사랑스럽게 어르면서 "꼬마 아빠, 귀여운 꼬마 아빠"라고 말하는 습관이 있었던 것이다.

"아빠, 나한테도 꽃을 줘, 저애 손에서 빼내줘, 바로 저 흰 꽃, 어서 줘!" 정신이 나간 '엄마'는 흐느끼면서 애원했다. 일류샤의 손에 들린 조그만 흰 장미가 그토록 마음에 들어서인지, 아니면 아들의 손에 들린 그 꽃을 기념으로 가지고 싶어서인지, 아무튼 그녀는 꽃을 가지려고 손을 뻗으면서 막무가내로 버둥거렸다.

"아무한테도 안 줘, 아무것도 못 줘!" 스네기료프가 모질게 외쳤다. "저애 꽃이야, 당신 것이 아냐. 모두 저애 거야, 당신 것은 하나도 없어!"

"아빠, 엄마한테 꽃을 주세요!" 갑자기 니노치카가 눈물이 흥건한 얼굴을 들었다.

"아무것도 못 줘, 엄마한테는 더더욱 못 준다! 엄마는 저애를 사랑하지 않았어. 엄마는 저애한테서 그때 그 대포도 빼앗았는데, 저애는 고분고분 선-물로 줬단 말이다." 이등 대위는 그때 일류샤가 엄마한테 대포를 양보한 일이 기억나자 갑자기 큰 소리로 통곡하기 시작했다. 가엾은 미치광이 여인도 두 손으로 얼굴을 가리고 조용히 흐느껴 울었다. 소년들은 시간이 다 됐는데도 아버지가 관을 붙잡고 놓지 않는 것을 보자, 갑자기 빽빽하게 무리 지어 관을 에워싸고는 들어올리기 시작했다.

"그 울타리 안에는 묻지 않겠다!" 스네기료프가 갑자기 울부짖었다. "바위 옆에, 우리의 그 바윗돌 옆에 묻겠다! 일류샤가 그렇게 해달라고 했어. 절대 못 가져간다!"

그는 그전에도 사흘 내내, 바위 옆에 묻겠다고 말해왔다. 그러나 알료샤, 크라소트킨, 집주인 여자와 그녀의 여동생, 그리고 소년들 모두가 반대하고 나섰다.

"아니, 무슨 그딴 생각을 하나, 목매 죽은 사람처럼 그런 부정한 바위 옆에 묻겠다니." 주인 노파가 엄하게 꾸짖었다. "거기 담장 안은 십자가가 있는 땅일세. 거기 있으면 그애를 위해 기도를 해줄 게 아닌가. 교회

찬송가 소리도 들리고, 보제가 낭랑하고 또박또박 읽어주는 말씀이 그 때마다 모두 그애한테까지 들릴 테니, 그애 무덤 위에서 읽어주는 거나 마찬가지일 걸세."

이등 대위도 결국 손을 내저었다. '가져가게들, 어디로든 맘대로 가져가게!'라는 뜻이었다. 아이들은 관을 들어올렸으나, 어머니 곁을 지날 때 잠시 그녀 앞에 멈추어 서서 일류샤와 작별할 기회를 주었다. 그러나 사흘 동안 줄곧 좀 떨어진 곳에서만 보아왔던 이 소중한 얼굴을 갑자기 가까이서 보게 되자, 그녀는 별안간 온몸을 후들후들 떨며 허옇게 센 머리를 관 위에서 앞뒤로 발작적으로 흔들어대기 시작했다.

"엄마, 이애한테 성호를 그어줘요, 축복해주고 입을 맞춰줘요." 니노치카가 그녀에게 외쳤다. 그러나 그녀는 애타는 슬픔에 얼굴을 일그러뜨린 채 계속 말없이 마치 자동인형처럼 연방 머리를 흔들어대다가, 갑자기 주먹으로 자신의 가슴을 쾅쾅 치기 시작했다. 관은 계속 앞으로 운반되었다. 니노치카는 관이 그녀 앞을 지나갈 때 죽은 동생의 입술에 마지막으로 자신의 입술을 갖다댔다. 알료샤는 집밖으로 나오면서 집주인 여자에게 남은 사람들을 잘 보살펴달라는 부탁을 하기 시작했으나, 그녀는 이쪽 말을 다 들으려 하지도 않았다.

"알아요, 내가 이 사람들 옆에 붙어 있을 거요, 우리도 그리스도교도니까." 노파는 이렇게 말하면서 울고 있었다.

교회까지는 멀지 않아서 기껏해야 삼백 보 정도만 관을 나르면 되었다. 맑고 고요한 날이었다. 춥기는 했으나 그리 대단하지는 않았다. 예배식을 알리는 종이 아직도 울리고 있었다. 스네기료프는 거의 여름 옷 같은 낡아빠진 짧은 외투를 걸치고, 챙이 넓은 낡고 부드러운 모자를 머리에 쓰지도 않고 손에 든 채, 어찌할 바 몰라 하며 관 뒤를 허둥지둥 쫓아갔다. 그는 뭔가 해결할 수 없는 걱정이라도 있는 듯한 표정으로, 갑자기 손을 뻗어 관머리를 받치려다가 도리어 운구하는 사람들을 방해하는가 하면, 옆에서 이리저리 뛰어다니면서 여기 어디 적당한 자리에라도 끼어들 수 있을까 싶어 애쓰기도 했다. 꽃 한 송이가 눈 위에 떨어지면 그것을 주우려고 부리나케 달려갔는데, 그 꽃송이를 잃으면 무슨 큰일이라도 날 것만 같았다.

"아, 빵 껍질, 빵 껍질을 깜빡 잊었어." 갑자기 그가 대경실색하며 소리쳤다. 그러나 소년들은 그가 빵 껍질을 아까 이미 챙겼고, 지금 그의 호주머니 안에 있다고 곧바로 일러주었다. 그는 당장 그것을 호주머니에서 꺼내 확인하고서야 비로소 마음을 놓았다.

"일류셰치카가 그러라고 했어요, 일류셰치카가." 그가 즉시 알료샤에게 설명했다. "밤중에 녀석은 누워 있고 나는 곁에 앉아 있었는데, 갑자기 그럽디다. '아빠, 내 무덤에 흙을 덮을 때, 빵 껍질을 부숴서 그 위에 뿌려줘, 참새들이 날아오게, 참새들이 날아온 소릴 듣게 되면 나는 혼자가 아니어서 기쁠 거야.'"

"참 좋은 일입니다." 알료샤가 말했다. "좀더 자주 갖고 가야겠군요."

"날마다요, 날마다!" 이등 대위가 완전히 기운을 되찾은 듯 중얼거렸다.

드디어 교회에 도착하여 한가운데에 관을 내려놓았다. 소년들은 모두 관을 에워싸고, 예배식이 진행되는 동안 내내 그렇게 의젓하게 서 있었다. 교회는 지은 지 오래된데다 상당히 초라했고 성상들도 아예 천개天蓋가 없는 것들이 많았지만, 그런 교회가 기도하기에는 어쩐지 더 좋은 법이다. 예배식이 진행되는 동안 스네기료프는 다소 진정된 것 같았으나, 그래도 때로는 아까처럼 무의식적으로, 영문을 알 수 없을 만큼 부산을 떨기도 했다. 관 옆으로 다가가 덮개나 화관을 바로잡는가 하면, 촛대에서 초가 하나 떨어졌을 때는 그것을 다시 꽂겠다고 갑자기 그리로 달려가서 초 한 자루를 붙잡고 끔찍하게 오랫동안 씨름하기도 했다. 그런 다음에는 마음이 이미 진정됐는지, 막연히 걱정스럽고 미심쩍은 듯한 얼굴을 하고 관머리에 가서 얌전히 섰다. 「사도행전」 낭송이 끝나자, 갑자기 그는 곁에 서 있던 알료샤에게, 「사도행전」 낭송을 제대로 못했다고 속삭였으나, 그렇다고 자신의 생각을 설명하지는 않았다. 게루빔 성가가 시작되자 그도 따라 부르는가 싶었지만, 다 끝나기도 전에 무릎을 꿇고 교회 돌바닥에 이마를 갖다대더니 꽤나 오랫동안 그대로 엎드려 있었다. 마침내 장례 의식 차례가 되어 초를 나누어주었다. 얼이 빠진 아버지는 또다시 부산을 떨기 시작했지만, 가슴을 저미는 감동적인 장송곡이 그의 영혼을 깨우고 뒤흔들었다. 그는 갑자기 몸을 잔뜩 움츠리듯 하고는 자주 토막 울음을 울기 시작했는데, 처음에는 목소리를 죽여가며 울었으나, 끝에 가서는 큰 소리로 흐느꼈다. 작별인사를 하고 관 뚜껑을 덮으려고 하자, 그는 일류셰치카에게 뚜껑을 덮지 못하게 하겠다는 듯, 두 손으로 관을 꽉 붙들고 죽은 아이의 입술에 미친 듯 입을 연거푸 맞추기 시작하며 결코 멈추려 들지 않았다. 마침내 그를 달래어 관대의 계단에서 이미 데리고 내려왔으나, 그는 갑자기 맹렬하게 손을 뻗더니 관에서 꽃 몇 송이를 끄집어냈다. 그는 그 꽃들을 보고 있다가 무슨 새로운 생각이라도 문득 떠올랐는지, 제일 중요한 일을 잠시 잊어버린 것 같았다. 점점 더 깊은 생각에 빠져든 듯, 관을 들어올려 무덤으로 옮길 때는 더이상 저항도 하지 않았다. 묘지는 멀지 않은 곳, 바로 교회당 옆의 울타리 안에 있었고, 묘지값이 비쌌는데, 카체리나 이바노브나가 그 돈을 내주었다. 통례적인 의식을 치른 후 묘지 인부들이 관을 구덩이 속에 내려놓았다. 스네기료프가 두 손에 꽃을 쥔 채, 열린 무덤 위로 몸을 너무 깊숙이 숙이는 바람에 소년들은 깜짝 놀라 그의 외투자락을 꽉 움켜쥐고 그를 뒤로 끌어내기 시작했다. 그러나 그는 무슨 일이 일어나고 있는지 이미 제대로 이해하지도 못하는 듯했다. 무덤에 흙을 채워넣기 시작하자, 그는 갑자기 걱정스러운 얼굴로 떨어지는 흙을 가리키며 무슨 말까지 중얼대기 시작했으나, 무슨 소리인지 아무도 알아들을 수 없었고, 게다가 그도 갑자기 잠잠해졌다. 이때 사람들이 빵 껍질을 잘게 부숴야 한다고 상기시키자, 그는 몹시 흥분하여 빵 껍질을 꺼내서는 곱게 뜯어 무덤 위에 뿌리기 시작했다. "자, 이리 날아오너라, 새들아, 자, 이리 날아오너라, 참새들아!" 그는 걱정스러운 얼굴로 이렇게 중얼거렸다. 소년들 가운데 누군가가 그에게, 꽃을 손에 들고 있으면 빵 껍질을 뜯기가 불편하니 꽃을 누구한테 잠시 맡기라고 일러주었다. 그러나 그는 주기는커녕, 갑자기 누가 자기 꽃을 영영 뺏어가기라도 할 것처럼 소스라치게 놀라기조차 했고, 무덤을 잠시 바라보고 있다가 이제 모든 것이 다 되었고 빵조각도 뿌려진 것을 확인했다는 듯 갑자기 뜻밖에도 아주 차분하기까지 한 동작으로 몸을 돌리더니 집을 향해 천천히 걷기 시작했다. 하지만 그의 걸음은 갈수록 빠르고 급해지면서 거의 뛰다시피 서둘렀다. 소년들과 알료샤는 그를 잠시도 놓치지 않고 쫓아갔다.

"엄마한테 꽃을 줘야지, 엄마한테 꽃을! 엄마 마음을 상하게 했어."

그는 갑자기 이렇게 외치기 시작했다. 누군가가 그에게 모자를 쓰라고, 안 그러면 이제 춥다고 외쳤으나, 그는 이 말을 듣자 화가 치민 듯 모자를 눈 위에다 팽개치면서 "모자 따윈 싫다, 모자 따윈 싫다!"라고 내뱉었다. 스무로프 소년이 모자를 집어 그의 뒤에서 들고 갔다. 소년들은 하나같이 다들 울었지만, 특히 콜랴, 그리고 트로이의 창건자를 안다고 했던 그 소년이 가장 서럽게 울었고, 스무로프도 대위의 모자를 손에 든 채 지독하게 울고 있었으나 그래도 거의 뛰다시피 걸어가는 와중에도 길가의 눈 위에 붉은색으로 드러나 있던 벽돌조각을 제때 집어들어, 옆을 빠르게 날아가던 참새떼를 겨냥하여 휙 던졌다. 물론 맞히지는 못했고, 소년은 울면서 계속 달렸다. 길을 절반쯤 왔을 때 스네기료프가 느닷없이 걸음을 멈추고 무슨 충격을 받기라도 한 듯 삼십 초쯤 그대로 서 있더니, 갑자기 교회 쪽으로 몸을 홱 돌려 방금 떠나온 무덤을 향해 내달리기 시작했다. 그러나 소년들은 단숨에 따라잡아 사방에서 그를 붙잡았다. 그러자 그는 기진맥진한 듯, 한 대 맞은 사람처럼 눈 위에 풀썩 주저앉아 몸부림을 치고 울부짖고 통곡하면서 "꼬마 아빠, 일류셰치카, 귀여운 꼬마 아빠!" 하고 소리치기 시작했다. 알료샤와 콜랴는 그를 일으켜세워 타이르고 달래기 시작했다.

"대위님, 이제 그만하세요, 대장부는 참을 줄 알아야 됩니다." 콜랴가 중얼거렸다.

"그 꽃도 못쓰게 될 겁니다." 알료샤도 말했다. "'엄마'가 꽃을 기다리고 있잖습니까, 아까 당신이 일류셰치카의 꽃을 주지 않아서 집에 앉아 울고 있을 겁니다. 거기엔 일류샤의 잠자리도 그대로 있어요……!"

"그래, 그래, 엄마한테 가야지!" 스네기료프는 갑자기 다시 기억을 떠올렸다. "잠자리를 치워버릴지 몰라, 치워버릴지!" 정말로 치워버릴지도 모른다는 생각에 겁이 더럭 난 듯 그는 이렇게 덧붙이고는 벌떡 일어나 다시 집을 향해 내달렸다. 그러나 집까지는 이미 멀지 않았고, 모두 함께 달려 집에 도착했다. 스네기료프는 문을 맹렬하게 열어젖히고, 아까 그렇게 박정하게 대하며 다투었던 아내를 향해 울부짖었다.

"엄마, 여보, 일류셰치카가 당신에게 꽃을 보내줬어, 당신 발이 아프다고 말이야!" 그는 방금 눈 위에서 몸부림치는 바람에 꺾이고 얼어버린 꽃송이들을 그녀에게 내밀며 외쳤다. 그러나 바로 그 순간 그는 일류샤의 침대 앞, 한구석에 일류샤의 구두 두 짝이 가지런히 놓여 있는 것을 보았는데—낡아서 불그죽죽하고 꺼칠꺼칠하게 된, 군데군데 덧대기까지 한 구두를 조금 전에 집주인 여자가 정돈해둔 것이었다. 구두를 보자 그는 두 팔을 들어올리고 몸을 던지듯 그쪽으로 달려가 무릎을 꿇고 쓰러지더니, 구두 한 짝을 움켜쥐고 입술을 갖다대며 "꼬마 아빠, 일류셰치카, 귀여운 꼬마 아빠, 네 발은 어디 있니?" 하고 외치면서 미친 듯 입을 맞추기 시작했다.

"당신은 어디로 그애를 데려갔어? 어디로 데려가버렸어?" 정신이 나간 여자가 가슴이 찢어지는 목소리로 울부짖었다. 이제는 니노치카도 목놓아 울기 시작했다. 콜랴는 방에서 뛰쳐나갔고, 다른 소년들도 뒤따라 나가기 시작했다. 마침내 알료샤도 그들의 뒤를 따라 나갔다. "실컷 울게 그냥 둡시다." 그가 콜랴에게 말했다. "이런 땐 어찌해도 위로가 되지 않으니까요. 잠시 기다렸다가 다시 들어가봅시다."

"그래요, 위로가 되지 않죠. 너무 참혹하군요." 콜랴가 맞장구를 쳤다. "그런데 카라마조프 씨," 그가 갑자기 아무도 듣지 못하도록 목소리를 낮추었다. "나는 너무 슬퍼요, 그애를 되살릴 수만 있다면 이 세상 모든 걸 내줄 텐데요!"

"아아, 나도 그래요." 알료샤가 말했다.

"어떻게 생각하세요, 카라마조프 씨, 우리가 오늘 저녁에 여기로 와야겠죠? 아무래도 저분, 진탕 마실 것 같은데요."

"아마 또 마실지도 모르죠. 우리 둘만 옵시다, 저분들, 어머니와 니노치카하고 한 시간쯤 함께 앉아 있으면 될 겁니다, 다들 한꺼번에 오면 그애 생각만 더 나게 할 테니까요." 알료샤가 조언했다.

"저쪽에서 지금 집주인 할머니가 식탁을 차리는 중인데—추도식인지 뭔지가 있을 모양이고, 신부님도 올 거래요. 우리도 지금 곧 그리로 들어가봐야겠죠, 카라마조프 씨, 예?"

"꼭 가야죠." 알료샤가 말했다.

"이건 모두 이상해요, 카라마조프 씨, 이렇게 슬픈데, 갑자기 무슨 블린*이라뇨, 우리 종교에 비춰봐도 정말 자연스럽지 못해요!"

"거기서 연어도 내놓을 거예요." 트로이의 창건자를 안다고 했던 소년이 갑자기 큰 소리로 한마디했다.

"자네한테 진지하게 부탁하는데, 카르타쇼프, 더이상 그런 멍청한 소리를 하며 끼어들지 말게, 특히 자네를 상대로 말하고 있지 않고, 자네가 세상에 있는지조차 알고 싶어하지 않을 때는 더더욱." 콜랴가 역정을 내며 그를 향해 거칠게 잘라 말했다. 소년은 순간 얼굴을 확 붉혔으나, 감히 뭐라고 대꾸할 엄두는 내지 못했다. 그러는 동안 다들 조용히

---

* 러시아식 얇은 팬케이크.

오솔길을 따라 걷고 있는데, 갑자기 스무로프가 외쳤다.

"저게 일류샤의 바위야, 저 아래다 묻겠다는 거였어!"

다들 말없이 그 커다란 바위 옆에 멈추어 섰다. 그 바위를 보자 알료샤의 기억 속에는 언젠가 스네기료프가 일류셰치카 얘기를 해주던 때가, 일류셰치카가 울면서 아버지를 끌어안고 "아빠, 아빠, 그 사람이 아빠한테 어떻게 그런 모욕을 줄 수 있어!" 하고 외쳤다는 얘기를 해주던 광경이 한꺼번에 모두 되살아났다. 무엇인가가 그의 영혼 속에서 전율을 일으킨 듯했다. 그는 진지하고 엄숙한 표정으로 일류샤의 친구들인 이 학생들의 사랑스럽고 빛나는 얼굴을 모두 둘러보더니 갑자기 입을 열었다.

"여러분, 여기서, 바로 이곳에서 여러분에게 하고 싶은 말이 하나 있습니다."

소년들은 그를 에워싸고 이내 기대에 찬 긴장된 시선을 그에게 집중시켰다.

"여러분, 우리는 곧 헤어지게 됩니다. 나는 아직 얼마 동안은 두 형님과 함께, 한 분은 유형을 떠나게 되고 다른 한 분은 병으로 위독한 두 형님과 함께 있을 겁니다. 그러나 나는 곧 이 도시를 떠날 것이고, 어쩌면 아주 오랫동안 돌아오지 못할 겁니다. 그러니 우리는 헤어지게 됩니다, 여러분. 여기, 일류샤의 바윗돌 옆에서 우리 함께 약속합시다—첫째는 일류셰치카를, 둘째는 우리 서로서로를 결코 잊지 말기로 말입니다. 앞으로 살아가면서 우리에게 무슨 일이 일어나든, 비록 우리가 앞으로 이십 년 동안이나 서로 만나지 못한다 해도—우리가 이 가엾은 소년의 장례식을 치렀던 일만큼은 그래도 꼭 기억합시다. 전에 그 다리 옆에서 이 소년에게 돌팔매질을 했던 걸 기억하죠?—하지만 나중엔 다들 이 소년을 무척 사랑하게 됐지요. 멋진 소년, 착하고 용감한 소년이었어요, 이 소년은 아버지의 명예와 아버지가 당한 쓰라린 모욕을 절감했고, 그래서 분연히 일어섰던 겁니다. 그러므로 여러분, 첫째 이 소년을 평생토록 기억합시다. 비록 우리가 아무리 중요한 일에 종사하게 될지라도, 아무리 높은 지위에 오를지라도, 아무리 커다란 불행에 빠질지라도—아무튼 우리가 전에 여기서 훌륭하고 선량한 감정으로 모두 함께 하나가 되어 이 가엾은 소년을 사랑하는 동안 얼마나 행복했고, 또 그렇게 사랑하는 동안 어쩌면 실제 우리 자신보다 더 훌륭한 사람이 될 수 있었다는 것을 절대로 잊지 맙시다. 나의 비둘기들*—여러분을 이렇게—비둘기라고 부르도록 해주십시오, 여러분의 착하고 사랑스러운 얼굴을 보고 있는 지금 이 순간, 여러분은 모두 이 새들과, 회청색의 이 훌륭한 새들과 몹시 닮았으니까요—나의 사랑스러운 아이들, 어쩌면 여러분은 내가 하려는 말을 잘 이해하지 못할지도 모릅니다. 나는 아주 알아듣지 못하게 얘기하는 수가 많거든요. 하지만 그래도 여러분은 내 말을 기억하고 있다가 훗날 언젠가는 내 말에 고개를 끄덕이게 될 겁니다. 좋은 어떤 추억만큼, 특히 아직 어린 시절 부모님 슬하에 살면서 갖게 된 추억만큼, 앞으로의 생활을 위해 숭고하고 강하고 유익한 것은 없다는 걸 꼭 알아두십시오. 여러분의 교육에 대해 사람들은 여러분에게 많은 얘길 하지만, 어린 시절부터 간직한 이처럼 아름답고 신성한 어떤 추억이야말로 아마도 가장 좋은 교육일 겁니다. 그런

* 비둘기는 기독교에서 성령뿐만 아니라 사도의 영혼을 상징한다.

추억을 많이 가지고 삶 속으로 들어선다면, 그 사람은 평생토록 구원받은 셈이랍니다. 심지어 우리에게, 우리 마음속에 좋은 추억이 단 하나만 남아 있어도, 그것은 언젠가 우리가 구원받도록 도와줄 수 있을 겁니다. 어쩌면 우리는 이다음에 악한 사람이 될지도, 나쁜 행동 앞에서 버텨낼 힘마저 갖지 못할지도 모르고, 인간의 눈물을 비웃고, 아까 콜랴가 외쳤듯이 '모든 사람을 위해서 고통받고 싶다'라고 말하는 사람들을 조소할지도 모릅니다—이런 사람들을 심술궂게 야유할지도 모릅니다. 하지만, 물론 그렇게 돼서는 안 되겠지만, 여하튼 우리가 아무리 악한 사람이 될지언정, 우리가 어떻게 일류샤의 장례를 치렀는지, 그의 마지막 날들에 우리가 얼마나 그를 사랑했는지, 그리고 지금 이렇게 이 바위 옆에서 얼마나 다정하게 함께 이야기했는지를 기억한다면, 설령 우리가 그런 사람이 될지라도 그런 우리 중에 제일 잔인하고 제일 비웃기 좋아하는 사람조차, 자신이 지금 이 순간 얼마나 선량했고 훌륭했었나 하는 것만큼은 마음속으로 감히 비웃지 못할 겁니다. 이뿐만 아니라, 아마도 바로 이 추억 하나가 그를 커다란 악으로부터 지켜줄 것이며, 그는 생각을 고쳐먹고 '그래, 나는 그때 선량하고 용감하고 정직했지'라고 말하게 되겠지요. 흥, 하고 혼자 속으로 코웃음을 칠지도 모르죠, 괜찮습니다, 사람이란 흔히 선량하고 훌륭한 것을 비웃곤 하니까요. 그저 경솔한 탓에 그런 겁니다. 하지만 단언컨대, 여러분, 아무리 코웃음을 칠지라도 이내 마음속으로 '아니야, 코웃음을 치다니, 내가 고약한 짓을 한 거야, 이걸 비웃으면 절대 안 돼!'라고 말하게 될 겁니다."

"반드시 그럴 거예요, 카라마조프 씨, 나는 당신의 말을 이해해요, 카라마조프 씨!" 콜랴가 눈을 반짝이며 외쳤다. 다른 소년들도 흥분하여 역시 뭐라고 외치고 싶었으나, 그래도 꾹 참고 감동한 얼굴로 연사를 뚫어지게 바라보았다.

"내가 이런 말을 하는 것은 우리가 나쁜 사람이 되는 두려운 경우를 위해서입니다." 알료샤가 말을 이어갔다. "하지만 왜 우리가 나쁜 사람이 되겠습니까, 안 그런가요, 여러분? 우리는 첫째 무엇보다도, 착한 사람이 되고, 다음으로는 정직한 사람이 되고, 다음으로는—절대로 서로를 잊지 맙시다. 나는 이것을 다시 한번 반복합니다. 나로서도 약속하지만, 여러분, 여러분 중 어느 누구도 나는 잊지 않겠습니다. 지금 이 순간 나를 보고 있는 여러분의 얼굴을 삼십 년 후에도 하나하나 모두 다 기억할 것입니다. 아까 콜랴는 카르타쇼프에게 우리는 '네가 세상에 있는지 없는지' 알고 싶지도 않다는 것처럼 말했습니다. 하지만 카르타쇼프가 이 세상에 있다는 것을, 그리고 지금은 트로이의 창건자를 안다고 했을 때처럼 얼굴을 붉히지도 않고 저 아름답고 선량하고 명랑한 눈으로 나를 바라보고 있다는 것을 내가 어찌 잊을 수 있겠습니까. 여러분, 사랑하는 여러분, 우리 모두 일류셰치카처럼 관대하고 용감한 사람이 됩시다, 콜랴처럼 현명하고 용감하고 관대한 사람이 됩시다(하지만 콜랴는 앞으로 자라면서 훨씬 더 현명해지겠죠), 그리고 카르타쇼프처럼 수줍음을 타면서도 총명하고 사랑스러운 사람이 됩시다. 아니, 무엇 때문에 이 두 사람만 가지고 이야기하겠습니까! 여러분 모두가 지금부터 나에게 하나같이 사랑스러운 존재이며, 여러분 모두를 내 마음속에 간직할 테니, 여러분도 부디 나를 여러분 마음속에 간직해주십시오, 여러분! 그런데 우리가 이제 평생토록 항상 기억하게 될, 그리고 기억하고자 하는 이 선량하고 훌륭한 감정 속에 우리를 결합시켜준 사람이 누구인가요, 저 착한 소년, 사랑스러운 소년, 우리에게 영원히 소중한 소년, 바로 일류셰치카 아닙니까! 이 소년을 절대로 잊지 맙시다, 이 소년에 대한 아름다운 기억을 우리 마음속에 영원히 간직합시다, 지금부터 영원토록!"

"그래요, 그래요, 영원히, 영원히." 소년들은 모두 감동한 얼굴이 되어 짜랑짜랑 울리는 목소리로 외쳤다.

"일류셰치카의 얼굴과 옷과 해진 구두와 관을, 그 불행하고 죄 많은 아버지를, 그리고 일류셰치카가 아버지를 위해 용감하게 혼자서 학급 전체를 상대로 분연히 일어섰던 것을 기억합시다!"

"기억할 거예요, 기억할 거예요!" 소년들은 또다시 외쳤다. "그애는 용감했어요, 그애는 착했어요!"

"아, 난 그애를 얼마나 사랑했는지 몰라!" 콜랴가 소리쳤다.

"아, 아이들이여, 아, 사랑스러운 벗들이여, 삶을 두려워하지 말아요! 무엇이든 좋고 옳은 일을 한다면, 삶은 너무나 좋은 것입니다!"

"그래요, 그래요." 소년들이 환희에 차서 되풀이했다.

"카라마조프 씨, 우리는 당신을 사랑해요!" 도저히 참지 못하고 한 목소리가 외쳤는데, 카르타쇼프인 것 같았다.

"우리는 당신을 사랑해요, 당신을 사랑해요." 모두 일제히 따라 외쳤다. 많은 아이의 눈에 눈물이 반짝였다.

"카라마조프 만세!" 콜랴가 감격하여 외쳤다.

"죽은 소년이 기억 속에 영원히 살아 있기를!" 뜨거운 마음으로 알료샤가 다시 덧붙였다.

"기억 속에 영원히 살아 있기를!" 소년들이 또다시 따라 외쳤다.

"카라마조프 씨!" 콜랴가 소리쳤다. "종교에서는, 우리 모두가 죽은 자들로부터 일어나고 되살아나서 서로서로를 다시 보게 된다고, 모든 사람도, 일류샤도 다시 보게 된다고 말하는데, 그게 정말인가요?"

"우리는 틀림없이 부활하여, 틀림없이 서로 보게 될 것이고, 그동안에 있었던 모든 일을 즐겁고 기쁘게 서로에게 얘기할 것입니다." 알료샤가 반은 웃고 반은 환희에 차서 대답했다.

"아, 그렇게만 되면 얼마나 좋을까!" 콜랴가 저도 모르게 이렇게 외쳤다.

"자, 이제 얘기를 끝내고 추도식에 갑시다. 블린을 먹게 된다고 당황할 건 없어요. 예로부터 전해오는 영원한 풍습이고, 좋은 점도 있으니까요." 알료샤가 웃었다. "자, 갑시다! 이제 이렇게 손에 손을 잡고 가는 겁니다."

"영원히 이렇게, 평생토록 손에 손을 잡고! 카라마조프 만세!" 콜랴가 환희에 넘쳐 다시 한번 소리쳤고, 다른 소년들도 그의 환호성을 받아 다시 한번 일제히 따라 외쳤다.

너는 존재한다, 고로 사랑하라

1. 아버지와 아들들

도스토옙스키(Фёдор Михайлович Достоевский, 1821~1881)는 영혼의 불멸과 구원에 천착하면서 영혼의 신비를 깊이 파고들었고, 인간 내면의 모순을 적나라하게 드러내 보인 작가다. 특히 그의 마지막 소설 『카라마조프가의 형제들』은 작가의 문학과 사상을 총체적으로 아우르는 작품이자, 러시아 문학을 세계문학 속에 우뚝 세운 19세기 러시아 장편소설의 위대한 시대를 장엄하게 끝맺는 걸작이다.

소설 속의 이야기는 부친 살해를 중심으로 전개된다. 어린 시절 아버지 표도르 파블로비치 카라마조프에게 버림받고 어머니도 없이 성장한 세 형제, 드미트리, 이반, 알료샤가 집으로 돌아온다. 이들은 음탕하고 탐욕스러운 아버지를 동정하거나 혐오하며, 특히 드미트리와 이반은 노골적으로 또는 은밀하게 그의 죽음을 바란다. 그러던 중 표도르가 살해되자, 혐의는 그루셴카를 두고 연적 관계에 있던 장남 드미트리에게 쏠린다. 범인은 둘째 아들 이반의 정신적 사주를 받은 표도르의 하인 스메르쟈코프이지만, 그는 자살해버리고, 결국 드미트리는 20년간의 시베리아 유형을 선고받는다. 세 형제는 아버지의 죽음에 대해 자신들의 죄를 인정하고, 소설은 '만인은 만인에게 죄인이다'라는 죄의 공동체 의식에서 비롯되는 속죄와 갱생에 대한 희망으로 끝난다.

줄거리로 본다면 이 소설은 범죄소설의 구성을 따른다. 이 외적인 틀 속에서 작가는 신앙, 자유, 악, 사랑, 구원, 인류 운명과 같은 그의 영원한 주제들을 전개해나간다. 친부 살해는 한 집안의 사건을 넘어서서 아버지-신의 살해라는 이념적 차원과 연결되고, 카라마조프 집안은 인간성의 중요한 문제와 내적 모순을 반영하는 소우주가 된다.

독자에게 특히 흥미로운 것은 이 소우주에서 세 형제가 대표하는 인간형이다. 여기에는 시간 너머의 영원한 삶과 조화를 믿는 사람들과, 신이 만든 세계를 거부하면서 인간의 힘으로 지상적 정의를 실현하고자 하는 사람들이 살고 있다. 막내인 알료샤는 그의 스승이자 정신적 아버지인 조시마 장로와 함께 전자를 대표한다. 알료샤는 감성적이고 영적이며 깊은 신앙심을 지녔지만, 그의 신앙은 과장된 신비주의가 아닌, 내적 조화와 진정한 인간애의 표현이다. 그는 자신의 내면에 진리를 지니고 있어서, 의식적으로 진리를 좇거나 추구하지 않는다. 그의 도덕관념은 언제나 구체적 현실, 구체적 인간들, 구체적 행동과 결합되어 있다. 사람들은 가장 내밀한 이야기를 그에게 털어놓고, 그에게 메

신저와 고해 청문승의 역할을 부여한다. 작가는 알료샤의 조화로운 성격을 배경으로 등장인물들을 입체적으로 그려낸다.

이반은 유클리드적 이성의 인간이다. 그는 이성의 힘으로 진리를 파악하고자 하나 실패한다. 그는 알료샤가 간단하게 받아들이면서 보다 높은 질서로 지각하는 세계질서를 인정하지 않고, 세계질서뿐만 아니라 자기 자신과도 끝없는 싸움을 벌인다. 알료샤가 사람들의 말에 귀를 기울이고, 사람들과 말을 나누고, 사람들의 세상으로 나아가는 데 반해, 이반은 '큰 세상'을 향해 자신의 말을 논문과 문학작품으로 텍스트화한다. 그러나 그 말을 행동으로 옮기진 않으며, 자신이 나서면 막아낼 수 있는 일에서조차 행동하지 않는다. 그는 이상을 향해서는 자신을 열지만, 구체적 현상에 대해서는 자신을 철저하게 닫으며, 그의 인류애는 이웃 사랑이 배제된, 어떤 의무도 없이 사랑할 수 있는 추상적인 개념에 불과하다. 그는 자신을 넘어서서 누구도 사랑할 수 없고, 스스로 지어낸 역할 연기로 삶을 대체하는 카체리나의 미망과 자기집착을 치유해주지도 못한다. 그뿐만 아니라 오직 이성의 힘으로 진리를 파악코자 하는 그의 지적 열정은 드미트리의 정념적 열정보다 더 파괴적이어서, 그는 모든 사고와 감정이 분열된 채 가슴속에 지옥을 품고 살아가며, 결국엔 열섬망에 걸려 의식불명 상태에 빠진다. 그러나 이 의식불명 상태야말로 이성으로 인한 지속적인 분열을 정지시킴으로써 이반에게 갱생의 가능성을 여전히 열어둔다.

반면 드미트리는 사유에 병들지 않은 담대한 열정, 삶에 대한 끝없는 추구, 그리고 극심한 파괴욕을 동시에 지닌 인간이다. 그는 방종한 생활에도 불구하고 미美의 열정적인 애호가이며, 잠재적으로 고결한 성품을 지녔다. 그는 죽은 이론에 맞서는 것으로 '살아 있는 삶'을 실체화하며, 그의 말은 '열렬한 마음의 고백'이자, 행동의 선언이다. 그의 형식적 교양은 형편없고, 그가 아는 예술이란 쉴러의 작품이 전부일지라도, 그것은 그의 입을 통해 인용된다기보다 그의 가슴에서 쏟아져나온다. 정념의 인간 드미트리는 인간의 이율배반을 직관적으로 이해하고 있다. 그는 인간이란 마돈나의 아름다움과 소돔의 아름다움을 동시에 찬미하며, 드높은 천상의 심연과 저열한 타락의 심연을 동시에 갈망하는 존재임을 안다. 드미트리의 양심은 도덕적으로 아름답지 못한 것을 비난하지만, 그의 열정은 양심보다 강렬하다. 그럼에도 불구하고 그의 양심이 정념의 충동보다 강하다는 사실이 입증되는 어떤 경계가 존재한다. 다만 그에게선 이 두 이상 사이의 경계지대가 너무 넓으며, 그런 만큼 그의 영혼은 내적 갈등과 투쟁으로 찢겨 있다.

아버지 표도르는 세 아들의 성격을 혐오스러운 모습으로 반사하는 일그러진 거울이다. 드미트리의 경우엔 열정과 충동의 카오스가 일정한 한계 안에 머무르며 종국엔 그를 성장과 갱생으로 이끈다면, 표도르의 그것은 늙은이의 추악한 색욕과 광기에 다름아니다. 이반으로 하여금 신과 선을 선택할 수 없게 하는 영원한 회의도 표도르에게서는 선에 대한 야비한 냉소주의와 속악한 독신瀆神, 교활하고 의심 많은 이성으로 나타난다. 알료샤의 감성 역시 표도르에게서는 감상적 기질에서 왜곡된 감성으로 표출된다.

이렇듯 충동 인간, 이성 인간, 감성 인간의 성질이 추악하게 뒤섞인 아버지는 세 아들에게 증오와 구역질과 동정을 불러일으키지만, 부자들간에 존재하는 유사성은 '벌'('카라кара')과 '더럽히다'('마자치мазать')

라는 단어를 합쳐놓은 그들의 성姓 '카라마조프'에서도 알 수 있듯, 아버지의 죄를 아들들이 물려받았음을 의미한다. 새로운 인간으로 태어나기 위해서는 세 형제 모두 아버지의 유산을 극복해야 한다. 즉 아버지의 유산이 세 형제의 갱생을 위한 전제가 된다. 최소한 3천 루블을 아직 받지 못했다고 드미트리가 줄기차게 주장하고 그 돈 때문에 아버지를 죽였다는 혐의를 사게 되는 어머니의 유산이 이 소설의 외적 사건을 촉발하는 표면적 동인이라면, 세 형제 모두에게 해당되는 '낡은 인간-아버지'의 유산은 갱생과 구원이라는 소설의 이념적인 차원과 결합한다.

2. 정의로운 세계

이념적 차원에서 『카라마조프가의 형제들』은 변신론적辯神論的 소설로 구상되었다. 도스토옙스키는 고통과 악을 무수히 목격하고 경험하면서 신과 존재의 의미에 대해 '회의의 거대한 용광로'를 거쳐야 했고, 그 중심에 놓인 문제는 '신은 악을 저지할 수 없는 것인가? 아니면 저지하고자 하지 않는 것인가?' '어쩌면 존재란 그저 무의미하며, 세계의 고통은 세계가 무의미함을 보여주는 증거가 아닐까?' 하는 것이었다. 이 물음에 대해 도스토옙스키는 신에 의해 허용된 세상의 악에도 불구하고 신을 변호하고 창조의 목적론을 정당화하기 위해 『러시아의 캉디드』, 즉 『반反캉디드』를 쓰고자 했으며, 이 계획은 그의 마지막 소설 『카라마조프가의 형제들』에서 실현되었다.

도스토옙스키가 거쳤던 '회의의 거대한 용광로'는 이반에게서 재현되지만, 작가의 삶에서 이미 오래전에 해결된 것으로서가 아니다. 열렬한 기독교인인 도스토옙스키는 용광로를 거치며 자기 속의 악마를 이겨냈다. 그러나 그의 영혼은 자신이 겪은 고통의 상흔을 그대로 간직했고, 이 때문에 「반역」과 「대심문관」에 그려진 이반의 모습에는 흔히들 추측하는 것보다 더 많이 도스토옙스키의 정신이 담겨 있다. 도스토옙스키가 죽음을 얼마 앞두고 쓴 다음의 메모도 그런 맥락에서 이해해야 할 것이다. "이반은 심오하다. 그는 자신들의 불신으로써 그저 그들이 지닌 세계관의 제한성과 그들의 조그만 뇌의 아둔함을 증명할 뿐인 우리 시대 무신론자들 중 하나가 아니다."

이반이 신을 고발하고 신의 세계를 거부하는 가장 큰 이유는 선악과도 따먹지 않은 어린아이들의 고통 때문이다. 우리는 비록 유클리드적 세계만을 이해할 따름이며, 우리가 이해할 수 없는 제4차원 혹은 그 어떤 다른 차원이 더 있다 해도, 아이들의 고통과 같은 무의하고 불합리한 고통이 존재한다는 사실은 부인할 수 없다. 여기에 과연 신의 정의가 있는가? 이 의문은 이반을 방문하는 악마, 실은 그의 무의식의 투사인 악마에게서도 되풀이된다. 자기는 진정으로 선량하고 부정否定에는 전혀 재주가 없지만, 스스로도 이해할 수 없었던 어떤 태곳적 사명에 의해 부정하도록 선택되었다는 악마의 넋두리는 부조리한 고통과 악이 악마가 아니라 신의 책임이며, 신에게 귀속되는 문제임을 뜻한다.

이반은 이런 문제들로 자신을 끊임없이 괴롭히면서, 신의 세계에 함께할 입장권을 되돌려주려 한다. 미래의 조화가 아무리 훌륭한 것일지라도 어린아이들의 고통을 대가로 치러야 할 만큼 가치 있지는 않다는 것이다. 그래서 그는 미래의 조화를 기다리지 않고 지금 이 지상에서 복수와 정의를 보고자 한다. (여기서 친부 살해는 아버지-신에 대한 거부와 연결된다. 자신이 창조한 인간을 악과 고통 속에 방치하는 창조주-신은 자기 자식에 대한 의무도 사랑도 모르는 아버지 표도르와 비견될 수 있기 때문이다.) 이 정의의 구현자로 나선 자가 이반이 쓴 포에마 속의 대심문관이다. 대심문관은 그리스도가 기적, 신비, 권위를 거부하고 인류에게 빵 대신 자유를 줌으로써 그들을 영원히 불행하게 만들었다고 비난한다. 대심문관에 따르면, 인간은 행복을 원했으나 그리스도로부터 자유만을 받았다. 그러나 자유란 행복의 약속일 뿐 실현이 아니다. 자유란 요구하나 도와주지 않으며, 주장하나 증명하지 않으며, 갈등을 일으키나 해소하지 않기 때문이다. 자유는 거대한 공허 앞에 인간을 내세우고 그 공허를 극복하라고 요구한다. 이 요구를 따르는 것은 현실에서의 행복을 포기하는 것이기에, 자유에 지친 인간들은 그리스도를 향해 반기를 높이 들었고, 대심문관에게 자신의 자유를 맡기고 그의 손에서 현세의 행복을 받아들었다. 그리하여 그리스도는 인간을 대신하여 선악을 선택해주는 공식적 기독교에 의해 수정되었고, 인류는 자유 대신 빵과 행복을 배급받는 지상낙원에서 살게 되었다는 것이다. 그러나 대심문관이 그리스도의 위업에 가한 수정은 수정도 완성도 아닌 부인이다. 대심문관의 인류 구원은 인간을 죄악과 죽음으로부터 구원하는 것이 아니라, 인간 자신으로부터 해방시키는 것이며, 이 해방은 자유로부터의 해방, 즉 부자유와 예속이기 때문이다.

포에마 「대심문관」은 근본적으로 그리스도와 대립적 이념에서 출발한다. 대심문관은 권세와 폭력을 동원하여 그리스도를 체포했으나, 자신의 권세를 상징하는 그 어떤 것도 지니지 않은 채 정신적, 이념적 원칙의 대표자로서 감옥으로 그리스도를 찾아온다. 전 생애를 걸고 자신의 이념을 실현하기 위해 투쟁해온 대심문관은 '그의 적' 그리스도 앞에서 자신의 이념과 사업을 정당화하고 도덕적, 논리적으로 적을 제압하기 위해 자신의 모든 것을 털어놓는다. 그러나 그는 상대방에게 발언권을 주지 않은 채 진행되는 독백이 점차 날카롭기 짝이 없는 대화가 되어가며, 이 대화 속에서 그의 언변의 논리가 그리스도의 침묵의 논리에 부딪혀 무너지고, 자신을 정당화해주는 대신 정죄하고 있음을 본다. 자신이 건설하는 인류 행복의 기만성과, 이 허위를 받치는 논리의 허약함을 깨닫기 때문이다. 결국 대심문관은 다시금 물리적 폭력에 의지한다. 그러나 그는 물리적 존재로서의 그리스도는 화형에 처할 수 있으나 '원칙'으로서의 그리스도는 결코 파괴할 수 없음을 알고 있다. 그럼에도 불구하고 그는 자신의 말을 화형 위협으로 끝맺은 뒤, 승리의 확인을 위해 그리스도의 대답을 기다린다.

그러나 그리스도의 대답은 그가 전혀 예상치 못했던 것—말없는 입맞춤이다. 대심문관은 그리스도가 자신을 심판할 것으로 예상했으나, 대답은 뜻밖에도 용서이며, 이 역전이 대심문관에게서 최후의 보루인 물리적 폭력에의 의지마저 무너뜨린다. 그리스도의 화형은 대심문관이 그리스도에 반대되는 이념의 대표자가 되어, 그리스도를 비판할 때에만 가능하다. 그러나 입맞춤은 어떤 이념도 아니며, 괴로워하고 추구하는, 살아 있는 인간들이 인간과 인간으로 만나는 행위이다. 말과 침묵 간의 긴 대화는 대심문관이 의도했던 파괴를 위한 결투가 아니라 이해와 용서로 변하며, 그리스도를 석방하는 대심문관의 마지막 행동은 이미 이념적인 것이 아닌, 개인적이고 인간적인 행동이다. 하지만 대립의 돌파는 인간적인 차원에서만 일어나며, 이념의 투쟁은 종결되지 않는다. 그리스도와 대심문관은 각자의 이념을 고수하고, 이 원칙들 간의 투쟁은 인류 역사가 끝날 때까지 계속될 것이다.

여기서 다시 한번 기억할 것은 이반이 단순히 무신론자가 아니라는 점이다. 그는 신의 정의와 자비, 신의 창조의 완전함을 의심할 뿐, 신의 존재 자체를 부정하지 않는다. 그는 신으로 인해 고통받는 반역자이다. 실제로 이반은 '모든 것은 허용된다'는 그 악명 높은 원칙을 내세우지도 않는다. 그의 주장은 '모든 것은 허용된다'가 아니라, '영혼의 불멸이 없다면', 즉 '신이 없다면' 모든 것은 허용된다는 것이다. 그는 '신이 없다면'이라는 이 전제조건을 증명하려 들지 않으며, 그것은 초월의 영역에 속하기에 증명할 수도 없다. 이반이 창조한 대심문관 역시 영혼의 불멸 자체를 부정하지는 않는다. 그가 주장하는 바는, 자유를 감당할 능력이 없고 자유의지로써 그리스도의 길을 따를 수 없는 절대다수의 인간에겐 영혼 불멸의 내세가 존재하지 않으며, 그런 인간들이 지상에서의 행복이나마 누릴 수 있도록 내세에서의 자신의 영원한 행복을 희생하겠다는 것이다. 이는 인류에 대한 사랑에서, 죄 없는 아이들의 고통을 대가로 치르고 사들인 내세에서의 궁극적 조화를 거절하고 입장권을 돌려주겠다는 이반의 입장과 동일하다.

그러나 대심문관이 끝까지 자신의 이념을 고수하는 것과 달리, 이반은 자신의 생각이 잘못된 것일 수 있음을 배제하지 않는다. 그는 회의의 거대한 용광로를 벗어나지 못하면서도, 황야의 은자들, 순결한 수행녀들과 합류하길 은밀히 꿈꾸며 'pro와 contra' 사이에서 끝없이 흔들린다.

3. 세계의 아름다움

신에 대한 이반의 공격을 무력화하기 위해 작가는 어떤 방법을 사용하는가? 이반의 무기인 이성과 논리로 맞서봐야 승산이 없음을 작가는 잘 알고 있다. 작가가 동원하는 방법은 변신론의 확실한 장치인 '창조 찬양'으로, 소설 『백치』에서 언급되는 '아름다움이 세계를 구원할 것이다'라는 모토가 여기서도 위력을 발휘한다.

대심문관과 이반의 맞은편에 서 있는 조시마 장로에게 전능하고 선한 신의 존재는 모든 가능한 세계들 중 가장 훌륭한 것으로 창조된 이 세계 자체의 아름다움에서 증명되며, 세계의 아름다움은 신의 지상적 발현 형식이다. 그리고 인간에게는 비非유클리드적인 것을 경험하고 받아들일 수 있는 미적 감각이 주어져 있다. 방탕한 인간이지만 아름답고 숭고한 것에 도취되는 드미트리에게도, 봄이면 싹을 틔우는 끈적끈적한 어린잎과 푸른 하늘을 사랑하는 이성주의자 이반에게도, 우주와 대지의 아름다움에 취해 환희의 눈물을 흘리며 새로운 사람으로 태어나는 알료샤에게도 이 감각은 주어져 있다.

알료샤에게서 볼 수 있듯, 세계의 아름다움과 대면하여 그것을 온 마음으로 받아들이는 순간, 인간에게는 정신적 갱생이 찾아온다. 이 갱생은 조시마 장로의 형 마르켈에게서 시작되어 다른 인물들에게 이어진다. 마르켈은 자연의 아름다운 질서에서 미적 기쁨과 신의 영광을 느끼면서 지금껏 그것을 받아들이지 않았던 자신이 신의 모든 창조 앞에, 모든 사람과 모든 것에 대해 죄를 지었음을 깨닫는다. 청년 장교 조시마(지노비)도 결투를 앞둔 새벽에 창밖 풍경을 보면서, 그리고 이미 수도사가 되어 어느 강기슭에서 젊은 농부와 함께 하룻밤을 보내면서, 작은 풀잎 하나, 작은 곤충 한 마리, 황금빛 꿀벌, 이 모든 것이 이성을 지니지 않았으면서도 자신의 길을 놀라울 정도로 잘 알고 있고, 신의 신비를 증명하면서 스스로 그 신비를 끊임없이 수행하는 것을 보고, 자연의 아름다움과 신의 신비에 감동한다. 이런 미적인 순간에 조시마 장로와 그의 사람들은 그들이 신 속에서 예감하던 것, 절대로 인식 불가능한 것, 형체 없는 것, 그럼에도 불구하고 지속적으로 작용하는 무엇을 온몸으로 느낀다. 알료샤가 마치 통렬한 일격을 당하기라도 한 듯 땅에 몸을 던졌을 때에도 '신의 모든 무수한 세계로부터 나오는 보이지 않는 실들'이 그를 건드린 것이었다.

이렇게 자신의 온 존재로 세계를 받아들일 때, 신이 세계의 다양함을 위해 허용한 악은 우주 전체의 조화 속에서 거의 아무것도 아니다. 오히려 세계의 악과 고통이 자신의 잘못으로 인한 것임을 인정하고 신의 뜻에 따른 행동을 함으로써 악은 최소화될 수 있고, 인간은 그럴 의무가 있다. 조시마 장로의 미학화된 종교에서 지상은 잠재적 천국이며, 인간은 이곳 지상에서 이미 천국에 도달할 수 있다.

4. 충분히 사랑하라

그렇지만 모두가 죄에 관여된 상태로부터 지상에서의 천국으로 어떻게 나아갈 것인가? 조시마 장로가 주는 답은 사랑이다. 모든 사람과 모든 존재에 대한 겸허한 사랑, 추상적인 이념이 아니라 실천적이고 구체적인 사랑, 불쌍한 사람에게 '양파 한 뿌리'를 건네는 사랑, 아이들이 당하는 고통의 의미를 묻는 대신, 아이들이 더이상 울지 않도록 무엇이든 하고자 하는 사랑, 주인과 하인이 정신적인 형제가 되는 사랑, 이런 사랑 속에서만 인간은 신과 소통할 수 있다. 조시마 장로에게 천국의 본질은 '나는 존재한다, 고로 사랑한다'라고 말할 수 있는 자격에 있다. '너는 존재한다, 고로 사랑하라'—이것이 그의 계명이다. 그러나 우리는 '충분히' 사랑하지 않으며, 여기에 우리가 알지 못하는 죄가 숨어 있다.

보편적인 인류 형제애는 조시마 장로를 통해 제시되는 이 소설의 가장 철학적이고 도덕적인 핵심 개념이지만, 단 한 사람, 즉 드미트리와 이반과 알료샤의 실제 형제일 수도 있는 스메르자코프에게만은 그 가능성이 차단되어 있다. 우선 서술자는 그가 표도르 파블로비치의 아들임을 확인해주지 않고, 그저 세간의 풍문이라며 분명한 언급을 피한다. 세 형제 역시 그를 '하인' '종놈'으로 부를 뿐, 형제 관계에서 완전히 배제한다. 조시마 장로는 하인이 주인의 형제이며, 그를 주인과 대등한 존재로 섬겨야 한다고 말했지만, 스메르자코프는 필시 카라마조프들과 피를 나눈 형제임에도, 다들 이 사실을 무시하거나 간과한다. 서로 형제, 누나라고 부름으로써 두 사람 모두 도덕적으로 한 단계 높이 올라서는 알료샤와 그루셴카도 그를 형제라 부르지 않는다.

출생과 함께 스메르자코프의 성이 돼버린 '악취'도 마찬가지이다. 『카라마조프가의 형제들』에서 악취를 풍긴다는 것은 결코 나쁜 의미가 아니다. 리자베타 스메르자샤야는 유로지바야로 오히려 사람들의 사랑을 받는다. 죽은 조시마 장로도 악취를 풍기지만, 그것 때문에 그를 심판하고 치욕의 구렁텅이에 빠뜨리는 자들은 그들 자신의 도덕적, 종교적 천박함을 입증할 따름으로, 알료샤가 꾸는 계시적인 꿈속에서, 그리고 몇 년 뒤엔 실제로 조시마 장로의 명예회복이 이루어진다. 그러나 스메르쟈코프에겐 이런 복권이 일단은 배제된다. 그가 자살하기 전에 읽는 책에서 시리아인 성 이삭이 악마를 위해서도 기도하자고 하는 호소와 자살자를 위해서도 기도한다는 조시마 장로의 고백이 어쩌면 그가 기댈 수 있는 전부일 것이다.

혈연적, 영적인 형제 관계뿐만 아니라, 인간은 모든 죄에 공동 책임이 있으므로 죄지은 자를 심판하거나 저주해서는 안 된다는 가르침도 스메르쟈코프에겐 적용되지 않는다. 물론 세 형제는 아버지의 죽음에 대해 각자 책임을 느낀다. 드미트리는 아버지를 죽이겠다고 공공연히 위협함으로써 당장이라도 살인이 일어날 분위기를 조장했다. 이반은 스메르쟈코프가 그의 암묵적 동의를 받았다고 생각하게끔 행동했고 아버지가 죽기를 바랐다. 알료샤는 조시마 장로의 죽음 때문에 슬픔에 잠겨 두 형을 위해 애쓰지 않았다. 그루셴카 또한 부자를 반목시켰고, 주위 사람들은 한 달 동안 부자간의 다툼을 구경하면서 아무런 개입도 하지 않았다. 그러나 세 형제와 그루셴카가 깨닫는 죄는 표도르의 죽음에 대해서이지, 그를 죽인 살인자 스메르쟈코프에 대해서가 아니다.

그렇다면 왜 서술자는 독자들이 스메르쟈코프를 누구에게도 형제가 될 수 없고 이웃이 될 수 없는 혐오스러운 범죄자로만 보게끔 묘사함으로써, 보편적인 형제 관계 속에 그를 포함시킬 수 있는 가능성을 차단하는가? 왜 도스토옙스키는 이웃의 죄, 자신과 같은 사람들의 죄에 대한 모든 사람의 책임을 핵심적인 가치로 내세우면서, 하필이면 모든 형제 관계에서 배제된 자를 살인자로 설정했는가? 작가의 의도는 어렵지 않게 읽힌다. 상황의 본질을 간과하는 데 대해 작가는 소설 속 인물들의 도덕적 책임을 독자에게도 함께 지우며, 만인이 만인에게 죄가 있는 죄의 유대 관계를 소설 안으로부터 소설 밖으로 확장하여 그 관계 속에서 자신을 바라보게 한다.

5. 새로운 정신의 발아

『카라마조프가의 형제들』은 4부 12편과 에필로그로 구성되었다. '4'는 죽음과 부활을 상징하는 십자가를 나타내는 수이고, '12'는 「요한계시록」에서 중요한 역할을 하는 수로, 새 예루살렘에 있는 성문의 수이자 성문을 지키는 천사들의 수이며, 성문에 적힌 이스라엘 자손들의 지파의 수, 도성 성벽에 있는 초석의 수, 초석에 이름이 적힌 사도들의 수, 그리고 도성 안의 생명나무가 열매를 맺는 횟수이기도 하다.

에필로그에서 알료샤는 열두 소년을 모아 '새로운 인간들'로서 그들을 준비한다. 세 형제 중 알료샤는 가장 먼저 '새로워짐'에 도달했다. 조시마 장로가 죽은 뒤 그가 겪은 충돌과 대립, 혼돈과 충격은 새로운 정신의 '발아'를 방해하는 세상의 마지막 껍질을 인식하게 했고, 세상으로 나아가기에 앞서 세상의 본질을 통찰하게 해주었다. 그는 이 과정을 거쳐 세상의 의심스러운 여러 가치와 작별하고 새로운 인간으로 태어난다. 이제 그에게 생겨나는 사랑은 덧없는 감정이나 순간적인 경험이 아니라, 평생토록 변치 않을 완성된 갱신의 증거다. 이렇게 준비를 갖추고서 그는 자신에게 주어진 소명을 따르고, 다른 사람들을 위한 밀알이 될 수 있다.

새로운 인간은 드미트리에게서도 생겨나기 시작했다. 그는 감옥의 살벌한 벽 안에서 자기 내부에 새로운 인간을 느끼고, 이 새로운 인간이 그에게서 떠나버리지 않을까 두려워한다. 무서운 고통은 오랫동안 더 계속되겠지만, 드미트리는 고통 속에서 새로워짐으로 가는 길을 이미 발견했다. 그루셴카도 다시 태어난다. 드미트리의 무절제한 열정이 사랑임을 깨달으면서, 그녀는 그녀가, 깊은 불행 속에서도 행복하고 어떤 희생도 마다하지 않는 그녀가 된다. 제일 불확실한 것은 신의 일을 인간의 일로 대체하고자 했던 이반이다. 가장 높은 가치 없이는 살 수 없으면서 동시에 이 가치의 최종적인 선택을 실행하지 못하는 그는, 알료샤가 말하듯, 진리의 빛 속에서 부활하든지, 증오 속에서 파멸하든지 하겠지만, 어쨌든 그의 운명은 열려 있다. 우리는 삶에 대한 그의 갈망과 사랑에 기대를 걸며 그와 작별할 수밖에 없다.

이렇듯 에필로그는 종결이 아니라 일종의 계속이다. 에필로그의 마지막 단락에서 알료샤가 소년들에게 어린 일류샤를 영원히 기억하자고 말하는 조사는 삶의 찬가와도 같은 합창으로 메아리치며, 아이들의 외침은 화해와 조화의 종지 화음처럼 울린다. 피날레 위에, 그리고 소설 전체 위에 서 있는 것은 사랑의 정신이며, 이 땅은 우리가 살아 있는 동안 주어지는, 실천적 사랑을 위한 공간임이 다시 한번 강조된다.

앞서 「반역」에서 이반이 죄 없는 수난자들의 피투성이 몸 위에 세워지는 세계 건물의 기독교적 조화를 거부하고 나섰을 때, 알료샤는 "형은 그분을 잊었어요, 바로 그분 위에 그 건물도 세워질 거예요" 하고 대답한 바 있다. 이반이 '일어났고 계속 일어나고 있는 일'을 말하는 데 반해, 알료샤는 '도래할 일'을 말했고, 정의의 세계 건물이 '그분' 위에 세워질 것이라는 고지로 이반의 사실 논리를 피해갔다. 그러나 이제 에필로그에서 알료샤는 그 세계 건물로 나아가는 '작은 세계 건물'을 지었다. 마르켈이 뿌린 씨앗이 조시마 장로에게서 열매를 맺었듯, 일류샤가 뿌린 씨앗은 알료샤의 도움으로 친구들에게서 열매를 맺기 시작했다. "일류샤의 무덤 위에 아이들의 작은 교회가 창조되고, 수난받은 소년의 고통과 죽음 주위에서 연맹이 형성되는 것이다."(바흐친)

그러므로 "카라마조프 만세!" 알료샤와 소년들의 앞날을 축복하고, '인간은 행복을 위해 태어나지 않고, 오직 고통을 통해서만 행복에 이른다'는 도스토옙스키의 말로써 드미트리와 이반을 격려하면서, 이제 카라마조프가의 형제들과 작별하도록 하자.

김희숙

표도르 도스토옙스키 연보

1821년	구력 10월 30일(현재의 그레고리우스력으로는 11월 11일), 모스크바의 마린스키 빈민병원 사택에서 의사 미하일 안드레예비치 도스토옙스키(1789~1839)와 신앙심 깊은 마리야 표도로브나(1800~1837)의 둘째 아이로 태어남. 아버지는 영락한 시골 귀족의 후손이고, 어머니는 상인계급 출신이며, 한 살 위인 형 미하일이 있었음. 11월 4일, 러시아정교 의식에 따라 세례를 받음.
1831년	아버지 미하일 도스토옙스키가 툴라현의 자그마한 다로보예 마을을 사들임.
1832년	아버지가 다로보예의 이웃 마을인 체르마쉬냐 마을을 사들임. 4월, 도스토옙스키는 처음으로 다로보예 마을에서 여름을 보내며 러시아 농민의 삶을 알게 됨.
1834~1837년	명문인 모스크바 체르마크 기숙학교에서 형 미하일과 함께 수학.
1837년	어머니가 폐병으로 사망.
1838년	도스토옙스키와 형 미하일은 문학을 공부하려 했으나, 아버지의 뜻에 따라 페테르부르크 군사 아카데미의 공병학교에 입학. 하지만 글쓰기를 계속하면서 푸쉬킨, 레르몬토프, 고골, 셰익스피어, 바이런, 디킨스, 발자크, 코르네유, 조르주 상드, 위고, 호프만, 괴테, 쉴러의 작품을 읽음.
1839년	아버지가 다로보예 영지의 농노들에게 원한을 사서 살해당함.

1840~1842년 미완으로 남은 드라마 「마리야 스튜아르트Мария Стюарт」 「보리스 고두노프Борис Годунов」를 씀.

1842년 소위로 임관.

1843년 공병학교 졸업 후 공병 소위로 페테르부르크 공병단 제도국에 배치됨. 발자크, 조르주 상드의 작품 번역을 계속함.

1844년 전역 후 본격적으로 창작에 몰두해 중편소설 『가난한 사람들Бедные люди』을 쓰기 시작함.

1844~1845년 네크라소프, 투르게네프와 교류.

1845년 『가난한 사람들』 탈고. 네크라소프와 벨린스키의 격찬을 받고, 벨린스키 서클에 참여. 여름에 중편소설 『분신Двойник』을 쓰기 시작. 11월, 『아홉 통의 편지로 된 소설Роман в девяти письмах』을 하룻밤 만에 씀.

1846년 네크라소프가 발행하던 『페테르부르크 문집Петербургский сборник』에 『가난한 사람들』 발표. 대성공을 거두면서 '새로운 고골'이라는 문명을 떨침. 『조국의 기록Отечественные записки』 2호에 『분신』 게재. 벨린스키의 혹평. 마이코프와 우정을 나눔. 혁명적 성향의 귀족 청년 페트라솁스키를 알게 됨. 『조국의 기록』 10호에 단편 「프로하르친 씨Господин Прохарчин」 발표. 10월, 장편소설 『네토치카 네즈바노바Неточка Незванова』, 중편소설 『여주인Хозяйка』을 쓰기 시작함.

1847년 『현대인Современник』 1호에 『아홉 통의 편지로 된 소설』 발표. 벨린스키의 혹평. 벨린스키와 절교. 1월 말부터 페트라솁스키의 '금요회'에 나가기 시작. 7월에 최초의 뇌전증 발작. 『조국의 기록』 10~11호에 『여주인』 게재.

1848년 『조국의 기록』 1호에 「남의 아내Чужая жена」, 2호에 「약한 마음Слабое сердце」, 4호에 「세상 물정에 밝은 사나이.

I. 퇴역 군인 II. 정직한 도둑Рассказы бывалого человека I. Отставной II. Честный вор」, 9호에 「크리스마스 트리와 혼례식Елка и свадьба」, 11호에「질투심 많은 남편Ревнивый муж」, 12호에 『백야Белые ночи』 게재. (「남의 아내」「질투심 많은 남편」은 이후 한 편으로 개작되어 '남의 아내와 침대 밑의 남편Чужая жена и муж под кроватью'이라는 제목으로 1860년 『도스토옙스키 작품집(전 2권)』에 실림. 「세상 물정에 밝은 사나이」도 개작을 거쳐 「정직한 도둑」이라는 제명의 단편으로 같은 전집에 수록.) 12월, 단편소설 「폴준코프Ползунков」를 파나예프와 네크라소프가 발행한 『삽화 문집Иллюстрированный альманмх』에 발표.

1849년 『네토치카 네즈바노바』의 일부를 『조국의 기록』 1~2, 5호에 게재. '금요회'에서 금서를 읽고, 자유주의적 발언을 하고, 고골이 『벗들과의 왕복서한선Выбранные места из переписки с друзьями』(1847)에서 절대왕정을 옹호한 데 대해 벨린스키가 고골에게 쓴 1847년 7월 15일자 편지를 낭독했다는 죄목으로 4월 23일 체포, 국사범 감옥으로 사용되던 베드로-바오로(페트로파블롭스카야) 요새에 구금됨. 『네토치카 네즈바노바』 집필 중단. 감옥에서 「어린 영웅Маленький герой」 집필. 11월 16일 사형선고를 받음. 12월 22일(그레고리우스력 1850년 1월 3일) 세묘놉스키 광장에서 처형되기 직전 황제의 특사로 유형지 시베리아에서의 징역 4년과 병역 의무형 4년으로 감형됨. 24일 밤, 유형지인 옴스크로 출발.

1850~1854년 1월 옴스크로 가는 도중 토볼스크에 도착, 그곳에서 12월당원(제카브리스트) 아내들과 만나 복음서를 건네받음. 이 복음서를 평생토록 성물로 간직함. 1월 23일 옴스크에 도착,

수형 생활 4년 동안 여러 차례 심각한 뇌전증 발작을 겪음.

1854년 2월 중순 출옥, 3월에 세미팔라친스크의 국경 수비 연대에 사병으로 편입. 세무관 이사예프의 부인인 마리야 드미트리예브나 이사예바를 사랑하게 됨.

1855년 2월 18일, 니콜라이 1세 사망. 『죽음의 집의 기록Записки из Мертвого дома』을 구성하게 될 글들을 쓰기 시작. 8월, 이사예프 사망.

1856년 하사관으로 진급.

1857년 이사예바와 결혼. 귀족 신분을 되찾음. 『조국의 기록』 8호에 「어린 영웅」을 익명으로 발표.

1858년 형 미하일이 월간 정치·문학잡지 『시대Время』의 출판 허가를 신청. 9월 말, 발행 허가가 나옴.

1859년 소위 임관 후 면직. 거주지는 트베리로 제한됨. 『아저씨의 꿈Дядюшкин сон』을 『러시아 말Русское слово』 3호에, 『스체판치코보 마을과 그 주민들Село Степанчиково и его обитатели』을 『조국의 기록』 11~12호에 게재. 페테르부르크 거주 허가를 얻어 12월, 10년 만에 페테르부르크로 돌아옴.

1860년 9월부터 『러시아 세계Русский мир』에 『죽음의 집의 기록』 연재 시작. 그동안의 작품들이 두 권의 선집으로 출간됨.

1861년 형 미하일과 함께 잡지 『시대』 창간. 『시대』 1~7호에 『학대받은 사람들Униженные и оскорбленные』 연재, 수정본을 두 권짜리 단행본으로 출간. 『러시아 세계』에 연재하던 『죽음의 집의 기록』을 4월부터는 『시대』에 연재. 오스트롭스키, 곤차로프, 살트이코프 셰드린, 그리고리예프와 친교. 1860년대 여성해방의 전형적 대표자였던 아폴리나리야 수슬로바를 알게 됨.

1862년 『죽음의 집의 기록』 단행본 출간. 『시대』 11호에 「추악한 이야기Скверный анекдот」 발표. 6월 첫 유럽 여행을 떠남(베를린, 드레스덴, 프랑크푸르트, 쾰른, 파리, 런던, 제네바, 이탈리아). 런던에서 게르첸을 만나고, 세계박람회를 관람.

1863년 『시대』 2~3호에 「여름 인상의 겨울 메모Зимние заметки о летних впечатлениях」 게재. 5월, 폴란드 국민의 무장봉기 실패에 대해 폴란드측에 유리하게 쓴 스트라호프의 기고문 때문에 『시대』가 폐간당함. 두번째 유럽 여행(비스바덴, 파리, 이탈리아, 바덴바덴). 부분적으로는 아폴리나리야 수슬로바와 동행. 바덴바덴과 바트홈부르크의 도박장에서 많은 돈을 잃음. 수슬로바와 헤어져 함부르크로 감. 소설 『도박자Игрок』를 구상하고 『지하로부터의 수기Записки из подполья』를 쓰기 시작. 10월 말, 러시아로 돌아감.

1864년 형 미하일과 함께 새로운 잡지 『세기Эпоха』 창간. 『지하로부터의 수기』를 『세기』 1~2호(제1부), 4호(제2부)에 게재. 4월 15일, 아내 마리야 드미트리예브나가 폐병으로 사망. 7월 10일 형 미하일 사망.

1865년 후일 수학자로서 페테르부르크 과학 아카데미 최초의 여성 회원이 된 소피야 코발렙스카야의 언니인 안나 바실리예브나 코르빈 크루콥스카야에게 청혼하나 거절당함. 소피야와의 변함없는 우정이 시작됨. 『세기』 2호에 「악어Крокодил」 게재. 4월, 재정난으로 『세기』 발행이 중단됨. 아폴리나리야 수슬로바를 다시 만나기 위해 세번째 유럽 여행을 준비함. 재정난 때문에 출판업자 스첼롭스키와 굴욕적인 계약을 체결. 지금까지 발표한 모든 작품의 출판권을 양도함과 아울러 1866년 11월 1일까지 일정 페이지의 새 장편소설을 탈고하겠다고 약속하고, 이를 이행하지 못할 시, 이후 모든 작품의 저작권을 무상으로 넘기기로 함. 8월 중순 비스바덴으로 가서 룰렛 게임에 빠져 돈을 다 잃음. 수슬로바는 서둘러 파리로 돌아가버림. 10월 15일, 지인의 도움으로 간신히 페테르부르크로 돌아옴. 『죄와 벌』 집필 시작. 스첼롭스키 출판사에서 작가의 검토와 보완을 거친 『도스토옙스키 전집』이 두 권으로 발간됨.

1866년 『죄와 벌』을 『러시아통보Русский вестник』 1~2, 4, 6~8, 11~12호에 연재. 스첼롭스키에게 약속한 소설을 제때에 끝내기 위해 속기사 안나 그리고리예브나 스니트키나를 고용, 26일 동안 소설을 구술함. 11월 1일 탈고한 『도박자』를 스첼롭스키에게 넘김. 스첼롭스키 출판사에서 발간된 『전집』 제3권에 『도박자』 수록.

1867년 2월, 안나 그리고리예브나와 결혼. 채무자에 시달려 아내와 함께 도피성 외국 여행을 떠남. 4년 넘게 베를린, 드레스덴, 바트홈부르크, 바덴바덴, 바젤, 제네바, 피렌체 등지에 체류. 드레스덴 미술관에서 라파엘로의 「시스티나의 성모」, 바젤 미술관에서 한스 홀바인의 「무덤 속의 그리스도 주검」을 보고 감명과 충격을 받음. 『백치Идиот』 집필 시작. 『죄와 벌』 수정판이 페테르부르크의 바주노프 출판사에서 나옴.

1868년 『백치』를 『러시아통보』 1~2, 4~12호에 연재. 딸 소피야가 출생 석 달 만에 폐렴으로 사망.

1869년 9월, 딸 류보피 태어남. 11월, 네차예프와 그의 일당이 혁명단체에서 탈퇴하려는 대학생 이바노프를 살해한 '네차예프 사건' 발생, 『악령Бесы』의 소재가 됨. 중편소설 『영원한 남편Вечный муж』 집필.

1870년 스트라호프가 창간한 잡지 『여명Заря』 1~2호에 『영원한 남편』 발표. 2월, 『악령』을 구상, 쓰기 시작함.

1871년 『악령』을 『러시아통보』 1~2, 4, 7, 9~11호에 제2부까지 연재. 4월, 비스바덴으로 가서 룰렛 게임으로 돈을 잃음. 7월, 네차예프 재판이 열렸고 페테르부르크로 돌아온 도스토옙스키는 이 재판을 『악령』의 소재로 씀. 아들 표도르 태어남. 바주노프 출판사에서 『영원한 남편』 단행본으로 출간.

1872년 『악령』 제3부를 『러시아통보』 11~12호에 발표, 연재 완결. 12월, 메셰르스키가 발행하는 보수 성향의 주간지 『시민Гражданин』의 편집장이 됨.

1873년 블라지미르 솔로비요프와 우정을 나눔. 『시민』에 「작가 일기」라는 지면을 마련하여 1호에서 50호까지 1년에 걸쳐 시사평론, 에세이, 단편소설 등을 발표. 제6호에는 단편 「콩알Бобок」이 실림. 『악령』 단행본 출간.

1874년 1월 『백치』 단행본 출간. 2월 『미성년Подросток』 집필 시작. 3월 『시민』에 기고한 글로 잡지는 1차 경고를 받고 도스토옙스키는 체포됨. 4월 말, 건강상의 이유로 『시민』 편집장직을 사임. 6월, 폐기종 치료를 위해 독일의 바트엠스로 떠남. 제네바를 거쳐 8월, 러시아로 돌아옴.

1875년 『조국의 기록』 1~2, 4~5, 9, 11~12호에 『미성년』 연재. 5월 말에 다시 바트엠스로 떠났다가 7월 초에 돌아옴. 8월, 둘째 아들 알렉세이 출생. 개정판 『죽음의 집의 기록』 1, 2부가 단행본으로 출간됨. 12월 31일, 개인 월간 잡지 『작가 일기』의 발행 허가가 나옴.

1876년 1월부터 『작가 일기』 매월 발행. 1호에는 단편 「그리스도의 크리스마스 트리에 초대받은 아이Мальчик у Христа на елке」, 2호에는 「농부 마레이Мужик Марей」, 3호에는 「백 살의 노파Столетняя」, 11호에는 「온순한 여자Кроткая」가 게재됨. 『미성년』 단행본 출간.

1877년 『작가 일기』 4호에 「우스운 인간의 꿈Сон смешного человека」 게재. 다로보예로 여행.

1878년 과학 아카데미 어문학 문과의 객원 회원이 됨. 『카라마조프가의 형제들Братья Карамазовы』 구상에 몰두. 5월, 아들 알렉세이가 뇌전증 발작으로 사망. 6월 하순, 블라지미르 솔로비요프와 함께 옵치나 수도원 방문, 암브로시 장로와 두 차례 대화. 이 여행은 이레 동안 계속되었고, 『카라마조프가의 형제들』 집필에 큰 영향을 미침. 7월 초, 소설의 첫 부분을 쓰기 시작.

1879년 『러시아통보』 1~2, 4~6, 8~11호에 『카라마조프가의 형제들』 연재. 1876년의 『작가 일기』 제2판, 『학대받은 사람들』 제5판이 나옴. 바트엠스에서 요양.

1880년 『러시아통보』 1, 4, 7~11호에 『카라마조프가의 형제들』 계속 연재. 6월 8일, 모스크바의 푸쉬킨 동상 제막식에서 연설, 푸쉬킨을 러시아 민족의 보편주의적 추구에 대한 진정한 상징으로 선언함. 『작가 일기』 8월호에 이 연설을 수록. 이듬해부터 다시 『작가 일기』를 발행하기로 계획. 12월 초 『카라마조프가의 형제들』 단행본 출간(표지에는 출간 연도가 1881년으로 되어 있음), 며칠 만에 초판이 모두 소진됨.

1881년 『작가 일기』 1월호 발행 작업(작가 사후 발매). 1월 25일, 폐동맥 파열을 겪음. 각혈이 계속되고 의식을 잃음. 1월 28일(그레고리우스력 2월 9일), 저녁 8시 38분 사망. 1월 31일, 추도식에서 5~6만 명에 달하는 조문객이 그의 죽음을 애도함. 2월 1일, 페테르부르크의 알렉산드르 넵스키 대수도원 묘지에 묻힘. 알렉산드르 팔름, 마이코프, 솔로비요프가 조사를 낭독함.

문학동네 세계문학전집 발간에 부쳐

세계문학은 국민문학 혹은 지역문학을 떠나 존재하는 문학이 아니지만 그것들의 총합도 아니다. 세계문학이라는 용어에는 그 나름의 언어와 전통을 갖고 있는 국민문학이나 지역문학의 존재를 인정하면서 그것을 넘어서는 문학의 보편적 질서에 대한 관념이 새겨져 있다. 그 용어를 처음 고안한 19세기 유럽인들은 유럽문학을 중심으로 그 질서를 구축했지만 풍부한 국민문학의 전통을 가지고 있는 현대의 문학 강국들은 나름의 방식으로 세계문학을 이해하면서 정전(正典)의 목록을 작성하고 또 수정한다.

한국에서도 세계문학 관념은 우리 사회와 문화의 변화 속에서 거듭 수정돼왔다. 어느 시기에는 제국 일본의 교양주의를 반영한 세계문학 관념이, 어느 시기에는 제3세계 민족주의에 동조한 세계문학 관념이 출현했고, 그러한 관념을 실천한 전집물이 출판됐다. 21세기 한국에 새로운 세계문학전집이 필요하다는 것은 명백하다. 우리의 지성과 감성의 기준에 부합하는 세계문학을 다시 구상할 때가 되었다.

문학동네 세계문학전집은 범세계적으로 통용되는 고전에 대한 상식을 존중하면서도 지난 반세기 동안 해외 주요 언어권에서 창작과 연구의 진전에 따라 일어난 정전의 변동을 고려하여 편성되었다. 그래서 불멸의 명작은 물론 동시대 세계의 중요한 정치·문화적 실천에 영감을 준 새로운 작품들을 두루 포함시켰다.

창립 이후 지금까지 한국문학 및 번역문학 출판에서 가장 전문적이고 생산적인 그룹을 대표해온 문학동네가 그간 축적한 문학 출판 경험을 바탕으로 새로운 세계문학전집을 펴낸다. 인류가 무지와 몽매의 어둠 속을 방황하면서도 끝내 길을 잃지 않은 것은 세계문학사의 하늘에 떠 있는 빛나는 별들이 길잡이가 되어주었기 때문이다. 우리가 자부심과 사명감 속에서 그리게 될 이 새로운 별자리가 독자들의 관심과 애정에 힘입어 우리 모두의 뿌듯한 자산이 되기를 소망한다.

문학동네 세계문학전집 편집위원
민은경, 박유하, 변현태, 송병선, 이재룡, 홍길표, 남진우, 황종연

세계문학전집 159
카라마조프가의 형제들 3

1판 1쇄 2018년 4월 30일
1판 9쇄 2024년 8월 10일

지은이 표도르 도스토옙스키 | 옮긴이 김희숙

책임편집 김경은 | 편집 이현미 | 독자모니터 장선아
디자인 김마리 최미영 | 저작권 박지영 형소진 최은진 오서영
마케팅 정민호 서지화 한민아 이민경 안남영 왕지경 정경주 김수인 김혜원 김하연 김예진
브랜딩 함유지 함근아 박민재 김희숙 이송이 박다솔 조다현 정승민 배진성
제작 강신은 김동욱 이순호 | 제작처 영신사

펴낸곳 (주)문학동네 | 펴낸이 김소영
출판등록 1993년 10월 22일 제2003-000045호
주소 10881 경기도 파주시 회동길 210
전자우편 editor@munhak.com | 대표전화 031)955-8888 | 팩스 031)955-8855
문의전화 031)955-1927(마케팅), 031)955-3560(편집)
문학동네카페 http://cafe.naver.com/mhdn
인스타그램 @munhakdongne | 트위터 @munhakdongne
북클럽문학동네 http://bookclubmunhak.com

ISBN 978-89-546-5099-1 04860
978-89-546-0901-2 (세트)

잘못된 책은 구입하신 서점에서 교환해드립니다.
기타 교환 문의 031) 955-2661, 3580

www.munhak.com

1, 2, 3 안나 카레니나 레프 톨스토이 | 박형규 옮김
4 판탈레온과 특별봉사대 마리오 바르가스 요사 | 송병선 옮김
5 황금 물고기 J. M. G. 르 클레지오 | 최수철 옮김
6 템페스트 윌리엄 셰익스피어 | 이경식 옮김
7 위대한 개츠비 F. 스콧 피츠제럴드 | 김영하 옮김
8 아름다운 애너벨 리 싸늘하게 죽다 오에 겐자부로 | 박유하 옮김
9, 10 파우스트 요한 볼프강 폰 괴테 | 이인웅 옮김
11 가면의 고백 미시마 유키오 | 양윤옥 옮김
12 킴 러디어드 키플링 | 하창수 옮김
13 나귀 가죽 오노레 드 발자크 | 이철의 옮김
14 피아노 치는 여자 엘프리데 옐리네크 | 이병애 옮김
15 1984 조지 오웰 | 김기혁 옮김
16 벤야멘타 하인학교-야콥 폰 군텐 이야기 로베르트 발저 | 홍길표 옮김
17, 18 적과 흑 스탕달 | 이규식 옮김
19, 20 휴먼 스테인 필립 로스 | 박범수 옮김
21 체스 이야기 · 낯선 여인의 편지 슈테판 츠바이크 | 김연수 옮김
22 왼손잡이 니콜라이 레스코프 | 이상훈 옮김
23 소송 프란츠 카프카 | 권혁준 옮김
24 마크롤 가비에로의 모험 알바로 무티스 | 송병선 옮김
25 파계 시마자키 도손 | 노영희 옮김
26 내 생명 앗아가주오 앙헬레스 마스트레타 | 강성식 옮김
27 여명 시도니가브리엘 콜레트 | 송기정 옮김
28 한때 흑인이었던 남자의 자서전 제임스 웰든 존슨 | 천승걸 옮김
29 슬픈 짐승 모니카 마론 | 김미선 옮김
30 피로 물든 방 앤절라 카터 | 이귀우 옮김
31 숨그네 헤르타 뮐러 | 박경희 옮김
32 우리 시대의 영웅 미하일 레르몬토프 | 김연경 옮김
33, 34 실낙원 존 밀턴 | 조신권 옮김
35 복낙원 존 밀턴 | 조신권 옮김
36 포로기 오오카 쇼헤이 | 허호 옮김
37 동물농장 · 파리와 런던의 따라지 인생 조지 오웰 | 김기혁 옮김
38 루이 랑베르 오노레 드 발자크 | 송기정 옮김
39 코틀로반 안드레이 플라토노프 | 김철균 옮김
40 어두운 상점들의 거리 파트릭 모디아노 | 김화영 옮김
41 순교자 김은국 | 도정일 옮김
42 젊은 베르테르의 슬픔 요한 볼프강 폰 괴테 | 안장혁 옮김
43 더블린 사람들 제임스 조이스 | 진선주 옮김
44 설득 제인 오스틴 | 원영선, 전신화 옮김
45 인공호흡 리카르도 피글리아 | 엄지영 옮김
46 정글북 러디어드 키플링 | 손향숙 옮김
47 외로운 남자 외젠 이오네스코 | 이재룡 옮김
48 에피 브리스트 테오도어 폰타네 | 한미희 옮김
49 둔황 이노우에 야스시 | 임용택 옮김
50 미크로메가스 · 캉디드 혹은 낙관주의 볼테르 | 이병애 옮김

51, 52 염소의 축제 마리오 바르가스 요사 | 송병선 옮김
53 고야산 스님 · 초롱불 노래 이즈미 교카 | 임태균 옮김
54 다니엘서 E. L. 닥터로 | 정상준 옮김
55 이날을 위한 우산 빌헬름 게나치노 | 박교진 옮김
56 톰 소여의 모험 마크 트웨인 | 강미경 옮김
57 카사노바의 귀향 · 꿈의 노벨레 아르투어 슈니츨러 | 모명숙 옮김
58 바보들을 위한 학교 사샤 소콜로프 | 권정임 옮김
59 어느 어릿광대의 견해 하인리히 뵐 | 신동도 옮김
60 웃는 늑대 쓰시마 유코 | 김훈아 옮김
61 팔코너 존 치버 | 박영원 옮김
62 한눈팔기 나쓰메 소세키 | 조영석 옮김
63, 64 톰 아저씨의 오두막 해리엇 비처 스토 | 이종인 옮김
65 아버지와 아들 이반 투르게네프 | 이항재 옮김
66 베니스의 상인 윌리엄 셰익스피어 | 이경식 옮김
67 해부학자 페데리코 안다아시 | 조구호 옮김
68 긴 이별을 위한 짧은 편지 페터 한트케 | 안장혁 옮김
69 호텔 뒤락 애니타 브루크너 | 김정 옮김
70 잔해 쥘리앵 그린 | 김종우 옮김
71 절망 블라디미르 나보코프 | 최종술 옮김
72 더버빌가의 테스 토머스 하디 | 유명숙 옮김
73 감상소설 미하일 조셴코 | 백용식 옮김
74 빙하와 어둠의 공포 크리스토프 란스마이어 | 진일상 옮김
75 쓰가루 · 석별 · 옛날이야기 다자이 오사무 | 서재곤 옮김
76 이인 알베르 카뮈 | 이기언 옮김
77 달려라, 토끼 존 업다이크 | 정영목 옮김
78 몰락하는 자 토마스 베른하르트 | 박인원 옮김
79, 80 한밤의 아이들 살만 루슈디 | 김진준 옮김
81 죽은 군대의 장군 이스마일 카다레 | 이창실 옮김
82 페레이라가 주장하다 안토니오 타부키 | 이승수 옮김
83, 84 목로주점 에밀 졸라 | 박명숙 옮김
85 아베 일족 모리 오가이 | 권태민 옮김
86 폭풍의 언덕 에밀리 브론테 | 김정아 옮김
87, 88 늦여름 아달베르트 슈티프터 | 박종대 옮김
89 클레브 공작부인 라파예트 부인 | 류재화 옮김
90 P세대 빅토르 펠레빈 | 박혜경 옮김
91 노인과 바다 어니스트 헤밍웨이 | 이인규 옮김
92 물방울 메도루마 슌 | 유은경 옮김
93 도깨비불 피에르 드리외라로셸 | 이재룡 옮김
94 프랑켄슈타인 메리 셸리 | 김선형 옮김
95 래그타임 E. L. 닥터로 | 최용준 옮김
96 캔터빌의 유령 오스카 와일드 | 김미나 옮김
97 만(卍) · 시게모토 소장의 어머니 다니자키 준이치로 | 김춘미, 이호철 옮김
98 맨해튼 트랜스퍼 존 더스패서스 | 박경희 옮김
99 단순한 열정 아니 에르노 | 최정수 옮김

100 열세 걸음 모옌 | 임홍빈 옮김
101 데미안 헤르만 헤세 | 안인희 옮김
102 수레바퀴 아래서 헤르만 헤세 | 한미희 옮김
103 소리와 분노 윌리엄 포크너 | 공진호 옮김
104 곰 윌리엄 포크너 | 민은영 옮김
105 롤리타 블라디미르 나보코프 | 김진준 옮김
106, 107 부활 레프 톨스토이 | 박형규 옮김
108, 109 모래그릇 마쓰모토 세이초 | 이병진 옮김
110 은둔자 막심 고리키 | 이강은 옮김
111 불타버린 지도 아베 고보 | 이영미 옮김
112 말라볼리아가의 사람들 조반니 베르가 | 김운찬 옮김
113 디어 라이프 앨리스 먼로 | 정연희 옮김
114 돈 카를로스 프리드리히 실러 | 안인희 옮김
115 인간 짐승 에밀 졸라 | 이철의 옮김
116 빌러비드 토니 모리슨 | 최인자 옮김
117, 118 미국의 목가 필립 로스 | 정영목 옮김
119 대성당 레이먼드 카버 | 김연수 옮김
120 나나 에밀 졸라 | 김치수 옮김
121, 122 제르미날 에밀 졸라 | 박명숙 옮김
123 현기증. 감정들 W. G. 제발트 | 배수아 옮김
124 강 동쪽의 기담 나가이 가후 | 정병호 옮김
125 붉은 밤의 도시들 윌리엄 버로스 | 박인찬 옮김
126 수고양이 무어의 인생관 E. T. A. 호프만 | 박은경 옮김
127 맘브루 R. H. 모레노 두란 | 송병선 옮김
128 익사 오에 겐자부로 | 박유하 옮김
129 땅의 혜택 크누트 함순 | 안미란 옮김
130 불안의 책 페르난두 페소아 | 오진영 옮김
131, 132 사랑과 어둠의 이야기 아모스 오즈 | 최창모 옮김
133 페스트 알베르 카뮈 | 유호식 옮김
134 다마세누 몬테이루의 잃어버린 머리 안토니오 타부키 | 이현경 옮김
135 작은 것들의 신 아룬다티 로이 | 박찬원 옮김
136 시스터 캐리 시어도어 드라이저 | 송은주 옮김
137 고독한 산책자의 몽상 장자크 루소 | 문경자 옮김
138 용의자의 야간열차 다와다 요코 | 이영미 옮김
139 세기아의 고백 알프레드 드 뮈세 | 김미성 옮김
140 햄릿 윌리엄 셰익스피어 | 이경식 옮김
141 카산드라 크리스타 볼프 | 한미희 옮김
142 이 글을 읽는 사람에게 영원한 저주를 마누엘 푸익 | 송병선 옮김
143 마음 나쓰메 소세키 | 유은경 옮김
144 바다 존 밴빌 | 정영목 옮김
145, 146, 147, 148 전쟁과 평화 레프 톨스토이 | 박형규 옮김
149 세 가지 이야기 귀스타브 플로베르 | 고봉만 옮김
150 제5도살장 커트 보니것 | 정영목 옮김
151 알렉시 · 은총의 일격 마르그리트 유르스나르 | 윤진 옮김

152 말라 온다 알베르토 푸겟 | 엄지영 옮김
153 아르세니예프의 인생 이반 부닌 | 이항재 옮김
154 오만과 편견 제인 오스틴 | 류경희 옮김
155 돈 에밀 졸라 | 유기환 옮김
156 젊은 예술가의 초상 제임스 조이스 | 진선주 옮김
157, 158, 159 카라마조프가의 형제들 표도르 도스토옙스키 | 김희숙 옮김
160 진 브로디 선생의 전성기 뮤리얼 스파크 | 서정은 옮김
161 13인당 이야기 오노레 드 발자크 | 송기정 옮김
162 하지 무라트 레프 톨스토이 | 박형규 옮김
163 희망 앙드레 말로 | 김웅권 옮김
164 임멘 호수 · 백마의 기사 · 프시케 테오도어 슈토름 | 배정희 옮김
165 밤은 부드러워라 F. 스콧 피츠제럴드 | 정영목 옮김
166 야간비행 앙투안 드 생텍쥐페리 | 용경식 옮김
167 나이트우드 주나 반스 | 이예원 옮김
168 소년들 앙리 드 몽테를랑 | 유정애 옮김
169, 170 독립기념일 리처드 포드 | 박영원 옮김
171, 172 닥터 지바고 보리스 파스테르나크 | 박형규 옮김
173 싯다르타 헤르만 헤세 | 권혁준 옮김
174 야만인을 기다리며 J. M. 쿳시 | 왕은철 옮김
175 철학편지 볼테르 | 이봉지 옮김
176 거지 소녀 앨리스 먼로 | 민은영 옮김
177 창백한 불꽃 블라디미르 나보코프 | 김윤하 옮김
178 슈틸러 막스 프리슈 | 김인순 옮김
179 시핑 뉴스 애니 프루 | 민승남 옮김
180 이 세상의 왕국 알레호 카르펜티에르 | 조구호 옮김
181 철의 시대 J. M. 쿳시 | 왕은철 옮김
182 카시지 조이스 캐럴 오츠 | 공경희 옮김
183, 184 모비 딕 허먼 멜빌 | 황유원 옮김
185 솔로몬의 노래 토니 모리슨 | 김선형 옮김
186 무기여 잘 있거라 어니스트 헤밍웨이 | 권진아 옮김
187 컬러 퍼플 앨리스 워커 | 고정아 옮김
188, 189 죄와 벌 표도르 도스토옙스키 | 이문영 옮김
190 사랑 광기 그리고 죽음의 이야기 오라시오 키로가 | 엄지영 옮김
191 빅 슬립 레이먼드 챈들러 | 김진준 옮김
192 시간은 밤 류드밀라 페트루솁스카야 | 김혜란 옮김
193 타타르인의 사막 디노 부차티 | 한리나 옮김
194 고양이와 쥐 귄터 그라스 | 박경희 옮김
195 펠리시아의 여정 윌리엄 트레버 | 박찬원 옮김
196 마이클 K의 삶과 시대 J. M. 쿳시 | 왕은철 옮김
197, 198 오스카와 루신다 피터 케리 | 김시현 옮김
199 패싱 넬라 라슨 | 박경희 옮김
200 마담 보바리 귀스타브 플로베르 | 김남주 옮김
201 패주 에밀 졸라 | 유기환 옮김
202 도시와 개들 마리오 바르가스 요사 | 송병선 옮김

203 루시 저메이카 킨케이드 | 정소영 옮김
204 대지 에밀 졸라 | 조성애 옮김
205, 206 백치 표도르 도스토옙스키 | 김희숙 옮김
207 백야 표도르 도스토옙스키 | 박은정 옮김
208 순수의 시대 이디스 워턴 | 손영미 옮김
209 단순한 이야기 엘리자베스 인치볼드 | 이혜수 옮김
210 바닷가에서 압둘라자크 구르나 | 황유원 옮김
211 낙원 압둘라자크 구르나 | 왕은철 옮김
212 피라미드 이스마일 카다레 | 이창실 옮김
213 애니 존 저메이카 킨케이드 | 정소영 옮김
214 지고 말 것을 가와바타 야스나리 | 박혜성 옮김
215 부서진 사월 이스마일 카다레 | 유정희 옮김
216 사람은 무엇으로 사는가 레프 톨스토이 | 이항재 옮김
217, 218 악마의 시 살만 루슈디 | 김진준 옮김
219 오늘을 잡아라 솔 벨로 | 김진준 옮김
220 배반 압둘라자크 구르나 | 황가한 옮김
221 어두운 밤 나는 적막한 집을 나섰다 페터 한트케 | 윤시항 옮김
222 무어의 마지막 한숨 살만 루슈디 | 김진준 옮김
223 속죄 이언 매큐언 | 한정아 옮김
224 암스테르담 이언 매큐언 | 박경희 옮김
225, 226, 227 특성 없는 남자 로베르트 무질 | 박종대 옮김
228 앨프리드와 에밀리 도리스 레싱 | 민은영 옮김
229 북과 남 엘리자베스 개스켈 | 민승남 옮김
230 마지막 이야기들 윌리엄 트레버 | 민승남 옮김
231 벤저민 프랭클린 자서전 벤저민 프랭클린 | 이종인 옮김
232 만년양식집 오에 겐자부로 | 박유하 옮김
233 이상한 나라의 앨리스 루이스 캐럴 | 존 테니얼 그림 | 김희진 옮김
234 소네치카 · 스페이드의 여왕 류드밀라 울리츠카야 | 박종소 옮김
235 메데야와 그녀의 아이들 류드밀라 울리츠카야 | 최종술 옮김
236 실종자 프란츠 카프카 | 이재황 옮김
237 진 알랭 로브그리예 | 성귀수 옮김
238 말테의 수기 라이너 마리아 릴케 | 홍사현 옮김
239, 240 율리시스 제임스 조이스 | 이종일 옮김
241 지도와 영토 미셸 우엘벡 | 장소미 옮김
242 사막 J. M. G. 르 클레지오 | 홍상희 옮김
243 사냥꾼의 수기 이반 투르게네프 | 이종현 옮김
244 험볼트의 선물 솔 벨로 | 전수용 옮김
245 바베트의 만찬 이자크 디네센 | 추미옥 옮김
246 나르치스와 골드문트 헤르만 헤세 | 안인희 옮김
247 변신 · 단식 광대 프란츠 카프카 | 이재황 옮김
248 상자 속의 사나이 안톤 체호프 | 박현섭 옮김
249 가장 파란 눈 토니 모리슨 | 정소영 옮김

● 문학동네 세계문학전집은 계속 출간됩니다